MARK BARNES
Das schwarze Herz

MARK
BARNES

DAS SCHWARZE HERZ

Roman

Aus dem Englischen
von Waltraud Horbas

blanvalet

Die amerikanische Originalausgabe erschien unter dem Titel
»The Echoes of Empire 2: The Obsidian Heart«
bei Amazon Digital Services, Las Vegas.

MIX
Papier aus verantwortungsvollen Quellen
FSC® C014496
FSC
www.fsc.org

Verlagsgruppe Random House FSC® N001967
Das für dieses Buch verwendete FSC®-zertifizierte Papier
Holmen Book Cream liefert Holmen Paper, Hallstavik, Schweden.

1. Auflage
Deutsche Erstausgabe Dezember 2014

Umschlaggestaltung: © Isabelle Hirtz, Inkcraft
Umschlagillustration: © Melanie Miklitza, Inkcraft
Redaktion: Catherine Beck
HK · Herstellung: sam
Satz: Mediengestaltung Vornehm GmbH, München
Druck und Einband: GGP Media GmbH, Pößneck
Printed in Germany
ISBN: 978-3-442-26998-3
www.blanvalet.de

Für meine Familie und Freunde,
die niemals bezweifelt haben, dass ich schreiben sollte.
Und für die Geschichtenerzähler der Vergangenheit
und Gegenwart, die mir den Weg wiesen.

Was zuvor geschah

»Es gibt drei große Flüsse: die Vergangenheit, die Gegenwart und die Zukunft. Weder die Zeitläufte noch wir selbst sind eine feste Größe. Unsere Wahrnehmung ist subjektiv, ebenso wie die Zeit, und wir werden durch so viele Linsen gesehen, wie es Betrachter gibt. Innerhalb der Zeit sind wir sowohl Urheber als auch Beobachter vorübergehender Ereignisse. Wir sind Segler auf einem Fluss, bestehend aus Ursache und Wirkung: Im gleichen Moment, in dem wir ein Ereignis verursachen oder Zeuge seiner Auswirkungen werden, reißt es uns schon mit sich fort. Zurück bleiben nur bruchstückhafte Erinnerungen an den kleinen Teil des Ganzen, den wir gesehen haben. Egal, wie sehr wir uns bemühen, es gibt kein Zurück, und niemand ist imstande, alles zu sehen. Wir können nur raten, was die Zukunft uns bringt.«

Aus Die drei Flüsse *von Ahwe, Gelehrter, Philosoph und Forscher (Erstes Jahr des Erwachten Imperiums)*

Die Entstehung der Shrīanischen Föderation liegt beinahe fünfhundert Jahre zurück: Es ist die Allianz der überlebenden sechs Hohen Häuser und der Hundert Familien der Avān, die infolge eines Menschenaufstands und des Sturzes des Erwachten Imperiums sowie seiner Herrscherin, Mahj Näsarat fe Malde-ran, geflohen waren.

Shrīan selbst und seine Nachbarlande sind von den Trümmern versunkener Imperien übersät, erfüllt vom Echo des Ruhms und dem Nachhall hochentwickelter Kulturen, die dem Zahn der Zeit, mörderischen Kriegen und blindem Ehrgeiz zum Opfer fielen. Erbitterte Gegner des Shrīanischen Imperialismus und seines Traums von einer Rückkehr zu den ruhmreichen Tagen der Avān sind die Menschen mit ihrem Eisernen Bündnis. Dieses Bündnis aus mehreren Nationen will dafür sorgen, dass kein neues Imperium die Macht ergreift. Die Menschen – auch als die »Sternengeborenen« bekannt – erinnern sich noch zu gut an ihre Tage der Knechtschaft unter den Avān.

Rahn Erebus fa Corajidin, Führer des Hohen Hauses Erebus sowie der politischen Fraktion der Imperialisten, ist ein todgeweihter Mann, körperlich geschwächt von dem Gift in seiner Seele. Weder die Kräfte seines Angothischen Hexers Wolfram noch die ihm zur Verfügung stehenden Heilmittel konnten ihn bislang heilen. Der Gedanke, dass er sterben könnte, bevor er in die üblichen Höhen eines Führers des Hohen Hauses Erebus aufgestiegen und Asrahn geworden ist, ist ihm unerträglich. Daher beginnt Corajidin mit geheimen Ausgrabungen in der Rōmarq – dem Marschland, in dem die uralten und machtvollen Artefakte vergangener Zeitalter verborgen liegen. Corajidin ist überzeugt, dass in der Rōmarq die verlorenen Werke Sedefkes – des großen Erfinders, Forschers und Gelehrten – zu finden sind und dass diese Arbeiten ihm den Schlüssel zur Heilung von seiner Krankheit liefern werden.

Um sich einen besseren Zugang zu den begehrten Schätzen zu sichern, zettelt Corajidin einen Bürgerkrieg gegen Far-ad-din an, einem weiteren Mitglied des Hochadels, denn Far-ad-dins Präfektur grenzt an die Rōmarq. Schnell wird deutlich, dass Far-ad-din mit seinen Streitkräften nicht gegen die vereinte Macht der Hohen Häuser und Hundert Familien gewinnen kann.

Indris, einstiger Ritter der Sēq, der nun als Söldner unterwegs ist, ist Far-ad-dins Feldherr und sein Schwiegersohn. Getrieben von Schuldgefühlen wegen des Verlusts seiner

Frau Anj, will Indris das Leben seines Schwiegervaters retten. Er drängt Far-ad-din zur Flucht aus seiner Stadt Amnon. Als sich Far-ad-din in Sicherheit gebracht hat, ergibt sich Indris den Angreifern.

Während Indris noch am Leben bleibt, sieht er, wie viele Anhänger Far-ad-dins schnell und heimlich von Corajidins Streitkräften hingerichtet werden. Nur Augenblicke bevor er selbst getötet werden soll, wird Indris von seinem Onkel Rahn Näsarat fa Ariskander gerettet: Der Asrahn-Erwählte und Wächter des Wandels hat den Auftrag, den Kriegsverlauf gegen Far-ad-din zu überwachen.

Als Indris und seine Kameradin Shar-fer-rayn trotz ihrer Rolle in dem Bürgerkrieg begnadigt werden, ist er überrascht. Aber seine Erleichterung ist nur von kurzer Dauer, denn schnell wird offenbar, dass Asrahn Vashne, der Anführer der politischen Fraktion der Föderalisten, eine Wiedergutmachung für die Begnadigung erwartet. Überwältigt von den Kriegseindrücken und der erlebten Todesnähe lässt sich Indris in derselben Nacht auf eine Affäre mit einer unbekannten Frau ein. Als er nach einer leidenschaftlichen Nacht wieder erwacht, ist sie verschwunden.

Mari, Corajidins Tochter, ist Kriegsdichterin und eines der dienstältesten Mitglieder der Feyassin – der Eliteleibwache des Asrahns. Als ihr klar wird, dass ihr Vater seine Plünderungen in den nahegelegenen Marschen fortsetzen will, ist sie entsetzt. Die Erinnerung an die leidenschaftliche Nacht mit einem namenlosen Liebhaber tritt rasch in den Hintergrund, als sie von den Plänen ihres Vaters hört, der in immer höhere Ränge der Macht aufsteigen will. Noch mehr erschreckt es sie, wie krank und gealtert ihr Vater wirkt und wie besessen er von den Worten des Orakels zu sein scheint: Dieses hat Corajidin prophezeit, dass er Gründer eines neuen Imperiums und Führer seines Volkes werden würde. Trotz Maris

Drängen, nach einem anderen Heilmittel für seine Krankheit zu suchen, verstärkt Corajidin seine Anstrengungen in der Rōmarq: Er will nicht nur die benötigten Antworten, sondern auch die Waffen vergangener Zivilisationen finden, um mit deren Hilfe seine Bestimmung zu erfüllen und zu Ruhm zu gelangen. Corajidins junge Frau Yashamin – sie ist so alt wie Mari – gehört zu Corajidins eifrigsten Unterstützern. Sie will ihren Gatten zum mächtigsten Mann in Shrīan machen. Auch Corajidins Söhne, der zum Hexer ausgebildete Kasraman und der tödliche Schwertkämpfer Belamandris wurden vom Vater in seine Pläne verstrickt.

Indris möchte nicht in die politischen Machenschaften Shrīans und die Fehden der Hohen Häuser verwickelt werden und plant daher, Amnon zu verlassen – für ihn besteht die Stadt nur noch aus schmerzlichen Erinnerungen. Es sind seine Freunde Shar, Hayden und der Geisterritter Omen, die ihn überreden, vor seiner Abreise noch weiterzugeben, was sie über Corajidins Aktivitäten in der Rōmarq wissen. Bevor sie Amnon verlassen, spricht Indris mit seinem Onkel Ariskander und dem Asrahn Vashne. Er erzählt ihnen, dass er und seine Kameraden den illegalen Ausgrabungen in der Rōmarq nachgegangen und überzeugt davon sind, dass Streitkräfte des Hauses Erebus die Verantwortung dafür tragen. Vashne und Ariskander bitten Indris um Hilfe. Er soll Far-ad-din ausfindig machen und ihn zurückbringen, damit die Wahrheit über Corajidins Lügen und Korruption ans Licht gebracht werden kann.

Zunächst ist Corajidin damit einverstanden, sich in sein Schicksal zu fügen und den Ereignissen einfach ihren Lauf zu lassen, doch dann erfährt er, dass Vashne seinen Posten als Asrahn am Ende des Jahres vielleicht nicht aufgeben wird – vielmehr gibt es Pläne, dem beliebten Herrscher den Posten als Asrahn für unbegrenzte Zeit zu überlassen. Corajidin ist rasend vor Wut, doch letztendlich sind es Thufan, der Führer seines Geheimdiensts sowie Wolfram und Yashamin, die ihn dazu überreden, die Angelegenheit nun selbst in die Hand zu nehmen und zu handeln.

Mari wird tiefer in die Machenschaften ihres Vaters mit hineingezogen, als ihr lieb ist, denn Corajidin fordert sie auf, sich an Vashnes Ermordung zu beteiligen. Zu ihrer Überraschung begegnet sie Indris wieder – dem Mann, mit dem sie eine Liebesnacht verbrachte und der ein Abkömmling des Hohen Hauses Näsarat ist, das man sie zu verachten gelehrt hat. Er wird während des geplanten Angriffs auf den Asrahn anwesend sein, um Vashne zu schützen.

Mari beginnt nicht nur zu hinterfragen, was man sie von klein auf gelehrt hat, sondern betrachtet auch die ehrgeizigen Pläne ihres Vaters in kritischem Licht. Und so entschließt sich Mari während des Attentats, sich vom Machtstreben ihrer Familie zu distanzieren. Sie beteiligt sich nicht weiter an dem Angriff auf den Asrahn. Ihre Untätigkeit führt dazu, dass ihr Bruder Belamandris im Zweikampf mit Indris schwer verwundet wird. Ihr Vater sieht sich deshalb gezwungen, sich selbst und seine wahren Absichten vor Vashne und Ariskander zu enthüllen. Vashne, seine Frau, seine Tochter und einer seiner Söhne werden getötet, und Ariskander und ein weiterer von Vashnes Söhnen entführt, doch Indris und seinen Kameraden gelingt die Flucht. Mari versucht, ihre Schuld zu tilgen, indem sie sich den Feyassin stellt, die sie verraten hat, und die Verantwortung für Vashnes Tod auf sich nimmt. Sie weiß, dass sie es vielleicht nicht überleben wird, und tatsächlich wird sie als Vergeltungsmaßnahme beinahe zu Tode geprügelt.

Indris, der während des Attentats auf Vashne schwer verwundet, aber von Shar und Ekko gerettet wurde, stellt bei seinem Erwachen fest, dass seine alte Sēq-Lehrmeisterin Femensetri ihn geheilt hat. Sie erinnert ihn – wie zuvor auch schon

Vashne – an seine Pflicht seinem Volk und auch sich selbst gegenüber. An einem Ort der Stille und des Friedens im Herzen des aufgewühlten Amnon treffen sich Indris und Mari wieder.

Indris' und Maris Gefühle füreinander vertiefen sich trotz der Feindschaft der beiden Häuser und trotz der Schuld, die Indris seiner verschollenen Frau gegenüber fühlt. Indris streift durch die Straßen Amnons, um sich mit eigenen Augen zu überzeugen, welche Art von Welt Corajidin und seine Anhänger erschaffen wollen. Als ihm die harte Wirklichkeit vor Augen geführt wird, kann er nicht mehr verdrängen, dass er handeln muss. Indris und seine Freunde erklären sich bereit, Ariskander zu suchen – den Mann, der Vashnes Platz als Führer von Shrīan einnehmen soll, sosehr Corajidin das auch zu verhindern versucht. Außerdem willigt Indris ein, Kontakt zu Far-ad-din aufzunehmen und ihn zurückzubringen, um Corajidins Streben nach dem höchsten Amt im Land weiter zu durchkreuzen.

Als Corajidin an seinem Machtkurs festhält, beginnen Mari und Indris zusammenzuarbeiten, um Ariskander zu finden und zu befreien: Indris, weil er von einem geheimen Drang versäumter Pflicht getrieben wird, aber auch aus Bewunderung für seinen vermissten Onkel; Mari, weil sie ihren Vater vor dem drohenden Unheil bewahren will, das sie auf ihn zukommen sieht. Indris und seine Kameraden brechen in die von Ungeheuern bewohnten Marschen der Rōmarq auf, in denen die Ruinen versunkener Zivilisationen verborgen liegen, um Ariskander zu befreien. Mari bleibt als Spionin im Hause ihres Vaters in Amnon zurück und kämpft mit ihren neu gewonnenen Verbündeten darum, die Ordnung aufrechtzuerhalten. Schließlich erkennt Mari, dass ihr Vater nicht aufgehalten werden kann: Er ist besessen von dem Verlangen, seine Krankheit zu überleben, und damit rechtfertigt er wieder und wieder seine gefühllosen Handlungen. Als er auch noch laut darüber nachdenkt, sich mit den verbannten Hexenzirkeln zu verbünden, weiß sie, dass sie ihn nicht retten kann, und so schließt sie sich unwiderruflich mit Indris und seinen Freunden zusammen.

Während sie ihren Vater und seine engsten Mitarbeiter ausspioniert, findet Mari in Thufans Sohn Armal einen unerwarteten Verbündeten. Armal verrät ihr, dass Vahineh, Vashnes Tochter, der Säuberungsaktion entkommen ist, später aber gefasst wurde. Zwar stirbt Armal bei einem Hinterhalt in den Straßen Amnons – ihm und Mari gelingt es, ihre Angreifer zu töten – doch Mari befreit Vahineh und bringt sie in Sicherheit zu ihren Verbündeten.

Indris und seine Freunde ziehen in der Zwischenzeit durch die Rōmarq, dem geisterhaften Landstrich der verschwundenen Zeitmeister. Sie überleben gefährliche Kämpfe mit Malegangern, den grauenhaften Moorpuppenspielern und dem Rattenvolk der Fenlinge. Während ihrer strapaziösen Reise wehren sie eine Gruppe von Fenlingen ab, die gemeinsame Sache mit Thufan und Belamandris machen. Indris schießt auf Thufan und verwundet ihn schwer. Er setzt seine mystischen Fähigkeiten ein, um Belamandris und die Fenlinge an einer weiteren Verfolgung zu hindern, woraufhin Belamandris mit Thufan nach Amnon zurückkehrt. Indris und seine Kameraden erreichen bald darauf Fiandahariat, eine Ruine der Zeitmeister. Doch es gelingt ihnen nicht, Ariskander vor Corajidins Heimtücke zu retten: Ariskander wird hingerichtet und seine Seele in einem Angothischen Seelenkäfig gefangen gesetzt. Indris gelingt es, den Käfig an sich zu nehmen, aber Corajidin entkommt. Indris eilt zurück nach Amnon, wo er und seine Verbündeten Corajidin die Stirn bieten.

Vahineh, die von Maris Beteiligung am Tod ihres Vaters, ihrer Mutter und Brüder weiß, versucht Mari zu einem Racheakt gegen Corajidin zu bewegen. Mari weigert sich, doch die rasende Vahineh entschließt sich, stattdessen aus Rache Yashamin zu töten. Außerdem erzählt sie Thufan, der gerade wieder zu Kräften kommt, dass Corajidin letztendlich die Schuld am Tod seines Sohns Armal trägt.

Als Corajidin begreift, dass seine Pläne durchkreuzt werden, will er aus Amnon fliehen. Er weigert sich, die Niederlage einzugestehen, und schart stattdessen seine Verbündeten um sich, um sich anderswo seinen Gegnern zu stellen. Verraten von Thufan, seinem eigenen Geheimdienstleiter, wird Corajidin beinahe getötet. Doch erst muss er mit ansehen, wie sein geliebter Sohn Belamandris tödlich verwundet wird.

Obwohl Indris, Mari und ihre Verbündeten den Sieg davontragen, zahlen sie einen hohen Preis dafür. Mari wird von der eigenen Familie verstoßen. Es gibt keinen eindeutigen Kandidaten für das Amt des Asrahns, und das Eiserne Bündnis hätte nun leichtes Spiel mit dem geschwächten Shrīan. Die Hohen Häuser und die Hundert Familien wissen, dass ihr Kampf erst begonnen hat.

Corajidin schlägt sein Lager weit entfernt von Amnon auf, um sich von seinen lebensgefährlichen Verletzungen zu erholen. Seine Anhänger schwören ihm Treue, und Wolfram erfüllt sein Versprechen, Corajidin die nötigen Verbündeten zu beschaffen, um die Prophezeiung Wirklichkeit werden zu lassen. Während sich ein Sturm zusammenbraut und Corajidin bei seinem sterbenden Sohn verweilt, wird er einer Gesandten vorgestellt, der Dienerin von mächtigen und geheimnisvollen Meistern. Die Botschafterin verspricht Corajidin sehr viel: Macht, Ruhm und ein langes Leben. Er akzeptiert und will das alles, obwohl er sich tief im Innern fragt, wie die Botschafterin zur Gesandten wurde. Denn obwohl sie nun eine Dienerin der dunklen Mächte ist, war sie einst Anj-el-din, Indris' vermisste und totgeglaubte Frau.

Und nun …

Kapitel 1

»Wenn ich auch meine Fehler als Chance bezeichnen könnte, so mögen sie anderen doch als Katastrophe erscheinen.« Aus Die Dunkelheit draußen *von Sedefke, Erfinder, Entdecker und Philosoph (751. Jahr des Erwachten Imperiums)*

347. Tag im 495. Jahr der Shrīanischen Föderation

Indris saß im Schatten eines verblichenen Sonnensegels auf dem Balkon des Eisernen Hunds. Blinzelnd blickte er auf den grellen, in der Sonne gleißenden Granit des Caleph-Avānweh. Die dunkle Umfassung des Balkons und das flatternde Sonnensegel wirkten wie ein Bilderrahmen, der eine fieberhafte, farbenfrohe Welt begrenzte. Avānweh lag wie in einer Schale, die aus ineinandergreifenden Hügeln und Tälern geformt wurde, zwischen schneebedeckten Bergen und dem schimmernden Spiegel der Himmelsseen. In der Stadt herrschte reges Treiben. Besucher verschiedenster Nationen hatten sich für das Neujahrsfest versammelt, und in den Straßen war Kleidung in leuchtenden Farben zu sehen und das Stimmengewirr unterschiedlichster Sprachen zu hören. Es wurden Komödianten und Stückeschreiber erwartet, Kriegsturniere und Sportveranstaltungen sollten stattfinden, und der berühmte Fliegende Zirkus der Näsiré hatte seinen Auftritt angekündigt.

Indris lächelte, als er den bunten Festzug der Leute sah, war allerdings froh um die Abgeschiedenheit, in der er selbst weilte. Es war, als würde man dem Spiel der Welt zusehen – Tausende von ineinander verwobenen Geschichten, an denen er teilhaben konnte, sobald er hinausging und sich unter die Menge mischte. Aber hier, im Schatten und inmitten der Behaglichkeit, konnte er einfach … sein.

Indris nippte an seinem Sharbat und streckte die Beine unter dem Tisch aus, während er den erfrischenden Geschmack nach gelben Lotusblüten, Orange und Ananas genoss. Das angeschlagene alte Glas lag kühl und rau in seiner Hand; Bläschen und kleine Risse schienen in dem durchscheinenden Material zu schweben.

Der Eiserne Hund war tagsüber beinahe immer leer. Meist wurde er nur von wenigen hartgesottenen *Nahdi* besucht, die in ein Gespräch mit ihrem Handelsvertreter vertieft waren: einem großen, in Seide gekleideten Mann, der sich mit seinen Geschäftspartnern durch eine Handvoll schriftlicher Angebote arbeitete. Der eine oder andere sah zwischendurch auf und blickte neugierig zu Indris hinüber, bevor er seine Aufmerksamkeit wieder seinem nächsten Einsatz zuwandte.

Indris rieb an einer abgegriffenen Ecke seines Tanjbretts. Auseinandergeklappt war es beinahe einen Meter breit, mit 769 sechseckigen Spielfeldern, die wie eine große Lotusblüte mit sechs Blütenblättern ausgelegt waren. Mit seinen 27 Steinen pro Spieler und bis zu sechs Spielern pro Spiel war Tanj nichts für Hasenfüße. Die Steine vom morgendlichen Spiel ruhten noch dort, wo er sie liegen gelassen hatte, kleine Symbole, erwischt inmitten eines sich entfaltenden Dramas, bevor ihre Geschichte ganz erzählt worden war. Das Spiel war unterbrochen worden, weil Mari eine Verabredung mit einem Waffenmeister hatte. Shar, Hayden, Ekko und Omen waren ebenfalls gegangen. Er hegte den Verdacht, dass ihnen jede Ausrede recht war, um sich vor einem Spiel zu drücken, das nicht nur eine Metapher für die Regeln des *Sende* war, sondern auch für die komplexen und fließenden Beziehungen zwischen den Hohen Häusern. Außerdem war es ein nützliches Hilfsmittel zum strategischen Denken. Seine Freunde ärgerten sich, wenn er gewann, und wurden noch gereizter, wenn er schlecht spielte, um die Partie in die Länge zu ziehen. Und so hatte er jetzt Zeit für sich allein – ein seltenes und kostbares Geschenk, das man nicht verschwenden durfte.

Indris stöberte in seiner Büchertasche herum und förderte sein Tagebuch, Pinsel und Tinte zutage, außerdem eine paar kleinere Stücke aus Holz und wertvollen Metallen. Er winkte dem Wirt und bestellte einen weiteren Sharbat, Brot und Yanush – eine Paste aus Auberginen, Kräutern und Gewürzen. Dann öffnete er sein Tagebuch und betrachtete seine neuesten Skizzen von Dingen, die er bauen oder verbessern wollte. Den groben Entwurf eines neuen Sturmrads, dessen Leistungsfähigkeit er erhöht hatte, indem er unterschiedliche Metalle in einer langen Schraube statt in einer Reihe aus Scheiben platziert hatte. Einige erst halb durchdachte Formeln, die das Reisen an den äußeren Grenzen der Ödnis sicherer machen sollten. Er hatte sogar ein neues Ein-Mann-Windschiff entworfen, das er *Feldlerche* nannte – ein windschnittiges Fluggerät mit Uhrwerkmechanik, angetrieben von Disentropie. Dazu waren auch noch ein paar ältere Projekte verzeichnet, die er einst als zu schwierig verworfen und lange nicht mehr betrachtet hatte. Vor allem die Zeichnungen für einen Windjammer für die Ödnis erweckte jetzt wieder sein Interesse, da Teile des Puzzles rund um den Originalentwurf plötzlich an ihren richtigen Platz rückten. *Es gibt so viel zu tun,* dachte er, *aber womit soll ich anfangen?*

Eine Gestalt setzte sich ihm gegenüber, den Kopf von der tiefen Kapuze einer Robe verhüllt. Indris' Hand senkte sich unter dem Tisch zum Griff seines Drachenzahnmessers.

Sie – er hielt die fremde Gestalt wegen der langen, schlanken Finger und der Weichheit der Hände für eine Frau – war auffallend groß. Ihre Robe war von einem dunklen Sandton und mit braunen Weinreben und zarten gelben Blumen gemustert. Sie hielt den Kopf unter der Kapuze gesenkt, und ein dicker, dunkler Zopf hing frei aus der Kapuze heraus.

»Maris Spielplan ist ahnenverflucht schlecht für eine Kriegsdichterin«, sagte die Frau.

Als er die scharfe Stimme erkannte, fuhr Indris zusammen.

»Hayden wartet nur darauf, dass das Spiel endlich vorüber ist. Vermutlich weiß er, dass er sowieso nicht gewinnen kann. Ekko spielt, als würde er Nägel in eine Platte hämmern, und Shars Spiel ist so elegant und schön wie erwartet. Ich habe keine Ahnung, was Omen da zu tun glaubt. Aber er ist tot, und die Gedankengänge der Toten ergeben nicht mehr viel Sinn, wenn sie schon zu lange bei uns herumtrödeln.«

»Femensetri.« Indris sah sich um, um sicherzugehen, dass niemand zugehört hatte.

Sie zog ihre Kapuze zurück und enthüllte feine Gesichtszüge, die ganz vom Glanz ihrer opalfarbenen Augen beherrscht wurden. Ihr Seelenstein war von unordentlich herabfallendem Haar verdeckt, das mit viel gutem Willen als Pony hätte durchgehen können.

Beiläufig fegte Femensetri den Großteil der hölzernen Tanj-Spielsteine in eine Schachtel. »Es macht dir doch nichts aus, oder? Ich vermute, du erinnerst dich an die Position jedes einzelnen Steins.« Sie sah auf, einen Rahn-Spielstein in der einen Hand, einen Sēqritter und einen Kriegsdichter in der anderen. Nach vielen Jahren des Gebrauchs war die Farbe bereits von den hölzernen Figuren abgeblättert.

Indris winkte mit der Hand, um ihr zu signalisieren, dass sie fortfahren solle. Femensetri platzierte die Steine für zwei

Spieler auf dem Brett und versah jeden mit einem Verbündeten, um das Spiel interessanter zu machen. 54 Spielsteine, von denen jeder seine spezielle Bedeutung, Stärken und Schwächen hatte. Tanj verfügte über einen eigenen Wortschatz. Jede Reihe von Zügen, Gegenzügen und Finten war ein Satz. Femensetri eröffnete, indem sie ihren Sēqmeister aus den Reihen holte und ihn mit einem langen, geraden Zug am Rand ihres Territoriums platzierte. Indris antwortete auf ihren Zug, indem er seinen Dichtermeister vorwärtsschob, damit er die Kriegsdichter und den nahe stehenden Rahn unterstützen konnte.

Er sah auf das Brett hinab, dann auf seine einstige *Sahai*. Obwohl es Jahre her war, seit sie seine Lehrerin gewesen war, brachte das Beieinandersitzen vor einem Tanjbrett viele Erinnerungen zurück, von denen einige sehr angenehm waren.

»Ihr seht anders aus«, wagte er sich schließlich vor und deutete auf ihre Haare und ihre Kleidung.

»Ich kann ja schließlich nicht einfach in der Kleidung eines Sēqmeisters hier hereinspazieren, um dich zu treffen. Oder, Junge?« Sie tauchte ihre langen Finger in Indris' Yanush und probierte.

Mit leiser Abscheu registrierte er die Halbmonde aus Schmutz unter ihren Fingernägeln. Nach einem Schluck von seinem Sharbat, den er ihr nicht angeboten hatte, bestellte sie sich selbst einen, außerdem eine Platte mit warmem Brot und gegrilltem Fleisch.

Er schob das Glas über den Tisch und bestand darauf, dass sie seines austrank, das er nicht einmal angerührt hatte. Stattdessen bestellte er sich ein neues.

Die beiden Gelehrten sprachen über Belanglosigkeiten. Die tatsächliche Botschaft lag in der schnellen Bewegung der kleinen Holzfiguren verborgen, in den komplexen Zügen und Gegenzügen. Opfer und gewagtes Heldentum, das zum Sieg oder Untergang führte. Zug um Zug entfaltete sich Femensetris Geschichte; schon seit Jahrhunderten wurde das Tanj von Agenten der Sēq eingesetzt, um geheime Nachrichten und verborgenes Wissen weiterzugeben. Das Schicksal ganzer Nationen konnte in den subtilen Bewegungen der Figuren verborgen liegen. Mit ihrem Spiel wiederholte Femensetri die historische Invasion der Avān in Eidelbon, einer antiken Stadt im Goldenen Königreich von Manté. Es war eine wohlhabende Stadt gewesen, voll Kultur und Geschichte, die während der Krönungsfeierlichkeiten ihres neuen Monarchen angegriffen worden war. Es dauerte ein paar Züge, ehe Indris begriff, was Femensetri da tat, dann versuchte er, die Geschichte zu verändern. Ohne Erfolg.

»Es gibt leichtere und weniger verschleierte Möglichkeiten, um zu reden«, sagte Indris zwischen kleinen Bissen Brot.

»Und sie alle können belauscht werden.« Femensetri sprach im Plauderton. Nachdem sie eine weitere Figur bewegt hatte, bemerkte sie, dass sie sie mit Yanush beschmiert hatte. Sie leckte die Paste ab und setzte den Spielstein dann wieder aufs Brett. »Sei nicht so einfältig, etwas anderes zu glauben. Vor allem nicht hier in Avānweh.«

»Hören Eure Brüder und Schwestern unter dem Berg jetzt zu?« Amer-Mahjin, der Kapitelsaal der Sēq, lag tief im Inneren des Iajen Mar; dieser war einer der drei Berggipfel, zwischen denen Avānweh lag. Der Kapitelsaal bestand aus einem ausgedehnten Gewirr aus natürlichen und künstlich angelegten Kammern, die den Sēq in Avānweh seit dem Aufstieg des Erwachten Imperiums als Zuhause dienten. Amer-Mahjin war größer als die Festung von Irabiyat, aber dennoch nur ein ländlicher Außenposten, verglichen mit Amarqa-im-Schnee, der großen Festung der Sēq im Gebirge Mar Silin.

»Immer, und vor allem diese hier. Wir haben mehr von der Familie zu fürchten als irgendjemand sonst.«

Von Eurer Familie, dachte er, *nicht meiner.*

Ihre Spielzüge enthüllten ihm Gedanken und Strategien, eine nach der anderen, aber bald schon erzählte Femensetri etwas anderes als die Geschichte der Invasion. Die Art, wie sie die Mahjfigur neben ihrem Sēqmeister platzierte. Wie die Mahj dann von ihrem Verbündeten infrage gestellt wurde. Der Einsatz der *Nahdi*-Verstärkung, die von zusätzlichen Spielsteinen aus dem neutralen Territorium abgezogen wurde. Diese *Nahdi*-Figuren blickten mit dem Gesicht nach außen, weg von den anderen Spielsteinen, um anzudeuten, dass sie ehrlos waren, verbrecherisch oder sonst wie nicht vertrauenswürdig. Die Figuren trugen Hundeköpfe, was zeigte, dass ihnen nicht viel Respekt entgegengebracht wurde. In Wahrheit handelte es sich hier um eine richtige Darstellung: Auf Hochavān bedeutete das Wort *nahdi* »Eiserner Hund«. Die Füße der Figuren waren mit einem goldenen Punkt bemalt – das Zeichen für ehemals einflussreiche Personen. Diese *Nahdi* ersetzten die traditionelleren Steine, die den Rahn unterstützten und beschützten. Eine radikale Verschiebung der Macht. Bündnisse, die mit Verrätern geschlossen wurden.

Die Einteilung ihrer Sēq-Spieler – einige blieben beim Rahn, andere bewegten sich auf das unbesetzte Zentrum zu, wo sich der Mahj- oder Rahnspielstein befinden sollte, und wieder andere hielten sich abseits – war genug, um ihn nachdenklich zu stimmen. Er sah auf die Platzierung der Steine hinab und las die darin enthaltene Nachricht.

»Könnt Ihr irgendetwas davon beweisen?« Er nippte an seinem kühlen Sharbat und wünschte sich jetzt, es wäre etwas Stärkeres. Das Getränk verhinderte nicht, dass ihm der Schweiß über den Rücken lief.

»Es geschieht jetzt im Moment, während wir hier sitzen.«

Femensetri stocherte mit einem eingerissenen Fingernagel in ihren Zähnen herum.

»Und was unternehmt Ihr dagegen?« Er ärgerte sich über die Anspannung in seiner Stimme.

»Was ich kann, und das ist drei Viertel von Nichts«, versetzte sie bitter. »Unsere Brüder und Schwestern sind gespalten. Der Suret hat verfügt, dass sich keiner von uns in äußere Angelegenheiten einmischen darf, bis wir uns auf eine einheitliche Linie geeinigt haben. Einige wünschen sich eine stärkere Einmischung in die Politik. Andere wollen eine gewisse Distanz wahren. Manche wollen die absolute Macht; sie hungern nach einer Rückkehr zu den alten Zeiten. Nur wenige scheinen sich daran zu erinnern, weshalb wir ursprünglich gegründet wurden.«

»Sprechen wir hier von einem weiteren Gelehrtenkrieg?«, fragte er angespannt.

»Wohl eher von einer Rebellion. Unter unseren Leuten sind einige, die mal wieder ausprobieren möchten, wie bequem so ein Thron ist und wie sich eine Krone trägt. Und wenn sie gut auf den Kopf passt, dann …«

»Süßer Näsarat«, flüsterte er. Die anderen Spielsteine auf dem Brett bekamen plötzlich eine klare Bedeutung. »Und all das während der Versammlung? Als hätten wir nicht schon genug Sorgen mit den anstehenden Wahlen für das Amt des Asrahn.«

»Was kein so leichter Sieg sein wird, wie Nazarafine erwartet, wenn sich Corajidin genug Unterstützung sichern kann.«

»Das sehe ich.« Er nickte in Richtung der *Nahdi*-Steine auf dem Brett. Es war alarmierend zu sehen, wie nahe sie bei dem Rahn standen, der seinerseits auf dem Weg zum Machtzentrum war. »Kennen wir schon die Namen der unerwarteten Gäste?«

Femensetri zog eine Schriftrolle aus ihrer Robe. Sie rollte sie über den Tisch, sodass sich die Spielsteine in alle Richtungen verteilten. Indris fragte sich, wie viel an dieser Geste eine Metapher und wie viel bloße Frustration war. Er brach das Siegel und las die Namen.

»Wie viel Ärger bedeutet das?«, fragte Indris.

»Wie viele Befehlshaber siehst du auf der Liste?«

»Ungefähr fünfzehn.«

»Also ungefähr fünfzehn unterschiedliche Arten von Problemen, die wir nicht brauchen können.« Femensetri nippte an ihrem Sharbat, spuckte ihn aber sofort auf den Boden. Sie schnitt eine Grimasse; offensichtlich behagte ihr der Geschmack nicht mehr, jetzt, da das Getränk warm geworden war. »Und das ist noch lange nicht alles.«

Indris wusste von etwa dreißig Sayfs der Hundert Familien, die unter Vashnes Herrschaft verbannt worden waren. Einige waren in fremden Kriegen gestorben. Andere hatten ein friedlicheres Leben gewählt, und man hatte nie wieder von ihnen gehört. Und dann gab es noch diejenigen, die sich einen Namen gemacht hatten und in Blut und Krieg und Reichtum schwelgten. Auch Imperialisten waren von Vashne aus unterschiedlichen Gründen in den frühen Jahren seiner Herrschaft verbannt worden.

»Wir müssen mit allen Imperialistenfreunden Corajidins rechnen«, sagte Femensetri seufzend, »und mit deren Armeen, die im fremden Dienst ihre Erfahrungen gesammelt haben, und dazu Truhen voll Gold und Juwelen. Wie gesagt: Es wird Ärger geben.«

Indris sah hinaus zum Caleph-Avānweh. Hunderte von Spaziergängern schlenderten in der frühen Nachmittagssonne umher. Der Sommer war beinahe vorüber. Avān, Menschen und die Seethe in ihren pastellfarbenen Stoffen und dem *Serill* – Drachenglas –, das hell in der Sonne leuchtete.

Er sah sogar drei der schmalen Y'arrow-te-yi: nicht größer als Halbwüchsige, gertenschlank und holzfarben. Zwischen den Farnwedeln, die sie anstelle von Haaren trugen, wuchsen Blätter und kleine Blüten. Ein Rudel aus dem Löwenvolk der Tau-se ging mit ihnen. Die weiblichen Tau-se mit ihren kürzeren Mähnen trugen Filzwesten und Kniehosen, geschmückt mit Schicksalsmünzen. Eine kleine Gruppe von Männchen mit einem größeren mit schwarzer Mähne, dem Alpha-Männchen, war bei ihnen. Lachend und schnurrend versuchten sie, ihre leicht erregbaren und energiegeladenen Jungen zusammenzuhalten. Die jungen Tau-se rannten auf dem Marktplatz umher und sprangen auf- und übereinander. Sie purzelten herum, als wären sie Fellbälle mit Krallen, bis ihre Mütter sie ausschalten. Daraufhin waren die Jungen ein Weilchen still und klopften sich den Staub von ihren Filztuniken, bis sie allmählich und unaufhaltsam wieder in ihr wildes Getobe verfielen. Eine einsame Gestalt schritt durch die Menge. Ihre Nase wirkte zwischen den großen Augen ungeheuer lang und spitz, und die Wangen waren so scharfkantig, dass Indris Brot mit ihnen hätte schneiden können. Es hätte eine Person in einem Festivalkostüm sein können, doch Indris war klar, dass die weich aussehende Ledermaske mit ihren Farbwirbeln und tiefen Stammeslinien in Wirklichkeit Haut war und der gefiederte Umhang zusammengefaltete Flügel. Der Iku war in wettergegerbtes Grau gekleidet, als wäre er ein reisender *Daikaje* aus einem der Orden der Kriegsasketen. Er trug eine breite Schärpe mit einer Vielzahl bunter Knoten um die Taille. Ein Fächer aus Federn und einer Verstärkung aus Stahlrippen waren in seine Schärpe gesteckt. Außerdem trug der Iku einen robusten Wanderstock, eine Waffe, die vom häufigen Gebrauch verbeult und ausgeblichen war. Indris bezweifelte, dass irgendjemand hier die einsame Gestalt als das erkannte, was sie war. Die

Iku waren Mystiker, Denker und Lehrer. Sie waren die rätselhaften Beobachter der Welt und oft auch die Vorboten von Kampf und Zwietracht. Indris legte die Hand auf Gestaltwandlerin, während er sich an die Jahre der Anleitung in Amarqa-im-Schnee erinnerte. Unter den schwarzen Perlenaugen eines Waffenmeisters der Iku hatte Indris gelernt, nicht nur alles, was er in Händen hielt, zu einer tödlichen Waffe zu machen, sondern auch seinen Körper und Geist selbst. Und hier stand einer, allein, weit weg von zu Hause. *Bist du hier, um zu beobachten, zu lehren oder zu zerstören? Oder ist es vielleicht eine Mischung aus allen drei Dingen?*

Indris' Aufmerksamkeit wurde durch eine angeschlagene alte Windgaleere abgelenkt, die über den Platz summte. Ihre falsch ausgerichteten Sturmräder klapperten, und ihre Disentropiespulen wackelten, während sie an den Armaturen schleiften. Schwache Schwingungen wie wirbelnder Hitzedunst verzerrten die Luft, als die Galeere auf der Suche nach einem Landeplatz in Richtung der Seen vorüberzog. Hoch darüber jagte eine Gruppe von Greifen über den Himmel, und die Rüstungen und Speerspitzen der Reiter glitzerten in der Sonne, als sich die riesigen Kreaturen formierten. Indris wünschte, er wäre mit ihnen dort oben, an Bord der *Wanderer,* mit Mari und seinen anderen Freunden. Wenn man über den Problemen der Welt dahinsegelte, überkam einen das Gefühl von Freiheit. Man konnte den Bug in die Richtung drehen lassen, in die der Wind strömte, und sich einfach nur vorwärtstreiben lassen. Wenn man alles sehen konnte, ermöglichte das einen anderen Blick auf die Welt. Es setzte die Bedeutung derjenigen, die er liebte, in den richtigen Zusammenhang.

Femensetri schnippte mit den Fingern und holte ihn damit in die Wirklichkeit zurück. Ihre Miene war erwartungsvoll. Indris wusste, dass er jetzt einfach weggehen könnte. Oder er konnte hier sitzen bleiben und sie ignorieren. Er wusste aber auch, dass sie ihren Willen bekommen würde, denn ihr war klar, dass ihn die Angelegenheit nicht kaltließ.

»Ich vermute, Ihr wollt, dass ich etwas deswegen unternehme?«

»Du und die deinen sind die Einzigen, denen ich traue«, sagte Femenestri. Als sie sich erhob, wurde ihr Blick weicher. »Sei vorsichtig, Indris. Du hast in Amnon Aufmerksamkeit erregt. Die Sēq haben dich aus dem Dienst entlassen, aber nicht aus dem Orden. Einige deiner Brüder und Schwestern wittern die Möglichkeit, dass wieder ein Gelehrter auf dem Thron sitzen könnte. Und da kommst du ins Spiel, der Gelehrtensohn aus einem der ältesten und angesehensten Geschlechter des Landes.«

»Wann werdet Ihr und die Sēq mich endlich in Ruhe lassen? Es gibt auch noch andere Leute, die bei Euren kleinen Dramen mitwirken könnten, wisst Ihr?«

»Aber du bist derjenige, der bereit ist zu helfen, wenn man ihn fragt.« Femensetri zuckte die Schultern. »Ich kann mir nicht vorstellen, dass du dein Gewissen oder deine Moral so schnell verlieren wirst.«

»Pech für mich, was?«, befand Indris. Er versuchte gar nicht erst, Femensetris breites Lächeln zu erwidern. Die Sache war zu entmutigend, um Begeisterung auch nur vorzutäuschen.

»Wir werden die paar ruhigen Wochen nicht bekommen, die du uns versprochen hast, oder?«, fragte Shar und stach Indris mit steifem Finger in die Brust. Der Lotuswein hatte ihre blauen Lippen zu einem tiefen Indigo gefärbt. Ihr leichter Rausch brachte die Haut der Kriegssängerin zum Schimmern, als würde in ihrem Inneren eine Kerze brennen. »Wessen geniale Idee war es noch mal hierherzukommen?«

»Wir mussten einen neuen Körper für Omen besorgen, und du, Shar, hast gesagt, du wolltest Avānweh sehen«, erinnerte sie Indris. »Und doch, wir werden noch ruhige Zeiten bekommen. Ich bezweifle nur, dass es hier sein wird … oder jetzt.«

»Ich würde ohnehin lieber sonst wo arbeiten, als mich hier mitten in diesem Verbanntenpack zu entspannen.« Hayden fuhr sich mit Zeigefinger und Daumen durch seinen Hängeschnurrbart, die Augen in dem wettergegerbten Gesicht schmal. »Ich schätze, es verheißt nichts Gutes, wenn sie hier herumhängen.«

»Wir müssen es Rosha sagen«, murmelte Indris.

Maris Augenbrauen hoben sich. Eine leichte Brise zupfte an ihren blonden Locken, und die Sonne verwandelte ihre Augen in Saphire. »Ihre eigenen Spione werden ihr doch sicher erzählen, was sie wissen muss, oder nicht?«

»Das Risiko können wir nicht eingehen.« Shar schüttelte den Kopf. »Denkt nur daran, was das letzte Mal passiert ist, als wir nicht gleich erzählt haben, was wir wussten. Ich will kein zweites Amnon erleben, und auch nichts in der Art wie unsere kleine Wanderung durch diese *faruq-ta* Rōmarq.«

»Der Punkt geht an dich«, sagte Hayden und zuckte zusammen, während seine Miene seine Erinnerungen nur zu deutlich widerspiegelte. Dann erhellte sich sein wettergegerbtes Gesicht wieder. »Auf einen Gang mehr oder weniger kommt es schließlich nicht an, bevor ich mich endgültig auf den Weg nach Hause mache, oder? Ich schätze, die Wiesen von Ondea können auch noch ein paar Tage länger auf mich warten.«

Indris hätte beinahe gelächelt, auch wenn ihm der Gedanke, Hayden zu verlieren, zu schaffen machte. Sie hatten gemeinsam bei den Unsterblichen Gefährten gekämpft und waren dann wieder zusammen gewesen, nachdem Indris aus Sorochel geflohen war und sich auf die Suche nach seiner vermissten Frau Anj gemacht hatte. Aber für Hayden war die Zeit der Abenteuer langsam vorüber, und der alte Viehtreiber akzeptierte es bereitwillig. Indris beneidete Hayden um seine bevorstehenden friedlichen Tage.

»Amonindris?« Ekkos Stimme war leise, kaum mehr als ein schnurrendes Knurren, ein Tau-se-Flüstern. »Könnten wir beide unter vier Augen reden?«

»Natürlich.« Indris entschuldigte sich, während seine Freunde weiter Haydens Plänen lauschten, wie er sein Gehöft wieder aufzubauen gedachte, Pferde züchten und selbstgebrautes Bier auf seiner Veranda trinken wollte, während er den Sonnenuntergang betrachtete. Mit dem hoch aufragenden Ekko an der Seite zog sich Indris auf eine Seite des Balkons zurück, von wo aus er die Scharen in leuchtend bunten und fantastischen Kostümen auf dem Marktplatz unter ihnen beobachten konnte. Eine Handvoll Kinder rannte um den zentral gelegenen Springbrunnen und den Obelisken herum, die Schnüre mit den über ihnen flatternden Flugdrachen in der Form von Adlern, Drachen und Schilden fest umklammert.

Ekko lehnte sich gegen die Balkonbrüstung, die Augen vor Vergnügen zu Schlitzen verengt und die Nasenlöcher geweitet, während er den Duft der Geschichten um sich herum einatmete. Indris musste sich beinahe überwinden, ihn dabei zu stören.

»Was macht dir Sorgen, Ekko?«

»Es geht um Sassomon-Omen«, erwiderte der Tau-se. »Ich bin kein langjähriger Freund des Geisterritters, doch tatsächlich finde ich seine Art … verstörend, in etwa so wie ihr Avān auch. Aber ich habe seine … Fehltritte bemerkt. Er scheint das Bewusstsein dafür zu verlieren, was um ihn herum vor sich geht, und ich habe gewisse Bedenken, mit einem Gefährten zu reisen, dem ich nicht völlig vertrauen kann.«

Indris wandte sich um und sah zu Omen hinüber, der trotz des Treibens um ihn herum unter langen Schattenstreifen stand, so reglos und still wie ein Gargoyle auf einem Dach. Hayden wollte nach Hause zurückkehren. Omen verblasste. Anj. Freunde zu verlieren war immer schmerzhaft und nur in der Gesellschaft derer zu ertragen, die noch blieben.

»Ich verstehe, Ekko.« Indris klopfte dem riesigen Löwenmann auf die Schulter. »Und ich danke dir für deine Ehrlichkeit. Halte die Augen offen. Wenn wir nicht aufeinander aufpassen, wer würde es dann tun?«

Der Qadir Näsarat war in eine Spalte im Caleph-Rahn auf dem Mar Silamari gehauen, der nun in moderneren Zeiten bei seinem weniger poetischen Namen »Sternenkronenberg« genannt wurde. Hohe, von einem Phönix gekrönte Säulen aus blauem Marmor und Blattgold markierten den Eingang, und das rote Steingesicht des Bergs war von Galerien und hohen Fenstern aus getöntem Glas übersät. Apfelblüten schwebten über natürlichen Teichen, und Farne und einheimische Veilchen wuchsen zwischen moosbedeckten Felsen. Es gab zahlreiche massiv wirkende, eisenbeschlagene Holztüren. Kleine überdachte Balkone waren zwischen den langen Wasserspuren auf dem rötlichen Fels zu sehen.

Mari hatte es abgelehnt mitzukommen; bei dem Gedanken, im Palast ihres angestammten Feinds festzusitzen, fühlte sie sich unbehaglich. Indris konnte es ihr nicht verdenken. Obwohl sie und Roshana in Amnon einer Meinung gewesen waren, waren sie doch noch weit von einer Freundschaft entfernt. Es war eher eine Einstellung der Feindseligkeiten.

Sie wurden hineingeführt und dann über eine scheinbar endlose Treppenflucht nach oben in einen Wintergarten. Von hier aus schien die hoch aufragende, gezackte Bergwand des Mar Jihara zum Greifen nahe zu sein. Wolken umgaben die

Gipfel wie träger Meeresschaum, dunkel und vollgesogen mit Regen. Hoch über dem Qadir ragten die schneebedeckten Gipfel des Īajen Mar wie eine Handvoll blutiger Schwertklingen auf. Hinter dem Weltenblutgipfel erhob sich die letzte der drei Schwestern, der Mar Asrafah – der hoch aufragende Himmelsspeer.

Sie warteten eine Stunde. Hayden stand mit dem Rücken zu einer Metallsäule, und das Sonnenlicht bildete einen messingartigen Heiligenschein um seinen Pagenkopf. Bis auf die blassen Lichtpunkte auf seiner Nase, den Schläfen, Wangen und Kiefer lag sein Gesicht im Schatten. Der betagte Mann hielt sein Sturmgewehr mit abwesendem Blick an die Brust gedrückt. Unter der Bräune schien seine Haut aschfahl zu sein, und die Augen waren glanzlos. Ekko neben ihm beobachtete seine Umgebung mit unruhig zuckendem Schwanz. Indris verstand seine Nervosität: Roshana war verärgert gewesen, als der Oberstritter der Löwengarde den Dienst quittiert hatte, um mit Indris zu reisen.

Omen stand am Geländer und starrte südwärts über die mit Diamanten bestreuten Himmelsseen. Die Glasur auf seinem neuen Keramikkörper war entweder blau oder grün, je nach Blickwinkel. Seine Gelenke bestanden aus poliertem Messing, die Nägel aus Onyx. Die Handwerker der Seethe, die seinen Körper gemacht hatten, hatten ihm das Gesicht von Tyen-to-wo gegeben, dem Lachenden Windgeist der Seethe: scharfe Gesichtszüge mit langer, spitzer Nase und Kinn und facettierte smaragdfarbene Kristalle anstelle von Augen. Es war eine Abweichung von seiner vorherigen Gestalt, die keinerlei Gesichtszüge gehabt hatte. Indris wusste noch immer nicht, ob ihm Omens neues Gesicht nun besser gefiel oder nicht. Es war mehr und zugleich weniger als das Gesicht eines Mannes, der mit seiner Umwelt in Verbindung stand.

»Unser Ausflug nach Avānweh hat sich nicht so entwickelt, wie du dir das vorgestellt hast, oder?«, fragte Shar. Sie hockte auf dem Balkongeländer an Indris' Seite, eine Schale mit bitter riechendem grünem Lotustee in den Händen.

»Nicht ganz, nein.« Als er wieder den bohrenden Schmerz hinter den Augen spürte, zuckte er zusammen.

»Du hast diese Kopfschmerzen schon seit Amnon«, flüsterte Shar. »Früher war das nicht so.«

»Ich glaube, dass die ganze Disentropie, die ich eingesetzt habe …«

Beim Geräusch der sich öffnenden Glastüren unterbrach sich Indris. Er sah über die Schulter, während sich ihm eine Dienerin in einer kurzen, ärmellosen Tunika näherte. Die junge Frau sah ihm nicht in die Augen, aber sie signalisierte ihm mit leisen Worten und einer kleinen Geste, dass Rahn Roshana ihn im Phönixsaal erwartete. Als die anderen sich ihm anschließen wollten, wehrte die Dienerin sie jedoch höflich ab. Indris sollte allein gehen.

In die steinernen Wände des Phönixsaals waren die Bildnisse Hunderter Phönixe in unterschiedlichen Formen und Größen gemeißelt. Sie scharten sich um einen aufgewühlten Mahlstrom aus Flammen. Der Boden war mit blauen und goldenen Keramikfliesen ausgelegt, und die äußeren Abschirmungen, die den Phönixsaal vor den Elementen schützen sollten, waren weit geöffnet, sodass der runde Raum wie ein Adlerhorst wirkte.

Rosha saß groß und breitschultrig auf ihrem Stuhl, das dunkle Haar aus dem ebenmäßigen Gesicht gekämmt. Die Rahn trug schlichte Kleidung: ein ärmelloses blaues Lederwams, das mit Bronze beschlagen war, eine weite Hose und hohe weiche Stiefel. Sie erinnerte ihn an einen freundlichen Sommertag, an Olivenhaine, sonnige Felder und Seen, deren Glanz so scharf war wie Schwertschneiden. Roshana lächelte breit und stand auf, um ihn herzlich zu umarmen.

Ihre Begleiter erhoben sich ebenfalls von ihren Sitzen: der betagte Dichtermeister Bensaharēn, dessen unterschiedliche Kleidungsschichten elegant um seine schlanke Gestalt angeordnet waren, den hohen Pferdeschwanz und die Zöpfe mit seinen goldenen Auszeichnungen umflochten. Generalsritter Maselane, ein Bücherwurm mit vernarbten Händen, die in seltsamem Widerspruch zu seinen weichen, sanften Zügen standen. Außerdem Danyūn mit Haaren wie Lammwolle und blauen Augen – der Südländer schien ganz aus harten Muskeln zu bestehen und trug die gewöhnliche Kleidung der Kriegerkaste. Der Geheimdienstleiter der Näsarat war ungewöhnlich jung für seinen Posten, aber ein sehr fähiger Geheimagent der Ishahayan, der Gnostischen Assassinen aus den Bergen jenseits der Rōmarq. Nur Mauntro, der Befehlshaber der Löwengarde, fehlte. Zweifellos kümmerte er sich um die Sicherheit im Qadir.

»Was für ein unerwartetes Vergnügen«, sagte Rosha und machte Indris ein Zeichen, Platz zu nehmen.

Er sah sich unauffällig im Raum um. Zahlreiche Karten lagen auf einem nahen Tisch, deren eingerollte Ränder in der Brise flatterten. Ein großes Bündel mit Pergamenten wurde von einer kleinen Büste Kohars beschwert, eines Generals aus der Vorzeit, der bei der Entwicklung einiger noch immer angewandter Kavallerietaktiken mitgewirkt hatte. Ganz in der Nähe, auf einem kleinen Schreibtisch, befand sich noch mehr Pergament, ein altes Tintenfass und ein zottiger Tuschpinsel. Auf einer der Karten waren einige Figurengruppen aufgestellt, die die Truppenbewegungen innerhalb Shrīans darstellten.

»Ich fürchte, es wird mehr um Probleme als ums Vergnügen gehen«, sagte er. »Wie habt Ihr Euch an Eure Stellung als Rahn Näsarat gewöhnt?«

»Ganz gut«, sagte sie und versuchte mit gespielter Tapferkeit ihre Unsicherheit zu verbergen. Sie klopfte sich mit den Fingern gegen die Schläfen. »Ich versuche immer noch, mit alldem klarzukommen, was mein Vater ist … war. Obwohl man sich darauf vorbereitet, sagt einem doch niemand, dass das Erwachen so …«

»… atemberaubend ist?«

»Eher gewaltsam.« Sie schlug die Beine übereinander und lehnte sich in ihrem Stuhl zurück, mehr seine Cousine als die Monarchin eines Hohen Hauses. »Das Aufzwingen so vieler Gedanken. Sehnsüchte, Hoffnungen, Siege, Niederlagen. Alles. Es ist, als würden mehrere Leben gleichzeitig versuchen, sich an meines anzugleichen. Oder es zu übernehmen.«

»Ihr habt den Sturm überlebt. Jetzt müssen sich die Wogen wieder glätten.« Er lehnte sich vor und stützte die Ellbogen auf die Knie. »Wie nimmt es der Haushalt auf?«

»Haben sie denn eine Wahl?« Rosha lächelte, um ihren Worten die Schärfe zu nehmen. Bensaharēn und Maselane lächelten höflich, während Danyūn eine Augenbraue in die Höhe zog. »Mein Mitarbeiterstab wird mehr oder weniger so bleiben, wie mein Vater es bestimmt hatte. Maselane wird mein Waffenmeister. Unsere Beziehung zu den Gnostischen Assassinen der Ishahayan reicht weit in die Vergangenheit zurück, daher wird Danyūn bleiben. Außerdem hoffe ich, dass meine Gespräche mit Sayf Ajomandyan mir einen neuen Himmelsmeister einbringen werden, jetzt, da Far-addin und seine Seethe nicht mehr bei uns sind.«

»Und ich bereite meinen Ruhestand vor«, sagte Bensaharēn. Die Sonne schimmerte in seinem langen weißen Haar und dem kurzen Bart. »Aber ich werde als Dichtermeister dienen, bis wir einen neuen ernennen können.«

»Du hast immer gesagt, Mari wäre deine größte …«

»Indris!«, knurrte Rosha. »Ein Erebus als Dichtermeister der Gram? Auf keinen Fall.«

»Ich habe dasselbe vorgeschlagen.« Bensaharēn sah zu Rosha hinüber. »Seht Ihr! Sie ist die perfekte Wahl. Eine der besten, die ich je trainiert habe, und nach ihren Heldentaten in Amnon ist sie noch berühmter.«

»Nicht jetzt, Bensa. Außerdem: Was ich im Moment wirklich brauche, ist ein Geschichtenmeister!« Rosha sah frustriert aus. »Die Sēq haben auf meine Anfrage nicht reagiert.« Sie musterte Indris kritisch. »Du hast meinem Vater gedient, Indris, und ich will dich ebenfalls in meinen Reihen haben.«

»Ich habe Ariskander Ratschläge gegeben, wenn ich konnte, Rosha«, sagte Indris freundlich. »Aber mein Weg führt mich in eine andere Richtung.«

»Deine Familie und du, ihr habt eine Verpflichtung.« Ihre Stimme war hart, und Echos von älteren, lange verstorbenen Rahns schwangen darin mit. *Familie.*

Aber hatte er eine Verpflichtung? Indris fühlte sich an Ariskanders Worte erinnert. *Meine Schwester war ein Gefäß, das bereitwillig eine große Last auf sich genommen hat. Deine Mutter hat alles aufs Spiel gesetzt, als sie dich geschickt hat …*

Rosha fuhr fort: »Als dein Rahn erwarte ich, dass du dem Hause Näsarat dienst, und zwar auf die Weise, die ich für die beste halte.«

Indris ignorierte das und holte stattdessen Femensetris Liste aus seiner Büchertasche. Er überreichte sie Rosha, die sie allerdings kaum beachtete. »Hat Euer Leiter des Geheimdiensts Euch mitgeteilt, dass die verbannten Imperialisten nach Avānweh zurückgekehrt sind?«

»Das wissen wir längst«, sagte Danyūn. »Sie sind heute angekommen, mit Windfregatten aus Tanis.«

Indris zeigte auf die Liste. »Die echten Anführer, diejenigen, deretwegen Ihr Euch Sorgen machen solltet, kamen mit schnelleren Windbarken im Laufe der letzten Tage an. Zweifellos, um ihre Pläne im Geheimen auszuarbeiten.«

»Warum bist du dir da so sicher?« Maselane hob eine Keramiktasse an die Lippen und nippte an seinem Tee. Die Glasur mit dem Meeresmuster leuchtete zwischen seinen dunklen Fingern.

»Weil es das ist, was ich tun würde. Wenn die Hauptanführer der Verbannten noch nicht gesehen wurden, dann liegt das daran, dass sie nicht gesehen werden wollten. Wenn ich sie wäre, dann hätte ich jetzt längst Gespräche mit den anderen Imperialisten aufgenommen, um meine Ansprüche geltend zu machen, bevor die anderen es tun. Corajidin wird sich nach neuen Freunden umsehen.«

Rosha schürzte die Lippen, dann nickte sie Danyūn zu. Der Mann zuckte mit den Schultern und verließ ohne ein weiteres Wort den Raum. Indris beobachtete die katzenhafte Art, mit der sich der Mann vorwärtsbewegte, die fließende Anmut, während er geräuschlos aus dem Zimmer zu gleiten schien.

»Indris«, begann Rosha zögernd, »ich und die anderen Föderalisten haben unsere Möglichkeiten diskutiert. Nach den Ereignissen in Amnon ist Shrīan in einer misslichen Lage. Wir haben viele erfahrene Anführer verloren, von meinem Vater und Far-ad-din aus der Din-ma Truppe ganz zu schweigen. Wir brauchen Hilfe, um das Land zu stabilisieren.«

»Ich werde tun, was ich kann«, erwiderte Indris.

Rosha saß aufrecht in ihrem Stuhl. Die Cousine war verschwunden, der Rahn blieb. »Die Föderalisten sind alle der Meinung, dass wir deine Fähigkeiten brauchen. Shrīan ist gespalten. Das Eiserne Bündnis droht mit Krieg. Wir riskieren den Verlust der Krisenstädte. Wir sollten dir deine Dienste in der Vergangenheit vergelten, damit du über die Autorität verfügst, etwas wirklich Gutes zu tun.«

Indris neigte den Kopf, um seine wachsende Sorge zu verbergen. »Ich weiß die Geste zu schätzen, aber ich habe für

Shrīan im Laufe der Jahre schon mehr für weniger Entgelt getan. Ich helfe, weil mein Gewissen es verlangt, nicht aus Zwang.«

»Titel«, setzte Maselane an, »Ländereien, Geld, Einfluss …«

Indris schüttelte den Kopf. »Habe ich schon, und mehr brauche ich nicht. Es gibt eine Menge Leute, die wirklich Gutes tun könnten mit dem, was Ihr mir da anbietet.«

»Und wir sind dabei, Positionen für sie zu finden«, sagte sie frustriert. »Sie wollen es, du nicht. Du respektierst die Macht, und ich weiß aus erster Hand, dass du sie nicht missbrauchst. Du weißt, was hier vor sich geht!«

Indris atmete tief ein, während Rosha redete. Ein Teil von ihm hörte zu, während sein Blick gleichzeitig den Fokus verlor. Die Zweige des Baums der Möglichkeiten waren noch unscharf. Schattenhafte Pinselstriche, blasse Aquarelle zogen an seinem Sichtfeld vorüber. Bald darauf nahmen einzelne Zweige Gestalt an. Ursachen erhellten Wirkungen, als einzelne Zweige in einem bleichen Licht vor seinem geistigen Auge gemalt wurden. Fraktionskämpfe zwischen den Föderalisten und den Imperialisten, die zu mehr Bürgerunruhen führten. Far-ad-din abgesetzt. Ariskanders Tod. Vashnes Tod und die Rückkehr der Verbannten. Eine Schwächung der avānischen Präsenz in den Krisenstädten durch den Abzug der Verbannten. Der mögliche Fall von Tanis an das Eiserne Bündnis. Die höhere Wahrscheinlichkeit, dass das Eiserne Bündnis seine militärische Macht gegen Shrīan wenden würde. Die Imperialisten, die eine drohende Invasion als Hebel nutzten, um ihre eigenen Ziele …

»Indris?«, fragte Rosha. »Hast du irgendetwas von dem gehört, was ich gerade gesagt habe?«

Er blinzelte und erlaubte dem Raum, sich wieder zu fokussieren, während er seine jüngsten Erinnerungen überprüfte. »Du hast mir das Besitztum Irabiyat angeboten, an den Grenzen von Tanis. Du glaubst, wenn ein Gelehrter dort als Statthalter eingesetzt wird, hätte das eine abschreckende Wirkung. Außerdem willst du, dass ich die Sēq im Auge behalte, weil du erwartest, dass sie mit mir zusammenarbeiten werden. Ich glaube nicht, dass es auch nur das Geringste ändern würde, so oder so. Wenn überhaupt, dann werden die Sēq nicht freundlich auf mich reagieren.«

»Außerdem will ich dich zum Geschichtenmeister der Näsarat ernennen«, fügte Rosha hinzu. »Oder du könntest mein Dichtermeister werden.«

»Nicht die perfekte Wahl, aber auch keine schlechte«, sagte Bensaharēn.

»Ein so guter Schwertkämpfer bin ich nicht.« Indris schüttelte den Kopf. »Und damit sind wir wieder bei den Sēq. Sie würde der Schlag treffen, wenn ich Außenstehenden ihre Techniken enthülle.«

»Wenn du erst zum Sayf Irabiyat ernannt worden bist – was ich hier und jetzt tun werde –, dann könntest du deine eigene Familie gründen.« Rosha schritt durch den Raum hinüber zu ihrem Schreibtisch und setzte sich. Sie nahm den Tuschpinsel zur Hand.

»Rahn Ariskander wollte, dass Rahn Roshana Yago von den Näsaré heiratet, um die Bande mit euren entfernten Verwandten zu stärken.« Maselane trommelte mit den Fingerspitzen auf seine Teetasse. »Das kommt jetzt nicht mehr infrage.«

»Aber«, fügte Rosha hinzu, »du könntest ebenso gut seine ältere Schwester Neva heiraten.«

»Ich bin zufrieden mit der Frau, mit der ich jetzt zusammen bin«, sagte Indris mit einem verlegenen Lachen. Er erinnerte sich an Neva aus seiner Kindheit. Sie war ein frühreifer Wildfang gewesen, aufsässig und dickköpfig, und hatte sich stets in Schwierigkeiten gebracht. Indris hatte sie gemocht. Er hatte gehört, sie wäre zu einer bemerkenswerten Frau herangewachsen, die Erbin von Sayf Ajomandyan – der alte Onkel Ajo – von Avānweh und Befehlshaberin seiner Himmelsritter.

»Du glaubst doch nicht, dass deine Beziehung mit Mari irgendeine Zukunft hat, oder?« Roshas Tonfall war barsch. »Dass sie Amnon überlebt hat, war unerwartet – manche sagen auch bemerkenswert –, aber auf keinen Fall würde der Teshri einer offiziellen Verbindung zwischen euch beiden zustimmen.«

»Weder Mari noch ich werden irgendetwas von Bedeutung erben.« Seine Stimme war ruhig; er versuchte, sich den Ärger nicht anmerken zu lassen, der in ihm brodelte. Dennoch wurden Roshas Augen bei seinem Tonfall schmal. »Eine Verbindung zwischen den Näsarat und den Erebus würde unsere Nation stärken, ohne dass irgendein Stammbaum gefährdet wäre. Ganz im Gegenteil. Es könnte einige der mörderischen Reibereien zwischen unseren Hohen Häusern dämpfen.«

Rosha schüttelte den Kopf. »Ihr würdet beide zu Ausgestoßenen erklärt werden, wenn ihr es nur versucht. Ich werde dir nicht gestatten, eine nützliche Verbindung mit dem Himmelsherrn einfach so auszuschlagen, nur damit du mit deiner verbotenen Prinzessin herumspielen kannst. Umwirb sie, geh mit ihr ins Bett, und dann verlass sie. Du hast bessere Möglichkeiten.«

Indris atmete tief ein und versuchte, nicht die Geduld zu verlieren. »Rosha, ich werde Euch helfen, so gut ich kann, aber es gibt Grenzen. Ich habe dieselbe Geschichte schon mit den Sēq, der Krone und dem Staat durchlebt, und es hat für keine Seite ein gutes Ende genommen. Am wenigsten für mich. Es wäre kein so großes Opfer, Shrīan wieder zu verlassen.«

»Würdest du Mari auch zu einer Verbannten machen?«, fragte Maselane überrascht. »Die Frau wäre beinahe gestorben, um unser Vertrauen zurückzugewinnen. Du musst respektieren, was sie getan hat, um Teil dessen zu bleiben, was wir aufbauen wollen. Außerdem gibt es für ihre Zukunft ebenso Pläne wie für deine.« Entschlossen rieb sich Rosha die Hände. »Es wird leichter für euch sein, wenn ihr es jetzt beendet, bevor es tiefer geht. Vertrau mir; ich weiß, wovon ich rede.«

Mari. Würde sie Teil des Lebens sein wollen, das ihm angeboten wurde oder das er selbst wählte? Sie war die Tochter eines Hohen Hauses, die sich erst vor Kurzem ihre Unabhängigkeit erkämpft hatte. Indris wäre nicht überrascht gewesen, wenn man auch ihr nach ihrem Heldenmut in Amnon Ländereien und Titel angeboten hätte. Er konnte keine Entscheidungen treffen, die sich auf ihr Leben auswirkte, ohne erst mit ihr zu sprechen. Und eine Vorstellung von ihrer Zukunft zu bekommen war einer der Gründe, weshalb er hier war.

Der Gedanke an Mari ließ wieder Erinnerungen in ihm wach werden. Erinnerungen an Zärtlichkeit. An Frieden. An den Beginn einer Leidenschaft, von der Indris nicht geglaubt hatte, dass er sie noch einmal erleben würde – jedenfalls hatte er nicht vorgehabt, sie mehr als einmal in seinem Leben zu empfinden.

Indris wandte sich um und blickte durch die Glastüren hinüber zu seinen wartenden Freunden. Ein Lächeln huschte über seine Züge, als er Hayden sah, der die Hände in die Luft warf, zweifellos wegen irgendetwas, das Omen gesagt hatte. Shar und Ekko krümmten sich vor Lachen.

»Nun?«, fragte Rosha scharf. »Wirst du uns helfen?«

Indris war noch einen Moment still, bevor er antwortete. »Was Ihr wollt und was Ihr benötigt, sind zwei verschiedene Dinge. Wenn Mari, meine anderen Freunde oder ich nirgendwo in Frieden sein können, ohne in Eure Pläne verstrickt zu werden, dann habt Ihr mir nichts anzubieten. Lasst es mich wissen, wenn Ihr bereit seid, auch zuzuhören und nicht nur zu reden.«

Seine Hand lag bereits auf der Türklinke, als ein Wirbel von Disentropie seine Seele streifte. Es war, als würde er kalten Rauch einatmen. Dann erklang der Lärm einer gewaltigen Explosion irgendwo unter ihnen in der Stadt.

Kapitel 2

»Anfang und Ende sind unentwirrbar miteinander verflochten. Wir beginnen mit etwas Neuem, weil etwas anderes geendet hat, das wir entweder nicht mehr brauchen, oder es braucht uns nicht mehr. Oft müssen wir erst den Kelch unserer Überzeugungen geleert haben, ehe wir sehen, wie notwendig der Wandel ist.«
Aus Der Abstieg vom Berggipfel, *von Kobaqaru, Magnat der Zienni unter den Schlangenfürsten von Kaylish (490. Jahr der Shrīanischen Föderation)*

347. Tag im 495. Jahr der Shrīanischen Föderation

Mari lehnte sich gegen die Brüstung der Dachterrasse von Nanjidasé, der Festung der Feyassin in Avānweh, und blickte auf das Bündel mit Leinwänden vor sich, die in der Brise flatterten. Es war eine ganze Weile her, seit sie gezeichnet hatte. Zeichenkohlestifte mit unterschiedlichen Spitzen lagen in einem alten Kästchen bereit, dessen Lack an den Rändern schon ganz abgewetzt war. Das Kästchen, das einst ihrer Mutter gehört hatte, stand neben alten Gefäßen mit Farbstoffteilchen, benutzten Pinseln, einer kleinen Schale mit Wasser und einem Pistill zum Anrühren der Farben. Sie kannte diese nervöse Erregung, die sie immer dann überkam, wenn sie im Begriff war, ein neues Projekt zu beginnen. Stets fragte sie sich dann, wie ihre Hände das hervorbringen sollten, was ihre Augen sahen und ihr Herz fühlte.

Mari mischte Farbpigmente und Wasser, nahm einen Pinsel zur Hand, schloss die Augen und atmete aus. Als sie die Augen wieder öffnete, sah sie das Bild klar vor sich und pinselte es mit sicheren Strichen auf die Leinwand.

Die Masse des Weltenblutbergs schien sich in der hereinbrechenden Dämmerung über sie zu beugen. Silhouetten hasteten die nahe gelegenen Straßen entlang und an den von Laternen erleuchteten Fenstern der Kunsthandwerker und Händler vorüber. Studenten der Habron-sûk, der Reiherschule der Kriegsdichter, spazierten in kleinen Gruppen vorüber, die langen Speere über der Schulter, die Schwerter an der Hüfte und die Schilde über den Rücken geschlungen. Erinnerungen an ihre Trainingszeit an der Gram stiegen in ihr auf. Die langen Tage und kurzen Nächte, die Freuden, Schmerzen und Träume. Immer wieder die Träume. Von Größe und Ruhm. Davon, sich einen Namen zu machen in der langen Reihe von Helden, die vor ihr gewesen waren.

Unnatürlich langsam schien der Tag in den Abend überzugehen. Die Schatten der Berge hatten rasiermesserscharfe Kanten, sie waren zinnoberrot gefärbt und hoben sich scharf gegen den indigofarbenen Himmel ab, der von gelben Wolkenstreifen durchzogen war. Es war, als wäre das Licht gefroren, reflektiert von den rotorangen Steinen der Stadt und den Bergen, in die sie gehauen war. Harte Schatten umrahmten die Stadthäuser, die sich auf dem stufenförmig angelegten Felsen oder um den Fuß der Stadt drängten, dort, wo sie sich in Tälern und den Ausläufern des Gebirges hob und senkte.

Als die Sonne hinter dem Berg verschwand, legte Mari ihren Pinsel beiseite. Die Schatten stürzten wie eine lautlose Lawine herab. In ganz Avānweh flammten die kleinen Punkte der Laternenlichter auf. Es war, als hätte irgendjemand leuchtende Splitter aus Bernstein, Saphiren und Diamanten über eine zerknitterte nachtschwarze Bettdecke gestreut. Die Temperatur fiel abrupt, und Mari faltete fröstelnd die Arme vor der Brust. In dreizehn Tagen war Herbstanfang – der Beginn eines neuen Jahres mit einem neuen Asrahn, und der erbarmungslose Ansturm des Sommers wäre nicht mehr als eine ferne Erinnerung. Hoffentlich würden sich sowohl die Gemüter als auch das Land mit dem Herbst abkühlen.

Es schien ein ganzes Zeitalter her zu sein, seit sie zum letzten Mal in Nanjidasé gewesen war. Einige der größten Krieger ihres Volks hatten innerhalb dieser Mauern gelebt und in seinem großen Innenhof trainiert. Sie hatten im Schutz der Säulengänge meditiert, in den Gärten oder in den Gewölben mit ihren Mosaikdecken.

So viel war geschehen. Ihre Affäre mit Indris. Vashnes Tod. Ihr Widerstand ihrem Hohen Haus gegenüber. Die Entfremdung von ihrem Vater und Bruder. Nazarafines Angebot, die Feyassin zu befehligen. Indris hatte ihr von seinem Treffen mit Belam erzählt, und wie Thufan Rache genommen hatte. Indris wusste nicht, ob Belam überlebt hatte. Doch Mari war sich sicher, wenn ihr Bruder gestorben wäre, so hätte die Welt davon erfahren. Geschichte. Was hatte Indris zu ihr gesagt? *Die kleinen Wellen von heute sind die Steine, die gestern ins Wasser geworfen wurden. Unsere Wahrheiten entstehen aus längst vergangenen Gegebenheiten. Die Vergangenheit ist untrennbar mit der Gegenwart verwoben; nur die Zukunft kann verändert werden.*

Und nun war sie hier, bereit, es mit diesem neuen Morgen zu versuchen, in dem ihre Handlungen von gestern weniger folgenschwer waren. Heute war der Tag ihres Neuanfangs. Zu viele Steine waren in den Teich geworfen worden, als dass sie noch klar hätte sehen können. Die ganze Oberfläche bestand aus kleinen Wellen, der Spiegel ihres Lebens war verzerrt …

Das Gefühl von Gefahr peitschte durch ihre Sinne.

Mari warf sich zur Seite. Funken sprühten, als die Klinge,

die ihren Rücken hätte treffen sollen, die Brüstung streifte, an der sie gerade noch gestanden hatte. Sie nutzte den Schwung und kam geschmeidig wieder auf die Füße.

Es waren drei verhüllte Gestalten. Sie trugen dunkle, eng anliegende Jacken über Hosen, die mit Schnüren fest um die Beine gewickelt waren. Die sichtbaren Hautstellen waren geschwärzt worden, ebenso wie die Klingen ihrer langen, gebogenen Messer. Sie verteilten sich und näherten sich auf leisen Sohlen.

»Ihr habt vielleicht ein paar Spielsteine mehr«, gab sie zu. »Nur leider keinen Verstand.«

Der Meuchelmörder zu ihrer Linken stürzte vor, nicht mehr als ein unscharfer Fleck in der Düsternis. Mari trat in den Bogen, den der Arm ihres Angreifers beschrieb, und griff nach seinem Handgelenk. Sie verdrehte es brutal und schmetterte ihren Ellbogen gegen den Kiefer des Meuchelmörders. Dann griff sie nach dem Messer, das ihm aus der Hand gefallen war, noch bevor es den Boden berührte. Der Attentäter griff erneut an. Mari nutzte den Schwung und blockte ihn ab. Ergriff den Mann an Handgelenk und Ellbogen und wirbelte herum. Dann warf sie den Angreifer über die hohe Brüstung in den leeren Luftraum. Lautlos verschwand der Attentäter in der Dunkelheit.

»Seht nur, was ihr angestellt habt.« Mari klopfte mit dem Langmesser gegen ihren Oberschenkel und grinste schief. »Jetzt habe ich auch noch ein Messer.«

Der Meuchelmörder zu ihrer Rechten näherte sich vorsichtiger, wobei er ein Messer vor sich und das andere hinter dem Rücken verborgen hielt. Nach einem ersten Schlagabtausch tänzelte Mari zurück. Die Waffen klirrten gegeneinander. Sie passte auf, dass sich ihr Angreifer immer zwischen ihr und dem dritten Meuchelmörder befand, der versuchte, sie zu umkreisen und von hinten anzugreifen. Ihr Stolz rang mit dem gesunden Menschenverstand und gab sich schließlich geschlagen.

»Attentäter auf dem Dach!«, brüllte Mari, als ein Messer ihre Rippen traf. Mit etwas Glück hörte sie irgendjemand rufen. Sie entblößte ihre Fänge und knurrte. Ihre eigene Klinge prallte von einer Art Harnisch ab, den der Angreifer unter seinem Kapuzenumhang zu tragen schien. Der Schauder, der ihr durch Handgelenk und Unterarm fuhr, verriet ihr, dass es sich um Metall handeln musste. Und alles, was sie hatte, waren ein ärmelloses Wams und ein Kilt.

Mari merkte, dass sie an die Brüstung zurückgedrängt wurde. Die Messer blitzten im jadegetönten Mondlicht. Fäuste schlugen zu, Füße traten um sich. Schienbeine und Unterarme krachten gegeneinander. Sie konzentrierte sich auf ihre Atmung. Darauf, ruhig und in Bewegung zu bleiben. Immer in Bewegung, um sich nur immer jeweils einem Gegner zu stellen.

Sie fand eine Lücke und holte zu einem tiefen Schlag aus. Mari spürte ein Brennen, als das Messer des Meuchelmörders einen Bogen über ihre Schulter beschrieb und ihr den Rücken aufschlitzte. Ihr Dolch durchdrang die Rüstung und durchbohrte die inneren Schenkelpartien des Angreifers. Ein Strom aus Blut folgte, als sie das Messer herauszog. Dann ein unterdrückter Fluch, und der Attentäter taumelte zurück. Maris Klinge schlitzte dem Mörder das Kinn auf statt der Kehle, auf die sie eigentlich gezielt hatte.

Blut rann ihr über den Rücken und über ihre Rippen. Der letzte Gegner kam in einer fließenden Bewegung nach vorn. Es schien beinahe, als würde sich sein Körper wiegen, als wäre er nicht mehr als die Illusion von Bewegung. Im letzten Augenblick sprang er vor. Mari bog sich zur Seite und spürte die entsetzliche Kraft des Schlags, als nicht Stahl, sondern eine Faust sie traf.

Der Meuchelmörder, den sie verwundet hatte, stürzte wieder auf sie zu. Sie bohrte ihr Messer in eine Stelle unterhalb seines Schlüsselbeins.

Aber sie hatte keinen festen Halt mehr; zu viel Blut machte den Boden rutschig. Der Körper des Gegners, vorwärtsgetrieben durch den eigenen Schwung, krachte in sie hinein. Mari wurde zurückgeschleudert und stand schmerzhaft gegen die Brüstung gekrümmt.

Dem letzten Angreifer würde es nicht schwerfallen, ihr die Füße wegzutreten. Seinem gefallenen Kameraden einen Stoß zu verpassen und sie beide über die Brüstung zu kippen, in den Abgrund.

Geschichte, hallte es durch ihren Geist. *Die Vergangenheit ist untrennbar mit der Gegenwart verwoben. Sie bewirkt, was ist und was sein wird.* Die kleinen Wellen aus ihrer Vergangenheit schlugen ans Flussufer.

Sie fiel.

Der Aufprall trieb ihr die Luft aus der Lunge. Kalter, nasser Stein. Abrutschen, tiefer und tiefer. Vielleicht hatte sie sich das Knacken ja nur eingebildet, als ihre Rippen brachen, aber nicht den Schmerz. Der Schmerz war sehr echt.

Mari streckte die Arme aus und griff nach einer Handvoll der Bougainvillea, die den bogenförmigen Aquädukt hinaufwuchs, etwa zehn Meter unterhalb der Nanjidasé. Sie versuchte, ihren Geist in den Zustand des *Lelhem* zu bringen – das meditative Stadium, in dem der Kriegsdichter Schmerz oder Erschöpfung ignorieren konnte. Sie versagte kläglich.

Mari kletterte den von Wein umrankten Bogen hinunter, der den Viadukt in der Höhe hielt. Ihr ganzer Körper schmerzte. Wäre sie auch nur einen Meter weiter geschleudert worden, hätte nichts mehr ihren Sturz in den Laternenglanz der Stadt unter ihr aufgehalten. Sie versuchte, nicht darüber nachzudenken. Hand um Hand griff sie und suchte gleichzeitig festen Halt mit den Füßen. Sie wollte nur wieder festen Boden unter sich spüren.

Über ihr öffnete der Himmel seine Schleusen, und der Regen strömte auf sie herab.

Nachdenklich starrte sie hinauf zur Nanjidasé. Es war zu gefährlich, dorthin zurückzugehen. Vielleicht lauerten dort noch mehr Meuchelmörder. Indris war weit weg und die *Wanderer* draußen in den Untiefen. Mit gesenktem Kopf zwang Mari ihren müden, schmerzenden Körper durch den Regen, auf dem Weg zu jemandem, der ihr helfen würde.

»Hast du keine anderen Freunde?«, witzelte Ziaire, als Mari die Augen wieder öffnete. »Warum habe ich nur den Eindruck, dass du immer ausgerechnet zu mir kommst, wenn dein bedauernswertes Fell wieder zusammengeflickt werden muss?«

Vorsichtig setzte sich Mari im Bett auf. Der Schmerz war weniger schlimm, als sie erwartet hätte. Sie zupfte an dem Verband herum, der um die Wunde an ihrem Schenkel angebracht war. Ziaire las in einem dicken Stapel von Pergamenten. Andere *Houreh* kamen und gingen, fügten dem Stoß ein Pergament hinzu oder nahmen wieder etwas mit.

»Genau genommen war es Femensetri, die mich beim ersten Mal im Samyala geheilt hat, und Indris beim zweiten Mal, im Heilergarten. Du warst einfach nur zufällig dabei.« Mari wies auf ihre heilenden Verletzungen. »Wer hatte denn diesmal die Ehre?«

»Viele Perlenkurtisanen sind für das Neujahrsfest nach Avānweh gekommen.« Ziaire überreichte Mari eine Schale mit Apfelsaft, den sie mit Wasser verdünnt hatte. Die berühmte Kurtisane sah in ihren Schichten aus perlgrauer Seide prachtvoll aus. Sie verfügte über eine Art von Schönheit, die andere Frauen nicht als bedrohlich empfanden, ebenso wenig, wie man sich von einem außergewöhnlichen Kunstwerk bedroht gefühlt hätte. »Einer unserer *Houreh* aus Tanis hat bei den Nilvedic studiert. Er ist ein ziemlich begabter Heiler. Zur rechten Zeit wird er seinen Vater, das Oberhaupt von Tanjipe, ersetzen und sich um die Interessen des Perlenhauses dort kümmern, so wie ich es hier tue. Aber du hattest Glück, deine Verletzungen waren diesmal nicht so schlimm.«

»Vielleicht habe ich mir nicht genug Mühe gegeben?«

»Oh nein. Du hast dir ganz schön Mühe gegeben.« Ziaire grinste. »Du hattest ein paar Schnittverletzungen, die schlimmer aussahen, als sie waren, und Prellungen, die verheilen werden. Ansonsten bist du in Ordnung, du armes Ding. Aber jetzt wird es Zeit, dass du aufstehst. Es ist ein herrlicher Tag, und ich habe eine Verabredung. Begleite mich, wir müssen reden.«

Ziaire brachte Mari in einen Raum, in dem sie sich baden und umziehen konnte. Sie starrte sich im Spiegel an und bemerkte die harten Linien um ihre Augen und den Mund. Als die Erinnerung an die vergangene Nacht in ihrem Geist aufblitzte, begann sie heftig zu zittern. Ihr Atem ging stoßweise. Schweiß kribbelte an ihrem Haaransatz und auf der Oberlippe. Sie griff nach dem Rahmen des Spiegels, umklammerte ihn mit weißen Knöcheln und zwang ihren Atem wieder in einen regelmäßigen Rhythmus. Sie fing ihren Blick im Spiegel ein und hielt ihn fest, bis das Zittern nachließ. Dann wusch und trocknete sie ihr Gesicht und zuckte zusammen, als sie Ziaires Stimme an der Tür hörte.

Als sie sich zu ihrer Freundin gesellte, entspannten sich Maris Züge, und sie lächelte. Ziaire schob ihren Arm durch Maris, als sie auf die Straße hinausgingen. Keine der beiden sagte viel Bedeutsames, während sie sich durch die vormittägliche Menge schlängelten. Die beiden Frauen passierten den Schatten eines Aquädukts. Blühender Efeu war die Bogen hinaufgekrochen, die den alten Wasserweg trugen, rote Knospen, die wie Blutstropfen zwischen den Blättern leuchteten. In der Ferne hörte Mari über das Hintergrundsummen der Stadt hinweg das tiefe Ächzen der Wasserräder und das dumpfe Schwirren und Quietschen der Gondelseile. *Kherife* in grünen Umhängen schritten vorbei und nickten ihnen höflich zu. Die Nanjidasé lag ganz in der Nähe, die Habron-sûk ebenfalls. Egal, ob es nun um das Befolgen des *Sende* oder einfach nur um Respekt ging, Höflichkeit war der sicherste Weg. Trotzdem schweifte Maris Blick unaufhörlich umher, auf der Suche nach Mördern, die sich möglicherweise in den Schatten verbargen.

Ziaire blieb in der Nähe eines beschatteten Brunnens stehen, der mit einem Mosaik aus bunten Vögeln und Blumen gefliest war. Sie nahm einen Wasserkrug vom Haken und wischte ihn mit einem Tuch aus, das sie gefaltet in ihrem Ärmel getragen hatte. Mit beiläufiger Eleganz hielt die Kurtisane ihre Ärmel zurück, während sie den Krug eintauchte und dann einen tiefen Schluck nahm. Sie bot Mari das Gefäß an, die den Rest austrank. Das Wasser schmeckte kalt und klar. Ziaire nahm erneut Maris Arm, und sie gingen weiter.

»Was ist passiert?«, fragte sie leise.

»Ich habe mich beim Stricken geschnitten«, brummte Mari griesgrämig.

Ziaire lachte, drückte Maris Arm jedoch so fest, dass es wehtat.

»Was denn? Also gut. Meuchelmörder haben versucht, mich in der Nanjidasé zu töten.«

»Meuchelmörder?« Ziaires Ausdruck wurde besorgt. »Warum, glaubst du, haben sie dich angegriffen?«

»Meine Liste an Sünden ist lang und ziemlich farbenprächtig«, spottete sie, wurde bei Ziaires Blick jedoch wieder ernst. »Bei Erebus' Eiern, du hast heute wirklich gar keinen Sinn für Humor. Und nein, tatsächlich finde ich selbst es auch nicht sonderlich witzig. Wenn ich genauer darüber nachdenke, bin ich nicht wirklich entkommen. Ich habe es einfach nur vermieden, getötet zu werden. Und das Warum? Ziaire, es könnte alle möglichen Gründe haben. Meine Rolle bei Vashnes Tod? Der Verrat an meinem Haus? Die Möglichkeit, dass ich die Feyassin kommandieren könnte? Ein sitzen gelassener Liebhaber, von denen es mehr gibt, als ich …«

»Wirst du es tun?«, fragte Ziaire abrupt. »Die Feyassin kommandieren, meine ich. Nazarafine muss es wissen, Mari.«

»Es ist ein Haufen Arbeit, und ich weiß nicht, ob ich bereit bin, das Joch meines Vaters so schnell gegen Nazarafines einzutauschen.« Mari stellte sich in Pose, eine Faust an der Hüfte, die andere Hand mit der Handfläche nach oben, als würde sie die Welt darauf balancieren. »*Mach sie wieder so groß, wie sie in den Tagen des Erwachten Imperiums waren, Mari.* Ich weiß nicht, ob die Volkssprecherin wirklich begreift, wie schwierig das sein wird.«

»Wahrscheinlich nicht. Aber das ist dein Problem.« Ziaire warf Mari einen schlauen Blick zu. »Oder auch nicht.«

»Die Meister an den Kriegsdichterschulen sind nicht mehr das, was sie einmal waren. Das elitäre Denken hat die Zahlen ebenso gedrückt wie die steigenden Kosten des Trainings. Ich bin jetzt seit zehn Tagen hier und bei weitem nicht so vorangekommen, wie ich wollte. Wenn Nazarafine die Feyassin wieder in ihrer alten Stärke aufbauen möchte, werde ich außerhalb der Kriegsdichterschulen rekrutieren müssen. An einigen der anderen Akademien gibt es Studenten mit echtem Talent. Man könnte ihnen das Training bieten, das sie noch benötigen.«

»Wie viele Feyassin will sie denn haben?«

»Während des Erwachten Imperiums förderte jedes der zwölf Hohen Häuser eine Kompanie aus ihrer eigenen Präfektur. Außerdem haben sie neue Rekruten trainiert. Selbst wenn ich es schaffe, die sechs verbleibenden Hohen Häuser …«

»Fünf im Moment, da Far-ad-din verschwunden ist.«

»Siamak wird ihn ersetzen, da bin ich sicher. Selbst mit sechs Kompanien sind es trotzdem nur sechshundert Feyassin. Mehr, als wir hatten, aber weniger, als sie haben will. Das Goldene Zeitalter der Kriegsdichter ist lange vorüber.«

Die Tage, an denen die Ausbildung zum Kriegsdichter noch ein Ruf zum Dienst gewesen war, waren vorbei. Heute machten die meisten Kriegsdichter ihren Abschluss und verpflichteten sich dann bei ausländischen Adligen. Oder sie wurden verhätschelte Lehrer von betitelten Studenten mit mehr Geld als Begabung. Was noch schlimmer war: Die Pläne ihres Vaters gegen Far-ad-din hatten die anderen Rahns und die Sayfs nervös gemacht. Sie wollten so viele Krieger wie möglich behalten, um ihre eigenen Interessen zu schützen.

»Aber du bist nicht verbittert.« Ziaires Lippen verzogen sich zu einem Lächeln.

Mari rollte zur Antwort mit den Augen.

»Nazarafine hat dich nicht grundlos ausgewählt.«

»Ihr Sinn für Humor vielleicht?«

»Sie wird wahrscheinlich unser neuer Asrahn, Mari«, sagte Ziaire geradeheraus. »Du hast dich von deinem Hohen Haus distanziert. Was bleibt dir denn sonst noch?«

»Eine Zukunft mit Indris«, erwiderte Mari. »Den Luxus, meine eigenen Entscheidungen zu treffen. Die Freiheit zu gehen, wohin ich will.«

»Verlass dich nicht darauf. Roshana will eine Hochzeit zwischen Indris und der Enkelin des Himmelsherrn arrangieren.« Schlagartig hielt sie inne und schlug eine Hand vor den Mund. Ihr Lachen klang gezwungen. Dann drückte sie Maris Arm und schenkte ihr ein blendendes Lächeln. »Tut mir leid, Mari. Ich weiß heute nicht, was ich rede. Gerüchte und Unterstellungen als Heilmittel gegen Langeweile, du weißt ja, wie das ist.«

Du weißt immer, was du sagst, dachte Mari. Die Röte stieg ihr ins Gesicht. Roshana versuchte, eine Heirat für Indris zu arrangieren? Indris hatte nichts davon erzählt.

»Was weißt du von der Explosion gestern?«, fragte Mari knapp, und der schwelende Ärger machte ihre Stimme hart. Es war nicht gerade die beste Frage, um die Stimmung aufzuheitern, aber die Worte waren heraus, bevor sie es verhindern konnte.

»Nicht viel«, gab Ziaire zu. »Offensichtlich wurden einige Menschen, Manteaner dem Anschein nach, tot unter dem Geröll in der Nähe des Wächtertribunals gefunden. Es beantwortet die Frage, die sich viele schon gestellt haben: Ob das Eiserne Bündnis seine Feindseligkeiten steigern würde …«

»… weil mein Vater Asrahn werden könnte. Du kannst es genauso gut laut sagen. Ich frage mich, ob all die Morde und die Verschwundenen in der Stadt ihm auch zur Last gelegt werden?« *Ob er damit zu tun hatte oder nicht, was reine Vermutung ist.* »Einige der Todesfälle, von denen ich gehört habe, waren …«

»Monströs?« Ziaire kaute auf ihrer Unterlippe. »Das habe ich auch gehört. Die Körper wurden zerfleischt, wie von einem Tier. Die Kehlen waren herausgerissen, das Blut verschwunden. Das heißt, wenn der Körper überhaupt gefunden wurde. Einige sagen, es wären die Menschen, die Nomaden in die Stadt schicken, um die Versammlung und die Wahl zu sprengen.«

»Oder jemand, der es praktisch fände, wenn man die Menschen wegen solcher Dinge beschuldigen könnte.«

Ziaire schenkte Mari einen beifälligen Blick und schien etwas sagen zu wollen, blieb jedoch still.

Sie kamen zu einer Galerie, die über den Platz blickte, der zum Iphyrone führte – der großen Pferderennbahn von Avānweh, die durch die Schluchten im Gebirge angelegt worden war. Dioritsäulen in der Form von sich aufbäumenden Pferden stützten filigrane Bronzebogen, die so fein waren, als wären sie aus Zucker gesponnen. Das Sonnenlicht strömte herab, ein sirupähnliches, dickes Leuchten mit trägen Staubpartikeln, die wie goldene Stecknadelköpfe tanzten. Die Geräusche von Hufen, eisenbeschlagenen Rädern und dem Getöse der Menge drang aus den schattigen Steingängen. Leute, die dort sitzen durften, waren privilegiert. Neugierige Köpfe drehten sich in Maris und Ziaires Richtung, die Gesichter teilweise verdeckt durch Kapuzen, Sonnenschirme oder Sonnensegel, die von Dienern in die Höhe gehalten wurden. Ziaire schnippte ihren Fächer auf, dessen seidene Paneele mit fröhlichen Blumen bemalt waren. Mari erkannte ein paar Gesichter, doch es war niemand darunter, an dem sie so interessiert war, dass sie mit ihm hätte reden wollen. Sie fragte sich, ob die Person, die sie tot sehen wollte, unter ihnen war. Doch das sprach sie nicht laut aus.

»Es ist lange her, seit ich bei den Rennen war«, sagte sie stattdessen. Die Erinnerung zauberte den Geschmack von Tabak, Whisky und schwerem, überteuertem Essen auf Maris Zunge. »Und ich habe noch nie den Fliegenden Zirkus der Näsaré gesehen. Was steht heute auf dem Programm im Iphyrone?«

»Wagenrennen am Morgen.« Ziaire schickte ein Lächeln in die Richtung derer, die ihre Aufmerksamkeit zu erringen versuchten, und brachte Mari und sich gekonnt außer

Reichweite der anderen, die das Gespräch mit ihr suchten. »Danach Bogenschießen auf Hirsche und Gewehre am Nachmittag. Die unterschiedlichen Sûks werden die Turniere ihrer Waffenklassen abhalten. Bensaharēn, dein alter Lehrer, ist auch hier und amüsiert sich mit Niren von der Habronsûk. Delfyne von der Wehklage kam heute Morgen an und der stolze junge Jarrah von der Saidani-sûk. Nur die Beys haben ihren Dichtermeister nicht geschickt: Offenbar gibt es noch mehr Ärger mit den Fenlingen und den Moorpuppenspielern in der Rōmarq. Außerdem gibt es angeblich auch ein Greifen- oder Drachenrennen. Neva, die Erbin des Himmelsherrn, wird das Greifenrennen zweifellos gewinnen. Das tut sie immer. Hast du sie schon einmal getroffen? Eine beeindruckende Frau.«

»Nein, habe ich nicht«, sagte Mari knapp.

»Ich frage mich, ob dein Vater hier sein wird?« Ziaire suchte die Menge ab, als hätte sie Maris Tonfall gar nicht wahrgenommen. »Sein Status ist nach Amnon immer noch fraglich.«

»Er verdient es nicht besser.« Der bittere Geschmack der Worte in ihrem Mund überraschte Mari nicht. Sie hatte versucht, ihren Vater von seinem zerstörerischen Weg abzubringen. Aber er war nicht aufzuhalten gewesen, damals nicht, und heute auch nicht. »Ich bin es leid, das zu sein, was mein Vater aus mir machen wollte, und ich habe nicht die Absicht, in seine Fußstapfen zu treten. Wenn man bedenkt, was er getan hat, musste ihn irgendwann die gerechte Strafe ereilen.«

Ziaire zuckte mit den Schultern. »Das Wächtertribunal berät noch immer.«

»Haben viele Zeugen aus Amnon ausgesagt?«

»Einige.« Ziaire legte ihre Hand auf Maris. Sie war weich und trocken, die Haut makellos. Schimmernde Ringe aus

Rot- und Gelbgold schmückten ihre Finger und Daumen. »Aber es entzieht sich jetzt deiner Kontrolle, Mari. Lass los.«

»Ich hätte aussagen können!«, schnappte sie. Sie war dort gewesen, hatte gesehen, wie ihr Vater durch Vashnes Herzen schnitt. Es war der beschämendste Tag ihres Lebens gewesen, der Tag, an dem sie den Mann verraten hatte, dessen Leben sie zu schützen geschworen hatte. Sosehr sie auch versucht hatte, dem Schicksal die Chance zu geben, ihre Verbrechen zu sühnen, Mari war doch am Leben geblieben. Ziaires Blick war hart. »Nazarafine wollte nicht, dass du in die Sache verwickelt wirst.«

»Warte …«

»Nein.« Ziaire schüttelte den Kopf. »Als Feyassin dienst du der Krone. Die Volkssprecherin, deine Monarchin bis zur Wahl, hat dir die Zeugenaussage untersagt. Wenn du aussagst, wirst du in die Sache verwickelt werden, und das wollte Nazarafine nicht. Das Wächtertribunal hat alle Beweise, die es braucht, um ein Urteil zu fällen.«

»Und mein Vater hat genug Gold, um sich eins zu kaufen.« Selbst nach allem, was geschehen war, unterschätzten die Leute noch immer den Einfluss ihres Vaters. »Ich habe gehört, dass er all seine alten Verbündeten aus der Verbannung zurückgeholt hat.«

Ziaire nickte. »Nach Vashnes Tod sind viele von ihnen nach Shrīan zurückgekehrt.«

»All ihre alten Titel und Positionen wurden an neue Sayfs vergeben. Sie werden um ihre Stellungen kämpfen. Ich frage mich, wie viele Leichen in den Kanälen treiben werden, sodass bequemerweise Machtpositionen frei werden?«

Ziaire winkte einem unscheinbaren, irgendwie ernst aussehenden Mann zu, der im Schatten eines Springbrunnens stand. Mari erkannte Selassin fa Martūm, einen Neffen Vashnes. Er hatte sich oft an den Asrahn gewandt, damit dieser bei irgendwelchen finanziellen Katastrophen eingriff, die ihren Ursprung meistens in seiner Spielsucht und seiner Leidenschaft für Kurtisanen hatten.

»Martūm?«, fragte Mari.

»Es ist ein Gefallen, den ich Nazarafine tun soll«, erklärte Ziaire missmutig. »Da Vahineh so krank ist, wollen sie Martūm als mögliches neues Oberhaupt des Hohen Hauses Selassin präsentieren. Ich soll ihn mir ansehen und beurteilen, ob er der geeignete Mann für die Aufgabe sein könnte.«

»Seinem Ruf nach wohl eher nicht.«

»Das gilt für die meisten Leute, die wirklich nach Macht streben.« Die Kurtisane küsste Mari zum Abschied. »Aber Pflicht ist Pflicht. Wir müssen uns in diesen Dingen klug verhalten. Pass auf deinen hübschen Kopf auf, Mari. Ich mag ihn da, wo er jetzt ist.«

»Das geht mir genauso.«

Mari blieb in der Galerie über dem Platz, nachdem Ziaire gegangen war. Rötliche Orchideen, Geißblatt und grüne Farne bewegten sich sanft in der südlichen Brise. Der Boden war von dem feinen Sprühnebel eines kleinen, nahe gelegenen Wasserfalls benetzt. Sie gestattete dem Stimmengewirr um sich, in den Hintergrund zu treten, und ließ die Leute zu sonnenbestrahlten Schattenrissen werden, zu abstrakten Mustern aus Bewegung.

Die Unterhaltungen verstummten.

Ein Strom aus Frauen und Männern passierte den südlichen Bogen des Platzes. Es war eine bunt zusammengewürfelte Gruppe. Einige waren in einem längst veralteten shrīanischen Stil gekleidet. Andere trugen die lebhaft bunten Seidenumhänge und Juwelen aus Tanis, oder das geschuppte Schlangenleder aus Kaylish. Einige hatten die grellen Hemden, die Kniehosen und hohen Stiefel der Piraten aus dem Marmormeer angezogen, während andere in das geschmeidige Leder und den Filz der Pferdeclans aus Darmatia gekleidet waren. Doch egal, welche Kleidungsart sie gewählt hatten, an ihren Gesichtszügen und ihrer Haltung war deutlich zu erkennen, dass es sich um Avān aus der Oberschicht handelte.

Die Verbannten.

Maris Herz machte einen Satz, als sie ein Gesicht erblickte, an das sie sich erinnerte. Jemanden, den sie seit vielen Jahren nicht mehr gesehen hatte. Als könnte er sie spüren, sah er auf und durchsuchte mit seinem Blick die Menge. Dann erkannte er Mari und lächelte.

Nadir in seiner tanisischen Seidenjacke war hagerer, als sie ihn in Erinnerung hatte. Zwei vergoldete, scharf gekrümmte Dolche steckten in der Schärpe um seine Taille, und eine Reihe kleiner Smaragde schimmerte über seinem linken Auge. Er war groß, mit hoher Stirn und rotschwarzen, gewellten, schulterlangen Haaren. Seine Nase war irgendwann einmal gebrochen und mehr schlecht als recht wieder begradigt worden, seit sie ihn das letzte Mal gesehen hatte. Ein bleiches Flechtwerk aus alten Narben, die Verletzung durch eine Klaue vielleicht, säumte seine Wange. Seine Augen waren dunkel wie glänzende Pechkohle. Sie erinnerte sich an den Klang seiner Stimme: Weich und tief war sie gewesen, wenn sie ihren Kopf auf seine Brust gelegt hatte. Nadir war ein Mitstudent an der Gram gewesen, doch dann hatten ihn seine Eltern in seinem Abschlussjahr von der Schule genommen.

Er befand sich in Begleitung seiner Schwestern Ravenet und Kimiya. Die beiden Frauen waren ein paar Jahre jünger als Nadir. Ravenet wirkte vornehm und abgehoben, während in Kimiyas Blick und Haltung etwas Dirnenhaftes lag. Sie sahen exotisch aus in ihrer tanisischen Seide und mit den Armreifen voller goldener Glöckchen, das Haar geflochten und mit Kügelchen aus Bernstein und Smaragd geschmückt. Herausfordernd und mit wissendem Blick hoben sie das Kinn.

Jhem von der Familie Delfineh, Nadirs Vater, schlenderte neben ihnen her. Seine dunklen Augen waren schlangenartig und nur zum Teil unter den Brauen zu erkennen. Das dunkle, von Grau durchsetzte Haar war aus der hohen Stirn gestrichen. Ein Mann, groß und schlank wie Riedgras. Er betrachtete seine Umgebung leidenschaftslos. Mari hörte, wie die Leute seinen Namen flüsterten, was ihm ein ironisches Lächeln entlockte. Jhem. Die Schwarze Schlange.

Nadir fing Maris Blick auf und sah ihr in die Augen. Sie wurde rot, und er lächelte. Sie sah wieder weg. Der verbannte Krieger stand für eine Geschichte, die sie lieber in der Vergangenheit ruhen lassen wollte, daher beschloss sie, so unauffällig wie möglich den Rückzug anzutreten. Sie hastete einige Treppenfluchten hinunter, auf denen sich die filigranen Blütenschatten des nahen Holzparavents abzeichneten. Ihre Schritte hallten dumpf in der Stille wider, und nur die feuchte Luft und die leichte Vibration der nahen Wasserfälle leisteten ihr Gesellschaft. Die Stufen führten auf eine von Jakarandas gesäumte Straße hinaus. Sie ging südwärts und erreichte das rege Treiben an der Uferpromenade Gahn Markesh. Als sie sich umwandte, bemerkte sie, dass Nadir ihr gefolgt war und die Hand zum Gruß hob. Er hatte den Mund geöffnet und rief etwas, das sie über den Lärm der Menge hinweg unmöglich hätte hören können – oder beantworten, selbst wenn sie es gewollt hätte.

Die Gahn Markesh war eine lange breite Straße mit Hotels, Läden, blühenden Gärten und Myriaden von Stufen. Die Drei Schwestern von Avānweh ragten im Norden in den Himmel. Die Himmelsseen verschwammen im Osten und Westen zu einem blaugrauen Dunst, und die Bergkette des Mar Ejir mit ihren hohen Gipfeln erstreckte sich vom nahe gelegenen südlichen Ufer in die Ferne. Ein Dickicht aus Schiffsmasten schaukelte im warmen Wind, umkreist von Turmfalken und Möwen. Ein paar Windgaleeren, Barken und Jachten trieben in der Luft – Spielzeuge der Reichen auf der Suche nach einem Landeplatz. Mari beobachtete eine Windgaleere, die schon bessere Tage gesehen hatte und gerade auf der Wasserfläche landete. Eine mächtige Dampfwolke stieg auf, als das Wasser um die wild rotierenden Sturmräder zu brodeln begann. Es schäumte noch eine ganze Weile, bis es sich zu einem leisen Brodeln und schließlich einer Reihe kleinerer Wellen abschwächte, die gegen den verwitterten Bootsrumpf leckten.

Von Zeit zu Zeit blieb Mari stehen und blickte zurück. Manchmal hielt Nadir Ausschau nach ihr, manchmal nicht. Sie schlängelte sich durch die Menge und atmete tief den Geruch der Gewürze, des verwitterten Holzes und sonnengewärmten Wassers ein. Am östlichen Ende des Ufermarkts befand sich eine Brücke zu den Untiefen – einer Reihe kleiner Inseln, kaum mehr als Sandbänke –, nur fünfzig Meter vom Ufer entfernt. Indris' Windgaleere, die *Wanderer*, ankerte dort draußen zwischen Dutzenden anderer Schiffe.

Und da war Nadir. Er stand zwischen Mari und ihrem Ziel, im Schatten eines Sonnensegels, bei einem Obsthändler und aß Rosinen. Mari erstarrte bei seinem Anblick, und Nadir lächelte und machte eine einladende Geste in ihre Richtung. Sie musterte ihn von oben bis unten, das Kinn erhoben und beinahe wider Willen lächelnd, als sie ihn so mit ruhiger Selbstsicherheit dastehen sah.

»Ich glaube, die Zeiten, in denen ich dir aus der Hand gefressen habe, sind lange vorüber, Nadir.« Mari war überrascht von ihrem glatten Ton, wenn auch nicht von Nadirs entspanntem, leisem Lachen.

»Es gab Zeiten, da hättest du nie Nein gesagt, Mari«, erwiderte Nadir.

Seine Stimme hatte so tief geklungen, wenn ihr Kopf auf seiner Brust ruhte. Sie wandte sich um, um die unwillkommene Röte auf ihren Wangen zu verbergen, und kämpfte darum, das Gleichgewicht wiederzufinden. Es war so lange her, aber seine Stimme jagte ihr noch immer einen Schauder das Rückgrat hinunter.

»Es gab Zeiten, in denen ich eine Menge Dinge getan hätte. Manchmal tue ich sie immer noch, nur nicht mit dir. Was willst du, Nadir? Warum bist du hier, und warum, bei Erebus' langem kaltem Schatten, bist du mir gefolgt?«

»Nostalgie vielleicht?« Nadir trat vor und schüttelte die Rosinen in seinen Händen. Er warf sich eine in den Mund und kaute mit offensichtlichem Genuss. »Verlangen? Bedauern? Kann ich mehr als einen Grund haben? Vielleicht hat dein Anblick ja Erinnerungen in mir geweckt, von denen ich dachte, ich hätte sie längst verdrängt. Willst du sicher keine Rosine? Sie sind sehr süß, saftig und ziemlich … wohlschmeckend.«

Eine Flut alter Gefühle wallte in ihr auf. Sie wollte ihn umarmen. Ihn schlagen. Ihn küssen. Und umbringen. Ein durchaus vernünftiger Zorn, der sich auf alte Verletzungen gründete, stieg in ihr auf. Sie ballte die Fäuste, bis ihre Knöchel laut knackten.

Nadir lächelte dieses altvertraute breite Lächeln und zeigte seine Fänge. So aus der Nähe ließen ihn die Narben verwegen aussehen. Reizvoll. »Im Namen aller Vorfahren, ich habe dich vermisst. Es ist viel zu lange her, Mari.«

»Du bist ohne ein Wort verschwunden!«

»Und das tut mir mehr leid, als du ahnst.«

»Keine Sorge, ich bin schnell drüber weggekommen.« Mari setzte eine gespielt zerknirschte Miene auf, als sie Nadirs ebenfalls gespielten verletzten Ausdruck sah. Sie runzelte die Stirn, als er sie anlächelte, und hätte sich am liebsten selbst getreten, weil sie wieder in alte Gewohnheiten verfiel. »Es lag nicht daran, dass du gegangen bist, Nadir. Damit hätte ich umgehen können. Aber ich hatte keine Ahnung, was passiert ist!« *Bis auf die Gerüchte, dass deine Familie wegen Verrats verbannt wurde. Und jetzt bist du zurück und dein Vater ebenfalls. Und wenn dein Vater und meiner zusammenkommen, wird das für viele Leute im Unglück enden.*

»Wenn du Fragen hast, dann stell sie jetzt.« Er aß die letzten Rosinen aus seiner Hand, dann streckte er sie aus, als wollte er die ihre ergreifen. »Wenn ich eine Wahl gehabt hätte, dann wärst du die letzte Person auf Īa gewesen, die ich verlassen hätte. Bitte, können wir nicht reden? Was kann es schon schaden, wenn du mich ausreden lässt?«

»Kein Schaden, bis auf meine verlorene Lebenszeit, die ich nicht zurückbekomme.«

»Frag mich, und ich werde dir erzählen, was du wissen willst. Ich verspreche dir, dass es eine Jahrhundertgeschichte sein wird.«

»Tatsächlich?« Mari starrte den Mann unter ihrem zottigen Pony hervor an und war plötzlich irritiert, weil ihr lose Haarsträhnen in die Augen hingen. Oder war es der harte Glanz des Sonnenlichts, das durch ihre blonden Strähnen fiel? Ihr Verlangen, sich Luft zu verschaffen wegen ihrer lange gehegten gerechten Empörung, weil sie verlassen worden war, rang mit ihrem Bedürfnis nach Antworten. Eine ganze Weile später, während Nadirs Grinsen langsam unter ihrem Blick verdorrte, gewann ihre Neugier die Oberhand.

»Also schön. Solange es in der Öffentlichkeit ist.« Mari starrte Nadirs Hand an, die noch immer die Kluft zwischen ihnen überbrücken wollte. »Und nicht heute. Morgen oder übermorgen. Hinterlass mir eine Nachricht in der Nanjidasé und sieh zu, dass du diesmal auch da bist.«

Nadir machte eine übermütige Verbeugung und lächelte dieses Lächeln, von dem er wusste, dass sie ihm nur schwer hatte widerstehen können. Glücklicherweise hatte sie wenigstens dieses Gefühl im Laufe der Zeit überwinden können. Sie sah auf die Rosinen hinab, die von den Füßen der Passanten zertrampelt wurden und sich auf der heißen Straße in dunkle Flecken der Zerstörung verwandelten.

Sie kaute auf ihrer Unterlippe und atmete gegen den nagenden Schmerz in ihren Rippen an, der sie seit dem Abenteuer der letzten Nacht plagte. Ein Mordversuch. Jetzt die Rückkehr der Verbannten, um die Machtposition ihres Vaters zu stärken, und ein Liebhaber aus der Vergangenheit, der wieder in ihr Leben trat. Genau in dem Moment, in dem Rosha versuchte, Indris zu verheiraten. *Mist*, dachte sie. Mari beäugte einen nahestehenden Händler, der Alkohol verkaufte: Hörner mit Honigwein aus Angoth, Krüge mit feurigem Mondschein, der von den Stämmen der Jihari gebraut wurde, Gefäße mit köstlichem dunklem Bier aus der Narsis-Präfektur, Weine der Seethe und alle möglichen Arten exotischer, den Geist betäubender Schwelgereien von jenseits des Marmormeers.

Mari kaufte Bier, außerdem heiße Brotlaibe und einige Soßen und gegrilltes Fleisch von den Händlern entlang der Markesh. Nach dem Wiedersehen mit Nadir zögerte Mari ein wenig, Indris zu treffen. Aber sie hatte das Verlangen nach sicherer Gesellschaft. Heute Nacht würde sie dafür sorgen, dass sie in der Nanjidasé unter Freunden war. Sie würde nachdenken und etwas trinken. Dann, morgen, würde sie Indris treffen.

Was auch immer ihr Vater mit den Verbannten vorhatte, sie bezweifelte, dass sie sich der Wahrheit nüchtern stellen wollte. Und wenn sie dann wieder nüchtern war, waren da ein paar Meuchelmörder, die sie aufspüren … und ausschalten musste.

Kapitel 3

»Es ist nicht genug, im Unglück meiner Feinde zu schwelgen. Sie müssen vor dem Ende auch erfahren, dass ich es war, der ihnen zum Verhängnis wurde.« Aus Der Unversöhnliche Winter der Monarchie, *von König Voethe von Angoth, im 13. Jahr seiner Regentschaft (493. Jahr der Shrīanischen Föderation)*

348. Tag im 495. Jahr der Shrīanischen Föderation

Der Lärm des unten stattfindenden Rennens umtoste Corajidins persönliche Loggia am Iphyrone. Aus den Räuchergefäßen stieg der Duft nach Vanille und Orchideen auf. Getönte Glaslampen in Form von Pferdeköpfen säumten die Wände. Die Luft war staubtrocken und hatte einen sandigen Nachgeschmack. Das Sonnenlicht strömte in dichten, kompromisslosen Strahlen herein und fiel auf den schwarzen Marmorboden. Glitzernde Staubpartikel, schwebende Funken aus Bernstein, trieben in der Wärme. Lange Seidenvorhänge, die mit dem schwarzen, sich aufbäumendem Hengst des Hauses Erebus bestickt waren, flatterten träge in der Brise.

Corajidin blickte auf die Staubwolken, die von den Hufen der vorbeigaloppierenden Tiere aufgewirbelt wurden. Jeder Reiter, ebenso wie ihre großen Berghirsche, war bewehrt. Die Reiterin an der Spitze hob ihren Bogen. Sie nahm einen Pfeil aus dem Köcher an ihrem Knie, spannte den Bogen und zielte. Sie feuerte im Galopp. Volltreffer! Das Gebrüll der

Menge übertönte das donnernde Geräusch der Hufe. Corajidin blickte auf die wild gewordene Menge unter sich. Die Leute wirkten wie die Farbknoten in einem Teppich. Kleine Glasperlen bildeten die Augen, die Münder waren schwarze Pünktchen. Jede Person war nur ein kleiner Bestandteil einer großen, gefräßigen Bestie, die kontrolliert und fügsam gehalten werden musste.

Neben ihm hob sein Erbe Kasraman bei dem hervorragenden Schuss anerkennend eine Augenbraue. Kasramans eisblaue Augen bildeten einen leuchtenden Kontrast zu seinem olivenfarbenen Teint. Sein dunkles Haar tauchte seine Stirn in Schatten. Er war eine ernste, elegante Gestalt. *Wie seine Mutter in ihren letzten Jahren.* Selbst Kasramans beängstigendes Talent für die Hexenkünste hatte er von Corajidins erster Frau geerbt.

Corajidin blickte über Kasramans Schulter zu den wohlhabenden zurückgekehrten Verbannten, die in diesem Augenblick die Gastfreundschaft des Hauses Erebus genossen. Rahn Narseh, ihres Zeichens Marschallsritter von Shrīan, war ebenfalls dort und sprach in kurzen, scharfen Sätzen, wie es ihre Gewohnheit war. Ihr graugrüner Umhang und die militärisch geschnittene Hose waren aus erlesenem, aber schlichtem Stoff. Ihr Sohn Anankil stand ganz in ihrer Nähe; er war das männliche Ebenbild seiner Mutter. Die anderen Sayfs, die sich dem Hohen Haus Erebus bereits verpflichtet hatten, hatten sich in den Räumen und Loggien unter ihnen versammelt. Er würde bald mit ihnen sprechen. Aber erst galt es, die Verbannten zu überzeugen.

»Ist der verräterische Bastard hier?« Corajidins freundlicher Ton wurde durch die Art Lügen gestraft, wie seine Finger den Weinbecher umklammerten. Als würde er sich vorstellen, es wäre jemandes Kehle.

»Ja.« Kasraman lächelte kalt. »Soll er hereingebracht werden?«

»Ja. Das wird lehrreich sein.«

Kasraman gab einer der Anlūki, die an der Tür postiert war, ein Zeichen. Die Frau verneigte sich, dann verließ sie den Raum und kam kurz darauf mit zweien ihrer Waffenbrüder zurück. Die Anlūki hatten die Hände auf die Griffe ihrer langen *Shamshirs* gelegt, während sie einen nervös aussehenden, üppig gekleideten Mann mit Hängebacken ins Zimmer drängten. Die Verbannten wechselten neugierige Blicke, während die Unterhaltungen nach und nach verstummten.

Das trockene Knarzen von Beinschienen ertönte, das Geräusch hinkender Schritte. Dann das Klacken eines Holzstabs auf Stein. Corajidin starrte Wolfram an, als dieser den Raum betrat. Wolframs Ausdruck war durch seinen zottigen Bart verborgen und durch das Gewirr seiner Haare, die ihm in die Stirn fielen. Seine Hand umklammerte den Stab, der durch rostige Sargnägel zusammengehalten wurde.

Der Verräter wurde blass. Er wimmerte und schlug um sich. Schweiß trat ihm auf die Stirn, während seine Augen vor Angst groß wurden.

»Corajidin? Was soll das werden?«, fragte Jhem von den Delfineh, offensichtlich der Anführer der Verbannten. Seine Stimme war tief und leicht zischend; es klang beinahe, als würde er lispeln. Die Jahre hatten sein schwindendes schwarzes Haar noch grauer werden lassen, doch die Augen mit ihren schweren Lidern glitzerten noch immer so kalt und hart wie geschliffene Steine.

»Eine Demonstration.« Corajidin bewahrte seinen starren Gesichtsausdruck. Er sah zu dem Gefangenen hinüber und unterdrückte das Verlangen, ihn zu schlagen.

»Eine Demonstration?«, fragte Tahj Shaheh. Die Piratin

aus dem Marmormeer war größer als ihr Vater, schlank, aber dennoch sehr weiblich in ihrem abgenutzten Wildlederwams und der weit geschnittenen Hose. Das einzige Kind des späten Hatoub hatte das gute Aussehen des Vaters geerbt. Jahre der Seeräuberei hatten ihre Haut gebräunt und die Haare ausgebleicht. »Was für eine Art von Demonstration?«

»Ich habe getan, was Ihr verlangt habt«, sagte der Mann, und seine Stimme bebte. Er war blass geworden unter der Sonnenbräune. »Ich habe dafür gesorgt …«

»Dies ist Maroc von der Familie Zam'Haja.« Corajidin zeigte auf den Mann. »Sie waren die traditionellen Wächter des Zam'Haja-Distrikts, an den nördlichen Grenzen der Erebus-Präfektur.«

»Barmherziger Rahn …« Marocs Worte endeten abrupt, als Wolfram ihm mit seinem Stab ins Gesicht schlug. Die gezackten Flansche der Sargnägel rissen ihm die Lippen auf, und Blut rann ihm über das Kinn. Der zitternde Mann quäkte vor Schmerz.

Corajidin nickte Wolfram dankend zu. Der Hexer stützte sich auf seinen Stab und fixierte Maroc mit starrem Blick.

»Trotz meiner Großzügigkeit hat Maroc beschlossen, sich mit den Föderalisten zu verbünden.« Corajidin stellte sich vor den gekrümmten Mann. Er fühlte, wie der Zorn in ihm aufwallte, sosehr er auch versuchte, ruhig zu bleiben. Erneut flammte der Schmerz zwischen seinen Augen auf. »Ich habe Maroc gutes Geld gezahlt, doch als der Zeitpunkt gekommen war, seine Versprechen zu erfüllen, vergaß er, wem er etwas schuldig war. Ich bin froh, dass ihr heute hier seid, um mit eigenen Augen zu sehen, wie ich mit Verrätern verfahre. Wolfram?«

»Corajidin?« Jhem, die Schwarze Schlange, glitt auf leisen Sohlen vorwärts. »Darf ich? Ich habe keinen Zweifel daran, dass Euer Mann ihn das Fürchten lehren könnte, aber vielleicht kann ich Eurem Publikum noch etwas Anschaulicheres bieten.«

Corajidin zuckte mit den Schultern und ließ ihn gewähren. Er war gespannt zu sehen, wie sich die Jahre der Verbannung auf Jhem ausgewirkt hatten, dessen Ruf zuvor schon düster gewesen war.

»Meine Tochter Kimiya hat es mir beigebracht«, sagte Jhem im Plauderton, während er Maroc tief in die Augen sah. »Ich werde zwar nie ein Hexer sein, aber ein paar Dinge kann ich durchaus bewirken.«

Die Schwarze Schlange starrte weiter in Marocs Augen. Der Gefangene versuchte verzweifelt, sich aus dem Griff seiner Wächter zu befreien, doch nach ein paar Augenblicken wurde er ruhiger. Schließlich stand er ganz still da, die Augen halb geschlossen, das Gesicht schlaff. Jhem beugte den Kopf näher heran, und seine Nasenflügel bebten, während er Maroc intensiv betrachtete. Offenbar zufrieden, trat er wieder zurück.

»Ist es wahr, dass du deinen Herrn verraten hast?«, fragte Jhem mit besänftigender Stimme.

»Ja«, flüsterte Maroc.

»Warum?«

»Weil er zu weit gegangen ist, als er Vashne und Ariskander getötet hat. Zu weit. Beim Imperium, zu weit …«

Jhem zog ein gebogenes Messer aus dem Ärmel seines bestickten Seidenmantels. Er überreichte die Waffe Maroc und presste dessen Finger um den Griff.

»Ich will, dass du eines deiner Herzen herausschneidest und es Rahn Corajidin gibst.«

Corajidin hielt überrascht den Atem an. Er sah zu Kasraman hinüber, der den Blick erwiderte, Abscheu in der Miene.

Maroc hielt mit zitternden Händen inne. Irgendetwas lauerte in seinen Augen. Ein Gefühl der Selbsterhaltung, der

Angst, ein entsetzliches Begreifen. Und dennoch streifte der Gefangene seinen Mantel ab, dann schnitt er die Schnüre seiner Seidentunika auf. Er öffnete die Tunika und entblößte seinen fleischigen Oberkörper. Das Messer zitterte. Schweiß sammelte sich an Marocs Schläfen.

Die ganze Zeit über starrte Jhem Maroc mit seinem leblosen Blick an.

Unendlich langsam wanderte das Messer nach unten und presste sich gegen die schlaffe, haarige Haut. Ein Tropfen Blut quoll hervor. Er wurde zu einem dünnen Rinnsal, dann zu einem Strom, als das Messer tiefer eindrang. Mit einem Ruck zog Maroc das Messer nach oben und durchtrennte Muskeln. Er zuckte zusammen. Tränen strömten ihm über die Wangen. Dann machte er ein paar sägende Bewegungen mit der Klinge, und Blut strömte aus der Wunde. Klappernd fiel das Messer zu Boden. Der Mann begann zu kreischen, und seine Haut war aschfahl, während er auf der Suche nach dem linken Herzen in seiner eigenen Brust herumwühlte.

Bevor er es herausreißen konnte, verkrampfte sich Maroc. Blut strömte aus seinem Mund, und er brach zusammen. Selbst als er sich schon auf dem Boden wand und sein Leben langsam verlosch, versuchte der Mann immer noch, den Muskel zu entfernen. Er starb mit der Hand in der Brust.

»Und jetzt braucht der Zam'Haja-Distrikt einen neuen Wächter«, erklärte Jhem unbekümmert. Er sah auf den Körper hinab, den Kopf zur Seite geneigt. »Schade, dass er nicht die Kraft hatte, die Sache zu Ende zu bringen. Die Vorführung wäre dann noch überzeugender gewesen, findet ihr nicht?«

Die Verbannten sahen weg, und ihre Hände wanderten nervös zu den Griffen ihrer Waffen. Jhem schien sich dessen nicht bewusst zu sein. Er sah zu Corajidin und lächelte sein totes Lächeln.

Corajidin gefror das Blut in den Adern, obwohl er etwas Grausames erwartet hatte. Jhem erinnerte ihn an diesen kaltherzigen Bastard, Rayz von den Maladhi, der einst Corajidins Assassinenmeister gewesen war, der Vorgänger Thufans. Dessen Sohn Nix – er stammte aus der inzestuösen Beziehung zwischen einem geisteskranken kannibalistischen Vater und seiner eigenen Tochter – war sogar noch schlimmer. Klüger, hinterhältiger und verrückter als seine Eltern. Nix war gemeinsam mit seinem Vater während einer von Asrahn Vashnes Säuberungsaktionen verbannt worden.

Kasraman trat vor, die Hände in einer Geste des Friedens weit offen. Ein entspanntes Lächeln erhellte seine Züge. Er machte den Dienern, die mit vor Übelkeit verfärbten Gesichtern starr zu Boden blickten, ein Zeichen, die Weinbecher wieder aufzufüllen. Die Diener bewegten sich lautlos, während sie die Trinkbecher mit ihren Wasser- und Weinkrügen füllten. Tabletts voll frisch gegrilltem Fisch mit Zitrone, gebuttertem Wildreis, Minzjoghurt und knusprigem Salat wurden auf Tischen bereitgestellt. Musiker mit ledernen Pferdemasken spielten Sonesette und Theorbe, Pauken und die lange Bambusflöte aus dem Mar Ejir mit ihrem tiefen, vollen Klang.

»Zweifellos habt ihr gehört, dass einige Sayfs meines Vaters ihn nicht so gut unterstützt haben, wie sie sollten. Wir wollten nicht, dass ihr glaubt, das Hohe Haus Erebus würde Verrat auf die leichte Schulter nehmen.« Kasraman schenkte Jhem ein Lächeln, das seine Augen nicht erreichte.

»Und die Botschaft ist angekommen«, erwiderte die Schwarze Schlange mit unbewegter Stimme. »Was die Frage aufwirft: Rahn Corajidin, wart Ihr es, der die Wächter gestern tötete?«

Die anderen Verbannten erstarrten, offensichtlich gespannt auf die Antwort. Wächter waren vermeintlich unantastbar, und ihre Ermordung sollte schreckliche Vergeltungsmaßnahmen vonseiten des Hochadels zur Folge haben, ebenso wie von dem *Kherife,* der mit ihnen zusammenarbeitete.

Corajidin überlegte, ob er die Verantwortung für die Tat auf sich nehmen sollte; allerdings hatte er in Wahrheit keine Ahnung, wer sie begangen hatte. Einige hatten behauptet, die Explosion wäre ein Alchemistenfeuer gewesen, ausgelöst von menschlichen Terroristen, die während des Angriffs gestorben waren. Außerdem waren mehrere Wächter ums Leben gekommen, darunter auch Wächteroberst Pashur, der Mann, der einen Feldzug geführt hatte, um dafür zu sorgen, dass Corajidin von seinen Verbrechen freigesprochen wurde. Silbertaler waren verteilt worden, um Zungen zu lösen und eine andere Version in Umlauf zu bringen: Die Explosion war durch ein entfesseltes Elementarfeuer verursacht worden. Als die Sēq nicht auf die zerstörerische Gewalt reagiert hatten, hatten Hexer, die zu Besuch in der Stadt waren, die Kreatur gebunden und verbannt. Dass die Hexer versucht hatten, ihre Beteiligung an der Sache zu verheimlichen, überraschte nicht. Menschen aus Manté waren dafür verantwortlich gemacht worden; ihr Einsatz dunkler Hexenkünste war seit Jahrhunderten die Quelle unzähliger Horrorgeschichten. Derartige Anschuldigungen, egal, ob sie auf Wahrheit gründeten oder nicht, halfen Corajidins Sache gegen die Menschen ungemein.

Bevor Corajidin aber Jhems Frage beantworten konnte, entstand Unruhe im Raum. Aus dem Augenwinkel sah Corajidin, wie der Flötenspieler – ein drahtiger Mann mit langem, fettigem Haar, das ihm in dünnen Stacheln vom Kopf abstand – vortrat. Einer der Anlūki ging auf den Musiker zu, die Hand auf dem Griff des *Shamshirs.* Die Flöte fuhr in einem brutalen Schlag durch die Luft. Sie traf den

Handrücken des Anlūki, riss Haut auf und brach Knochen mit einem trockenen Schnappen. Als die anderen auf ihn losgehen wollten, nahm der Mann eine groteske Haltung ein, wobei er mit der langen Bambusflöte herumfuchtelte, als wäre sie ein Schwert.

»Mir müsst ihr für gestern danken.« Die Stimme des Flötenspielers war leicht nasal und tief. Mit übertriebener Geste nahm er seine Pferdemaske ab, und die Anwesenden blickten in Nix' wild grinsende Miene. Seine Augen in dem bleichen Gesicht hatten dunkle Ringe. Das fettige Haar war aus der hohen, glänzenden Stirn gestrichen. Sein Mund bewegte sich unaufhörlich, und wenn er sprach, schnalzten seine Finger, als würde er auch mit ihnen sprechen. »Eine Geste im Namen meines Vaters, aus tief empfundenem Respekt für eine alte Freundschaft. Betrachtet es als unsere Art zu sagen, dass alte Bande schwer zu durchtrennen sind, Rahn Corajidin.«

Corajidin hob die Hand, um die Anlūki zurückzuhalten. Der Musiker machte eine übertriebene Verbeugung, dann tänzelte er leichtfüßig vorwärts, die Flöte geschickt unter dem Arm verstaut. Unter Nix' Blick fühlte sich Corajidin ebenso unbehaglich, wie er sich unter dem seines Vaters gefühlt hatte. Diese Augen waren kalt, und Corajidin fragte sich, ob weitere sechs für diesen Mann nicht passender gewesen wären – gleich der Spinne, die die Familie Maladhi im Wappen trug.

»Es ist so lange her, seit die Maladhi Eurer Majestät gedient haben«, sagte Nix. »Mein erhabener Vater entschuldigt sich, dass er nicht selbst hier sein kann, um seine Dienste anzubieten. Er hat mich an seiner statt geschickt.«

»Ich dachte, der kranke Bastard wäre endlich tot«, ertönte Narsehs heisere Stimme. Einige der anderen nickten. »Angeblich ist er als Bettler gestorben, an Syphilis oder etwas anderem in der Art.«

»Aber nein, ihm geht es prächtig.« Nix warf ihr einen Seitenblick zu und fuhr sich mit den Fingern durchs Haar. »Ich werde Eure Grüße ausrichten, wenn ich ihn das nächste Mal spreche.«

»Ich weiß aus zuverlässiger Quelle, dass du von einer Kurtisanenassassine in Tanjipé vergiftet wurdest«, sagte Jhem kühl.

»Ich habe gehört, du wärst ertrunken, als wir uns von der Belagerung bei Danai zurückzogen«, fügte Tahj Shaheh hinzu. »Und dann wieder hat man sich erzählt, du wärst von den Mantéanern gefangen genommen und hingerichtet worden, für Exzesse, vor denen sogar wir zurückschrecken würden.«

»Ich *wurde* ja auch vergiftet und ertränkt und gefangen genommen«, flüsterte Nix verschwörerisch und mit großen Augen. »Aber jetzt bin ich hier.«

»Und warum?«, fragte Kasraman, um zum Kern zu kommen, doch die Abscheu stand ihm im Gesicht geschrieben.

»Rahn Corajidin hat meinen Vater eingeladen zurückzukehren, um an seiner goldenen Zitze zu saugen.« Der merkwürdige Mann verneigte sich tief, eine beinahe höhnische Geste. »Oder er hätte es getan – davon sind wir überzeugt -, wenn er nur gewusst hätte, dass Vater noch am Leben ist. Also kehrten wir zurück in der Erwartung, unsere lange und einst so erfolgreiche Bekanntschaft zu erneuern. Meinen Vater ermüdet das Tageslicht, daher hat er mich gebeten, in seinem Namen vorzusprechen. Dank meiner Kontakte zu den Seelenhändlern ist dieser kleine Freund, den ich gestern aus seiner Dilemmabox befreit habe, nur ein kleiner Vorgeschmack auf all die Dinge, die ich für Euch tun könnte. Wir haben noch andere Überraschungen zu bieten. Ihr werdet feststellen, dass unsere eisernen Netze nicht so ohne Weiteres fortgeblasen werden können.«

Bei dem Gedanken an den kaltherzigen Bastard Rayz wurde Corajidin schwindlig. Der perverse alte Assassine hatte Corajidins Vater gedient. Selbst als Mitglied des Hohen Hauses Erebus hatte sich Corajidin in der Gegenwart des alten Mannes nie sicher gefühlt. Man sagte, niemand könnte den Intrigen des Eisennetzes entkommen. Diejenigen, die er in die Falle lockte, tauchten nie wieder auf. Es gab auch umfassende Geschichten über die perversen Neigungen des Mannes, keine Gerüchte – Corajidin wusste, dass sie wahr waren. Seine Aufgabe war es gewesen, die Wahrheit über den Mann zu verschleiern. Rayz war die bösartige, ewig hungrige Spinne, die darauf lauerte, die Jungen und Unschuldigen zu fangen und zu verzehren, seine eigene Tochter eingeschlossen. Die Verbannung des inzestuösen Kannibalen war nicht überraschend gewesen, sondern eine längst überfällige Maßnahme. Sie hatte auch das Problem gelöst, den Mann töten zu müssen, bevor er eine zu große Belastung wurde. Noch immer spürte Corajidin seinen Atem im Nacken, süß und widerlich, und sah die trockenen alten Hände mit den langen, dünnen Fingern vor sich … nichts war je passiert, doch das löschte trotzdem nicht Jahrzehnte der Erinnerung an den einen Mann aus, den Corajidin mehr fürchtete als jeden anderen.

Und jetzt war sein Sohn hier …

Innerhalb von Sekunden wand sich der Schmerz durch seine Eingeweide, und er hatte das Gefühl, als würde jemand auf seiner Brust sitzen. Er taumelte zu einem Stuhl, während sich die Symptome seiner Krankheit wieder Schicht für Schicht über ihn legten: die nie enden wollende Erschöpfung, das gezeitenartige Auf und Ab des Schmerzes, der Tumult der bruchstückhaften Stimmen in seinem Kopf. All das war Ausdruck des Gebrechens, das ihn langsam tötete.

»Eure Majestät.« Der volle Tenor des Angothischen Hexers

umwand ihn wie betäubendes Räucherwerk. Wolfram zog eine Phiole aus einem kleinen Beutel an seinem Gürtel.

Corajidins Bedürfnis nach Linderung rang mit seiner Abscheu, während er den Trank in der Hand des Hexers beäugte. Er war aus der reinen Essenz der Quelle destilliert worden, eine beinahe unvermischte disentropische Flüssigkeit, und das Gebräu hatte Corajidin eine Lebenskraft zurückgegeben, wie er sie seit Jahren nicht mehr gefühlt hatte. Doch unglücklicherweise fühlte er sich in den Stunden oder Tagen, in denen er es nicht nahm, deutlich schlechter.

Corajidin erinnerte sich daran, wie er der Abgesandten, der Botschafterin der Ödnis, vorgestellt worden war. Alles, was sie darstellte, stand seinen Überzeugungen entgegen. Und doch, als sie ihm dieses Versprechen in Form der Phiole entgegengehalten hatte, hatte er nur sein Überleben im Blick gehabt, nicht die Konsequenzen.

Die Flüssigkeit in der Phiole schimmerte wie eine Kobaltwolke mit schwebenden weißen Sternen. Corajidin beobachtete, wie die Lichtpartikelchen verblassten, jedes ein winziger, im Entstehen begriffener Traum. Er hielt das Gebräu hoch und führte es zum Mund. Jedes Mal erwartete er, etwas zu riechen, einen Hauch von Gift oder Verfall. Etwas, das die jämmerlichen Überreste seiner moralischen Überzeugungen hätte warnen können, dass etwas nicht stimmte.

Nichts.

Als der erste Tropfen seine Zunge berührte, war es wie eine Explosion, ein Kribbeln, umhüllt von Lustgefühlen. Der Geschmack änderte sich von einer Seite der Zunge zur anderen. Es hinterließ eine warme Süße im Mund: Er schmeckte geschmolzenen reinen Bergschnee, eine Spur von Honig, die Süße auf der Haut einer Geliebten, Ziegenmilch und Zucker. Es schmeckte nach all diesen Dingen und noch mehr, und doch war es nichts davon und weniger. Langsam rann es seine Kehle hinab und lag dann schwer wie Sirup in seinem Magen. Er atmete aus, um den unerfreulichen, säuerlichen Nachgeschmack loszuwerden.

Wenige Augenblicke später kehrten seine Kräfte zurück, und der Schmerz verschwand. Corajidin stützte sich auf den Stuhllehnen ab. Er erhob sich langsam, wobei er darauf achtete, ob er irgendein Anzeichen von Schwäche in den Beinen spürte. Anfangs fühlten sie sich noch leicht wacklig an, dann ließ das Zittern nach. Vorsichtig verlagerte er das Gewicht. Er schwankte ein wenig, wie ein Fohlen auf unsicheren Beinen, dann hatte er endlich das Gleichgewicht wiedergefunden.

Kasraman folgte dem Blick seines Vaters hinüber zu Nix, der sich auf einem Stuhl zusammengekauert hatte, die langen Arme um die Knie geschlungen. Der drahtige Mann starrte zur Tür der Loggia hinaus, und eines seiner Augenlider zuckte, während er an seinen Fingern herumkaute. Corajidin sah seinen Sohn an, dann wieder hinüber zu Nix, wobei er hoffte, dass man ihm seine Beklemmung nicht anmerkte.

»Soll ich ihn entfernen lassen, Vater?«, flüsterte Kasraman.

Corajidin dachte einen langen Moment darüber nach, dann erwiderte er ebenso leise: »Verlockend, aber nein. Nix, wie schon sein Vater vor ihm, bietet uns einige einzigartige Möglichkeiten.«

»Sollte er sich als untauglich erweisen«, murmelte Wolfram durch seinen zottigen Bart, »wird es mir ein Vergnügen sein, ihm ein Ende zu bereiten.«

Während sich das Schweigen in die Länge zog, schienen beinahe alle der Verbannten überallhin blicken zu wollen, nur nicht zu Corajidin. Jhem allerdings starrte Corajidin unbewegt an, während Nix einen schnellen Rhythmus mit den Fingerspitzen trommelte. Niemand sprach. Die Nachricht über Corajidins Krankheit war nur an einige wenige weitergegeben worden. Er hatte gehofft, es würde keine Notwendigkeit bestehen, seine Krankheit bekannt zu machen, doch das stand nun außer Frage.

»Keine Sorge, meine Freunde«, versicherte ihnen Corajidin, »es ist eine vorübergehende Krankheit, die mein Streben nach dem höchsten Amt im Land nicht gefährden wird.«

»Wie Ihr meint.« Narseh winkte mit einem Glas Bier in der Hand in Richtung der Verbannten. »Ich vertraue darauf, dass Rahn Corajidin unsere Ziele durchsetzen wird.«

»Ich bin mir da nicht so sicher«, konterte Nix. Er wackelte warnend mit dem Finger. »Wisst ihr, ich habe über derartige Krankheiten gelesen. Was ist, wenn wir uns alle anstecken? Krankheit. Eine hässliche Sache.«

»Wer hat dich denn gefragt?« Narseh musterte Nix verächtlich von oben bis unten. »Obwohl, deinem Aussehen nach zu schließen weißt du über alle möglichen Krankheiten Bescheid, was?«

»Mir genügt Corajidins Wort, dass es sich um etwas Vorübergehendes handelt«, sagte Jhem mit der Andeutung eines Lächelns. »Wir haben alle einen weiten Weg zurückgelegt, um wieder an uns zu nehmen, was uns gehört. Ich bezweifle, dass er unsere Zeit verschwenden würde.«

Corajidin nickte. »Je früher wir euch in unseren Reihen wissen, desto besser.«

Kasraman machte den Verbannten ein Zeichen, näher zu treten, als Wolfram eine große Karte von Shrīan auf dem Tisch entrollte.

Corajidin wies auf die Karte, während sich die Verbannten um ihn versammelten. Jede Präfektur in Shrīan war exakt wiedergegeben, mit den Namen der Sayfs, die die Städte regierten. Die Erebus-Präfektur war am detailliertesten dargestellt; hier waren auch die zahlreichen Besitztümer jedes Sayfs verzeichnet. Einige dieser Besitztümer waren farblich markiert, andere waren freigelassen worden.

»Ich gehe davon aus, dass die freien Besitztümer beansprucht werden können, Rahn Corajidin?« Nix wies auf die Karte. »Dieses hier gehörte einst uns.«

»Und es kann euch wieder gehören.« Wolfram wies mit der Hand auf die Karte. »Die farbigen Besitztümer sind von den Verhandlungen ausgeschlossen, ebenso Grundbesitz außerhalb der Erebus-Präfektur.«

»Mein Vater regierte Näs Sayyin in der Näsarat-Präfektur.« Tahj Shaheh wies auf eine Stelle auf dem Marmormeer, auf halbem Weg zwischen Amnon und Narsis.

»Wir sind nicht in der Position, dir irgendetwas außerhalb der Erebus-Präfektur anzubieten.« Kasramans Tonfall war beschwichtigend. »Aber wir hätten Ländereien für dich in der Kadarin-Präfektur; allerdings müsstest du in dem Fall mit Rahn Narseh sprechen. Wir wollen eine Wiedergutmachung für euch, aber mehr können wir nicht tun.«

»Ich bin eine Piratin aus dem Marmormeer«, sagte Tahj Shaheh mit erzwungener Ruhe. »Welchen verfluchten Nutzen sollte ich von Besitztümern in der Wüste von Kadarin haben?«

»Dann verzieh dich eben wieder, Mädchen«, sagte Narseh mit ihrer vom Brüllen rau gewordenen Stimme. Sie sah Corajidin an. »Was für einen Zweck hat es, wenn sie nichts will bis auf das verfluchte Meer?«

»Ich habe auch Windkorsaren in meiner Flotte, alte Frau.« Tahj Shaheh hob angriffslustig das Kinn. »Wenn Ihr die nicht wollt, könnt Ihr auch gern zum …«

»Es sind Seehäfen in Erebus verfügbar, und Kadarin hat Tausende von Kilometern an Küste zu bieten«, lispelte Jhem gleichgültig. Er umfasste die anderen Verbannten mit einer weitläufigen Geste. »Corajidin, wir haben die ganzen letzten Tage darüber diskutiert, und wir sind einer Meinung. Eure Angebote an Land und Titeln sind äußerst willkommen. Wir müssen uns nur noch über den Preis einig werden.«

»Was ist, wenn man Shrīan bisher noch nicht von Nutzen war?« Pah Chepherundi op Sanojé war keine shrīanische Verbannte. Dennoch war die mächtige Prinzessin, die zur Hexe geworden war, mit ihnen angekommen. Sie war eine der Erbinnen eines ehemaligen Hohen Hauses und ihre Titel eine Sache aus der fernen Vergangenheit. In einer Zeit, die spöttisch das Bronzezeitalter der Avān genannt wurde, hatte sich ihre eigene Regierung gegen die Prinzessin erhoben und sie wegen ihrer Exzesse vom Elfenbeinhof von Tanis verbannt. Es war schwer, ihren Ruf mit ihrer Erscheinung in Einklang zu bringen. Sie war eine kleine Frau mit großen hellbraunen Augen und einem puppenhaften Gesicht; einzig ihr Lächeln gab einen Hinweis auf die verborgene dunklere Wahrheit. »Ich kann mit dem Preis mithalten, den die anderen hier bieten.«

»Du bist ebenfalls willkommen, Pah Sanojé, sonst wärst du nicht hier. Und was den Preis betrifft: Hier wird nicht verhandelt werden, meine Freunde.« Corajidin verließ den Tisch mit seinem Weinbecher in den Händen. Er hatte die Gier in ihren Augen gesehen. Obwohl die Dienstjahre im Ausland sie reich gemacht hatten, waren sie mehr als bereit zurückzukehren.

»Also gut. Was wird Euer Schutz uns kosten, Rahn Corajidin?« Feyds sprach unverblümt. Er war ein Anführer der Jiharim, der Stämme aus den Bergen des Mar Jihara. Seine zerfurchte Haut hatte die Farbe von dunklem Mahagoni. Die alten Lederstiefel waren abgetragen, und seine weit geschnittene Hose war voll Staub. Der durchtriebene alte Stammesangehörige hatte es geschafft, viele der blutrünstigen Jiharim-Stämme unter seinem Banner zu vereinen. Seine Unbarmherzigkeit und sein unkonventionelles Vorgehen in der Kriegsführung waren die Eigenschaften, an denen Corajidin interessiert war.

»Wenn ihr eure Kastenpatente hier und jetzt unterschreibt, wird es euch fünfundzwanzig Prozent von allem kosten, was ihr besitzt.« Corajidin wandte sich um und ging in Richtung Balkon. »Dafür erhaltet ihr meinen Schutz und einen Sitz im Teshri, wie es einem Sayf von Shrīan gebührt. Euer Geld wird eine große Hilfe sein, und zwar nicht nur für euch. Es wird der gesamten Nation eine eigene Zukunft erkaufen.«

Stille. Corajidin unterdrückte das Verlangen zurückzublicken. Er hätte zu gern gesehen, welche Wirkung seine Worte hatten; aber jetzt war Stärke gefragt. Es war besser, sie glaubten, sie brauchten ihn mehr als er sie und ihren Reichtum. Er machte einem in der Nähe stehenden Diener ein Zeichen, woraufhin ihm dieser gewürztes Lammfleisch mit Pinienkernen und zerstoßenem Weizen auf ein Salatblatt löffelte. Dann faltete er es sorgfältig zu einem kleinen Päckchen und überreichte es Corajidin, ohne ihn anzusehen. Dieser nahm einen Bissen und kaute langsam. Der Gegensatz zwischen dem würzigen Lammfleisch und dem knackigen Salat auf seiner Zunge war erfrischend. *Bleib ruhig.*

Corajidin lehnte sich über den Balkon. Der Lärm des Rennens hatte etwas nachgelassen, als die Reiter um die äußere Biegung des Fahrwegs donnerten. Obwohl er die Verbannten eindringlich miteinander reden hörte – tatsächlich stritten sie –, wollte er sein Schweigen nicht brechen. Stattdessen nahm er entspannt einen Schluck Wein und verlor sich im Ausblick, während die Sonne die Farben der Steine zum Leuchten brachte.

Er brauchte ein paar Augenblicke, bis er merkte, dass sein Name gerufen wurde. Dann wandte er sich mit ausdrucksloser Miene um.

»Wir wissen, was in Amnon passiert ist, großer Rahn.« Feyd sah ihn scharfsinnig an. »Wer sagt uns, dass es eine gute Investition ist?«

»Eure Position ist nicht so stark, wie sie einmal war«, fügte Sanojé hinzu. »Man könnte auch sagen, dass Vashnes und Ariskanders Tod ein Fehler war.«

»Schicksal!« Corajidin deutete mit dem Finger in Richtung Sanojé. »Das Schicksal hat mich gerufen, und ich habe geantwortet. Wer bist du, dass du den Ruf ignorieren könntest? Amnon war Teil des Plans. Trotz der Geschehnisse war das Wächtertribunal weder in der Lage, mich einzukerkern noch mich mit weiterem Tadel zu belästigen. Der Angriff gestern wird sie zweifellos weiter zum Nachdenken bringen.«

»Bei allem Respekt, Rahn Corajidin«, sagte Tahj Shaheh und lehnte sich gegen die Wand, wobei sie ihre ausgesprochen langen Beine an den Fußknöcheln und die Arme vor der Brust verschränkte, »Ihr habt es auch geschafft, jegliche Rüge zu vermeiden, damals vor vielen Jahren, als einige von uns …«

»Genug!« Corajidin fühlte, wie ihm die Röte ins Gesicht stieg. Es stimmte: Er hatte sich von dem Skandal distanzieren können, der Jhem, Rayz, Tahj Shaheh und ihren Vater aus den Reihen der avānischen Elite katapultiert hatte. Er würde niemals zugeben, dass er von den Untersuchungen der Wächter gewusst hatte oder dass er einen korrupten Ermittler bestochen hatte, damit dieser alle Beweise von Corajidins Verbrechen vernichtete. Die anderen waren bereits dem Untergang geweiht gewesen, und Corajidin hatte keinen Sinn darin gesehen, irgendwelche Kosten oder Mühen auf eine verlorene Sache zu vergeuden.

»Kasraman«, fuhr er fort, »ich habe gehört, dass ziemlich viele Verbannte gestern nach Avānweh gekommen sind. Stimmt das?«

»Wir haben beinahe zwanzig verbannte Sayfs und einige wohlhabende Auswanderer aus Tanis und Ygran, und sie alle sind auf der Suche nach Positionen hier«, bestätigte Kasraman. »Gar nicht zu reden von den einflussreichen shrīanischen Frauen und Männern, die gerade eine Gelegenheit sehen, ihre gesellschaftliche Stellung zu verbessern.«

Corajidin nickte. »Ich respektiere Leute mit Visionen. Leute mit Engagement. Führer, die begreifen, dass die Investition in eine wechselseitig garantierte Zukunft bedeutet, mir Loyalität zu schwören.«

»Ihr habt Euch nicht verändert, mein Freund«, sagte Jhem mit ausdruckslosem Blick. »Für die anderen kann ich nicht sprechen, aber ich für meinen Teil will nach Hause zurückkehren. Fünfundzwanzig Prozent von allem, was ich besitze, ist viel. Aber die fünfundsiebzig Prozent, die ich behalte, sind noch immer mehr. Wo soll ich unterschreiben?«

Wolfram öffnete ein Lederfolio. Er zog mehrere Pergamentblätter hervor, die mit dem schwarzen Hengst des Hohen Hauses Erebus versehen waren. Ein Tintenfass und ein Pinsel lagen daneben.

»Willkommen in der Zukunft, Jhem«, flüsterte Corajidin. Er wies auf die Karte. »Ich bin froh, dich zurückzuhaben!«

Corajidin wartete, während die anderen nach Jhem unterschrieben. Seine Herzen schlugen so wild, dass er das Blut im Kopf pulsieren spürte.

»Und jetzt wird es Zeit, mit den anderen unten zu sprechen«, sagte Corajidin und sah auf die Karte hinunter. Es gab immer Leute, die stark und getrieben genug waren, um sich von den Schwächeren zu nehmen, was sie haben wollten. »Da warten ein paar Leute, die in Marocs Fußstapfen treten werden, bevor der Tag vorüber ist.«

Die späte Nachmittagssonne strömte durch die durchbrochenen Fensterläden am Qadir Erebus herein und zeichnete Muster auf den schwarzen Onyxsarkophag. Der Duft nach Weihrauch hing in der Luft. Die Geräusche von Avānweh außerhalb der Palastmauern waren im Hintergrund zu hören: das Rattern von Wagenrädern, das Summen Hunderter Gespräche, das Rauschen der Wasserfälle.

Die geschmeidige Silhouette der Botschafterin aus der Ödnis war ein dunkler Fleck in der Düsternis. Es war schwer zu sagen, wo ihre Umrisse endeten und die Schatten begannen. Corajidin bemühte sich um einen ruhigen Gesichtsausdruck. Er erinnerte sich selbst erneut daran, dass Belamandris im Schlaf lag; nur dank der Botschafterin war er noch am Leben. Noch nie hatte er Angst vor der Frage »*Was können wir für Euch tun?*« gehabt. Bis er sie getroffen hatte.

»Was willst du?«, fragte Corajidin barsch. Der Sarkophag fühlte sich unter seinen Händen kühl an.

»Meine Meister haben etwas für Euch.« Die Stimme der Botschafterin war nicht mehr als ein raues Knarzen. »Ein kleines Zeichen ihrer Wertschätzung – und eines, das in Eurem Interesse ist.«

»Du hast mit den Anführern der Hexenzirkel gesprochen?«

»Die Obere Mutter und der Vater der Hexenzirkel werden nicht mit Euch sprechen – oder von Euch. Ihr werdet eine Geste machen und Euren guten Willen zeigen müssen, damit sie mit Euch in Kontakt treten.«

»Wie was, zum Beispiel?«

Sie regte sich in der Dunkelheit. »Sie möchten, dass Ihr das Mahsojhin öffnet.«

Corajidin erstarrte für einen Moment. »Und wie genau soll ich das tun?«

Die Stimme der Botschafterin zerrte an seinen Nerven. »Die Sēq waren außerstande, die größten unter den Lehrern und Studenten der Mahsojhin zu töten. Diese wurden zwischen zwei Augenblicken verschlossen, um zu gewährleisten, dass sie die Sēq nie wieder herausfordern würden. Eingesperrt im Rahnbathra befindet sich der Emphismechanismus. Wenn Ihr ihn mir bringt, kann ich das Mahsojhin öffnen – mithilfe Eures Sohns und des Angothischen Hexers.«

»Und ich soll ins Museum der Antike gehen und mit dem Apparat unter dem Arm wieder hinausspazieren?«

»Es ist mir egal, wie Ihr es macht. Sorgt einfach dafür, dass es geschieht. Und zwar schnell.«

Corajidin spähte in die Schatten und versuchte, sie zu sehen. Ein trockenes Gleiten war zu hören, ein leises Schaben von Fleisch mit dem darunterliegenden Echo zwitschernder, schriller Stimmen. Kein anderes Licht als das schwache Glühen ihres entsetzlichen Seelensteins und ihres Schwertknaufs wagte sich bis zu ihr. Er hatte von den Mahsojhin gehört und kannte, wie jeder andere desinteressierte Student auch, die Geschichte der jahrhundertealten Gelehrtenkriege, als die Hexen versucht hatten, die Macht in Shrīan an sich zu reißen. Einige seiner Vorfahren hatten auf beiden Seiten gekämpft, aber nur der Sēq Erebus fa Zadjinn hatte überlebt. Soweit Corajidin wusste, lebte der Mann noch immer, versteckt in den Langen Schatten des Weltenblutbergs und seiner geheimnisvollen Brüdern und Schwestern.

»Meine Verbannten haben Hexer mitgebracht«, sagte Corajidin fest. »Eigentlich glaube ich, dass meine Pläne auch ohne die Hilfe der Hexenzirkel umzusetzen sind.«

Die Botschafterin trat einen Schritt vor. Sie war nicht mehr als ein geisterhafter Umriss. »Eine Handvoll Hexer wird nicht ausreichen, um den Sēq standzuhalten, wenn es so weit ist. Und sie werden auch nicht die Art von Krieg anzetteln können, die erforderlich ist, um alle Avān unter Eurem Banner zu vereinen. Ohne ihre Hilfe wird alles, was Ihr liebt und worauf Ihr hofft, zu Asche und Staub vergehen.«

Alles, was er liebte. Corajidin legte die Stirn an Belamandris' Ruhestatt. Er wusste, dass er seinen Sohn zu den Vorfahren gehen lassen sollte. Doch Belamandris erinnerte ihn an sich selbst, als er jung gewesen war; nur dass sein Sohn um so vieles besser war.

»Ich kann ihn Euch zurückgeben«, sagte die Botschafterin und löste sich aus der Dunkelheit. Weste, Kniehose und Zehenstiefel der Seelenhexe waren verschlissen und ausgefranst, lediglich zusammengehalten durch schmutzige Lederstreifen. Einst war ihr Gesicht ernst und schön gewesen, doch nun blickte er in das Antlitz einer ertrunkenen Frau, die Stirn verunziert durch einen unheilvoll glühenden grünen Stein, der an eine infizierte Wunde erinnerte. Geschwärzte Adern gingen strahlenförmig von ihm aus, dunkle Linien auf bleichem Fleisch, die über ihre Schläfen und die Wangen hinab verliefen. Ein langes Schwert hing in Stahlringen an ihrem Gürtel. Die Waffe steckte in einer Scheide aus rotmeliertem, jadefarbenem *Serill*. Der Knauf war aus Onyx und in der Form eines Oktopus geschnitzt. Für einen Moment glaubte Corajidin, er würde Schatten sehen, die sich um die Beine der Botschafterin wanden. Als wären irgendwelche mit Tentakeln versehenen Wesen in der Dunkelheit ihrer Robe verborgen.

»Eure Leute mögen es … unheilvoll finden, doch ich kann Euch diejenigen wiedergeben, die Ihr verloren habt. Den Sohn. Die …«

»Zu welchem Preis?«, unterbrach er sie. Er fürchtete die Worte: *Die Frau.*

Doch noch mehr fürchtete er ihre Antwort.

»Der Preis ist um so vieles geringer als die vereinten Herrlichkeiten der Zukunft, die meine Meister Euch bieten.«

»Warum fällt es mir so schwer, dir das zu glauben?«

»Meine Vorgänger hatten eine lange und gegenseitig nutzbringende Beziehung mit Eurem Haus, Corajidin.« Die Botschafterin wartete reglos, bis Corajidin seine Überraschung überwunden hatte. »Wie beispielsweise mit Eurer Mutter, der Witwe des Asrahns.«

»Khurshad ist ein heimtückischer Drache.« Allein ihr Name hinterließ einen bitteren Geschmack in Corajidins Mund. Winter um Winter hatte er unter ihrem Blick in den eiskalten Hallen von Tamerlan verbracht, der düsteren Insel, die von den Winden des Südmeers gepeitscht wurde. »Ich ziehe es vor, sie als Ehefrau meines Vaters in Erinnerung zu behalten, nicht als Mutter.«

»Wie Ihr wünscht.« Ein raschelndes Schulterzucken. »Es ändert jedoch nichts an der Tatsache, dass wir Euch von alters her kennen und ein gutes Verhältnis zu Euch hatten. Ich selbst und meine Partner sind hier, um Euch und anderen wie Euch zu helfen. Dies ist der Grund, weshalb meine Herren ein Zeichen der Anerkennung für ihr Interesse an Euch wünschen.«

»Was wollen sie?«

»Für den Moment lediglich, dass Ihr uns in unserem Bestreben unterstützt, Euch zu Eurer gewünschten Stellung zu verhelfen. Das Obsidianherz im Eliom-dei ist seit dem Sturz Eures Imperiums nicht mehr besetzt worden. Sehnt Ihr Euch nicht danach, Eurem Volk die Führung zu bieten, die es braucht, und die gleichgültige und flüchtige Schattenherrscherin abzulösen?«

»Wie?«, fragte er, obwohl seine Seele bereits *Ja!* schrie.

»Wollt Ihr, dass Euer Sohn gerettet wird?«, beharrte sie, und ihre Fragen schienen immer unerbittlicher zu werden. »Oder wollt Ihr *sie* vielleicht wiederhaben – ein sehr viel schwierigeres Unterfangen, aber nicht jenseits meiner Möglichkeiten. Doch Euren Sohn kann ich Euch jetzt gleich zurückgeben, wenn Ihr Euch einverstanden erklärt zu tun, worum ich Euch bitte.«

»Womit wir wieder bei der Frage wären: Was wird es mich

kosten?« Corajidin erlaubte seinem aufsteigenden Ärger, der Angst und Frustration, in seiner Stimme mitzuschwingen. »Erzähl mir nichts von wegen *Für den Moment*. Ich bin kein Fisch, den du an deinen Haken locken kannst!«

»Nicht?« Sie lächelte und zeigte ihre schwarzen Zähne. »Sagt mir, was Ihr wollt, und ich werde Euch sagen, was es Euch kosten wird.«

»Für meinen Sohn?« Für den Anfang. *Aber … wenn er* sie *zurückhaben wollte?* Corajidin fühlte eine freudige Erregung bei dem Gedanken, doch im selben Moment wurde ihm übel. Es gab viele Dinge, zu denen er fähig war, aber der Umgang mit Nomaden – selbst wenn es sich um jemanden handelte, den er bis zur Besessenheit liebte – war etwas anderes. Seine Leute würden es nie verstehen, wenn er mit einer ihrer heiligsten Sitten brach. Und doch, um sie wiederzubekommen, da sie ihm so sehr vor ihrer Zeit genommen worden war …

»Ich sehe, wie es in Euch arbeitet, Corajidin.« Die Botschafterin tippte mit einem Finger gegen ihre Schläfe. »Ich kann das Knarzen Eurer Gedanken in Eurem Kopf hören. Nun hört mir zu. Euer wunderschöner Sohn wird nicht für immer da verweilen können, wo er jetzt ist, also müsst Ihr eine Entscheidung treffen. Der Preis für einen Mann des Kriegs sind Männer und Frauen des Wissens. Helft uns, das Monopol der Sēq auf die geheimen Mächte zu brechen. Lasst die Hexenzirkel wieder aufleben, alte Einrichtungen wie die Akademie der Erfinder und die Gesellschaft der Alchemisten.«

»Ich bin noch nicht einmal Asrahn. Und warum sollte ich in die verstaubten alten Geheimkulte aus der Vergangenheit investieren? Erinnert sich überhaupt noch jemand an sie, so umhüllt von der Fäulnis vergangener Jahrhunderte, wie sie sind?«

»Dann unterstützt sie, sobald Ihr Asrahn seid. Wenn Ihr

die Sēq brechen könnt, wird ein leerer Raum entstehen, den Ihr mit Sicherheit unter Kontrolle behalten wollt. Zu ihrer Zeit hatten die Hexen, Erfinder und Alchemisten ein starkes Bündnis und betrieben einen lebhaften Handel mit Tränken und anderen Hilfsmitteln, welche die Leute haben wollten, die die Sēq jedoch verboten.«

»Aber die Kosten!«

»Sollen die Bankiershäuser Euer Darlehen aufstocken – bald werdet Ihr reich genug sein, um ihr Risiko zu decken. So können Eure neuen Verbündeten erstarken, denn im Moment sind sie nicht mehr als dünne Grashalme. Sie werden Euch die Investition zurückzahlen, habt keine Sorge. Ihr werdet alle Facetten der Macht kontrollieren, Corajidin, im Gegensatz zu jetzt. Stimmt zu, und Belamandris wird wieder an Eurer Seite sein.«

Leichter gesagt als getan. Jetzt, da der Preis genannt worden war, war der Nachgeschmack seiner Frage bitter und so schwer fassbar wie das Morgen. Die Macht der Sēq brechen? Sosehr ihm das auch gefallen hätte, seine Chancen standen besser, wenn er versuchte, den Mond in seiner Tasche zu verstecken.

»Und meine …« – *Frau* – »… mein Thron?«

Die Botschafterin lachte, scheinbar entzückt, doch es war ein knarzender Laut, der ihm das Blut in den Adern gefrieren ließ. »Ein Thron für einen Thron. Oder, in diesem Fall, Throne. Solltet Ihr Asrahn werden – und ich kann Euch dazu verhelfen –, dann könnt Ihr mit der Rōmarq und ihren schlammverkrusteten Schätzen tun und lassen, was auch immer Euch gefällt. Ihr werdet dort die Waffen finden, die Ihr braucht, um Euer Volk zu vereinen. Um den Jadethron in Mediin zu übernehmen und den Elfenbeinhof in Tanis zu kontrollieren.«

Ihr Blick bohrte sich aus den Schatten ihrer Kapuze in den

seinen. »Und ja, der Preis ist ein Leben für ein Leben – oder eine Frau für eine Frau. Meine Leute glauben, dass der Tod ein eifersüchtiges Wesen ist und dass er nicht gern wieder loslässt, was er bereits in den Klauen hat. Er muss hinters Licht geführt und mit größerer Beute abgelenkt werden, damit er etwas so Geringfügiges wie eine einzelne Seele nicht vermissen wird. Aber eins nach dem anderen. Lasst mich beweisen, dass ich meine Versprechen halte, indem ich den ruhmreichen Witwenmacher wieder aufwecke. Dann können wir darüber reden, wie groß Eure Möglichkeiten tatsächlich sind – sowohl die körperlichen als auch die geistigen.«

Mein Sohn! Der Thron! Meine Frau! ... Ja, im Namen des geheiligten Erebus, ich will alles. Corajidin erstickte fast an seiner Antwort: »Ja.«

Ein einzelnes Wort, so angefüllt mit Hoffnung, dass er sich schon leichter fühlte, als er es nur aussprach. Er sank vor dem Sarkophag auf die Knie und unterdrückte ein Schluchzen der Erleichterung.

Sie sagte nichts, sondern trat nur in die schützende Dunkelheit zurück.

Es war zu still geworden. Zu viele Plätze, an denen Leute sein sollten, waren leer. So viele waren gegangen. Yashamin, Belamandris, Thufan. Selbst Mariam, obwohl sie nichts anderes tat, als die Grenzen seiner Geduld auszuloten. Die Möglichkeiten, die die Verbannten zu bieten hatten, hätten ein Anlass sein sollen, mit den Geliebten zu feiern. Doch er war allein.

Corajidin zog Yashamins Totenmaske aus den Falten seiner Robe. Sanft ließ er die Finger über die Bernsteinlinien ihres Gesichts gleiten, eine perfekte Wiedergabe der beinahe makellosen Züge seiner letzten Frau. Corajidin hob die Maske vor sein eigenes Gesicht. Er presste den kühlen Bernstein gegen seine Haut und starrte durch die leeren Augenschlitze.

Hatte er sich das Flimmern einer schlanken Gestalt in den Tiefen zwischen den hellen Fenstern nur eingebildet? Durchscheinende Seide, die ebenso viel enthüllte, wie sie die Verlockungen darunter verbarg? Er hörte Yashamins Stimme, ein Flüstern in seinem Kopf. Corajidin hatte ihre Gegenwart seit dem Tag gefühlt, an dem sie gestorben war. Tränen sammelten sich in seinen Augenwinkeln.

Warum hast du denjenigen nicht gefunden, der mir die Kehle durchgeschnitten hat? Kümmert es dich nicht, wer dir deine Königin geraubt hat, mein Liebster? Du musst tun, was auch immer nötig ist, um es wiedergutzumachen. Um zu sehen, wie unser Traum Wirklichkeit wird!

Erschrocken nahm Corajidin die Maske vom Gesicht. Seine Umgebung klärte sich und verwandelte sich wieder in eine Stille, aus der die Geister verbannt waren. Es fühlte sich an, als würden seine Herzen gegen seine Rippen schmettern. Er drehte die Maske um und stellte sich einen Moment lang vor, die schattigen Vertiefungen der Augen wären eine nachtdunkle Iris. Der Bernstein war die weiche Haut eines Gesichts, das vom sanften Glimmen der Kerzen geküsst wurde. Selbst das dunkle Rotschwarz seiner Jacke erinnerte an Strähnen ihres Haars.

»Yashamin«, würgte er hervor, die Kehle zugeschnürt vor Trauer. Er hob die Maske wieder an sein Gesicht und erinnerte sich an die Zartheit ihrer Haut an seiner. Dann wanderte sein Blick wieder zum Sarkophag und zu seinem Sohn, der darin lag. Tränen brannten in seinen Augen, weigerten sich jedoch zu fließen.

Er küsste die Maske, dann verstaute er sie wieder vorsichtig in den Falten seiner Robe. Die Botschafterin hatte ihn überredet, seinen goldenen Sohn zurückkehren zu lassen, doch Yashamins Tod war etwas anderes. Mit dem Gedanken an Rache konnte er gut leben. Das hatte nichts mit einer Wiederauferstehung zu tun, für die seine tote Frau von ihrem eigenen Volk verdammt werden würde. Sicherlich würde sie nicht zurückkehren wollen, wenn sie wüsste, was sie erwartete, oder?

»Möchtest du es, mein Herz?«, fragte Corajidin die leere Luft und hatte Angst vor einer Antwort. »Können wir es uns leisten, bis ans Ende unserer Tage für das zu bezahlen, was ich da tun möchte? Und zulassen, dass selbst die Geschichte uns noch verdammen wird, nachdem wir längst gegangen sind?«

Nichts.

Genau das, was *Sende* verlangte, egal, wie schmerzhaft und einsam es war. *Lass dich nicht mit den Unsterblichen ein, denn die Geister der Verstorbenen müssen zur Seelenquelle zurückkehren, um dort auf die Wiedergeburt auf dem Großen Rad der Welt zu warten.* Die Gesetze seines Volkes waren klar.

Yashamins Rückkehr mochte allem widersprechen, was man ihn gelehrt hatte, aber er würde mit dem Mörder abrechnen. Blutvergießen und zerstörte Existenzen würden der Preis für den Verlust seiner Liebe sein.

Selassin fa Martūm wartete in seinem kleinen Esszimmer auf ihn. Das glatte Gesicht des Mannes war leicht rosafarben, von der Sonne versengt, und seine teure Kleidung aus mehreren Schichten Seide entsprach der neuesten Mode. Als Corajidin sich setzte, bemerkte er etliche blasse Hautstellen an den Fingern des Mannes, an denen sich vor Kurzem noch Ringe befunden haben mussten.

»Was führt dich unangemeldet in meinen Qadir, Pah Martūm?«

Ein Diener schenkte Corajidin Tee ein und rührte einen Löffel Honig ins Glas. Martūm sah zu und leckte sich die Lippen, und seine Miene verhärtete sich, als der Diener vom Tisch zurücktrat und Teekanne und Honig wieder mit sich nahm.

»Eure Gastfreundschaft hat in letzter Zeit nachgelassen, Rahn Corajidin«, stellte Martūm fest.

»Ich habe dir keine Erfrischung angeboten und teile auch kein Mahl mit dir, um deine Protektion nach den Regeln des *Sende* nicht noch weiter zu verlängern. Du schuldest mir und anderen riesige Summen, Martūm. Da dein Onkel Vashne nun tot ist und es deiner Cousine Vahineh nicht viel besser geht, scheint es, als würdest du in unmittelbarer Zukunft ein paar ernste Probleme bekommen. Es sind schwierige Zeiten für überschuldete Verschwender mit teurem Geschmack.«

»Wenn Ihr mich aber tötet, wie wollt Ihr Euch dann zurückholen, was ich Euch schulde?«

»Ich?« Corajidin schüttelte den Kopf. »Wenn du schwer verletzt oder getötet wirst, werde ich nichts damit zu tun haben. Nichtsdestoweniger könnte es anderen zur Warnung dienen.«

»Und das ist der Grund, weshalb ich hier bin, mein Rahn.« Martūm lächelte schmeichlerisch. »Vorbilder und Schulden und alle möglichen Formen von Neuanfängen. Ich denke, unsere Vereinbarung ist vielleicht … strapaziert. Das könnte so bleiben, bis sich meine Lebensumstände ändern. Doch vielleicht freut es Euch zu hören, dass ich den Tag mit Ziaire verbracht habe.«

»Wie im Namen aller geheiligten Toten konntest du dir das leisten?«

»Rahn Näsarat fe Roshana hat es arrangiert. Wie es scheint, sind sie zu dem Schluss gekommen, dass meine einfältige Cousine ersetzt werden muss.« Martūm inspizierte seine makellos polierten Fingernägel. »Und es sieht ganz so aus, als wäre ich derjenige, der Erwachen soll.«

Corajidin verbarg sein Lächeln hinter seiner Tasse. »Ach ja?«

»Und obwohl ihr Gerede über die Föderation und Einheit und das Öffnen unserer Grenzen ganz interessant war, schien es doch nicht wirklich … vorteilhaft, materiell gesehen.«

»Ah ja?«

»Ja.« Martūm lehnte sich in seinem Stuhl zurück und schlug die Beine übereinander. »Wie interessant wäre es für Euch und wie viel wäre es Euch wert, einen neuen imperialistischen Rahn zu Eurer Verfügung zu haben? Es kümmert mich nicht wirklich, was Ihr mit meiner Stimme zu tun gedenkt oder wofür ich stimmen soll. Alles, was ich will, ist der Erhalt meines Lebensstils, der mir außerordentlich ans Herz gewachsen ist.«

Corajidin stellte seine Tasse sehr vorsichtig auf dem Tisch ab, dann befahl er dem Diener, ein leichtes Mahl und mehr Tee zu bringen. Martūm lächelte, was mehr wie ein öliges Dehnen der Lippen wirkte.

»Pah Martūm, ich wäre sehr interessiert, und es wäre mir durchaus eine beträchtliche Summe wert. Wir beide sollten uns darüber unterhalten, wie wir uns gegenseitig am besten helfen können.«

Kapitel 4

»Die Ereignisse unseres Lebens öffnen uns oft die Augen für das Unbekannte. Am Leben zu sein bedeutet, jeden Tag von Neuem in einer neuen Welt zu erwachen.« Aus Das mannigfaltige Leben *von Teren-karem, Magnat der Sēq (991. Jahr des Erwachten Imperiums)*

349. Tag im 495. Jahr der Shrīanischen Föderation

Grelles Vormittagslicht schien Indris direkt in die Augen, als er erwachte. Stöhnend rollte er sich wieder ein und zog sich ein Kissen über den Kopf. Eine Weile dämmerte er noch vor sich hin, wurde jedoch abrupt geweckt, als das Kissen von seinem Kopf weggezogen wurde.

»Höchste Zeit, dass du aufstehst.«

Indris blinzelte zu dem verschwommenen Fleck hinauf, der vage an einen Kopf erinnerte und aus dessen Richtung Shars Stimme ertönte.

Er hatte das Gefühl, als würde gleich eine Seifenblase direkt hinter seinen Augen platzen. »Mari war übrigens hier, ist aber wieder gegangen. Sie wollte dich nicht wecken, also kommt sie später wieder.«

»Gib mir das Kissen zurück«, knurrte er. Seine kraftlosen Versuche, das Kissen zurückzuerobern, wurden durch Shars Flinkheit vereitelt. Sie lachte über seine missliche Lage, bevor sie einen Ausdruck geheuchelter Zerknirschung aufsetzte. Doch als sich Indris auf den Rücken rollte und den Kopf in den Händen verbarg, wurden ihre orangegelben Juwelenaugen schmal vor Sorge.

»Die Kopfschmerzen?«

Indris schnitt eine Grimasse, dann kletterte er aus dem Bett. Shar blieb, wo sie war, und beobachtete ihn aufmerksam, während er sich entkleidete, um sich zu waschen. Er warf seiner alten Freundin einen Blick zu und hob die Augenbrauen. Sie ignorierte seine stumme Forderung nach ein wenig Privatsphäre, also wandte Indris ihr den Rücken zu, als er sich anzog.

Shar schnaubte. »Du hast den anderen nichts davon gesagt, oder?«, fragte sie.

»Wie denn, wenn ich noch nicht einmal weiß, was es ist?« Indris schlüpfte in eine lockere Hose, dann streifte er eine Tunika und einen knielangen Mantel mit Kapuze über. Seine abgetragenen Stiefel mit ihren ausgefransten Nähten waren so bequem, als würde er barfuß laufen. Als Indris seinen Waffengürtel umschnallte, stand Shar dicht bei ihm.

»Ich merke, dass ich Dinge tun kann, für die ich niemals trainiert wurde. Ich weiß nicht, was das zu bedeuten hat oder wie ich es mache. Und ich habe nur herzlich wenig Kontrolle darüber.«

»Was kannst du denn sonst noch tun?«, fragte sie, ebenso überrascht wie neugierig. Shar sah, wie er die Augen verengte, und fluchte leise und verzweifelt. »Indris, unter meinen Leuten gibt es schon länger Hexen, als ihr überhaupt existiert. Ist es dir nicht in den Sinn gekommen, dass ich dir vielleicht helfen könnte?«

»Ich zweifle nicht an deiner Aufrichtigkeit, Shar«, sagte er. »Aber ich habe in den Studien der Seethe nichts gefunden, das auch nur annähernd erklärt, was gerade mit mir geschieht.«

»Wenn das *Ahnah-woh-te* keine Antworten für dich hat,

was ist dann mit dem *Fayaadahat*? Sicher findet sich irgendetwas in den Arbeiten, die die Sēq über das Thema Mystizismus gesammelt haben, oder nicht?«

»Nicht dass ich wüsste.« Er runzelte die Stirn und zeigte dann mit dem Finger auf sie. »Und du sollst nicht über das *Fayaadahat* reden. Das weißt du. Schließlich handelt es sich hier um das große Geheimnis des Ordens …«

»… von dem eine Menge Leute außerhalb des Ordens wissen.«

»Fein. Mach nur so weiter. Beinahe alles im *Fayaadahat* basiert auf den Erkenntnissen der Seethe. Wir alle benutzen das *Ahmsah*, um das *Ahm* wahrzunehmen und zu beeinflussen, den gezeitenartigen Fluss der Disentropie, der über das *Ahmtesh* strömt. Unsere Arkane Lehre erklärt uns, wie wir natürliche Energie für übernatürliche Zwecke einsetzen können. Im Laufe der Jahre haben die Sēq diese Lehren vertieft, aber noch immer hängt alles von Ursache und Wirkung der Formeln und der Disentropie ab. Shar, das ist etwas völlig anderes als alles, was mir beigebracht wurde.«

Sie stieß ihm mit ihrem blauen Fingernagel in die Brust. »Zeig es mir.«

Indris ließ seinen Geist ganz still werden. Die Blase war noch immer da, ein wachsender Druck und das pulsierende Gefühl des Unbehagens. Er brauchte weder seine Disentropische Färbung zu verändern noch nach einer Formel zu suchen, um Energie und Wirkung zu berechnen. Er konzentrierte sich und visualisierte, was er wollte. Dann streckte er die Hand aus und drängte Gestaltwandlerin, zu ihm zu kommen.

Gestaltwandlerin, die gegen die Wand gelehnt war, erzitterte leicht. Indris stellte sich die Kühle ihrer *Kirion*-Scheide vor. Ihre elegante gebogene Form, die Schuppenmuster, die in das Heft eingraviert waren, und der Knauf in Drachenkopfform. Ihr Gewicht in seiner Hand.

Die Scheide kratzte über den Boden und erzitterte erneut. Dann schoss sie quer durch den Raum und in Indris' Hand.

»Faruq ayo!«, fluchte Shar in atemlosem Seethe. *»Zhar be yaha dein hem?«*

Gestaltwandlerin schnurrte, als Indris sie sich über den Rücken schlang. »Du hast da eine nette Ausdrucksweise drauf, weißt du das? Aber um deine Frage zu beantworten: Ich habe keine Ahnung, wie ich das gemacht habe. Na ja, vielleicht eine vage Vorstellung.«

»Es ist meine Sprache, und ich kann darin fluchen, solange ich will. Was wichtiger ist: Solltest du überhaupt in der Lage sein, das tun zu können?«, fragte Shar, die sich auf der Stuhllehne niedergelassen hatte.

»Das bezweifle ich«, murmelte er. »Ich kann es auch nicht immer machen. Noch nicht.«

»Was kannst du sonst noch?«, fragte sie und musterte ihn scharf.

»Nichts, das so verlässlich ist, dass ich darüber reden möchte.« Er zuckte unter ihrem finsteren Blick zusammen. »Ein gelegentlicher prophetischer Traum, aber die hatte ich schon als Kind. Ich glaube, ich bin in der Lage, die Gedanken der Leute zu hören. Aber es ist mehr wie ein schwaches Rumpeln in meinem Kopf, in das einige verstümmelte Wörter gestreut werden. Manchmal kann ich die Absichten der Leute spüren, so als würden sie mir erzählen, was sie gleich tun wollen. Ich habe Visionen von fernen Orten und Leuten und noch einige andere Dinge. Ich bin hier im Blindflug, wenn ich mir vorstellen soll, was ich alles versuchen könnte.«

Indris machte Shar ein Zeichen, ihm zu folgen, als er die Kabine verließ und Richtung Deck ging. Der glühende Sommer, der ihnen in seiner Härte noch lebhaft in Erinnerung war, war beinahe vorüber. Die Tage wurden kühler, und gelegentlich hatten sintflutartige Regenfälle eingesetzt. Vom Deck der *Wanderer* aus konnte Indris das kaleidoskopartige Muster der Leute auf den Märkten am Seeufer sehen. Ein lebendiges, wimmelndes Farbenmosaik, das sich von Sekunde zu Sekunde veränderte. Das Ächzen von Wagenrädern, Bootshörner, Glocken, das Fluchen der Hafenarbeiter und Schreien der Händler spülte über ihn hinweg und verschmolz mit dem hypnotischen Glucksen des Wassers, das gegen die ankernden Boote schlug. Hinter dem bunten Treiben ragten die Umrisse der schneebedeckten, von Wolken umhüllten Gipfel der Drei Schwestern von Avānweh auf: das zerklüftete Mar Silamari im Osten, das brütende Īajen-mar in der Mitte und das hohe, steile Mar Asrafah im Westen. Der Duft von Kaffee, der ganz in der Nähe köchelte, stieg ihm in die Nase.

Etwa ein Dutzend Katzen räkelte sich in der Sonne. Sie sahen auf, die Schwänze zum Gruß erhoben, und schnurrten.

»Katzen, wohin ich auch gehe«, murmelte Indris, als ein paar von ihnen zu ihm herüberkamen und ihre Köpfe gegen seine Beine rieben. Lächelnd griff er hinunter und zerzauste ihr langes, seidenes Fell.

»Wie lange bist du schon imstande«, sie wackelte mit den Fingern, »du weißt schon – das zu tun?«

»Seit meinen Jahren bei den Drachen konnte ich ein paar unerklärliche Dinge tun. Aber nichts in der Art. Seit Amnon ist es stärker geworden. Es fühlt sich an, als würden Teile von mir … ich weiß nicht … aufgeschlossen werden. Nach meinen Jahren auf den Graten hat es langsam angefangen. Aber ich habe das *Ahmsah* mehrfach eingesetzt, als wir in Amnon waren. Öfter vermutlich, als klug war. Es hat mich irgendwie verändert. Und mein zweites Erwachen … die Vorfahren allein wissen, welche Schleusen das geöffnet hat.«

Shar nahm Indris' Kinn in die Hand. Sie starrte mit unbeweglichem Gesicht in seine Augen, als würde sie nach etwas suchen. »Im Ernst. Du musst mit irgendjemandem darüber sprechen.«

Er setzte eine Miene auf, als wäre ihm eben eine Offenbarung zuteilgeworden. »Ja, genau! Ich könnte einfach zum Kapitelsaal der Sēq hinaufspazieren und ihnen die ganze Geschichte erzählen! Eine geniale Idee. Sie hätten mich schneller vor den Suret gezerrt, als ich einmal ausspucken könnte. Da kann ich ja gleich die Hosen ganz runterlassen.«

Sie schlug ihm spielerisch auf die Wange. »Kein Grund, dumme Sprüche zu klopfen. Aber ich gebe zu, dass es vermutlich kein gutes Ende nehmen würde, wenn du dich vor den Oberstenrat der Sēq bringen lässt.«

Indris schritt die Landungsbrücke hinab zu Ekko und Omen. Sie saßen unter dem breiten Sonnensegel, das die *Wanderer* zum Mittelpunkt eines großen Pavillons machte. Teppiche lagen auf dem Sand ausgebreitet, und Sofas, Klappstühle, Kohlenbecken und Tische standen herum. Hayden hockte neben einer der Disentropiespulen. Der Apparat war halb auseinandergebaut, genau so, wie Indris ihn zwei Tage zuvor zurückgelassen hatte. Hayden warf Indris einen vielsagenden Blick zu, dann wies er auf die auseinandergenommene Apparatur, bevor er sich wieder an die Arbeit machte. Indris musste dem alten Mann bei der Reparatur helfen, je früher, desto besser.

Auf einem niedrigen Tisch befand sich eine kleine Kanne, aus der Kaffeeduft aufstieg. Indris schenkte sich eine kleine Tasse voll ein. »Ich glaube, die Sēq haben mehr Interesse daran, sich selbst zu helfen, als mir unter die Arme zu greifen. Ich habe eine alte Freundin aus den frühen Tagen der Unsterblichen Gefährten aufgespürt. Sie weiß vielleicht mehr.«

»Soll ich dich begleiten?«

»Ich hätte nichts dagegen«, flüsterte Indris in Shars Ohr, als er sie zum Abschied umarmte, »aber sie schon. Sie hat ein Vertrauensproblem.«

»Na dann.« Shar rümpfte die Nase in gespielter Empörung, während ihre zitrinfarbenen Augen vor unterdrücktem Lachen leuchteten. »Ich leiste den wilden Jungs hier so lange Gesellschaft, bis du zurück bist. Was ist, wenn Mari vorbeikommt?«

»Und was ist mit der Spule?«, fragte Hayden. »Ganz ehrlich, ich kann mich beim Reparieren von Gewehren und so halbwegs durchmogeln. Aber dieses Ding hier ist ein ganz anderes Kaliber. Ich schätze, ihr fändet es nicht so lustig, wenn wir alle meinetwegen abstürzen.«

»Es wird nicht lange dauern«, sagte Indris und winkte Shar und den anderen zum Abschied. »Ich werde gleich nach dem Sonnenhöchststand zurück sein. Und Hayden – ich helfe dir, sobald ich wieder da bin.«

Es war nur ein kurzer Spaziergang auf den verschlungenen Wegen der Untiefen. Über das sonnengebleichte Holz, die rissigen Poller und verknoteten Taue der Carnat-Farhi-Brücke, dann Richtung Westen, die geschäftige Jahn Markesh entlang. Er zog die Kapuze seines Mantels über, um sich vor der Sonne und neugierigen Blicken zu schützen. Der Geruch des sonnenwarmen Wassers wurde schwächer und schließlich von den konkurrierenden Düften der Strohkörbe ersetzt, die mit Meersalz und Pfeffer, mit Safran und Kurkuma, Koriander und Minze gefüllt waren. Gegrillter Fisch, Enten und dick geschnittene Scheiben Schweinebraten hingen an Haken. Hinter den Marktbuden am Ufer lagen die schattigen Türöffnungen der Tavernen und Gästehäuser. Handelsvertreter. Kaufleute und Schifffahrtsgesellschaften. Es waren ebenso viele Menschen wie Avān auf den Straßen, durchsetzt von den nomadischen, in Filz gekleideten Tau-se, in deren Mähnen blank polierte Schicksalsmünzen glänzten, und Seethe in ihren himmelsfarbenen Westen und Kniehosen. Er sah sogar einen Kriegsspieler der Seethe, groß und hager in seinem Brustharnisch und Kettenpanzer aus *Serill*. Sein *Serill*-Schwert war trügerisch schlank und beinahe so groß wie sein Träger. Die Scheide war an Strängen aus rot getöntem Kristall befestigt, die bei jedem Schritt leise klingelten.

Nachdem er eine Reihe von Terrassen am Himmelsspeer hinaufgestiegen war, wich das Gedränge einer begrenzten Auswahl von spezialisierten Geschäften und Ateliers. Die klingenartigen Türme der Kriegsakademie durchstachen die Luft, eingebettet zwischen den flachen Dächern der Königlichen Universität und den verwahrlosten Keramikkuppeln der praktisch nicht mehr bestehenden Alchemistengesellschaft und der Akademie der Erfinder. Indris durchschritt enge Gassen, die nach Feuchtigkeit und Urin stanken. Der Himmel verengte sich, bis er nicht mehr war als ein scharf umrissener blauweißer Streifen über seinem Kopf. Die alten Gebäude drängten sich immer dichter heran, als würden sie sich mit den Schatten verschwören, die sie warfen. Von Moos überwachsene Stufen waren in der Mitte zusammengesackt wie alte Sättel. Schichten aus frischen und verblassten Wandschmierereien verunzierten die bröckelnden Mauern. Schmale Fenster mit schmutzigen Glasscheiben und abblätternder Farbe blinzelten zu ihm herab. Hin und wieder stand ein Fenster offen, und Indris hörte die Stimmen der Studenten, die über Philosophie, Geschichte und Literatur debattierten. Babys schrien. Pärchen stritten sich. Er hörte die Geräusche eines Pärchens beim schwungvollen Liebesakt auf einem quietschenden Bett, und wie das Kopfende des Betts gegen die Wand schlug. Außerdem war da ein Gestank nach Rauch, Abfall und Feuchtigkeit, der allem anhaftete.

Indris atmete tief durch, als er wieder hinaustrat auf die breiteren, saubereren Straßen des Naktaja. Der kurvenreiche Distrikt war die Heimat von Buchläden, Schreibwarengeschäften, Schreibern, Weisen und den Läden von Söldner-Bibliothekaren, die sich nicht in die Gelehrtenorden hatten einfügen können. Die meisten Läden versorgten die Universität und deren Studenten. Straßen, die kaum mehr als klaustrophobisch enge Gässchen waren und von einer Mauer aus schmalen Gebäuden begrenzt wurden, bildeten ein gewundenes Labyrinth aus moosgesäumtem Kopfsteinpflaster. Die Fenster waren so dunkel wie Spiegel. Indris verengte die Augen und blinzelte zu dem Streifen aus Sonnenlicht hinauf, der zwischen den Dächern der Gebäude aufblitzte. Die Luft roch muffig, und die Steine waren noch feucht und klamm vom Regen der letzten Nacht.

Zwischen zwei schlichten Steinfassaden befand sich Das Ungeschriebene Wort. Der Ort schien wenig bemerkenswert; große Fenster, die mehr von Grünspan als von Bronze verschlossen waren. Hinter einem gusseisernen Gittergeflecht wartete eine alte und robuste Holztür. Indris versuchte, das Gittergeflecht zu öffnen, und stellte fest, dass es nicht verschlossen war. Um ganz sicherzugehen, klopfte er, bevor er die Tür öffnete.

Innen war nur wenig Platz. Bücherregale säumten die Wände vom Boden bis zur Decke und bildeten ordentliche Reihen. Der Geruch nach Sandelholz hing in der unbewegten Luft. *Ilhen*-Lampen, die ein sauberes weißes Licht verströmten, ohne heiß zu werden, hingen wie strahlende Sonnenblumen an Ketten von der hohen Decke.

»Chaiya?«, sagte er leise. »Ich bin's, Indris. Können wir reden?«

Für beinahe eine Minute kam keine Antwort. Indris stand allein in der Stille und dem silbernen Licht. Dann spürte er, dass er eine Gänsehaut bekam, weil die Temperatur schlagartig fiel. Er sah seinen Atem in der kalten Luft. Frost bildete sich um die Fensterrahmen. Er knisterte, als er in Hunderten winziger weißer Blumen erblühte.

»Indris.« Die Echos einer weiblichen Stimme waren überall und nirgendwo. In ihm, um ihn herum. Ein unfreiwilliger Schauder lief ihm das Rückgrat hinab, und sein Nackenhaar sträubte sich. Das war die Wirkung, die alle Nomaden auf die Lebenden hatten. Chaiya war eine der Ephael – ein Geist, der weder einen lebendigen Körper noch ein Simulacrum benutzte, um sich zu zeigen. Die Stimme ertönte erneut, hallend und düster. *»Welche Probleme führen den Geisterbändiger an meine Tür? Obwohl es heißt, du trägst nun neue Namen.«*

»Chaiya. Es ist lange her. Du bist nicht gerade leicht zu finden.« Indris blickte sich um, konnte die Nomadin jedoch nicht sehen. Er blickte auf die Lichter über seinem Kopf, die beinahe so hell schienen wie das Tageslicht. Leise intonierte Indris einen Gesang. Schattenfinger begannen sich in den Ecken des Raums auszudehnen und strömten wie Wolken, die in einem Fluss gespiegelt werden. Innerhalb von Sekunden verdunkelte sich der Raum merklich.

»Ich ziehe es vor, nicht gefunden zu werden. So kosmopolitisch die Leute von Avānweh auch sein mögen, die meisten hassen die Nomaden noch immer, egal, was sie sagen oder wie liberal sie sich geben. Doch wir waren einst Freunde, du und ich.«

Chaiya materialisierte sich, während der Raum in Dunkelheit versank. Sie war Mondlicht und Schatten: eine durchscheinende, fließende, schwarz umrissene Skulptur aus Jadeglanz. Es war, als wäre alte Farbe in jede lichtdurchlässige Naht, Linie und Falte ihrer Soutane gesickert und auch zwischen die Strähnen ihres Haars, in die feinen Linien ihrer

Knöchel und ihrer Ohrmuschel. Die Sēq-Bibliothekarin aus Manté sah beinahe genauso aus, wie Indris sie in Erinnerung hatte, bevor sie an seiner Seite gestorben war. Ein dreieckiges Gesicht mit einem spitzen Kinn, langes, glattes Haar und hohe, breite Wangenknochen. Große Augen mit schweren Lidern, eine kleine Stupsnase. Sie hatte sich sogar an ihre Sommersprossen erinnert, kleine schwarze Sterne, die auf ihrem geisterhaften Abbild schwebten.

Es gab Kulturen, die behaupteten, dass Nomaden – Geister, Schemen, Phantome, wie auch immer sie genannt wurden – Ausprägungen von Seelen waren, die vom Licht des *Ahm* projiziert wurden. Indris hätte nicht mit Sicherheit sagen können, ob das stimmte. Doch da war eine Korona aus Licht, die sie umschwebte, als würde eine Vielzahl von Kerzen Chaiyas Gestalt von hinten beleuchten. Ihre Spektralgestalt war viel reiner als die von Vampiren und Ghulen, die sich in ihrem verzweifelten, verdorbenen Hunger nach Leben weigerten, ihre verrottenden Körper zu verlassen. Und sie war bei weitem reiner als Leichname mit ihren überladenen, mit Edelsteinen versetzten und geschnitzten Knochengerüsten. Diese waren Geister, die immer auf Kosten anderer für ihren persönlichen Gewinn arbeiteten.

»Danke, dass du mich empfängst, Chaiya. Ich wäre normalerweise nicht gekommen, aber ich brauche Hilfe.« Als Eingeweihter des *Kaj* konnte Indris mit Chaiya sprechen, indem er die subtilen Vibrationen der Seelen nutzte, durch die Geister gewöhnlich kommunizierten. Ihre Stimme erinnerte ihn an den Klang des Winds, der durch Piniennadeln fährt.

»Es gibt nur wenige, denen ich mich zeigen würde. Und noch wenigere, die mich hören könnten.« Die Nomadin lächelte, und der Raum erwärmte sich leicht. *»Ich verdanke dir meine Existenz. Was benötigst du?«*

»Wissen«, erwiderte er ehrlich.

»Ich gehe davon aus, dass das, was du suchst, in der Naqta-Avānweh nicht gefunden werden kann?« Ihr Lächeln , das ihre rhetorische Frage über die Bibliothek Avānwehs begleitete, war wie ein Nebelwirbel.

»Ich muss mehr über das wissen, was in Khenempûr studiert wurde. Nicht nur die üblichen Esoterischen Doktrinen; ich brauche einen breiteren Überblick über alle Studienfelder.« Indris schluckte, als er den Namen Khenempûr aussprach. Die Stadt mit ihren übertriebenen und elliptischen Türmen, Straßen und Mauern maß beinahe drei Kilometer von einem Ende zum anderen; mittlerweile hatten die Dschungel von Tanis sie sich fast wieder ganz zurückerobert. Es war eine weitläufige, planlose Stadt mit seltsamen Winkeln und beunruhigenden Dimensionen, erbaut von Wesen, die in modernen Zeiten unter der Bezeichnung »Die Leeren« bekannt und schon vor Jahrtausenden von den Zeitmeistern ausgelöscht worden waren. Die Avān hatten die Stadt irgendwann wieder besiedelt, nachdem sie die Seethe verdrängt hatten. Sie war einer der wenigen Orte, die das vollständige Studium der Esoterischen Doktrinen gefördert hatten, ungeachtet von Ideologie oder Politik.

»Khenempûr?«, fragte sie. *»Es gibt nur wenige unter den Lebenden oder den Toten, die Erinnerungen an die Stadt haben. Was brauchst du?«*

Indris kaute auf seiner Unterlippe. »Das, was ich suche, wird in keinem konventionellen Kanon zu finden sein. Ich glaube, es müsste auf Hazhi'shi geschrieben sein, oder Maladhoring. Nur die Originalsprache – keine Übersetzung – könnte die zugrunde liegenden Philosophien des Textes exakt ausdrücken. In Anbetracht dessen, was ich brauche, werde ich das schlimme Gefühl nicht los, dass es Teil des *Sifr Hazhi* sein könnte.«

»Die Drakonische Dialektik?« Chaiya schwebte nach vorn, und der Saum ihrer Soutane trübte den Holzboden wie feines Pulver. Sie streckte die Hand aus, um ihn zu berühren. Eine sterbliche Geste. Etwas, das bei einem Nomaden sinnlos war, da sie keinen physischen Kontakt mehr herstellen konnten, was aber viele von ihnen vergaßen. Indris streckte ebenfalls die Hände aus, um die kühle Luft schützend zu umfassen. Der Trost, der in der Illusion der Berührung lag. Ihre Augen, die mehr an verglühende Laternen erinnerten als an Fenster zur Seele, schienen sorgenvoll. Als sie wieder sprach, strich ihre Stimme über die Saiten seines Geists. *»Wonach suchst du? Und kannst du überhaupt Hazhi 'shi oder Maladhoring verstehen?«*

Unbehaglich zuckte Indris mit den Schultern. »Ich habe die Sprache der Drachen nie gelernt und auch nicht die Hochsprache der Mystiken der Elementarmeister, aber ich werde sie lesen können, sobald ich sie sehe – frag mich nicht, woher ich das weiß. Mein Interesse gilt vor allem den Disziplinen der Gedankenleser. Das, was die Sēq die *Mah-Psésahen* nennen.«

»Ich habe den Namen schon einmal gehört. Auf Maladhoring ist es das Psukazha, und auf Hazhi'shi kann ich es nicht einmal aussprechen, obwohl es ein Studiengebiet innerhalb des Sifr Hazhi sein soll. Ich weiß nicht, wie viel dir das nützen wird, da die Quelle der Drachenmystik in ihren Träumen zu finden ist, ebenso wie ihre Auffassungen der Wirklichkeit. Du magst Talent haben, aber du bist kein träumender Drache.«

Sie trieb wieder zurück, als hätte eine Brise sie erfasst, und ihre Gestalt erbebte für einen Moment in einem Gefühl, das Indris für Furcht hielt.

»Sei vorsichtig, Indris. Du suchst nach uralten Mächten. Es ähnelt nicht den Geistigen Disziplinen und Regelungen, die du als Psé-*Meister gelernt hast. Die* Ilhennim *haben lange und inten-*

siv nach einem anderen Weg gesucht, metaphysische Macht auszuüben. Vor allem Macht ohne Nebenwirkungen. Niemand hat je eine Möglichkeit dazu gefunden, und die Sēq hungern noch immer nach einer Antwort. Es gab Gerüchte, dass es am Isenandar studiert wurde – den Sandsäulen –, bevor die Schule zerstört wurde. Indris, es hat schon immer Legenden über verlorene Kräfte und neue Denkrichtungen gegeben. Wären sie mittlerweile nicht gefunden worden? Hast du in Betracht gezogen, dass derartige Kräfte vielleicht gar nicht existieren?«

»Ich bin mir sehr sicher, dass in den Legenden einiges an Wahrheit verborgen ist«, sagte er trocken. »Und einst hat man geglaubt, niemand könnte sich Disentropie nutzbar machen, um die Welt um sich herum zu verändern. Bis es eines Tages jemand getan hat. Wenn es irgendwo geschrieben steht, irgendwo studiert wurde, dann muss es in Khenempûr gewesen sein. Oder bei den Graten natürlich, aber das wäre der letzte Ausweg.«

»Oder Isenandar.«

»Nein, stimmt, *das* wäre mein letzter Ausweg. Ich denke, ich ziehe die Grate den Säulen vor«, sagte Indris hastig. Es gab nur wenige Orte, die so grauenhafte Gedanken in einem Gelehrten auslösten wie die Sandsäulen, die allererste der Arkanen Schulen. Die Herrscher der Hohen Häuser waren dort einst unterrichtet worden, und sie hatten Einblick in erschreckende Mächte bekommen. Zum ersten Mal hatten sie das Bewusstsein Īas erblickt. Sedefke und seine ersten Schüler hatten sie ausgebildet, und sie alle waren groß geworden – mentale und spirituelle Riesen. Doch dann waren sie zu tief und zu schnell zu Mächten vorgedrungen, die die Schule in einer mittlerweile zur Legende gewordenen Katastrophe zerstört hatten. Selbst die Geschichtsbücher gaben den genauen Standort Isenandars nicht preis, aus Angst, die zerstörerische Glut der Vergangenheit wieder zur Flamme zu entfachen. Aber natürlich wussten die Sēq, wo sie lag; schließlich waren sie wahre Meister, wenn es um das Herumstochern zwischen den Gebeinen der Geschichte ging.

»Es mag eine Weile dauern, bis du eine Antwort bekommst. Die Toten sind nicht gerade berühmt für ihre Zeitwahrnehmung. Aber eines solltest du wissen. Ich höre … Dinge, Indris. Die Träume der Lebenden sind Ausstrahlungen sowohl des Geists als auch der Seele.« Ihre Stimme war halb Seufzen, halb Echo, kleine Wellen auf seiner Disentropischen Färbung. *»Einige der Sēq haben begonnen, sich nach den Ereignissen in Amnon für dich zu interessieren. Du musst vorsichtig sein. Die Fraktionen entfernen sich voneinander, und sie verfolgen unterschiedliche Ziele. Einige der Gelehrten träumen sehr dunkle Träume, in denen du auftauchst. Avānweh ist gefährlich.«*

Indris fühlte sich unangenehm an seine frühere Unterhaltung mit Femensetri erinnert. Doch er hatte keine Wahl; noch musste er bleiben. »Meine alte Sahai hat das Gleiche gesagt. Die Sēq sind … ruhelos. Und das verheißt nichts Gutes, für niemanden.«

Die Gestalt des Geists flackerte, und ihre Miene verriet ihre Angst. *»Die Barrieren zwischen den Welten stürzen ein, Indris. Etwas regt sich in der Tiefe, und ihre Träume beunruhigen uns alle. Selbst die Toten haben Angst.«*

»Aber *was* fürchten sie?«

Chaiya antwortete nicht darauf, als könnten ihre Gedanken Wirklichkeit werden, sobald sie sie aussprach. Statt weiter nachzusetzen, fragte er: »Könntest du mehr über die *Psésahen* herausfinden?«

»Sei auf der Hut, Indris.«

Sie schwebte vor, eine Gestalt gewordene Wolke, um den gleichen Raum einzunehmen wie er selbst. Indris lächelte. Ganz offensichtlich hatte sie sich noch nicht wirklich von der Vorstellung distanziert, lebendig zu sein. Seine Gedanken wanderten zu Omen, und sein Lächeln verschwand. Es war nur eine Frage der Zeit, bis jeder Nomade vergaß, warum er noch in der physischen Welt verweilte. Einige gerieten früher in diesen wahnhaften Bewusstseinszustand als andere. Er beugte seine Aura, sodass sie über die ihre streifte. Einen engeren physischen Kontakt konnte er ihr nicht bieten.

»Danke, Chaiya«, flüsterte er. »Ich stehe in deiner Schuld.«

»Die Lebenden haben den Nomaden nur sehr wenig zu geben, Indris«, erwiderte sie, während sich ihre Gestalt verdunkelte. Ihre nächsten Worte waren kaum mehr als ein Summen in der Düsternis. *»Wenn ich auf eine Antwort gestoßen bin, werde ich dich finden. Bis dahin halte die Augen offen und sei vorsichtig, wenn du weißt, wie das geht.«*

Dann war sie fort.

Indris verbannte die Schatten, die er gerufen hatte. Die *Ilhen*-Kristalle leuchteten wieder hell. Er ging und schloss das eiserne Türgitter hinter sich.

Beim Geräusch auffliegender Tauben wandte er sich um und sah eine einsame Gestalt am anderen Ende der verlassenen Straße, deren Kapuzenrobe in der Brise flatterte. Die Person war ein dunkler Umriss vor den sonnengetränkten Gebäuden. Sie legte leicht, beinahe träge, eine Hand auf die Hüfte, während die andere herunterbaumelte und sich langsam bewegte, beinahe wie der Schwanz einer Katze. Er fühlte, wie ihm kalt wurde, als er etwas Vertrautes darin erkannte. Eine Haltung, die er gut kannte, aber nicht sehen sollte. Nicht hier und jetzt, nach so langer Zeit. Seine Herzen schlugen schwer in seiner Brust, und er hatte Mühe zu atmen. Gestaltwandlerin stieß ein besorgtes Klagen aus.

Einen Moment noch stand die Gestalt still da, dann verschwand sie um die Ecke. Indris rannte zum Ende der Straße, doch als er dort ankam, war die Gestalt verschwunden.

Kapitel 5

»Enttäuschung und ihr Schatten, der Zorn, werden oft aus Ernüchterung geboren. Ernüchterung jedoch wird aus unseren eigenen Erwartungen geboren.« Aus den Maximen der Nilvedic

348. Tag im 495. Jahr der Shrīanischen Föderation

»Ich habe dir Briefe geschrieben«, sagte Nadir, während er Honig in eine kleine Tasse Kaffee löffelte.

Mari lehnte sich in ihrem Stuhl zurück, damit das Licht sie nicht blendete, das durch das Kaffeehausfenster hereinströmte. Nadir wurde zu einem von weißem Licht umströmten Umriss. Die anderen Gäste wirkten ähnlich geisterhaft, anonyme Ausschnitte gegen einen scharfen Hintergrund, die Stimmen leise, vermischt mit dem Klirren der Porzellantassen und der Metalllöffel.

Mari hatte zunächst nicht mit Nadir sprechen wollen, sondern sich an ihren Groll geklammert, der so bequem war wie gut eingelaufene Stiefel. Seine Nachricht hatte sie am selben Morgen erreicht, und sie hatte sie eigentlich ignorieren wollen. Ihre Gedanken waren zu Indris und den wohligen Stunden gewandert, die sie in seinen Armen verbringen könnte. Sie war sogar zur *Wanderer* gegangen, musste jedoch feststellen, dass der Mann, in den sie sich vielleicht gerade verliebte, noch immer schlief. Sie war bereit gewesen weiterzugehen, als ihre Hand sich zu Nadirs Nachricht in ihrer Tasche verirrt hatte. Ihre Abwehr hatte geschwankt, ohne sich ganz aufzulösen. Sie war neugierig. Es ging lediglich darum, einen Schlussstrich zu ziehen, sagte sie sich selbst.

»Es hätte keine Rolle gespielt, was du geschrieben hättest«, sagte sie herablassend. »Du hast mir sowieso nie viel erzählt. Wir hatten ein praktisches Verhältnis. Wir haben uns getroffen …«

»Und uns geliebt …«

»Wir haben uns gegenseitig benutzt, dann sind wir wieder unserer eigenen Wege gegangen, bis es uns erneut irgendwo gejuckt hat«, schloss Mari. Sie schüttelte das Gefühl erotischer Nostalgie ab, das sie zu überkommen drohte. »Ich bin ebenso sehr für diese Oberflächlichkeit unserer Beziehung verantwortlich wie du. Ich hätte nein sagen können.«

»Wirklich?« Er pustete auf seinen Kaffee. Eine kleine Dampfschwade kräuselte sich in der Luft.

Nadir nippte mit halb geschlossenen Augen; es war ein vertrauter Ausdruck des Behagens. So hatte er sie vor einer Ewigkeit angesehen.

»Ich konnte es nicht. Ich vermute, das war der Grund, warum ich es auch nicht getan habe. Aber es war nicht meine Entscheidung, dass ich Shrīan verlassen habe, Mari. Als Vashne uns verbannte, hatten wir nur ein paar Tage, um das Land zu verlassen.«

»Du hättest mir eine Nachricht schicken können, wenigstens, um dich zu verabschieden.« Mari kämpfte den alten Groll nieder, der ihre Brust umklammert hielt. Er wurde durch eine schwelende Wut auf sich selbst ersetzt, weil es ihr immer noch etwas ausmachte.

»Mein Vater wollte Vashnes Geduld nicht strapazieren«, sagte Nadir mit finsterem Gesicht. »Wir nahmen alles an uns, was wir konnten, und ritten so schnell wie möglich zur Ygranischen Grenze. Unsere Familie brauchte Geld, also ritten wir nach Masripur und verpflichteten uns, für die Pah-Avān in Tanis zu arbeiten.«

Die Pah-Avān – die Prinzen und Prinzessinnen der Avān – waren die Nachfahren der einstigen Hohen Häuser Chepherundi, Murinder und Daresh, die während der Rebellion der Menschen gegen das Erwachte Imperium dezimiert worden waren. Jetzt verteidigten ihre Nachkommen und deren Söldnerarmeen die Krisenstädte entlang des Flusses Harasesh und an der vom Krieg gebeutelten Grenze zwischen Tanis und Manté. Mari hatte dort dienen wollen, doch ihr Vater hatte andere Pläne mit ihr gehabt.

»Wie sind sie, die Krisenstädte?«, fragte sie, um das Thema zu wechseln.

Er blickte stirnrunzelnd in seine Kaffeetasse. Dann nahm er seinen Löffel zur Hand, rührte um, öffnete den Mund, um zu sprechen, und hielt wieder inne. Als er aufsah, wirkte sein Blick gequält. Die Narben in seinem Gesicht hoben sich leuchtend von seiner gebräunten Haut ab. Nadir blinzelte, offenbar, um sich von den Geistern zu befreien, die nur er sehen konnte, und wechselte so leicht das Thema wie sie zuvor. »Ich habe gehört, du bist zur Heldin geworden. Es gehen Gerüchte um, dass du nichts Geringeres als der nächste Oberstritter der Feyassin werden wirst. Meine Glückwünsche.«

»Danke.« Sie fühlte, wie sich ihre Lippen zu diesem schiefen Lächeln verzogen, von dem sie noch wusste, wie sehr er es gemocht hatte. Mari nahm einen Schluck Kaffee, um es zu verbergen. »Willst du beitreten?«, fragte sie in leichtem Ton, der sich jedoch verhärtete, als sie hinzufügte: »Was mich daran erinnert, was ich dich noch fragen wollte: Was genau hast du gemacht, nachdem du die Gram verlassen hast?«

Nadir lachte in sich hinein, während sich seine Augenbrauen so weit hoben, dass sie fast seinen Haaransatz berührten. »Oh, ich kann mir lebhaft vorstellen, wie beliebt ich bei den Feyassin wäre. Nadir, der in Ungnade gefallene Sohn eines Verbannten, der jetzt die Ehre der höchsten politischen Stelle im Land verteidigt! Das kannst du haben!« Er nahm einen Schluck von seinem Kaffee, bevor er weitersprach. »Und zu der Frage, was ich getan habe: Ein wenig von diesem, ein wenig von jenem. Ich habe jeden Tag von Neuem gegen Feinde gekämpft, um zu überleben, obwohl denen sehr daran gelegen war, mich und meine Kameraden tot zu sehen. Aber, Mari, du weißt, wie es ist, Eltern wie die unseren zu haben. Du tust, was man dir sagt, weil du etwas dienst, das größer ist als du selbst.«

»Und wem dienst du jetzt, Nadir?«

Nadirs Umriss verschob sich leicht. »Unseren Vätern.«

»Was?«, schnappte sie.

»Dein Vater hat in Amnon seinen Assassinenmeister verloren, der auch sein *Kherife*-General war. Mein Vater hat Thufans Position übernommen, und dein Vater war so freundlich, mich als seinen Adjutanten einzustellen. Offenbar ist sein letzter – dein Cousin Farouk – unter fragwürdigen Umständen gestorben.«

»Beinahe jeder, der meinem Vater dient, stirbt unter zweifelhaften Umständen. Manche überleben, viele aber nicht. Ich wünsche dir viel Glück, Nadir.«

Wenn Mari schon Thufan für einen Schurken gehalten hatte, so war er doch nichts, verglichen mit dem Ruf, den Jhem hatte. Jhem war bekannt für seine Leidenschaftslosigkeit. In den Monaten vor seinem Exil war er von manchen als der kälteste Teil von Corajidins Schatten beschrieben worden.

»Mari«, drängte Nadir, »lass es mich erklären.«

»Was gibt es da zu erklären?«, fragte sie rundheraus. »Deine Familie wurde verbannt. Mein Vater hat euch angeboten, euch euren Status zurückzugeben, und einen betrügerischen Handlanger gegen einen anderen, womöglich schlimmeren eingetauscht. Obwohl ich mich frage, wessen Vater mehr Blut an den Händen hat, der deine oder der meine?«

»Dein Vater wird unser nächster Asrahn, Mari. Meine Familie wird Teil seines Machtzirkels werden. Wir werden so nahe am Status eines Hohen Hauses sein, wie man nur kommen kann, wahrscheinlich werden wir nach einiger Zeit sogar eines. Wir befehligen eine erfahrene Armee, bestehend aus *Nahdi*, die ihren Feinschliff in den Krisenstädten und an der Ebenholzküste bekommen haben, im Dienste des Schlangenfürsten von Kaylish. Alle Verbannten haben eine ähnliche Geschichte. Shrīan aus seiner Apathie zu befreien wäre für uns so leicht wie atmen. Und dann sind da noch unsere Hexer, die sehr viel mehr Interesse haben, unseren Zielen zu dienen, als die Gelehrten den euren.«

»*Nahdi?* Hexer?« Mari runzelte die Stirn. »Plant ihr bereits einen weiteren Krieg, Nadir? Hat Shrīan nicht schon genug durchgemacht? Sind das die Dinge, die ihr in Tanis gelernt habt? Das *Sende* vergessen und die Unschuldigen mit Krieg überziehen? Das ist nicht unsere Art.«

»*Sende* ist ein Luxus, den wir uns in den Krisenstädten nicht leisten konnten. Nicht, wenn wir überleben wollten.«

»Shrīan braucht Frieden!«

»Und den wird es bekommen. Die Armeen deines Vaters haben sich nach Amnon nicht aufgelöst. Die Verbannten haben eine furchteinflößende Streitkraft mitgebracht. Rahn Narseh als Marschallsritter befehligt eine der tödlichsten Truppen schwerer Infanterie, die jemals zusammengestellt wurde. Aber das alles ist für einen größeren, dauerhaften Frieden! Ein vereintes Volk der Avān! Lass uns nicht streiten, Mari. Ich erkenne doch nur die Vision deines Vaters an.« Er beugte sich vor und streckte eine Hand aus, um sie gefährlich nahe neben ihrer liegen zu lassen. Sie war so anders als Indris' Hand. Nadirs war breiter, vernarbt und schwielig. Sie konnte sich nicht vorstellen, wie diese Hände jemals einen Pinsel hielten. Oder ein uraltes Buch mit so viel Zärtlichkeit wiegten, wie sie ihre Haut liebkosten. Sie ließ Nadirs Hand liegen, wo sie war. »Selbst in Tanis habe ich deine Laufbahn verfolgt. Ich war überrascht, als ich erfuhr, dass du eine Beziehung mit …«

»Wie geht es Kimiya und Ravenet?«, fragte Mari hastig, mit brennenden Wangen. »Sie sehen aus, als hätten sie sich gut gemacht.«

»Kimiya war die Geliebte eines *Nahdi*-Hexers in Tanis«, sagte Nadir mit finsterem Blick. »Ein menschlicher Rebell aus Manté. Er bezeichnete sie als Lehrling. Vater nannte sie seine Konkubine. Es kümmert sie so oder so nicht sonderlich. Ravenet ist mehr nach meinem Vater und mir geraten. Es ist keine Schande, über deine Beziehung mit …«

»Ich kann nicht mit dir …«

»… über die Näsarat reden«, beendete er den Satz für sie. Nadir trank seinen Kaffee aus, dann stellte er die Tasse unsanft auf den Tisch zurück. »Wie geht das alte Sprichwort? Neuigkeiten reisen schnell auf den Lippen der Hexen. Indris' Ruf ist, nun ja, ein bisschen schwer zu glauben. Vielleicht habe ich nicht das Recht, dir Ratschläge zu geben. Aber ich würde gern dein Vertrauen gewinnen. Du weißt, nachdem wir ihr Missfallen überlebt haben, hatten unsere Väter gehofft, du und ich könnten heiraten.«

»Geh nicht davon aus, dass wir noch so sind, wie wir einst waren, Nadir«, warnte ihn Mari. »Die Gegenwart würde dich nur enttäuschen. Ich weiß, was sich unsere beiden Väter erhofft haben. Aber diese Zeiten sind vorüber.«

»Sind sie das? Ich war so, wie du mich haben wolltest, ohne Rücksicht auf irgendwelche Hindernisse.«

»Sosehr du auch an der Erinnerung hängen magst, wir waren nicht Mirajin und Eshemé«, sagte sie und erinnerte ihn damit an die dem Untergang geweihten Geliebten in der berühmten Tragödie gleichen Namens von Nasri von Elay-At. Sie waren die Kinder zweier verfeindeter Hoher Häuser, doch Mirajin und Eshemé hatten sich trotz ihrer Gegensätze ineinander verliebt. Sie überlebten Mordanschläge, Intrigen und Bürgerkriege, doch ihre Beziehung war von Anfang an zum Scheitern verurteilt gewesen, und am Ende waren die beiden gestorben. Es war eines der deprimierenderen Stücke von Nasri. Mari waren Nasris Romanzen und Komödien lieber; das Leben war düster genug, auch ohne die dunklen Wolken der Literatur.

»Wir waren glücklich miteinander«, sagte er wehmütig. »Hast du nie daran gedacht, mich zu heiraten? Sei ehrlich.«

Mari starrte in den trüben Bodensatz ihres Kaffees und wünschte sich, er wäre mit etwas Stärkerem versetzt als Sahne. Sie erinnerte sich noch gut an den Anblick von Nadir am Morgen, wie er einen Korb mit ofenwarmem Brot brachte, einen Käselaib, Speck und eine eiserne Teekanne, die er am Griff schwang. Wie er sie zum Lachen gebracht hatte. Oder zum Weinen. Oder zum Schreien. Wie er sie so wütend gemacht hatte, dass sie irgendetwas hatte werfen müssen. Die langen Stunden in den Untiefen der Nacht, wenn die Dämmerung ihr Zimmer in ein tiefes Rot tauchte und sein Gesicht eine Landkarte aus leicht dahingepinselten Graten und schattigen Tälern war. Ihre Finger waren über seine Haut gewandert, und sie hatte darüber nachgedacht, wie ihre Kinder wohl aussehen würden.

Und jetzt arbeitete er für ihren Vater.

»Nein, Nadir. Darüber habe ich nie wirklich ernsthaft nachgedacht.«

Danach war ihre Unterhaltung ins Stocken geraten, und sie hatten sich auf den Austausch linkischer Belanglosigkeiten verlegt, bis Mari beschloss, dass sie genug hatte. Nach einem unbeholfenen Abschied war sie mit ihren frischen Erinnerungen an die Unterhaltung – und an länger zurückliegende Zeiten – in die Stadt geflohen.

Sie waren angeschlagen gewesen damals, voll Furcht und Einsamkeit. Mari bezweifelte, dass die Zeit einen von ihnen beiden groß verändert hatte. Am meisten hatten sie Nadirs Fragen über Belamandris aufgewühlt. Sie hatte ihn seit Amnon nicht mehr gesehen. Tatsächlich hatte sie seit damals überhaupt keine Nachricht von ihm erhalten. Sie konnte ja verstehen, dass Belam vermutlich wütend auf sie war, aber dass er noch nicht einmal versuchte, mit ihr zu sprechen? Jeden Tag hatte sie von Neuem überlegt, ob sie ihren Stolz hinunterschlucken und zu ihm gehen sollte. Und jeden Tag hatte sie sich wieder dagegen entschieden. Wenn sie Belam traf, riskierte sie, ihren Vater zu sehen. Und dazu war sie nicht bereit.

Rahn Erebus fa Corajidin: der Mann, der die Hexenzirkel wieder nach Shrīan holen würde. In sehr bitteren Momenten fragte sie sich, ob es nicht besser für ihren Vater gewesen wäre, wenn er gestorben wäre, solange er noch etwas Ähnlichkeit mit dem Mann von einst besaß. Augenblicke später würde sie sich dann wieder für ihre Gedanken schelten. Blutbande waren schwer zu durchtrennen.

Am Nachmittag war Mari wieder zurück bei der Carnat-Farhi-Brücke. Eine Unmenge von Leuten lief auf den Märkten umher, und sie sah Gesichter aus ganz Südost-Īa: Tanisier mit dunklen Augen und bronzefarbener Haut, die leuchtende Seidenstoffe in allen Farben trugen. Ygranier mit olivenfarbenem Teint in Hemden, Wämsern, Kniehosen und Stulpenstiefeln. Leute von der Insel Kaylish, die groß, muskulös und gebräunt waren und Stammeshautbilder und lange Filzlocken trugen. Sogar ein paar der schlanken darmatinischen Pferdebeschwörer mit Pferdeschwänzen und Lederkleidung waren unterwegs. Beim Anblick der harlekinartigen Seethe in ihren bunt leuchtenden Westen, den engen Kniehosen und hohen Zehenstiefeln lächelte sie. Kinder kicherten und kreischten abwechselnd, während sich die Bilder auf den Glasmasken der Seethe-Komödianten von lächelnden, unvergleichlich schönen Gesichtern in anzüglich grinsende Monster verwandelten, in weinende Mädchen und glänzende Totenschädel. Die Seethe spielten auf ihren Flöten, den Schellen, Sonesettes und Theorben. Von Zeit zu Zeit war ein älterer der Seethe zu sehen, der seine riesigen getönten Flügel ausbreitete. Er wirbelte herum und drehte sich, als würde er einen Umhang groß wie ein Galeonensegel aus weißen, rosafarbenen und grauen Federn tragen. Einmal sprang der Ältere hoch in die Luft, schlug mit den Flügeln und stieg über der Menge auf. Dann landete er wieder leichtfüßig inmitten seiner Truppe. Ein Teil von ihr, der noch ganz unschuldiges Kind war, wollte den Seethe zu ihren laternenähnlichen Pavillons folgen, die so voll Licht und Wärme und Farben waren, und allen Ärger und alle Sorgen für eine Weile vergessen.

Avānweh war so anders als dieser Zustand mürrischer Leere, der sich über Amnon gesenkt hatte. Als die Seethe vor der irregeleiteten Verfolgung durch den Teshri geflohen waren, hatten sie das Lachen der Stadt mit sich genommen.

Als sie die Brücke überquerte, beschleunigte sie ihre Schritte. Die Untiefen bestanden aus einer Mischung aus Anlegeplätzen, Gästehäusern und Tavernen auf Pfählen, die durch ein gewundenes Labyrinth aus Kopfsteinpflasterwegen untereinander verbunden waren. Keiner davon war breit oder lang genug, als dass man ihn als Straße hätte bezeichnen können.

Am anderen Ende der Untiefen sah sie das von der Sonne ausgebleichte und vom Wetter gefleckte Sonnensegel von Indris' Pavillon. Es war eine schlichte Konstruktion, die in eleganten Falten vom Vorder- und Achterdeck der Windgaleere fiel. Der Bug mit seinem Phönixkopf, dessen breite Flügel mit kunstvollen Federn aus Metall geschmückt waren, und das Heck in Form eines Vogelschwanzes warfen scharfe Schatten auf den hellen Sand. Ohne sich darüber Gedanken zu machen, wer ihr breites Grinsen sehen könnte, beschleunigte Mari ihre Schritte. Sie fühlte Schmetterlinge im Bauch, ihr Atem ging schneller, und ihr war leicht schwindlig. Sie genoss die warme Vorfreude, die sie durchströmte.

Mari rief, aber niemand antwortete. Nach einigen Augenblicken zog sie eine der Klappen zur Seite und betrat den Pavillon. Drinnen war es finster, bis auf die Stellen, an denen sich das Licht durch die Löcher der Ösen und die Schlitze im Segeltuch bohrte. Läufer lagen auf dem sandigen Grund ausgebreitet. Lederne Klappstühle, Sitzkissen und *Ilhen*-Laternen waren rund um einen kleinen Ofen aufgestellt. Das gewölbte Fahrwerksgestell des Schiffs war in den sandigen Boden eingesunken, sodass sich der bronzene Kiel der *Wanderer* nur etwa einen Meter vom Boden erhob. In der Luft hing der beißende Geruch nach Holzrauch und Lavendelöl. Sie stieg die Rampe zum Deck hinauf und rief noch einmal.

Stille.

Mit trägem Lächeln schritt sie zum Heck des Boots. Sie ging die breiten Stufen hinunter und an *Ilhen*-Lampen vorüber, die wie leuchtende Kristallblumen aus der lackierten Decke wuchsen. Während sie weiterging, zog sie die Schärpe von ihrer Taille und ließ sie zu Boden gleiten. In Sichtweite der verglasten Doppeltüren zur großen Kabine schnürte sie ihre Tunika auf und machte sich dann daran, die Schnallen ihrer Hose zu öffnen.

Mit einem mutwilligen Schwung ihrer Hüften stieß Mari die Türen auf und …

… stand Roshana und fünf Mitgliedern ihrer Löwengarde in Indris' Kabine gegenüber, außerdem noch jemandem, den Mari allerdings nicht kannte.

Sie wandten sich um und starrten sie an. Statt ihre Kleidung wieder in Ordnung zu bringen, richtete Mari den Blick fest auf Roshana. Die Rahn Näsarat sah aus wie immer: kantiges Kinn, breite Schultern, gerader Rücken. Aus irgendeinem Grund wirkte alles, was sie trug, irgendwie militärisch. Roshanas Ausdruck, mit dem sie Mari musterte, war nicht freundlich.

Die Tau-se waren bekannt und gefährlich, wie alle von ihrer Art. Doch es war der andere Mann, der entwaffnend lockere, der ihre Aufmerksamkeit erregte. Er war ein wenig größer als der Durchschnitt, hatte den Körperbau eines Athleten und die beunruhigend gelassenen, beinahe träumerischen Augen eines gleichgültigen Killers. Er war hübsch, mit blauen Augen, heller Haut und gelocktem, dunkelblondem Haar. Als Mari ihn ansah, registrierte sie, dass sich seine Miene veränderte und er einen Ausdruck falscher Freundlichkeit aufsetzte. *Assassinen*, dachte sie. Ihre Nackenhaare sträubten sich.

»Wo ist Indris?«, fragte Mari von der Tür aus.

»Ich wollte dich gerade dasselbe fragen, aber offensichtlich weißt du es auch nicht.« Roshana wandte den Blick ab, die Mundwinkel heruntergezogen. »Würdest du dich wieder bedecken?«

»Ihr wart nicht die Gesellschaft, auf die ich gehofft hatte.« Mari machte keine Anstalten, ihre Tunika zu verschnüren oder die Hose wieder hochzuziehen, die bedenklich tief um ihre Hüften hing. »Warum seid Ihr hier?«

»Eine geschäftliche Angelegenheit mit meinem Cousin«, erwiderte Roshana. »Nazarafine hat mir erzählt, worum sie dich gebeten hat. Wie viele Feyassin sind einsatzfähig?«

»Siebenundvierzig sind kampfbereit, und weitere elf in der Lage, leichtere Aufgaben zu übernehmen.« Sie versuchte, die Frustration in ihrer Stimme zu unterdrücken. »Achtzehn von ihnen sind zu schwer verwundet, um zu reisen – sie sind noch immer in Amnon. Die anderen sind bei der Verteidigung des Tyr-Jahavān gestorben.«

»Wütend? Ich weiß, es ist nur ein geringer Trost, Mari, aber das war ihre Aufgabe.«

»Ich weiß.« Mari zuckte gleichmütig mit den Schultern. »Und ich weiß auch, warum sie dort gestorben sind, nur für den Fall, dass Ihr versucht seid, mich wieder an die Taten meines Vaters zu erinnern.«

»Das würde mir nicht im Traum einfallen«, sagte Roshana unaufrichtig. »Solltest du nicht dabei sein zu rekrutieren?«

»Ich habe mich noch nicht entschieden, ob ich die Arbeit annehmen werde«, erwiderte sie. Dann lächelte sie. »Vielleicht sollte ich einfach ein bisschen mehr Zeit mit Indris verbringen.«

»Hmmm.« Roshana runzelte die Stirn. Die Tau-se ragten neben ihr auf, seidenes Fell über eisenharten Muskeln, während der namenlose Mann eher lautlos zu gleiten schien, statt zu gehen. Roshana nahm einen unversiegelten Brief aus ihrer Jacke und ließ ihn auf Indris' Schreibtisch fallen. »Könntest du dafür sorgen, dass er ihn bekommt?«

»Roshana?« Mari registrierte mit Missfallen das Beben in ihrer Stimme. »Gibt es irgendwelche Neuigkeiten vom Wächtertribunal wegen der Sache mit meinem Vater?«

»Wie kannst du dich noch um diesen Mann sorgen, nach allem, was er getan hat?«

»Keiner unserer Vorfahren ist ohne Schuld, Roshana«,

sagte Mari mit harter Stimme. Reflexartig umklammerte ihre Hand das Heft eines *Amenesqa,* das gar nicht da war. »Was könnt Ihr mir über das Wächtertribunal erzählen?«

Roshana machte ihrer Wache mit nachdenklichem Gesicht ein Zeichen zu gehen. Mari fühlte, wie ihr ein Schauder das Rückgrat hinunterlief. Eine leise Stimme begann in den Untiefen ihres Geists, dort, wo die Angst noch immer hauste, zu wehklagen. Sobald ihre Wache gegangen war, verschränkte Roshana die Arme und lehnte sich an Indris' Schreibtisch.

»Das Wächtertribunal muss seine Entscheidung erst noch treffen, und heute Morgen haben wir erfahren, dass einige der wichtigsten Mitglieder des Tribunals ihre Stimme geändert haben.«

»Weiß man, warum?«, fragte Mari.

»Ich habe den Verdacht, dass dein Vater oder auch seine Anhänger in die Sache verwickelt sind. Der Tod der Wächter bei der Explosion gestern hat zweifellos Eindruck gemacht.«

Beginne mit einer kleinen Geste, um deine Feinde wissen zu lassen, dass sie verwundbar sind. Lass sie Angst bekommen, dass noch Schlimmeres folgen wird. Nichts setzt dem Geist stärker zu als die eigene Vorstellungskraft.

»Wir gehen davon aus, dass er heute in einer geschlossenen Anhörung freigesprochen werden wird«, erklärte Roshana verächtlich, »aber es wurde noch nicht bestätigt.«

»Was wird geschehen?« Furcht vor den Machenschaften ihres Vaters stieg in ihrer Brust auf und schnürte ihr die Kehle zu. »Wenn er freigesprochen werden sollte, wird der Teshri seine Kandidatur zum Asrahn akzeptieren?«

Roshana zuckte mit den Schultern. »Der Teshri hat ihm weder die Regentschaft über Amnon wieder zugesprochen noch seine Stellung als Asrahn-Erwählter. Aber das sind Formalitäten. Diese neuen Sayfs, die er unter den Verbannten ernannt hat, sind eine unliebsame Komplikation. Aber einen Trost gibt es.«

»Und der wäre?«

»Mein *Jahirojin* steht auf sicheren Füßen.« Roshana lächelte grimmig, und die Spitzen ihrer Fänge blitzten auf. »Mit etwas Glück wird irgendjemand genug Verlangen entwickeln, um deinen Vater zu töten, und dann sind wir unsere Sorgen los.«

Als Indris beinahe eine Stunde später zurückkehrte, bemerkte Mari, wie angespannt er war. Sie hatte es sich auf einem der Sofas gemütlich gemacht, ihre Kleidung war noch immer in Unordnung, und sie fühlte weniger Verlangen als vielmehr Bedürftigkeit.

Indris blieb abrupt stehen, als er sie sah, und ein erfreutes Lächeln erhellte seine bedrückte Miene.

Ihre Vereinigung war das wilde Spiel begehrlicher Hände, hungriger Münder und fieberheißer Haut. Es lag keinerlei Sanftheit in ihren Berührungen. Mari verbannte alle Gedanken und Erinnerungen, während sie sich Indris hingab und ihn gleichzeitig überwältigte. Er antwortete auf ihre schwindelerregende Leidenschaft mit derselben Wildheit, sodass sie sich zu fragen begann, welche Sorgen er selbst gerade zu bannen versuchte.

Danach begutachtete Indris stirnrunzelnd ihre Verletzungen und murmelte Flüche in mindestens vier unterschiedlichen Sprachen. Ein warmes Kribbeln breitete sich auf ihrer Haut aus, während er leise einen Gesang anstimmte. Seine Hände schimmerten sanft, während er ihre blauen Flecken verschwinden ließ. Dann versiegelte er ihre Haut und linderte ihre Schmerzen.

Sie ruhten im gestreiften bunten Sonnenlicht, das durch die getönten Glasfenster hereinströmte. Mari, die ihre Brüste gegen seinen Rücken gepresst und die Beine um seine Taille geschlungen hatte, verfolgte mit den Fingerspitzen den Verlauf der Hautbilder auf seinen Armen. Sie war hungrig und durstig, aber entspannt und in zu angenehme Erinnerungen versunken, um sich zu bewegen. Sie erzählte, was ihr in der Nanjidasé zugestoßen war und wie Ziaire sie aufgenommen hatte.

Mari konnte Indris' Gesicht nicht sehen, doch die Art, wie er den Kopf hängen ließ, verriet ihr, dass ihr Stelldichein seine Stimmung nicht sehr verbessert hatte. Sie erzählte Indris auch von Roshanas Besuch und von dem Brief, den sie für ihn hinterlassen hatte. Indris starrte den Brief mit gerunzelter Stirn und abwesendem Blick an.

»Meuchelmörder auszuschicken, um einen Feyassin in der Nanjidasé zu töten, riecht nach Verzweiflung«, murmelte er.

»Ich kann mir nur zwei Gründe vorstellen, aus denen jemand so überstürzt handeln würde«, sagte sie, den Mund an seinem Nacken. »Jemand will verhindern, dass ich Oberstritter der Feyassin werde, oder jemand will mich nicht hier haben, damit ich irgendwelche Pläne behindere, die Versammlung zu sprengen.«

»Wer?«

»Der wahrscheinlichste Kandidat wäre mein Vater, aber er würde mich nicht töten lassen«, erwiderte sie überzeugt. Ihr Vater mochte vieles sein, aber keinesfalls würde er seine eigenen Kinder töten. Zumindest hoffte sie das.

»Obwohl seine Verbündeten vielleicht weniger Skrupel haben. Die Imperialisten lieben es, Zeichen zu setzen.«

Indris küsste sanft die Innenseite ihres Handgelenks. »Was würdest du sagen, wenn ich dich bitte, mit mir fortzugehen?«

»Was?«, fragte sie überrascht.

»Fortgehen.« Er wandte sich in ihren Armen um und

musterte sie mit einem zärtlichen Blick. »Wir könnten gehen, sobald die Regierung gewählt wurde. Rosha, Nazarafine, die anderen ... ich glaube, Avānweh könnte unserer überdrüssig werden, und dann wäre ich gern irgendwo anders, nur nicht hier.«

Mari fühlte, wie ihre Herzen für einen Schlag aussetzten. »Indris«, sagte sie, aber zu leise. Sie runzelte die Stirn und räusperte sich. »So einfach geht das nicht.«

»Tut mir leid, Mari.« Indris blickte zum Fenster, und sein Gesicht verwandelte sich in ein Mosaik aus farbigen Feldern, die sich über seine hohen Wangenknochen und die gerade Nase zogen. Die Sonne, die durch das getönte Glas fiel, färbte sein linkes Auge gelb und orange. »Ich weiß, ich verlange viel von dir, und wir sind noch nicht lange zusammen.«

Sie sah unter ihrem fransigen Pony zu ihm auf und ließ ihre Finger durch sein ungekämmtes Haar wandern, überrascht, wie weich es war. Mari zog seinen Kopf zu sich und küsste ihn, als er sich ihr wieder zuwandte.

»Ich habe keine Macht darüber, und es interessiert mich auch nicht, was die Leute denken«, flüsterte sie, ihren Mund an seinem. Sie fühlte, wie er sie fester in die Arme schloss. »Es ist kein Verbrechen, mich etwas zu fragen. Nur so aus Neugier: Wohin würden wir gehen? Und was würden wir tun?«

»Wohin auch immer und was auch immer wir wollen«, flüsterte er zurück. »Weit weg von den Erwartungen und Regeln anderer Leute. Weit weg von der Vergangenheit.«

Die Vergangenheit. Nadir. Ihr Vater. Amnon. So viele Erinnerungen, die sie nur zu gern in den Wellen versinken lassen würde, wie die Städte im Marmormeer. Sie hätte die Chance, dass ein Name nicht mehr war als ein Wort, ohne die Last der Gefühle. Oder des Schmerzes. Sie erinnerte sich an ihre Unterhaltung mit Nadir. Seine Offenbarung, dass er den Reihen ihres Vaters beigetreten war. Der Rückschluss, dass ihre erfahrenen Armeen eingesetzt werden würden, um den Zielen ihres Vaters zu dienen.

Die Hexen.

Irgendwo draußen vor ihrem Fenster waren die metallischen Töne einer Sonesette zu hören. Shars feinsinnige Art, ihnen mitzuteilen, dass sich noch andere Leute an Bord der *Wanderer* befanden. Die atemlose, kehlige Stimme der Seethe-Frau ertönte. Sie sang ein Lied in ihrer eigenen Sprache. Mari verstand die Worte nicht, doch die tiefen, winderfüllten Töne waren besänftigend.

»Es gibt da etwas, das ich dich fragen wollte«, sagte sie und zog sich ein wenig von ihm zurück. Die Berührung seiner Lippen lenkte sie ab. Die Art, wie sein Daumen leicht über die Außenseite ihrer Brust strich oder seine Fingerspitzen die weiche Haut an der Innenseite ihrer Schenkel berührten. Mari nahm seine Hände in ihre und biss sich auf die Lippe. »Später.«

»Was willst du wissen?«, flüsterte er ihr ins Ohr.

»Etwas über Hexen.« Indris zog sich mit fragendem Gesicht ein Stück zurück. »Ich habe gesehen, wozu Wolfram imstande ist«, sagte sie als Antwort auf seinen Blick. »Was würde geschehen, wenn sie zurückkämen?«

Sag mir, dass sie nicht so entsetzlich sind, wie man sich erzählt. Wenn du mir jetzt sagst, dass sie wirklich der Albtraum sind, zu dem die Geschichte sie macht, dachte sie, *dann lasse ich das alles vielleicht wirklich hinter mir und gehe mit dir fort, irgendwohin.*

»Es kommt darauf an«, sagte er vorsichtig, als könnte er ihre Gedanken lesen. »Nicht alle Hexen sind schlecht, ebenso wenig wie die meisten anderen Gruppen. Es waren Hexen und Hexer wie Sedefke, Femensetri, Kemenchromis, Ahwe und Yattoweh der Abtrünnige, die bei der Gründung der Gelehrtenorden geholfen haben. Erst als die Hexen versuchten, während der frühen Jahre der Föderation Shrīan zu kontrollieren, wurden sie zu einer Bedrohung.«

»Die Gelehrtenkriege?«

»Hmm«, nickte er. »Tausende Unschuldige starben, und das Innere des Landes ist noch immer eine Einöde mit keinerlei natürlicher Disentropie. Deshalb nennen sie es Näq Yetesh – die Tote Ebene.«

»Aber inwiefern unterscheiden sie sich von den Gelehrten?«

»Es gibt tatsächlich mehr Ähnlichkeiten als Unterschiede. Beide Gruppen haben sich den unterschiedlichen Denkschulen angeschlossen, die die Esoterischen Doktrinen bilden. Sowohl Gelehrte als auch Hexen kanalisieren Disentropie, um in ihrer Umgebung eine bestimmte Wirkung zu erzielen. Beide setzen die Disentropie des *Ahmtesh* ein; es ist, als würde man in ein großes, übernatürliches Meer eintauchen. Diese Begabungen und die Sinne, die wir benutzen, nennen sich *Ahmsah*. Im *Ahmsah* nutzen die Gelehrten den Intrinsischen Grundsatz. Das heißt, unsere Macht wird von innen heraus kanalisiert, gebündelt und angewandt. Sie basiert auf den wiederholbaren, vorhersagbaren Effekten unserer Formeln. Der Hauptunterschied besteht in den Sprachen, die Hexen und Gelehrte benutzen, um Gedanken zu formulieren. Das Arkanum der Sēq wird auf Hochavān ausgedrückt; es ist eine sehr komplexe und subtile Sprache, die dem Seethe ähnelt. Doch sie verfügt über viel mehr Nuancen als das Seethe oder die gewöhnlichen Avān-Sprachen. Heutzutage würden die meisten Hexen ihre Gedanken auf Humanti ausdrücken, und das konzentriert sich mehr auf brachiale Gewalt und Begierde als auf Feinheiten.«

»Sind die Gelehrten mächtiger als die Hexen?«

Indris dachte einen Moment über die Frage nach, den Blick nach innen gerichtet, dann schüttelte er leicht den Kopf.

»Was wir tun, ist *verlässlicher*. Hexen setzen die Extrinsischen Grundsätze ein; das entspricht eher einem Machtkanal, die Kräfte kommen von außen. Sie haben weniger Hemmungen, weniger Kontrolle über das, was sie tun. Doch ihr Arkanum kann in seiner Wildheit erschreckend sein. Weniger diszipliniert, aber nicht weniger mächtig. Als Gelehrter braucht man ein Bewusstsein von sich selbst und seinem Platz in der Welt. Als Hexer braucht man ein Bewusstsein von Begierde oder von Grundbedürfnissen. Wir denken also sehr unterschiedlich, doch einige schaffen es, die Kluft zu überbrücken. Eine der größten Universitäten des Hexenzirkels, das Mahsojhin, hatte seinen Sitz hier in Avānweh. Dann wurde sie von den Sēq ausradiert. Es war nicht gerade einer ihrer ehrenhaftesten Augenblicke.«

»Wohin sind die Hexenzirkel gegangen?«

»Die meisten zum Eisernen Bündnis. Ich weiß, dass die Pah Avān in Tanis sie einsetzen, um bei der Verteidigung der Krisenstädte zu helfen. Auch in Darmatien oder Ygran leben welche. Ondea hat die Todesstrafe für Hexerei verhängt. Die Hexen des Goldenen Königreichs von Manté regieren die Nation im Namen der gesammelten Anführer der Hexenzirkel. Die Angothischen Hexer stellen ebenfalls eine starke Macht dar, sie regieren neben der Monarchie. Und ich bezweifle nicht, dass es auch in Shrīan und Pashrea böse Hexen gibt.«

Er lehnte sich zurück und betrachtete sie nachdenklich, dann breitete sich ein freches Grinsen auf seinem Gesicht aus, und er fragte: »Woher dieses plötzliche Interesse an all diesen okkulten Dingen? Ich dachte, du hast vor allem Interesse daran, so lange auf irgendwelche Leute einzuschlagen, bis sie nicht mehr aufstehen?«

Mari stieß ihm den Finger in die Brust, was ihn vor Schmerz aufstöhnen ließ. »Oh, jetzt spielen wir den witzigen Mistkerl, was? Indris, ich … ich will einfach genauer wissen, wozu du imstande bist.« Sie beugte sich näher an ihn heran, um ihn zu küssen, und dann noch einmal, leidenschaftlicher diesmal. Als sie bemerkte, dass ihre Hände wieder auf Wanderschaft gegangen waren, hielt sie inne und stieß ihn lachend zurück. Dann sprach sie wieder, diesmal mit Kleinmädchenstimme und großen Augen und all der Unschuld, die zu heucheln sie imstande war. Sie vergrub ihre Finger in seinen Haaren. »Vielleicht muss ich mich ja irgendwann einmal verteidigen! Was soll ich denn machen, wenn ich eines Tages von einem Hexer angegriffen werde? Stell dir nur vor, ein schmutziger alter Mann wie Wolfram versucht, mich zu missbrauchen und mir die Unschuld zu rauben.«

»Ich würde sagen, um deine Unschuld brauchst du dir keine Sorgen mehr zu machen. Au!« Er schrie auf, als sie ihn an den Haaren zog. Sie lachten beide, während sie miteinander rangen, bis sie schließlich auf ihm saß und ihre Hände in einer wohlverdienten Siegesgeste in die Luft hielt.

»Ich ergebe mich!«

Mari begann, ihre Hüften zu bewegen und sich mit trägem Lächeln an ihm zu reiben. »Wer würde das nicht? Ah! Nimm deine Hände weg. Vielleicht erlaube ich dir später, mich anzufassen. Aber nur, wenn du jetzt sehr, sehr brav bist und mir alle Geheimnisse des Universums erzählst, die in deinem hübschen Kopf eingeschlossen sind.«

»Was kann ich dir sonst noch erzählen? Die Hexen waren … sind wild. Ihre Kunst ist auf extreme Weise an die Person gebunden. Hexen stehen mit dem, was sie begehren, in einer unmittelbaren Verbindung. Ein Teil davon spiegelt sich in der Disentropischen Färbung wider, und auch in der äußeren Erscheinungsform. Gelehrte nennen das das *Jhi* oder Stigma. Es ist ein sichtbares Zeichen der Macht. In meinem Fall ist es das linke Auge. Hexen nehmen oft eine trügerische Gestalt an, die andere erschrecken kann. Tatsächlich kann allein der Anblick Leute in den Wahnsinn treiben. Es gibt Animisten, die Geister herbeirufen und an sich binden, um sie nach eigenem Ermessen zu benutzen. Angeblich haben sie auch angefangen, Hilfsmittel einzusetzen. Dinge, die mit dem Seelenstein eines Sēqmeisters vergleichbar sind. Aber gesehen habe ich es noch nicht. Vielleicht war es einfach nur Stimmungsmache, um zu rechtfertigen, dass die Gelehrten die Hexenzirkel ausrotten wollten.«

Mari schloss die Augen. Sie fühlte die Wärme ihres eigenen Atems. Fühlte, wie sich ihre Lunge ausdehnte und ein Gefühl der Hoffnung in ihr aufstieg.

»Aber jetzt mal alle Scherze und Ablenkungen beiseite.« Indris' Stimme war sanft. »Warum fragst du?«

»Was würde geschehen, wenn die Hexenzirkel nach Shrīan zurückkehren?«, wiederholte Mari ihre Frage. Das war alles, was sie ihm als Antwort bieten konnte.

»*Sind* sie denn zurück?« Seine Stimme war leise, angefüllt mit einer Furcht, die sie an ihm nicht kannte.

Sie fuhr fort und erzählte Indris, worum es in ihrem Gespräch mit Nadir gegangen war und was ihr Vater ihr in Amnon enthüllt hatte. Während sie sprach, fiel ihr auf, dass sie Nadirs Namen kein einziges Mal preisgab. Aus irgendeinem Grund war es ihr unmöglich, mit Indris über ihren ehemaligen Geliebten zu sprechen.

»Das ändert die Aussichten der Föderalisten«, sagte Indris, während er sich hastig anzog. Mari tat es ihm gleich. »Selbst wenn dein Vater die Wahl zum Asrahn verliert, könnte er immer noch versuchen, den Teshri mit Gewalt zu kontrollieren.«

»Würden sich die Sēq nicht einmischen, wenn die Hexen sich zeigen?«

»Es wäre ein Albtraum. Was im Namen aller gesegneten Vorfahren denkt sich dein Vater nur?«

Indris nahm Gestaltwandlerin auf und schlang sie sich über den Rücken, schnallte seine Sturmpistole um und hängte das Drachenzahnmesser an seinem Waffengürtel ein. Als er sah, dass Mari keine Waffe hatte, runzelte er die Stirn. »Hast du dein *Amenesqa* noch immer nicht ersetzt?«

»Der Meisterschmied ist noch nicht nach Nanjidasé zurückgekehrt, und die Schmiede, mit denen ich gesprochen habe, können die Arbeit nicht so machen, wie ich mir das vorstelle.« Mari nickte zur Waffenablage an der Wand hinüber. »Darf ich?«

»Such dir etwas aus.«

Mari probierte rasch das Gewicht einiger Lang- und Kurzschwerter aus, bis sie schließlich ein paar gefunden hatte, die ihr zusagten. Sie steckte sie in ihre Schärpe und vergewisserte sich, dass sie sicher saßen. Dann nahm sie den Brief von Indris' Schreibtisch auf. »Was ist mit Roshanas Brief?«

Indris sah auf den Umschlag. »Ich glaube, ich weiß, was drinsteht. Und ich glaube nicht, dass es wichtig ist.«

»Und was machen wir jetzt?«, fragte Mari.

»Wir werden nach Antworten suchen.«

Kapitel 6

»Obwohl wir von der Geschichte erzogen werden und von der Moral angeleitet, obwohl wir nach Gerechtigkeit in den Gesetzen suchen und uns für Selbstlosigkeit begeistern, sehen wir all diese Dinge doch subjektiv. Wir aber brauchen Objektivität, um zu begreifen, wie die Geschichte einmal über uns urteilen wird. Die besten Ratgeber sind jene, die uns im Gesamtbild sehen: Sie verstehen unsere Vergangenheit, haben den Mut, uns in der Gegenwart zu beraten, und werden in der Zukunft an unserer Seite bleiben.«
Aus Im Dienst am Volk *von Palatin Navaar von Oragon, im zweiten Jahr seiner Herrschaft (490. Jahr der Shrīanischen Föderation)*

349. Tag im 495. Jahr der Shrīanischen Föderation

Der Duft von Zitrusgewächsen hing in der Luft. Mit geschlossenen Augen lag Corajidin auf seinem Bett und ließ die kühle Brise des Nachmittags über seine Haut streichen. Ganz in der Nähe ertönte das laute Ticken einer Uhr und das Flüstern des Winds, der durch die Aprikosen- und Mandarinenbäume fuhr. In einiger Entfernung hörte er den Klang von Absätzen auf Marmor. Irgendwo dazwischen war das hypnotische Summen von Stimmen aus einem anderen Raum zu vernehmen – andere Leben, an denen er unfreiwillig teilhatte.

Er setzte sich auf. Die plötzliche Bewegung verursachte ihm Kopfschmerzen. Mit immer noch geschlossenen Augen konzentrierte er sich auf die Signale, die sein Körper ihm sandte.

Ein leichter Krampf in der Wade. Ein dumpfes Pochen in den Schläfen. Das Engegefühl in der Lunge. Der geschwollene Hals. Und das war erst der Anfang. Er öffnete die Augen und brauchte einen Moment, um sich auf die tieferen Schatten zu konzentrieren, die zwischen den helleren lauerten. Lackierte Sofas aus Holz. Einige kleine Tische mit gebogenen Beinen und sechseckigen Platten, die mit Mosaiken gesäumt waren. Ein Kalligraphiestuhl und ein Tisch, der kunstvolle Beschlag ein feines Flechtwerk aus gewellten schwarzen Linien, wie Tinte in Wasser. Neben ihm glühte sanft das Bernsteinantlitz seiner geliebten Yashamin. Die Perlenkurtisane, die die Maske trug, lag auf dem Rücken, und Flächen aus Licht und Schatten schmückten die Kurven und Vertiefungen ihres warmen Körpers. Er beobachtete, wie sich ihre Brüste beim Atmen hoben und senkten. Einen kurzen Moment lang fühlte er sich versucht, die Hände über ihre Schenkel gleiten zu lassen. Über ihren flachen Bauch, dort, wo er mit den Schatten ihrer Rippen verschmolz. Doch sosehr er auch versucht hatte, sich in der Illusion zu verlieren – sie war nicht Yashamin. Er hatte Yashamins Stimme nicht einmal gehört, und das Licht des Nachmittags hatte seine Träume als verzweifelte Illusion enttarnt.

Corajidin erhob sich aus dem Bett und wusch sich an dem kleinen goldenen Waschbecken im Raum. Er schlüpfte in frische Kleider und warf sich seine Kapuzenrobe über, während er das lange Schlafgemach entlanghumpelte. Als er das Zimmer verließ, folgte ihm eine Truppe von fünf Anlūki zu seiner Amtsstube. Corajidin befahl einem von ihnen, dafür zu sorgen, dass die Kurtisane in seiner Kammer entlohnt und zurück zum Venujoram eskortiert werden würde, dem Wolkenpalast des Perlenhauses in Avānweh.

Als Corajidin eintraf, erhob sich Nadir. Er wirkte elegant,

eine schlanke Gestalt mit feinen, wenn auch vernarbten Gesichtszügen. Das Licht, das durch die getönten Fensterscheiben drang, schimmerte blutrot auf seinem dunklen Haar. Papiere lagen über den Tisch verstreut. Häufchen aus Goldmünzen und geschliffenen Juwelen waren fein säuberlich auf dem Tisch angeordnet, neben zahlreichen Seidenbörsen, die zum Bersten gefüllt waren. Der junge Krieger schenkte Corajidin frisches Wasser aus einer silbernen Kanne ein und reichte ihm aromatischen Kaffee, den er mit Zimt und Kardamom würzte. Corajidin nippte dankbar und wärmte seine Finger an der Porzellantasse, während er den Geschmack der unterschiedlichen Aromen auf seiner Zunge genoss.

Kimiya und Ravenet räkelten sich auf einer langen Couch. Sie waren in Jacken und Hosen aus shrīanischem Damast gekleidet, ihre Haare mit Strängen aus kostbaren Juwelen geschmückt. Kimiya, deren Kleider in beinahe schamloser Unordnung waren, las in einem alten Buch. Ravenet, die ältere der beiden, die am Morden Gefallen fand, trommelte lustlos auf dem Griff ihres Messers herum, das ihr von der Hüfte hing.

Wenige Augenblicke später kam Jhem in den Raum geeilt. Die Hände der Schwarzen Schlange und seine Unterarme waren mit frischem Blut befleckt, Lippen und Kinn ebenso. Mit der Andeutung eines Lächelns ging er zu einem Kupferbecken hinüber und wusch sich sorgfältig das Blut ab, bevor er sich die Hände trocknete. Corajidin wollte die Schwarze Schlange schon fragen, wen er getötet und gefressen hatte, als Wolfram, der in eine Unterhaltung mit Kasraman vertieft war, in den Raum gehumpelt kam. Die Botschafterin folgte ihnen; ihre Kapuzenrobe aus schwarzen und silbernen Fäden blähte sich auf wie eine Gewitterwolke. Im Gegensatz zu Wolfram hatten die anderen sie noch nicht gesehen. Wolfram sah die Botschafterin mit einer Mischung aus Furcht und Abscheu an.

»Eure Majestät.« Wolfram neigte sein scheckiges Haupt. »Wir haben Neuigkeiten von unseren Verbündeten im Teshri.«

»Gute Neuigkeiten, hoffe ich?«

»Der Teshri hat zugestimmt, eine Notsitzung im Tyr-Jahavān einzuberufen, um über Eure Eignung für das Amt des Asrahns abzustimmen«, sagte Wolfram. »Die Abstimmung findet heute bei Sonnenuntergang statt, nachdem das Wächtertribunal seine Entscheidung über die unterschiedlichen Anklagen gegen Euch bekannt gegeben hat.«

»Nadir?« Corajidin sah seinen Adjutanten an.

»Ich bin zuversichtlich, dass die Entscheidung des Tribunals zu Euren Gunsten ausfallen wird, mein Rahn. Kimi, Ravy und ich haben außerdem für Schadensbegrenzung gesorgt, falls das Urteil nicht in unserem Sinne ausfällt. Ich denke also, dass Ihr Euch keine Sorgen machen müsst.«

»Es gibt da eine ganze Reihe von Wächtern, die mehr als ein paar Leichen im Keller haben«, sagte Ravenet verächtlich. »Es langweilt mit der Zeit, wenn man jemanden sagen hört, er hätte nichts zu verlieren. Andererseits ist es immer wieder interessant, den Leuten vor Augen zu führen, *was* sie alles zu verlieren haben.«

Kimiya sah von ihrem Buch auf und lächelte ihre Schwester nachsichtig an, bevor sie sich Wolfram mit hungrigem Blick zuwandte.

»Einer der Wächter hat einige Eurer Sayfs befragt«, sagte Jhem, die Augen in die Ferne gerichtet. Er lächelte sein kaltes und sprödes Lächeln, dann sah er Corajidin an. »Man hat sich um ihn gekümmert.«

»Und dann hat Nix ihnen auch noch bewusst gemacht, dass es jeden erwischen kann«, sagte Kasraman mürrisch.

»Wie der Vater, so der Sohn. Aber Mord ist keine Lösung. Wir haben schon so genug Aufmerksamkeit auf uns gezogen.«

»Nichts davon wird auf uns zurückfallen«, sagte Jhem. Er stocherte in seinen Zähnen herum und pulte einen Brocken Fleisch heraus. »Die alten Sitten haben ihre Vorteile, junger Prinz.«

Corajidin hustete und schüttelte den Kopf, um Kasraman zu signalisieren, dass er es bleiben lassen sollte. Die anderen sahen die Botschafterin mit fragendem Blick an. Corajidin atmete tief durch und stellte sie dann vor.

»Freunde, das ist die Botschafterin.« Seine Hand zitterte, als er auf sie wies, und er senkte sie befangen wieder.

»Darf ich?«, fragte die Botschafterin der Ödnis. Die Kapuze ihrer Robe hüllte ihr Gesicht in tiefe Schatten, nur ihr Mund und das blasse, kantige Kiefer waren zu sehen. Der Oktopusknauf ihres Schwerts ragte hervor, und Corajidin rechnete beinahe damit, dass die Tentakel anfangen würden, sich zu winden. »Ich habe mit Rahn Corajidin und Wolfram zusammengearbeitet, und ich werde auch weiterhin alle Unterstützung anbieten, die ich und meine Verbündeten zu geben haben.«

»Von welchen Verbündeten sprichst du?«, fragte Kasraman. Er betrachtete die Botschafterin mit schmalen Augen, offensichtlich beunruhigt durch das, was er wahrnahm. Corajidin schüttelte den Kopf, als Kasraman zu ihm hinüberblickte.

Die Botschafterin lächelte; es war nicht mehr als ein Spannen toter blauer Lippen über glatten schwarzen Zähnen. »Mächtige Verbündete, die deinem Vater mit seiner Krankheit geholfen haben.« Sie setzte sich auf die Tischkante und hielt sich mit ihren schlanken Händen an der Ecke fest. »Und nun habe ich versprochen, euch dabei zu helfen, Belamandris aus seinem Schlaf zu wecken.«

»Aber was wird uns deine Hilfe kosten?«, drängte Kasraman.

»Das ist eine Sache zwischen deinem Vater, mir und meinen Meistern«, entgegnete sie. »Aber ich werde deine und Wolframs Hilfe brauchen. Man kann es nicht allein vollbringen, und wir dürfen uns keine Fehler erlauben.«

»Die Botschafterin hat schon mit mir gesprochen.« Wolframs Tonfall war gelassen. »Wir werden heute Nachmittag die erforderlichen Schritte unternehmen, vor der Versammlung.«

»Und was ist mit der Ermordung meiner Frau?«, fragte Corajidin. Schon als er nur das Wort hörte – Mord –, sickerte das Versprechen der Botschafterin wie Öl durch seinen Geist. *Oder wollt ihr* sie *vielleicht wiederhaben … ein sehr viel schwierigeres Unterfangen, aber nicht jenseits meiner Möglichkeiten.*

»Euer Majestät«, erwiderte Wolfram, »ich habe mit Sanojé über die Angelegenheit von Yashamins Tod gesprochen. Sie ist zuversichtlich, dass sie helfen kann.«

Corajidin nickte, obwohl seine Freude für einen Moment getrübt wurde, als die Botschafterin die Lippen in einem wissenden Lächeln kräuselte. Dann jedoch stieg seine Aufregung. Er fühlte, wie ihn bei dem Gedanken, seinen goldenen Sohn wieder an seiner Seite zu haben, ein Schauer durchlief. Beinahe gegen seinen Willen blickte er zu Kasraman hinüber, der ihn mit seinen hohen Wangenknochen und den eckigen Gesichtszügen, den eisblauen Augen und dem dunklen Haar an dessen Mutter erinnerte. Laleh von den Ars-Izrel war eine Tochter aus einer langen Linie machtvoller Hexen, deren angestammte Besitztümer in der Nähe der Grenzen zum Unsterblichen Imperium lagen. Kasraman glich seiner Mutter sehr; er war mehr wie Wolfram, beide waren sie Schüler der Arkanen Wissenschaften. Beide waren sie durchdrungen von Mondlicht und den Schatten dessen, was sie gelernt, gesehen und getan hatten. Belamandris und Mariam dagegen waren Kinder der Sonne. Sie erinnerten ihn an Sommertage, an warme Ozeane und Licht. Ihre Methoden waren sauberer und ehrenhafter.

»Corajidin«, brummte Jhem, »warum braucht Ihr noch mehr Hexer? Wir haben unsere eigenen mitgebracht. Ich habe gesehen, wozu Sanojé und ihre Verbündeten imstande sind. Glaubt mir, wenn ich sage, dass es eindrucksvoll ist. Mit den Hexen, die wir mitgebracht haben, dem Angothischen Hexer und Eurem eigenen Sohn …«

»Ihr habt es hier mit dem Gezeitensog der Seelenquelle zu tun. Und mit Kräften, an die die Uneingeweihten besser nicht rühren sollten.« Die Stimme der Botschafterin war voll Verachtung.

»Und du bist eine Eingeweihte?«, fragte Kimi und beugte sich gierig vor, die Lippen leicht geöffnet. Wolfram trat einen Schritt näher an die junge Frau heran. Jhem beobachtete den Austausch mit kaltem Blick.

»Vertrau mir einfach, wenn ich dir sage, dass du von diesen Kräften besser nichts weißt«, sagte die Botschafterin leise, wie zu sich selbst. »Und sie wissen besser nichts von dir. Wenn wir sorgfältig arbeiten, wird Belamandris noch vor Sonnenuntergang wiedererweckt werden.«

Jhem lehnte sich hinüber, um seinem Sohn etwas zuzuflüstern. Nadir lächelte, verneigte sich vor Corajidin und verließ leise wie eine Katze den Raum. Wenige Augenblicke später kam er zurück und führte vier Soldaten herein, die eine große, mit eingravierten Tigern, Schlangen und Blumen geschmückte Messingurne trugen. Vorsichtig stellten sie die Urne, die ihnen bis zum Oberschenkel reichte, auf dem Marmorboden ab. Jhem winkte die Soldaten wieder hinaus, dann gab er Nadir ein Zeichen, den Deckel zu öffnen.

»Im Geiste unseres gemeinsamen Wiederaufstiegs«, Jhem

verneigte sich tief, ebenso wie sein Sohn, »überreiche ich Euch dies als Zeichen meiner Loyalität und meines Glaubens an Eure Vision. Ich hoffe, es ist der Beginn noch engerer Beziehungen zwischen uns.«

Corajidin stockte der Atem. Goldbarren. Glänzende Juwelen. Ringe. Das Lösegeld für einen Rahn in Form von kostbaren Metallen und Steinen glitzerte und funkelte. Obwohl es nicht so viel war, wie er für die Kampagne gegen Amnon ausgegeben hatte, war es ein atemberaubendes Vermögen.

»Und die anderen Verbannten, die Euch die Treue geschworen haben, kommen mit einem ähnlichen Zins, mein Rahn«, sagte Nadir lächelnd.

»Wie viel ist da drin?«, flüsterte Kasraman.

»Drei Millionen Shrīanische Sovereigns oder mehr«, erwiderte Nadir.

»Das ist eine ganze Menge«, murmelte Corajidin, doch sein Geist erzitterte bei dem Gedanken, noch einmal ein derartiges Vermögen in Händen zu halten. Einen Moment lang fühlte er sich wie gelähmt, während er die schimmernden, klingelnden Münzen und Edelsteine durch seine Finger regnen ließ. Wenn alle Verbannten so wohlhabend waren, wäre er in der Lage, seine Schulden bei Teymoud und der Händlergilde zu begleichen und hätte immer noch ein Vermögen übrig. Sollte der grauhäutige Blutsauger doch an seinen Münzen ersticken. Corajidin war erleichtert. Bald könnte er sich aus dem Würgegriff seines Schuldners befreien. Er wandte sich wieder seinen Verbündeten zu. »Wir haben noch immer viel zu tun, Freunde. Ich hoffe, eure Taten werden ebenso großzügig sein wie eure Spenden.«

Er sah die Botschafterin an.

»Aber zuerst und vor allem will ich, dass mein Sohn zu mir zurückkehrt.«

Die rauen Wände der Höhle tief im Inneren des Qadir Erebus waren mit anmutigen, fließenden Bildzeichen beschriftet. Die unregelmäßige Kuppeldecke war mit einem Mosaik aus kleinen, reflektierenden Silberkacheln belegt. Die Luft war heiß und stank nach Schwefel, Erdpech und verbrannter Haut. Corajidin bedeckte Mund und Nase mit der Hand und unterdrückte den aufsteigenden Brechreiz.

Seit fast zwei Stunden lag Belamandris beinahe völlig nackt und umschwebt von Partikeln in einem mit Flüssigkeit gefüllten flachen Zylinder. Metallbänder umgaben das Gefäß, das die Achse eines Spiegelrads bildete. Das Rad war ein Ring mit langen, scharfkantigen Spiegeln aus poliertem Gold. Sie umkreisten ihn wie eine durchbrochene Mauer, während das Rad mit jeder Sekunde langsamer wurde. Als die sich drehenden großen Zahnräder allmählich zum Stillstand kamen, verhallte das metallene Klackern. Am Kopfende des Zylinders waren mächtige Metallfedern und raue Kristallsplitter in eine große Bronzescheibe eingelassen, die auf der Kante stand. Schwache Funken und Lichtspuren schwirrten durch die verbrannte Luft.

Die Botschafterin stand bei dem Apparat und hielt den Kopf vor Müdigkeit gesenkt. Kasraman und Wolfram, deren schweißnasse Haare am Schädel klebten, waren bei ihr. Neben Wolfram kniete eine verzückte Kimiya, die Augen groß vor Bewunderung für den Angothischen Hexer, mit einem breiten Metallband um den schlanken Hals. Corajidin runzelte die Stirn, als er sich an Brede, Wolframs letzte Schülerin, erinnerte. Indris hatte sie getötet, und manchmal hatte er sich schon gefragt, ob das Drachenauge Brede nicht vielleicht sogar einen Gefallen damit getan hatte. Es machte ihm Sorgen, dass Kimiya jetzt der Mittelpunkt von Wolframs Aufmerksamkeit war. Und er fragte sich, was Jhem wohl sagen oder tun würde, wenn er erst begriff, was genau seine

Tochter hinter den geschlossenen Türen von Wolframs Kammern trieb.

Als das Spiegelrad vollständig zum Stillstand kam, trat die Botschafterin vor, um Belamandris zu untersuchen. Corajidin schlurfte näher; er hatte nur Augen für seinen Sohn. Belamandris mit seinen perfekt geformten Gliedmaßen, den goldenen Locken und der sonnengebräunten Haut war der Traum jedes Bildhauers. Sein hübsches Gesicht wirkte im Schlaf noch verfeinerter. Seine Brust hob und senkte sich mit tiefen, gleichmäßigen Atemzügen. Der einzige Makel war das rubinrote Blutgerinnsel, das am unteren Rand seiner Kehle zurückgeblieben war und sich durch nichts entfernen ließ. Eine Wunde des Hasses und der Rache hatte die Botschafterin sie einmal genannt. Thufans letzter Verrat, als er Belamandris mit einem vergifteten Pfeil in die Kehle geschossen hatte.

Die Botschafterin sprach flüsternde Worte zu Belamandris, während sie arbeitete. Ihre Hände glitten über Muskelstränge. Verharrten lauschend auf Belamandris' Brust. Zogen die schweren Augenlider des Mannes zurück und enthüllten die blauen Augen darunter. Wolfram schlingerte durch den Raum, unterstützt von Kimiya auf einer Seite und seinem Hexerstab auf der anderen. Die Botschafterin sah über die Schulter zu Corajidin.

»Was ist mit meinem Sohn?«

»Er wird sich nicht an alles erinnern, was passiert ist«, sagte die Botschafterin, während sie ein getrocknetes schwarzes Lotusblütenblatt kaute. Nachdem sie gegessen und getrunken hatte, hatte sie ein wenig von ihrer ursprünglichen Energie zurückgewonnen, ebenso wie Kasraman und Wolfram. Sie saßen in einem kleinen Empfangsraum mit rundem Grundriss, dessen Wände zur Hälfte mit wandhohen Fenstern mit Milchglasscheiben versehen waren. Der Regen des Spätnachmittags trommelte gegen die Scheiben und hinterließ lange Tränenspuren auf dem Glas. Der Raum roch nach Bienenwachs und Leder.

»Warum nicht?«, fragte Corajidin aus den behaglichen Tiefen einer Couch. Und dann stellte er vorsichtig, voll Furcht vor der Antwort, seine nächste Frage. »Wird er weniger sein als zuvor?«

»Er wird unverändert sein.« Das kam von Kasraman, der beinahe knochenlos aussah, wie er sich da zwischen Kissen mit Gobelinbezügen fläzte.

»Er wird sich ausruhen müssen«, sagte Wolfram. »Aber der Witwenmacher wird schon bald wieder zeigen, wie viel er wert ist.«

»Wie viel wird er vergessen haben?«, fragte Corajidin.

»Vermutlich nur die Ereignisse, die zu seinem … nun, zu seinem Tod geführt haben.« Wolfram erhob sich mit der Hand auf Kimiyas Schulter. Die alten, langen Finger kneteten den Stoff ihrer Jacke, als wäre sie sein Eigentum. »Wir werden erst Genaueres wissen, wenn wir Gelegenheit hatten, mit ihm zu sprechen.«

»Ich danke euch.« Corajidin flüsterte die Worte. Er sah zu seinem anderen Sohn hinüber und lächelte. »Euch allen. Wenn ihr Wünsche habt, dann nennt sie mir. Und wenn es in meiner Macht steht, so werde ich sie euch erfüllen. Aber würdet ihr uns jetzt für den Moment allein lassen? Ich möchte mit Belamandris sprechen und mit meinem Sohn alles teilen, was wir während seines Schlafs erreicht haben. Ich werde ihm Dinge sagen und werde eure Unterstützung brauchen, wenn er euch darüber befragt. Habe ich mich klar ausgedrückt?«

Die anderen verneigten sich und gingen. Corajidin musste nicht lange warten, bis ein Klopfen an der Tür ertönte. Er erhob sich, glättete seine Robe und fühlte, wie ein unfreiwilliges Grinsen sein Gesicht verzerrte. Er gab die Erlaubnis zum Eintreten.

Belamandris sah in seinen formellen Schichten aus Rot und Schwarz gesund aus. Seine zinnoberrote Robe war mit Hunderten glänzender Pferdeköpfe bestickt, geschnitzt aus schwarzem Onyx. Das Licht verfing sich in seinem goldenen Haar und ließ das Blau seiner Augen beinahe unnatürlich leuchten. Er lächelte, als Corajidin die Arme öffnete, dann kam er herüber und ließ sich von seinem Vater umarmen. Während er seinem Sohn in die Augen sah, war er bestürzt über die himmelblaue Tiefe in ihnen, ein Blau, das Mariams Augen so sehr glich, und doch war es abgründig und irgendwie … leer.

In der nächsten Stunde erzählte Corajidin Belamandris alles, was seit Amnon geschehen war, und beobachtete, wie der Gesichtsausdruck seines Sohns sich von Schrecken zu einem Lächeln verwandelte. Von Entsetzen zu Stolz. Er lenkte von Fragen über Mariam ab und steuerte die Unterhaltung in die von ihm gewünschte Richtung. In der Nähe schlug eine Uhr fünf Mal: die Stunde des Drachens. Corajidin sah zu den Fenstern hinauf und bemerkte, wie das Licht schwand, während die Sonne hinter dem hoch aufragenden, schneebedeckten Speer des Mar Asrafah versank.

»Vater?«, fragte Belamandris. Er blickte auf seine Hände, die ihn zu verwirren schienen. Dann sah er wieder auf, und das Licht reflektierte von seinem Augenhintergrund, als wäre er eine Katze. Doch der Eindruck verschwand beinahe sofort wieder.

»Was ist?«

»Kannst du mir sagen, was mit mir passiert ist? Ich erinnere mich, dass ich bei der Villa in der Huq am'a Zharsi in

Amnon war. Wir wollten gerade fort, glaube ich. Ich bin nicht sicher. Es sind nur Bruchstücke …«

Corajidin schwieg einen Moment. Er hatte auf diese Frage gewartet und sich gefragt, was er wohl antworten würde, wenn es so weit war. Da war keine Arglist im Blick seines Sohns. Nichts, das darauf hingedeutet hätte, dass er seinen Vater in irgendeiner Form auf die Probe stellte. Jetzt, da die Frage offen gestellt worden war, wurde Corajidin bewusst, dass er mit den Gaben arbeiten musste, die das Schicksal ihm zu Füßen legte. Er tat, als würde er zögern, und beugte sich in seinem Stuhl vor, um seine Hände auf Belamandris' Knie zu legen. Sein Sohn lehnte sich besorgt zurück.

»Bist du sicher, dass du es wissen willst?«

»Denkst *du* denn, ich will es wissen?«

Corajidin nickte, als würde er die Weisheit in der Frage seines Sohns anerkennen. »Wir wollten gerade aus der Villa fliehen, als Näsarat fa Amonindris uns angriff. Du bist uns zu Hilfe gekommen, hast ihn jedoch nicht getötet. Deine großmütige Seele war beinahe dein Untergang. Er hat mich angegriffen und Thufan getötet.«

»Ich erinnere mich nicht …«

»Weil Indris dich angegriffen hat, nachdem du ihn auf sein Ehrenwort hin freigegeben hattest. Mein Sohn, er hat dir in die Kehle gestochen und dich zum Sterben zu meinen Füßen zurückgelassen.« Belamandris' Gesicht verhärtete sich, und ein Ausdruck kaum beherrschten Zorns verzerrte seine Miene. Er umklammerte die dicken hölzernen Stuhllehnen. Der Kriegsdichter atmete tief mit geschlossenen Augen. Als er sie wieder öffnete, bohrte sich sein Blick in Corajidins.

»Wo ist er jetzt, dieser Eidbrüchige und Möchtegern-Mörder?«

»Hier, in Avānweh. Er verbreitet weiter seine Lügen, um deine Schwester von uns fernzuhalten. Sohn, ich brauche deine Hilfe. Jetzt mehr denn je.«

»Das ist ein gefährlicher Weg, den Ihr da eingeschlagen habt.« Die Botschafterin hatte draußen gewartet, als ein schäumender Belamandris aus dem Raum gestürzt war. »Es wird nicht lange dauern, bis Belamandris die Wahrheit herausfindet.«

»Im Gegenteil«, sagte er. »Beinahe alle Zeugen des Ereignisses sind tot oder weit weg. Belamandris wurde mir zurückgegeben. Und jetzt wird er entfesselt, als Werkzeug der Vergeltung.«

»Wie Ihr wünscht.«

Wolfram kam zu ihm, mit Sanojé im Schlepptau. Die beiden sprachen leise miteinander, während sie näher kamen, und der Ausdruck auf Sanojés Puppengesicht war ängstlich.

»Euer Majestät«, sagte Wolfram und nickte respektvoll. »Was Euren Wunsch anbelangt, Yashamins Mörder zu finden, haben Sanojé und ich …«

»Kannst du es vollbringen, Hexe?« Corajidin ragte über der kleinen Frau auf, die jedoch nicht zurückwich. Angesichts ihres Muts unterdrückte Corajidin ein beifälliges Lächeln.

»Es kann vollbracht werden, mein Rahn, aber wollt Ihr denn nicht wissen …«

»Es kümmert mich nicht, wie ihr es anstellt, Kleines. Ich will einfach nur, dass es getan wird. Wenn du Erfolg hast, ist deine Zukunft in Shrīan oder Tanis oder wo auch immer du bleiben willst, gesichert.«

Wolfram hob seine gekrümmte Hand. »Bitte, Ihr solltet hören, was Sanojé vorzuschlagen hat, bevor Ihr ihren Methoden zustimmt.«

»Wird es funktionieren?«

»Beinahe sicher«, sagte Wolfram, »aber …«

»Dann gibt es nichts mehr zu besprechen.«

»Wie Ihr wünscht, Euer Majestät.« Beide Hexen neigten die Köpfe, bevor sie Corajidin in der Dunkelheit zurückließen, allein mit seinen Gedanken.

Die Ratgeber des Teshri schrien unten in der Arena des Tyr-Jahavān herum. Sie erinnerten Corajidin an Seemöwen, die sich um Abfall zankten. Berater in ihren formellen weißen Soutanen und Mänteln ruderten mit den Armen. Einen Moment lang überlegte er, ob er ihnen Essen zuwerfen und beobachten sollte, wie sie darum kämpfen würden.

Die Sitze im großen Amphitheater des Tyr-Jahavān waren in ansteigenden Reihen unterhalb der gewaltigen Kuppel angeordnet. Die Kuppel schmückte ein Mosaik aus den sechs Wappen der ursprünglichen Hohen Häuser, die beinahe fünfhundert Jahre zuvor die Bekanntmachung der Föderation verfasst hatten. Dort war das schwarze und rote, sich aufbäumende Pferd der Erebus abgebildet, dazu das goldene Sonnenlicht der Sûn, der gepanzerte Silber- und Jadekrebs der Kadarin, der weiße geflügelte Drache der Dar-See At, der goldene Löwe der Selassin auf grünem Grund und die saphirblauen und goldenen Flammen und der Phönix der Näsarat. Als er nach oben sah, vermeinte er beinahe das Gewicht des Steins und Metalls zu fühlen. Im Geiste hörte er, wie die Marmorsäulen unter dem Gewicht der alten Sitten und Bräuche ächzten, geboren aus der Rebellion gegen die Schattenherrscherin. Einen Moment lang fragte er sich, wie viel wohl nötig war, um dieses ganze Gebilde einstürzen zu lassen.

Auf jeder Ebene befanden sich narbige Bronzekugeln anstelle von Stühlen, die an dem Tag gegossen worden waren, als die Föderationserklärung in die Säulen der Halle eingraviert worden war. Corajidin wusste aus bitterer Erfahrung, dass er niemals bequem auf dieser Kugel sitzen würde. Sie war kalt und hart und hatte keine Stütze. Man rutschte leicht hinunter, wenn man nicht auf die Balance achtete. Die Botschaft, die den kugelförmigen Sitzen innewohnte, war klar und deutlich: Macht soll nicht bequem sein. Man konnte so leicht abstürzen, wie man aufgestiegen war.

Historische Essays, die Dialektik der großen Geister von Kayet Al Tham und Robaddin von den Hoje, die gesammelten Arbeiten Sedefkes – alle erzählten sie von der Stärke, die aus dem Hinterfragen etablierter Denkmuster entstand. Durch die alten Sitten hatte sein Volk an Macht und Majestät verloren. Was sie jetzt brauchten, war das Wiederaufleben der ältesten Sitten, gemildert durch neue Empfindsamkeit. Ein Mahj, der vom Schicksal gewählt worden war, um den Schutt wegzufegen und die Avān zu neuem Ruhm zu führen.

Padishin, der Kanzleimarschall, klopfte mit der Metallscheide seines *Dionesqa* auf den Marmorboden. Mit der Spitze der Scheide auf dem Boden reichte ihm der Knauf seines zweihändigen Schwerts bis zur Schulter. Der Ratsälteste für innen- und außenpolitische Angelegenheiten glich noch immer eher einem Krieger als einem Politiker: groß, mit kräftigem Körperbau und stolzer Haltung. Er hielt Heft und Scheide seiner Waffe, als wäre er jederzeit kampfbereit, was daran erinnerte, dass dieser Mann ein Held der Nation war.

Als es endlich still geworden war im Raum, nickte Padishin Kiraj zu. Der Präsident des obersten Gerichtshofs von Shrīan und Leiter des Wächtertribunals war ein schlanker Mann mittleren Alters mit einem dichten Wust rotbrauner Haare. Sein gebräuntes Gesicht und die Augen, die entweder blau oder grün waren, kennzeichneten ihn als Ostländer von den Sûninseln. Er hielt eine richterliche Anordnung in der

Hand. Kirajs Gesichtsausdruck war ruhig, während er die versammelten Ratgeber überblickte, doch da war ein zorniges Flackern in seinen Augen, als sein Blick auf Corajidin und Jhem fiel.

»Das Wächtertribunal hat sich in einer geschlossenen Sitzung versammelt.« Kirajs Stimme klang hart und kompromisslos, perfekt geeignet für einen Mann, der die Grundsätze der avānischen Gesetze verkörperte. Er wartete ein paar Augenblicke, bis nach seiner Eröffnung wieder Ruhe einkehrte, dann hob er das Kinn und begegnete gelassen Corajidins Blick.

Corajidin fühlte, wie ihm das Blut in den Adern gefror.

»Zweifellos«, fuhr Kiraj fort, »glauben manche unter uns, das Rechtssystem könne gekauft oder beeinflusst werden. Dass wir, die wir die avānische Art zu leben schützen sollen, unter Druck gesetzt werden könnten. Doch ihr täuscht euch.«

In dem darauffolgenden Chaos aus Applaus und Zwischenrufen beugte sich Corajidin näher zu Jhem. »Ich dachte, dein Sohn hätte die notwendigen Schritte unternommen, damit die Entscheidung zu meinen Gunsten ausfällt?«

»Das wurde getan, so wie wir angekündigt haben, dass es … getan werden würde.« Die Augen der Schwarzen Schlange waren so tot wie immer, doch weigerte er sich, Corajidins Blick zu halten.

Er konnte beinahe fühlen, wie die Venen an seinen Schläfen pochten. »Wenn ich wegen irgendeines dieser Verbrechen angeklagt werde, wirst du dir wünschen, du wärest in den dreckigen Dschungeln von Tanis gestorben!«

Als Corajidin seine Aufmerksamkeit wieder Kiraj zuwandte, zuckte Jhem gleichgültig mit den Schultern.

»Aber heute«, der Wächtermarschall hielt die richterliche Anordnung mit flatternden Bändern hoch, »hat sich das Rechtssystem bewährt. Wächter des Tribunals, die unter Korruptionsverdacht standen, wurden vom Gerichtsverfahren ausgenommen, ich selbst eingeschlossen. Rahn Erebus fa Corajidin. Kommt herunter zu uns.«

Corajidin sträubte sich angesichts des Kommandotons in Kirajs Stimme. Sein Blick schoss von links nach rechts, während er die Positionen seiner Verbündeten, der Teshri-Wachen und der Feyassin prüfte. Bei jedem Schritt plante er seinen Fluchtweg. Aus dem Augenwinkel sah er, wie Nadir lächelte. Am liebsten wäre er hinübergestürzt und hätte dem hübschen Mann die Kehle herausgebissen. Corajidin zwang sich, eine ruhige Miene aufzusetzen, und stellte sich vor Kiraj auf. Er fragte sich, ob er im Moment der Niederlage einen *Jadyé* – seinen Blutfluch – aussprechen sollte, um all diejenigen zu martern, die ihn im Stich gelassen hatten.

Kirajs Lächeln hatte einen bitteren Zug, die eine Seite seines Mundes hing tiefer herab als die andere. Corajidin starrte ihn an, fasziniert von der glänzenden Speichelspur auf der Unterlippe des Mannes. Der Wächtermarschall brach das Siegel des Gerichtsbeschlusses mit einer abrupten Bewegung, als würde er ein Genick brechen. Seine Miene aber war unbeweglich, als er den Inhalt des Beschlusses dem versammelten Teshri vorlas.

»Wir, das Wächtertribunal von Shrīan, erklären die Beweise als für nicht ausreichend, um Erebus fa Corajidin wegen Hochverrats, Verschwörung zum Hochverrat und Königsmord gerichtlich zu belangen …«

Corajidin dachte, er würde ohnmächtig werden, als der Aufruhr über ihn hinwegbrandete. Er hörte einzelne Wörter zwischen dem Johlen, dem Gezische, den Sprechchören und dem Jubelgeschrei. Mit großen Augen sah er den verstimmten Ausdruck auf Kirajs Gesicht, während dieser fortfuhr zu lesen. Alles schien unendlich langsam vor seinen Augen abzulaufen. Der Lärm hallte in seinen Ohren wider. Er sah, wie Nadir ihm langsam zunickte, als wollte er sagen, es hätte nie einen Zweifel gegeben.

»Habt Ihr gehört, was ich gerade gesagt habe, Rahn Corajidin?« Kiraj klang müde. »Obwohl Ihr für den Rest Eures abstoßenden Lebens in das stinkendste, feuchteste Loch in den Kerkern von Maladûr gesperrt worden wäret, wenn es nach mir gegangen wäre, war der Hochadel offensichtlicher leichter zu beeinflussen als ich.«

»Danke für Eure gerechte und unbefangene Entscheidung«, sagte Corajidin, als der Schreck langsam nachließ. »Zweifellos werde ich bald in einer Position sein, die es mir erlaubt, mich für Eure Freundlichkeit erkenntlich zu zeigen.«

Kiraj ließ den Beschluss zu Boden fallen, und Corajidin lächelte den besiegten Mann an.

Und jetzt galt es zu sehen, ob seine Verbündeten ihr Gewicht in Gold wert waren.

Die alte Uhr mit ihrem sichtbaren Getriebe und den Zahnrädern schlug im Tyr-Jahavān. Eine Onyxkatze sprang aus dem Mechanismus hervor, während der goldene und mit Granatsteinen geschmückte Falke auf der anderen Seite in seinen Unterschlupf im Uhrwerk zurückzufliegen schien. Eine weitere Stunde war vergangen. Ein weiterer Meilenstein erreicht.

Corajidin saß auf seinem kalten Kugelsessel, und das Gefühl der Erleichterung war so intensiv, dass er völlig erschöpft war. Kasraman neben ihm beugte sich vor, und sein Gesichtsausdruck war nichtssagend, doch Corajidin spürte seine Erregung.

Corajidins Nominierung zum Asrahn war akzeptiert worden, und die Versammlung würde morgen über die Kandidatur und die neue Regierung abstimmen. Nazarafine und ihre Verbündeten würden bis spät in die Nacht arbeiten, um alles für die Wahl, die sich in einen Wettbewerb verwandelt hatte, vorzubereiten. Sie war außerordentlich zornig gewesen.

Lass das Morgen kommen, dachte er. *Das Schicksal war lange genug geduldig.*

Kapitel 7

»An welchem Punkt opfern wir unser ethisches Handeln und entscheiden uns für ein moralisches Vorgehen?« Aus Ethischer und Moralischer Konflikt *von Yalana Beq-Shef (396. Jahr der Shrīanischen Föderation)*

350. Tag im 495. Jahr der Shrīanischen Föderation

Über der Stadt schlugen die Uhren die Stunde der Schlange, die siebte Stunde des Tages. Die Sonne tauchte über der Flanke des Sternenkronenbergs auf und erhob sich über den zerklüfteten Felsen, um ihre bogenförmige Reise über den Himmel fortzusetzen.

Indris, Mari und Shar trafen Hayden, Ekko und Omen in einem Teehaus an den Ufern der Untiefen. Der Kupferkessel war ein geschäftiges Lokal, eines der beliebtesten bei den Hafenarbeitern, Kaufmännern und Seeleuten. Reisende waren hier an der Tagesordnung, eine kleine Gruppe konnte also kommen, gehen oder bleiben, ohne Aufmerksamkeit zu erregen. Das Lokal hatte den zusätzlichen Vorteil, dass sich von hier auch noch ein guter Ausblick über die belebten Docks bot.

Das unaufhörliche Geschwätz aufgeregter Reisender, das Klappern von Tellern und das Zischen des kochenden Essens umgab sie. Indris versank tiefer in seinem Sessel, und die alten Kissen aus Sackleinen knisterten, während er es sich gemütlich machte. Die Sonnenwärme auf seinem Gesicht war angenehm, ebenso wie die raue Holzoberfläche des Tischs unter seinen Fingerspitzen. Tief atmete er die unterschiedlichen Gerüche ein, die ihn umgaben – Tee, Schinkenspeck, Erdbeeren und frisch geschnittene Zitronen.

»Was gibt es Neues?«, fragte Indris, während Hayden den Neuankömmlingen Tee aus einer silberverzierten Kupferkanne einschenkte. Indris umfasste das Teeglas mit der Hand und winkte ab, als Hayden ihm Honig anbot.

»Heute Morgen ist ein ganzer Haufen Leute tot aufgefunden worden.« Hayden strich großzügig Butter auf eine dicke, ofenwarme Brotscheibe. Er war blass, die Haut beinahe grau, die Augen rot vor Müdigkeit, und seine Hände zitterten. »Scheint, als hätte es Ärger gegeben zwischen einigen Menschen aus Manté und Atrea und ein paar Avān, die vom Alkohol beseelt waren. War keine hübsche Sache.«

»Das war, kurz nachdem Corajidin freigesprochen worden war, oder?«, fragte Indris und sah Hayden besorgt an. Der alte Viehtreiber sah aus, als wäre er am Ende seiner Kräfte. *Ich vergesse immer, wie alt er ist,* dachte Indris. *Es wird traurig werden, wenn du gehst, aber es ist längst an der Zeit, dass du deine letzten Jahre friedlich verlebst.*

»Omen sah so manches von dem, was geschah«, fügte der Geisterritter hinzu, »Messer und Schwerter und erhitzte Gemüter kündeten von der Gefahr. Viele fielen an Ort und Stelle, für immer verloren an die Quelle.«

»Sassomon-Omen hat es tatsächlich gesehen. Und dann ist er mittendrin stehen geblieben, während die Kämpfenden an ihm vorüberzogen, und hat sich mit einer Statue an einem Springbrunnen unterhalten«, sagte Ekko und schüttelte missbilligend den Kopf. »Es gab auch Kämpfe unter den Gefolgsleuten der Hohen Häuser. Am schlimmsten ging es zwischen den Näsarat und den Erebus zu. Ich habe deinen Bruder gesehen, Mariam. Mittendrin im Kampfgewühl.« Ekko spießte ein Scheibchen rohen Lachs mit seiner Kralle auf und steckte es sich in den Mund. »Er hat mit einer erschreckenden Wildheit gekämpft. Und mehr als einmal schrie er, Amonindris solle sich zeigen und sich ihm stellen. Ich habe nicht gewusst, dass der Mann dir gegenüber eine so tiefe Feindschaft hegt, mein Freund.«

»Ich glaube, ich sollte versuchen, mit ihm zu reden«, sagte Mari. »Bevor er zu weit geht und Leute verletzt werden, an denen mir sehr viel liegt. Belam weiß, wie ich fühle; wir haben schon darüber geredet.«

»Seine Worte waren nicht die eines Mannes, der die Ehre seiner Schwester verteidigt, Mariam. Er benahm sich wie jemand, der eine Schuld beglichen sehen will, und zwar am liebsten in Blut.«

»Ich frage mich, woher das kommt?« Indris runzelte verwirrt die Stirn. »Als wir das letzte Mal miteinander gesprochen haben, habe ich ihm gesagt, er solle gehen und sich seines Vaters annehmen. Das war besser, als wenn einer von uns den anderen umgebracht hätte. Es gibt keinen Groll zwischen uns, soweit ich weiß.«

»Erebus. Näsarat.« Maris Stimme war traurig, als sie ihre Hand auf Indris' legte. »Es gibt immer Groll zwischen uns.«

Es war still, nur das Klappern von Besteck auf Tellern und das leise Geräusch der Essenden war zu hören.

»Die Leute, deren Bewegungen wir beobachtet und erfasst, waren sehr geschäftig, und alle in Hast.« Omens Stimme war ein düsteres Echo in seiner Keramikbrust. »Sie arbeiteten am Abend und die ganze Nacht, und doch taten sie nichts Falsches, sosehr wir sie auch überwacht.«

»Ich würde sagen, es sind so ungefähr zwölf Schiffe im Schutz der Dunkelheit eingelaufen und wieder weitergefahren«, fügte Hayden hinzu. »Diejenigen, die letzte Nacht gelandet sind, sind immer noch da. Wir haben sie aber nicht verfolgt; in den Straßen wurde zu viel gekämpft, und das Volk auf den Docks schien so oder so schon nervös zu sein.«

»Obwohl die Passagiere wie gewöhnliche Reisende gekleidet waren«, brummte Ekko mit seiner samtigen Stimme, »hatten die meisten doch die Körperhaltung von Soldaten.«

»Ich schätze, sie sind hier, um Rabatz zu machen. Aber das wissen wir erst mit Sicherheit, wenn wir nachsehen, was sie so treiben.« Hayden lehnte sich in seinem Stuhl zurück und zog seine Hutkrempe tiefer über die gefurchte Stirn. »Aber später, in Ordnung? Es war `ne lange Nacht.«

»Wir haben mehr oder weniger das Gleiche an den Himmelsdocks beobachtet«, sagte Mari. »Es war eine richtiggehende Vollversammlung von Shrīans anerkanntesten Schurken. Alle Sayfs, die sich mit meinem Vater verbündet haben. Zweifellos sind sie hier, um morgen Nacht bei der Antrittsabstimmung mitzumachen.«

»Corajidin geht kein Risiko ein.« Shar lehnte sich vor und stützte die Ellbogen auf den Tisch, das Kinn auf die gefalteten Hände gelegt. Ihre Pupillen wirkten wie schwarze Stecknadelköpfe, die in der orangefarbenen Iris schwebten. »Soweit ich es verstanden habe, hatte Nazarafine damit gerechnet, dass sie bei der Wahl zum Asrahn keinen Gegenkandidaten haben würde. Sie hätte noch mindestens fünf weitere Jahre gehabt, um die Pläne der Föderation voranzutreiben und Shrīans Grenzen zu öffnen.«

»Unter einer Imperialistischen Regierung würde Shrīan so abgeschottet werden wie das alte Erwachte Imperium in den Jahren vor dem Aufstand«, murmelte Indris. »Und *das* hat uns ja richtig gutgetan. Das Eiserne Bündnis hat das Erwachte Imperium praktisch in die Vergessenheit katapultiert. Ich kann mir nicht vorstellen, dass sie beim nächsten Mal weniger aggressiv vorgehen werden. Es gibt zahlreiche

Menschen, die sich wünschen, dass die Revolutionsarmee die Welt vollständig von den Avān befreit hätte.«

»Lasst uns hoffen, dass es nicht so weit kommen wird«, sagte Hayden feurig. Er hustete, und sein Oberkörper krümmte sich durch die Heftigkeit des Hustenanfalls. Als er sich wieder aufrichtete, ging sein Atem pfeifend. Mit traurigem Lächeln sah er seine Freunde an. »Aber ich denke, ich würde diesen Kampf einfach aussitzen, egal, was passiert.«

»Umso besser für dich«, sagte Shar und legte ihre Hand auf Haydens. »Aber was auch passieren mag, es wird hier seinen Anfang nehmen. Wenn wir es nicht verhindern können.«

»Stimmt. Also, was schmuggeln sie in die Stadt?«, fragte Indris. »Vielleicht sollte ich zum Himmelslord gehen und mit ihm reden? Oder mit Neva? Jemand sollte ihnen erzählen, was hier vor sich geht.«

Mari deutete zu den Schiffen hinüber. »Die Leute mit den richtigen Antworten sind dort drüben.« Sie verhaspelte sich beinahe, so schnell kamen ihre Worte. »Ich meine, wir sollten den Himmelslord oder seinen Erben nicht behelligen, bis wir etwas wirklich Bedeutsames zu erzählen haben, stimmt's?«

»Lasst uns hinübergehen und einen Blick darauf werfen.« Haydens Lächeln unter seinem grau melierten Schnurrbart war schwach. Er gähnte und streckte sich in seinem Stuhl.

»Ich sollte dich zu den Himmelsdocks bringen und dich nach Hause schicken, mein Freund«, sagte Indris behutsam. »Du hast mehr als genug getan. Auf jeden Fall mehr, als irgendjemand von dir hätte verlangen dürfen. Vielleicht solltest du einen Moment aussetzen?«

»Ich habe noch genug Kampfgeist, Junge.« Hayden wischte Indris' Sorge mit einer Handbewegung beiseite. »Lass es Ekko und mich machen. Wir pirschen uns vorsichtig ran und sind in Windeseile wieder zurück.«

Indris wechselte einen langen Blick mit Shar, die schließlich mit den Schultern zuckte. Indris musterte Hayden. »Ihr scheint offensichtlich vergessen zu haben, wie gut eure letzte Nebenmission ausgegangen ist. Erinnert ihr euch an die Rōmarq? Als ich euch gebeten hatte, nicht hinter Thufan, Belamandris und den Fenlingen herzujagen? Und was ist passiert?«

»Wir haben es geschafft …«, setzte Ekko an.

»Ihr habt es geschafft, dass uns etwa die Hälfte aller Fenlinge der Rōmarq quer durch ihre *sherdé* Marschen gejagt haben. Das ist passiert«, sagte Shar und wies mit anklagendem Zeigefinger in Richtung der beiden Männer. »Ich schätze es gar nicht, wenn ich durch Avānweh gehetzt werde von *faruq* weiß was, weil ihr zwei irgendwas glänzen seht und daraufhin vor Aufregung den Verstand verliert.«

Hayden wand sich in seinem Stuhl und wurde ganz rot vor Verlegenheit. »Das war was anderes.«

»›Das war was anderes‹«, ahmte ihn Shar mit einem frechen Grinsen nach. »Ich werde deinen alten Lederhintern noch ungefähr ein Dutzend Mal retten, Hayden. Danach bist du auf dich allein gestellt.«

Die anderen lachten, während sie sich Tee und Kaffee einschenkten. Sie begannen ihr Mahl aus Räucherlachs, warmem Fladenbrot, geschlagener Buttercreme und Schalen mit *Tirhem*, einer lange auf kleiner Flamme gekochten Weizenschrotpaste mit Linsen, gewürztem Schweinefleisch und Zitronensaft. Sie beendeten die Mahlzeit mit Trockenobst und arbeiteten weiter an ihren Plänen, während sie aßen.

»Irgendwelche Fragen?«, wollte Indris wissen.

»Ich schätze, das bekomme ich verdeckt hin«, sagte Hayden und nickte. »Ich werde der nächsten Gruppe folgen, die Fracht von den Docks schafft, und herausfinden, wohin sie ihre Schätze bringen.«

»Ich werde Hayden unauffällig begleiten«, sagte Shar, den Mund voller Lotusblüten.

»Ich werde ein wachsames Auge auf das Dock haben«, fügte Ekko hinzu.

»Und er ist es, dem *ich* mein Auge leihe voll Bedacht – dem Riesenhaften mit dem goldenen Fell, welcher enträtselt die Gedanken und Taten der dunklen Hundesöhne der Nacht.«

Ekko rückte seinen Stuhl leicht von Omen ab, den Blick auf den Tisch gesenkt. »Amonindris, ich bin durchaus in der Lage, allein Wache …«

»Keiner von uns arbeitet allein, Ekko«, sagte Indris. »Ich habe unser Gespräch nicht vergessen, und ich brauche deine Hilfe, um Wache zu halten und dafür zu sorgen, dass das … Unerwartete kontrolliert wird. Bitte, bleib mit Omen hier. In der Zwischenzeit werden Mari und ich zum Himmelsdock zurückkehren und sehen, was wir dort herausfinden können. Wenn wir uns nicht schon vorher über den Weg laufen, treffen wir uns wieder hier, zur Stunde des Phönix.«

»Und wenn wir Ärger bekommen?«, fragte Shar.

»Das musst du wirklich fragen? Seht einfach zu, dass ihr leise arbeitet.«

Indris und Mari folgten einem großen Wagen, der unter dem Gewicht seiner Ladung knarzte, während er den Fahz am'a Tayen hinunterpolterte. Dort erblickten sie Shar und Hayden, die sich vor einem Antiquitätenladen herumdrückten. Hayden beugte sich zu Shar hinüber und flüsterte ihr etwas zu. Sie mischte sich unter die Menge, während diese den Münzpfad hinunterströmte, auf die Treppe zu, die den Bezirk mit dem Bereich der Händlerkaste verband. Dieses Viertel lag am Fuße des Himmelsspeerbergs, mit vielen Straßen, die am Seeufer entlangführten. Zweifellos waren sie auf der Suche nach Omen und Ekko.

Als Shar mit einem sehr stillen Omen und einem angespannten Ekko zurückkehrte, führte Hayden die kleine

Gruppe in den Antiquitätenladen hinein. Er war fast ganz leer, bot ihnen jedoch einen guten Ausblick auf den Verkehr auf der Straße und die Fassaden der gegenüberliegenden Gebäude. Hayden wies auf eines der Häuser.

»Das ist das alte Maladhi-sûk«, sagte Hayden leise. »Soweit wir das beobachten konnten, wurde der Großteil der Ladung von den Schiffen heute Morgen hierhergebracht. Ich gehe davon aus, dass der Wagen, dem ihr gefolgt seid, auch dazugehört hat?«

»Ja«, sagte Mari, »aber es war der letzte.«

»Und von den Schiffen an den unteren Docks kommen auch keine mehr«, fügte Ekko hinzu.

»Das Maladhi-sûk ist geschlossen worden, als Rayz und Nix verbannt wurden. Es sollte niemand hier sein.« Mari lehnte sich dichter an das Glas und betrachtete das Gebäude genauer. Indris gesellte sich zu ihr. An den großen Holztüren schienen Schwerter schwingende Spinnen aus geschwärztem Eisen hinaufzukriechen, an Eisenspinnennetzen, die das Holz durchkreuzten. An beiden Seiten der roten Steinmauern waren albtraumhafte Darstellungen von Riesenspinnen eingemeißelt. Sie waren bewaffnet und gepanzert und mit Reißzähnen und Krallen versehen. Facetten aus Glas oder Quarz befanden sich an der Stelle der Augen, die glitzernd das Licht reflektierten. »Kein schlechter Platz, wenn man verborgen bleiben will. Wenn es wie die anderen Sûks hier in der Stadt ist, ist es praktisch eine Festung mit eigenen Baracken, Küchen, Schmieden …«

»Man könnte eine Menge Krieger da drin verstecken«, flüsterte Shar.

»Und eine Menge Fracht«, ergänzte Hayden.

»Die Schurken nisten sich ein, das Lager in Sicht. Was liegt nun an? Kämpfen oder nicht?«

»Kämpfen«, knurrte Ekko mit peitschendem Schwanz. Er

durchbohrte Omen mit Blicken, während sich sein Nackenfell sichtbar sträubte. »Vorausgesetzt, jeder hier ist sich seiner Pflichten bewusst.«

»Ich bin Ekkos Meinung«, flüsterte Hayden laut.

»Natürlich bist du das, verflucht«, sagte Shar.

»Wir sind hierhergekommen, um herauszufinden, was vor sich geht.« Mari wandte sich vom Fenster ab und sah Indris an. »Und das werden wir nicht, indem wir hierbleiben und mit den Zähnen klappern.«

»Wir könnten den Haupteingang des Sûk nehmen«, sagte Hayden, während er zerstreut einige Meeresdrachenknochen aus Kaylish betrachtete, die mit aufwändigen Schnitzereien überzogen waren. »Aber das wäre ziemlich auffällig. Es gibt noch eine andere Tür hinten. Liegt ein Stück von der Hauptstraße weg. Wir müssten ein paar etwas rauere Pfade beschreiten, wenn wir ungesehen dorthin kommen wollen, aber es wär nicht so schwierig.«

»Wo ist diese andere Tür?«, fragte Indris.

»Am Ende einer Allee, in einem schmalen Hohlweg«, sagte Shar. »Der Großteil der Ladungen von den Docks ist auf diesem Weg geliefert worden.«

»Die Antrittsabstimmung ist morgen Nacht«, sagte Mari leise, »und wir wissen noch immer nicht, was sie vorhaben. Wir müssen es jetzt tun, oder wir können es gleich ganz bleiben lassen.«

»Dann los«, sagte Indris.

Die anderen nickten.

Hayden führte sie über die Route, für die er sich entschieden hatte, und sie eilten die rauen Bergpfade entlang zur Rückseite der Akademie. Der alte Abenteurer atmete schwer, während er voranging. Die ganze Zeit über nahm Indris ein leichtes Kräuseln wahr, das über die Außenbereiche des

Ahmsah hinwegstrich. Es fühlte sich an, als wären er und seine Freunde Fische, und ein großer, stiller Hai würde in den Tiefen unter ihnen seine Kreise ziehen, unsichtbar. Und doch war der leichte Sog zu spüren.

Mehrmals machte Indris den anderen ein Zeichen zu warten, während er mit seinen Sinnen ihre Umgebung zu erspüren versuchte. Es waren feinsinnige Wahrnehmungsnetze, die er auswarf, und sie legten sich mit nicht mehr Gewicht als eine fallende Feder auf ihre Umgebung. Doch jedes Mal, wenn er die Netze des *Ahmsah* wieder einholte, waren sie leer. Was auch immer sie beobachtete, tat dies mit verblüffender Geschicklichkeit. Mit einer Raffinesse, wie sie nur ein scharfsinniger Geist entwickeln konnte.

Nachdem sie eine enge Treppe hinuntergeklettert waren, kamen sie zu einer natürlichen Sackgasse. Hier standen zahlreiche große, leere Wagen herum. Die Hintertür der Akademie schmiegte sich in einen schartigen Spalt im Berg. Hayden kroch weiter vor und rüttelte vorsichtig an der Tür. Verschlossen. Er brauchte nur wenige Sekunden, um sie zu öffnen. Vorsichtig, um nicht entdeckt zu werden – er wusste nicht, was sich innerhalb der Akademie befand – gab Indris Hayden ein Zeichen zu warten, während er seine Sinne aussandte. Sie strömten durch die Tür und sickerten dann langsam in die leeren, dahinter liegenden Bereiche. Windungen und Wirbel aus Disentropie umfluteten seinen Geist, aber nichts davon war alarmierend. Ein scharfes Nicken, und Hayden öffnete die Tür.

Wände, Fußböden und die gewölbte Decke waren aus dunkelrotem, schwarz marmoriertem Stein. Öllampen, die nach Johanniskraut dufteten, tauchten den Raum in ein blutrotes Glühen. Lärm drang durch die langen Korridore herüber und von schwungvollen, schattigen Treppenfluchten zu ihnen herab. Ein gelegentliches Lachen. Ein Ruf. Manchmal drang auch das Klirren von Stahl auf Stahl an ihre Ohren.

Sie schlichen von Raum zu Raum. Einige waren von Spinnweben und Staub überzogen, und die leeren Waffenregale vom Staub der Zeit bedeckt. Betten standen an den Wänden schmaler Zellen aufgereiht, die Seilfederung bleich wie ein durchhängender Brustkorb. Andere zeigten Spuren einer hastigen Säuberung und eines noch nicht lange zurückliegenden Gebrauchs. Die Dampfbäder waren noch immer warm und feucht, der Mörtel zwischen den Fliesen von Schimmel gefleckt. In einem anderen Raum strömte die Hitze einer Schmiede über sie hinweg, als sie die Tür öffneten. Der Boden zu ihren Füßen hier war mit verschüttetem Kohlenstaub und Metallspänen übersät. Unbenutzte, gerade Schwerter und *Shamshire,* Langmesser und Dolche, Äxte, Pfeilspitzen und Speerklingen schimmerten kalt im Licht. In einem anderen Raum stießen sie auf mehrere kunstvoll gearbeitete Glastruhen, die mit verrotteter Seide ausgekleidet waren. Die meisten davon waren leer, aber in einer fanden sie mehrere reich verzierte Rätselboxen. Jede der geometrischen Figuren, die aus Kugeln, Dreiecken, Würfeln und sechseckigen Prismen bestanden, war geöffnet worden. Indris erkannte die Überreste von *Ahm*-Mustern auf den Rätselkästchen – alte Abwehrzeichen für Arrest und Bindung.

»Was ist das?«, fragte Mari.

»Dilemmaboxen«, murmelte Indris. Die Versuchung war groß, eine zu nehmen, doch solche Dinge waren kostbar, und zweifellos würde der Besitzer der Boxen es bemerken, wenn eine fehlte. Besser die Leute, die sich in dem Sûk niedergelassen hatten, wussten nicht, dass jemand eingebrochen war. »Die Seethe haben Dilemmaboxen gemacht. Sie wollten damit mächtige Elementardämonen einfangen, die zu sehr vom Wahnsinn befallen waren, als dass man sie in Freiheit hätte lassen dürfen. Wenn der Dämon einmal eingefangen war, sah er sich einem Dilemma gegenüber: Entweder, er blieb praktisch bis in alle Ewigkeit gefangen, oder er akzeptierte die Tür, die man ihm öffnete, und die Tatsache, dass er damit ein Reich der Knechtschaft betrat.«

»Reizend«, murmelte Shar.

Mehrmals mussten sie sich verstecken, als umherziehende Gruppen von Frauen und Männern die Korridore entlangstreiften. Sie trugen die Kleidung unterschiedlicher Kasten, darunter Grundbesitzer, Kaufleute und Künstler. Aber ihre Gangart war ganz offensichtlich die von Kämpfern, und die tiefe Bräune ihrer Haut zeigte, dass sie viel Zeit unter der nördlichen Sonne verbracht hatten.

Eine kleine Gruppe fiel ihnen besonders auf. Sie wurde von einem Mann mit blässlichem Gesicht und langem, fettigem Haar angeführt, der schnell und mit nasaler Stimme sprach. In der Hand trug er eine Dilemmabox, deren Teile er mit sprunghaften, abgehackten Gesten bewegte. Seine prachtvolle Robe war mit Spinnennetzen aus Silberfäden bestickt, und die Spangen bestanden aus silbernen Spinnen. In der Gruppe befand sich auch eine hochmütig aussehende Frau, die regelmäßig die Augen verdrehte, sobald der Mann ihr den Rücken zukehrte.

»Die Frau ist Ravenet von den Delfineh«, flüsterte Mari. »Die Tochter der Schwarzen Schlange. Der andere ist Nix von den Malahdi.«

»Ein durch Inzucht erzeugter kleiner Psychopath, nach allem, was man so hört«, sagte Indris mit ebenfalls leiser Stimme. »Dein Vater würde ihn lieben.«

»Nicht, wenn meine Erinnerung stimmt«, erwiderte Mari. »Vater hatte damals nur wenig für die Familie Maladhi übrig. Ich bezweifle, dass die Zeit seine Haltung groß verändert hat.«

Während sie tiefer in die Akademie vordrangen, fühlte Indris, wie sich die Gegenwart des Wesens, das sie beobachtete, verdichtete; aber noch immer war dieses Beobachten nicht zielgerichtet. In manchen Momenten war es, als würde man von den Träumen eines anderen beobachtet.

Jeder Raum, den sie durchsuchten, zeigte ähnliche Gebrauchsspuren, entweder als renovierte Barracken, Schmieden oder Lagerräume für Essen, Wasser, Waffen und Rüstungen. Eine dunkle Treppe führte nach unten, doch der Gestank nach Fäulnis und Schimmel ließ sie weiterhasten. Indris blieb allerdings noch ein paar Sekunden bei der Treppe zurück. Er war sich sicher, dass er von etwas beobachtet wurde, das tief in der Dunkelheit lauerte. Er wollte gerade hinuntergehen, als Mari umdrehte und ihn am Handgelenk nahm, damit er den anderen folgte.

An einer Verzweigung hörte Indris einen Aufruhr aus einem Korridor, der eine Treppenflucht hinaufführte. Er erkannte, dass es Dayeshi war, die Umgangssprache der Händler, der Leute aus der mittleren und unteren Kaste und von Berufssoldaten und *Nahdi*. Die Sprecher beschwerten sich darüber, wie hart es gewesen war, ihre Fracht einzulagern. Indris wollte gerade weitergehen, als er jemanden sagen hörte, wie wertvoll die Stücke waren … und den Kommentar: »Pah Sanojé häutet uns bei lebendigem Leib, wenn wir diese Dinger beschädigen.«

Die Unterhaltung ging noch einige Minuten weiter, als Hayden plötzlich erstarrte. »Verflucht. Wir kriegen Gesellschaft. Hinter uns«, flüsterte er von der Nachhut aus.

Indris wandte sich um und sah, wie der alte Scharmützler das Gewehr hob. Omen zog seinen langen, kunstvoll gearbeiteten *Shamshir*. Indris hörte den Klang von sich nähernden Stiefelschritten, das Knarzen von Leder und das Klirren von Kettenpanzern.

Indris sah zu Mari hinüber, die mit dem Kinn zu der Treppe und nach oben wies, wo die Diskussion weiterging. Ekko grinste breit, ebenso wie Shar.

»Ich hatte gehofft, es würde nicht zum Kampf kommen«, murmelte Indris.

»Wird es aber«, sagte Mari.

»Wie meistens«, fügte Shar vergnügt hinzu. Sie tätschelte Indris' Wange. »Es ist sinnlos, jetzt wieder ›könnte ich, sollte ich, müsste ich‹ zu sagen. Wir sind leise. Versprochen.«

Auf Indris' Nicken hin führte Mari Ekko und Shar in leisem Laufschritt die Treppen hinauf. Mit einem gedämpften Fluch signalisierte Indris Omen und Hayden, dass sie ihnen folgen sollten.

Nicht weit entfernt am Treppenabsatz befand sich eine Reihe kunstvoll gearbeiteter Holztüren. Die Soldaten waren vor einer der Türen auf der rechten Seite positioniert. Die Decken hier waren hoch und bestanden aus Glasplatten, sodass breite Streifen grellen Lichts hereindringen konnten. *Ilhen*-Laternen an den Wänden leuchteten hinter getönten Glasscheiben in einem blassen Rot. Marmorsäulen, die jeweils mit einer bestialischen, rostigen Eisenspinne gekrönt waren, säumten die Wände. Verrostete Eisenbogen, zart wie Spinngewebe, hielten die Mosaikdecke in der Höhe.

Mari und die anderen schlugen beinahe völlig lautlos zu.

Von den sechs Gegnern fielen zwei sehr schnell. Mari, Shar und Ekko kümmerten sich um den Rest. Omen trat hinzu, schwang seine Klinge und hielt dann abrupt inne. Shar tänzelte zurück und stieß mit dem Geisterritter zusammen, der nichts weiter unternahm, abgesehen davon, dass er auf den Fußballen wippte. Die Kriegssängerin der Seethe belegte Omen mit unterschiedlichen Flüchen und befahl ihm, sich in Bewegung zu setzen, während sie sich wieder in den Kampf stürzte. Indris hatte kaum Zeit, drei Schritte in ihre Richtung zu machen, als eine Reihe gut platzierter Tritte und Schläge mit Ellbogen, Knien und Fäusten die anderen niedergestreckt hatte. Ohne Zeit zu verlieren, schleiften Indris'

Gefährten die bewusstlosen Körper durch die Tür. Nachdem sie sie drinnen verstaut hatten, schloss Indris die Tür hinter ihnen und verriegelte sie.

Sie warteten eine Weile, um zu sehen, ob ein Alarm ausgelöst worden war. Glücklicherweise war nichts zu hören.

»Das ist doch ganz gut gelaufen«, brummte Ekko. Seine Pupillen waren geweitet, und sein Schwanz fegte den Teppichboden.

»Omen?« Shar trat vor und wedelte mit den Händen vor seinem leeren, scharf geschnittenen Gesicht herum. Als keine Reaktion erfolgte, warf sie Indris einen Blick zu, bevor sie sich wieder dem Geisterritter zuwandte und zischte: »Omen! Was im Namen der Winde sollte das?«

Statt zu antworten, richtete sich Omen gerade auf, und seine Smaragdaugen funkelten im Licht. Er begann, mit seinem vogelartigen Gang durch den Raum zu stelzen. Shar beobachtete ihn, und ihr Kiefer spannte sich.

Im Inneren der Zimmerflucht befanden sich zahlreiche kleine Kisten, in denen Puder, Salben und Tränke verstaut waren. In anderen fanden sie verwitterte Bücher, Futterale für Schriftrollen, Tintenfläschchen und kunstvoll gearbeitete Schreibpinsel. Ein größerer Schrankkoffer war mit sorgfältig zusammengelegter Kleidung gefüllt: goldenes Tuch, Seide und Geschmeide aus Rotgold, die mit geschliffenen Rubinen, Smaragden und Saphiren besetzt waren.

Indris' Hauptinteresse galt der größten Kiste. Splitter aus Sonnenlicht drangen von der gläsernen Decke nach unten, und das Licht ließ die Schatten im Raum noch tiefer werden. Ihn fröstelte, als er sich der Kiste näherte. Sie war von tanisischer Machart und zweieinhalb Meter lang, beinahe eineinhalb Meter breit und einen Meter hoch. Die Teakoberfläche war vom Alter geglättet, die Schnitzereien beinahe vollständig verschwunden. Indris konnte nur noch mit Mühe die vagen Umrisse von Mammuts, Tigern, gehörnten Pferden und fantastischen Vögeln zwischen Weinreben und Blumen ausmachen. An einer Stelle waren Schriftzeichen um den Rand des Deckels eingeschnitzt gewesen, die jedoch völlig abgegriffen und mittlerweile nur noch leichte Einkerbungen waren. Reliefs von in Lumpen gehüllten Skeletten starrten sie zwischen den anderen Schnitzereien an. Massive Bronzescharniere waren an einer Seite angebracht und eine Reihe vergilbter Elfenbeingriffe auf der anderen. Er bemerkte tiefe Kratzspuren an der Kiste, an einer Stelle, wo offenbar Ketten angebracht gewesen waren, um den Deckel geschlossen zu halten.

Er nahm einen Hauch von Trägheit im *Ahm* wahr, vermutlich alte Spuren von salzgeschmiedetem Stahl.

Am anderen Ende der Kiste befand sich ein Wappen: ein Kreis aus grinsenden Schädeln, die eine Intarsien-Krone aus Gold und Knochen umringten. Hochgehalten wurde die Krone von zwei knienden Skeletten, die jeweils eine Sichel in der freien Hand trugen.

Indris stockte der Atem, und er trat einen Schritt zurück. Wieder fühlte er, wie ein Geist den seinen berührte, kalt, dunkel und träumend.

»Was ist los?«, fragte Mari, als sie mit Shar zu ihm trat.

Indris packte sie am Handgelenk, als Mari gerade den Sarkophag berühren wollte. Shars Augen wurden schmal vor Sorge, während sie die Kiste genauer in Augenschein nahm.

»Niemand fasst das an«, sagte Indris entschieden. Er begann, um den Sarkophag herumzugehen, auf der Suche nach Hinweisen, wer im Inneren lag. »Ich glaube, das ist der Sarkophag eines der alten Rahns von Tanis.«

»Warum sollte irgendjemand einen Tanisischen Monarchen, der seit Jahrhunderten tot ist, nach Avānweh bringen?«, knurrte Ekko. »Und warum ist er so gefährlich?«

»Weil ich fürchte, dieser Rahn ist nicht ganz so tot, wie er sein sollte«, murmelte Indris.

Mari fluchte heftig, und auf ihrem Gesicht zeichnete sich die Abscheu ab, die die meisten Avān den Nomaden gegenüber hegten.

Indris überflog die vielen sauberen Reihen aus Schriftzeichen in Hochavān. Der Tanisische Dialekt unterschied sich nicht sehr vom Shrīanischen, doch es gab ein paar Abschnitte, die ihn verwirrten. Schließlich fand er, wonach er gesucht hatte: den Mittelpunkt eines Geschichtenstrangs, eine Allegorie über Leben und Wirken des Rahns.

Die dort eingravierten Geschichten verrieten, dass es sich um die älteste Tochter und Erbin des letzten Mahjirahn von Tanis vor dem Aufstand handelte. Eine gefallene Gelehrte der Nilvedic, eine Hexe und Totenbeschwörerin. Der Legende nach hatte sie zu denen gehört, die bereitwillig zu Nomaden geworden waren, um ihr ohnehin schon langes, grausames und heimtückisches Leben noch weiter zu verlängern. Sie war eine Ketzerin, und sie erreichte die Unsterblichkeit, indem sie sich in einen Leichnam verwandelte: Sie sperrte ihre Seele in ein Geistergefäß, während sie gleichzeitig das zerfallende Fleisch und die Knochen ihres toten Körpers am Leben erhielt. Im Laufe der folgenden Jahrhunderte waren ihr die lasterhaften und korrupten lebenden Mitglieder ihrer Linie gefolgt, darunter Chepherundi op Sanojé, eine bekannte Verbündete von Jhem. Man erzählte sich, dass die Erben des Hohen Hauses Chepherundi heirateten, Nachwuchs zeugten, um den Fortbestand der Familie zu sichern, und dann, sofern sie die Macht dazu hatten, in die Fußstapfen ihrer Vorfahren traten. Es war eine Familie, deren gesamtes Vermächtnis darin bestand, sich über einen der wichtigsten Glaubensgrundsätze der Avān hinwegzusetzen: den Toten den Frieden der Seelenquelle zu gewähren.

Die zuvor eher zufällige prüfende Beobachtung, die Indris mit seinem *Ahmsah* wahrgenommen hatte, wurde zielgerichteter. Vorsichtig trat er von dem Sarkophag zurück und betrachtete ihn beklommen.

Omen stelzte an die Seite des Sarkophags, den Kopf zur Seite geneigt, als würde er auf etwas lauschen. »Sie verweilt an der Grenze zum Schlummer, schwankend, ob sie sich in die Gefühllosigkeit der Ruhe stürzen soll oder doch lieber ins schadenfrohe Böse, wie sie es gewöhnlich tut.«

»Sie? Du kannst sie hören?« Maris Mund verzog sich vor Abscheu. Sie rückte von Omen ab, den Blick auf Indris gerichtet. »Indris, was im Namen der geheiligten Vorfahren ist in dieser verfluchten Kiste?«

»Ihr Name ist Mahjirahn Chepherundi op Kumeri«, summte Omen. »Sie ist ein Leichnam. Großes Verderben schlummert in ihr, Verlangen nach Größe. Sie hat sich in der Vergangenheit verpflichtet in der Hoffnung auf Vergeltung für all das Unrecht, das ihr in ihren Augen angetan wurde. Sie wartet auf die längst überfällige Rache.«

»Das Problem lässt sich leicht lösen.« Ekko trat vor, die Hände ausgestreckt, um den Sarkophag zu öffnen.

»Nein!«, sagte Indris scharf und schlug Ekkos Hände weg.

»Sie muss zerstört werden«, sagte Mari mit harter Stimme.

»Wenn das, was ich über die wenigen bekannten Leichname gelesen habe, richtig ist«, sagte Indris warnend, »dann ist dieses Ding von mehreren Schichten geheimer Fallen geschützt. Und selbst wenn es mir gelingt, diese Fallen zu umgehen, ohne dass ich oder irgendjemand von euch getötet wird, bekommen wir es immer noch mit dem Leichnam zu tun. Habt ihr auch nur die leiseste Ahnung, was für einen Geist und wie viel Willensstärke man braucht, um sich so etwas anzutun?«

»Du kannst dieses Ding vernichten!« Maris Glaube gründete sich ebenso sehr auf ihr Vertrauen zu Indris wie auf ihr Bedürfnis, diesen Leichnam zerstört zu sehen. Ihre Augen waren vor Furcht geweitet.

»Möglich …«

»Du hast ein verfluchtes Schiff mitsamt Passagieren in die Lüfte gehoben, und dann hast du es ein paar Stunden lang über die Rōmarq geflogen«, drängte Mari. »Das hier sollte doch im Vergleich dazu nichts sein.«

»Viele Dinge sollten leichter sein, als sie sind.« Indris hielt ihrem Blick stand. »Aber sie sind es nicht, nur weil man es sich wünscht.«

»Wir schaffen Monstrositäten wie Nomaden aus der Welt.« Haydens Schnurrbart war gesträubt. »Wir gehen nicht einfach so weg. Nichts für ungut, Omen.«

»Schon in Ordnung.« Omen schlug seine mit Onyxfingernägeln versehenen Finger in einem schnellen Trommelrhythmus aneinander. Er drehte den Kopf in alle Richtungen, als suche er nach der besten Stelle, um den Sarkophag anzugreifen.

Hayden fuhr mit dem Daumen über den Schaft seines Sturmgewehrs. »Also, wenn wir einfach nur die Kiste zerstören …«

»Hayden«, sagte Shar, »hast du kein einziges verfluchtes Wort von dem gehört, was Indris gerade gesagt hat?«

»Haydens Idee geht in die richtige Richtung.« Mari starrte entschlossen auf den Sarkophag. Ihre Hand hielt den Griff ihrer Waffe umklammert. »Wir müssen dieses Ding vernichten.«

»Würdet ihr alle einfach mal einen Moment die Klappe halten?« Indris öffnete das *Ahmsah* ein wenig weiter, und dann noch weiter, um das komplexe System der geheimen Analogien und Metaphern in sich aufzunehmen, das Kumeri um ihren Sarkophag gewoben hatte. Sie hatte da raffinierte

Arbeit geleistet. Über die gesamte Oberfläche verlief kreuz und quer ein unregelmäßiges, haarfeines Flechtwerk aus disentropischen Fäden. Elementare Schutzzauber waren an den Verbindungspunkten angebracht worden, Knoten aus uralter Disentropie. Seinen geschärften Sinnen kam es vor, als wäre der Sarkophag mit rasch blinzelnden, blutunterlaufenen Augen überzogen wie mit Blasen, die in triefenden Augenhöhlen rollten. Manche dieser Augen musterten seine Freunde, doch die meisten beobachteten Indris misstrauisch. Schlaffe Münder öffneten und schlossen sich. Ein aufwändiges Netz aus Disentropie umgab den Sarkophag, Stränge aus kaum wahrnehmbarer Energie, so subtil, dass Indris aufgrund der fehlenden Färbung oder Textur ihre Absichten nicht erraten konnte.

Alles daran erinnerte ihn an die Öligkeit der Ödnis.

Er begann, seine Aura zu verändern, und formte zarte Fühler aus Disentropie, die leichter und behutsamer waren als der Atem eines Säuglings. Sie dehnten sich aus, und die Bindung wurde dünner und dünner, bis sie schließlich riss. Nur eine schimmernde blaue Kugel von der Größe einer Erbse war noch zu sehen. Behutsam drängte er sein disentropisches Kügelchen näher zu dem Sarkophag, dann entließ er es aus seiner Kontrolle. Es erzitterte, ein transparentes Tröpfchen, das kurz in der Luft hing und dann langsam zu fallen begann. Während sie fiel, verlor die disentropische Kugel Indris' Prägung und verwandelte sich in neutrale Energie.

Sie berührte das unsichtbare Netz rund um den Sarkophag.

Plötzlich wurde der Raum an der Stelle, wo das Kügelchen gelandet war, von einem blendenden Kugelblitz erhellt. Rauch stieg kräuselnd auf, und in der Luft hing der Geruch nach Gewitter und Feuer. Indris hörte, wie seine Gefährten fluchten, und die Waffen fuhren zischend aus ihren Scheiden.

Mit seinen noch immer geschärften Sinnen sah Indris, wie sich das disentropische Netz verformte. Die Farben begannen zu leuchten, und Elementare Schutzzauber flackerten in einem juwelenähnlichen Glanz. Mehrere Herzschläge später normalisierte sich der verborgene Abwehrmechanismus wieder, bis auf das Netz aus Strängen, das sich nun in ihr weiteres Umfeld auszubreiten begann. Diese Stränge flackerten in einem diamantenen Licht und sandten Impulse aus, als würden sie von einem schlagenden Herzen angetrieben. Es sah ganz danach aus, als wäre ein Alarm ausgelöst worden.

Indris fluchte leise.

»Was ist passiert?«, fragte Shar.

»Unsere Zeit ist abgelaufen«, sagte er zu seinen Freunden. »Lauft. Wartet nicht auf mich. Wir treffen uns in einer Stunde im Eisernen Hund.«

»Also alles wie gewohnt«, sagte Shar fröhlich.

Indris ging mit ihnen bis zur Tür.

»Was hast du vor?«, fragte Mari über die Schulter, während die anderen schon mit gezogenen Waffen in Richtung Treppe rannten.

»Ihr wolltet es alle zerstört haben«, sagte Indris grimmig, »also werde ich tun, was ich kann. Mit einem Leichnam sollte man nicht herumspielen.«

»Du hast behauptet, du könntest es nicht«, sagte sie anklagend.

»Ich habe gesagt, ich könnte es wahrscheinlich.« Indris zuckte mit den Schultern. »Aber ich muss den Leichnam gar nicht zerstören. Ich muss nur dafür sorgen, dass die Abwehrmechanismen genug Störungen im *Ahm* hervorrufen, dann werden die Sēq es spüren. Sie werden keine Zeit verschwenden, glaub mir, und schnell herkommen. Dann können sie den Körper zerstören.«

»Und was ist mit dir?«

»Für mich ist es sicherer, wenn ich der Einzige bin, um den ich mir Sorgen machen muss.« Er nahm ihr Gesicht in beide Hände und küsste sie. Sie verharrten ein paar Herzschläge lang und sahen sich tief in die Augen, Stirn an Stirn. »Bitte, Mari. Geh jetzt. Ich treffe dich nachher.«

»Versprochen?«, flüsterte sie.

Indris lächelte zur Antwort.

Sie nickte rasch, dann wandte sie sich auf dem Absatz um und rannte den anderen hinterher.

Indris wandte sich wieder dem Raum zu und öffnete sich selbst dem *Ahmsah* noch weiter. Gestaltwandlerin summte leise in ihrer Scheide, er spürte ihr Zittern an seinem Rücken. Die disentropischen Abwehrmechanismen und Sicherungen, die rund um den Sarkophag gewoben waren, hatten zu glühen begonnen. Die mystischen Augen rollten in seine Richtung, und die gummiartigen Münder begannen mit misstönenden, atonalen Stimmen zu singen. Kumeris Abwehrmechanismen entdeckten Indris, als er seine Macht enthüllte.

Zahlen und Symbole tanzten durch Indris' Geist, als er leise zu singen begann. Bogenförmige Blitze krachten gegen die Energiefraktale, die ihn umkreisten. Feuer blühte um seine Füße auf, regnete von oben herab, nur um sofort von Strahlen aus blauweißer, diamantener Macht gelöscht zu werden.

Als Zugabe formte er eine Spiralfeder aus Disentropie zwischen seinen Händen und schleuderte sie gegen den Sarkophag. Bahnen aus Licht und Macht flammten auf und blendeten ihn. Als das Licht schwächer wurde, sah er, dass der Deckel des Sarkophags in kleine Splitter gesprengt war. Indris erhaschte einen kurzen Blick auf das zerlumpte Skelett, das sich von seiner Ruhestätte erhob.

Indris fühlte die Macht einer ganzen Handvoll herannahender Präsenzen wie eine Bugwelle. Rasch wob er Schichten aus gebrochenem Licht – Schatten und Illusion – um sich selbst, um seine Gegenwart zu verschleiern. Dann verschloss er seinen Geist vor dem *Ahmsah*. Ein scharfer Befehl an Gestaltwandlerin, und sie war still.

Als sich Kumeri aus ihrem schwelenden Bett erhob – eine zierliche Gestalt aus bemalten gelben Knochen, geschmückt mit Edelsteinen und Bändern aus Roségold und umhüllt von Fetzen, die einst Sehnen und Haut gewesen sein mochten – begannen sich Verwerfungen in der Luft rund um den Sarkophag zu bilden. Kumeris Schädel mit seinen verwahrlosten Haarfransen wandte die diamantgefüllten Augenhöhlen in seine Richtung. Die Skeletthände begannen zu gestikulieren.

Dann verschwamm ihre ausgezehrte Gestalt. Blendwerk kleidete sie Schicht um Schicht in goldenes Fleisch und schmückte sie mit kostbaren Saphiren und Turmalinen. Kleidungsstücke umkreisten sie wie ein Wirbelwind. Fragmente aus Licht und Staub schufen die Illusion einer Jacke aus goldenem Leder. Sie bestand aus einer Vielzahl von Gesichtern, die mit einer schrecklichen Dissonanz kreischten, schnatterten und flehten. Ihre Arme wurden zu wirbelnden, blutigen Spitzen, von denen Gift herabtroff. Schließlich verschwand ihr Kopf mit den Haarbüscheln hinter der grimmigen Visage eines Tigers, dessen orangefarbene Streifen hell loderten. Seine Augen waren wie schartige Gruben, die mit nächtlicher Dunkelheit gefüllt waren.

Die Verwerfungen in der Luft schwollen an wie riesige Luftblasen, die vom Grunde eines Teichs aufstiegen – die Vorboten der Sēq. Die Blasen zerplatzten, und fünf Ritter der Sēq durchschritten die Luft. Sie hatten ihre Waffen gezogen, die in disentropischem Feuer loderten. Ein fahles Leuchten an den Rändern jeder Schuppe erhellte die Schwarze Rüstung der Gelehrten. Runde Schilde mit Halbmonden im Mittelstück hingen an ihrem Arm. Helme mit Gesichtsschutz und langen Pferdehaar-Helmbüschen verdeckten ihre Gesichter.

Einer der Sēq-Ritter warf einen Blick in Indris' Richtung, als würde er etwas bemerken. Dann traten er und seine Kameraden aus der leeren Luft auf den glühenden Boden.

Die Versuchung war groß, sich an der Auseinandersetzung zu beteiligen, doch Indris blieb reglos stehen, als Kumeri ihre sich windenden und vergifteten Arme hob. Sie wob Kombinationen aus Nilvedic-Formeln und Hexerei, die fließend ineinander übergingen. Die Sēq antworteten mit ihren Gesängen.

Rasch wurde es heiß im Raum, als unfassbare Mengen an Energie kanalisiert, gebündelt, freigesetzt, pariert, befreit und dann erneut kanalisiert wurden. Der Leichnam setzte Analogie um Analogie gegen die Sēq ein: geifernde Wölfe aus Erde. Feuer speiende Drachenköpfe, die Stein, Holz, Stoff und Fleisch in Brand setzten. Schlangen aus giftigem Wasser und Tornados, die wieder und wieder gegen die Sēq rasten.

Zur Antwort benutzten die Sēq ihre Schilde, um die wirbelnde Abstraktionsabwehr zu bündeln, während sie ihre Gesänge mit zielgerichteter Präzision anstimmten. Die Luft erzitterte von den Lauten, die so wunderschön und schrecklich waren wie eine tödliche Symphonie.

Es war ein Patt. Sie kämpften, während sich der Raum um sie herum auflöste. Eine weitere Hexe und ein Trupp Soldaten tauchten auf, um Kumeri zu helfen. Sprühende Parabeln aus Energie mähten sie nieder. Einer der Sēq blieb nicht einmal mehr die Zeit, um zu schreien, bevor sie zu Asche verbrannte. Eine weitere folgte gleich darauf, und die ganze Zeit über wob die tote Kumeri ihre schreckliche Bluthexenkunst.

Die Decke barst in dem Korridor, in dem Indris stand. Trümmer fielen herab und zersprangen auf dem gefliesten Boden. Hin- und hergerissen zwischen Fluchtgedanken und dem Verlangen, den Sēq zu helfen – die ihn ziemlich sicher danach zum Kapitelsaal eskortieren und in Gewahrsam nehmen würden – stand Indris noch immer da, als er eine riesige Energiewelle spürte, die zwei weitere Präsenzen ankündigte.

Zwei Sēqmeister, deren Hexenfeuerstäbe aus glühender Jade zu sein schienen, tauchten mit Donnergetöse auf. Indris kannte keinen von beiden. Sie schlugen mit ihren Stöcken auf den Boden, und der Raum erzitterte. Wellen der Erschütterung drängten nach außen, und auf der Gestalt des Leichnams begannen sich Risse zu zeigen. Gemeinsam sangen sie ein Triumphlied: eines, um den Leichnam mit zielgerichteter Energie zu fesseln, und ein anderes, um Kumeri von der Disentropie zu trennen, die sie zum Weben ihrer Hexenkunst benötigte.

Als er sah, dass die Ereignisse unter Kontrolle waren, taumelte Indris die behelfsmäßige Treppe hinauf, die sich durch die eingestürzte Decke gebildet hatte. Er wäre ziemlich sicher in der Lage gewesen, mit den drei Sēqrittern fertig zu werden. Doch er bezweifelte, dass er auch die Oberhand behalten hätte, wenn sich die beiden Meister eingeschaltet hätten.

Die Wucht der Disentropie, die ihn umtoste, ließ ihn taumeln. Er torkelte einen staubigen Ziegenpfad entlang und beeilte sich, so viel Abstand wie möglich zwischen sich und den Kampf zu bringen, der hinter ihm tobte.

Kapitel 8

»Wir sind nicht frei, weil wir das Recht haben zu wählen. Wir sind frei, wenn wir nicht wählen müssen.« Aus Die Grundlagen des Denkens, *vierter Band der Maximen der Zienni*

350. Tag im 495. Jahr der Shrīanischen Föderation

Mari hatte im Laufen gegen die Krieger gekämpft, die aus der Maladhi-Schwertschule strömten, um ihre Freunde zu verfolgen. Es war ein Wechselspiel aus rennen, stehen bleiben, kämpfen und wieder rennen. Leichen pflasterten Maris, Shars, Ekkos und Omens Weg. Zwischen zwei Verfolgerwellen hatten sie beschlossen, sich zu trennen und dafür zu sorgen, dass sie niemanden zum Eisernen Hund führten.

Mari war der Verfolgung entgangen, sagte sich aber, dass zu viel auf dem Spiel stand, um ruhig abzuwarten. Statt sich auf den Weg zum Eisernen Hund zu machen, rannte sie zum Qadir Sûn. Kurz darauf hatte sie Nazarafine und den anderen Föderalisten dort ihre Geschichte erzählt, doch bei jedem Wort hatte sie das Gefühl, Steine in ein bodenloses Loch zu werfen.

Nazarafine holte tief Atem und stieß ihn dann langsam wieder aus, während sie Femensetri, Roshana, Ziaire und Siamak anstarrte. Durch die teilweise offen stehenden, filigranen Türen beobachtete Mari Vahineh, die sich auf einer niedrigen Couch vor- und zurückwiegte. Vahinehs lasterhafter Cousin Martūm saß bei ihr und drehte von Zeit zu

Zeit sein verschlagenes Gesicht in ihre Richtung, um zu sehen, was in dem anderen Raum vor sich ging. Der Mann wirkte ganz so, als würde er sich um seine kranke Cousine kümmern, doch da Mari seinen Ruf kannte, zweifelte sie an der Aufrichtigkeit seiner Beweggründe. Sollte er zum Rahn Selassin gemacht werden, würde dies viele seiner Probleme lösen und seine Laster finanzieren. Es kursierten bereits Gerüchte, dass die Schulden des Mannes bezahlt worden waren, und der Glanz von Edelmetallen an seinen Fingern und um seine Handgelenke kündete von neuem Wohlstand. Aber wer war sein Gönner?

Und es befanden sich noch zwei Leute im Raum. Bei dem einen handelte es sich um einen edlen Mann mit raubvogelartigen Zügen, dessen Haar so zurückgestrichen war, dass es an zwei glänzende weiße Flügel erinnerte. Seine Haut war von der Sonne gebräunt und die Augen von einem stechenden Haselnussbraun, durchsetzt mit Punkten aus hellerem Braun. Er saß da und stützte sich auf einen Gehstock mit Greifenkopf, und seine jugendlichen Hände und das Gesicht straften seine beinahe zweihundert Lebensjahre Lügen. Sayf Ajomandyan von den Näsiré – Ajo, wie Indris ihn nannte – war der Himmelslord, der Statthalter von Avānweh. Seine Enkelin und Erbin Neva befand sich bei ihm. Die statuenhafte Frau mit ihrem kurz geschnittenen mahagonifarbenen Haar hatte dieselben feinen Gesichtszüge wie ihr Großvater. Allerdings wirkte sie weniger falkenhaft, sondern war in ihrer Intensität atemberaubend schön. Sie war so alt wie Mari und die Befehlshaberin von Avānwehs Himmelsrittern. Ungezwungen stand sie da in ihrem kurzen, mit Metallbändern bewehrten Ledermantel, die Kniehose von abgetragenen Lederchaps bedeckt, die mit einem dicken Waffengürtel befestigt waren. Neva und Mari musterten sich mit einem langen, abschätzenden Blick.

Nur durch die vereinten Argumente der anderen war es gelungen, Femensetri davon abzuhalten, zu dem Kapitelsaal der Sēq zurückzukehren und einen Angriff auf Corajidin und die Imperialisten loszutreten. Eine schwarze Korona hatte den Seelenstein der Sturmbringerin umlodert, und das Hexenfeuer in ihrem Halbmond auf dem Gelehrtenstab brannte so heiß, dass die Luft zu dampfen begann. Kühlere Köpfe hatten sich durchgesetzt, doch niemand wusste, für wie lange.

»Und du hast Indris dort zurückgelassen?« Roshanas Stimme war scharf wie eine Schwertschneide. »Du hättest bei ihm bleiben sollen!«

»Er wollte, dass ich …«

»Es ist mir verflucht egal, was er wollte!«, donnerte Roshana. Sie warf Ajo und Neva einen Blick zu. »Ich habe Pläne mit meinem Cousin, und die sind nutzlos, wenn er tot ist.«

»Roshana, das reicht.« Ziaire hob ihre schlanke Hand, um sie zum Schweigen zu bringen. »Wolltest du, dass Mari bei Indris bleibt, um gegen einen Leichnam zu kämpfen? Was hätte sie schon tun können?«

»Was hätte überhaupt irgendwer tun können?«, fragte Siamak nüchtern. Er lächelte Mari freundlich zu und lud sie mit einer Geste ein, Platz zu nehmen. »Als ich noch ein Junge war, hatten wir auch einmal einen Leichnam in der Rōmarq. Meine Eltern haben beinahe eine ganze Kompanie unserer Krieger losgeschickt, um ihn aufzustöbern und zu zerstören. Einhundert tapfere Krieger, und nicht einer von ihnen ist zurückgekehrt.«

»Ich erinnere mich daran«, murmelte Femensetri. »Er hat einen Ritter der Sēq getötet und den Sēqmeister schwer verwundet, den wir hinterhergeschickt haben.«

»Dann ist Indris …« Mari fühlte, wie sich ein leerer Raum in ihrer Brust bildete. Sie erinnerte sich an den Geschmack seiner Lippen. An das eigenartige Lächeln, das sie als Versprechen seinerseits genommen hatte, dass er zu ihr zurückkehren würde.

»Ein Drache von einer ganz und gar anderen Farbe«, sagte Femensetri ruhig.

Mari fühlte, wie sie wieder ein wenig Mut fasste. Wenn irgendjemand wusste, wozu Indris imstande war, dann die Frau, die ihn ausgebildet hatte.

Die Gelehrte fuhr fort: »Danke, dass du uns benachrichtigt hast, Mari. Wir hatten von dem Leichnam bereits erfahren, als unsere Wachen loszogen, um ihn zu binden. Aber jetzt wissen wir, dass sie nicht nur Hexen und Nomaden hereinschmuggeln, sondern auch eine bewaffnete Streitmacht. Wie viele haben die Imperialisten zur Verfügung, was glaubst du?«

»Und wie viele Hexen?«, fügte Roshana mit finsterem Blick hinzu. »Dass Corajidin ihnen erlaubt hat …«

»Es gibt keinen Beweis, dass mein Vater gewusst hat, dass seine Verbündeten Hexen mit nach Shrīan bringen würden!«

Roshana schnaubte höhnisch. »Dein Vater wusste nur zu gut, was er tat.«

»Dein Vater hat Türen geöffnet, die besser geschlossen geblieben wären.« Ajos Stimme war traurig, aber fest. »Er hätte es nicht getan, wenn er nicht glauben würde, dass die anderen Imperialisten ihn unterstützen. Sein Sohn Pah Kasraman und Nadir von den Maladhi wurden beobachtet, wie sie letzte Nacht inmitten des ganzen Chaos in das Rahnbathra eingebrochen sind. Der Antiquitäten-Marschall versucht noch immer, eine Liste der gestohlenen Dinge zusammenzustellen.«

»Die Hexen machen mir mehr Sorgen«, sagte Neva.

Selbst ihre Stimme ist wunderschön, dachte Mari. *Tief und kehlig.*

Die Greifenreiterin stellte die Frage, auf die auch Mari eine Antwort haben wollte. »Gelehrtenmarschall, stellen die Hexen eine Bedrohung für uns und Euren Orden dar?«

Femensetri lehnte sich in ihrem Stuhl zurück. Für einen Moment kratzte sie sich gedankenverloren am Kinn. Mari fragte sich, wie viele Wunder und Schrecken, Siege, Niederlagen und Enttäuschungen Femensetri wohl in dem Millennium ihres Lebens gesehen haben mochte. Wie oft hatte sie gesehen, dass dieselben Fehler begangen wurden und zu dem gleichen Ergebnis führten?

»Die Krone, der Staat und die Sēq sind gefährdet«, sagte sie offen. »Das waren wir immer. Du musst begreifen, dass du über drei unterschiedliche Orden redest, wenn du von den Gelehrten sprichst. Und jeder hat seine eigenen internen Sekten und Geheimbünde. Wir arbeiten selten, wenn überhaupt jemals, zusammen. Selbst während der Gelehrtenkriege haben nur die Sēq gegen die Hexenzirkel gekämpft. Ich bezweifle, dass die Hexenzirkel das vergessen haben. Die Zienni und die Nilvedic setzen einen Reduktionistischen Kanon ein, und sie haben Spezialisten für bestimmte Bereiche der Esoterischen Doktrinen, von denen allerdings keiner besonders militant ist. Sie sind nicht gerade zahlreich vertreten in Shrīan. Wir Sēq folgen einem Holistischen Kanon, in dem die Disziplinen von Körper, Geist und Seele miteinander verschmolzen werden. Doch selbst die Sēq können nicht alle Mystischen Bereiche studieren. Kurz gesagt, es gibt zu viel zu wissen. Wir leben in schwierigen Zeiten, von denen manche allerdings glauben, dass sie voller Möglichkeiten stecken. Viele in meinem Orden denken, dass wir mehr Einfluss auf die Regierung ausüben sollten. Andere, wie ich selbst, sind der Meinung, dass wir enger mit Krone und Staat zusammenarbeiten sollten. Die Kämpfe der unterschiedlichen Interessensgruppen haben uns für Jahrzehnte kastriert. Wir sind wenige, und ich bezweifle, dass wir als geschlossener Orden handeln werden, solange wir uns nicht bedroht fühlen. Und dann ist es vielleicht schon zu spät.«

»Was ist mit den Gilden der Grenzwissenschaftler?«, fragte Ajo. »Wie die Alchemisten, die Erfinder und so weiter?«

»Sie haben ihre eigenen Interessen.« Femensetri spuckte verächtlich in ihre leere Teetasse. Zumindest hoffte Mari, dass sie leer war. »Tatsächlich sorgen sie sich mehr um Geld und gewöhnlichen Schnickschnack als um die Gesellschaft, die sie seit Jahrhunderten meist ignoriert hat.«

»Aber wenn die Imperialisten – nicht die Menschen – jetzt Hexen und Nomaden nach Shrīan bringen«, sagte Ziaire, »dann wäre das doch sicherlich Grund genug für den Orden, uns zu unterstützen? Ich habe Berichte von den Perlenhäusern in Ygran, Tanis und Kaylish erhalten. Sie alle besagen, dass die Hexen an irgendwelchen neuen Plänen arbeiten.«

»Sieht so aus, nicht?«, murmelte Femensetri. »Es gibt nur eine Möglichkeit, das herauszufinden. Ich werde zum Kapitelsaal der Sēq zurückgehen und mich mit den anderen Meistern beraten.«

Mit diesen Worten erhob sich Femensetri und schritt aus dem Zimmer.

»Ich werde ebenfalls anderswo gebraucht«, sagte Roshana steif und wandte sich in Richtung Tür. Sie warf Mari einen scharfen Blick zu, bei dem sich ihr das Nackenfell sträubte. Die Kriegerin ballte die Fäuste, sodass die Knöchel weiß hervortraten. Sie wünschte sich, der Kopf der anderen Frau würde explodieren, als Strafe dafür, dass sie sich in ihre Beziehung mit Indris einmischte. Roshana schien nichts davon zu bemerken. »Es scheint, als hätte Corajidin keine Skrupel, sich über unsere sämtlichen Traditionen hinwegzusetzen. Der Mann ist ein Ketzer. Es ist an der Zeit, dass ich ihm seine Taten mit gleicher Münze zurückzahle, bevor sein Einfluss noch größer wird.«

»Du hast dein Jahirojin.« Ziaires Tonfall war gerade noch höflich zu nennen. »Was willst du noch?«

»Das musst du fragen?« Roshana hielt inne, die Hand an der Tür, und sah Ziaire mit erhobenen Augenbrauen an. »Und ich dachte, das Perlenhaus würde alle Geheimnisse der Welt kennen?« Sie öffnete die Tür und ging hinaus.

Mari atmete tief ein, um nichts zu sagen, das sie später bereuen würde. Sie warf einen Blick zu Neva hinüber und sah wieder weg, als die Frau ihren Blick erwiderte. Verfluchte Roshana! Mari würde sich so bald wie möglich entschuldigen und auf den Weg zum Eisernen Hund machen. Sie musste sich vergewissern, dass Indris sicher zurückgekehrt war.

Nachdem Roshana das Zimmer verlassen hatte, setzte sich Mari neben Ziaire.

»Was habe ich getan, um Roshana so zu verärgern?«, fragte Mari leise.

»Ihre Interessen haben sich verändert.« Ziaire legte den Arm um Maris Schultern. Mari roch das Johanniskraut auf Ziaires Haut, das Henna und Jojoba in ihren Haaren. »Ich glaube, seit ihrem Erwachen denkt sie vor allem an den Hass, den die Näsarat für dein Hohes Haus empfinden. Die Näsarat und die Erebus sind seit Jahrtausenden im Konflikt. Außerdem bist du ihren Plänen im Weg. Eine erneuerte Allianz zwischen den Näsarat und den Näsaré ist in ihren Augen ein wichtiger Spielzug. Tut mir leid, Liebes, aber du solltest nicht glauben, dass eine einzige Schlacht – oder die Tatsache, dass du Indris' Bett teilst – jemals irgendetwas an den Verhältnissen ändern wird.«

Angesichts der Entschiedenheit in Ziaires Stimme zuckte Mari zusammen. Obwohl der Gesichtsausdruck ihrer Freundin liebenswürdig war, lag etwas Berechnendes in ihrem Blick. Sie fragte sich, wie viel Ziaire über Roshanas Pläne wusste. Wie viel und seit wann? Man sagte, früher oder später würde jedes Geheimnis auf einem Kopfkissen geteilt werden. Und die Oberhäupter des Perlenhauses waren in der richtigen Position, um sie alle zu hören. Mari nahm sich vor, weniger zu reden und mehr zuzuhören, wenn sie in der Nähe dieser beinahe unerträglich begehrenswerten Frau war.

Nichtsdestoweniger war sie gekränkt durch die Worte der Kurtisane, daher schüttelte Mari Ziaires Arm ab und goss sich ein Glas Tee ein. Was sie jetzt eigentlich brauchte, war ein Kaffee: stark und schwarz, mit einem Schuss Whisky. Oder Honigwein. Sie hob die silberne Teekanne einladend in Nazarafines Richtung, doch diese schüttelte den Kopf. Die anderen lehnten ebenfalls ab. Mari hielt ihr Glas in den Händen, fühlte die Hitze an ihren Fingerspitzen und der Handfläche, schmeckte den aromatischen, bitteren Tee auf der Zunge.

Ajo und Neva diskutierten mit Siamak und Nazarafine, wie sie die Himmelsritter und die *Kherife* in Avānweh am besten einsetzen sollten, um den Frieden zu sichern. Neva schlug Nazarafine außerdem vor, einige der Windbarken und Windgaleeren der Näsaré einzusetzen, denn mit diesen könnten sie im Notfall unauffälliger aus Avānweh abreisen. Sie würde die Himmelsritter persönlich befehligen, wenn es nötig werden sollte, sie alle fortzubringen. Gereizt musste sich Mari eingestehen, dass sie Neva gegen ihren Willen tatsächlich sympathisch fand.

Sie fuhren fort zu planen, bis Nazarafine darum bat, einen Augenblick allein mit Mari sprechen zu können. Mari sah auf und beobachtete überrascht und auf der Hut, wie die anderen still den Raum verließen.

»Mari«, begann Nazarafine, »wie ist es deinem Vater gelungen, so lange zu überleben? Sicherlich muss er doch beinahe am Ende seiner Kräfte sein. Das Verbundenheitsritual heute Nacht wird ihn höchstwahrscheinlich umbringen. Es ist schon so für jeden Rahn schwer genug, der seine Fähigkeiten voll unter Kontrolle hat. Dein Vater riskiert sein Leben, wenn er weiter nach der Krone des Asrahns strebt. Warum entscheidet er sich nicht einfach dafür …«

»Zu sterben?«, half Mari ihr kalt auf die Sprünge. Immer wieder verwechselten die Leute die Entfremdung von ihrem Vater mit Hass. »Ich habe meinem Vater gesagt, er soll fliehen, wisst Ihr. Damals in Amnon. Ich musste ihm eine Chance auf Wiedergutmachung geben.«

»Und jetzt müssen wir alle mit den Konsequenzen leben«, erwiderte die andere Frau mit kaum verhüllter Bitterkeit. »Dein und Indris' Mitleid deinem Vater gegenüber könnte unser Verderben sein. Aber ich wollte sagen: Warum dankt er nicht zugunsten von Kasraman ab?«

»Jeder verdient die Chance auf Wiedergutmachung.« Mari war überrascht über die Festigkeit in ihrer Stimme. »Wir alle sind als Baumeister an dieser aberwitzen Lage beteiligt, in der wir uns jetzt befinden. Auf die eine oder andere Art.«

Eine unbehagliche Stille senkte sich wie ein Sargtuch über den Raum. Nazarafine polierte stirnrunzelnd die Bernsteinknöpfe an ihrem Mantel mit dem Daumen. Mari wahrte den Abstand zu ihr und gab dem wortlosen Abgrund die Zeit, die er brauchte, um sich wieder zu füllen. Als Wolken vor die Sonne zogen, verfinsterte sich der Raum. Schlagartig fiel die Temperatur, und die Brise, die durch die Fenster hereinwehte, brachte den Geruch nach Regen mit sich. Als die metallische Helligkeit der Sonne wiederkehrte, blinzelte Nazarafine eulenhaft. Ihr Stirnrunzeln verschwand; offensichtlich hatte sie den inneren Konflikt, mit dem sie gerungen hatte, gelöst. Sie griff nach der kleinen goldenen Glocke auf dem Tisch neben sich und klingelte; ein Laut, der ebenso hell wie zerbrechlich klang.

Etliche Minuten verstrichen, während derer die beiden Frauen oberflächliche Höflichkeiten austauschten. Maris Augen wanderten sehnsüchtig zur Tür. Das *Sende* verlangte, dass sie in Gegenwart eines sozial und politisch Höhergestellten ausharren musste. Zu oft schon hatte Mari nach ihren Launen gehandelt, wissend, dass ihr Ansehen sie dennoch retten würde. Skandale waren ihr nicht fremd. Ihre exzentrischen Eskapaden hatten sie beliebt gemacht. *Oh, hast du schon die Sache über Mari gehört?*, sagten die Leute. Oder: *Stimmt es, dass sie …?*

Doch unglücklicherweise war die Frau, mit der sie sich nun gerade in einem Raum befand, nicht nur Rahn eines Hohen Hauses, sie konnte morgen schon Asrahn der Nation sein. Wenn es jemals einen Moment gegeben hatte, in dem sie besser Zurückhaltung zeigte, dann jetzt.

Also saß sie noch immer auf ihrem Platz, als ein großer, gediegener Mann den Raum betrat. Sein blondes Haar war so kurz geschnitten, dass es mehr so wirkte, als hätte jemand Sand auf seinem Kopf verstreut, der sich hell von der gebräunten Haut abhob. Die grünen Augen waren schräg geschnitten und saßen tief in den Höhlen. Seine Hände waren groß und kräftig und von Brandnarben entstellt. Er trug eine lange Holzkiste mit Messingbeschlägen und dem Sonnenwappen des Hohen Hauses Sûn auf dem Deckel. Ehrerbietig fiel der Mann vor seiner Herrin auf die Knie.

Nazarafine berührte ihn an der Schulter, und er erhob sich wieder. Sein Blick löste sich nicht für einen Moment von dem Kasten in seinen Händen.

Nazarafine sah Mari an. »Ich habe gehört, du hast beim Kampf um den Tyr-Jahavān etwas verloren«, sagte sie lächelnd, und ihre Wangen waren wieder gerötet in ihrer üblichen Gutmütigkeit.

Nicht etwas, vieles, hätte Mari beinahe erwidert, unterdrückte diesen kleinlichen Impuls jedoch. »Ja, das habe ich. Meine Rüstung wurde vollständig zerstört, ebenso meine Waffen.«

»Du hattest ein *Amenesqa* aus der Zeit des Blütenimperiums? Deine persönliche Waffe statt deiner Feyassin-Klinge?«

»Sie gehörte einst Sayf Mariamejeh von den Tyran-Amir«, erwiderte Mari nickend. »Ich habe sie verloren, als Ekko mich auf den Stufen gerettet hat. Zweifellos hat sie jemand erkannt und beschlossen, sie als Andenken zu behalten, da meine Überlebenschancen ohnehin armselig waren.«

Nazarafine erhob sich. Mit einer Geste lud sie Mari ein, näher zu treten, dann legte sie ihre Hand auf den Schwertkasten.

Mari fühlte sich leicht benommen. Hatten sie ihre Waffe gefunden? Es gab nur noch wenige Waffen aus der Zeit des Blütenimperiums oder des Erwachten Imperiums, die keinen Besitzer hatten. Von den ursprünglich tausend *Amenesqa* aus dem Erwachten Imperium, die man den Feyassin gegeben hatte, waren weniger als sechshundert übrig, soweit Mari wusste.

»Wir konnten zwar deine alte Waffe nicht wiederfinden, doch es lag in meiner Macht, einen Ersatz für dich zu beschaffen. Obwohl es nicht das Gleiche ist, hoffe ich doch aufrichtig, du wirst es mit Stolz und Ehre zu tragen wissen.« Nazarafine nahm Maris Hände und legte ihre Finger behutsam auf die Verschlüsse. Als sie wieder sprach, war ihre Stimme nur noch ein Flüstern. »Dies ist die Waffe einer Volksheldin. Sie sollte zur Verteidigung ihres Asrahns benutzt werden.«

Vorsichtig öffnete Mari die kalten Metallverschlüsse.

In dem Augenblick zwischen zwei Herzschlägen – jenem Moment, von dem die Dichtermeister der Gram sagten, man solle sich der Gewissheit des Todes und der Reinheit des Handelns öffnen – hob sie den Deckel der Kiste.

Und vergaß beinahe zu atmen.

Sofort fielen ihr die Nuancen ins Auge. Das Flirren des Lichts. Die Länge von Nazarafines Wimpern, ein rußiger Pinselstrich über dem feuchten Umbra ihrer Iris. Das ferne Rattern des Verkehrs auf der Straße unter ihr, das mit dem Rauschen ihres Bluts verschmolz. Das Gewicht ihres Schwerts an der Hüfte. Die leichte Brise, die über ihr Genick und durch ihr Haar strich. Der Geruch von Sandelholz und der heraufziehende Sturm.

Dann begann das Zwillingspochen in ihrer Brust, so heftig, dass sie dachte, ihr Körper müsste sich im Takt mit ihren Herzen bewegen. Es war ein einzigartiger Moment. Auf einem Bett aus Knitterseide lag ein *Amenesqa,* entworfen nach dem Vorbild der längeren Klingen des Blütenimperiums. Es war beinahe eine Handspanne länger als die Klingen des Erwachten Imperiums, die wiederum länger waren als die modernen, gebogenen Shamsire – das, was Leute ohne Romantik in ihren Herzen schlicht und ergreifend »Schwerter« nannten. Als könnte ein derartiges Wort jemals etwas so Elegantem, etwas, das so perfekt geeignet war für seinen Zweck, die richtige Bedeutung verleihen. Ihre Fingerspitzen fuhren die filigranen Zeichnungen auf der *Kirion*-Scheide entlang. Das Licht umschmeichelte das beinahe unsichtbare Moiré-Muster aus Rot und Blau, das in den Tiefen des schwarzen Metalls schimmerte. Die Scheide, die Haifischhautriemen, mit denen der Griff umwickelt war, und der Bernstein des Knaufs waren mit einer goldenen Sonne verziert. Daneben war ein Seepferdchen zu sehen, Rubinrot auf Silberblau. Die Farben der Familie ihrer Mutter – Dahrain. Mari zog die Waffe nur eine Handspanne weit heraus und betrachtete staunend das flackernde, leuchtend goldene Jadelicht. Verwundert sah sie Nazarafine an.

»Eine Sûnklinge!«, flüsterte sie ehrfürchtig.

»Wir machen heutzutage nur noch wenige«, sagte Nazarafine freundlich, »und sie werden ausschließlich als Geschenk an auserwählte Personen vergeben, die alles für einen höheren Zweck riskiert haben. Es gab eine Zeit während des Erwachten Imperiums, als Hunderte von Kriegsdichtern, jeder ein Verherrlichter Name im Dienste der Mahj, solche Klingen trugen. Doch traurigerweise liegen diese Tage der Ehre und des Ruhms lange zurück. Dieses Schwert wird niemals stumpf oder trüb, und es wird niemals zerbrechen. Es wird dir so lange dienen, wie du es brauchst, dann kehrt es gemeinsam mit dir zur Asche zurück. Eine Sûnklinge ist im wahrsten Sinne des Wortes eine Waffe fürs Leben.«

»Ich weiß nicht, was ich sagen soll.« Mari fühlte, dass Tränen in ihren Augen brannten. »Wie kann ich Euch Euer Vertrauen zu mir vergelten?«

»Indem du ja sagst, Mari. Bleib in Avānweh und hilf uns beim Wiederaufbau. Hilf mir. Halte mich am Leben. Werde zum Oberstritter meiner Feyassin.«

Mari saß still da und wiegte die Sûnklinge in ihrer Armbeuge wie ein Kind. Der Kasten fühlte sich warm an, als wäre die Klinge tatsächlich aus einem Splitter Sonnenlicht gemacht.

Von Zeit zu Zeit sah Mari zu Nazarafine hinüber. Sie sprach mit Siamak, Ziaire, Ajo und Neva, die mittlerweile zurückgekehrt waren. Sie machten kein Geheimnis aus ihrem Plan, Vahineh durch Martūm zu ersetzen, wenn auch Ziaire den Mann als geeignete Wahl infrage stellte. Sie sprachen von Alternativen und überlegten, wie man sicherstellen konnte, dass es ein Föderalist sein würde, der Vahineh ersetzte. Und wie man Vahineh vor dem Erwachen retten könnte, das sie langsam tötete. Die Lösung dieses letzten Problems hing stark von Femensetri und Indris ab, obwohl es klang, als wäre sich Indris dessen nicht bewusst.

Die füllige ältere Frau war keine Närrin. Mari war klar, dass sie durch ihre Anwesenheit bei der Besprechung dieser Pläne im selben Augenblick mit einbezogen wurde. Und obwohl Mari den angebotenen Posten noch nicht akzeptiert hatte, wusste Nazarafine, welche Verpflichtung sie ihr durch dieses Geschenk und ihre Anwesenheit bei dieser Besprechung auferlegte.

Wenn es nach dem *Sende* ging, gab es nichts umsonst. Jede Gabe und jeder Gefallen war ein Spielzug, der verpflichtete. Zum ersten Mal in ihrem Leben hätte Mari die Chance, frei zu sein. Natürlich konnte sie die Klinge als Geschenk annehmen und einfach fortgehen, auch wenn sie die dem Geschenk zugrunde liegende Absicht kannte. Ziaire hatte etwas in der Art angedeutet. Nazarafine hatte Pläne mit Mari, in denen Indris nicht auftauchte. Es war, als hätten sich die Föderalisten verschworen, ihrer beider Leben für sie in völlig unterschiedlichen Kreisen zu entwerfen.

Was sollte sie tun? Einfach einen Sattel und Zaumzeug gegen einen anderen eintauschen, weil sie weniger scheuerten? Oder ganz aufs Geschirr verzichten und einfach loslaufen, sich dem Unbekannten stellen? Was hatte Indris noch über das Zerstören des Leichnams gesagt? *Viele Dinge sollten leichter sein, als sie sind. Aber sie sind es nicht, nur weil man es sich wünscht.*

Der Dienst war eine unkomplizierte Angelegenheit. Sie konnte dort tun, wofür sie ausgebildet worden war. Mari war davon ausgegangen, dass es vermutlich nur eine Handvoll Leute auf der Welt gab, die ihr in einem Kampf gewachsen wären. Aber stimmte das auch? Das Zusammentreffen mit den Assassinen hatte sie dazu gebracht, ihre Situation neu zu überdenken. Vermutlich *kannte* sie nicht mehr als eine Handvoll Leute, die ihr gewachsen waren. Aber was war mit all den Kriegern, von denen sie nichts wusste? Diejenigen, die ihr ganzes Leben lang trainiert und keinen einzigen Zeugen ihrer Tapferkeit am Leben gelassen hatten? Wenn solche Leute existierten, war es dann nicht ihre Pflicht, die Familien und die Hohen Häuser zu schützen, die dem Gemeinwohl dienten – Sayfs, Pahs, Rahns und den Asrahn? Und noch einen Schritt weiter gedacht, war es auch ihre Pflicht, die Techniken derartiger Leute zu begreifen. Sie zu übernehmen. Sie anzupassen. Sie zu neueren, tödlicheren Techniken zu entwickeln. Und eine Grenze zu ziehen, die die Feinde des Staats und der Krone besser nicht überquerten.

Um diese Dinge zu tun, müsste sie sich ein weiteres Mal einer Sache verpflichten, die größer war als sie selbst. Und wenn sie sich einmal dafür entschieden hatte, gab es keinen leichten Weg zurück.

Irgendwo im Qadir schlug eine Uhr. Mari fluchte leise, als ihr klar wurde, dass sie zwei Stunden über der Zeit war, zu der sie sich mit den anderen im Eisernen Hund hätte treffen sollen. Mit einer gemurmelten Entschuldigung nahm sie den Schwertkasten und verließ den Raum so höflich, wie sie konnte.

Als sie den Eisernen Hund fast erreicht hatte, sah sie Indris. Sie rief nach ihm. Er blieb stehen und kniff die Augen im grellen Licht zusammen. Der Wind zerrte an seinem widerspenstigen Haar. In seinem abgetragenen Schwarz und Braun sah er aus wie jeder andere Wanderer. Indris sah zu, wie sie näher kam, und Erleichterung lag in seinem Blick.

Dann, plötzlich, gewahrte sie aus dem Augenwinkel Nadir, seine Schwester Ravi und Nix. Als sich Leute zwischen sie schoben, verlor sie sie wieder aus den Augen, und nachdem das Gedränge vorüber war, waren sie nirgendwo mehr zu sehen.

Nervös sah sie sich um. Wie lange folgten sie ihr schon? Zwar war die Versuchung groß, auf die Suche nach ihnen zu gehen, doch gleich darauf war Indris an ihrer Seite. Sein linkes Auge war leicht verfärbt von orangefarbenen und gelben Einsprengseln, wie Funken aus einer Kohlepfanne, während sein anderes in dunklem Bernstein glühte. Mari streckte die Hand aus, um ihn zu berühren, und Gestaltwandlerin schnurrte leise.

»Shar hat gesagt, sie hätte dich auf der Flucht verloren«, sagte er, nahm ihre Hand und küsste ihre Finger. »Wo bist du gewesen?«

»Wir haben uns getrennt, und sie haben mich verloren«, murmelte Mari dicht an seinem Mund, während sie ihn küsste. Er duftete nach Meersalz und Kokosnuss. »Aber jetzt hast du mich gefunden. Lass uns gehen.«

»Wohin?« Sein Blick wanderte zu dem Schwertkasten in ihrer Hand. Als er sie wieder ansah, waren seine Augen groß vor Verwunderung.

»Glückwunsch!« Er grinste, als er sie in seine Arme zog. Sie fühlte die harten Muskelstränge in seiner Brust, als sie sich an ihn schmiegte. »Auf eine Sûnklinge kann man stolz sein. Hast du ihr schon einen Namen gegeben?«

»Noch nicht.«

»Ich nehme an, Nazarafine hat sie dir als Anreiz gegeben, damit du …«

»Ich habe noch nicht zugesagt«, stieß sie hervor, aber die Worte leugneten den Entschluss, der langsam in ihrem Herzen zu wurzeln begann. »Begleitest du mich zur Nanjidasé?«

Indris zog sie in eine ruhige Straße, weg von dem Lärm der Wagenräder und der Fußgänger. Die Straße war schmal, gesäumt von üppigem Farnkraut und goldenen Akazien.

Die Pflastersteine bildeten sechseckige Muster aus Schatten unter ihren Füßen. Eukalyptusbäume bewegten ihre Zweige in der stärker werdenden Brise und verbreiteten ihren starken Duft.

Mari schmiegte sich an ihn, während sie gingen. Seine Hand war warm, die Muskeln hart wie Stahlbänder unter seiner Haut. Eine lange Schlange wartete vor der Gondelstation, und Mari zerrte so lange an Indris' Arm, bis er ihr zum Treppenaufgang mit dem verwitterten Torbogen aus Bronze folgte, der mit wucherndem Efeu überwachsen war. Hier waren weniger Leute unterwegs, und niemand schien sonderlich an ihnen interessiert zu sein. Sie blickte nach Süden über das sanft geschwungene Flickwerk des Himmelssees. Die Berge auf der anderen Seite erschienen wie trübe Flecken, umgeben von grauen Streifen, als wären sie Wolkenseile, die die Erde mit dem Himmel verbanden. Regen. Der Sommer neigte sich dem Ende zu.

Gemeinsam verließen sie die Treppen und betraten den Caleph-Sayf. Mari führte sie durch Straßen und Gassen, an den hohen Mauern der Habron-sûk vorüber, bis sie zu dem glänzenden roten Marmor und Alabaster von Nanjidasé kamen. Der Hauptsitz der Feyassin war ruhig, die langen weißen Banner mit den weißen Lotusblüten flatterten im Wind. Mari sah Indris schief an, als er unvermittelt stehen blieb.

»Es gibt noch andere Dinge im Leben als den Dienst, Mari.« Seine Stimme war leise, beinahe ein Summen, das ihr Ohr kitzelte. Sie spürte seinen warmen Atem in ihrem Nacken, seinen starken Arm um ihre Taille. »Du hast Shrīan noch nie verlassen. Es gibt so viele Dinge, die du sehen und tun könntest, wenn die neue Regierung der Föderalisten im Amt ist. Erstaunliche, wundervolle Dinge.«

»Hier gibt es aber auch erstaunliche, wundervolle Dinge,

die ich tun kann.« Sie sah ihm in die Augen, während ihre Stirnen sich berührten. »Du könntest mir helfen, etwas Neues aus den Feyassin zu machen. Ich weiß, dass uns unsere Technik anfangs von den Sēq beigebracht wurde, aber ich habe dich kämpfen sehen. Es gleicht keiner Kampftechnik, die ich jemals zuvor gesehen hätte.« *Nicht einmal bei den Assassinen, die mich töten wollten.* »Indris, ich will, dass die Geschichte sich anders an mich erinnert, als sie das normalerweise bei einem Erebus tut.«

»Das wird sie!«, sagte er mit aufrichtiger Miene. »Schon jetzt, glaube ich. Aber es gibt eine Welt jenseits von Shrīan, die ich dir liebend gern zeigen würde. Wir könnten gemeinsam Orte erforschen, die wir noch nie gesehen haben.«

»Was würden wir tun?«, verlangte sie zu wissen. »Zum ersten Mal in meinem Leben beginne ich, Dinge für mich selbst zu tun. Ich habe davon geträumt, Oberstritter der Feyassin zu werden, habe aber nicht geglaubt, dass ich das jemals erreichen könnte. Du sagst, es gibt mehr im Leben als den Dienst, aber der Dienst an anderen ist genau das, was ich im Leben tun wollte. Überzeuge mich, dass was auch immer wir da draußen tun werden, genauso wichtig ist wie das, was wir hier erreichen können.«

»Es gibt keine Gewissheiten. Ich könnte sagen, dass es mehr Böses in der Welt gibt als das, was wir hier in Shrīan sehen. Was da in der Rōmarq lauert, ist nicht einzigartig. Es gibt andere Orte, an denen Welten aufeinanderprallen und wo ein paar gute Leute Stellung beziehen müssen gegen diejenigen, die die Schwächeren beherrschen wollen. Die Leute brauchen überall Hilfe, Mari.«

»Was ist nur mit dir passiert, dass du immer außen nach etwas suchst, das eigentlich innen ist?« Die Worte waren heraus, bevor sie wusste, was sie da sagte, und es gab keine Möglichkeit, sie wieder zurückzunehmen.

Indris' Gesicht wurde still, die Augen schmal. Er sah weg.

Mari nahm ihn in die Arme und lehnte den Kopf an seine Brust. Als er wieder sprach, war seine Stimme ein tiefes Summen an ihrem Ohr.

»Es gibt einen Ort, einen kleinen Turm in der Nähe von Memnon, der über das Marmormeer blickt. Wenn die Sonne untergeht, zittert das Licht, als wollte das Meer sie am Fortgehen hindern. Dann, wenn die Dunkelheit sich langsam zwischen den Wellen verdichtet, beginnen Tausende von *Ilhen*-Lampen unter der Wasseroberfläche zu schimmern. Sie funktionieren noch immer, nach all der Zeit, und beleuchten die alten Ruinen. Es ist, als würde man in einen zweiten Himmel blicken, der mit Wolken und Funken und Geheimnissen bestäubt ist, in eine Dunkelheit, die wir vielleicht niemals durchdringen werden. Und dann, wenn die Nomaden im Mondlicht Gestalt annehmen und zu singen beginnen … Und das ist nur einer von vielen Orten, Mari. Ich möchte mehr sehen, will mehr entdecken und es mit dir teilen. Wenn ich irgendwohin verschwinde, dann möchte ich, dass du bei mir bist. Wirst du darüber nachdenken, Mari? Versprich mir, dass du es wenigstens in Erwägung ziehst, wenn das alles hier vorüber ist.«

Sie fühlte, wie ihr die Tränen in die Augen stiegen. Was er ihr da anbot, klang so wundervoll. »Nur wenn du versprichst, dass du es auch in Erwägung ziehst zu bleiben.«

»Und wenn dein Vater zum Asrahn gewählt wird, Mari? Was dann?«

»Es würde nichts Gutes dabei herauskommen, am wenigsten für uns beide.« Sie legte ihre Handfläche gegen seine Brust und sah ihm in die Augen. »Unsere Zeit ist begrenzt, so oder so. Aber ich muss daran glauben, dass ich etwas bewirken kann, solange ich hier bin. Denn wenn nicht, was hätte das alles dann für einen Sinn?«

Kapitel 9

»Obwohl wir von der Vernunft geleitet werden sollten, sind wir doch meist die Sklaven unserer Begierden. Und es gibt keine Begierde, die so schwer zu stillen ist wie das Verlangen nach Zerstörung.« Miandharmin, Gelehrter der Nilvedic am Elfenbeinhof von Tanis, Vierte Siandartha-Dynastie (171. Jahr der Shrīanischen Föderation)

350. Tag im 495. Jahr der Shrīanischen Föderation

Die zerstörten Überreste der Kuppel der Herzenshalle krümmten sich wie arthritische Finger über Corajidins Kopf. Der Wind pfiff durch die Risse in den bröckelnden Mauern. An einer Stelle mit langen, rauen Gräsern ragten einige große Bäume auf. Ansonsten war der steinige Boden von einem Teich bedeckt, dessen Oberfläche sich in der Brise kräuselte. Ein kaputter Springbrunnen, dessen rundes Bronzebassin verbeult und von Grünspan und Moos überzogen war, stand schief zwischen umgestürzten roten Steinen. Die Luft war schwer vom Duft der Geranien und des Eisenhuts, die hartnäckig hier oben in den Bergen wuchsen.

Von Zeit zu Zeit wurde Corajidin durch Schatten erschreckt, die an Stellen auftauchten, wo keine sein sollten. Dann bemerkte er jedes Mal, dass es sich um das verzerrte Echo der Toten handelte, das in den Felsen selbst gebrannt war. Richtung Norden und Osten waren die einst so stolzen Überreste der Mahsojhin – der großen Hexeruniversität des

Erwachten Imperiums – zu sehen: zerfallende Türme, eingestürzte Bibliotheken und Trümmer übersäten die Straßen, wo der Stein geschmolzen worden war. Beinahe alle Studenten und Lehrer waren beim letzten Schlag der Gelehrtenkriege vernichtet worden.

Die Sēq leisteten gründliche Arbeit.

Die Botschafterin stand bei einem Dreifuß, der den Emphismechanismus stabilisierte. Kasraman und Nadir hatten ihn während der Unruhen der vorhergehenden Nacht aus dem Rahnbathra gestohlen. Er bestand aus zahlreichen runden Linsen aus Bernstein und Diamant und war zu einer horizontalen Stufenpyramide angeordnet. Um die Linsen befand sich ein großes Rad mit vielen kleineren Drehscheiben und Zahnrädern, das wiederum an einem unten angebrachten Pendel und an einem seitlich angehängten Zifferblatt befestigt war. Das bronzene Gerät war vom Zahn der Zeit angenagt. Das Gold war matt, das Silber angelaufen, der Bernstein verkratzt. Die Botschafterin sah durch die Linse zu dem dunklen Gewölbe der Herzenshalle der Mahsojhin hinüber.

Kasraman, Wolfram und Sanojé umringten sie.

»Wird es funktionieren?«, fragte Corajidin.

»Wenn nicht, dann werden wir es niemals erfahren«, sagte Kasraman mit falscher Fröhlichkeit. »Denn dann sitzen wir alle in dem verdammten Zeitlabyrinth fest.«

»Könntet ihr einen Augenblick still sein?«, krächzte die Botschafterin gereizt. Sie richtete die Bernsteinlinsen aus, dann drehte sie das größte der Zahnräder vorwärts. »Ich spiele nicht jeden Tag mit Zeit- und Raumlabyrinthen herum.«

Corajidin sah zu, wie die Botschafterin feine Justierungen an den Linsen und dem Uhrwerk vornahm. »Was in Erebus' Namen tut sie da?«, fragte er leise, um sie nicht zu stören.

Wolfram erklärte, wie die Bernstein- und Diamantlinsen es der Botschafterin ermöglichten, durch die Schichten des Zeitlabyrinths zu blicken. Das Uhrwerk brauchte man, um Zeit und Raum innerhalb der Herzenshalle mit der Gegenwart abzustimmen. Wenn die Botschafterin einen Fehler machte, konnten sich die Energien nach außen verteilen und einen größeren Teil der Welt einfangen.

»Aber der Zeitablauf würde uns immer noch normal vorkommen«, endete Wolfram. Er zuckte mit den Schultern. »Es kann sogar sein, dass es bereits schiefgegangen ist und wir alle, während wir uns hier unterhalten, im Labyrinth gefangen sind.«

»Wundervoll«, befand Corajidin trocken.

»Wir sind nicht gefangen«, sagte die Botschafterin, während sie die letzte Justierung des Uhrwerks vornahm. Die Linsen begannen, das Bild von Hexen in roten und Lehrlingen in braunen Roben zu zeigen. Corajidin blickte mit seinen eigenen Augen in die Herzenshalle, konnte jedoch nichts sehen. Er wandte seine Aufmerksamkeit wieder der Linse zu, die ihm das Bild der Hexen zeigte, wie sie wie angewurzelt stehen blieben.

»Willst du das wirklich tun, Vater?«, fragte Kasraman. »Wenn wir diesen Korken herausziehen, kann niemand sagen, was alles herausströmt.«

»Die Hexen da drin kämpfen noch immer in den Gelehrtenkriegen«, fügte Wolfram hinzu. »Für sie ist keinerlei Zeit vergangen. Ihr Zorn und ihr Hass sind unvermindert groß.«

Corajidin sah zu der erwartungsvollen, triumphierenden Botschafterin hinüber. Da war etwas in ihrer Miene, das ihn hätte zögern lassen sollen. Stimmen in seinem Kopf schrien eine undeutliche, heisere Warnung.

»Tu es«, sagte er grimmig. »Lass einen oder zwei von

ihnen heraus, damit wir es probieren können. Wenn mir gefällt, was ich sehe, werden wir über die Befreiung der übrigen reden. Und über den Preis dafür.«

Er deutete auf Wolfram und Sanojé. »Aber zuerst will ich die Antworten haben, die du mir versprochen hast.«

»Es wäre sehr viel leichter gewesen«, sagte die Botschafterin, »wenn Ihr mich das hättet tun lassen. Ich weiß, Ihr misstraut meinen Beweggründen, aber wir haben Euch einfach nur gegeben, worum Ihr gebeten habt, und einen gerechten Preis dafür verlangt. Denkt Ihr, wir haben Euch unfair behandelt, Corajidin?«

»Und wie passt Indris in eure Pläne?«, fragte Corajidin durch zusammengebissene Zähne und entschied sich, auf die Härte in ihrer Stimme mit Tapferkeit zu reagieren. »Ich wollte, dass er stirbt.«

»Mein Ehemann ist nicht Eure Angelegenheit«, kam die strenge Antwort.

»Ehemann?« Corajidin konnte sich nicht zurückhalten. »Sicher hast du aufgegeben, was …« Corajidin fühlte Kälte in seinen Herzen, als sich eisige Finger um sie schlossen. Kälteschauer jagten durch seinen Körper, als würde statt seines warmen Bluts das Schmelzwasser des Winters durch seine Adern rinnen. Er versuchte einzuatmen, glaubte jedoch, bei jedem Versuch ertrinken zu müssen.

Die Botschafterin, die größer war als Corajidin, starrte aus den Tiefen ihrer Kapuze auf ihn herab. Ihre Haut flackerte, als würde sie von innen durch eine Öllampe erleuchtet werden. Der verwesende Seelenstein in ihrer Stirn flammte für einen Moment auf, sodass ihn eine ungesund aussehende grüne Korona umgab.

»Meine Meister würden mich nicht bestrafen, wenn ich dich hier und jetzt töte«, sagte sie sanft.

Corajidin fühlte, wie ihm schwindlig wurde. Er versuchte sich zu bewegen, irgendeine Geste zu machen, um Hilfe herbeizurufen, doch er war wie festgewachsen.

»Es gibt noch andere wie dich. Du bist zufällig der nützlichste, und du bist in der Position, in der sie dich brauchen können. Das kann sich ändern. Muss ich dich daran erinnern, wie es dir ging, bevor ich dir die Hilfe der Ödnis angeboten habe?«

Todesqualen erfassten jeden Nerv seines Körpers. Herden mit stahlbeschlagenen Hufen trampelten durch seinen Schädel. Sein Unterleib zog sich zusammen, die Eingeweide wanden sich, als würden hungrige Ratten an ihnen nagen. Jeder Muskel seines Körpers war verkrampft, und seine Zähne fühlten sich an, als würden sie nur noch lose im Zahnfleisch hängen. Der Geschmack nach alter Gallenflüssigkeit lag ihm auf der Zunge. Die Geräusche waren nur noch dumpfe Echos, als würde er unter Wasser hören. Alles, was er noch riechen konnte, waren sein eigener Schweiß, Urin und Kot, während er sich selbst beschmutzte. Tränen traten ihm in die Augen, und er wollte sich nur noch zusammenrollen und darauf warten, dass die Dunkelheit ihn zu seinem letzten …

»Ich kann dir das alles wiedergeben«, flüsterte die Botschafterin. »Wenn du meine Hilfe nicht haben willst, dann sag es. Nur ein Wort. *Ja,* du willst meine Hilfe, oder *Nein,* du willst sie nicht.«

Geplagt von reißendem Schmerz, musste er nicht lange über die Antwort nachdenken. Als ihm das Bewusstsein schwand und der Fieberschweiß über die Stirn strömte, zwang er das Wort mit dem letzten Atemzug heraus.

»Ja!«

Auf einen Schlag waren seine Beschwerden verschwunden, ersetzt durch ein warmes Gefühl des Wohlbehagens, das an sexuelle Wonnen grenzte, wofür er sich ein klein wenig hasste. Er nahm einen enormen Atemzug und sog die kühle, süße Luft tief ein. Beinahe konnte er die Magnolien auf seiner Zunge schmecken. Er sah prüfend an sich hinab und stellte fest, dass das, was die Botschafterin ihm angetan hatte, reine Suggestion gewesen war. Zum Glück hatte sie ihn nicht dazu gebracht, sich in aller Öffentlichkeit zu beschmutzen.

»Also werdet Ihr, wenn es um Indris geht, keine einzige meiner Launen infrage stellen oder kommentieren oder Euch widersetzen, egal, wie belanglos meine Entscheidungen auch wirken mögen. Habe ich mich klar ausgedrückt?«

Corajidin nickte und fühlte, wie sich sein Gesicht vor Zorn über die Schmach rötete.

»Hervorragend. Und nun solltet Ihr Euch besser zunutze machen, was die kleine tanisische Hexe für Euch vorbereitet hat.« Die Botschafterin lächelte kalt. »Wenn man bedenkt, wie viele Eurer Prinzipien Ihr bereits geopfert habt, sollte man meinen, dass Euch ein weiteres nicht mehr allzu sehr bekümmern wird.«

Mit einer knappen Geste forderte er Jhem auf, ihm zu der hermetisch verschlossenen Sänfte zu folgen, wo Wolfram und Sanojé bereits warteten. Die tanisische Hexe war schon den ganzen Tag in übler Stimmung und voll unterdrückten Zorns gewesen.

Corajidin hatte von dem Desaster an Rayz' Akademie der Schwertmeister gehört, wo irgendjemand – zweifellos ein Sēq, Indris vermutlich – eingebrochen war und vieles von dem zerstört hatte, was Sanojé nach Avānweh geschmuggelt hatte.

Aus der Nähe erinnerte Corajidin die Sänfte an Reliquien, wie sie in den Hohen Häusern aufbewahrt wurden. Ein derartig kunstvolles Behältnis enthielt normalerweise entweder einen Körperteil eines Ahnen, um nach dem Tod besser mit dem Nachkommen kommunizieren zu können, oder einen ihrer geschätzten Besitztümer. Das Hohe Haus Erebus verfügte über etwas Ähnliches; allerdings hatte Corajidin es immer vorgezogen, mit seinen Ahnen in einer reineren Art in Kontakt zu treten, was ihm durch sein Erwachen ermöglicht worden war. Doch mittlerweile waren ihm diese Methoden beinahe vollständig verwehrt.

»Was ist das?«, fragte Corajidin Jhem.

»Ich habe keinen blassen Schimmer«, erwiderte die Schwarze Schlange. »Offenbar hat Sanojés Familie Kontakt mit alten Orakeln und Wahrsagern, die in alle möglichen Arten von Geheimnissen eingeweiht sind. Sie werden Euch die Antworten geben, die Ihr bezüglich Yashamins Ermordung haben wollt.«

Corajidin deutete auf die Kiste; die Frage erübrigte sich. »Wolfram?«

»Eure Majestät.« Der knochige Hexer neigte leicht den Kopf. »Dies ist ein Chepherundi-Behältnis. Sie sind in Tanis und den Krisenstädten als Instrumente der Wahrsagerei berühmt.«

»Rahn Corajidin.« Sanojés Verneigung verbarg die Bitterkeit in ihrer Miene. »Das Chepherundi-Behältnis hat immer recht. Die Leute, die uns in der Akademie überfallen haben, haben etwas Ähnliches zerstört, wenn es auch nicht ganz so machtvoll war. Glücklicherweise wurden andere ihrer Art anderswo versteckt gehalten. Bitte bedenkt, dass die Antworten Zeit brauchen könnten. Je verschleierter die Frage, desto länger ...«

»Dann weiß dieses Ding vielleicht nicht, wer meine Geliebte getötet hat?« Corajidin hörte die Härte in seiner Stimme. Er konnte zwar die Botschafterin nicht für ihre Beleidigung zahlen lassen, aber bei seinen Helfershelfern war das etwas anderes. »Wenn du meine Zeit und mein Geld verschwendet ...«

»Die Frage wurde bereits gestellt, Eure Majestät.« Wolframs Augen leuchteten hell unter dem Gewirr aus langen, scheckigen Haaren.

»Von Mahsojhin wird die Geschichte einst als Ort Eurer Wiedergeburt berichten.« In Sanojés Stimme lag ein Hauch von Ehrfurcht. »Eine Wiedergeburt klassischen avānischen Wissens und neuer Lehren und Entdeckungen, die weit über die Grenzen hinausreichen, die die Gelehrten uns auferlegten.«

Corajidin fühlte, wie er vor Aufregung zu zittern begann. Er könnte frei sein von dem Joch, unter das die Gelehrten die Regierung gezwungen hatten. Er könnte endlich alle Bande durchtrennen, die ihn noch an die Schattenherrscherin fesselten, und das geistige Feuer der Avān wieder aufflammen lassen. Dies war sein Schicksal, seine Bestimmung. Die Orakel hatten es gesagt. Alles, was er getan, was er erduldet hatte, bestätigte die Wahrheit der Weissagung.

Ein kühler Schatten legte sich über ihn. Der Wind wurde stärker. Corajidin blickte nach Westen und sah, dass die Sonne fast schon am Horizont balancierte. Langsam machte sich Angst in ihm breit. Das Verbundenheitsritual würde in weniger als einer Stunde beginnen. Die Botschafterin hatte versprochen, dass er überleben würde, wenn er ihren Zaubertrank nahm, doch der Zweifel war sein ständiger Begleiter, wenn es um sie ging.

»Ich bin bereit«, sagte Corajidin mit so viel Bestimmtheit, wie er aufbringen konnte.

Sanojé öffnete das Chepherundi-Behältnis.

Corajidin wich unwillkürlich einen Schritt zurück. Umgeben von uralten, mit Gold und Juwelen überzogenen Waffen, Fetischen, Papierrollen, Kerzen und bestickten Bannern in leuchtend reinen Farben, saß ein Skelett auf einem goldenen Thron. In seine Augenhöhlen waren Amethyste gesetzt, und anstelle der Zähne befanden sich geschliffene Milchsteine.

Inmitten des verfilzten Haars saß eine kunstvoll gearbeitete Krone. Wo die Knochen nicht von leuchtend scharlachroter Seide umhüllt waren, sah man, dass sie mit Reihen von Schriftzeichen in Hochavān versehen waren. Außerdem hatte man sie mit Juwelen und Bändern aus wertvollen Metallen geschmückt. An jedem Finger und jeder Zehe befanden sich Ringe. Das Nachmittagslicht ließ die Augen violett leuchten, als würde Feuer in ihren Tiefen brennen.

»Was in Erebus' Namen …«, sagte Corajidin erstickt. Dies war eine Obszönität! Es war üblich, einen kleinen Teil eines Ahnen als Reliquie zu verwahren. Doch ein ganzes Skelett zu behalten und es derartig auszustaffieren, war geradezu eine Einladung für Nomaden, sich zusammenzurotten! Die Toten wurden verbrannt und ihre Asche beigesetzt. So verlangten es die Bräuche der Avān.

»Dies sind die Überreste meines Vaters Chepherundi ap Navaskar«, erklärte Sanojé andächtig. »In Tanis, wo die ältesten Bräuche der Hexenkunst nicht vergessen wurden, ehren wir auf diese Weise unsere Ahnen.«

»Das ist eine …«

»Notwendigkeit, mein Rahn«, unterbrach ihn Wolfram sanft. Der Hexer betrachtete interessiert die Überreste des Skeletts. »Dies ist das Orakel, das Euch sagen wird, was Ihr wissen wollt.«

»Das ist ein Nomade!« Corajidin kreischte beinahe. Er wandte sich zu Jhem um, doch der Mann schien weder überrascht noch sonderlich beunruhigt zu sein. »Jhem? Hast du davon gewusst?«

»Ich habe in den Krisenstädten gedient, mein Freund«, sagte die Schwarze Schlange ruhig. Doch in seinen Schlangenaugen flackerte ein Widerhall des Schreckens. »Da draußen, außerhalb von Shrīan, liegt eine andere Welt. Gewisse Überzeugungen und Vorstellungen musste ich überwinden, um zu überleben. Dem Ahnen eines Verbündeten gegenüberzutreten ist nichts, verglichen mit den Schrecken und dem Wahnsinn, den das Goldene Königreich von Manté heraufbeschwören kann.«

»Der Leichnam ist hier, Eure Majestät«, drängte Wolfram. »Er hat die Antworten, die Ihr braucht. Macht Gebrauch von ihm, solange Ihr könnt, und wenn Ihr danach nie wieder von ihm oder zu ihm sprechen wollt, so wird Euch keiner von uns vom Gegenteil zu überzeugen versuchen. Niemand sonst wird erfahren, was sich hier heute ereignet. Wenn Ihr diese Gelegenheit nicht nutzt, so fällt mir keine andere sichere Art ein, wie Ihr die Antwort auf Eure Frage finden wollt.«

Die Luft wurde noch kälter. Corajidin konnte seinen Atem sehen. Seine Haut prickelte. Ganz deutlich hatte er das Gefühl, abgeschätzt zu werden. Er wandte langsam den Kopf und blickte auf die Überreste von Chepherundi ap Navaskar.

»Mir wurde eine Frage gestellt.« Die Stimme klang wie der Wind, der über einem tiefen Brunnen summt. Obwohl sich die Kiefer des Nomaden bewegten, kam kein Laut von ihnen. Es wirkte eher wie ein Widerhall, eine Stimme in vielerlei unterschiedlichen Tonhöhen, die von überall und nirgendwo zu kommen schien. »Wer ist es, der meine Antwort hören will?«

»Meinen Dank, verehrter Ahn.« Sanojé kniete sich hin. »Ich habe um diesen Segen im Namen von Rahn Erebus fa Corajidin gebeten, der deine Tochter unter seine Schutzherrschaft genommen hat.«

Corajidin trat einen Schritt zurück, dann noch einen. Jhem legte seine Hand auf Corajidins Schulter, um ihn zu beruhigen. Dann trat er gemeinsam mit ihm vor, bis sie direkt vor dem glitzernden Nomaden standen.

»Dann bin ich es, der dir im Gegenzug etwas schuldet.«

Die Stimme im Wind war ebenso leer wie gefühllos. »Ein Geschenk für ein Geschenk. Blut für Blut. Leben für Leben. So ist der Lauf der Dinge.«

»Ich glaube nicht …« Corajidin sah die Botschafterin an, die ihn grimmig anlächelte. Wohin hatte seine Obsession ihn geführt? »Ich glaube nicht, dass ich …«

»Ihr wolltet wissen, wer Eure geliebte Yashamin getötet hat«, sagte die Botschafterin spöttisch. »Und so könnt Ihr es herausfinden. Die Toten wissen Dinge, von denen die Lebenden keine Ahnung haben.«

»Niemand hat mir gesagt, dass wir uns an einen Nomaden wenden würden!«, fauchte Corajidin, während die Wut in ihm aufflammte. »Meine Ahnen haben sich von eurer Mahj abgewandt, weil sie zur Nomadin wurde! Die Toten gehen zur Seelenquelle.«

»Das sind die Ansichten der Gelehrten«, sagte Wolfram rundheraus. »Bevor die Gelehrten an die Macht kamen, hat Sedefke selbst seine Verbundenheit mit den Toten vervollkommnet. Er, der Mann, den Ihr bewundert, war ein Hexer, bevor er zum Gelehrten wurde.«

»Und er hat niemals aufgehört, seine Verbundenheit mit den Toten zu vervollkommnen«, drängte die Botschafterin weiter. »Was genau ist das Erwachen, was glaubt Ihr, Corajidin? Ihr sprecht nach Belieben mit Euren Ahnen. Ihr handelt mit ihnen. Ihr seid sogar mit dem großen Geist Īas verbunden, wo jede Sekunde jeden Tages Lebewesen sterben! Der Tod ist eine Konstante. Welcher Unterschied besteht zwischen einem Geist in der Seelenquelle und einem, der an der Existenz und dem Erleben hängt – wie Ihr! Ihr müsst endlich die Augen öffnen, wenn Ihr Eure kulturelle Wiedergeburt und den Einsatz der Hexen als Verbündete ernst nehmen und Eure Ziele erreichen wollt.«

Ihre Worte waren wie Schläge, die auf Corajidins Gewissen niederprasselten. Er starrte sie an, und sein Verstand und die Vernunft rangen mit Jahren der Konditionierung.

»Denkt darüber nach, Corajidin«, sagte die Botschafterin. Sie trat näher, eine Frau, die für tot gehalten worden war, sich stattdessen jedoch einer tiefgreifenden Verwandlung unterzogen hatte.

Wolfram sah Corajidin an, und seine Wolfsaugen leuchteten hell, als er nickte. Corajidin griff in die Falten seines Mantels und berührte den glatten Bernstein von Yashamins Reliquienmaske. Gerade jetzt brauchte er ihre Klugheit. Und doch war die Maske einfach nur eine Maske, und ihre Stimme war nicht zu hören und half ihm nicht mit klugen Ratschlägen weiter.

Verzweifelt sandte er seinen Erwachten Geist aus, um zu sehen, ob es da irgendeine fortbestehende Verbindung mit seinen Ahnen gab. Die Schleier zwischen den Welten verwandelten sich in einfarbige Blitze, wie Mondlicht auf dahinstürzendem Wasser. Sosehr er es auch versuchte, ihm gelang keine Zusammenkunft mit den Ahnen. Seine Ohren waren taub für alles, was sie ihm vielleicht zu sagen hatten.

Er taumelte auf den Nomaden in der Sänfte zu. Schatten wuchsen dort im schwindenden Licht des Nachmittags. Das wenige noch vorhandene Licht schimmerte kalt auf den Juwelen, Edelmetallen und beschrifteten Knochen. Ohne sich groß um die Folgen zu kümmern, griff er nach der offenen Tür der Sänfte und steckte den Kopf hinein.

»In Ordnung, du totes Ding«, knurrte er. »Um etwas Neues anzufangen, muss ich etwas Altes beenden. Dann erzähl es mir. Sag mir, wer Yashamin die Kehle durchgeschnitten hat, und lass uns mein neues Zeitalter mit einem Akt der Rache beginnen!«

Die Antwort wurde so leicht gegeben, wie die Frage gestellt worden war.

»Es war Rahn Selassin fe Vahineh, die deine Frau getötet hat.«

Prinzipien, die ihm einst so viel bedeutet hatten, das Fundament, auf dem er das Haus seines Lebens errichtet hatte, erschienen ihm nun wie Steine, die sich in seine Stiefel verirrt hatten. Eine solide Grundlage, die im Laufe der Jahre mit jedem weiteren Kompromiss und Verrat zerbröckelt war. Und heute war der Höhepunkt seiner Abkehr erreicht. Er hatte die gefangenen Hexen freigelassen – sie waren nicht weniger als Feinde der Nation! –, hatte mit einem Nomaden verhandelt, und jetzt würde er auch noch das Handwerkszeug der Ödnis einsetzen, um ein erfolgreiches Verbundenheitsritual vorzutäuschen.

Zweifellos musste er dafür irgendwann bezahlen, doch wenn es ihm gelang, die Avān zu vereinen und ihnen ihren Platz in der Welt wiederzugeben, würde er sich dem Urteil der Geschichte und seiner Ahnen stellen.

Doch jetzt musste er das Verbundenheitsritual durchführen.

Natürliche Steinsäulen ragten bis zu der fernen zerklüfteten Decke der Höhle hinauf, die den Namen *Elhas Shion* trug – das Ahnenherz. Kristalle in dem lebenden Fels reflektierten die Lichter der *Ilhen*-Säulen, sodass sie wie Sterne in der Tiefe funkelten. Die Luft war dumpf und feucht. Wasserkaskaden, die wie leuchtende Bahnen aus Kristall wirkten, strömten aus Dutzenden von Felsspalten in höher gelegene Becken. Von dort aus speisten sie zahllose kleinere Ströme, die wiederum auf dem Weg zu dem rot getönten Becken waren, das das Herzbassin füllte. Andere schossen hoch in die Luft und verwandelten sich dort in schweren Dunst. Die Geräuschkulisse war sagenhaft. Corajidin fühlte, wie das Getöse der Welt gegen ihn prallte. Es trommelte auf seine

Haut, schlug durch seine Stiefel und ließ seinen gesamten Körper vibrieren.

Unwillkürlich zog er den Kopf ein, da er das ungeheure Gewicht des Bergs über sich zu spüren vermeinte. Kasraman neben ihm stand stumm vor Staunen da, obwohl es nicht das erste Mal war, dass er mit seinem Vater ins Herz kam.

Der Pfad vor ihnen führte in das rötliche Wasser hinein. Auf halbem Weg zwischen diesem Ufer und der anderen Seite befand sich eine *Ilhen*-Säule, auf der eine steinerne Schale von der Größe eines Männerkopfs thronte. Das Verbundenheitsbecken. Eine grob glasierte Geode, die der Legende nach von Sedefke höchstpersönlich in zwei Teile gebrochen worden war. Die eine Hälfte war noch hier, die andere lag in der großen Schatzkammer von Mediin verschlossen und wartete dort auf ihren Einsatz beim Krönungsritual des Mahj. Eines Tages, bald schon, so hoffte Corajidin, würde er auch aus dieser anderen Hälfte trinken.

Auf Felsvorsprüngen über ihm, teilweise in Dunst und Lichtfraktale gehüllt, die durch die Feuchtigkeit auf seinen Wimpern entstanden, befanden sich die Zeugen. Corajidin konnte das Schwarz-Weiß-Grau von Kiraj, dem Wächtermarschall, erkennen. Die schweren violetten Falten von Padashins Robe, des Kanzleimarschalls. Rahn Narseh, seine einzige Freundin unter den Zeugen, in ihrer graugrünen Rüstung und der Robe des Marschallsritters. Und schließlich die hochmütige Femensetri, ein Schatten unter Schatten. Ihr Seelenstein mit der schwarzen Korona flackerte, und das Hexenfeuer in ihrem Gelehrtenstab schimmerte wie Mondlicht.

»Trink, Vater!«, drängte Kasraman.

Sein Sohn nahm Corajidins Kopf in die Hand und zog ihn dicht zu sich heran. Doch selbst mit aneinandergelegten Köpfen musste Kasraman die Stimme heben, um sich verständlich zu machen. »Täusch einen Moment der frommen Reue vor. Ich werde mich zwischen die Zeugen und dich stellen, damit sie nichts sehen können.«

Corajidin lächelte seinen Sohn dankbar an, während er auf die Knie fiel. Kasraman stand vor seinem Vater, Jacke und Robe feucht von der Gischt.

Mit Händen, die ebenso sehr aus Angst wie auch vor Schmerz und Erschöpfung zitterten, zog Corajidin den Stöpsel von der Flasche. So nahe an der Quelle des Wassers des Lebens flackerten die winzig kleinen Lichtpartikel, die in einer blauen Suspension schwammen, und begannen zu glühen. Überrascht sah er zu Kasraman hoch, der näher an seinen Vater herantrat, um das immer heller werdende Glühen zu verbergen.

»Bei Erebus' Liebe, trink, bevor die anderen es sehen!«, schrie Kasraman beinahe in dem Getöse.

Corajidin kippte den Inhalt des Glasfläschchens in einem Zug hinunter.

Es gab keine Vorwarnung. Es war wie eine Explosion, die auf seiner Zunge begann und dann die Speiseröhre hinunterschoss. Feuer brannte in seinen Adern, mit einer Wildheit, dass Corajidin das Gefühl hatte, seine Blutgefäße würden sich jeden Moment durch die Haut und seine Kleiderschichten brennen. Er zitterte am ganzen Körper. Ein leiser Luftzug umschmeichelte ihn, spielte auf ihm wie auf einer Sonesette. Zupfte an seiner Männlichkeit. Er konnte das Flimmern der Welt sehen und das Flackern aller anderen Welten, die in einer endlosen Symphonie aus Licht und Ton und Bewegung auf die ihre trafen. Es gab so viel zu sehen. Seine Augen begannen zu flimmern, im Takt mit Millionen von Nadelstichen, Explosionen der Lust in seinem Kopf, die wie Blüten in seinen Augen aufflammten …

Erfüllt von Licht, sprang er auf die Füße. Kasraman sah

erschrocken aus, doch Corajidin kümmerte es nicht weiter, wovon sein Sohn soeben Zeuge geworden war. Er fühlte sich, als könnte er den Berg allein kraft seiner Gedanken beiseiteschieben. Er könnte das große Bassin des Ahnenherzens leer trinken. Die Stimmen seiner Ahnen sangen in seinem Kopf. Er fühlte die Gräser der Erebus-Präfektur, die sich in der Brise bewegten, er sah durch die Augen des Falken, während er über den Himmel segelte, rannte mit den Pferden, als sie über die Felder donnerten. Und mehr. Und noch mehr, so viel mehr. So fühlte es sich an, wenn man erwachte!

Corajidin schritt nach vorn. Das rot getönte Wasser des Lebens umwirbelte seine Fußknöchel. Im Gegensatz zu anderen Jahren, als das Wasser auf seine Berührung hin nur geschillert hatte, begann es diesmal zu leuchten, als würde der Mond darin aufgehen. Blaugrünes Licht flammte rings um ihn auf und entzündete das Wasser meterweit in alle Richtungen.

Hüfttief in dem reinen Gewässer, das die Avān das Blut der Welt nannten, nahm Corajidin das Verbundenheitsbecken auf. Die Geode fühlte sich warm an in seiner Hand. Der Kristall schimmerte als Reaktion auf seine Berührung. Ohne zu zögern, tauchte er die Geode ins Wasser und füllte sie bis zum Rand.

Das Verbundenheitsbecken war heiß, was er noch niemals zuvor wahrgenommen hatte. Wassertröpfchen landeten auf seiner Hand und bildeten kleine Bläschen auf der Haut, die jedoch beinahe sofort wieder heilten. Als der Dunst die bloße Haut seines Gesichts, des Nackens und der Hände küsste, fühlte er ein Brennen wie von Nesseln. Verunsichert hielt er inne. Dies hier war die größte Prüfung, die seine Leute kannten: Man stellte sich der Macht Īas und wurde akzeptiert oder vollständig zerstört, Todesqualen und Wahnsinn ausgeliefert, bis irgendjemand für ein schnelles und gnädiges

Ende sorgte. Es war in der Vergangenheit schon geschehen; er hatte es gesehen.

Und doch, wenn er nicht trank, dann gab er damit zu, dass er mit einem Makel behaftet war. Er war zu weit gekommen, um jetzt davonzuschleichen und alles zugunsten seines Nachfolgers aufzugeben. Nein! Was auch immer geschah, Corajidin würde Asrahn werden, wie sein Vater und andere Vorfahren vor ihm. Wenn sie ihn sahen, würden sie wissen, dass er sich mit ihnen messen konnte. Er musste darauf vertrauen, dass die Botschafterin alles in ihrer Macht Stehende getan hatte, um sein Überleben zu sichern.

Er hob die zerbrochene Geode an seine Lippen und trank ihren Inhalt, verzweifelt darauf bedacht, das Ritual so schnell er konnte hinter sich zu bringen.

Trotz des Tranks der Botschafterin konnte das Bewusstsein Īas nicht vollständig getäuscht werden. Sein Magen verkrampfte sich, und Gallenflüssigkeit brannte in seiner Kehle, während etwas von der Flüssigkeit durch seine zusammengebissenen Zähne wieder herausrann. Nein! Auf keinen Fall durfte er das Wasser des Lebens ausspucken, sonst war er gescheitert. Die Venen an seinem Handrücken traten hervor wie schwarze Stränge, sie hoben sich Zentimeter um Zentimeter, während das Wasser des Lebens durch das geschwächte Gefäß seiner Seele strömte.

Corajidin knallte das Becken zurück auf seine Säule, wo es einige Herzschläge lang schaukelte und beinahe hinunterstürzte. Wieder verkrampfte sich sein Magen, und seine Beine zitterten. Er wollte – musste – seine Blase und Eingeweide leeren, um das Wasser des Lebens aus seinem Körper herauszubekommen. Erbrochenes füllte seinen Mund. Aber die anderen durften nichts davon sehen, nichts davon wissen.

Trotz der Schmerzen weigerte er sich aufzugeben. Er

hatte zu viel von seiner Ehre, zu viel von seiner Integrität im Namen der Macht geopfert, um jetzt aufzuhören.

Corajidin zwang sich, aufrecht zu stehen, und konzentrierte sich darauf, einen Schritt nach dem anderen in Richtung Bassinrand zu machen. Dort, außer Sichtweite der Zeugen, riss er sich hektisch die Kleider vom Leib, bevor er sich selbst beschmutzte. Heftig erbrach er das Wasser des Lebens, und das klare Wasser war rot gefärbt von seinem Blut.

Kasraman half ihm mit ausdruckslosem Gesicht, sich zu säubern. Corajidin sah auf die geschwärzten Ränder seiner Finger- und Zehennägel hinab und auf die neuen Risse an seinen Händen. Als er ihn fragte, antwortete Kasraman pflichtbewusst, dass mehr Weiß in Corajidins Haar war und sein Gesicht nun eingefallener wirkte, mit tief in den Höhlen liegenden Augen. Es war das Gesicht eines Wahnsinnigen oder eines Propheten. Und doch war es das Gesicht eines lebenden Mannes.

»War es das wert?«, fragte Kasraman.

»Ich bin am Leben, und ich habe weitere fünf Jahre, bevor ich das wieder tun muss«, krächzte Corajidin. *Es sei denn, ich bekomme alles, was ich will, und ändere die Gesetze, die uns an die Sēq und ihre Traditionen binden!* Der Trank der Botschafterin arbeitete bereits an seiner Heilung, aber der Schmerz war noch immer lähmend. »Ich würde es morgen wieder trinken, wenn es mir zum Erfolg verhilft; allerdings hoffe ich, dass ich es nie wieder tun muss.«

Es dauerte eine Weile, bis er seinen schmerzenden Körper wieder in die komplexen Falten und Schichten seiner Kleidung zurückbefördert hatte. Sein Sehvermögen war schlecht, besserte sich jedoch von Minute zu Minute.

Gemeinsam schritten Corajidin und sein Erbe durch den kurzen Korridor, der zum Tyr-Jahavān führte, zur Versammlung und der bevorstehenden Antrittsabstimmung. Die Zeugen hatten gesehen, wie er Īas härteste Prüfung bestanden hatte. Und jetzt war der Zeitpunkt gekommen, um die Prüfung durch den Hochadel hinter sich zu bringen, eine Prüfung, deren Ausgang er hoffentlich ebenfalls zu seinen Gunsten hatte verfälschen können.

Ein geschwächter Corajidin erreichte als Letzter den Tyr-Jahavān, obwohl er sich bereits etwas stärker fühlte als beim Verlassen des Ahnenherzens. Zu sehen, wie viele Stühle leer waren, entsetzte ihn. Zu viele Berater waren der wichtigsten Abstimmung in fünf Jahren ferngeblieben.

Siamak akzeptierte verhalten die Glückwünsche seiner Freunde, als er zum Rahn Bey fa Siamak erklärt und die Bey-Präfektur wieder seiner Obhut übergeben wurde. Die Beys hatten ihre Präfektur seit beinahe fünf Jahrhunderten nicht mehr regiert, und der hünenhafte Mann stand stolz aufgerichtet unter dem Hochadel. Nun war da ein … Staunen in ihm. Seine Augen leuchteten heller, während er tiefer blickte als jemals zuvor. Sobald er Avānweh verließ, würde Siamak zu seiner Präfektur zurückkehren und dort die Einheit mit dem Bewusstsein Īas erreichen. Er würde seinen Körper, Geist und Seele an die Länder binden, die er und seine Nachkommen nun für Generationen regierten. Es war eine wirkliche Heimkehr für den Mann, eine, über die seine Ahnen zweifellos glücklich waren.

Corajidin erinnerte sich noch immer an das Wunder seiner ersten Vereinigung, als er unter den Sternen und dem Ahnenschleier gewandelt war, barfuß durch Schnee, Felder und Sand, und die ganze Zeit über hatte er das Bewusstsein Īas und die Gegenwart seiner Ahnen gespürt, die in ihm aufblühten. Alles war schärfer umrissen gewesen: sein Seh- und Hörvermögen, der Duft der Kiefernnadeln und des Grases unter seinen Füßen. Es gab nichts, womit er das Gefühl hätte vergleichen können, wenn er Blumen durch seine Berührung zum Wachsen und Blühen brachte, oder wenn er das Leben in den Weizenfeldern *fühlte*, während er sie allein unter den mondbeschienenen Himmeln durchwanderte. Von Anfang an hatte er gewusst, wie er Stürme herbeirufen, Fluten verursachen, den Wasserpegel senken, das Vieh heilen konnte … mit äußerster Anstrengung hätte er sogar die Toten erwecken können, wenn er das gewollt hätte – *Yashamin!* –, aber er hatte es nie getan. In jenen Tagen hatte es Formen des Missbrauchs gegeben, vor denen er immer noch zurückgeschreckt war. Aber die Zeiten wie auch die Bedürfnisse änderten sich.

Er beneidete Siamak um die Erfahrung, die ihm bevorstand, während er gleichzeitig um seine Verbindung mit der eigenen Präfektur bangte.

Roshana und Nazarafine wurden in ihrer Stellung bestätigt, was nicht weiter überraschte. Corajidin konnte sich kaum zurückhalten, als die sabbernde, unzurechnungsfähige Vahineh ebenfalls bestätigt wurde. Es war eine Verhöhnung der Bräuche, dass sie überhaupt für die Prüfung zugelassen worden war, ganz zu schweigen von der beleidigenden Tatsache, dass sie auch noch bestanden hatte.

Er starrte zu Vahineh hinüber. Die Rahn Selassin saß auf einem Stuhl und wiegte sich vor und zurück, während sie ihre Fingernägel blutig kaute. Corajidin bezweifelte, dass die schwachsinnige Frau die Geistesgegenwart besitzen würde, heute mit abzustimmen. Doch Nazarafine und Roshana wollten sie mit dabeihaben, nur für den Fall. *Ihr wollt sie im Auge behalten, was? Ihr, die ihr die ganze Zeit über gewusst habt, was Vahineh getan hat, und es geheim gehalten habt! Auch euch wird meine Rache noch treffen.* Das Verbundenheitsritual hatte weder Vahinehs zerrütteten Verstand geheilt noch sie getötet. Corajidin ging davon aus, dass eine Suche nach der Einheit mit den Ahnen sie vermutlich töten würde. Oder, in einem Fall von kosmischer Ironie, könnte die Seele der Welt vielleicht sogar das zerstörte kleine Püppchen von ihren Gebrechen heilen. Das Letzte, womit er sich herumstreiten wollte, waren die Schatten von Ariskander und Vashne, die sich in das Bewusstsein ihrer Erben schlichen und ihnen die Wahrheit über ihre Ermordung zuflüsterten.

Corajidins Kehle schnürte sich erneut vor Trauer zusammen. Wenn er nur irgendeinen Beweis hätte, würde er ein *Jahirojin* gegen das Hohe Haus Selassin verkünden und sie vom Angesicht Īas fegen. Doch Geheimnisse, die einem ein Nomade in den zugigen Ruinen von Mahsojhin erzählte, konnte man nicht vor die Wächter oder den Teshri bringen.

Vahineh würde für ihr Verbrechen sterben. Es würde nicht nur geduldet werden, es wäre praktisch ein Akt der Barmherzigkeit.

Corajidin beugte sich vor, als Jhem über den Marmorboden zu ihm herübergeschritten kam. Die Miene des ehemaligen Verbannten war nachdenklich, als er sich auf die kalte Bronzekugel neben Corajidin setzte. Die beiden Männer beugten sich näher zueinander, um reden zu können.

»Keine Spur von unseren vermissten Verbündeten«, murmelte Jhem. Es war unmöglich zu sagen, was er fühlte.

»Und die Föderalisten, die fehlen?«

»Die Abwesenheit von einigen lässt sich leicht erklären. Das war ich selbst, Nadir, Ravi, Nix und noch ein paar mehr. Die *Kherife* haben Irajs Leichnam heute Morgen unter dem Naje-dar Viadukt gefunden, nicht weit von seiner Villa auf dem Huq am'a Jarhen.« Jhems Lippen dehnten sich in einem zufriedenen Lächeln über seine Zähne. Für einen Augenblick waren die Spitzen seiner braun gefleckten Fänge zu sehen. Ein wildes Glühen leuchtete in den Augen des Mannes, das Corajidin zu denken gab. »Sie werden im Laufe der Nacht zweifellos noch andere finden. Es wird so aussehen, als hätten auch die Föderalisten ihre Messer gezogen. Doch da sind noch andere. Es gibt Gerüchte von Körpern, die in Stücke zerfetzt wurden. Man hat ihnen die Kehlen und die Herzen herausgerissen. Jemand wollte heute Blut sehen.«

»Wenn ich raten müsste, würde ich sagen, es war Roshana, die versucht, ihre Siegeschancen zu erhöhen«, sagte Corajidin. Er sah zu der Frau mit dem kantigen Kiefer und den breiten Schultern hinüber. Sie war erst wenige Wochen zuvor Erwacht und zeigte doch schon viel von der Stärke ihres Vaters. Dennoch – egal, was er gerade zu Jhem gesagt hatte – bezweifelte er, dass sich Roshana zu derartig brutalen Morden würde hinreißen lassen.

Während sein Geist auf den dunklen Pfaden des Blutvergießens wandelte, blickte Corajidin zu der Stelle hinüber, wo die stärksten der zurückgekehrten Verbannten saßen. Tahj Shaheh und Feyd saßen neben Nix und Sanojé, die den durch Inzucht gezeugten Mann mit glühendem Blick betrachtete. *Nix glich seinem Vater so sehr. Er spann seine Netze und sah zu, wie sich die Leute darin verfingen.*

»Es wäre gut, wenn du Nix im Auge behalten würdest«, sagte Corajidin. Er verzog die Lippen, als hätte er einen schlechten Geschmack im Mund, den er nicht loswerden konnte.

»Ein Messer in ihm versenken, meint Ihr?« Jhems Augen blieben tot, und es war klar, dass er keine Witze machte.

»Irgendwann später. Ich traue Nix nicht, und seinem Vater traue ich noch weniger. Aber, Jhem, was habt ihr getan? Ich war sicher, dass die Antrittsabstimmung in meinem Sinne verlaufen würde. Ich kannte ja schon alle beteiligten Mitspieler. Jetzt sind die Karten neu gemischt worden.«

»›Stellt niemals eine Frage, wenn Ihr es Euch nicht leisten könnt, die Antwort zu hören‹«, sagte Jhem. Seine Miene war leer. »Ihr selbst habt gesagt, wir sollen tun, was nötig ist, um

Euch an die Macht zu bringen. Und es ist besser, Ihr wisst nichts von dem, was wir getan haben. Nur für den Fall, dass sich die Mienenleser aus Kaylish an Euch versuchen wollen. Oder, schlimmer noch, die Inquisitoren der Sēq.«

»Hast du mir noch irgendetwas zu sagen?«, fragte Corajidin kurz angebunden, da er das Gespräch mit Jhem nicht länger ausdehnen wollte als unbedingt nötig. Der Gedanke an die Inquisitoren der Sēq ließ ihn unruhig auf seinem Sitz herumrutschen.

»Nichts, das Ihr hören wollt. Aber denkt daran, unter uns befinden sich Leute, die alles tun können, würden und werden, um ein neues Shrīan mit Euch an der Spitze zu gründen. Wir werden Euch zum Asrahn machen, Erebus fa Corajidin. Im Gegenzug werdet Ihr uns danken, indem Ihr uns enger an Euer Hohes Haus und den Thron bindet. Wir alle werden zu Größe aufsteigen, oder wir alle stürzen bei dem Versuch.«

Erinnerungen flammten in Corajidin auf. Er sah gespenstische Riten. Die Weissagungen in Wolframs Kammern in Amnon. War Jhem ein Beauftragter des Schicksals? War der Mann in seiner Reuelosigkeit und Zielstrebigkeit hier, um den Weg für Corajidins Schicksal zu ebnen?

Corajidins Grübeleien wurden durch Bewegung in der Arena unterbrochen. Padishin, der Kanzleimarschall, schlug mit der metallenen Scheide seines *Dionesqa* auf den Marmorboden. Er nickte seinen Funktionären zu, die eilig die Stimmen der Ratgeber einzusammeln begannen. Jeder Funktionär trug eine verschlossene Holzkiste mit einem Schlitz im Deckel bei sich.

Die Regeln der Antrittsabstimmung waren sowohl einfach als auch tief verwurzelt. Mit nur zwei Hauptfraktionen gab es wenig Komplikationen bei der Stimmverteilung. Man war entweder Imperialist oder Föderalist, oder man hatte seine Stimme im Gegenzug für irgendeinen Gefallen der einen oder der anderen Fraktion versprochen. Nur der Rahn eines Hohen Hauses konnte zum Asrahn nominiert werden. Jede Stimme für Vahineh wäre komplette Verschwendung gewesen. Die Imperialisten hatten ihn und Narseh, und es war kein Geheimnis, dass Narseh alle Stimmen, die sie bekam, an Corajidin weitergeben würde. Narseh hatte klargemacht, dass sie mit ihrer Stellung als Marschallsritter zufrieden war und nicht nach höheren Ämtern strebte. Wenn Corajidin das Rennen machte, wäre Narseh Asrahn-Erwählte, egal, ob ihr das gefiel oder nicht. Es gab keine andere Wahl.

Die Auswahl unter den Föderalisten war komplexer. Nazarafine war ein erfahrener Rahn und seit beinahe fünfzehn Jahren Volkssprecherin. Sie war eine begabte Diplomatin, bisher aber bei jeder Gelegenheit vor dem Thron zurückgeschreckt. Roshana war erst vor Kurzem Erwacht, doch war sie die Tochter Ariskanders, der sein gefährlichster Gegner gewesen wäre und der wahrscheinlichste Kandidat für das Amt des Asrahns. Corajidin hatte gehört, wie sich die anderen unterhalten und gesagt hatten, wie viel von Ariskander sie in Roshana wiedererkannten, obwohl Roshana härter und anfälliger für übereilte Handlungen war als ihr Vater. Siamak war neu, aus einer erlesenen und ehrenhaften Linie, und er hatte Far-ad-din treu gedient. Und doch war es Jahrhunderte her, seit ein Bey zum Rahn ernannt worden war. Corajidin hoffte, Roshana würde nicht zur Anführerin der Föderalisten gewählt werden, geschweige denn zum Asrahn. Die Frau konnte gefährlich werden und die Auseinandersetzung mit ihr schwierig. Vor allem, wenn sie schließlich Zugang zu der Einsicht und Weisheit bekam, für die ihr Vater verehrt worden war. Es war nur eine Frage der Zeit, bis sie wahrhaft eindrucksvoll werden würde.

Mit einem trockenen Rascheln glitten die Formblätter in

die Boxen. Einige Berater, die wichtigtuerischer waren als die anderen, verursachten Verzögerungen, weil sie erst in letzter Minute ihren Stimmzettel versiegelten. Corajidin unterdrückte ein Schnauben, als einige der Berater ihre eingerollten Stimmzettel in die Wahlkästen schleuderten, als wären sie Speere. Als könnten sie es nicht erwarten, die Dinger loszuwerden.

Sobald die Stimmkästen wieder beim Kanzleimarschall gelandet waren, verließ dieser die Versammlung, um zu zählen.

Zwei Stunden später, als die Stimme des Kanzleimarschalls alle leeren Räume und Winkel des Tyr-Jahavān erfüllte, setzte sich Corajidin abrupt auf. Es musste ein knappes Ergebnis gewesen sein, wenn die Auszählung so lange gedauert hatte.

Kein sehr beruhigender Gedanke.

Die Verbannten, die zurückgekehrt waren, hatten größtenteils Ländereien in der Kadarin- und Erebus-Präfektur überschrieben bekommen. Corajidin schöpfte Mut aus der Tatsache, dass die Zahl der Imperialisten im Unterhaus des Teshri angestiegen war. Selbst wenn das Oberhaus von den Föderalisten kontrolliert würde, hätte Corajidin noch immer viel Einfluss auf die Entscheidungen der Regierung. Er schwelgte in Gedanken an den Zins, den seine eigenen Sayfs für sein Patronat bezahlen würden; allerdings fragte er sich, wie viele ihn im Stich gelassen hatten, da die Abstimmung so lange gedauert hatte.

Die Sitze des Magistrats wurden genannt; es hatte keine Änderungen gegeben, was ihn nicht weiter überraschte. Narseh war noch immer Marschallsritter und seine Verbündete, während Femensetri als Gelehrtenmarschall eine bekannte Größe war, mit der er umzugehen wusste. Die anderen würden nicht viel Einfluss nehmen; es waren größtenteils Bürokraten, die die politischen Richtlinien eher befolgten, als dass sie sie geformt hätten.

Während die Ergebnisse verlesen wurden, fühlte Corajidin, wie sich die Spannung in ihm aufbaute und mit dem Schmerz in seiner Brust verschmolz. Seine Augen fühlten sich heiß und fiebrig an. Jhems Gegenwart bot auch nur wenig Trost. Narseh verschränkte ihren Blick mit seinem zum Zeichen ihrer Unterstützung. Mit jedem Moment, der verstrich, schienen seine Verbündeten näher zu rücken, ein Eindruck, der durch die steigende Spannung entstand, während er auf die letzte Abstimmung für den Asrahn wartete.

Eine Überraschung gab es, als der Volkssprecher ernannt wurde. Nazarafines Mund klappte ungläubig auf. Sie sah ihre Freunde an, offensichtlich unter Schock, und dann mit einer dunklen Vorahnung hinüber zu Corajidin. Der Joker-Kandidat Sayf Cesare von den Ashion, ein ygranischer Auswanderer, wurde ernannt. Corajidin kannte seinen Ruf. Unglücklicherweise war er ein moralischer, ehrlicher Mann, der mit dem Himmelslord von Avānweh blutsverwandt war. Außerdem galt er als verfluchter Föderalist. Andererseits war er unerfahren, also würde man erst mit der Zeit sehen, wie gut er die Stimme des Staats repräsentierte.

Corajidin fühlte sich, als hätte ihm jemand einen Magenschwinger verpasst, als Rahn Näsarat fe Roshana zur Anführerin der Föderalen Partei ernannt wurde, mit Siamak als Stellvertreter. Die Enttäuschung wurde ein wenig gemildert, als er zu Nazarafine hinübersah. Sie schien bei dem Schlag ganz in sich zusammenzuschrumpfen und sah ihrerseits schief zu einer durch und durch zufriedenen Roshana hinüber. Siamak blickte schuldbewusst drein und vermied es, Nazarafine in die Augen zu sehen. Das Gesicht der stämmigen Frau rötete sich, entweder vor Verlegenheit, oder vor Zorn wegen eines unerwarteten Verrats. Er schlug sich mit der Handfläche gegen die Brust zu Ehren von Roshanas Ernennung. Sosehr er sie auch wegen ihrer Abstammung hasste, er hatte Respekt vor ihrem Ehrgeiz.

Corajidin presste die Hände so fest zusammen, dass sie schmerzten, als das letzte Ergebnis bekannt gegeben wurde.

Der Tyr-Jahavān erzitterte unter dem heftigen Applaus. Stampfenden Füßen, erleichtertem Lachen. Entrüstung. Gejohle. Corajidin ließ den Lärm über sich hinwegspülen. Er fühlte, wie er in lauten Wellen gegen ihn schlug.

Er war Asrahn! Oder würde es nach der Krönungszeremonie in zehn Tagen sein. Aber mit der Unterstützung seiner Imperialisten und anderer, die Gefälligkeiten erschmeicheln wollten, konnte die Arbeit schon jetzt beginnen.

Seine Beine zitterten, während er von seinen Anhängern nach vorn geschoben wurde. Sie traten aus dem hellen Tyr-Jahavān hinaus in den dunkelblauen Bergschatten.

Endlich würde er in die Fußstapfen seines Vaters treten. Er würde ihm an der Seelenquelle in die Augen sehen können, wenn seine Zeit gekommen war, und wissen, dass sie beide eine Nation regiert hatten.

Draußen warteten Kasraman und Belamandris mit stolzen Mienen. Er umarmte seine Söhne. Einen Moment lang wünschte er sich, dass Mariam bei ihnen wäre. Ihm war schwindlig. Der Lärm schien wie aus weiter Ferne zu ihm zu dringen. Die Finger seiner linken Hand begannen zu kribbeln, als sich ein tiefer Schmerz in seinem linken Arm und der Brust ausbreitete, und …

Kapitel 10

»Dunkelheit ist der natürliche Zustand des Universums. Licht ist flüchtig und tröstlich und mag die dunkelsten Winkel all dessen erhellen, was wir kennen. Doch wenn das Licht verschwunden ist, so ist es immer die Dunkelheit, die bleibt.« Aus Die Dunkelheit draußen *von Sedefke, Erfinder, Entdecker und Philosoph (751. Jahr des Erwachten Imperiums)*

350. Tag im 495. Jahr der Shrīanischen Föderation

Blickte man von dem schnabelförmigen Balkon des Himmelsraums hinab, so war Avānweh eine Schale mit bunten Sternen, die von schattigen Fingern umfasst wurde. Indris stand im Wind und lauschte auf die Gesänge, die in Fetzen zu ihm heraufdrangen. Es würden dunkle Tage kommen mit Corajidin als Asrahn. Als würde jemand seine Gedanken hören, flackerten Blitze auf der anderen Seite der Himmelsseen auf. Der Geruch nach Gewitter und Salz hing in der Luft.

»Ich habe mich gefragt, ob es sich lohnt hinunterzuspringen«, ertönte Femensetris barsche Stimme hinter ihm.

»Lasst es mich wissen, wenn es bei Euch klappt«, murmelte Indris. »Es ist vielleicht weniger schmerzhaft als das, was uns hier bevorsteht.«

»Das liegt in deiner Verantwortung, Junge.«

»Tatsächlich?« Indris täuschte Desinteresse vor, um seinen Ärger zu verbergen. Zehn Tage noch bis zum neuen Jahr, dann würde Corajidin seine fünfjährige Amtszeit antreten. Was in der Zwischenzeit geschah, war ungewiss, doch Indris erwartete, dass es starke Spannungen geben würde. Zweifellos würde noch mehr Blut fließen, bis der nächste Morgen anbrach. »Wie geht es Nazarafine? Es muss eine ziemliche Enttäuschung für sie gewesen sein.«

»Du hättest …«

»Corajidin töten sollen?«, vollendete Indris gereizt. Er warf seiner einstigen Lehrerin einen vernichtenden Blick über die Schulter zu. Sie war eine windgepeitschte Silhouette im Gegenlicht der Lampen. »Das habe ich jetzt schon oft gehört. Meiner Meinung nach bin ich aber nicht die einzige *faruqe* Person in diesem Land, die etwas tun kann! Du oder jeder andere hätte Corajidin auch eine Klinge zwischen die Rippen stoßen können!«

»Das ist es, wofür du ausgebildet wurdest.«

»Das ist es, womit ich aufgehört habe.«

»Wir erinnern uns noch gut daran, wie du dich in Amnon daran gehalten hast«, sagte sie mit einem sarkastischen Lächeln. Sie kam herüber und stellte sich neben ihn. Auf ihren Gelehrtenstab mit den flackernden blaugrünen Funken gestützt, blickte sie über den Rand des Balkons. »Du vergießt gern Blut, vorausgesetzt, es dient deinen eigenen Zwecken.«

»Und nur, wenn ich keine andere Wahl habe. Deine Ziele waren auch sehr lange Zeit die meinen, *Sahai*. Sie haben mir in der Hauptsache Leid eingebracht.«

»Du wirst es vielleicht nicht glauben, aber mir lag immer nur dein Wohlergehen am Herzen. Deine Mutter und ich waren Freundinnen, Indris. Ich habe ihr geschworen, dass ich alles in meiner Macht Stehende für dich tun würde.«

»Gehört dazu auch, die Wahrheit vor mir geheim zu halten? Wie zum Beispiel, mir zu verheimlichen, wer meine Eltern eigentlich waren?«

Sie kratzte sich am Kopf und brachte dabei ihr windzerzaustes Haar noch mehr durcheinander. »Ich habe dir alles gesagt, was ich sagen kann. Es gibt vieles im Leben deiner Mutter, worüber ich nicht Bescheid weiß. Diese Antworten findest du höchstwahrscheinlich in Pashrea, bei den Sussain.«

Indris schnaubte. Er war nach Mediin gereist, hatte jedoch mit niemandem aus dem Parlament der Unsterblichen gesprochen. Er hatte seine Gegenwart geheim gehalten, während er und Shar sich damals auf die Suche nach Anjel-din konzentriert hatten. »Kannst du mir irgendetwas über meinen Vater erzählen?«

»Natürlich gab es viele Gerüchte und Unterstellungen.«

Indris dachte, dass da ein seltsamer, beklommener Unterton in Femensetris Stimme lag. Er öffnete schon den Mund, um eine weitere Frage zu stellen, wurde jedoch mit einer Geste von ihr daran gehindert.

»In Pashrea leben einige der ältesten überlebenden Mitglieder der Avānischen Rasse, darunter ein paar Ersten Blutes wie ich selbst und mein Zwillingsbruder Kemenchromis. Aber nein. Die Wahrheit ist, ich weiß wirklich nicht, wer dein Vater ist.«

»Aber du hast eine Vermutung, oder nicht?«

Der Wind nahm zu und brachte die ersten Vorboten des Regens. Femensetri machte ihm ein Zeichen, mit ihr hineinzukommen, und verließ den ungeschützten Balkon.

Dahinter befand sich eine große, natürliche Kammer im Berghang mit zahlreichen unregelmäßigen Korridoren, die von ihr abgingen. Einer führte zu einer langen Treppe, die die Bergseite entlanggebaut war. Ein anderer ging nach draußen zu einem Pfad, der durch eine von Grünspan befleckte Überdachung geschützt wurde und zur Gondelstation führte. Andere schlugen die Richtung zu den einstigen Kasernen von Avānwehs sagenumwobenen Greifenreitern ein, waren jetzt jedoch zu Wohn- und Gästezimmern umfunktioniert worden.

Zahlreiche *Ilhen*-Lampen waren in den Steinmauern befestigt und tauchten den Raum in kaltes Licht. Marmorne Sitzgelegenheiten und Sofas in Greifenform waren glatt gescheuert von der Zeit. Alte Uniformen und Waffen der Daiharim – dem Orden der auf Greifen reitenden Ritter und der Luftschiffpiloten – standen in Glasvitrinen ausgestellt. Die antiken Schwerter und Messer waren lang und gebogen, mit kunstvollen Griffen und Scheiden. Die Uniformen bestanden aus mit Wolle unterfüttertem Leder und waren mit Stahlplatten verstärkt, es gab Flügelhelme mit schnabelförmigem Visier und ellbogenlange Panzerhandschuhe.

Die Gäste unterhielten sich ruhig, tranken und knabberten an Essen, das für Nazarafines Siegesfeier gedacht gewesen war. Man sah nur wenige lächeln und noch weniger lachen. Keine Feier. Nicht heute Nacht, nicht für die Föderalisten, wahrscheinlich für sehr lange Zeit. Selbst Roshana war auffallend zerstreut und gesellte sich nicht zu ihren Leuten, um ihre Ernennung zur Anführerin der Föderalisten zu feiern. Indris hörte das Gerede. Die Angst vor den Gegensätzen zwischen der jungen, halsstarrigen Roshana und dem verschlagenen alten Corajidin. Derartige Ängste wären nie ausgesprochen worden, wäre Ariskander noch am Leben.

Hayden und Ekko saßen beisammen und unterhielten sich leise, während Shar ganz in der Nähe an ihrer Sonesette zupfte. Omen stand neben ihnen und wirkte wie erstarrt. Er hatte sich einer der Uniformen in ihrer gläsernen Vitrine zugewandt. Hayden sah ihn traurig an.

Mari stand bei Ziaire, und gemeinsam versuchten sie, die niedergeschlagene Nazarafine zu trösten. Indris lächelte Mari zu, die jedoch mit einem knappen Kopfschütteln antwortete. Neva und ihr Bruder waren ebenfalls da, groß und schlank in ihrer Lederkluft. Die statuenhafte Schönheit bedachte Indris quer durch den Raum mit einem warmen Lächeln, was er mit einem beiläufigen Winken erwiderte. Mari runzelte verärgert die Stirn, woraufhin Indris die Hand mit schwachem Lächeln wieder senkte. Siamak, seine zierliche tanisische Frau Vasanya und die robuste Tochter Umna standen beisammen und beobachteten, wie sich der Sturm zusammenbraute. Vasanya sah aus wie ein Bäumchen zwischen dem mächtigen Hügel, den ihre Tochter darstellte, und dem Berg von Ehemann.

Auf der Suche nach einer Tasse Tee kam Indris an Martūm vorbei, der neben Vahineh in einem kleinen Alkoven saß. Der Glücksspieler hielt seine Rolle als besorgter Cousin aufrecht, jetzt mehr denn je, da sich Vahinehs Zustand kein bisschen verbessert hatte. Die arme Vahineh war durch das Trinken von der Verbundenheitsquelle nicht geheilt worden, obwohl die Leute es ihr gewünscht hätten. Ihre Haut wirkte wie glatt gebranntes, dunkles Porzellan, doch war sie von kreidefarbenen, verwesungsartigen Flecken übersät. Ihre Augen unter den schweren Lidern blickten stumpf, und ihr rechter Mundwinkel hing herab.

Vahineh würde nie Rahn Selassin werden. Mari fühlte Mitleid in sich aufsteigen. Das Leben der jungen Frau hatte noch kaum begonnen und war voller Verheißungen gewesen, als Corajidins Machenschaften ihr Schicksal besiegelt hatten. Natürlich würde Corajidin nie dazu gebracht werden können, die Verantwortung für das zu übernehmen, was er Vahineh, ihrem Vater, ihrer Mutter und den Geschwistern angetan hatte. Was er Ariskander angetan hatte, und Far-addin und seiner Familie. Und einer langen und namenlosen Liste anderer, die unter ihm gelitten hatten.

»Sie wird der Welt nicht mehr lange erhalten bleiben.«

Femensetri beobachtete Vahineh über einen Becher mit gelbem Lotuswein hinweg.

»Und Martūm?«

»Ein verfluchtes Desaster«, sagte sie ohne einen Funken Humor. »Er wird das Vermögen der Selassin benutzen, um seine Spielschulden zu bezahlen und sich Kurtisanen ins Bett zu holen. Ziaires Berichte über ihn waren nicht gerade ermutigend. Er ist politisch neutral und wird seine Stimme vermutlich der Fraktion verkaufen, bei der er am meisten Gewinn herausschlägt. Leider ist er der nächste lebende Verwandte. Es gibt einige andere entfernte Cousins, die wir prüfen, aber er ist wahrscheinlich der einzig wahre Kandidat.« Sie lächelte höhnisch. »Aber natürlich hoffe ich immer noch, dass ich mich täusche; denn Martūm ist nichts weiter als ein hochglanzpolierter Scheißhaufen.«

»Sehr charmant. Was werdet Ihr tun?«

»Wir werden ihren Zustand des Erwachens beenden.« Femensetri klang resigniert. »Uns bleiben nur noch zehn Tage, bis Corajidin sein Amt antritt. Wir brauchen noch einen Verbündeten im Teshri, und ich würde nicht auf Martūm setzen. Wenn wir keinen von Vahinehs entfernteren Verwandten aufstöbern können, werden wir eine andere Familie in die königliche Kaste erheben müssen. Sollte das geschehen, dann ist das nicht nur das Ende des Hohen Hauses Selassin, sondern auch eine Chance für Corajidin, einen weiteren Imperialisten ins Oberhaus des Teshri zu holen.«

Politisch gesehen war es eine schwierige Entscheidung. Es gab eine Liste mit Kandidaten aus den Hundert Familien, die seit Jahrhunderten auf ihre Gelegenheit warteten. Die Sēq würden jeden Kandidaten genau prüfen und alle genehmigen, die die Prüfungen bestanden hatten … und alle Kandidaten, die durchfielen, für immer von der Liste streichen, da das Scheitern an der Verbundenheitsquelle langen Wahnsinn und einen schmerzhaften Tod bedeutete. Es war ein Ende, das man selbst seinem Feind nicht wünschte.

»Ihr wisst, wie Corajidin reagieren wird, wenn ihr versucht, einen Rahn ohne seine Zustimmung zu ernennen«, sagte Indris.

»Schlecht«, erwiderte Femensetri achselzuckend. »Aber ich mache mir mehr Sorgen, wie die Sēq reagieren werden. Wir betreiben noch immer eine Politik der Nichteinmischung, doch das wird nicht ewig so bleiben. Uns bleibt nicht mehr viel Zeit, um Vahineh zu helfen; ich denke, dass bald schon jegliche Aktion in der Richtung ausdrücklich verboten werden wird. Selbst ich muss manchmal Befehle entgegennehmen. Es gibt eine wachsende Zahl unter meinesgleichen, die eine Rückkehr zu den alten Tagen des Imperiums willkommen heißen würden.«

»Corajidin hasst die Sēq. Er wird der Unabhängigkeit der unterschiedlichen Orden in Shrīan ein Ende setzen.«

»Diejenigen ausgenommen, die den gerissenen alten Bastard zu besänftigen verstehen.«

»Die ausgenommen«, echote Indris.

Ein Blitz erhellte den Himmelsraum mit einem grellen Leuchten. Sekunden später ertönte das wütende Grollen des Donners. Regen prasselte herab, und der Wind peitschte einen Teil des Wassers herein. Femensetri starrte in den Regen, und ein zufriedenes Lächeln spielte um ihre Mundwinkel. Einst waren sie, die Sturmbringerin, und ihr Zwillingsbruder Kemenchromis, der Himmelsbrecher, bekannt dafür gewesen, dass sie Windhosen und Tornados herbeirufen und ganze Armeen zerstören konnten. Als zwei des Ersten Blutes hatten sie an Näsarat fa Dionwes Seite gestanden, als dieser den Obersten Gerichtshof der Seethe und ihr gesamtes Land im Marmormeer versenkte. In jenen alten Zeiten hatte jedes Hohe Haus einen Sēqmeister als Rajir gehabt. Indris fragte sich nicht zum ersten Mal, wie es wohl wäre, den Vorteil eines unsterblichen Geists und vollkommenen Durchblicks zu haben. Er runzelte die Stirn. Einem Sēqmeister Befehle erteilen zu wollen war ungefähr so wirksam, wie dem Mond zu sagen, er solle nicht untergehen. Die Sēq dienten keinem Asrahn, noch ließen sie sich dazu herab, irgendetwas zu tun, das nicht ihrem eigenen Zweck oder ihren Interessen diente.

Als könnte sie seine Gedanken spüren, richtete sie den Blick ihrer Opalaugen auf ihn.

»Ich werde deine Hilfe brauchen, um diesen Abbruch durchzuführen«, sagte sie.

»Was?«

»Ich werde deine …«

»Ich habe Euch schon beim ersten Mal verstanden.« Indris schüttelte verblüfft den Kopf. »Ihr habt Sēqmeister, die Euch helfen können. Leute, die schon einmal einen Abbruch durchgeführt haben. Ich bezweifle, dass ich irgendetwas anderes tun würde, als Euch im Weg zu sein.«

»Dir traue ich«, sagte Femensetri rundheraus. »Aber den anderen? Weniger. Davon abgesehen hat die Gegenwart eines Leichnams in der Stadt dafür gesorgt, dass meine Amtsbrüder noch nervöser sind als sonst. Die Sēq, die Chepherundi op Kumeri in Gewahrsam nahmen, haben nicht erwähnt, dass sie dich dort gesehen haben. Würdest du mir erklären, wie du es geschafft hast, dich vor Majorsrittern der Sēq und zwei Meistern zu verbergen?«

»Wo soll ich noch mal gewesen sein?«

»*Sherde!*« Femensetri warf ihm einen vernichtenden Blick zu. »Ich bin froh, dass du darauf verzichtet hast, dich umbringen zu lassen.«

»Wenn der Befehl lautet, dass ich am Leben bleiben soll, bin ich stets gern zu Diensten.«

Femensetri schritt davon, während sie vor sich hin murmelte. Indris gestattete sich ein kleines Lächeln. Dann aber dachte er über die Worte seiner alten Lehrerin nach. Einen Leichnam hatte er nicht erwartet, als er losgezogen war, um herauszufinden, was die Verbannten trieben. Nur Leute, die jeden Bezug zu den ältesten Überzeugungen der Avān verloren hatten, würden sich mit den wandelnden Toten einlassen oder mit jenen, die ihnen dienten. Nur Verbrecher wie die Seelenhändler, skrupellose Kaufleute – die manchmal selbst Nomaden waren – handelten mit unsterblichen Seelen und bisweilen sogar mit lebendigem Fleisch.

Die Gegenwart eines Leichnams zeugte von äußerst dunklen Absichten. Niemand handelte mit derartigen Wesen, wenn er nicht eine machtvolle Botschaft zu überbringen hatte. Ganz offensichtlich konnte das Maladhi-sûk leicht Hunderte von Leuten beherbergen; Krieger, Assassinen, Hexen oder abtrünnige Gelehrte. Selbst verbannte Sayfs, die heimlich nach Avānweh zurückgekehrt waren. Bei den Ahnen, Leichname und andere üble Dinge konnten – wie nächtliche Schrecken unter dem Bett – seit Wochen, wenn nicht seit Monaten oder Jahren in den Korridoren des Sûk lauern.

Wie viel Schaden konnten Leute anrichten, die sich mit Leichnamen einließen, wenn sie in völliger Verborgenheit vorgingen?

»Tiefschürfende Gedanken?« Maris Stimme durchdrang den Nebel seiner Selbstvorwürfe, als sie neben ihn trat.

»Ich?« Indris zwang sich zu einem Lächeln. »Nicht wirklich. Wie geht es Nazarafine? Du warst lange bei ihr.«

»Was glaubst du wohl, wie es ihr geht?«, murmelte Mari. Doch noch während sie das sagte, schenkte sie ihm ihr träges Lächeln. »Fühlst du dich allein gelassen, mein armer Mann?«

»Sollte ich das?«

Mari lehnte sich an die Wand neben ihm. Sie streckte die

Hand aus, tastete durch die Schatten zwischen ihnen und griff nach seiner. Sie fühlte sich warm an. Er lehnte seinen Kopf an ihren und genoss es, ihre Stärke zu fühlen.

»Indris.« Ihre Stimme klang drängend, und sie drückte seine Hand. »Ich habe das Angebot noch nicht akzeptiert. Ich habe über das nachgedacht, worum du mich gebeten hast, und die Versuchung ist größer, als du ahnst. Aber …«

»Mari.« Er hatte schon oft erlebt, wie die Welt sich verschwor. »Du musst tun, was du tun musst. Glaube mir, wenn irgendjemand den Ruf der Pflicht begreift, dann ich.«

»Du bist nicht böse?« Ihre großen Augen mit dem lebhaften und leuchtenden Blau unter langen blonden Wimpern blickten in seine.

»Ich bin nicht gerade glücklich darüber«, gab er zu. »Aber ich bin nicht böse.«

»Ich verstehe.« Er liebte die Art, wie sie seinen Handrücken mit ihrem Daumen rieb. Ihre starken und geschmeidigen Finger verschränkten sich mit den seinen. »Können wir später darüber reden? Heute Nacht, nur wir zwei?«

Indris beugte sich vor, um sie zu küssen. Er hob die Hände und strich mit den Fingern durch ihr Haar, während ihre Münder nur Millimeter voneinander entfernt waren. Weiter kam er nicht mit seiner Antwort, als plötzlich der Lärm zersplitternden Glases durch den Himmelsraum hallte.

»Mari!«, brüllte eine betrunkene Stimme.

Einige der Umstehenden auf der anderen Seite des Raums lachten. Die Leute wandten die Köpfe in Richtung des Krawalls. Dann sahen sie zu Mari hinüber.

»Mari! Ich weiß, dass du da bist. Es wird Zeit, dass du nach Hause kommst.«

»Bei Erebus' geschrumpften Eiern!«, fluchte Mari. »Was macht *er* denn hier?«

»Ein Freund von dir?«, fragte Indris. Er stellte seinen

Weinbecher auf einem nahe stehenden Regal ab. Die Feyassin schlossen sich um Nazarafine zusammen. Andere Gäste wichen zurück. Aus dem Augenwinkel sah Indris Ekko, der sich erhob. Shar glitt nach vorn, scheinbar leichter als Luft. Hayden glättete seinen Schnurrbart, während er die andere Hand auf den Griff seines Jagdmessers mit der breiten Klinge legte. Nur Omen blieb reglos stehen; allerdings hörte Indris in der eintretenden Stille Omens Bassstimme, die sich scheinbar mit der leeren Luft unterhielt.

Mari bewegte sich auf die Neuankömmlinge zu, Indris dicht hinter ihr. Er machte seinen Freunden ein unauffälliges Zeichen zurückzubleiben.

Ein weiter Raum hatte sich um die Neuankömmlinge geöffnet, die alle in teure Seide gekleidet waren. Sie standen inmitten von Glasscherben und einer rasch größer werdenden Lache aus Erdkirschenwein. Ein Mann und zwei Frauen, Geschwister dem Aussehen nach, mit den bodenlangen Kapuzenmänteln der Elitekaste. Die anderen waren in die knielangen Mäntel der Kriegerkaste gehüllt, und sie alle trugen Langmesser bei sich. Sie waren in Schwarz- und Rottöne gekleidet, und ihre Ärmel zierte das Zeichen des schwarzen Hengsts der Erebus.

Mari wandte sich an den Neuankömmling. »Nadir, du bist hier nicht willkommen.«

Nadir musterte Indris von Kopf bis Fuß. »Ist das der Mann, von dem du dich hast entehren lassen?«, lallte er.

Mari packte Nadir am Handgelenk und zog ihn auf den Balkon hinaus. Der Regen hatte für einen Moment aufgehört, doch in den Wolken war noch immer das Leuchten von Blitzen zu sehen. Ganz in der Nähe grollte Donner, vibrierte auf der Haut und ließ die Gläser klirren.

»Du bist hübsch«, sagte die jüngere der beiden Frauen zu Indris. Ihre Pupillen waren riesig, die großen Augen mit

Kohlestift geschwärzt, und die Wimpern waren lang und dunkel. Da lag ein Hunger in ihrem Blick, der Indris nervös machte. Er fühlte eine schwache Regung von Disentropie, als hätte jemand einen Finger in sein *Ahm* getaucht.

»Er ist ein Näsarat und ein Sēq, kleine Schwester«, zischte die ältere der beiden. »Vater würde es dir nie verzeihen, wenn du ihn zu Hause anschleppst.«

Die jüngere Frau zog einen Schmollmund und wandte dann den Blick ihrer schwerlidrigen Augen den anderen Leuten im Raum zu. Die ältere Frau umklammerte die Scheiden ihrer Langmesser in ihrer Schärpe und enthüllte dabei ein verschlungenes Blumenhautbild auf ihren Handrücken; allerdings waren die Blüten durch Schädel ersetzt.

Indris hörte Mari brüllen, und Nadir antwortete in gleicher Lautstärke. Indris stellte sich den Schwestern und ihren Begleitern in den Weg, als diese versuchten, weiter in den Raum vorzudringen. Innerhalb weniger Herzschläge waren Shar und Ekko hinter ihm. Er warf einen Blick in Richtung Mari und sah, wie sie ärgerlich gestikulierend auf Nadir einredete.

Ihr Streit wurde lauter – offensichtlich die peinlichen Überreste einer vergangenen Romanze. Die Leute im Himmelsraum warfen Indris schiefe Blicke zu, und er wünschte sich sehnlichst, er wäre irgendwo weit weg.

Maris Flüche erreichten ihren Höhepunkt. Neva blickte überrascht und anerkennend drein. Da die Aufmerksamkeit der Leute auf den Streit gerichtet war, führte Ziaire Nazarafine, die sabbernde Vahineh und den nervösen Martūm durch eine andere Tür aus dem Raum. Die Feyassin folgten ihnen.

Dann versuchte Nadir, deutlich frustriert und den Tränen nahe, nach Mari zu greifen. Mari schüttelte seine Hände ab und wich zurück.

Omen stampfte über den Marmorboden, und seine Keramikfüße begannen bei dem schnellen Tempo zu klirren. Hayden war nicht weit hinter ihm. Omen schob Mari mit einem Arm zur Seite, weg von der Balkonbrüstung. Mit dem anderen Arm versetzte er Nadir einen heftigen Schlag gegen den Kopf, und der Mann begann zu schwanken. Er machte einen benommenen Schritt in Richtung Brüstung. Dann noch einen. Er taumelte.

Die beiden Schwestern begannen zu schreien. Die ältere der beiden zog ihr Messer und warf es mit einer geschmeidigen Bewegung. Indris fühlte, wie sich das *Ahm* regte, als die jüngere Schwester Disentropie zu weben begann.

Omen packte Nadir am Mantel und hielt ihn hoch über die gähnende Leere. Als er hinuntersah, kreischte Nadir voller Panik.

Das Messer grub sich in Haydens Brust. Er taumelte und fiel auf die Knie. Blut tränkte seine Kleidung, als er die Waffe umklammerte, die ihn getroffen hatte.

Indris fegte die Disentropische Färbung der jüngeren Schwester mit seiner eigenen beiseite, und das hübsche junge Ding schnappte erschrocken nach Luft.

»Sassomon-Omen, erinnere dich daran, wo du bist!«, brüllte Ekko. Er umklammerte den Griff seines Khopesh mit seiner riesigen Hand und stürmte mit gesträubtem Fell vor. »Wenn du auch nur irgendein …«

»Nicht jetzt, Ekko«, schnappte Shar. Sie glitt leichtfüßig voran, die Hände locker an den Seiten. »Also gut, Omen, es ist nicht nötig, diesen netten jungen Mann kaputt zu machen. Er ist ein Freund von Mari, oder nicht?«

Keuchend krabbelte Hayden rückwärts. Ein dunkler Fleck breitete sich auf seinem Jagdhemd aus. Ekko stürmte an seine Seite und hob den alten Viehtreiber in einer schwungvollen Bewegung auf, als würde er nicht mehr wiegen als ein Kind.

Indris konnte die knisternde Spannung im Raum fühlen. Sie pfiff in seinem Kopf, eine schabende, kreischende Mauer aus Lärm, durchsetzt mit Zorn, Verzweiflung, unglaublichem Schmerz und … Mord! Eine Blase bildete sich in seinem Gehirn und breitete sich aus, bis sie seinen ganzen Schädel ausfüllte und er nur noch den zielstrebigen Vorsatz wahrnahm, den irgendjemand hier im Raum hegte. Den Vorsatz zu töten.

»Stopp!« Indris' Stimme dröhnte durch den Himmelsraum, woraufhin schlagartig Stille einkehrte. Indris sah sich um und bemerkte Femensetri, die ihn überrascht anstarrte.

Auf dem Balkon erstarrte Omen, der noch immer den sich windenden Nadir hoch über dem Abgrund hielt. Wieder stand er ganz still und ruhig da wie eine Statue und nahm Nadirs Schläge nicht einmal wahr.

Kapitel 11

»Macht existiert nur dort, wo man an ihre Existenz glaubt.«
Miandharmin, Gelehrter der Nilvedic am Elfenbeinhof von Tanis, Vierte Siandartha-Dynastie (169. Jahr der Shrīanischen Föderation)

351. Tag im 495. Jahr der Shrīanischen Föderation

»Dein Vater weiß, wer seine Frau getötet hat, Mari«, hatte Nadir gelallt. *»Er hat schon Leute losgeschickt, um sie zu jagen. Es ist nur eine Frage der Zeit, bis er sie findet und alle tötet, die ihr geholfen haben.«*

Nur eine Frage der Zeit. Das Wissen um die Identität von Yashamins Mörder war mit Sicherheit ein Stachel in Corajidins Fleisch. Ihr Vater würde weder ruhen noch zögern, Blut für Blut einzufordern.

Mari war noch zurückgeblieben, um sich mit Nadir auf dem vom Wind erodierten Felsplateau des Himmelsraums zu streiten. Er beharrlich, sie halsstarrig. So war es immer zwischen ihnen gewesen. Nur dass sie ihre Differenzen diesmal nicht in einer leidenschaftlichen Umarmung beigelegt hatten wie in alten Zeiten, sosehr Nadir das auch wollte. Und sosehr sie auch gedrängt hatte, Nadir hatte sich geweigert, seine Informationsquelle preiszugeben. Doch da war eine Leere in seinem Blick, die ihr verriet, dass ihn irgendetwas zutiefst ängstigte.

»Dein Vater ist krank, Mari. Er braucht dich – er braucht seine Familie um sich.«

Jetzt ließen ihre Stiefel das Wasser aufspritzen, während sie über das Hohe Wehr rannte: eine Reihe von Dämmen und Parks, die einen langen Wanderweg über den Himmelsspeer, das Weltenblut und die Sternenkrone bildeten. Der feuchte Pfad wurde in den kühleren Monaten selten und im Regen praktisch nie benutzt, und doch war es die schnellste Verbindung zum Qadir Sûn. Sturzfluten hatten in der Vergangenheit Leute vom Hohen Wehr gespült und sie in Flüsse oder über Felsvorsprünge in Becken und kleine Wasserfälle geschleudert. Meist waren diese Stürze nicht tödlich, doch es gab Ausnahmen. Sie war froh um die Laternen auf den Steinsockeln, die ihr den Weg erleuchteten. Von Zeit zu Zeit warf sie einen Blick in Richtung Himmel und sah, wie Blitze die Wolken erleuchteten. Donner grollte beharrlich über den schläfrigen, schneebedeckten Gipfeln der Berge.

Sie sah zu der Terrasse unter ihr hinab, zu den hellen Lichtkegeln der Laternen entlang des Wegs. Aus dieser Höhe verschwammen die Konturen der Gebäude, und die gewölbten Dächer wirkten im Regen glatt und glitschig. Dort waren sie! Indris und seine Freunde rannten die untere Straße entlang, um Nazarafine und ihre Eskorte zu finden. Der Wächter des Wandels hatte Neva und Yago befohlen, Nadir und seine Schwestern festzuhalten. Man würde sie wieder freilassen, allerdings erst, wenn die Nacht vorüber war. Mari bezweifelte, dass ihr Vater so unbesonnen sein würde, Nazarafine offen zu überfallen. Andererseits würden die Verbannten vermutlich alles tun, um sich bei ihrem neuen Herrn anzubiedern.

Über ihr glitzerte plötzlich etwas Kaltes auf. Mari hechtete über eine Balustrade. Sie sprang von Fels zu Fels und hüpfte über einen kleinen Wasserlauf. Als sie auf den Weg gelangte, zog sie ihre Sûnklinge.

Schließlich erreichte sie eine Stelle, an der mehrere Körper in Lachen am Straßenrand lagen. Ihre tödlichen Wunden waren tief und von präziser Hand verursacht. Blut, dunkel wie Tinte, trieb in dem flachen Wasser. Sie kannte keinen der Toten. Die Luft war durchdrungen vom Rauschen des Regens. Er verhüllte die Straße vor ihr und bildete einen grauweißen Vorhang zwischen den schemenartigen Schatten der Gebäude und der schwarzen Leere des Terrassenrands. Mari griff sich einen Schild von einem der Toten, dessen runde Umfassung übel verbeult war, und rannte weiter.

Die Welt wurde klein und schien mehr aus Details als aus breiten Pinselstrichen zu bestehen. Ihre Augen waren auf die Schatten im Regen gerichtet. Konzentriert hielt sie Ausschau nach dem verräterischen Anzeichen einer Reflexion von Metall, von Schwert, Messer oder Schild. Sie lauschte auf das Klirren von Stahl auf Stahl. Auf die Schreie Verwundeter im strömenden Regen und auf Hilferufe. Sie warf einen Blick zurück und sah Ekkos riesige Gestalt heranstürmen, neben sich Omen mit seinem unwahrscheinlich staksigen Gang. Die anderen folgten dichtauf, selbst der kleinere Umriss von Hayden war zu sehen, der trotz seiner Verwundung mitgekommen war.

Mit solchen Freunden konnte Mari alles erreichen. Sie hatte neben talentierten Leuten gekämpft, neben tapferen und vom Glück begünstigten Leuten. Doch Indris und seine Freunde waren all das und noch viel mehr. Sie glaubten an das, was sie taten, sie kämpften für wirkliche Konsequenzen, die sie sehen und begreifen konnten. Wenn Roshana und die anderen schlau waren, dann würden sie Indris alles geben, was er verlangte, damit er blieb. Sie fragte sich, ob seine Cousine oder die anderen ihn überhaupt verstanden. Ihr Magen verkrampfte sich bei der Vorstellung, dass er irgendwo ohne sie sein könnte – oder mit irgendjemand anderes zusammen.

Mari rannte weiter die Straße entlang in Richtung Qadir Sûn. Die Welt über ihr hatte sich zu feuchten schwarzweißen Streifen in der Nacht reduziert, der rote Stein der Sternenkrone war im unsteten Licht grau geworden. Sie rannte unter dem verschlungenen Bronze- und Marmorbogen des Wassergartens hindurch; eine Reihe widerspiegelnder Teiche mit Lotusblüten auf der Wasseroberfläche, feine Kiespfade, Pagoden, geschnitzte Holzbänke, Weiden, gepflegte Bambusbestände und blühendes Buschwerk. Der süße Duft der Lotusblüten hing in der Luft, und es roch nach Bergrose und Teaköl. Vor sich erkannte sie die Bewegungen eines frenetischen Tanzes, von dem sie wusste, dass es sich um einen Kampf handelte: die elegante Geschicklichkeit einiger weniger Kriegsdichter, das brutale handwerkliche Können vieler Meuchelmörder, eine geschmeidige Figur und eine weitere, rundlichere. Ziaire und Nazarafine.

Auf leisen Sohlen verfiel sie vom Sprinten ins Traben, wobei sie von einem Fuß auf den anderen hüpfte. Ihre Sûnklinge hielt sie niedrig, schleifte sie beinahe hinter sich her; der Rand des Schilds wölbte sich unmittelbar unterhalb ihrer Augen, glitzernd und scharf im Lampenlicht.

Als sie näher kam, glich sie ihre Schritte und ihren Atem den Schlägen ihrer Herzen an.

Geist, Körper und Verstand waren eine Einheit, als Mari die Sûnklinge zum Glühen brachte und über ihre Feinde herfiel.

Mari nahm die Position *Aufprall der Weißen Welle* ein, eine der Stellungen des Wassertanzes. Sie stand bis zu den Waden in einem spiegelnden Teich, und Blut tropfte von der gebogenen Klinge ihres Schwerts ins Wasser. Die Klinge, die sich anfühlte wie eine Verlängerung ihres Arms, leuchtete in weißem Gold, das sich in den Kräuselungen des blutigen

Wassers widerspiegelte. Dampf stieg von der Klinge auf, als Regentropfen auf das heiße Metall prasselten. Sie hielt sich den Schild über den Kopf, und der Regen trommelte darauf und rann den verbeulten Rand herab. Die durchweichte Kleidung klebte ihr am Körper.

Das Flackern von Sonnenlicht, das von ihrem Schwert ausging, hatte die Meuchelmörder in Panik versetzt. Die Feyassin hatten noch ein paar mehr niedergestreckt, bevor Mari zu ihnen stieß, um Nazarafine in Sicherheit zu bringen. Ziaire hatte genickt und ihren blutigen Metallfächer zusammengefaltet. Ihr heller Mantel war ebenfalls mit Blut besudelt. Nazarafine stand mit einem Dolch in der Hand da, die weniger zitterte, als Mari erwartet hätte.

Der Kampf mit den Übriggebliebenen war brutal und unbarmherzig. Maris Schild hatte unter den Schlägen von Schwertern und Äxten vibriert. Sie hatte gespürt, wie Haut aufriss und Knochen brachen, wann immer sie zuschlug. Was auch immer sie berührte, starb.

Indris und seine Freunde waren über den Rest der Meuchelmörder hergefallen wie eine Sturzwelle. Sie hatte keinen Blick für sie übrig. Innerhalb weniger Minuten dümpelten Leichen in dem Wasserbecken oder lagen im zertrampelten Gras.

Bis auf einen, der sich Mari stellte. Todesangst flackerte in seinem hohlwangigen Gesicht.

»Wer hat euch angeheuert?«, fragte sie mit erhobener Stimme, um sich über das Sperrfeuer des Regens hinweg Gehör zu verschaffen.

Der Mann blieb stumm, und sein Blick flackerte von links nach rechts. Omen trat mit seinem kranichartigen Gang näher. Sein regennasser Körper glänzte im Lampenlicht. Einen Moment lang erinnerte er Mari an ein kaltes und räuberisches Insekt. Der Geisterritter murmelte vor sich hin, und seine Stimme klang wie das Ächzen des Winds in den Weiden.

»Es gibt nur zwei Möglichkeiten, wie diese Sache ausgehen kann«, sagte Indris. Gestaltwandlerin summte leise in seiner Hand, ein leuchtend blaugrüner Splitter. »Du bist ein *Nahdi*. Warum solltest du eine Person schützen wollen, die dich genauso gut dafür hätte bezahlen können, dass du Selbstmord begehst?«

Der Meuchelmörder bewegte sich im Krebsgang auf den Rand der Terrasse zu. Shar und Ekko folgten ihm. Er warf einen Blick in den tiefen Abgrund hinter sich.

»Ihr versteht es nicht«, sagte er mit einer Stimme, die rau war vom Rauchen und vom Mondschein, dem starken Branntwein, den die Volksstämme der Jihari brauten. »Wenn du erst mal im Spinnennetz hängst, gibt's kein Entkommen mehr. Du machst, was er sagt, oder du stirbst. Er kriegt dich. Er kriegt die deinen. Was anderes gibt's nicht. Du liegst falsch, Junge. Die Sache kann nur auf eine Art ausgehen.«

Und mit diesen Worten warf der Mann sein gebogenes Kurzschwert in Richtung Shar, die ihm am nächsten stand. Als sie zur Seite sprang, stürzte sich der Meuchelmörder rückwärts in die Leere. Mari, Indris und die anderen gingen mit langsamen Schritten zu der Stelle, an der er gestanden hatte. Obwohl Mari wusste, dass ein derartiger Sturz nur einen Ausgang hatte nehmen können, brachte sie ein Anflug von morbider Neugier dazu, trotzdem nachzusehen.

»Corajidin wird Vahineh töten, wenn er sie findet!«, stieß Nazarafine wütend hervor. »Wir müssen sie aus Avānweh herausschaffen, bis man wieder vernünftig mit ihm reden kann.«

Ihr Gesicht, das normalerweise so rosig leuchtete wie das eines Obstbauern, war fahl vor Zorn. Sie zitterte in einer

Mischung aus Schreck und Erschöpfung und blickte immer wieder auf das beinahe kunstvoll im Sprühnebel verteilte Blut am Saum ihrer weißen Robe und des langen Kilts.

»Wir müssen uns den Tatsachen stellen und Rahn Corajidins Beweggründe begreifen, bevor wir uns auf eine Strategie einigen. Die Wahrheit ist, dass Vahineh Yashamin ohne vorausgegangene Provokation getötet hat«, sagte Qamran in die Stille hinein. Der Offizier der Feyassin mied Nazarafines Blick. »Wenn Ihr glaubt, dass ein Mann, der den Asrahn, Rahn Ariskander und Rahn Daniush getötet hat, einfach so zur Vernunft gebracht werden kann, dann seid Ihr optimistischer als ich, Rahn Nazarafine.«

»Das Erwachen hat sie in den Wahnsinn getrieben!«, sagte Ziaire, während sie das Wasser aus ihren langen dunklen Haaren wrang. »Vahi kann für ihre Handlungen nicht verantwortlich gemacht werden.«

Mari zitterte in ihren feuchten Kleidern. Als sie das Wort ergriff, sah sie Nazarafine direkt an. »Die anderen wollen es vielleicht nicht laut aussprechen, aber mit meinem Vater lässt sich nicht vernünftig reden. Ich kenne ihn besser als irgendeiner von euch. Wenn er weiß, wer Yashamin umgebracht hat, dann wird er erst Ruhe geben, wenn die Blutschuld beglichen ist.«

Maris Körper vibrierte von der Aufregung, wie sie nur die Bedrohung von Leib und Leben hervorrief. Sie stand bei Indris und seinen Freunden. Haydens Hemd war blutdurchtränkt, und Indris half ihm, das Hemd auszuziehen, damit er sich die Wunde näher ansehen konnte. Mit angehaltenem Atem sah Mari zu, als Indris' Hände zu leuchten begannen wie Laternen. Die Knochen und Venen glühten. Haydens schmerzverzerrte Miene entspannte sich innerhalb weniger Augenblicke, als sich die Wunde schloss. Shar half dem alten Schützen, das Blut abzuwaschen.

»Sie würde mindestens eingesperrt oder verbannt werden.« Indris schüttelte den Kopf, dass das Wasser in alle Richtungen sprühte, dann fuhr er sich mit den Fingern durch die regenfeuchten Locken. »Das Gesetz ist eindeutig. Es gab keine Absichtserklärung, sie hat nicht unter dem Zwang eines Jahirojin gehandelt, und es wurde kein Ajamensût zwischen dem Haus Erebus und dem Haus Selassin erklärt. Wäre es ein Krieg der Langen Messer gewesen …«

»Du!«, fuhr Nazarafine Indris an. »Wenn du nicht gewesen wärst, müssten wir diese Unterhaltung gar nicht führen. Corajidin könnte jetzt Asche sein. Du wurdest gebeten, einen einfachen …«

»Es war nie meine Aufgabe, Corajidin zu ermorden. Legt Eure Fehler nicht mir zu Füßen.«

Indris' Ton war so beiläufig, dass Mari einen Moment brauchte, um zu begreifen, was er da gesagt hatte. Die Sûnwache sah ihn zornig an, die Feyassin angespannt. Indris neigte den Kopf zur Seite und musterte sie mit erhobenen Augenbrauen, forderte sie heraus, ihn anzugreifen. »Ihr wusstet, dass Corajidin das gewünschte Ergebnis kaufen konnte. Kaufen *würde*. Aber Ihr habt einfach vorausgesetzt, dass Ihr die Wahlen gewinnen würdet, also habt Ihr nicht genug unternommen, um Euren Sieg auch zu gewährleisten. Und jetzt musstet Ihr erleben, wozu jemand imstande ist, der etwas wirklich erreichen will.«

»Indris«, sagte Ziaire, »du musst deinen Anteil an der Sache akzeptieren.«

»Das höre ich die ganze Zeit. Ja, ich hätte Corajidin ermorden und mich zum Verbrecher machen können.« Er zuckte die Achseln. »Ich habe es nicht getan. Keiner von uns hat es getan, und das ist nun nicht rückgängig zu machen. Es wird Zeit, weiterzudenken und sich auf einen Plan zu einigen, wie wir Vahineh retten können.«

»Warum hast du ihn nicht getötet?« Nazarafine sah auf. Ihre Stimme war hart, offensichtlich war sie nicht in der Lage, Indris' Sicht der Dinge zu akzeptieren. »Du warst dort bei der Villa. Es wäre ein Leichtes für dich gewesen, diesem bösartigen Bastard ein Ende zu setzen!«

Indris sah Mari mit gequältem Blick an. *Meinetwegen hat er meinen Vater nicht umgebracht,* dachte sie. Sie fühlte, wie ihr die Tränen in die Augen stiegen. *Wie ungerecht vom Schicksal, dass Taten der Barmherzigkeit auf uns zurückfallen und uns verfolgen können.*

Er sah wieder zu der Volkssprecherin und der Ersten des Perlenhauses. »Das Erwachen verleiht einem Rahn immenses Wissen und hoffentlich auch Zugang zu etwas Weisheit. Und doch scheinen sie niemals vergessen oder vergeben zu können. Die Rache und der Hass und die Gewalt müssen irgendwann ein Ende haben.«

»Diese Entscheidung liegt nicht bei dir!« Nazarafine erhob sich. Sie trat auf Indris zu, die Finger zu Krallen gekrümmt. Gestaltwandlerin grummelte drohend, während Indris abwartend dastand, seine Miene gefährlich nichtssagend. Nazarafine sah Indris hasserfüllt an. »Shrīan wird die nächsten fünf Jahre ein Ungeheuer zum Asrahn haben! Die Imperialisten kontrollieren das Unterhaus des Teshri! Das Eiserne Bündnis braucht keine weitere Entschuldigung, um gegen uns in den Krieg zu ziehen.«

»Aufgrund Eurer Apathie, ja«, sagte Indris bedauernd. Die anderen sahen ihn wie betäubt an. »Ihr habt die Dinge in Amnon nicht in die Hand genommen, weil Ihr davon ausgegangen wart, dass ich auf mysteriöse Weise von Eurem Wunsch erfahren könnte, Corajidin zu ermorden und damit Eure Probleme für Euch zu lösen. So hättet Ihr weiter ein reines Gewissen haben können. Dann habt Ihr die Wahl verloren, weil Ihr wieder nicht gehandelt habt.

Und doch wart Ihr scheinbar überrascht von den Ereignissen.«

»Raus«, sagte Nazarafine scharf. Sie starrte Indris an und wies mit zitterndem Finger Richtung Tür. Ihr Stimme wurde lauter, bis sie schrie. »Raus! RAUS!«

»Nazarafine«, sagte Ziaire mit einem panischen Lächeln im Gesicht.

»Raus! Er soll mir aus den Augen gehen, er und seine nutzlosen Freunde.« Nazarafine wandte Indris den Rücken zu und schritt mit steifen Schritten zu ihrem Stuhl zurück.

»Indris«, flüsterte Mari. Ihr Gesicht war ernst.

»Ich hoffe, deine Herrin kommt wieder zur Vernunft«, sagte Indris zu Mari, wobei er ihren Versuch ignorierte, ihn zu umarmen. Er legte ihr die Hand auf die Hüfte. »Du hast mich gefragt, was mit mir passiert ist, dass ich immer außen suche, was ich im Inneren finden sollte. Stell dir die gleiche Frage, Mari. Lebe keine Lüge. Du hast auch dir selbst gegenüber eine Pflicht. Nazarafine oder die anderen werden dein Leben schon bald vergeudet haben.«

Ohne einen Blick zurückzuwerfen, gingen er und seine Freunde an einer ernst aussehenden Femensetri vorbei, die gerade mit Siamak und Ajo an ihrer Seite den Raum betrat. Die Sturmbringerin wandte sich um und beobachtete, wie Indris ging. Dann wandte sie sich wieder den anderen zu, die Hände in einer fragenden Geste geöffnet.

»Nazarafine hat Indris gesagt, er soll gehen.« Ziaire klang ebenso entsetzt, wie sie aussah.

»Du hast *was?*«, fragte Femensetri ungläubig. »Hast du völlig den Verstand verloren, Frau? Was ist über dich gekommen?«

»Schlag mir gegenüber nicht diesen Ton an, Femensetri«, sagte Nazarafine mit gerunzelten Brauen. Sie sprach mit bebender, aufrichtiger Empörung. »Du hättest hören sollen, was er zu mir gesagt hat! Er hat behauptet, ich sei selbst daran schuld, dass ich die Wahl verloren hätte!«

»Und inwiefern liegt er damit falsch?«

»*Was?*« Die Stimme der Volkssprecherin hob sich um mehrere Oktaven.

»Du hast mich schon verstanden.« Femensetri schob sich an zwei der Sûnwachen vorbei, damit sie besser über Nazarafine aufragen konnte. »Du hättest viel mehr tun können, um sicherzugehen, dass du gewinnst. Bei den Ahnen, Indris hat Roshana sogar gewarnt und ihr gesagt, worauf ihr achten müsst, damit Corajidin die erforderliche Machtbasis nicht bekommt. Und du hast nichts unternommen. Bei Sûns Liebe, Nazarafine, es gibt Momente, in denen du mich in den Wahnsinn treibst.«

»Wir brauchen ihn nicht«, beharrte die Volkssprecherin, allerdings schon mit weniger fester Stimme. »Wir haben jahrelang ohne ihn überlebt, und das werden wir auch in Zukunft schaffen.«

»Du hast wirklich keine Ahnung, welche Opfer dieser Mann gebracht hat, damit die Monster nicht unter deinem Bett hervorgekrochen kommen, oder?«, fragte Femensetri beißend. »*Sherde!* Wenn Corajidin uns jetzt sehen könnte, würde er sich kranklachen. Wir spielen ihm ja praktisch in die Hände, was er haben will, wenn wir so übereinander herfallen.«

»Die Föderalisten kontrollieren das Oberhaus im Teshri«, mischte sich Siamak mit ruhiger Stimme ein. »Corajidin kann ohne unsere Zustimmung keine einschneidenden Veränderungen vornehmen.«

Mit besorgtem Blick stützte Ajo das Kinn auf den glänzenden Silbergreif an seinem Gehstock. »Solange Vahineh nicht ersetzt wird und sich die Machtverhältnisse verschieben.«

»Mein Vater weiß, dass Vahineh Yashamin umgebracht

hat«, platzte Mari heraus. Femensetri schien für einen Moment das Atmen zu vergessen. Finster starrte sie Mari an, die abwehrend die Hände hob. »Ich habe es ihm nicht gesagt! Keine Ahnung, wer es war. Als ich mit Nadir im Himmelsraum gesprochen habe, hat er gesagt, Vater würde Vahineh und jeden anderen töten, der ihr geholfen hat.«

»Ahhh«, sagte Femensetri. »Das erklärt die ganzen Leichen draußen und die zusammengekniffenen Arschbacken hier drin. Ich bin froh, dass ihr alle in Sicherheit seid.«

Mari fühlte noch immer den Drang, Indris zu verteidigen. Sie wollte Nazarafine daran erinnern, dass er sich immer wieder in Gefahr gebracht hatte, um anderen zu helfen. »Indris hatte viel zu …«

»Sprich diesen Namen nicht mehr aus!«, brüllte Nazarafine. Mit zitternder Hand griff sie sich an die Stirn. Wenige Augenblicke später kam ein Diener und brachte ein Tablett mit Süßigkeiten und Gläsern mit heißer Schokolade. Nazarafine machte sich gierig über sie her, und ihre Kiefer mahlten, während sie aß und nur kurz innehielt, um einen Schluck zu trinken.

Mari fragte sich, ob sie ihre Hand riskierte, wenn sie selbst nach einem Gebäck griff. Der Geruch nach Schokolade, Honig, Nugat und Karamell ließ ihr das Wasser im Mund zusammenlaufen.

Die anderen blieben still, während sich Nazarafines Miene langsam entspannte. Blitze zuckten noch immer am Himmel, und der Regen trommelte gegen die Fenster. Die Zornesröte der matronenhaften Volkssprecherin ließ nach, und der Blick ihrer braunen Augen wurde langsam wieder wärmer. Ein- oder zweimal lächelte sie, zögernd und unsicher. Mehr Essen, diesmal deftigere Nahrung, wurde hereingebracht. Der Geruch nach gehacktem Hähnchen, Koriander und Minze erfüllte den Raum. Sie setzten sich zu einem stillen Mahl nieder, tranken mit Wasser verdünnten Wein und begannen eine höfliche, wenn auch noch etwas angespannte Unterhaltung. Als Nazarafine ihre übliche gute Laune wiedergefunden hatte, lenkte Ziaire das Gespräch auf die vordringlichen Themen.

»Femensetri?«, fragte die Kurtisane, während sie die Falten ihrer Robe über ihren verschränkten Beinen glatt strich. »War deine Unterredung mit den Sēq erfolgreich? Werden sie uns mit Vahineh helfen?«

»Was das betrifft«, die Gelehrte streckte mit knackenden Gelenken ihre Beine aus, »ist mein Orden in etwa so störrisch wie die Hohen Häuser. Ein Abbruch ist eine schlimme Sache. Manche von ihnen sehen die Vorteile, wenn sie Vahineh retten. Andere kümmert ihr Wohlergehen weniger als die Frage, wer an ihrer Stelle Erwacht.«

»Und das ist das Problem an der Sache, oder nicht?«, stellte Ajo fest.

»Stimmt genau. Einige im Orden würden gern sehen, wohin die Offenheit der Föderalisten uns führt. Sie wissen, dass die Monarchen der anderen Länder das fürchten, was sie nicht kennen, und möchten die Spannungen mit unseren Nachbarn abbauen.«

»Aber?« Siamak lehnte sich zurück, und die Stuhllehne vermochte kaum den Umfang seiner breiten Schultern zu halten.

»Andere, und davon gibt es viele, wollen zu den berauschenden Tagen der Macht zurückkehren.« Femensetris Stimme war hart. »Einige von uns erinnern sich noch gut daran, wie es ist, einem Mahj zu dienen. Sie finden Gefallen an echter Macht. Viele wissen, dass eine derartige Macht nur um einen schrecklichen Preis zu haben ist. Traurigerweise schweigt unsere Mahj in Mediin. Wir, die wir damals fortgingen, um die Avān in Shrīan anzuleiten, werden keine

Hilfe von ihr bekommen – dabei wäre sie die einzige Person, die uns befehlen könnte, einen Beschluss zu fassen.«

»Was machen wir jetzt?« Nazarafine klang niedergeschlagen. »Vahineh kann in diesem Zustand nicht überleben. Wenn Corajidin sie in die Finger bekommt, weiß Sûn allein, was er mit ihr anstellen wird.«

»Kann er beeinflussen, wer an ihrer Stelle Erwacht?« Ajos Blick war scharf.

»Möglich«, nickte sie. »Er bräuchte einen gut ausgebildeten Sēq, der ihm hilft … oder eine Hexe aus der Zeit vor den Gelehrtenkriegen, die sich noch daran erinnert, wie es geht.«

»Kannst *du* Vahineh helfen, ohne dass dein Orden alarmiert wird?«

»Nazarafine hat gerade die Person hinausgeworfen, die ich dafür bräuchte.« Femensetri schnitt eine Grimasse.

»Er hilft immer nur sich selbst«, murmelte Nazarafine verbittert.

»Bei allem Respekt, Volkssprecherin, Euer Erinnerungsvermögen scheint ein wenig selektiv zu sein.« Mari fühlte, wie sie errötete, während sie sprach. Nazarafine holte tief Luft und wollte gerade antworten, doch Femensetri brachte sie mit einer Handbewegung zum Schweigen. Die Gelehrte nickte Mari aufmunternd zu.

»Ihr wisst so gut wie ich, dass Indris nach seinem Gewissen handelt. Ihm ist nicht egal, was geschieht. Er lässt sich nur nicht belügen oder Vorschriften machen.« Mari warf Femensetri einen Blick zu, die zurückstarrte. Nazarafine blickte hochmütig drein, Ziaire, Ajo und Siamak dagegen nickten zustimmend. Mari fuhr fort: »Trotz allem, was er für Shrīan geleistet hatte, haben die Krone, der Staat und die Sēq ihn zwei Jahre lang in den Sklavenbergwerken von Sorochel schmoren lassen, bis er selbst entkommen konnte. Und doch hat er wieder sein Leben für uns alle riskiert. Der Staub nach dem Fiasko in Amnon hat sich noch nicht einmal gelegt, und schon scheint Ihr alles vergessen zu haben, was er und seine – wie habt Ihr sie noch genannt? – *nutzlosen Kameraden* getan haben.«

»Du bist verliebt, Kind«, sagte Nazarafine mit einem Hauch von Mitleid. »Indris wird früher oder später auf dem Scheiterhaufen enden. Er hat einen gefährlichen Weg gewählt und sich zu viele Feinde gemacht. Außerdem solltest du wissen, dass ihr keine gemeinsame Zukunft habt. Roshana und Ajomandyan sind wegen einer geplanten Heirat zwischen Indris und Neva bereits in Verhandlungen.«

»Wie auch immer«, sagte Mari mit wachsendem Zorn, »der Weg, den er gewählt hat, hat Leuten geholfen, und diesen Weg setzt er fort. Er wird Vahineh helfen, ungeachtet der Art, wie Ihr ihn behandelt habt.«

»Wie kannst du da so sicher sein?«, fragte Ajo.

»Weil es die einzig anständige Entscheidung ist.«

Kapitel 12

»Unser Leben besteht aus Risiken und der Chance zu gewinnen. Unser Streben, unsere Liebe und Hoffnungen tragen alle die Gefahr des Scheiterns in sich. Doch nichts zu riskieren aus Furcht vor dem Versagen würde bedeuten, in einer verschlossenen Kiste zu leben und die Wunder der Welt niemals kennenzulernen.« Madesashti, Oberhaupt des Amajoram, Wolkenpalast des Perlenhauses in Avānweh (276. Jahr der Shrīanischen Föderation)

352. Tag im 495. Jahr der Shrīanischen Föderation

Endlich waren seine Albträume vorüber – aber nur, weil er nicht mehr schlief.

Corajidin hatte das Gefühl, als würde er nun schon seit Tagen ständig schreiend erwachen, verheddert in beschmutzten Leintüchern und mit zitternden und schmerzenden Gliedern. Dabei waren es nur wenige Stunden gewesen. Mit letzter Kraft hatte er geschrien, und in seinen Ohren hatte es laut genug geklungen, um die drei Berge von Avānweh zum Einsturz zu bringen. Doch seinem Gefühl nach hatte es eine Ewigkeit gedauert, bis Nadir ihm zu Hilfe gekommen war. Keiner der beiden sprach, während der junge Mann Corajidins Körper wusch. Er half ihm in neue, saubere Kleider. Corajidin glaubte, er würde ohnmächtig werden vor Schmerzen, während er darauf wartete, dass Nadir ihm eine großzügige Ration vom Wasser des Lebens verabreichte. Er hatte den Eindruck, dass er von Tag zu Tag mehr von dem Trank brauchte.

Doch selbst mit dem Wasser in seinen Adern fühlte sich Corajidin völlig erschöpft, während er auf einer Couch im Wintergarten des Qadir Erebus lag. Durch die Decke aus durchbrochenem Metall, die mit Glaspaneelen ausgestattet war, konnte er die hoch aufragenden Gipfel des Asrafah, des Īajen und des Silamari sehen – den Himmelsspeer, das Weltenblut und die Sternenkrone –, die sich in scheinbar endloser Höhe verloren. Die Sonne stand hoch am strahlend blauen Himmel und tauchte die drei Berge, deren Gipfel das ganze Jahr über mit Schnee bedeckt waren, in blendendes Licht. Das Bild erinnerte ihn an einige von Maris Aquarellzeichnungen: lange, dunkle Daumenstriche für den Wald, zerriebener Diamantenstaub für den feuchten Dunst der Wasserfälle und schließlich die feinen eisblauen Striche der Flüsse, die die Aquädukte, Kanäle, Ströme und Teiche von Avānweh speisten.

Niedergedrückt vom Nachhall seiner Schmerzen versuchte er, bei der Erinnerung an seine eigensinnige Tochter wieder den alten Groll zu empfinden. Aber hier, ganz allein mit Blick auf die Bergspitzen, die das Himmelsgewölbe zu durchbohren schienen, gestattete er es sich, sie zu vermissen. So, wie er auch seinen Sohn vermisst hatte. So, wie er seine Frau vermisste. Er ließ den Tränen freien Lauf. Einige seiner Ratgeber behaupteten, ein Racheakt gegen Vahineh würde zu nichts führen. Sie waren der Auffassung, dass Yashamins Tod beinahe unvermeidlich gewesen war, nachdem Corajidin zuvor die Morde an Vahinehs Vater, Mutter und Brüdern befohlen hatte.

Diese Leute lagen falsch.

Er döste weiter. Die Sonne tauchte den Raum in zähflüssiges, tiefes Licht. Das Plätschern des großen, von eingetopften Feigenbäumen umstandenen Marmorspringbrunnens im Wintergarten vermischte sich mit dem Gezwitscher der kleinen roten und schwarzen Vögel im Raum. Ein Seherfenster, eine vom Dunst beschlagene Kristallglasscheibe in einem silbernen Rahmen, wurde von einem verschnörkelten goldenen Hufeisen mit Radzähnen und Schwungrädern gestützt. Ein Stuhl mit hoher Lehne stand vor diesem Seherfenster, daneben ein kleiner Holztisch. Der Raum roch nach schwelendem Rosmarin und Pfefferminze.

Die Welt schien in tiefen Frieden gehüllt zu sein, aber gab es so etwas überhaupt? Er spürte, wie er wegzudämmern drohte, und ruckartig zwang er sich zurück in den Wachzustand. Obwohl er müde war, wollte er keinesfalls wieder einschlafen. Denn im Schlaf würde er zu den Horrorgestalten zurückkehren, die hinter seinen geschlossenen Augenlidern lauerten.

Für zwei Nächte und einen Tag war er in eine Starre verfallen, während sein Körper mit der Belastung des Verbundenheitsrituals fertig zu werden versuchte. Als er aufgewacht war, hatte er das Gefühl gehabt, ätzende Säure würde durch seine Venen strömen. Seine Brust war noch immer angespannt, als wäre er mit einem Hammer geschlagen worden; es hatte ihn an den grausamen Schlag von Thufans Haken erinnert. Der beißende Geruch seiner eigenen Fäkalien und seines Urins in dem besudelten Bett war ihm in die Nase gestiegen. Manchmal glaubte er, ihn noch immer zu riechen.

Den Duft des Erfolgs.

Jedes Mal, wenn er blinzelte, sah er die stürmischen Visionen, die ihn gequält hatten, wieder aufblitzen.

Blaugrüne Wolken waren wirbelnd über ihn hinweggezogen, durchstochen von flimmernden Pfeilern aus Licht. Er war in Panik geraten, war dem Gefühl des Ertrinkens nahe gewesen und hatte den Atem angehalten, bis seine Augen brannten und die Brust schmerzte und der Schlag seiner Herzen in den Ohren dröhnte. Dann hatte er Atem holen müssen, und da war – Luft. Gestal-

ten huschten um ihn herum: Leute, und doch keine Leute. Sie hatten Köpfe, Oberkörper, Arme und Beine, aber die Proportionen waren falsch. Er hörte, wie bekannte Stimmen seinen Namen riefen. Erinnerungen strichen zärtlich über die Oberfläche seines Geists. Gespräche, die zu anderen Zeiten in anderen Räumen mit unterschiedlichen Personen geführt worden waren, hallten in dem begrenzten Raum seines Kopfs wider.

Er versank. Die Stimmen sagten ihm, er solle schwimmen. Einige der Umrisse kamen näher und zeigten halb erinnerte Gesichter aus anderen Leben. Ihre Stimmen sammelten sich in ihm an wie Sediment. Das Gezeter war so vielfältig, dass er keine einzelnen Wörter ausmachen konnte. Nur Lärm. Der machte ihn schwer, und so sank er noch tiefer.

Unten war er umgeben von wirbelnder Dunkelheit. Etwas bewegte sich. Stampfte. Brüllte und ächzte. Schreie waren zu hören. Gekicher und Gekreisch und Lachen und Weinen. Ein leises Schluchzen. Es war kalt und wurde noch viel kälter, als die Dunkelheit ihn wie eine große, schwere Decke umhüllte. Spiralartig ging es weiter nach unten.

Riesige Tentakel wanden sich. Facettenaugen starrten nach oben. Sie waren so groß, dass Corajidin auf ihnen hätte spazieren gehen können. Er sah noch andere Lebewesen dort unten, sie kreisten wie Vögel, die unter Wasser flogen. Klein waren sie, verglichen mit den Riesen unter ihnen. Der Schall drang nach oben und ließ seinen Körper vibrieren. Worte walzten dunkel und träge über ihn hinweg. Eine der fliegenden Gestalten kam näher. In ihrem bleichen, totenstillen Gesicht leuchtete ein flackernder Turmalin an der Stirn.

»Was können wir für Euch tun?«, fragte sie.

Er sank, tiefer und tiefer …

Corajidin erhob sich kraftlos. Er schlurfte zu dem Seherfenster hinüber und zuckte bei jedem Schritt zusammen. Der Trank der Botschafterin hatte Corajidin ziemlich sicher davor bewahrt, bei dem Verbundenheitsritual zu sterben. Er klammerte sich an seine Erinnerung an das allzu kurze Glück, das er bei der Verbundenheit mit der Seele Īas und seiner Ahnen einst empfunden hatte, das ihm nun jedoch schon lange verwehrt war. Noch Tage nach dem Ritual forderte das Weltenblut, das durch seine Adern floss, seinen Tribut. Als er die Hand ausstreckte, um das Seherfenster auszurichten, sah er die hässlichen Bläschen an der Innenseite seiner Arme, die rotbraun und gelbgrün gefleckt waren. Die Haut um die Blasen war empfindsam und heiß.

Aus reiner Neugier kratzte er eine davon auf, und übel riechender Eiter floss heraus und rann langsam seinen Arm hinab. Angeekelt wischte Corajidin den Schmutz am Saum seiner Robe ab. Er würde das verfluchte Ding nicht waschen lassen. Sie sollten es verbrennen. Er würde alles verbrennen lassen, was er trug, und sein Bettzeug ebenfalls. Es war besser, wenn ihn nichts mehr daran erinnerte, wie ihn sein Körper im Stich gelassen hatte.

Corajidin wandte sich dem Seherfenster zu und drehte am Schwungrad, um den Blickwinkel und die Richtung einzustellen. Als er versuchte, Gegenstände im Auge zu behalten, die erst nahe, dann fern, dann wieder nahe waren, erfasste ihn Schwindelgefühl. Irgendwann fand er die Grenzsteine von Īajen-mar, nach denen er suchte: zwei riesige Dioritstatuen, die eine Frau und einen Mann in Kapuzenrobe darstellten. Sie hielten die Gelehrtenstäbe in einem Winkel gegeneinander, sodass sie einen hohen Bogen bildeten. Unterhalb des Bogens befand sich ein schweres Tor, dessen metallene, verschlungene Weinreben mit kunstvollen Lotusblüten geschmückt waren. Er änderte den Winkel des Fensters und folgte dem Lauf der geschützten Passage, die am Berg entlangführte und schließlich steil nach oben zu einer natürlichen Kanzel anstieg. Von dort aus war eine lange Treppe in den Felsen gehauen worden. Felsbrocken und scharfkantige Steinsplitter ragten in die Höhe; die ursprünglichen Baumeister hatten so viel wie möglich von der natürlichen Gesteinsformation stehen lassen. Dioritsäulen säumten den Weg, von denen jede von einer *Ilhen*-Kugel gekrönt war.

Oben am Treppenabsatz, zweihundert Meter über der Stelle, an der sich der Caleph-Rahn zur benachbarten Sternenkrone hinüber ausdehnte, war ein Torbogen in den Stein gehauen worden. Er war beinahe fünf Meter hoch und umrahmte eine etwas zurückgesetzte, drei Meter hohe Tür, die von steinernen Ornamenten geschmückt war. Die Tür selbst war *kirion*-schwarz, doch sie schimmerte wie ein Ölfleck in Facetten aus Rot, Blau und Grün.

An den Türen der sagenumwobenen Amer-Mahjin, der ›Tiefe der Weisen‹, gab es weder Schloss noch Griff. Der Kapitelsaal der Sēq in Avānweh hatte einst viele Generationen lang die größten Gelehrten angelockt. Doch das war lange vorbei. Nach den Gelehrtenkriegen hatten die Leute angefangen, ihn Amenankher zu nennen: den Langen Schatten. Die Gelehrtenkriege und der Terror aus einem Jahrhundert-Konflikt zwischen Gelehrten und Hexen hatte tiefe Narben bei den Überlebenden hinterlassen.

Corajidin würde an dem Tag, wenn die Hexen diese Türen aus ihren Angeln sprengten, genau dort stehen. Er würde zusehen, wie das Licht hineinströmte und die Schatten lange gehüteter Geheimnisse bannte. Dann würde er durch die zeitlosen Korridore streifen, die mit einem Wissen angefüllt waren, das die Sēq in ihrer Arroganz so lange vor den Avān verborgen gehalten hatten. Die Welt verdiente Antworten auf die Fragen, die sie quälten … wie die Heilung seiner Krankheit. Sie hatten ein Anrecht auf die Waffen vergangener Jahrhunderte, aus Zeiten, als die Avān alles beherrscht hatten, worauf ihr Blick gefallen war.

Ein Flüstern erfüllte seinen Kopf. Sein Sichtfeld verschwamm durch das Blendwerk der Anderen Erinnerung. Der gleiche Ort, aber zu einer anderen Zeit. Eine andere Person. Schlagartig wurde ihm klar, dass er die Asrahn Erebus fe Amerata war, die Rote Königin, die Shrīan während der Gelehrtenkriege regiert hatte. Sie war in den Kriegen gestorben, während sie gegen die Hexenzirkel gekämpft hatte.

Er sah sich, eingeblendet über einem brennenden Firmament. Die Wolken schäumten rot, und Flammen schienen aus den Bergen emporzuwachsen. Aus der Stadt unter ihm ertönte das Echo von Schreien. Die Sturmbringerin stand auf dem Turm in der Nähe der Tore, und ihr Seelenstein brannte mit dunkler Energie. Fraktale aus Licht umtanzten ihren Gelehrtenstab. Sie hob das blasse, schöne Gesicht in Richtung Himmel und sang messerscharfe Klingen aus Wind, Hagelkörnern und geißelndem Regen herab. Dazwischen zuckten tödliche Blitze auf. Andere Gestalten in ihrer Nähe durchschnitten die Luft mit weiß glühendem Licht, Kugeln, Bogen und Prismen aus Energie, die wie ein mörderisches Feuerwerk explodierten. Hexen kreisten im Himmel und fielen herab. Er war umgeben von den furchterregenden Trugbildern brüllender Tornados, von Ungeheuern mit Drachenköpfen, fliegenden Insekten mit glühenden Innereien und Schlimmerem. Sie schleuderten Feuerbolzen herab oder befehligten Dämonen des Wassers, der Erde und der Luft, um Avānweh aus seinen Grundfesten zu reißen. Er fühlte Phantomtränen seine Wangen hinabströmen, als er sich von so viel Tod umgeben sah …

»Endlich seht Ihr, was Ihr vergessen hattet«, ertönte eine knarzende Stimme hinter ihm.

Corajidin wandte sich um und sah sich der Botschafterin gegenüber. Ihre Kapuze hüllte die verwüstete Schönheit ihres Gesichts in Schatten. Der Tintenfisch auf ihrem Schwertknauf regte sich. Seine Tentakel, die auf dem Heft des Schwerts ruhten, schienen sich leise zu bewegen. Ein schwaches Schaben, nicht mehr als ein fernes Flüstern, ertönte bei jeder Bewegung.

»Ihr seid erneut Erwacht, Corajidin. Zumindest für kurze Zeit, solange noch ein Rest vom Wasser des Lebens in Eurem Körper ist.«

»Werde ich jemals wieder der sein, der ich war?«

Die Botschafterin zuckte mit den Schultern. »Wir haben Euch die Mittel an die Hand gegeben, sogar noch mehr zu sein, und doch zögert Ihr zu tun, was nötig ist. Ihr wollt Pashrea erobern. Ihr wollt Asrahn werden oder sogar noch höher aufsteigen und Euer Volk vereinen. Und doch zögert Ihr und nehmt unser Geschenk nicht an, und der Beginn Eurer wiederkehrenden Macht bleibt in weite Ferne gerückt.«

»Bist du hier, um mir auf die Nerven zu gehen, Botschafterin?«, fragte er mürrisch und rieb an den Wunden herum, die von seinem Mantel verdeckt waren. »Ich habe angeordnet, dass ich nicht gestört werden will.«

»Die Hexen des Mahsojhin warten auf Euch.«

»Ahh«, sagte er und nickte. Sein Lächeln war eines der falschesten, das er jemals gelächelt hatte. »Also kann ich wohl anfangen, meine Schulden zurückzuzahlen, Botschafterin.«

Angst und Aufregung erfüllten Corajidin gleichermaßen. Er hatte nach Kasraman, Belamandris und Wolfram geschickt und wartete nun auf ihre Ankunft, bevor er der Botschafterin die Erlaubnis gab, die Hexen aus dem Mahsojhin zu befreien.

Die Botschafterin ging zur Tür hinüber und machte ein Zeichen. Sie trat zur Seite, als eine Frau und ein Mann in leuchtend roten Mänteln an ihr vorbeischritten. Beide trugen Ringe aus Silber, Gold und Bronze an Fingern und Daumen, dazu dicke Halsbänder aus seilartig ineinander verschlungenen Gold- und Silbersträngen. An den Enden befand sich jeweils ein Verschluss: ihrer bestand aus einem Ziegenkopf aus Jett, seiner war ein Oktopus aus geschwärztem Silber, der Corajidin an den Schwertknauf der Botschafterin erinnerte. Und beide trugen große Eichenstäbe, die mit glänzenden Metallstückchen und Edelsteinen besetzt waren.

Die Frau war zierlich, und ihre Gesichtszüge wirkten verstörend symmetrisch und kalt. Ihre Haut war milchweiß, die Haare wie Zuckerwatte, und die Augen leuchteten kornblumenblau. Sie nannte sich Elonie. Der Mann, Ikedion, war beleibt und von mittlerer Größe. Er hatte glänzende runde Backen, wulstige Lippen und Augen, die tief in schlaffen Tränensäcken versunken waren. Seine fleischigen Finger bewegten sich unruhig, während er sich leise kichernd im Raum umsah.

Keine der beiden Hexen zeigte irgendeine Form der Ehrerbietung vor Corajidins Rang. Leicht enttäuscht musterte er sie von oben bis unten. Eine zierliche, frigide aussehende Frau und ein kichernder Fettkloß. Mit hochgezogener Augenbraue blickte er zur Botschafterin hinüber, als wollte er sagen: *Ist das alles?*

»Rahn Erebus fa Basyrandin fa Corajidin«, erklärte die Botschafterin, »Elonie ist ursprünglich aus Nienna und eine Magnatin der Steinhexen. Ikedion von Corene in Atrea ist ein Meister der Seehexen. Sie werden mit Euch über die Freilassung der übrigen Brüder verhandeln. Sie gehören zu den ältesten Lehrern am Mahsojhin.«

»Zweifellos.« Corajidin lehnte sich in seinem Stuhl zurück. Elonie von Nienna? Ivore und die Hauptstadt von Nienna waren vor beinahe zweihundert Jahren durch die Angothen von der Oberfläche Īas gefegt worden. Elonies Familie und Freunde, Ehemann und Kinder waren, sofern sie existiert hatten, schon lange zu Asche zerfallen. Die glitzernden Marmor- und Kalksteintürme im Zuckerbäckerstil ein Haufen Geröll. Ihre ruhmreichen Ritter eine ferne Erinnerung. Er fragte sich, ob irgendjemand Elonie vom Schicksal ihrer für ihre Schönheit berühmten Heimat berichtet hatte. Wusste sie, dass sie während ihrer Einkerkerung in Ruinen verwandelt worden war?

»Die Frage ist doch, lohnt sich die Mühe?«, fragte Kasraman unverblümt. »Die Sēq haben ihnen schon einmal die Grenzen ihrer Macht gezeigt …«

An der Stelle, wo gerade noch Elonie gestanden hatte, war plötzlich die Erscheinung eines großen, hageren alten Weibs zu sehen. Ihr langes, wirres Haar flatterte im Sturm, der zerfetzte Mantel war durchscheinend und die verrottende Haut lichtdurchlässig, sodass das Blaugrün ihrer Organe durch die Haut zu sehen war. Ihre Augen waren eisige blaue Sterne, die Zähne geschwärzte Fänge im grauen Zahnfleisch. Ihr Eichenstab krümmte sich und verwandelte sich in einen blutenden Ziegenkopf mit tränenden Augen. Ein Wirbelwind kam in den Ecken und Winkeln des Raums auf und verwandelte selbst die harmlosesten Gegenstände in tödliche Geschosse, die gegen Stein und splitterndes Holz schlugen.

Ikedion hatte sich ebenfalls verändert. Der fettleibige Mann war verschwunden, er hatte sich in einen sogar noch beleibteren Oktopus verwandelt, dessen Tentakel sich undeutlich in einer morastigen, tintenähnlichen Wolke bewegten. Facettenaugen wie leuchtende Goldmünzen und Haut, die in der Farbe von heißen Kohlen brannte. Eines der Tentakel schlug aus und zerschmetterte einen Tisch. Der Oktopus wuchs immer weiter und nahm mehr und mehr Raum im Zimmer ein. Die Hitze war ungeheuerlich.

Corajidin fühlte, wie seine Eingeweide bei dem Anblick der ausschlagenden Tentakel zu rumoren begannen. Sie glichen seiner Vision so sehr! In seinem Geist entstand der übermächtige Drang zu rennen. Lauf weg! LAUF WEG!

Seine Herzen stockten in der Brust, und sein linker Arm war nahezu gelähmt vor Schmerz.

Belamandris hatte sein *Amenesqa* gezogen und stand bleich, aber entschlossen zwischen den Schrecken und seinem Vater. Wolfram hatte ebenfalls Stellung bezogen, um seinen Herrn zu verteidigen. Corajidins Blick irrte weiter zu Kasraman, der mit dem Rücken zu seinem Vater stand, den beiden Horrorgestalten zugewandt. Ein Blitz flammte quer durch den Raum, und Corajidin glaubte eine donnernde Stimme zu hören, die autoritär in einer Sprache dröhnte, die er nicht verstand.

Für einen Moment füllte sich der Raum mit albtraumhaften Bildern. Im nächsten Augenblick waren Elonie und Ikedion wieder vor ihnen. Sie standen mit bleichen Gesichtern und beinahe ängstlich, mit niedergeschlagenem Blick vor Kasraman, der über ihnen beiden aufragte. Die beiden Hexen verbeugten sich zitternd.

Corajidin gab sich alle Mühe, das Beben in seinen Gliedern zu unterdrücken. Seine Brust tat weh, und hinter seinen Augen breitete sich ein stechender, heftiger Schmerz aus. Er strich seinen Mantel glatt und setzte sich mit etwas mehr Autorität wieder in seinem Stuhl auf. Der Raum sah aus wie immer: Die Möbel standen an ihrem Platz, und die Wände waren unversehrt. Von allen Anwesenden schien nur die Botschafterin unbeeindruckt, obwohl sie Kasraman mit neuem Respekt ansah.

Kasraman wandte sich zu seinem Vater um und verneigte sich. »Ich glaube, unsere Gäste sind nun mehr als bereit, die Bedingungen mit dir zu diskutieren, Vater.«

»Wir entschuldigen uns für unseren Ausbruch, großer Rahn«, sagte Elonie kleinlaut. Ikedion nickte zustimmend. »Wir begreifen erst langsam, dass sich die Welt verändert hat, in einem Zeitraum, der für Euch Jahrhunderte gedauert hat, für uns jedoch nur einen Augenblick. Vieles von dem, was wir kannten, was wir liebten ...«

»Der Verrat durch die Sēq«, Ikedion hielt den Blick gesenkt, »ebenso wie durch Asrahn Amerata, liegt für uns erst wenige Stunden zurück. Unser Zorn ist noch frisch.«

Corajidin starrte sie nieder und nutzte die Zeit, um seine noch immer zitternden Gliedmaßen zu beruhigen. Er blickte zu Kasraman, der noch immer genauso aussah wie zuvor. Und doch war er sich sicher, dass sein Erbe diese beiden unter seine Kontrolle gebracht hatte. Die Frage war: Wie? Außerdem fragte er sich, wozu sein Sohn sonst noch imstande war.

»Ich würde euch gern in meine Dienste nehmen«, sagte Corajidin dann, »vorausgesetzt, ihr nehmt Kasramans Befehle entgegen, als wären es meine eigenen.«

Elonie und Ikedion nickten hastig. Kasraman sah die beiden nachdenklich an. Zweifellos fragte er sich, wie viel Macht diese Waffen, die ihm in die Hände gegeben worden waren, wirklich hatten. Wolfram stellte sich neben Kasraman und flüsterte ihm etwas ins Ohr, das Corajidin nicht verstehen konnte. Kasraman nickte einmal, und seine Lippen verzogen sich zu einem Lächeln.

»Und jetzt zum Geschäft.« Corajidin klatschte rasch in die Hände. Er machte Elonie und Ikedion ein Zeichen, sich zu setzen. »Es scheint, wir können uns gegenseitig aushelfen. Soweit ich gehört habe, sind noch mehr von euch im Mahsojhin eingesperrt, und ich würde euch gern dabei helfen, eure Freunde zu befreien. Lasst uns unser neu gewonnenes Verhältnis aber zunächst mit der Frage beginnen, was ihr für mich tun könnt, in Ordnung?«

Corajidin goss sich ein großes Glas Kaffee ein und würzte ihn mit Zimt. Genießerisch schloss er die Augen, während er an dem Getränk nippte. In diesen Augenblicken, wenn er schmerzfrei war, schien das Leben beinahe so lebenswert, wie er es in Erinnerung hatte.

»Wollt Ihr die Hexen wirklich einsetzen, Eure Majestät?«, fragte Wolfram. Der alte Hexer griff nach unten und massierte sein Bein unter den abgenutzten Riemen seiner Beinschienen.

»Ich denke schon«, sagte Corajidin. Die Erinnerung an ihre Machtdemonstration lauerte noch immer im Hintergrund, wie Kindheitsängste. »Sie haben einen derartigen …«

»Hass in sich?«, schlug Belamandris vor. Er stieß sich mit besorgter Miene von der Wand ab. »Du verfolgst da einen waghalsigen Kurs, Vater!«

»Sie sind genau das, was wir brauchen, kleiner Bruder«, konterte Kasraman. »Sie bringen eine entsetzliche Macht mit sich, aber es ist eine Macht, die wir eben kontrollieren müssen. Es ist unwahrscheinlich, dass die Sēq jemals andere Interessen im Auge haben werden als ihre eigenen. Wir können die Hexen des Mahsojhin so formen, dass sie dem Hohen Haus Erebus von Nutzen sind.«

»Da wir gerade beim Thema sind.« Corajidin zog ein Behältnis mit einer Schriftrolle aus der Innentasche seiner Robe. Er warf es Kasraman zu, der es geschickt auffing. Als sein Sohn ihn mit erhobener Augenbraue ansah, machte er ihm ein Zeichen, es zu öffnen. Kasraman las deutlich schneller, als Corajidin das überhaupt für möglich gehalten hätte. Es war, als hätte er den gesamten Inhalt mit einem einzigen langen Blick erfasst. Sein ältestes Kind sah erstaunt auf. Die Schriftrolle wurde an Belamandris weitergegeben, dann zu Wolfram, bevor die Botschafterin die Gelegenheit bekam, sie zu lesen.

»Du kennst die Sturmbringerin«, sagte Corajidin zu ihr. »Deine Meinung?«

»Sie wird nicht erfreut sein, wenn sie das liest«, sagte die

Botschafterin mit schiefem Lächeln. »Erwartet Ihr wirklich vom Gelehrtenmarschall, dass sie zu Euch kommt, um die Zukunft der Sēq in Shrīan mit Euch zu diskutieren? Sie verbeugt sich vor niemandem.«

»Dann werden sie und die Sēq zerstört werden«, sagte Corajidin scharf. Rasch sah er zu Belamandris hinüber, dann wieder zu der Botschafterin. »Das ist es, was wir vereinbart haben, oder nicht? Als Teil Eures Preises. Die Gelehrten werden vor mir als Asrahn auf die Knie fallen, oder sie werden feststellen, dass in Shrīan kein Platz für sie ist. Jetzt, wo ich eine Alternative habe, sind ihre Tage der unbestrittenen Autorität vorüber.«

Kapitel 13

»Wie ein Garten nicht ohne Sonnenschein und Wasser gedeiht, kann der Garten der Seele nicht ohne Liebe oder Mitgefühl gedeihen.« Aus den Maximen der Nilvedic

352. Tag im 495. Jahr der Shrīanischen Föderation

Die Seethe-Truppe sang ohne die Begleitung durch Instrumente; ihre atemlosen Stimmen verschmolzen zu einem mehrstimmigen Gesang, der zugleich den instrumentalen Hintergrund bildete. Hunderte von Leuten aus allen möglichen gesellschaftlichen Schichten hatten sich in der wohligen Dunkelheit einer tiefen, ovalen Arena im Berg versammelt und lauschten ehrfürchtig dem Auftritt der Seethe. Der nächtliche Himmel war von Sternen übersät. Der farbige Nebel des Ahnenschleiers breitete einen Teil seiner Kapuze über den von der Nacht geschärften Rand der Arena. Etwa dreißig Seethe, darunter Shar, sangen ihr hinreißendes Chorwerk und ließen große, glänzende Kristalle in jeweils einer anderen Farbe und Helligkeit im Takt zu ihrer Musik leuchten. Indris warf einen Blick zu Mari hinüber, deren Profil in unschuldigem Staunen leuchtete. Tränen hatten sich in ihren Augenwinkeln gebildet. Er lächelte und ließ den eigenen Tränen freien Lauf. Die Schönheit der Darbietung sandte ihm Schauer über den Rücken.

Während die Musik zu einem atemberaubenden Crescendo anschwoll, stieg ein Teil der Darsteller Pirouetten drehend in die Lüfte auf. Ihre Haut schimmerte, und ihre juwelengleichen Augen leuchteten wie Kerzen. Diejenigen, die am Boden geblieben waren, spiegelten die Formation über ihnen in einem komplexen, zu Herzen gehenden, perfekten Bewegungsablauf.

Als das Stück zu Ende war, sprang die Menge auf die Füße. Das Dröhnen des Applauses, das Geräusch von Händen, die gegen die Brust trommelten, und stampfenden Füßen erfüllten die Arena. Haydens Augen leuchteten, und tiefe Lachfältchen hatten sich in seinen Augenwinkeln gebildet. Ekkos Schwanz schlug auf den Sitz, seine riesigen, samtenen Pranken waren zusammengepresst, die Augen genießerisch halb geschlossen. Neva und ihr Bruder Yago riefen laut ihre Anerkennung. Nur Omen blieb sitzen, den Kopf zur Seite geneigt, als würde er Stimmen lauschen und Dinge sehen, die niemand sonst hören und sehen konnte. Shar suchte sie von der Bühne aus, das Gesicht leuchtend vor Vergnügen. Sie klatschte in die Hände und hüpfte mit strahlendem Lächeln auf und ab.

Das waren die Momente, die Indris am meisten liebte.

»Danke.« Mari schmiegte sich an ihn und schob ihren Arm durch seinen. »Das war unglaublich!«

»Ich kann es nicht fassen, dass du in Avānweh stationiert warst und nie den Auftritt einer Seethe-Truppe gesehen hast. Hast du den Fliegenden Zirkus der Näsaré gesehen?«

»Der, in dem deine Cousine Neva auftritt?« Mari schüttelte den Kopf, und ihr Lächeln verblasste bei der Erwähnung von Nevas Namen.

»Wir können morgen hingehen, wenn du Zeit hast.«

»Das können wir ja noch spontan entscheiden«, sagte Mari ausweichend und blickte weg.

Indris folgte ihrem Blick hinüber zu der Stelle, wo Nazarafine, Roshana, Siamak und deren Gefolge in einem abgesperrten Bereich der Arena saßen. Ajo war ebenfalls da und Kembe von den Tau-se mit seiner Partnerin Ife und ihren Kindern mit den gelbbraunen Mähnen. Bensaharēn und Maselane saßen zusammen, hielten ihre glänzenden Trinkhörner in den Händen und lachten leise. Wachen bildeten einen Schildwall um die Gäste aus der königlichen Kaste und deren Freunde. Ein mürrisch dreinblickender Martūm hatte neben Ziaire Platz genommen, die ihrerseits neben Esid von den Mandarhan saß, die Hand in seinem Schoß. Esid war der Sayf einer sehr wohlhabenden, föderalistischen Familie. Seine Eltern waren erst vor Kurzem gestorben, als ihre Windbarke während eines heftigen Sturms abgestürzt war. Der junge Mann war von den Gelehrten der Zienni in Kaylish ausgebildet worden und stand in dem Ruf, von erstaunlichem Verstand und nobler Gesinnung zu sein. Außerdem war er ein entfernter Cousin von Vashne. Martūms Miene nach zu schließen schien er zu wissen, dass er nicht länger der einzige Kandidat der Föderalisten war.

»Also, was geschieht jetzt mit den Feyassin, wenn dein Vater Asrahn wird?«, fragte Indris.

»Meinst du damit, was mit den Feyassin passiert«, Mari schmiegte sich dichter an ihn und lächelte, während sie seine Hand drückte, »oder mit meiner Stellung bei ihnen?«

»Beides.«

»Ich kann meinem Vater nicht dienen«, sagte Mari und warf Indris einen scharfsinnigen Blick zu. »Aber zwischen Nazarafine und Roshana gehen seltsame Dinge vor. Man hat mir gesagt, wir würden beide zu Ausgestoßenen erklärt werden, wenn wir zusammenbleiben. Weißt du, was sie vorhaben?«

»Sie wollen uns beide für ihre eigenen Ziele einsetzen.« Indris zuckte mit den Schultern. Sollte Rosha doch planen, was sie wollte. Egal, was für eine gute Partie Neva für die

Näsarats wäre, Indris interessierte sich nur für Mari. Er betrachtete sie, doch ihrer Miene war nichts zu entnehmen. Beinahe wünschte er sich, dass sich seine neue Gabe jetzt manifestieren würde, damit er ihre Gedanken hören könnte. Doch sofort rief er sich zur Ordnung; er hatte nicht vor, in ihre Privatsphäre einzudringen. »Macht es dir etwas aus?«

»Mein Kopf und meine Herzen prallen da aufeinander. Es ist ein ziemliches Durcheinander, und es gibt Augenblicke, da glaube ich, ich werde dabei draufgehen.« Sie schenkte ihm dieses Lächeln, das er so sehr liebte. »Wirst du mich retten, Indris?«

»Ich kann mir niemanden vorstellen, der es weniger nötig hätte.«

»Eine gute Antwort.«

Sie saßen behaglich beisammen, die Hände ineinander verschlungen. Unten nahmen die Seethe ihre Instrumente auf. Die Unterhaltungen gerieten ins Stocken und hörten schließlich ganz auf, als die schmerzhaft schönen Stimmen der Seethe erneut zum Nachthimmel aufstiegen.

In der darauffolgenden Stunde setzte die Truppe ihre Gesänge, Tänze und Kunststücke in Akrobatik und Kampfkunst fort. Die Kriegertruppen der Seethe in ihren leuchtenden *Serill*-Rüstungen und ihren langen, gebogenen Schwertern waren die Publikumslieblinge. Die Gesichtsmasken ihrer Helme flackerten und wechselten ständig ihr Aussehen: schöne Mädchen, anzüglich grinsende, wahnsinnige Gesichter, weinende Schädel, brennende Adlerköpfe. Ihre Rüstungen schimmerten in allen Farbspektren, und wenn sie sich bewegten, klirrten sie leise wie ein Windspiel.

Als die Darbietung vorüber war, warteten Indris und seine Freunde auf Shar. Mari scherzte mit Hayden, und ihr Gelächter brachte Indris zum Lächeln. Ekko ragte hoch über ihnen allen auf, und mit großen Augen und zuckenden Schnurrhaaren atmete er den Duft der Welt und ihrer Geschichten ein.

»Omen sieht die Sturmbringerin nahen«, verkündete der Geisterritter. »Ihre Seele leuchtet, sie flackert und brennt, in Windungen, die niemand außer ihr kennt. Ich sehe schwelenden Zorn, aber nicht auf Indris, sondern auf jemand anders.«

»Ist er immer so?«, flüsterte Neva Indris zu.

»Meistens.«

Der Geisterritter legte seine glasierte Hand auf den Schwertgriff, dann erstarrte er, reglos wie eine Statue. Nach und nach verblasste das Lächeln auf den Gesichtern der Freunde, als eine grimmig dreinblickende Femensetri auf sie zumarschierte. Ein kreisförmiger leerer Raum bildete sich um die Gelehrte, als die Leute ihr flüsternd auszuweichen versuchten.

»Haut nur ab, ihr alle«, sagte Femensetri mit ihrer Krähenstimme. Düster beäugte sie die Gäste, die mit den gekünstelt beiläufigen Bewegungen äußerst nervöser Leute das Weite suchten. »Geht weiter. Und kommt gar nicht erst zurück.«

»Guten Abend, Femensetri.« Indris zwang sich zu einem Lächeln. »Eure Ankunft ist subtil wie immer.«

»Das gebe ich auf deine Witze, Junge«, sagte Femensetri und schnippte mit den Fingern vor Indris' Gesicht herum, bevor sie auf den Boden spuckte. Sie blickte nach links und rechts und wirkte so nervös, dass Indris' Mund trocken wurde vor Sorge. »Du und ich, wir haben da etwas zu erledigen, das keinen Aufschub duldet. Meine gelehrten Amtsbrüder sind im Begriff, ihre Politik der Nichteinmischung durchzusetzen, bis sich die Wogen glätten und sie zu irgendeiner Form der längst überfälligen Einigung kommen. Wir müssen jetzt handeln.«

Sie fluchte weiter in Hochavān, lang und umfassend. Als ihr die farbenprächtigen Formulierungen ausgingen, wechselte sie ins Seethe, um die Sache abzurunden. Selbst Shar, die noch rechtzeitig gekommen war, um die Tirade in voller Länge mitzubekommen, wurde blass.

»Ich werde Euch helfen«, sagte Indris. »Hat man denn überhaupt schon einen angemessenen Ersatz für Vahineh gefunden?«

»Das spielt keine Rolle«, konstatierte Neva.

Mari sah die Frau misstrauisch an.

»Obwohl ihr nicht beweisen könnt, dass er es tatsächlich war, haben Rahn Corajidin oder zumindest Leute unter seinem Befehl ziemlich sicher bereits einen Mordversuch auf Vahineh unternommen. Es wird nicht lange dauern, bis sie es wieder versuchen.«

»Neva hat recht.« Yago hatte die Daumen in seinem Waffengürtel eingehakt. »Die Imperialisten haben durch Rahn Corajidins Sieg bei den Wahlen Blut geleckt. Viele Leute werden in seiner Gunst stehen wollen, und sie betrachten die Föderalisten im Moment als keine große Bedrohung.«

Mari sah hinüber zu den Föderalisten, die gerade die Arena verließen. Nazarafine sah sich um, entdeckte Mari und in wessen Gesellschaft sie war, und machte eine gebieterische Geste, dass Mari sich zu ihr gesellen solle. Indris sah die Geste und schnaubte.

»Das kann sie nicht ernst meinen«, murmelte er.

»Ich begleite sie zu ihrem Qadir zurück und treffe dich danach wieder«, sagte Mari. »Wo gehst du hin?«

»Es ist sicherer, wenn wir dich suchen, nicht umgekehrt, Mädchen.« Femensetris Stimme war kaum mehr als ein Flüstern. »Wir schicken dir eine Nachricht, wenn es vollbracht ist. Besser, es gibt gar keinen Rahn Selassin, als dass Corajidin Vahineh in die Finger bekommt und sie zwingt, jemanden seiner Wahl Erwachen zu lassen. Trotzdem sollten sich Nazarafine, Rosha und Siamak besser schnell auf einen Ersatz einigen!«

»Yago und ich werden mit Euch kommen«, bot Neva an, und Yago nickte zustimmend.

Indris sah, wie Maris Miene starr wurde und ihr träges, verführerisches Lächeln sich beinahe in eine Grimasse verwandelte. Sie warf Neva, die sich leise mit Yago unterhielt, einen Blick zu. Da war etwas in Maris Blick … es war weder Verlust noch Kränkung … eher etwas Nachdenkliches. Die ferne Trübung durch einen Zweifel, der deutlich langsamer aus ihrer Miene verschwand, als er gekommen war.

»Ich werde nicht lange weg sein, Mari«, sagte Indris. Er küsste sie zum Abschied. Ihr Mund lag auf seinem, und er nahm den schwachen Geschmack von Zimt auf ihrer Zunge wahr. Ihre Finger hielten die seinen umschlungen, und sie zog seine Arme enger um sich.

»Sehe ich dich bald?«, fragte sie, als sie sich weit genug zurückgezogen hatte, um sprechen zu können.

»Ich komme, so schnell ich kann.« Er küsste sie noch einmal, dann folgte er Femensetri, die aus der Arena stolzierte, seine Freunde im Schlepptau.

Als sie auf die breiten Straßen des Caleph-Mahn hinaustraten – des Handelsbezirks, der sich auf einer Terrasse nicht allzu weit über dem großen Talkessel des Stadtkerns befand – wählte Femensetri eine umständliche Route. Sie stiegen Treppen hinunter, durchquerten Parks. Gingen über Brücken und durch Tunnel, wobei sie sich ständig vergewisserten, dass ihnen niemand folgte. Nachdem sie die Brücke über einen Fluss überquert hatten, dessen Pegel nach den kürzlichen Regenfällen in den Bergen sehr hoch stand, führte sie sie zu einer Gondelstation.

Das alte Gebäude war aus Holz und Stein errichtet worden, und massive, übermannshohe Bronzeräder ragten daraus hervor. Innerhalb weniger Minuten hörten sie das Knarzen und Ächzen der Gondelkabel, als der kugelförmige Wagen in der Station auftauchte. Er war aus Holz, Stahl und Messing gemacht und hing an einem dicken Kabel, das den Berg hinaufgespannt war. In die obere Hälfte der Kugel waren dicke Glasfenster eingesetzt, die untere Hälfte ruhte auf einem Drehpunkt und wurde durch vier große Räder stabilisiert. Sie fuhren mit der Gondel die terrassierten Hänge des Mar Silamari hinauf, umgeben vom Geruch nach altem Leder, poliertem Holz und Öl, der in der Kabine hing. Der Wind summte durch die Ritzen an den Fensterrahmen. Sie erreichten das Caleph-Sayf, das Eliteviertel mit den Hotels, in denen viele Sayfs untergebracht waren, und den Villen der wohlhabenden Einwohner von Avānweh.

Ein weiterer kurzer Fußmarsch brachte sie zu einer älteren Villa, die schon bessere Tage gesehen hatte. Die Fenster waren mit Eisen verrammelt und der Eingang von einer schweren Eisentür sowie bewaffneten *Nahdi* aus dem Volk der Tau-se gesichert. Sie beäugten Ekko, als sie vorübergingen, doch dieser schien sich ihrer Neugier gar nicht bewusst zu sein. Drinnen warfen *Ilhen*-Kristalle einen pergamentfarbenen Schein auf die Steinböden und die mit Holz vertäfelten Wände.

»Sie ist hier drüben«, sagte Femensetri. »Ich habe sie in der Nacht hierherbringen lassen, als man sie ermorden wollte. Einige der weiblichen Mitglieder der Feyassin haben abwechselnd Vahinehs Rolle im Qadir Selassin übernommen, für den Fall, dass sie wieder angegriffen werden sollte.«

Der Raum, in dem Vahineh lag, war düster und kalt. Der Geruch nach abgestandenem Schweiß durchdrang die klaustrophobische Dunkelheit. Die Luft schien still zu stehen, sie wirkte beinahe wie eine feste Masse, die gegen Indris' Haut drückte. Femensetris Profil war nicht mehr als eine bleiche Mondsichel in der Schwärze, getrübt von dem Daumenabdruck ihres Seelensteins. Sie machte Indris ein Zeichen, ihr zu folgen. Die anderen blieben draußen vor dem Zimmer und hielten Wache.

Femensetri ging zum Bett hinüber, das sich auf der anderen Seite des Raums an der Wand befand. Ihre Miene war undurchdringlich. Indris gesellte sich an ihre Seite. Ein leises Wimmern ertönte unter dem Wust aus Decken. Femensetri flüsterte leise, schmeichelnd, und Myriaden von Fraktalen aus eisigem weißen Licht begannen in der sichelförmigen Wölbung ihres Stabs zu wirbeln. Leuchtende Strahlen breiteten sich aus und enthüllten die Person in dem Bett.

Indris unterdrückte ein Keuchen. Vahinehs Gesicht war eingefallen, ein Schädel, bei dem sich die Haut zu fest über die Knochen ihrer Stirn und Wangen spannte. Ihre Augen waren tief in die Höhlen gesunken. Die wenigen dünnen Haare, die ihr geblieben waren, klebten ihr in verfilzten Strähnen an der Stirn und im Nacken. Unter ihrer leichten Tunika konnte Indris sehen, wie sich die Knochen ihres Schlüsselbeins und der Schultern durch die Haut abzeichneten. Ihr Mund öffnete und schloss sich wie bei einem Fisch auf dem Trockenen. Die Hände waren in die Laken gekrallt, hatten jedoch nicht viel Spielraum, da sie mit den Handgelenken ans Bett gefesselt war.

»Ihr Erwachen hat ihr das angetan?« Indris stellte fest, dass sein Mund plötzlich ganz trocken war.

»Wenn man es denn so nennen kann.« Femensetri stützte sich auf ihren Stab. »Es war niemals vorgesehen, dass sie eine derartige Erfahrung machen muss.«

»Was sollen die Fesseln?«

»Sie wurde sich selbst zur Gefahr.« Femensetri wies auf die frischen Narben, die sich über Vahinehs Körper zogen.

»Wir wissen nie genau, wer sie im nächsten Moment sein wird. Sie kann die Ahnenverbindung nicht kontrollieren. Im Augenblick ist ihr Geist ungefähr so stabil wie ein Kartenhaus, und es wird immer schlimmer.«

»Was soll ich tun?«

»Du solltest Erwachen, Junge!«, sagte sie mit einem Hauch von Verwunderung. »Ich war dabei! Ich habe gefühlt, was du getan hast. Du hast es nicht nur fertiggebracht, es zu verhindern; du konntest den Effekt auch noch rückgängig machen, ohne Schaden zu nehmen.«

Ohne Schaden zu nehmen? Er hätte am liebsten gelacht. Trotzdem gab es so vielleicht eine Möglichkeit herauszufinden, was er wissen wollte. Eine Hand wusch die andere.

»Ich habe nicht die Ausbildung, um einen Abbruch durchzuführen«, sagte er stirnrunzelnd zu Femensetri. »Was ich mit Ariskander gemacht habe, habe ich aus Verzweiflung getan. Nicht, weil ich eine spezielle Begabung dafür hatte.«

»Das ist Jacke wie Hose«, erwiderte sie gelassen. »Sie wird sterben, wenn wir nicht handeln.«

»Ich weiß. Aber selbst wenn wir es tun, stirbt sie vielleicht trotzdem.«

»Oder auch nicht.« Sie zuckte mit den Schultern. »So hätte sie eine größere Chance. Ich kann dich anleiten, aber ich kann es nicht selbst tun.«

»Wegen der Spaltung des Ordens?« Indris setzte sich auf die Bettkante und nahm eine von Vahinehs Händen in seine. Die Haut war heiß und trocken. Es war die Haut einer alten Frau, nicht die einer jungen Erwachsenen. »Was geschieht hier, *Sahai*?«

Ihr Gesichtsausdruck wurde grimmig. »Sie scheinen vergessen zu haben, dass unser Auftrag lautet, aus der Vergangenheit zu lernen, in der Gegenwart zu beraten und zu unterrichten, und die Zukunft zu bewahren. Nur wenige von uns sind dafür geeignet, auf einem Thron zu sitzen und eine Krone zu tragen, Junge.«

»Ich würde sagen, dafür ist keiner von uns geeignet.«

»Weshalb wir alle der Meinung waren, dass sie dir ganz gut passen würde.«

»Auf keinen Fall.«

Femensetri schnaubte. Der Gedanke, zu den Tagen der Mahjirahn zurückzukehren – der Gelehrtenkönige – oder, schlimmer noch, zu Vollstreckern des Willens einer mit Makeln behafteten Monarchie und Regierung zu werden, war furchtbar. Das war der Grund, weshalb die Sēq im Abstrakten liebten und hassten. Ein Sēq besaß nichts und brauchte nichts, denn für alle Bedürfnisse des Lebens sorgte der Orden. Das sollte die Gier nach weltlichen Besitztümern, das Streben nach Macht oder die Anhäufung von Reichtum unterdrücken und verhindern. Ihre Macht für so irdische Vorteile zu entfesseln war keine weise Entscheidung. Die Sēq hatten gezeigt, dass sie schlecht ausgerüstet waren, um einem derartigen Pfad zu folgen.

»Wenn du Ariskander erlaubt hättest, dich Erwachen zu lassen, würde das alles keine Rolle spielen. Zu gegebener Zeit hättest du den Orden und den Teshri mit einer gemeinsamen Vision vereinen können.«

»Ich lasse mich nicht zur Marionette der Sēq machen – oder des Teshri.«

»Das sagst du immer, und doch bist du jederzeit zur Stelle, wenn es Probleme gibt. Meiner Meinung nach beteuerst du dein Desinteresse zu sehr. Du wirst mehr von deiner Treue als von Tatsachen beherrscht.«

»Man sollte nicht glauben, dass *Ihr* diejenige seid, die *meine* Hilfe will«, murmelte Indris. »Und da es offensichtlich mein Kopf sein wird, der in der Schlinge steckt, wenn die Leute fragen, wer es getan hat, weil Ihr …«

»Pass auf, was du sagst, Junge.« Femensetris Seelenstein erwachte zu flackerndem Leben. Die Fraktale, die um ihren Stab wirbelten, begannen wie Miniatursonnen zu glühen. Indris sah, wie sich ihre Disentropische Färbung vertiefte und in eine knisternde Korona verwandelte, und ihm wurde flau im Magen. »Du magst stark sein, aber du hast noch viel zu lernen.«

Er neigte den Kopf, während sich das Leuchtfeuer ihrer Macht voll entfaltete. Sie brauchte ihn. Es war Zeit für einen Handel. Er konnte nicht sicher sein, dass Chaiya bei ihren Nachforschungen Erfolg haben würde. Femensetri konnte ihm Zugang zu den Informationen verschaffen, die er brauchte, ohne dass er in ihrer Schuld stehen würde. Und dann war da noch die Frage nach seiner Abstammung, die erst mit Ariskanders Bemerkungen nach seinem Tod und Roshas Ränken in ihm aufgekeimt war.

»Ich habe tatsächlich noch manches zu lernen. Und einige der Antworten, die ich suche, sind der Preis für meine Hilfe«, sagte er.

Femensetri runzelte einen Moment lang nachdenklich die Stirn. Dann zuckte sie mit den Schultern. »Wenn es in meiner Macht steht, sollst du bekommen, was du willst.«

»Gut. Wenn wir hier fertig sind, könnt Ihr ja mit meiner Familie anfangen, und dann sehen wir, wohin uns das führt.«

Vahineh murmelte in Sätzen vor sich hin, die alle paar Sekunden Tonhöhe und Rhythmus wechselten. Es war, als würde sie mit den Stimmen von einem Dutzend oder mehr Personen sprechen. Akzent, Satzmelodie und Tonfall wechselten beständig. Ihre Augen waren teilweise geöffnet, schimmernde Splitter aus Weiß unter rußig schwarzen Wimpern.

»Es wird schwierig werden«, sagte Femensetri. »Ein Abbruch wird normalerweise gemeinsam durchgeführt, mit einem oder zwei Meistern. Du wirst es allein machen müssen. Ich werde mich auf deinen Geist einstellen.«

»Nein, das werdet Ihr nicht!«, sagte Indris scharf. Wenn Femensetri erst einmal Zugang zu seinem Geist hätte, war nicht mehr zu kontrollieren, was sie zutage fördern würde. Er konnte es nicht riskieren, dass sie in die tiefen Schlupfwinkel seiner Psyche vordrang und ihren Krähenblick auf Orte warf, die er selbst kaum begriff.

»Mach dich nicht lächerlich!«, sagte sie spöttisch. »Wenn ich dir nicht den Weg zeige, könntest du sie umbringen. Oder, noch schlimmer, ihr Erbe willkürlich an irgendjemanden weitergeben. Wenn du dich damit besser fühlst, dann schirm deinen Geist ab. Ich verspreche, dass ich nicht hinsehen werde.«

»Worauf Ihr Euch verlassen könnt«, murmelte er.

Femensetri begann mit ihren eigenen Vorbereitungen, während Indris die Innere Feste sang. Er visualisierte unerbittliche Mauern, diamantene Schilde mit Tausenden scharfer Facetten um den Kern seiner psychischen Instanzen herum. Geschichte, Erinnerungen, Hoffnungen, Wünsche und Träume, alles wurde hinter mentalen Spiegeln abgeriegelt.

Am äußeren Umkreis seiner Psyche fühlte Indris die warme Berührung von Femensetris Geist. Er hatte sie im Verdacht, dass sie seine Innere Feste hier und da austestete. Die Berührung war leicht, und sie hörte sofort auf, als sie sah, wie Indris sie anstarrte. Die Sēqmeisterin zuckte mit den Schultern, als wolle sie sagen, er hätte ohnehin gewusst, dass sie es probieren würde. Er widmete ihr einen letzten, harten Blick, um ihr zu signalisieren, dass er ihren Versuch nichtsdestoweniger missbilligte, dann konzentrierte er sich auf die vorliegende Aufgabe. Sekunden später fühlte er die warmen Strömungen der Einstimmung durch seinen Geist fließen. Zunächst war es, als würden zwei machtvolle Ströme zusammenfließen.

Ein Wasserfall, der gegen Felsen donnerte, die schäumenden Stromschnellen zweier Geister. Wenige Minuten später beruhigten sich die Strömungen und vereinigten sich. Als sie ins *Pséja* eintraten, wurde das Fließen stärker – der Verbindung der Seelen.

Sie verweilten in einem Moment zwischen Momenten, in dem sich die Zeit auszudehnen begann. In einem Reich der Gedanken, die sich unendlich schneller bewegten als Sprache, wies Femensetri Indris den Weg.

Keiner der beiden hatte es nötig, sich mithilfe irgendeines Konstrukts oder einer Metapher darzustellen. Ihre Verständigung war so vertraut, wie das bei zwei Hälften eines geteilten Geists möglich war, und jeder war zu einem tiefen Begreifen des anderen fähig. Indris fühlte das Gewicht von Femensetris Psyche. Die Macht. Das Alter. Die Majestät. Ein sehr ursprünglicher Teil von ihm nahm voll Ehrfurcht ihre Brillanz wahr und wollte sich in diesem Sonnenglanz verlieren, um nie wiederzukehren. Und doch widerstand er dem Drang, und Femensetri führte ihn weiter. Gemeinsam strömten sie durch die Geröllhalde, zu der Vahinehs Geist geworden war.

Da war kein zusammenhängender Gedankengang mehr zu erkennen. Ihre Selbstdarstellung war zerbrochen. Schlimmer als zerbrochen – sie war zerschmettert. Ihr Geist bestand nur noch aus abgeschrägten Spiegeln, deren Oberflächen gesprungen und zerklüftet waren, als hätte jemand mit dem Hammer auf sie eingeschlagen. Indris sah Vahineh, wie sie sich selbst sah. Kindheit kollidierte mit der Jugend, die wiederum mit dem Erwachsensein auf Kriegsfuß stand. Doch da waren auch noch andere Gesichter. Andere Stimmen, die schrien und flehten und forderten. In ihren zerbrochenen Spiegeln sah sich Vahineh als Dutzende von Personen: ihre Ahnen, die alle lautstark fordernd um die gezackten Risse der Vergangenheit versammelt waren. Indris wollte sich die Ohren zuhalten, um den Lärm auszusperren. Femensetri hielt ihn dicht bei sich. Zusammen hasteten sie durch das Labyrinth aus klirrenden Spiegeln, unter den Augen und Mündern und Ohren und bruchstückhaften Gesichtern von Vahinehs Ahnen hindurch, bis sie sie fanden.

Sie stand inmitten eines Wirbelsturms aus Licht und Schatten. Wie eine Marionette war Vahineh zwischen zahlreichen klirrenden Ketten an Hand- und Fußgelenken gefesselt. Ausgebleicht und ohne Farbe, gekleidet in zerlumpte Klamotten, drehte sie sich im Kreis, die Arme weit offen und den Kopf zurückgeworfen, mit starrem Blick und schlaffem Mund. Erinnerungssplitter umwirbelten sie, eine tödliche Windhose aus den Trümmern der Vergangenheit. Indris fühlte, wie sein eigener Geist bestürmt wurde, während er sich durch den Mahlstrom bewegte, um an ihre Seite zu gelangen.

Ein Gefühl der Dringlichkeit spülte über ihn hinweg. Femensetris wortlose Befehle hallten in seinem Geist wider. Er umkreiste Vahineh, immer schneller. Schließlich schienen er und sie, zerschlagen und ramponiert wie sie waren, bewegungslos im Vergleich zu der Welt, die sich in einem chaotischen Schattenspiel um sie drehte.

Indris formte seinen Geist zu einem Meißel. Mit aller Kraft, die er aufbringen konnte, schmetterte er mit der harten Kante seiner Psyche gegen die Ketten, die sie festhielten. Die Ketten klirrten und kräuselten sich, als ob sie aus einer flüssigen Substanz statt aus Metall gemacht wären. Ober- und unterhalb wogte der Raum wie ein Ozean im Sturm. Blauweißes Licht durchbohrte sie kalt und schmerzhaft. Vahinehs Geist ertrank im Aufruhr der Quelle, und Īa wollte sie nicht gehen lassen.

Splitter ihres Geists und die Echos ihrer Ahnen durchdrangen ihn. Sie schnitten große Stücke aus seiner Feste. Ihr zerstörter Geist schlug willkürlich auf ihn ein. Doch noch immer klammerte sich Indris unerbittlich an ihre Ketten. Bindeglieder brachen ab und schlugen nach ihm. Er taumelte bei jedem Aufprall, weigerte sich aber, sie aufzugeben. Eine nach der anderen zerbrachen die Ketten, die sie hielten, mit dem Laut fallender Glocken.

Als die letzte Kette zerbrach, nahm er Vahineh behutsam in seine Arme. Tröstete sie und badete ihren Geist in warmer Sanftheit, selbst in dem Moment noch, als er seinen Willen darauf zu konzentrieren begann, ihr haltloses Wirbeln zu verlangsamen.

Indris hielt sie fest umschlungen und brachte sie zu einem vorsichtigen Halt. Er redete ihr besänftigend zu, um die Risse in den Spiegeln ihres Geists wieder zu versiegeln. Währenddessen versuchte er, ihren Sinn für ihr lebendiges Selbst zu finden und festzuhalten anstelle der Identitäten der Toten. Spiegel fielen von den unsichtbaren Wänden und wurden in so kleinen Fragmenten fortgeweht, dass sie kaum mehr waren als Staub. Bilder, die nur Bruchstücke der Wahrheit waren, wurden wieder zu einem Ganzen zusammengefügt: Vahineh als sie selbst, ein Kind noch an der Schwelle zum Erwachsensein, umgeben von ihren Erfahrungen, die sich wie fallende Herbstblätter zu ihren Füßen sammelten.

Indris öffnete ein Fenster in ihrem Geist. Licht von außerhalb erhellte die Dunkelheit, die sich in ihrem Innersten sammelte. Zusammen gingen sie auf den Spiegel und die lächelnde junge Frau zu, deren Gesicht so friedlich schien.

Dann fühlte er einen heftigen Stoß gegen seine Innere Feste.

Er taumelte. Sosehr er auch versuchte, Vahineh festzuhalten, er schaffte es nicht. Er wurde fortgerissen, sein Geist geschlagen. Ihm blieb nur zu hoffen, dass er genug getan hatte.

Durch den Schmerz, der seinen Schädel zu spalten drohte, sah Indris Femensetri mit flammendem Seelenstein über ihm stehen, und die blau-grün-schwarzen Opale ihrer Augen leuchteten wie Laternen.

Und doch war es ein *anderer* Sēqmeister, der Indris' Geist mit rasiermesserscharfen Gedanken zusetzte und seine Innere Feste in dem Versuch bedrängte, seine Erinnerungen an sich zu reißen. Sein Kopf fühlte sich heiß an, durchbohrt von Schmerzen, während er auf ein Knie kam, die Hand auf Gestaltwandlerins Griff.

»Nein!«, brüllte Indris. Instinktiv schleuderte er einen Gedankenspeer, um ihn dem neugierigen Meister zwischen die Augen zu bohren. Es war eine Frau. Sie taumelte mit aufgerissenem Mund zurück. Er sah zu Femensetri hinüber, die von fünf anderen Sēqmeistern umringt war. Ihre Stäbe flackerten in einem so grellweißen Licht, dass er beinahe geblendet wurde. Disentropische Färbungen prallten aufeinander und warfen lange Schatten auf das *Ahm*. Die anderen Meister waren harmlos, verglichen mit der Sturmbringerin. Einer der Meister schwankte und brach dann zusammen. Kurz darauf begann ein anderer zu taumeln. Femensetris Gesicht wurde von einem wilden Lächeln erhellt. Schatten umkreisten ihren Seelenstein.

Der Mann, der von Femensetri zurückgetaumelt war, stellte sich über Indris auf und brachte seinen Stab auf Höhe von Indris' Brust. Indris holte aus und schlug zu. Gestaltwandlerin heulte auf. Der Stab des Meisters dröhnte, und Splitter flogen in alle Richtungen, als er zerbrach. Mit einem gedämpften Fluch taumelte der Mann zurück. Bevor Indris wieder auf die Beine kam, warf ein anderer Meister ein glitzerndes Netz aus Licht über Indris. Es umhüllte seinen Körper und begann ihn langsam zu erdrücken.

Shar und Ekko stürmten mit gezogenen Waffen durch

die Tür. Sie wurden durch einen kreiselnden Ring aus Licht zurückgeschleudert, der auch einen Teil der Mauer zum Einsturz brachte. Trümmer fielen von der Decke herab und begruben seine Freunde unter Staub und Schutt.

»Sturmbringerin!«, donnerte der älteste der Meister. Es war ein großer, stattlich gebauter Mann mit katzenhaften Gesichtszügen und langem weißblondem Haar. Honigfarbene, züngelnde Flammen umgaben ihn und verhüllten beinahe das Gesicht des Mannes im Hitzedunst. Durch einen Schleier aus Schmerzen erinnerte sich Indris daran, dass er Zadjinn hieß. Ein Erebus aus den Zeiten des Erwachten Imperiums. »Lenkt ein, oder ich töte Euren Welpen, den Ihr so gekonnt trainiert habt!«

Femensetri warf einen Blick zu Indris hinüber und schätzte die Lage ab. Das Netz zog sich enger zusammen und schnitt in Indris' Haut. Es knisterte vor Energie und verbrannte ihn. Er versuchte, einen Schmerzensschrei zu unterdrücken. Mit begrenztem Erfolg.

Mit entschuldigender Miene dämpfte Femensetri ihre Macht. Sie sah die anderen Meister geringschätzig an. »Wie schwach der Orden geworden ist, wenn ihr als Meister durchgeht.«

»Ich habe Dinge gesehen …«, murmelte die Frau, die in Indris' Geist gewesen war. Ihre Haare waren wirr, die Augen noch immer ohne Fokus. »Die Dinge, die du weißt. Was du gesehen und getan hast …«

Zadjinn musterte Indris stirnrunzelnd, bevor er Vahineh einen neugierigen Blick zuwarf.

»Nehmt die Sturmbringerin, den Abtrünnigen und das Mädchen mit zum Amer-Mahjin«, befahl Zadjinn. »Die anderen sind unwichtig. Lasst diesen Misthaufen hier auf ihre Köpfe fallen, und fertig.«

»Nein!«, schrie Indris. Er kämpfte gegen das Netz an, das

ihn festhielt, und fühlte, wie sich die Energiefäden durch die Kleider in seine Haut brannten. Der Geruch nach verbranntem Fleisch stieg ihm in die Nase. Er starrte den Sēqmeister an, der die Fesseln ausgeworfen hatte. Der Druck in seinem Geist schwoll rasch an und schien sich auch außerhalb seines Schädels auszubreiten, vorbei an seiner Disentropischen Färbung. Er sprach mit einer Stimme, die er kaum als die eigene wiedererkannte. »Lasst uns frei! Sofort!«

Indris' Stimme entfaltete sich im Raum, füllte die Ecken und Winkel und donnerte dann über die Leute hinweg, die ihn umgaben. Die Frau, die er ins Visier genommen hatte, verlor die Kontrolle über Indris' Fesseln, doch im selben Augenblick schlug Zadjinn Indris mit einer Peitsche aus Feuer. Indris schrie vor Schmerz auf und verlor seine spärliche Kontrolle über die neuen und ungewissen Kräfte.

Der Meister grinste ihn hämisch an und zog das Netz schadenfroh noch enger um Indris zusammen. Die Luft wurde ihm aus der Lunge getrieben, und Knochen knackten. Blut strömte aus tiefen Schnitten.

Die Welt schien zu zersplittern. Risse bildeten sich an Stellen, wo keine sein sollten. Wände, Boden und Decke brachen auf und fielen auseinander.

Schwindel.

Übelkeit.

Dunkelheit.

Er schrie, während er verzweifelt zu atmen versuchte. Dann konzentrierten sich all seine Sinne auf einen einzelnen Punkt des Nichts, das alles war. Er schrie weiter, als die Welt sich krümmte, und er sah …

Kapitel 14

»Entscheidungen sind wie Steine, und doch sollte man sich ihnen nähern, als wären sie Wasser.« Nimje, Gnostischer Assassine der Ishahayan und Führer des Geheimdienstes im Hohen Haus Näsarat (371. Jahr der Shrīanischen Föderation)

353. Tag im 495. Jahr der Shrīanischen Föderation

Dichtermeister Bensaharēn hatte einst zu Mari gesagt, eine der härtesten Aufgaben in seinem Leben sei es gewesen, ihr Geduld beizubringen. Stunden hatte sie durchlitten, in denen ihr Lehrer ihr befohlen hatte, einfach nur still dazusitzen und nichts zu tun. Zeit, die sie damit hätte zubringen können, so ziemlich alles andere zu tun, das ihr wichtiger erschien. Während sie innerlich ständig herumzappelte und ihr Geist durch die Lektionen huschte, die ihr deutlich lieber gewesen waren, hatte Mari zumindest ein Minimum an Selbstbeherrschung erlernt. Es reichte zwar nicht, um Bensaharēn zu täuschen, aber er akzeptierte so, dass es auch Dinge gab, die sie nicht so leicht meistern konnte.

Geduld hatte sie nun zwar erlernt, aber sie musste noch immer darum kämpfen. Nach Stunden des Wartens auf Indris rannte Mari zur Waffenkammer im Qadir Sûn, um sich auszustaffieren. Die Straßen waren seit der Antrittsabstimmung gefährlich geworden, und sie wollte nicht riskieren, dass sie in der Dunkelheit von irgendeinem Fanatiker erdolcht wurde. Die beste Rüstung, die sie finden konnte, war ein ungemütlicher und schlecht sitzender Kettenpanzer aus Leder, der mit rostig gewordenen Stahlschuppen beschlagen war. Während sie die Faulheit des Waffenmeisters verfluchte und bedauerte, dass sie nichts Passenderes gefunden hatte, verließ Mari den Qadir auf der Suche nach Indris und ihren Freunden.

Er hat gesagt, er würde kommen, dachte sie. *Außer, er wäre nicht mehr in der Lage dazu.* Der Gedanke, dass er vielleicht keine Lust hatte zu kommen, flackerte kurz in ihrem Geist auf, gefolgt von dem Bild von Nevas hübschem Gesicht. Knurrend verbannte sie ihre Zweifel. Indris hätte mittlerweile zurück sein sollen, da war sie sich sicher. Irgendetwas war schiefgelaufen.

Vorwärtsgetrieben von einer wachsenden Furcht, lauschte Mari auf die fernen Geräusche der Straßenkämpfe und die schrillen Pfeifen der *Huqdi,* der Straßenhunde, die eher Schläger und Rohlinge waren als Krieger. Sie hielt ihre Sûnklinge in der Hand, während sie zum Qadir Bey rannte. Die Wachen dort hatten Indris weder gesehen noch von ihm gehört. Ein weiterer, noch schnellerer Sprint brachte sie zum Qadir Selassin, wo sich Martūms träge Wachen als grob und wenig hilfsbereit erwiesen. Der Mann, der ihr einen reichlich unziemlichen Vorschlag machte, wie sie beide ihre Zeit besser miteinander verbringen könnten, konnte von Glück reden. Er behielt seine Zähne nur deshalb im Mund, weil Maris Sorge mit jeder Minute wuchs.

Während sie verzweifelt zum Qadir Näsarat rannte und ihre Abneigung gegen Roshana mit ihrer Sorge kämpfte, sah Mari Einheiten von *Kherifen,* die in Richtung eines Feuers rannten, dessen Leuchten in der Ferne zu sehen war. Mit zusammengebissenen Zähnen folgte Mari ihnen und gelangte zu einer kleinen Menge von Zuschauern, die sich um eine eingestürzte Villa versammelt hatten. Flammen leckten an freigelegten Holzbalken, und der übrige Stein sah aus, als wäre er von einem Hammer zertrümmert worden, der die Größe eines Hauses gehabt haben musste.

Die *Kherife* sprachen gerade mit einigen Tau-se *Nahdi*, alle mit Schnittwunden übersät und von Staub bedeckt. Blut schimmerte dunkel auf ihrem Fell. Mari trat näher, um zu hören, was gesprochen wurde. Als sie hörte, dass die Villa dem Gelehrtenmarschall gehört hatte, musste sie sich zusammenreißen. Als sie dann noch hörte, dass das Haus nicht leer gewesen war, schob sie sich durch die Absperrung zu den Tau-se und den *Kherifen*.

»Wer, glaubst du …«, setzte einer der *Kherife* an, erkannte dann jedoch, wen er vor sich hatte. Er und die anderen *Kherife* setzten zur Zweiten Verbeugung an und legten die Fingerspitzen an ihre Herzen, während sie sich verneigten. »Wie können wir Euch helfen, Pah Mariamejeh?«

Mari neigte den Kopf, ebenso sehr aus Respekt für die Manieren der *Kherife* wie auch, um ihre Gedanken zu sammeln. »Was ist hier passiert?«

»Wir sind nicht sicher, Pah«, erwiderte einer der Tau-se mit seiner tiefen, vornehmen Stimme. »Wir hatten den Befehl, den Außenbereich der Villa zu bewachen, aber nicht einzutreten. Wir …«

»Wer war drin?« *Rede ich zu schnell?*, fragte sie sich. *Fühlt sich so Panik an?*

»Der Gelehrtenmarschall und einige ihrer Gäste, darunter Ser Neva und Ser Yago, die Enkel des Himmelslords.«

»Sind sie …?«

Die Tau-se versteiften sich, und ihre Pupillen wurden groß. Ihre Schwänze peitschten aufgeregt die Straße. »Wir waren bewusstlos, Pah. Als wir wieder erwachten, war die Villa in dem Zustand, in dem Ihr sie jetzt seht. Mithilfe der *Kherife* und einiger Anwohner haben wir die Trümmer beseitigt, aber wir haben keinerlei Spur vom Gelehrtenmarschall oder ihrer Gäste gefunden.«

»Wie lange ist das jetzt her?«

»Beinahe drei Stunden, Pah.«

Mari sah auf die Last der Steine. Selbst mit etwas Abstand fühlte sie noch die Hitze der Flammen. Sie öffnete den Mund, schniefte und versuchte, ihre heißen Tränen zurückzudrängen, ohne ihre Augen zu berühren. *Konnte irgendjemand so etwas so lange überleben?*

Ohne Rücksicht auf die Gefahr mischte sich Mari in die vordersten Reihen und half bei der Beseitigung der Trümmer. Sie hoffte, sie würde zu müde sein, um bei dem Anblick zu weinen, der sich ihr bot, wenn sie die Hausruine endlich betreten konnte.

Etwa zwei Stunden später – Mari hatte nicht auf den Schlag der Uhren gehört, und Rauch und Wolken verdeckten die Sterne – ließ sie die letzte Ladung Schutt fallen. Jeder Muskel in ihrem Körper schmerzte. Ihre Augen waren rot von ungeweinten Tränen und Rauch. Ihre Haut und die Haare stanken. Im Gegensatz zu den Tau-se, die so etwas wie Erschöpfung nicht zu kennen schienen, war keiner der Arbeiter mehr übrig, zu denen sie sich ursprünglich gesellt hatte. Vage erinnerte sie sich daran, dass man ihr gesagt hatte, sie solle sich ausruhen. Und beschämt erinnerte sie sich an ihre ungnädigen bis feindseligen Antworten. Aber sie hatten natürlich recht gehabt, und jetzt war niemand mehr da, der ihr noch hätte sagen können, sie solle eine Pause machen.

Auf unsicheren Füßen schleppte sich Mari zurück zum Qadir Sûn. Die Wachen in ihren glänzenden Rüstungen und mit ihren funkelnden Schilden und Speeren blickten konsterniert auf ihre schmutzige Gestalt, sagten jedoch nichts. Einige sahen sie mitleidig an, andere hielten ihre Mienen ausdruckslos, die Augen entschlossen nach vorn gerichtet, und vermieden jede Form des Kontakts oder ein Zeichen des Wiedererkennens. Gemäß dem *Sende* konnte eine Person angeschlagen, versengt und schmutzig durch die Hallen eines Qadirs laufen, ohne Fragen gestellt oder Hilfe angeboten zu bekommen, wenn sie nicht danach fragte.

Sie taumelte in das Vorzimmer, von dem aus sie ursprünglich gestartet war, und blieb wie angewurzelt stehen.

Shar, Ekko, Omen und Neva befanden sich in dem Raum, und allem Anschein nach waren sie arg mitgenommen. Hayden sah am schlimmsten aus. Er war blass und hatte eine tiefe Schnittwunde an der Stirn. Sein Gesicht war schmutzig, und zwei Finger an seiner linken Hand waren zusammengebunden.

»Wo seid ihr gewesen?«, wollte sie brüllen, umfasste stattdessen Gesichter und küsste sie erleichtert. Sie umarmte sogar eine überraschte Neva so fest, dass ihre Rippen knackten, so glücklich war sie, sie alle am Leben zu sehen. Aber sie waren nicht vollzählig. Sie griff nach Shars Arm und sagte scharf: »Was ist passiert? Wo ist Indris?« Dann, als ihr bewusst wurde, dass sie nicht allein waren: »Und was ist mit Femensetri und Vahineh?«

»Sie haben sie mitgenommen«, sagte Shar kläglich.

»Was? Wann? Wer?«, fragte Mari, obwohl sie glaubte, die Antwort auf ihre letzte Frage schon zu kennen. Sie erhob sich und befestigte ihre Sûnklinge an ihrem Waffengürtel. Woher hatten ihr Vater und ihre Brüder gewusst, wo sie suchen mussten? Jetzt galt es, keine Zeit zu verlieren.

»Es ist zu viel Zeit verstrichen, und wir haben keine Ahnung.« Neva war wütend, ihr Gesicht mit Schmutz und Blut verschmiert. »Wir warten hier seit Stunden!«

»Kannst du mir sagen, warum man meine Freunde hat warten lassen?«, fragte Mari scharf den Majorssergeant der

Sûnwache, der in der Nähe stand. »In der Zeit hätten die Leute auf die Suche gehen können!«

»Verzeiht, Pah Mariam«, sagte er. »Leutnantsritter Sûn fa Navid hat den Befehl bekommen, niemanden in den Qadir zu lassen. Eure Freunde haben mir ihre Geschichte erzählt, als ich zur Wache angetreten bin, also habe ich sie hierhergebracht. Unglücklicherweise wart Ihr nicht hier, und niemand wusste, wohin Ihr gegangen seid.«

Mari zuckte bei dem verhaltenen Vorwurf zusammen. Ihre Abwesenheit entschuldigte Navids Verhalten trotzdem nicht. Nazarafines Neffe war ein Kriegsdichter von den Sûninseln, der in der Saidani-sûk ausgebildet worden war, der Schule der Vier Klingen des Hohen Hauses Sûn. Er war ein stolzer und reizbarer Mann, der nach Ruhm und Anerkennung strebte, jedoch bisher wenig dafür getan hatte. Navid musste daran erinnert werden, dass nicht alle Befehle sklavisch befolgt werden sollten, egal, ob er der bevorzugte Verwandte seiner Tante war oder nicht. Doch im Moment gab es Wichtigeres zu tun.

»Erzählt mir, was ihr wisst«, sagte Mari zu ihren Freunden.

»Hab sie nicht reinkommen sehen«, murmelte Hayden, »und gehen auch nicht.«

»Wir haben versucht zu helfen«, brummte Ekko. »Aber wer auch immer für die Sache verantwortlich war, hat einen Teil des Korridors einstürzen lassen, der zu dem Zimmer führt. Dann folgte der Rest der Decke. Wir waren fast eine Stunde lang im Schutt gefangen.« Der Tau-se sah respektvoll zu Omen hinüber. »Wäre Sassomon-Omen nicht gewesen, der unbeirrt in den Flammen gearbeitet hat, hätten wir vielleicht weniger Glück gehabt.«

»Und so ist es uns in kriegerischen Zeiten gegeben zu helfen, zu wagen, zu retten ein Leben«, summte Omen abwesend, während er ins Gras am Fuße einer Topfpflanze starrte.

»Wer auch immer das war, war offensichtlich hinter Indris, Femensetri oder Vahineh her«, sagte Neva und warf Omen einen schiefen Blick zu. »Yago ist losgegangen, um unserem Großvater zu berichten, was geschehen ist. Es ist ein weiterer Angriff auf die Stadt im Verlauf von wenigen Tagen. Seit der Wahl herrschen starke Spannungen.«

»Wir müssen Indris zurückholen!«, sagte Shar und unterbrach Nevas Gedankengänge. Ihre orangefarbenen Juwelenaugen schimmerten von ungeweinten Tränen.

»Wohl wahr, gut gesprochen«, sagte Omen. »So lasst uns schreiten zur Tat, wir haben uns genug verkrochen.«

»Der war gut«, nickte Hayden. Er schien etwas Mühe zu haben, seinen Blick zu fokussieren. Ekko knurrte mit peitschendem Schwanz.

»Hayden«, sagte Mari, »du bist verwundet. Vielleicht solltest du uns machen lassen.«

»Ich will es ihnen heimzahlen, Mädchen.« Haydens Kiefer war angespannt. »Versuch nur, mich da rauszuhalten.«

»Aber wo sollen wir suchen?«, fragte Neva verzweifelt. »Wir wissen weder, wer sie gefangen genommen hat, noch, wohin sie gebracht wurden.«

»Ich habe eine Idee«, sagte Mari. Es gab nur wenige Leute, die Indris und Femensetri würden ergreifen wollen. Oder können. Sie wusste, dass sie Indris in einem Kampf nicht hätte besiegen können. Sie war der bessere Schwertkämpfer, aber sein Training als Gelehrter verlieh ihm einen Vorteil, dem sie nichts entgegenzusetzen hatte, solange sie keinen salzgeschmiedeten Stahl einsetzte. Belamandris war jetzt, da er wusste, mit wem er es zu tun hatte, vermutlich ebenfalls ein ebenbürtiger Gegner, wenn es zu einem Schwertkampf kam. Doch eine ganz besondere Kombination aus Leuten war nötig, um eine bewachte Villa zu betreten, Indris und Femensetri zu besiegen und dann mit einer dritten Geisel zu entkommen. Angesichts der Tatsache, dass es sich bei der dritten Geisel um Vahineh handelte, schmolz die Liste der Kandidaten beträchtlich zusammen.

Mari erinnerte sich an die Unterhaltung mit ihrem Vater in Amnon. Sie dachte an seine Besessenheit von den Hexenzirkeln. Er hatte zugegeben, dass er sich auf der Suche nach einem Heilmittel für seine Krankheit an sie gewandt hatte. Nadir hatte von Nahdiarmeen und Hexen gesprochen, die sie aus Tanis mitgebracht hatten.

»Neva?« Mari wandte sich an die große Greifenreiterin. »Glaubst du, dein Großvater würde die Zeit erübrigen können, mit mir zu sprechen?«

»Warum?«

»Weil er der Wächter des Wandels ist und ich nicht in einem Wespennest herumstochern will, ohne dass er den Grund dafür erfährt.«

»Er ist ein großer Bewunderer von dir«, gab Neva zu, »wenn auch nicht von deiner Familie. Was glaubst du, was er für dich tun kann?«

»Er kann mir einen Rat geben, wie weit ich gehen darf, bevor ich mit den Gesetzen dieser Stadt in Konflikt komme.«

»Wann willst du ihn sehen?«

Statt einer Antwort zog Mari ihre Robe über ihre Rüstung und machte ein Zeichen in Richtung Tür.

»Ich weiß nicht, wie lange ich weg sein werde«, sagte Mari zu dem Majorssergeanten. »Wenn du die Gelegenheit hast, dann lass Rahn Nazarafine bitte wissen, dass ich mit meinen Freunden zum Wächter des Wandels gegangen bin. Sie kann mir jemanden nachschicken. Oder auch nicht. Es ist mir wirklich egal.«

»Rahn Nazarafine wird nicht gerade erfreut sein, Pah Mariam«, erwiderte der Soldat.

»Da ist sie im Moment nicht die Einzige.«

Mari führte ihre Freunde auf möglichst direktem Weg aus dem Qadir, was sie auch weit weg von den Galerien brachte, in denen sich die königlichen Kammern befanden. Diener in hellgelben Tuniken neigten die Köpfe, als Mari und die anderen vorübergingen. Sûnwachen standen auf ihren Posten; ihre polierten Brustpanzer und die vergoldeten Kettenpanzer glänzten. Die großen Schilde der Wachen waren so sorgfältig poliert, dass es Mari vorkam, als würde sie eine Spiegelhalle entlangschreiten. Niemand versuchte, sie aufzuhalten. Im Stillen dankte sie dem Majorssergeanten, dass er ihr die nötige Zeit gegeben hatte, bevor irgendjemand auf die dumme Idee kam, sie aufhalten zu wollen.

Selbst zu dieser nächtlichen Stunde waren die Straßen gut beleuchtet. Im Süden war der bunte Nebel des Ahnenschleiers am Horizont zu sehen, umgeben von dem paillettenbesetzten schwarzen Samt des Nachthimmels. Das Ahnenauge flammte in leuchtendem Blau in den undurchdringlichen Tiefen der leeren Kapuze. Wasserbecken aus schartigem rotem Stein umgaben stufenförmig angelegte Teiche, und Schwäne mit roten Schnäbeln trieben wie Obsidianschatten auf dem leise bewegten Wasser. Ein schwaches Schwirren und Summen war zu hören: eine Gondel kam die terrassierten Hänge heruntergefahren. Die Luft war kühl, durchsetzt von dem Duft nach feuchtem Gras und Eukalyptus. Mari und ihre Freunde folgten den serpentinenartig angelegten Pfaden, an denen Laternenpfähle und hohläugige Statuen von Avānwehs lange verstorbenen Großen standen, umhüllt von der üppigen Pracht orangefarbener Klettertrompetenblüten.

Sie überquerten eine kleine Brücke und kamen zum Caleph-Sayf. Bewaffnete Mitglieder der Kriegerkaste standen in den Eingängen oder eskortierten ihre Herren mit wachsamem Blick. Einige waren *Nahdi,* andere trugen die

Farben eines Hohen Hauses oder einer Familie. Egal ob Avān, Tau-se, Mensch oder Seethe, in diesen Zeiten gab es Arbeit für alle, die mit Stahl umzugehen wussten. Wer es sich leisten konnte, zahlte einen guten Preis, um sicherzugehen, dass sein Blut in den Venen blieb, in die es gehörte.

Mari zwang sich zur Geduld, obwohl ihr Instinkt ihr riet, zu Ajomandyans Tür zu rennen, so schnell sie konnte. Sie wollte über sich selbst lachen. Oder weinen. Indris, der von den ältesten Feinden ihrer Familie abstammte … und sie hatte Gefühle für ihn entwickelt. Es ging gegen alles, was man sie gelehrt hatte, und vielleicht war das der Grund, weshalb sie ihren Gefühlen gestattete, sich zu vertiefen. Ihre Mutter hatte immer gesagt, dass Maris widerborstiges Naturell einmal ihr Ende sein würde, und doch hatte sich das nicht bewahrheitet.

Noch nicht.

Es hatte Momente gegeben, wenn sie in seine Arme geschmiegt lag und seinen Atem süß und warm in ihrem Nacken fühlte, in denen sie sich den Traum von einem einfachen Leben gestattet hatte. In der schläfrigen goldenen Tagträumerei der Morgendämmerung hatte sie sich gefragt, ob er wie ihre anderen Liebhaber war, die Frauen und Männer, die aufgetaucht, ein Weilchen geblieben und wieder aus ihrem Leben verschwunden waren. Dann dachte sie daran, wie es sich anfühlte, wenn er nicht da war. Die gähnende Leere, der Schmerz, der sie dazu drängte, ihn zu suchen. Zu reden, selbst die banalsten Fragen zu stellen aus dem einzigen Grund, dass er zu sprechen begann und sie das Timbre seiner Stimme fühlte. In der Vergangenheit war es ihr immer gelungen, ihre emotionale Teilnahmslosigkeit durch Draufgängertum zu maskieren und einen Anschein von Leidenschaft für das Leben aufrechtzuerhalten, das sie umgab. Meist hatte das für eine Weile funktioniert, bis ihre Langeweile ihren jeweiligen Partner angesteckt hatte und dieser lustlos davongetrieben war.

Eine Emotion hatte sich hinterrücks an sie herangeschlichen, maskiert mit all den üblichen sicheren Gefühlen. Noch nicht einmal in Gedanken konnte sie sich dazu bringen, dieses Gefühl zu benennen, aus Angst, dass das Aussprechen des Wortes es entweder verdammen oder real machen würde. Und beides könnte es ersterben lassen.

Sie hatte dem Tod oft ins Auge gesehen, aber jetzt, da sie mit dem Gedanken konfrontiert wurde an ein Leben ohne … nie war sie verunsicherter gewesen. Es war so einfach gewesen, als sie sich nicht so tief eingelassen hatte und sich nicht großartig an den Konsequenzen ihrer Handlungen gestört hatte. Wäre sie gestorben, so wäre es nur ihr Leben gewesen, das verloren ging. Aber jetzt, bei den Gefühlen, die sie für Indris hegte – der Gedanke, ihn zu verlieren, erstickte sie beinahe vor Panik –, fragte sie sich, wer so tief und für so lange Zeit so fühlen konnte, ohne wahnsinnig zu werden.

»Wir sind da.« Nevas Stimme unterbrach ihre Gedanken.

Die Villa der Näsaré war ein mehrstufig angelegtes Gebäude, das in eine breite Klamm des Berges gebaut war. Ein prachtvolles bronzenes Vordach in der Form eines Greifenschnabels beschattete die hohe Schlüssellochtür, die mit Eisen gebändert und einem filigran gearbeiteten, aber robusten Gitter versehen war. Soldaten in der blauen und grauen Rüstung der Näsaré, bewaffnet mit Speer, Axt und schwerem Bogen, bewachten die Tür.

Neva führte Mari und die anderen durch lange Korridore und eine geschwungene Treppe hinauf zu einem kleinen, runden Empfangszimmer. Die Wände waren mit blauen und weißen Kacheln gefliest, und die kuppelförmige Decke bestand aus blau getöntem Glas. Mari lehnte die Stirn gegen eines der Fenster, das auf den Innenhofgarten der

Villa blickte. Farne, Feigenbäume und Gardenien wuchsen zwischen Zwergkiefern, die sich in die Spalten der scharfkantigen Felsen klammerten.

»Meine Enkelin sagt, du brauchst meine Erlaubnis, die Stadt ins Chaos zu stürzen«, kam Ajos Stimme von der nahe gelegenen runden Türöffnung her. Der zwei Jahrhunderte alte Sayf sah in seiner weiten grauen Robe etwas zerzaust aus, die weißen Schwingen seiner Haare aus dem gebräunten Gesicht mit der Adlernase zurückgekämmt. Er stützte sich auf seinen Gehstock mit dem Greifenkopf. Yago stand hinter ihm und sah aus wie die jüngere Ausgabe seines Großvaters. Ajo musterte Mari und ihre Gefährten. »Wenigstens bist du so höflich, vorher zu fragen; allerdings scheinst du dich bereits im Kriegszustand zu befinden.«

»Ich muss wissen, wie weit ich gehen darf, ohne mit dem Gesetz in Konflikt zu kommen«, sagte Mari. »Als Wächter des Wandels ist es Eure Aufgabe, für einen reibungslosen Ablauf des Machtwechsels zu sorgen, aber …«

»Der Greif hat seinen Horst schon verlassen«, murmelte Neva.

»Wohl wahr«, erwiderte Ajo und warf Neva einen strengen Blick zu. »Aber er ist noch nicht so weit geflogen, dass er nicht zurückgebracht werden könnte. Warum fragst du, Pah Mariam?«

»Weil ich fürchte, dass mein Vater noch mehr falsche Entscheidungen getroffen hat.«

Ajo machte ihnen allen ein Zeichen, sich zu setzen, und Mari begann zu erklären, was geschehen war. »Gewiss versteht Ihr, dass ich Indris, Femensetri und Vahineh finden will, bevor ein weiteres Unglück geschieht«, sagte sie, als sie fertig war, »aber gleichzeitig muss ich mit meinem Vater über unsere Probleme sprechen. Sie werden nicht verschwinden, nur weil wir sie ignorieren.«

»Woher weiß dein Vater, wer Yashamin ermordet hat?«, fragte der Himmelslord leise. »Wenn es stimmt, was du erzählst, wusste niemand außerhalb eures vertrauenswürdigen kleinen Kreises Bescheid.«

»Ich habe keine Ahnung. Nadir hat es mir erzählt, aber er hat mir nicht gesagt, woher er seine Informationen hat. Seinen Angaben nach waren es Söldner, die Nazarafine und ihre Eskorte auf dem Weg zum Qadir Sûn überfallen haben.«

»Davon habe ich gehört«, sagte Ajo. Er legte seine Hände auf den Knauf des Stocks, das Kinn auf die Hände gestützt. »Es ist höchst beunruhigend. Gibt es einen Zusammenhang mit den bestialischen Morden oder den Entführungen?«

»Das bezweifle ich.«

»Großvater«, drängte Yago, »wir müssen ihnen helfen, Indris zu finden! Er ist von unserem Blut.«

Und außerdem jemand, den Roshana gern mit Eurer wunderschönen Enkelin verheiraten würde. Mari warf einen Blick zu Neva hinüber. Die große Greifenreiterin sah in ihrer Fluglederkleidung mit ihren langen Gliedmaßen und dem strubbeligen Haar umwerfend aus. Obwohl sie schmutzig und ihre Haut von getrocknetem Blut verkrustet war, war sie eine prachtvolle Erscheinung. Genau die Art von Frau, die Indris gefiel.

»Welche Beweise habt ihr?«, fragte Ajo.

»Sie haben gar keine Beweise!«, sagte Roshana hinter Mari. Nazarafine, Siamak, Ziaire und Martūm waren bei ihr, und sie alle sahen aus, als hätten sie sich hastig angezogen und wären schnell geritten, um hierherzukommen. Martūm, der in eine teure Robe aus indigoblauer Seide gezwängt war, sah sich nervös um. Bensaharēn blinzelte eulenhaft, und sein Haar war im Begriff, sich aus seinem sonst so fest gebundenen Pferdeschwanz und den Zöpfen zu lösen. Trotzdem wirkte die Art, wie er sein Schwert in der Scheide umklammert hielt, nicht im Entferntesten müde. Roshana baute sich vor Ajo auf, die Hände in die Hüften gestemmt. »Ich bitte um Entschuldigung, Sayf Näsaré. Dies ist eine private Angelegenheit, um die Ihr Euch nicht zu kümmern braucht. Soweit wir wissen, ist dieser Angriff auf uns wieder durch Menschenhand erfolgt.«

»Private Angelegenheit?«, fragte Mari ungläubig. »Und von Menschenhand? Im Ernst? Ihr klingt wie mein Vater.«

»Mari!« Ziaire schüttelte rasch den Kopf. »Lass es.«

»Mir wurde bereits einiges berichtet«, sagte Ajo. Er blickte Roshana, Nazarafine und Siamak finster an. »Viele verstörende Dinge sind mir zu Ohren gekommen. Ist es wahr, dass Ihr beschlossen habt, Vahinehs Erwachen abzubrechen?«

»Was hat das mit Euch zu tun?«, fragte Roshana mit kampflustig erhobenem Kinn.

»Alles, was im Zusammenhang mit dem Machtwechsel geschieht, ist meine Angelegenheit, Mädchen!« Ajo schlug seinen Stock mit einem scharfen Knacken auf den gefliesten Boden. »Seht Euch nur an. Seit ein paar Wochen Rahn, und schon seid Ihr völlig aufgeblasen und wollt ein Massaker anzetteln! Euer Vater hätte niemals …«

»Mein Vater ist tot, und er hat sich dazu entschieden, mich Erwachen zu lassen.«

»Weil Indris abgelehnt hat!«, zischte Shar. »Vergesst niemals, dass Ihr das alles ihm verdankt! Euer Hohes Haus existiert überhaupt nur noch seinetwegen!«

»Hüte deine Zunge«, schnappte Roshana. »Nur weil Indris dich erduldet, muss ich das noch lange nicht tun.«

»Von der Art abgesehen, wie es vorgebracht wurde, ist es aber schlicht die Wahrheit«, konterte Mari.

»Und was ist mit der Sturmbringerin?«, fragte Hayden. »Oder der jungen Vahineh? Ihr hattet gesagt, Ihr würdet ihr helfen.«

Nazarafines Augen blickten inmitten tiefer Krähenfüße müde und traurig drein. Die beleibte Frau schien deutlich gealtert zu sein. Mari bemerkte mehr Weiß in ihrem haselnussbraunen Haar.

»Wir balancieren auf Messers Schneide«, sagte Nazarafine müde. Ziaire setzte sich neben sie und nahm die Hände der Frau in ihre eigenen. Nazarafine machte Ziaire ein Zeichen, die ein gerolltes Pergament zutage förderte und es Ajo reichte.

»Was ist das?«, fragte Mari und erhob sich. Sie konnte die schwarzen und roten Bänder und den sich aufbäumenden schwarzen Hengst der Erebus erkennen, die an das Dokument geheftet waren. Ajo brach das Siegel und las die Nachricht.

»Corajidin fordert Nazarafine auf, den Dritten Rechtssatz zu beachten. Er will, dass Vahineh ausgeliefert wird, damit ihre Beteiligung an der Ermordung von Rahn Erebus fe Yashamin geprüft werden kann.«

»Das ist eine Entschuldigung, um die Feindseligkeiten eskalieren zu lassen«, sagte Roshana. »Er hofft, die Sympathien der Gemäßigten zu gewinnen. Rache für den Mord an einer Geliebten ist etwas, das die meisten von uns gut verstehen können.«

»Wie gehen wir weiter vor?« Martūm sah sie alle nacheinander an. »Weiß irgendjemand, ob es Femensetri und Indris gelungen ist …?«

»Zügle deine Zunge!« Roshana durchschnitt die Luft mit einer scharfen Geste. Ihr Gesichtsausdruck wechselte von Ärger zu Ruhe zu Leid und wieder zurück.

Mari beobachtete entsetzt ihr Mienenspiel und fragte sich, ob auch Roshana von der Gewalt ihres Erwachens überwältigt werden würde. Außerdem fragte sie sich, wie es wohl sein musste, die Erinnerungen des ermordeten Vaters im Kopf zu haben.

»Martūm wollte gerade sagen, sie wissen nicht, ob es Indris und Femensetri gelungen ist, Vahinehs Erwachen abzubrechen.« Shars Stimme war hart.

Roshana starrte die Seethe an, widersprach jedoch nicht. »Wir versuchen, ihr Leben zu retten.«

»Ich bezweifle nicht, dass das einer der Gründe ist.« Ajo beugte sich in seinem Stuhl vor. »Also. Ihr habt es in die Hand genommen, einen neuen Rahn zu ernennen, ohne mit irgendjemandem Rücksprache zu halten? Dafür gibt es die Aufstiegsordnung.«

»Die Rahns entscheiden in letzter Instanz, wer aufsteigt«, erwiderte Ziaire nüchtern. »Und wenn sich Roshana, Nazarafine und Siamak auf einen Kandidaten einigen können, haben sie die Mehrheit.«

»Das Gesetz legt fest, dass ein Mahj, der Asrahn oder einige Mitglieder des Magistrats wie der Kanzleimarschall, der Wächtermarschall oder der Gelehrtenmarschall einen Rahn ernennen kann. Ihr seid nichts dergleichen. Ihr nehmt den anderen Rahns damit die Gelegenheit, ihre Meinung zu äußern. Was Ihr da tut, unterscheidet sich nicht groß von dem, dessen Ihr Corajidin beschuldigt. Mir geht es allerdings weniger um das Recht, einen Kandidaten vorzuschlagen. Hier wurden Informationen über den Mord an einem Mitglied der Königskaste zurückgehalten.«

Roshana schnaubte. »Bei der Liebe der Ahnen, Ihr könnt nicht …«

»Seid so freundlich und haltet den Mund«, knurrte Ajo. Er wies mit dem Stock auf Roshana. »Ihr, die Ihr über die Hintergründe von Yashamins Ermordung Bescheid gewusst habt. Die Ihr ein Jahirojin verkündet habt! Euer Machtmissbrauch und die Art, wie Ihr die Wahrheit manipuliert, ist ebenso verachtenswert wie Corajidins.«

»Ihr vergesst Euch, alter Mann«, sagte Roshana scharf.

»Ich vergesse gar nichts, Mädchen«, sagte Ajo leise, die Augen hart wie Stahl. »Ich bin der Wächter des Wandels, und Ihr erinnert Euch besser daran, wo und wer Ihr seid.«

»Was können wir tun, um Vahinehs Erwachen zu beenden … und ihr Leben zu retten?«, fragte Martūm ungeduldig, wobei der letzte Teil des Satzes klang, als wäre er ihm gerade noch während des Sprechens eingefallen.

»Deine Motive sind alles andere als uneigennützig«, sagte Ziaire und warf Martūm einen finsteren Blick zu. »Wer genau begleicht eigentlich im Moment deine Schulden, Martūm? Ich bin mir einigermaßen sicher, dass es nicht mehr das Bankiershaus oder die Händlergilde ist. Hast du dich den Malefacti zugewandt oder vielleicht dem Bündnis des Schweigens? Nein, sie gehen nicht gerade zimperlich mit Schuldnern um. Ein Gönner von den Hundert …«

»Meine Situation geht Euch nichts an!«, stieß Martūm hervor.

»Friedlich!«, sagte Ajo. »Um der Ahnen willen, würdet ihr alle mal tief durchatmen. Denkt nach. Euer Versuch, Vahineh zu helfen, ist lobenswert, die Methoden allerdings höchst fragwürdig. Meuchelmörder haben Nazarafine und ihre Leute angegriffen – zu denen zufällig Vahineh gehörte –, als sie auf dem Weg zum Qadir Sûn waren. Aber Ihr habt keine Beweise, dass das Haus Erebus eine Straftat begangen hat. Es ist lediglich eine Vermutung, dass sie darin verwickelt sind, aufgrund des betrunkenen Geschwafels von Nadir.«

»Ein Mann, der einst verkauft für Gold sein Schwert«, summte Omen, »erinnert uns an kalt gewordene Herzen ohne Wert, an Spinnen und Netze im Eisenkleid, an Schurken aus der jüngsten Vergangenheit.«

Schweigen senkte sich über den Raum. Ajo starrte Omen leicht entgeistert an.

»Ich schätze, Omen redet gerade über diesen Burschen

Nix«, half Hayden aus. »Der Letzte von diesen Meuchelmördern hat irgendwas erwähnt von wegen, er wäre in einem Netz gefangen und könnte sich nicht mehr befreien. Er meinte, dass sein Auftraggeber hinter seiner Familie her sein würde, wenn er redet. Das ist nicht viel, klar, aber wenigstens etwas.«

»Es ist dürftig«, Ajo schüttelte den Kopf, »damit kann ich nicht vor das Wächtertribunal treten und sie auffordern zu handeln.«

Mari ging zum Himmelslord hinüber und legte ihre Hände auf seine. »Wir haben ihn im Maladhi-sûk gesehen, wie er mit Ravenet von den Delfineh geredet hat, an dem Tag, als die Sēq den Leichnam dort gefangen haben. Die Maladhi waren schon immer die schattenhaften Mörder für die Erebus. Die Delfineh waren auch nicht besser. Fügt noch einen bösartigen Nomaden hinzu, und Ihr habt doch sicher genug, dass Fragen aufkommen! Wenn sie darin verwickelt waren, dann nur, weil sie den Willen meines Vaters ausgeführt haben. Reicht das, damit ich ein bisschen über die Stränge schlagen kann?«

»Ich verbiete es, Mari«, sagte Nazarafine. »Du bist Oberstritter der Feyassin.«

»Das bin ich *nicht*.« Mari weigerte sich, Nazarafine anzusehen, hörte jedoch, wie die matronenhafte Frau scharf Atem holte. »Im Ernst, wie könnte ich, mit meinem Vater als Asrahn? Selbst wenn wir das bereinigen könnten, was zwischen uns vorgefallen ist, könnte ich ihm doch niemals dienen.«

»Du könntest mein neuer Dichtermeister werden«, sagte Nazarafine. »Oder den Titel deiner Mutter annehmen. Ihre Besitztümer in Dahrain an der Küste der Sûninseln warten auf dich, falls du sie haben willst.«

»In meinem Haushalt wird es immer einen Platz für dich

geben, Pah Mariam.« Siamak lächelte schüchtern. »Wir haben beinahe alle erfahrenen Leute verloren, als Far-ad-din gegangen und der Teshri in Amnon einmarschiert ist. Du wärest in der Bey-Präfektur von großem Wert für mich.«

»Aber es würde immer voraussetzen, dass ich tue, was Ihr von mir verlangt.« Mari schüttelte bedauernd den Kopf. »Ich glaube, ich muss für ein Weilchen meine eigenen Ziele verfolgen. Und das bedeutet, ich gehe auf die Suche nach Indris und den anderen, zu meinen eigenen Bedingungen. Denkt daran, Vahineh wird für meinen Vater sowohl ein Streitpunkt als auch eine Frage der Ehre sein. Er wird wollen, dass sie in jedem Fall zur Rechenschaft gezogen wird.«

»Du wirst nur ein weiterer Ashinahdi sein«, sagte Roshana, »allein und ohne Freunde – und so wirst du auch sterben, wenn du so weitermachst. Schlimmer noch, dein Vater könnte dich inhaftieren, und was dann? Du kennst alle unsere Pläne, und ab einem bestimmten Punkt verrät jeder, was er weiß. Wie Ajo schon sagte, denk gut darüber nach.«

Bevor Mari antworten konnte, sagte Siamak nachdenklich: »Ohne Freunde? Wohl kaum. Du hast meiner Stadt und meiner Präfektur einen großen Dienst erwiesen, Mariam. Du hättest bereitwillig dein Leben geopfert, und ich wäre ein armseliger Rahn und meiner Stellung nicht würdig, wenn ich dich allein losziehen ließe.«

»Und ich werde ebenfalls tun, was ich kann.« Ziaire lächelte Mari zu. »Ich wusste, dass es ein Fehler ist, dich zusammenzuflicken, als du an meine Tür kamst. Aber ich wäre eine armselige Freundin, wenn ich dich jetzt im Stich ließe; zumal du gerade sogar noch interessanter wirst.«

»*Von wegen* ohne Freunde«, sagte Shar und knüpfte an Siamaks Worte an. Ekko und Hayden nickten zustimmend. Sowohl Neva als auch Yago traten vor. Shar ging durch den

Raum und küsste die überraschte Mari. Die Seethe klirrte beinahe vor Aufregung. Ihre orangefarbenen Augen leuchteten, und ihre Haut flackerte wie eine Kerze.

Roshana gesellte sich zu der niedergeschlagenen Nazarafine. Die beiden sprachen für eine scheinbar endlose Zeit leise miteinander, dann nickten sie. Mari beobachtete sie besorgt. Ungeachtet der Tatsache, dass sie ihre Feindseligkeiten in Amnon eingestellt hatten, war Roshana noch immer eine waschechte Tochter aus dem Hause Näsarat. Schon als Kind hatte sie die lange Liste der Verbrechen gelernt, die die Erebus begangen hatten. Zweifellos hatte sie all die unterschiedlichen Schläge und Gegenschläge auswendig gelernt, die scheinbar endlose Liste von Jahirojins und Kriegen der Langen Messer, die die beiden Häuser gegeneinander entfesselt hatten. Und nun waren die Erinnerungen ihrer Ahnen in Roshanas Geist, als hätte sie alles selbst erlebt, die Erinnerung an die Ermordung ihres Vaters durch Corajidins Hände mit eingeschlossen. Roshana musste lediglich ihr Bewusstsein der langen Reihe ihrer Ahnen öffnen, um sich daran zu erinnern, weshalb sie die Erebus hasste. Die Tatsache, dass Mari diesen Kreislauf zu unterbrechen versucht hatte, war in etwa so, als wollte man einen Fluss mit einem Kieselstein stauen.

Mari beobachtete Roshana, die die Falten ihrer Wildlederrobe glättete. Sie trug keine Ringe an ihren schwieligen Händen. Keine Ketten um den Hals oder Juwelen in den Ohren. Sie hatte die Hände und die Empfindsamkeit eines Soldaten, der die Wolke des Krieges schon immer am Horizont hatte lauern sehen. Sie war Corajidin ähnlicher als sie wusste oder jemals zugeben würde.

»Ich erkenne das Unvermeidliche an«, sagte Roshana schließlich. »Versteh mich richtig, Mari: Ich bin nicht glücklich, aber du wirst so oder so losziehen, egal ob mit oder ohne meine Unterstützung. Wenn ich dir helfe, habe ich wenigstens etwas Kontrolle über den Ausgang der Ereignisse.«

»Ich werde deinen Zorn nicht vor die Tür meines Vaters tragen«, warnte Mari sie.

»Wenn dein Vater einen Prinzen des Hohen Hauses Näsarat entführt hat«, sagte Roshana frostig, »dann ist es meine Entscheidung, mit welchen mir zur Verfügung stehenden Mitteln ich diese Angelegenheit lösen werde.«

»Sofern Ihr beweisen könnt, dass er es war«, stimmte Ajo zu. »Anderenfalls brecht Ihr das Gesetz und müsst mit den entsprechenden Strafmaßnahmen rechnen.«

»Das wird der Augenblick sein, in dem ich diese Brücke hinter mir abbreche. Betet darum, dass wir nicht alle mittendrauf stehen, wenn es so weit kommt.«

Kapitel 15

»Rache ist das Bekenntnis eines verwundeten Herzens.« Marakban, Sēqritter der Sussain (345. Jahr der Shrīanischen Föderation)

354. Tag im 495. Jahr der Shrīanischen Föderation

Corajidin dehnte und streckte sich, während er seinen engsten Kreis musterte, der um einen achteckigen Tisch versammelt saß. In der Nähe standen mehrere mit Feuersteinen gefüllte Kohlenbecken, und die glühenden roten Steine tauchten die schwarzen Wände, den Boden und die gewölbte Decke in einen blutigen Schein. Unzählige goldbeschichtete Schädel mit leeren Augenhöhlen waren an den Wänden angeordnet, weit geöffnete Münder mit Fängen, die in einem stummen Schrei gefangen waren: die Trophäen von jenen, die dem Hohen Haus Erebus die Stirn geboten hatten und nicht mehr lange am Leben gewesen waren, um es zu bereuen.

Corajidins Mitarbeiterstab entsprach exakt der Ordnung aus den Tagen des Erwachten Imperiums. Kasraman war sein Majordomus, der Verwalter des Hauses, ein perfektes Training für die Zeit, wenn er Rahn oder noch mehr werden würde. Der goldene Belamandris würde sein Dichtermeister werden, der leuchtende Held, der die besten Soldaten in Corajidins Gefilde locken würde. Feyd war sein Waffenmeister. Der alte Stammesangehörige war gerissener als die meisten seiner sogenannten edlen Kontrahenten aus der shrīanischen Elite und der königlichen Kaste. Tahj

Shaheh brachte als Himmelsmeister und Flottenmeister die Taktiken der List und Freibeuterei mit ins Spiel. Jhem wäre ein vortrefflicher Assassinenmeister, womit sich Nix wohl oder übel abfinden oder sein Glück anderswo versuchen musste. Der Mann wurde langsam zu einem neuen Thufan und nutzte sein Wissen mehr für seine eigenen Zwecke als für die seines Herrn, und das konnte Corajidin nicht dulden. Wolfram würde weiterhin als sein Rajir dienen, sein getreuer Geschichtenmeister. Und in der Zukunft konnte Wolfram diese Position auch offen einnehmen statt versteckt. Jeder, der zählte, wusste bereits, dass Wolfram dem Hohen Haus Erebus als Ratgeber diente. Es war nicht mehr als eine triviale Tradition, dass niemand es laut aussprach.

Seit der Antrittsabstimmung waren noch mehr Anhänger aus dem Dunkeln ins Licht gekrochen gekommen. Oder, in einzelnen Fällen, hatten sie auch einen Schritt in Richtung der Schatten gemacht. Die Malefacti und das Bündnis des Schweigens hatten ihre Advokaten gesandt, um die Verhandlungen zu eröffnen, und sowohl das Bankiershaus als auch die Händlergilde hatten Angebote gemacht, nachdem nun klar war, dass Corajidin offenkundig ein Mann außergewöhnlicher Mittel war. Die Bänker und Händler wussten nur zu gut, dass Leute mit Ambitionen immer Geld brauchen würden, um weiterzukommen, ganz egal, wie viel Mittel sie schon an der Hand hatten.

»Was gibt es Neues von Vahineh?«, fragte Corajidin.

»Sie wurde uns noch nicht übergeben«, sagte Jhem.

»Ich werde Roshana heute bei der Versammlung damit konfrontieren.« Corajidins Ton verriet seinen Ärger. »Aber im Moment ist es wichtiger, aus dem Mahsojhin herauszuholen, was wir können, bevor zu viele der Hexen befreit werden. Ich bin sicher, dass es da drin Waffen gibt!«

»Wenn mich die Erinnerung nicht trügt«, sagte Wolfram,

»arbeiteten die Hexen des Mahsojhin an der Entwicklung einer mächtigen Waffe. Ich war damals noch sehr jung, ein Novize, daher hörte ich nur gerüchtehalber davon. Was auch immer es war, es wurde nicht mehr gegen die Sēq eingesetzt.«

»Und in der Geschichtsschreibung wird nichts davon erwähnt«, sagte Kasraman. »Wenn sie wirklich existiert hat, stehen die Chancen gut, dass sie noch immer dort ist. Das Rahnbathra dagegen war eher eine Enttäuschung.«

»Bis auf das hier.« Belamandris hielt ein gebogenes Messer in einer von Grünspan überzogenen Scheide hoch. »Salzgeschmiedeter Stahl – das wird mir von Nutzen sein, wenn ich Indris wiedersehe.«

Kasraman und Wolfram warfen der Waffe verstohlene Blicke zu und brachten unauffällig etwas Abstand zwischen sich und das Messer. Die Botschafterin dagegen blickte eher desinteressiert drein.

»Du wirst mehr als das brauchen, um Indris zu besiegen«, sagte sie lächelnd. »Davon abgesehen haben die Sēq alles von wirklichem Wert, was im Mahsojhin zu finden war. Sie sind wie Krähen, sie fliegen über die Felder und picken alles auf, was glänzt, um es in ihre Nester zu bringen.«

»Die Schicksalsmaschine eingeschlossen, die wir in Fiandahariat gefunden haben.« Kasramans Stimme war rau vor Enttäuschung.

»Dann werden du, Wolfram und Kimiya zum Mahsojhin gehen«, sagte Corajidin. »Ich werde nicht zulassen, dass ich wieder beraubt werde. Schützt, was auch immer ihr dort findet.«

»Ich werde mit ihnen gehen«, sagte die Botschafterin. »Selbst mithilfe des Emphismechanismus werden wir außerordentlich vorsichtig sein müssen, wenn wir das Zeitlabyrinth entfalten.«

»Ohne die Stadt dabei zu zerstören«, murmelte Feyd.

»Wirst du die Auflösung der Feyassin heute bekannt geben?«, fragte Belamandris. Sein rubinroter Schuppenpanzer und die scharlachrote Robe wirkten im rötlichen Schein der Kohlenbecken düster. »Und was ist mit Mari? Wird sie …«

»Über das Schicksal deiner Schwester wurde noch nicht entschieden«, sagte Corajidin und spürte, wie sein Kopf bei der Frage leicht zu schmerzen begann.

»Ich verstehe, dass du dich über sie ärgerst, aber sie hat nur getan, was sie für das Richtige hielt.«

»Wenn ich richtig informiert bin, befleckt sie ihre Ehre mit dem Mann, der versucht hat, dich zu töten, oder nicht?«

An der Tür entstand ein kleiner Tumult. Ein zerzauster und blutiger Martūm wurde in den Raum gestoßen, gefolgt von einem wild herumhüpfenden Nix. Der verlotterte Mörder verneigte sich mit überschwänglicher Geste, und seine langen, verfilzten Locken streiften den Boden. Martūm schauderte und hielt sich die Hand an die aufgeplatzte Lippe. Sein linkes Auge war blau und geschwollen. Er beäugte die Anwesenden nervös.

»Was ist das für eine Art, unseren Freund zu behandeln?«, fragte Corajidin, machte jedoch keine Anstalten, dem Verletzten zu helfen. Stattdessen gab er Martūm ein Zeichen, dass er sich erheben sollte.

Nix rollte mit den Augen, und seine Miene durchlief ein halbes Dutzend Gesichtsausdrücke in ebenso vielen Sekunden. Corajidin trat unwillkürlich einen Schritt zurück. *Geschieht das bei allen Kannibalen? Oder vielleicht liegt es ja an der Inzucht?*

»Hmmm.« Nix hüpfte zu einem Stuhl, drehte ihn herum und kauerte sich darauf zusammen. »Ich habe ihn nicht verprügelt. Im Gegenteil, ich habe ihn gerettet!« Er streckte die Hand aus, um Martūms bereits völlig zerzaustes Haar noch weiter zu zerraufen. Sein Griff verstärkte sich schon bald, und er presste und zog immer stärker, bis Martūm zur Seite sprang. Nix ließ mit ausdruckslosem Blick eine schlanke Klinge aus einer Scheide an seinem Handgelenk schnappen. Er senkte die Stimme, und von seinem üblichen nasalen Jammerton war nichts mehr zu hören. »Ich liebe diesen kleinen Mann! Er steckt so voller saftiger Tatsachen, dass ich ihn am liebsten aufschneiden und ausweiden würde, um nachzusehen, was sich da drin windet.«

»Es ist nicht nötig, dass hier irgendwas aufgeschnitten wird!« Martūm klang panisch. »Ich war letzte Nacht zum Spielen in einem vornehmen Haus und musste feststellen, dass meine Mittel etwas knapp waren. Selbst die Kurtisanen haben mich abgewiesen! Miststücke. Statt froh zu sein, den neuen Rahn Selassin im Bett zu haben.«

»Dann bist du jetzt der neue Rahn Selassin?«, fragte Tahj Shaheh. »Oder immer noch ein verarmtes Jüngelchen, das bei seinen Wohltätern herumheult, damit sie die Schulden für seine Exzesse bezahlen?«

»Pass auf, was du sagst, Frau!«, erwiderte Martūm drohend. »Hat die Salzluft dir sämtliche Erinnerungen an das *Sende* aus dem Hirn gepustet? Ich mag noch kein Rahn sein, aber ich bin ein Sohn des Hohen Hauses Selassin, und du wirst mich meinen Rang entsprechend behandeln.« Er stand aufrecht da. »Und natürlich werde ich Rahn. Wer sonst könnte Vahinehs Platz einnehmen?« Er schwieg kurz, dann murmelte er: »Obwohl Roshana und Nazarafine alle zu überprüfen scheinen, die auch nur einen Tropfen Selassinblut in sich haben.«

»Ach, tatsächlich?«, fragte Corajidin düster.

»Ihr habt mich gekauft, Asrahn Corajidin, und ich kenne Euren Ruf gut genug, um das nicht zu vergessen.« Martūm ordnete seine Kleidung mit so viel Würde, wie er aufzubringen imstande war. »Aber ich werde Euch Eure Investition nicht entgelten können, wenn Roshana und ihre geistlosen Mitintriganten einen anderen Ersatz für Vahineh wählen.«

»Ah«, Feyd lächelte ein sehr dünnes Lächeln, nicht mehr als ein Aufblitzen von Weiß in seinem kurz geschnittenen grauen Bart. »Aber werden wir die Gegenleistung, die du bietest, auch brauchbar finden?«

»Oder wird es etwas sein, das wir andernorts zum halben Preis haben könnten?«, fügte Tahj Shaheh hinzu.

Martūm wandte sich mit verzweifeltem, eifrigem Gesichtsausdruck an Corajidin. »Wenn Ihr mich zwischen die warmen Lippen von skandalös teuren Kurtisanen bettet, mit genug Gold, um so zu leben, wie ich mir das vorstelle, dann werdet Ihr mich unendlich nützlich finden, Asrahn. Ich strebe nicht nach Macht. Das habe ich noch nie getan. Ich will nur Wohlstand, Spielzeug und alle Perversionen, die Macht zu kaufen vermag.«

Corajidin legte die Fingerspitzen aneinander und betrachtete den Mann vor sich. Ganz offensichtlich reichte die Ähnlichkeit mit Vashne nicht bis unter die Haut; dieser Mann war nur dem Namen nach ein Selassin. Und doch konnte er Mittel für unterschiedlichste Zwecke sein.

»Die Frage ist, Martūm, kannst du mir liefern, was du mir versprochen hast?«

»Bitte, Asrahn, betrachtet mich als eine Investition in die Zukunft«, sagte der Mann, während er sich nervös die Hände rieb. »Letzte Nacht, vor meinem Ausflug in die zwielichtigeren Treffpunkte von Avānwehs dunklem und köstlichem Unterleib, war ich bei den Föderalisten. Um die Rolle des pflichtbewussten Cousins aufrechtzuerhalten, Ihr wisst schon. Jedenfalls habe ich mitbekommen, dass die Föderalisten versucht haben, Vahinehs Erwachen abzubrechen.«

»*Was?*«, fragte Wolfram scharf.

»Ich dachte mir schon, dass Euch das interessieren würde«, grinste Martūm. »Oh, und außerdem haben sie dem Himmelslord Ajomandyan erzählt, wie Ihr Euch Indris und Vahineh geschnappt habt. Es folgte eine ziemlich angespannte Diskussion darüber, wie sie damit umzugehen gedenken.«

»Was du nicht sagst.« Corajidin hob die Hand, um die anderen am Weiterreden zu hindern. »Martūm, würdest du uns entschuldigen? Bitte einen der Anlūki, dir den Weg zu den Bädern zu zeigen, damit du wieder vorzeigbar bist, bevor du nach Hause gehst.«

»Und was ist mit meinem kleinen finanziellen Problemchen?« Der Mann lächelte schmeichlerisch.

»Für dich wird gesorgt werden, vertrau mir.«

Als Martūm gegangen war, rieb sich Corajidin mit beiden Händen das Gesicht, um den Ausdruck reiner Wut und Frustration zu verbergen, den er nicht unterdrücken konnte. Er fühlte, wie seine Ellbogen und Knie zu zittern begannen. Als er die Hände wieder senkte, betrachtete er die tiefen Linien auf seinen Handinnenflächen und meinte, die Umrisse zusammengekniffener Augen, einer flachgepressten Nase und verzerrter Lippen zu sehen … als hätte sich der Zorn seiner Miene in seine Haut geprägt.

»So erbärmlich der Mann auch sein mag, Martūm wäre uns äußerst nützlich, wenn er zum Rahn erklärt wird, Euer Majestät«, sagte Wolfram.

»Würden die Föderalisten wollen, dass er Erwacht«, die Botschafterin lehnte sich in ihrem Stuhl vor, »dann wäre Martūm bei Vahinehs Abbruch dabei gewesen, um das Erbe anzutreten. Sie bräuchten Gelehrte mit den Fähigkeiten von Indris und Femensetri, um ihm zu helfen, all die Gedanken zu ordnen, die ihn sonst in Stücke reißen würden. Ich glaube, sie suchen ernsthaft nach Alternativen für ihren neuen Rahn.«

»Der Meinung bin ich auch. Aber warum lassen sie nicht die Sēq den Abbruch durchführen?«, fragte Kasraman.

»Vielleicht wollten sie nicht«, sann die Botschafterin. »Vielleicht konnten sie es auch nicht. Nach allem, was ich gehört habe, befindet sich der Orden in Aufruhr.«

»Wo, in den Tiefen der Seelenquelle, stecken Indris und die anderen dann?«, fragte Nadir. »Wir haben sie jedenfalls nicht.«

»Ich bin sicher, dass Roshana und die anderen Ajomandyan manipulieren«, sagte Wolfram. »Wenn sie genug Zweifel an uns aufkommen lassen können, schaffen sie es vielleicht, dass die jüngsten Todesfälle und Entführungen genauer unter die Lupe genommen werden.«

»Sie werden nichts finden«, sagte Nix gähnend. Er begann, mit seinem Messer an der Stuhllehne herumzuschnitzen.

»Lasst uns noch ein paar Vorkehrungen treffen. Jhem?« Corajidin wandte sich an seinen alten Freund. »Ich will, dass du und Nix dafür sorgen, dass die wahrscheinlichsten Kandidaten für den neuen föderalistischen Rahn die Stadt verlassen.« Als er ihre eifrigen Gesichter sah, fügte er rasch hinzu: »Kein Blutvergießen! Davon hatten wir bereits genug. Und wenn ihr schon dabei seid, holt die Liste meiner bevorzugten Kandidaten von meinem Schreibtisch. Ich will, dass sie alle beschützt werden!«

»Meine Person mit eingeschlossen, mein Rahn?«, sagte die Schwarze Schlange unbewegt.

Corajidin versuchte, geduldig zu bleiben. »Einige warten schon sehr lange auf diese Gelegenheit, Jhem. Ihre Familien stehen seit Jahrhunderten auf der Aufstiegsliste. Ich werde für dich tun, was ich kann.«

Jhem erhob sich und nahm Nix mit sich, wobei der kleinere Mann vor Aufregung beinahe auf- und abhüpfte.

Corajidin saß in der windigen Kammer, und der makellos weiße Teshrimantel flatterte um seine Beine. Es war kalt in dem Raum, und die frische Luft brachte einen Hauch von Schnee aus den hohen Bergen mit sich. Die narbige Bronzekugel, auf der er saß, fühlte sich eisig an, und seine Lendenwirbel und die Oberschenkel schmerzten. Trotzdem war es erfrischend, zur Abwechslung einmal so banale Schmerzen zu spüren.

Nazarafine schien eingeschrumpft zu sein, und sie war bleich. Roshanas Blick war so scharf wie eine Schwertklinge, ihr Gesicht hart wie ein Schild. Siamak saß groß und ruhig da, während Vahinehs Abwesenheit so vorhersagbar wie ärgerlich war.

Mariams Erscheinen dagegen hatte Corajidin zunächst aufgeschreckt. Es war offensichtlich, dass sie sich vollständig von ihren beinahe tödlichen Verletzungen in Amnon erholt hatte; ihre Bewegungen waren katzenhaft und lässig. Belamandris sah seine Schwester voll Zuneigung an, obwohl sich sein Ausdruck verhärtete, als er merkte, wie Corajidin ihn anstarrte. Ihr Lächeln verschwand, und Verlegenheit und Kränkung ließen sie erröten. Corajidin war überrascht, als Mariam nicht ihren Platz bei den Feyassin einnahm. Stattdessen setzte sie sich weiter hinten hin, in den uneindeutigen Bereich zwischen den beiden Fraktionen.

Es hätte ihn nicht überraschen sollen, dass sich Mariam von den Feyassin distanzierte. Es war unwahrscheinlich, dass sie ihrem Vater würde dienen wollen, dem Mann, den sie erst vor Kurzem verraten hatte als Oberstritter seiner persönlichen Leibwache. Da er sowieso vorhatte, die Feyassin wegen ihres Verrats in Amnon aufzulösen, spielte es kaum eine Rolle. Dennoch war es eine weitere kleine, unbedeutende Wunde, die er seiner entfremdeten Tochter nicht zufügen konnte.

Wie erwartet verloren die Gesandten des Eisernen Bündnisses keine Zeit, um mit ihrer Beschwerdeliste an Nazarafine heranzutreten. Es gab die übliche Litanei wegen Angriffen von *Nahdi* der Avān auf dem Territorium des Eisernen Bündnisses. Die Leugnung von Mantés andauerndem Krieg gegen die Avān entlang der tanisischen Grenze. Geschwätz über alte Territorien, angestammte Rechte und Ansprüche auf Land und die oft gewonnenen, oft verlorenen Krisenstädte. Jedes Mal, wenn Nazarafine von einer Anfrage ablenkte und den Gesandten die politisch korrekten und beruhigenden Antworten der derzeitigen Regierung gab, wurde Corajidin gleich darauf dieselbe Frage gestellt, um seine zukünftige politische Richtung auszuloten. Ja, es würde den Vorschlag geben, die Königlich Shrīanischen Kolonnen zu bilden, ein stehendes Heer, das Krone und Staat gegenüber loyal wäre. Ja, diese würde den Imperialen Legionen des Erwachten Imperiums ähneln. Ja, Shrīan würde seine Außenpolitik überdenken, ebenso die Rechte der nichtavānischen Einwohner in Shrīan. Nein, dies war der Haltung des Eisernen Bündnisses nicht unähnlich, die diese die letzten fünfhundert Jahre den Avān gegenüber an den Tag gelegt hatten. Ja, über mehr Eigeninitiative bei der Unterstützung der Tanisier würde nachgedacht werden.

Der Ausdruck auf den Gesichtern der Vertreter des Eisernen Bündnisses war nicht ermutigend. Die Menschen hatten ihre Antipathie sehr deutlich gemacht, als sie während des Aufstands versucht hatten, die Avān auszurotten. Nach mehr als hundertfünfzig Jahren Krieg, die zum Ende des Erwachten Imperiums geführt hatten, waren beide Seiten nur noch verarmte Wracks, die sich gegenseitig Beschimpfungen durch ihre zertrümmerten und blutigen Zähne zuzischten. Nach beinahe fünf Jahrhunderten eines Zustands, den die meisten Leute als Frieden bezeichneten, andere eine Phase der Entspannung nannten und die besser Informierten ein Patt, hatte sich die gegenseitige Einstellung zueinander nicht verbessert. Selbst die Gesandten neutraler Nationen wie Ondea, Darmatia, Kaylish, Ygran und Kaarsgard waren misstrauisch. Den Bewohnern der Salzinseln, die ohnehin nicht viel besser als Freibeuter und Söldner waren, schien das alles egal zu sein. Für sie war das alles leichter; Corajidin konnte sich niemanden vorstellen, der Lust hatte, die Salzinseln zu besetzen, wenn er nicht unbedingt musste. Nur der tanisische Gesandte wirkte erfreut. Zweifellos erwartete er, dass die Königlich Shrīanischen Kolonnen über den Himmel gesegelt kamen mit ihrer Flotte aus Luftschiffen, die noch nicht existierte, und Waffen, die noch nicht hergestellt worden waren, benutzt von Soldaten, die weder rekrutiert noch ausgebildet worden waren.

Die Gesandten verließen die offene Sitzung des Teshri unzufriedener, als sie gekommen waren. Corajidin rieb sich den Nasenrücken mit Daumen und Zeigefinger, während er genug Energie aufzubringen versuchte, um sich tatsächlich Sorgen darüber zu machen. Er hätte gern Vashnes Regierung für die Spannungen verantwortlich gemacht, obwohl es unwahrscheinlich war, dass irgendein Einwohner im südöstlichen Īa eine derartige Behauptung geglaubt hätte. Es ging nicht darum, dass die Spannungen wuchsen; es ging darum, dass sie niemals nachgelassen hatten. Es war ein volles Glas, das dicht vor dem Überlaufen war.

»Gibt es irgendwelche weiteren Angelegenheiten zu besprechen?«, fragte Padishin, der Kanzleimarschall.

»Ich habe eine Sache, die geklärt werden muss.« Corajidin erhob sich von seiner kalten, unbequemen Kugel. Er streckte seinen Rücken und schenkte den anderen Ratsmitgliedern ein Lächeln. »Die Architekten des Teshri hatten ganz offensichtlich viel Sinn für Humor.«

»Was wollt Ihr, Rahn Corajidin?«, fragte Roshana, während sie diejenigen niederstarrte, die Corajidins Ungezwungenheit mit einem Kichern quittierten. Sie bewegte sich an der feinen Grenze der Höflichkeit, wie sie vom *Sende* verlangt wurde. Er zügelte seinen Impuls, ihr Manieren beibringen zu wollen. Obwohl er das Gesicht einer jungen Frau vor sich sah, erkannte er in ihren Augen die lange Linie jener, die vor ihr gekommen waren, Ariskander eingeschlossen. Selbst tot sollte man mit dem Echo dieses Mannes nicht leichtfertig umgehen.

Stattdessen neigte Corajidin den Kopf exakt so tief, wie das *Sende* es verlangte, und berührte dabei mit den Fingerspitzen seine Brust, oberhalb seiner Herzen. *Ich sehe dich und höre dich und zeige dir, dass ich keine Waffe trage.*

»Es handelt sich um die unerledigte Angelegenheit von Rahn Selassin fe Vahineh«, sagte Corajidin. »Wir erkennen an, dass sie unter tragischen Umständen Erwacht ist, wissen jedoch, dass ihre Stellung als Rahn nicht haltbar ist. Es ist ein Wunder, dass sie das Verbundenheitsritual überlebt hat. Warum also das Unvermeidliche hinauszögern? Ich schlage vor, wir stellen einen Antrag bei den Sēq, dass sie Vahinehs Erwachen abbrechen, um ihr Leben zu retten.«

»Damit Ihr es ihr nehmen könnt?« Nazarafine musste die Stimme erheben, um sich über den Tumult hinweg Gehör zu verschaffen, der im Raum losgebrochen war. Sie fuchtelte wütend mit den Armen, während Roshana und Siamak versuchten, sie zurückzuhalten. »Wir wissen, dass Ihr sie vor die Wächter bringen wollt, wegen …«

»Wegen meines Verdachts, dass sie in den kaltblütigen Mord an meiner Frau verwickelt war?«, fragte Corajidin ruhig. Er sah sich in der Kammer um und nickte den entsetzten Gesichtern zu. »Es ist wahr. Ich möchte, dass Yashamins Mörder zur Rechenschaft gezogen wird. Wenn es sich dabei um Rahn Vahineh handelt, so soll die Gerechtigkeit ihren Lauf nehmen.

Und obwohl es stimmt, dass ich einen Antrag bei Euch eingereicht habe, Rahn Nazarafine – ebenso wie bei dem Wächter des Wandels –, damit die Angelegenheit untersucht wird, gilt meine Hauptsorge im Moment doch der Regierung unseres Landes.«

Ajomandyan beugte sich mit scharfem Blick vor, auf seinen Gehstock mit dem Greifenkopf gestützt. »Es stimmt. Rahn Corajidin hat mit seinem Antrag die offizielle Form gewahrt. Und es stimmt außerdem, dass es als Wächter des Wandels meine Pflicht ist, dem Teshri zu raten, rasch nach einem Ersatz für Rahn Vahineh zu suchen.«

Roshana sah sich im Raum um, während ihr Kiefermuskel angespannt arbeitete. »Wir sind dabei, geeignete Kandidaten zu prüfen.«

»Was ist mit ihrem Cousin Martūm?«, fragte Marschallsritter Narseh mit ihrer Exerzierplatzstimme. Sie starrte mit einem zusammengekniffenen Auge in die Runde. Selbst in ihrem formellen Staatsmantel wirkte sie noch so, als hätte sie eine Rüstung angelegt. »Ist er nicht der einzige vollblütige Selassin, der noch am Leben ist?«

»Das ist er«, stimmte Siamak zu, »obwohl der Mann …«

»Wenn er nicht angemessen ist, dann sagt es, und weiter in der Tagesordnung!«, schnappte Narseh. Höflichkeit war noch nie ihre starke Seite gewesen; sie war besser dafür geeignet, Befehle über ein Schlachtfeld zu brüllen.

»Ist das wahr?«, fragte Padashin. »Ist Martūm ungeeignet?«

Nazarafine knirschte mit den Zähnen. »Wir überlegen noch …«

»Und doch«, drängte Corajidin weiter, »wurde ich darüber informiert, dass Ihr letzte Nacht versucht habt, Vahinehs

Erwachen durch den Gelehrtenmarschall und Pahmahjin Näsarat fa Amonindris abzubrechen.«

Wieder brach Tumult aus. Corajidin verbarg sein Lächeln, indem er den Kopf senkte. Allerdings erst, nachdem Roshana, Nazarafine und Siamak es gesehen hatten. Sollten sie toben vor Wut!

Erst als Padashin mit seinem *Dionesqa* auf den Marmorboden donnerte, wurde die Ordnung im Raum wiederhergestellt. Der einstige Kriegsheld sah aus, als wäre er bereit, seine Waffe zu ziehen und auch einzusetzen, um die Leute zur Ruhe zu bringen. Nach einigen Augenblicken verebbte der Lärm zu vereinzelten Unterhaltungen und dämpfte sich weiter zu einem leisen Murmeln. Dann war es totenstill.

»Dies ist eine gefährliche Anschuldigung, Rahn Corajidin«, knurrte Padashin. »Habt Ihr irgendwelche Beweise?«

»Die Information stammt aus einer zuverlässigen Quelle, allerdings ist der Zeuge nicht hier.«

»Wie praktisch«, sagte Roshana höhnisch. »Ihr bringt das hier ohne irgendwelche Beweise vor? Warum verschwendet Ihr unsere Zeit?«

»Soweit ich weiß, wurde die Wahrheit in dieser Angelegenheit im Verlauf eines Gesprächs mit dem Wächter des Wandels enthüllt, bei dem die Rahns Roshana, Nazarafine und Siamak anwesend waren.«

»Ajo?«, fragte Padashin ruhig.

Corajidin wusste, dass der Himmelslord, wenn er jetzt die Tatsachen verschleierte oder leugnete, alles unterminieren würde, wofür der Posten des Wächters des Wandels stand. Wenn bewiesen werden konnte, dass er den Teshri irregeführt hatte, hätte das schlimme Konsequenzen, zu denen nicht zuletzt die Überprüfung seiner Stellung als Sayf und seine Statthalterschaft von Avānweh gehörte. Und doch hoffte Corajidin, der Himmelslord würde das Risiko eingehen; dann hätte er Avānweh von jemandem regieren lassen können, der lenkbarer war.

Aller Augen waren auf Ajomandyan gerichtet, als er sich erhob und das Haupt vor dem Kanzleimarschall neigte. Er sah Roshana und die anderen Föderalisten gleichmütig an; Corajidin war ebenso klar wie ihm, dass es ein Fehler gewesen wäre, hätte er nun entschuldigend dreingeblickt.

»Es ist wahr«, sagte er, und erneut brach Chaos im Raum aus.

Corajidin nickte, als er sich wieder setzte und sich an der Entrüstung des Hochadels weidete. Allerdings war er im Stillen enttäuscht über die Ehrlichkeit des Himmelslords, denn damit wurde er der Gelegenheit beraubt, seine Macht weiter zu festigen.

Kapitel 16

»Wird die Vorstellungskraft sich selbst überlassen, so kann sie zu unserem schlimmsten Feind werden. Der Schmerz tut weniger weh als die Furcht vor dem Schmerz. Das Unbekannte ist oft beängstigender als das Bekannte.« Zamhon, Vater auf dem Berg der Gnostischen Assassinen Ishahayan und Assassinenmeister im Hohen Hause Näsarat (259. Jahr der Shrīanischen Föderation)

Im 495. Jahr der Shrīanischen Föderation, Tag unbekannt

Indris fühlte den Schmerz in seinen Schultern und an den Hüften, wo er nackt und mit ausgerenkten Gliedern mitten in der Luft aufgehängt war. Die Metallfesseln um seine Hand- und Fußgelenke waren heiß: nicht wirklich schmerzhaft, aber auch nicht gerade bequem. Er hörte das schwache Knacken und Brummen von Stricken aus reiner Energie, die die Fesseln mit dem Rahmen verbanden. Schweiß rann seine Arme hinab, den Oberkörper, den Rücken. Irgendwo hinter ihm pfiff eine kalte Brise und kühlte den Schweiß, noch während er sich bildete, sodass er sich verbrannt und ausgekühlt zugleich fühlte.

Es gab kaum genug Licht, um die rauen, unregelmäßig facettierten Flächen der Obsidianwände zu sehen. Er war in der Mitte eines großen, metallischen Rads festgezurrt, unfähig sich zu bewegen. Das Rad war mit Formeln aus Golddraht belegt und in regelmäßigen Abständen mit metallischen Scheiben verstärkt, die wiederum mit Kupferdraht und schweren Magneten ummantelt waren. Wenn er den Kopf ein wenig drehte, konnte er einen Kreis aus lichtlosen *Ilhen*-Kristallen über und unter sich ausmachen.

Sēqinquisitoren nannten die Vorrichtung, in der er sich befand, eine Umschriftquelle. Andere bezeichneten sie als Potenzialitätssenke – es war ein Apparat, der seinen Insassen umso fester hielt, je mehr Energie dieser aufwandte, um zu entkommen. Solange Indris still hielt und nichts unternahm, ließ er ihn in Ruhe. In dem Augenblick jedoch, in dem er seine körperlichen oder geistigen Kräfte einsetzte, flossen diese in die Quelle und wurden dort wer weiß wie lange eingelagert. Obwohl er wusste, dass es aussichtslos war – aber er musste die Möglichkeit ausschließen –, setzte Indris versuchsweise das *Ahmsah* ein, um zu sehen, was sonst nicht sichtbar war. Er fluchte. Der Raum jenseits der Wölbung der Quelle war ein Fadenspiel aus Disentropie, die von Spuren heißer Farbe durchzogen war – den Färbungen kriegerischer Energie.

Kann dieses Ding überlastet werden? Er hatte noch nie gehört, dass es jemand geschafft hätte, aber es gab für alles ein erstes Mal.

Er aktivierte seine Sinne. Langsam zuerst, dann immer schneller erfasste er die verborgene Energie der Welt, bis er fühlte, wie sein Rückgrat zu kribbeln begann. Bewusstsein wurde zu Unbehagen, Unbehagen zu Schmerz. Das leichte Kribbeln verstärkte sich zu bösartigen Stößen, die …

Als er die Augen wieder öffnete, war der Raum noch immer derselbe, bis auf den Geruch nach versengter Haut und Haaren.

Und die Gestalt eines Mannes in einem Rollstuhl, die vor ihm saß.

»Weißt du, wer ich bin?«, kam ein krächzendes Flüstern, als würde der Mann um jeden Atemzug ringen.

»Weißt du, wer *ich* bin?«, fragte Indris zurück.

Schmerz durchbohrte seinen Körper und brachte ihn dazu, um sich zu schlagen. Seine Zähne schlugen aufeinander, seine Muskeln verkrampften sich, und sein Rücken bog sich durch. Das Feuer verbrannte seine …

»Weißt du, wer ich bin?«, kam die Frage erneut, ein heiseres Flüstern in der Dunkelheit.

»Ein merkwürdig aussehendes und ziemlich abstoßendes Wesen in einem Rollstuhl?«

Diesmal war der Schmerz noch heftiger. Unglücklicherweise ließ sich die Dunkelheit etwas mehr Zeit, bevor sie ihn umhüllte.

»Weißt du, wer ich bin?«, erklang das heisere Flüstern aus der Dunkelheit.

»Faruq yaha, yaha mehelfelyati!«

»Das war nicht sehr höflich.«

Als sich Indris' Körper in Höllenqualen verkrampfte und seine Augen sich verdrehten, bis nur noch das Weiße zu sehen war, fühlte er, wie sich seine Blase und Gedärme entleerten. Er erreichte einen Punkt jenseits des Schmerzes. Seine letzte Sinneswahrnehmung war der Geruch nach Schweiß und seinen eigenen Exkrementen.

»Weißt du, wer ich bin?«, erklang das heisere Flüstern aus der Dunkelheit.

Indris' ausgedehntes Schweigen brachte neue Schmerzen.

Dann willkommene Dunkelheit.

Er öffnete die brennenden Augen und sah verschwommene Umrisse von Personen. Sie begannen, ihn mit Knüppeln auf Brust, Rücken, Magen und die inneren Schenkelpartien zu schlagen. Jeder Schlag erschütterte seinen ohnehin schon sensibilisierten Körper bis ins Mark. Jeder Peitschenhieb war, als würde er gebrandmarkt werden. So gern er auch geleugnet hätte, dass die Schreie, die durch die kleine Zelle hallten, von ihm stammten, er wusste es besser.

Indris blieb bei Bewusstsein, während auf ihn eingeschlagen wurde. Wütend und ohne sich um die Konsequenzen zu kümmern, tauchte er ins *Ahm*. Zahlen rasten über seine sich schnell verengende Vorstellungswelt, während sich seine Sinne überluden. Seine Disentropische Färbung loderte auf. Sein linkes Auge brannte, und eine Feuersbrunst raste durch den Raum. Einen kurzen Moment sah er ihre verängstigten und erschrockenen Gesichter, bevor sie sich in Staub auflösten.

Nur der Mann im Rollstuhl blieb, wo er war. Er blickte überrascht drein, als die Flammen um die kreiselnden Fraktale seiner Abwehrzauber züngelten. Indris kannte ihn.

Es war ein Gesicht aus seiner Kindheit. Taqrit. Einer der Acht … und, bevor Indris seinen Entlassungsbefehl bekommen hatte, einer seiner besten Freunde.

Als die Dunkelheit sich wieder Indris' bemächtigte, hatte er noch Zeit sich vorzustellen, es wären Maris Arme, in die er fiel.

»Du hast bei deiner kleinen Demonstration vier Sēqgelehrte getötet«, keuchte Taqrit in seinem Rollstuhl. Der Mann hatte sich sehr verändert; er wirkte älter als fünfunddreißig. Sein Gesicht war von tiefen Furchen gezeichnet, das weiße Haar schütter. Seine Augen waren seltsam farblos, sodass die Pupillen wie schwarze Punkte in einem Meer aus Milch wirkten. Die Hände waren ausgemergelte Klauen. Ein Daul hing an seinem Gürtel: eine Peitsche aus geflochtenem Leder und Hexenfeuer mit einem gebogenen Griff, der mit Gold- und Silberdraht umwickelt war. Eine schwere Jadekette mit

Meditationsperlen hing um seinen Hals, außerdem trug er den Schäferstab und das Augensiegel der Inquisitoren. »Mich würde interessieren, wie du dieses kleine Kunststück fertiggebracht hast.«

»Vier? Ich hatte auf fünf gehofft.« Indris versuchte, einen Plauderton anzuschlagen, aber seine Stimme war heiser und sein Mund trocken. Er hustete und schmeckte Blut. Der Kreis der *Ilhen*-Kristalle über und unter ihm leuchtete in einem sauberen weißen Licht und wurde von den scharfen Kanten der unregelmäßigen, facettenartigen schwarzen Wände reflektiert.

Er kämpfte vergeblich gegen seine Fesseln. Der Raum stank nach Urin, Fäkalien, Schweiß und verbranntem Fleisch. Er musste würgen.

»Ich weiß, dass du darüber nachdenkst, wie du entkommen könntest«, sagte Taqrit. »Lass mich dir versichern, es ist höchst unwahrscheinlich, dass du das schaffst. Normalerweise würde ich das Wort ›unmöglich‹ gebrauchen, aber wir reden hier von dir, also haben wir noch einige zusätzliche Vorsichtsmaßnahmen ergriffen.«

»Warum bist du …?«

»Niemand außerhalb dieser Mauern weiß, dass du hier bist«, fuhr Taqrit fort, als ob Indris überhaupt nicht gesprochen hätte. »Niemand wird kommen.«

Indris starrte auf Taqrit hinab. »Was ist dir zugestoßen?«

Der Inquisitor lächelte ein sehr dünnes Lächeln. »*Du* bist mir zugestoßen, Indris. Nachdem du gegangen warst, sind sie mit dem Rest von uns deutlich härter umgesprungen. Sie wollten nicht, dass ihnen noch mehr aus ihrer besonderen Generation durch die Lappen gehen. Was irgendwie eine Ironie des Schicksals ist, da die meisten von uns sowieso der Ödnis verfallen sind. Es waren harte und gefährliche Jahre, nachdem du gegangen bist. Jahre, die ich bestimmt nicht vergessen werde. Aber im Hier und Jetzt stelle ich die Fragen, und du wirst mir antworten.«

»Und du musstest mich hierher verschleppen, um sie mir stellen zu können?«

»Wir haben dich hierher verschleppt, weil sich die Gelegenheit dazu geboten hat. Der Orden mag sich in seinem Vorgehen nicht einig sein, aber es gibt immer noch genug unter uns, die die Interessen des Ordens höher stellen als das Leben eines Individuums.« Er legte die Hand auf den Griff seines Daul. »So war es schon immer.«

»Ich kenne keine Geheimnisse, an denen der Orden interessiert sein könnte, Taqrit«, sagte Indris, während er den *Daul* beklommen beäugte. Jedes Mitglied des Sēqordens war mit dem charakteristischen Schmerzensbereiter der Inquisitoren vertraut. Wenn er mit einigen anderen ihrer Werkzeuge kombiniert wurde, wie beispielsweise dem Gedächtnisnetz, der Seelenfährte oder einer Verstandeslinse, führte der Schmerz des Daul normalerweise schnell zum Ziel. Selbst wenn man darin trainiert war, seinen Geist in einzelne Teile aufspalten, war es gewöhnlich nur eine Frage der Zeit, bis der Schmerz unerträglich wurde. Eine der grundlegendsten Fertigkeiten eines Sēqagenten bestand darin, dass er ein Eingeweihter des Nayu war – er war jemand, der seinen Körper beherrschte und Schmerz und die Angst vor Schmerz zu isolieren verstand. Doch wie sagten die Ishahayan, die Sekte der Gnostischen Assassinen? *Jeder bricht zusammen, und jeder redet, weil jeder, überall, an eine Grenze kommt, jenseits derer er nicht mehr ertragen kann.*

»Erlaube mir, dass ich beurteile, woran der Orden interessiert ist und woran nicht.« Taqrits Lippen verzogen sich zu einem freudlosen Lächeln. »Was kannst du mir über die Seelenhändler erzählen?«

»Die was?« Indris war sich nicht sicher, ob er richtig

gehört hatte. Taqrit machte eine Geste, und eine Hitzewelle versengte Indris' Nervenenden. Er starrte den Mann in dem Rollstuhl an und unterdrückte einen Fluch. »Was? Die Seelenhändler sind ein Mythos.«

»Du hast sie getroffen. Erzähl mir von ihnen.«

»Was meinst du damit, ich hätte sie getroffen?«, fragte Indris stirnrunzelnd. »Ich bin mir ziemlich sicher, dass ich mich daran erinnern würde.«

»Man würde auch meinen, dass du dich an die drei Jahre auf den Graten erinnerst«, keuchte Taqrit. »Aber du tust es offensichtlich nicht. Und jetzt erzähl mir, was du über die Seelenhändler weißt.«

Die Seelenhändler waren seit Jahrtausenden einer der Albträume aus den Legenden der Avān. Angeblich stahlen sie die Seelen der geheiligten Toten und verkauften sie dann an Sammler oder andere, die sie für ihre eigenen Zwecke gebrauchten. Die Seelenhändler waren ein Gräuel.

»Ich habe vor Jahren Gerüchte gehört, dass die Seelenhändler Nomaden wären, die in der Seelenquelle fischten. Aber ich hatte nichts mit ihnen zu tun. Ich helfe Nomaden bei ihrem Übergang oder, wenn sie das wünschen, unterstütze ich sie dabei, dass sie Halt finden in einer Welt, die sie noch nicht zu verlassen bereit sind. Ich verkaufe nicht ihre Seelen.«

»Wie wundervoll. Ein weichherziger Ketzer und Verräter seines Ordens. Du machst uns stolz.«

»Die Seele ist ewig, Schwachkopf«, sagte Indris bissig. »Die Seelenquelle kann warten, bis eine Seele bereit ist, ihren Frieden zu finden. Wenn ein Nomade niemandem schadet, warum sollten wir ihm dann schaden?«

»Erzähl mir von deinen Geschäften mit den Seelenhändlern.«

»Ich habe nie Geschäfte mit ihnen gemacht.« *Zumindest erinnere ich mich nicht daran.*

»Das hast du bereits gesagt. Welche Verbindung haben sie mit dem Traumschlüssel?«

»Dem was? Taqrit, ich habe keine Ahnung, was …« Indris' Schreie fühlten sich an, als würden sie ihm jeden Moment die Kehle zerreißen. Als der Schmerz nachließ, keuchte er, und seine Gliedmaßen zuckten. Er starrte den verkrüppelten Inquisitor an. »Wenn ich hier rauskomme, bringe ich dich um.«

»Ich zweifle nicht daran, dass du es versuchen würdest, und vielleicht könntest du es sogar schaffen«, sagte Taqrit gelassen. »Das ist der Grund, weshalb wir dir eine Gefügigkeitskrone aufsetzen und dich zum Decken einsetzen werden, sobald wir mit dir fertig sind. Die Tage, die dir noch verbleiben, wirst du als ruhiggestellter Idiot verbringen und Kinder für den Orden zeugen, damit wir zumindest etwas Nutzen von dir haben werden.«

»Ich habe nichts Unrechtes getan!«, schrie Indris. Er warf sich gegen seine Fesseln. Genauso gut hätte er versuchen können, den Berg zu bewegen.

»Du warst immer unser Bester«, spottete Taqrit. »Alles, was du hattest, hast du für selbstverständlich genommen, während wir anderen mit jeder Prüfung und jeder Lektion zu kämpfen hatten, die Femensetri, Ahwe und Madiset uns stellten. Du warst so selbstvergessen in deiner Überlegenheit.«

»Du folterst mich, weil du dich rächen willst?«, fragte Indris entgeistert.

»Nein.« Taqrit schüttelte den Kopf, und ein kleines Lächeln aufrichtigen Vergnügens huschte über sein Gesicht. »Nun ja, nicht nur. Und jetzt: Welche Verbindung gibt es zwischen den Seelenhändlern und dem Traumschlüssel, warum hat Sedefke dich ernannt, ihn zu finden, und an welchem Datum, in welchem Jahr solltest du mit der Suche beginnen?«

Indris verlor jegliches Zeitgefühl.

Die regelmäßigen Anfälle von Schmerz. Das Klarerwerden und Schwinden des Bewusstseins. Wieder und wieder die gleichen sinnlosen Fragen. *Wer sind die Seelenhändler? Sind sie Nomaden? In welcher Beziehung stehen sie zum Traumschlüssel? Was weißt du über Sedefke? Ist Sedefke noch am Leben? Warum hat Sedefke dich ausgesucht, um zu den Graten zu gehen? Ist der Traumschlüssel auf den Graten? Wer sind die Seelenhändler? Sind sie Nomaden? In welcher Beziehung stehen die Seelenhändler mit den Hexen? Warum gibt es jetzt mehr Aktivität in der Ödnis? Gibt es eine Verbindung zwischen den Hexen, den Seelenhändlern und der Ödnis?*

Und so ging es immer weiter, ein endloser Kreislauf aus Fragen, auf die Indris keine Antworten hatte.

Manchmal gab es Momente der Klarheit, in denen es ihm gelang, die Fragen mit dem Baum der Möglichkeiten zu verknüpfen und sie dann von der Wurzel zum Stamm zum Ast zum Zweig zum Blatt zu verfolgen. Und doch gab es keine gemeinsame Quelle, keine Möglichkeit, die Ursache aus der Wirkung zu berechnen. In seinem Geist schwirrten die Variablen umher, es gab zu viele Möglichkeiten und zu wenig Wahrscheinlichkeiten, wie Früchte, die an der Pflanze wuchsen und meist sofort verdorrten und starben. Zu viele Teile des Puzzles fehlten.

Sein Körper fühlte sich an, als wäre er weit weg, als er wieder erwachte; er war in eine raue und ungemütliche Decke gehüllt. Sein Atem ging mühsam, als würde er durch einen Lederbeutel atmen. Heiße Luft strich über sein Gesicht. Sein Kopf fühlte sich schwer an. Er hörte Stimmen, aber ob diese von innerhalb oder außerhalb seines Kopfes kamen, wusste er nicht.

»Hast du gefunden, wonach wir suchen?«, ertönte eine ältere männliche Stimme, dröhnend, stolz wie ein Löwe. Zadjinn? *»Hat er den Traumschlüssel gefunden?«*

»Nein.« Der Keuchende. Taqrit? *»Ich habe die äußeren Schichten seines Geists durchkämmt, aber ohne Erfolg. Auf unsere Fragen hin, die seine Erinnerungen heraufbeschwören sollten, hat er angefangen, Kausalitäten hochzurechnen.«*

»Und?«, fragte der Löwe.

»Das ist die Reaktion von jemandem, der versucht, Antworten zu finden. Nicht von jemandem, der sie hat oder weiß, dass er sie hat.«

»Was meinst du damit?«

»Da ist eine Blockade in seinem Geist«, erklärte der Keuchende. *»Ein Anamneselabyrinth, das rund um einen Teil seiner Erinnerungen errichtet wurde. Es ist komplex; ich habe nicht die Fähigkeiten, mich darin zurechtzufinden. Wenn ich zu weit vordringe, finde ich vielleicht nie wieder hinaus.«*

»Also hat er etwas zu verbergen«, erklang eine temperamentvolle Altstimme.

»Ich kann tiefer vordringen«, erklärte der Keuchende. *»Allerdings weiß ich nicht, in welchem Zustand er sein wird, wenn ich mit ihm fertig bin. Die Verstandeslinse kann invasiver sein, als wir vorhersehen können.«*

»Es ist ein Wettlauf gegen die Zeit«, ertönte die dröhnende Löwenstimme. *»Unsere Brüder wissen, dass etwas nicht stimmt. Wir können ihn hier nicht ewig verstecken.«*

»Tu, was getan werden muss.« Diese Männerstimme war leiser als die der anderen, allerdings auch kälter. *»Ich kann den Suret in die Irre führen. Unsere Agenten haben uns darüber informiert, dass sich bei den Hexen etwas bewegt, und wir sind nicht auf sie vorbereitet.«*

»Wenn dies die Vorzeichen einer Wiederkehr der Inoqua *sind«*, sagte der lebhafte Alt, *»dann müssen wir rasch handeln. Weder die Sēq noch die Rahns sind so mächtig wie früher.«*

»Die Schattenherrscherin hat uns uns selbst überlassen«, murmelte die kalte Stimme. *»Und Shrīan ist nicht Pashrea. Brich*

Indris, wenn es sein muss, aber finde alles heraus, was er weiß. Er ist der Einzige, der zu den Graten gegangen und wieder zurückgekehrt ist.«

»*Es gibt noch jemanden*«, sagte Taqrit zögernd.

»*Nein!*«, erwiderte die Löwenstimme scharf. »*Der Orden glaubt, dass sie tot ist, und so muss es auch bleiben. Zumindest für den Moment. Außerdem bin ich mir sicher, dass sie freiwillig alles erzählt hat, was sie weiß.*«

»*Wirst du die Zukunft von uns allen aufs Spiel setzen, weil du in die Frau eines anderen Mannes vernarrt bist?*«, höhnte der Alt. »*Wenn Indris …*«

»*Genug!*«, sagte die kalte Stimme scharf. »*Unsere Antworten liegen vielleicht in Indris' Geist verborgen, und wir müssen sie als Erste finden, wenn wir die Ausrichtung des Ordens kontrollieren wollen! Grabe tief, Inquisitor. Aber tu es rasch.*«

»*Wie du befiehlst*«, sagte der Keuchende.

Stunden verstrichen. Vielleicht auch Tage, Indris wusste es nicht.

Die Zeit wurde lediglich durch den Wechsel der Erniedrigungen markiert. Die Geißelung seiner Haut. Das Herumwühlen in seinem Geist. Sie ernährten ihn zwangsweise und schütteten ihm mithilfe eines Trichters Wasser in die Kehle, um ihn am Leben zu erhalten und noch ein Weilchen länger zu befragen. Sie injizierten ihm ein Serum, um ihn gefügiger zu machen, während sie die ganze Zeit über versuchten, seine körperliche und geistige Kontrolle zu brechen.

Jeder kommt an eine Grenze, jenseits derer er es nicht mehr ertragen kann.

Indris senkte den Kopf und starrte Taqrit unter seinen durchnässten, strähnig gewordenen Haaren hervor an. Er musste beinahe würgen, wenn er durch die Nase atmete, denn der Geruch seines geschundenen, schmutzigen Körpers war in dem kleinen Raum zu intensiv. Wenn er durch den Mund atmete, war das allerdings auch nicht viel besser. Dann schmeckte er den Geruch, ein übler Nachgeschmack, der in seinem hinteren Rachenraum hing.

Der Inquisitor saß in seinem Rollstuhl neben einem langen Tisch. Gerätschaften lagen dort fein säuberlich aufgereiht, von denen Indris einige erkannte. Der Helm der Verstandeslinse aus Bronze und Leder mit seinen Linsen, Knoten, Dornen und Drehschiebern. Bei dem geschnitzten und polierten Holzreif, der mit Hunderten von Kristallen entlang der inneren Kreislinie besetzt war, handelte es sich um ein Gedächtnisnetz, mit dem man Erinnerungen aus einem Verstand fischte, egal, ob es sich dabei um bewusste oder unbewusste Erinnerungen handelte. Daneben befanden sich Kristalllanzen, lange Nadeln mit Juwelenköpfen und Ampullen mit Flüssigkeiten in Dutzenden unterschiedlicher Farben. Ihre Form war von seltsamer, hypnotischer Schönheit und Kunstfertigkeit, erdacht von einem Geist, der sich auf ein einziges Ziel konzentrierte, dieses Ziel jedoch unter aufwändigen Verzierungen, Edelsteinen und glänzendem Metall verbarg. Eine Eleganz, in der Stil und Zweckmäßigkeit miteinander verschmolzen, ungeachtet der Tatsache, wie grotesk der Zweck auch sein mochte.

Gestaltwandlerin lag bei den Folterinstrumenten, neben ihr Indris' Drachenzahnmesser und die Sturmpistole. Seine Kleidung lag säuberlich gefaltet unter seiner Büchertasche. Seine Tagebücher, Tinte und Pinsel befanden sich gleich daneben.

Taqrit bemerkte Indris' Blick. Er wies auf Gestaltwandlerin. »Das ist eine weitere Frage, auf die ich eine Antwort brauche. Wie bist du an diese Waffe gekommen?«

»Ich habe sie gemacht.«

»Wo hast du sie gemacht, und wie?« Taqrit beugte sich

vor. Seine Pupillen waren nicht größer als schwarze Stecknadelköpfe in einer Schneelandschaft. »Man sollte doch meinen, es würde deine Fähigkeiten übersteigen, ein *Psédari* herzustellen, egal, wie talentiert du sein magst. Du hast diese Klinge nicht gehabt, als du fortgegangen bist, und kein Sēqmeister hätte dir diese Fertigkeiten beigebracht, nachdem du zurückgekehrt bist. Wie also dann?«

Indris öffnete den Mund, um zu sprechen. Die Antwort lag ihm auf der Zunge, aber die Worte wollten nicht kommen. Er wusste, dass er Gestaltwandlerin geschmiedet hatte. Er hatte die sengende Luft des Vulkanfeuers im Gesicht gespürt, hatte den kalten Metallgriff des Hammers in seiner Hand gefühlt. Und doch konnte er nicht sagen wo, wann oder wie. Er schloss den Mund wieder.

»Da haben wir's. Wenn du sie nicht gemacht hast, dann musst du sie gestohlen haben.«

»Du weißt, dass das unmöglich ist!« Eine Seelenklinge konnte nur von demjenigen geschwungen werden, der sie gemacht hatte. Nach dem Tod ihres Schöpfers würde sie zerfallen.

»Meinst du?«

»Versuch es. Zieh sie und finde es selbst heraus.« Indris bleckte die Zähne in einem wilden Lächeln. Gestaltwandlerin schien zu kichern und brachte die Glasampullen und Metallgegenstände auf dem Tisch zum Klirren. Taqrit blickte beunruhigt zum Tisch und rollte sich ein Stück zurück. »Du weißt, was mit jemandem geschieht, der versucht, die Seelenklinge eines anderen zu benutzen, oder?«

Taqrit nickte widerstrebend.

»Wie sollte ich sie dann schwingen können und das überleben?«

Der Inquisitor rollte zurück, um seine Instrumente vorzubereiten. Unauffällig prüfte Indris seine Fesseln. Wie erwartet saßen sie noch immer fest. Er veränderte seine Disentropische Färbung um einen Bruchteil, kaum mehr als ein Züngeln des *Ahmsah*, und stellte fest, dass noch immer eine Resonanz aus Kribbeln und Stechen erfolgte. Es wäre beinahe einen Versuch wert gewesen, mit aller Macht zuzuschlagen, wenn Gestaltwandlerin so nahe bei ihm war. Doch Indris bezweifelte, dass er lange genug bei Bewusstsein bleiben würde, um einen Vorteil für sich herauszuschlagen.

Er war sich ziemlich sicher, dass er sich irgendwo im Amer-Mahjin befand, verborgen unter den Strömungen der Disentropie. Er stellte sich all die Gelehrten um sich herum vor, wie sie in der Bernsteinbibliothek studierten und ältere Manuskripte von handgeschriebenen Seiten auf die großen Druckerpressen übertragen wurden. Das Zeichnen neuer Erfindungen, das Experimentieren mit Formeln, die Untersuchung von Gegenständen, die aus ganz Īa zusammengetragen worden waren. Das Meditieren. Das rigorose körperliche Training, das von allen Sēq verlangt wurde. Von allen Schülern der Esoterischen Doktrinen waren es die Sēq, die die Einheit von Körper, Geist und Seele suchten. Eines der ersten Dinge, die man lernte, war: eins plus eins plus eins macht eins.

Das Bewusstsein von seinem Körper schwand mit dem fernen Geräusch seines eigenen Atems, so tief und gleichmäßig wie die Brandung. Er erlaubte seinem Bewusstsein, sich von seinem Körper zu entfernen und sich in den flüchtigen Bastionen des *Psé* einzunisten: jenem Ort reinen Geists, der sich im *Kaj* oder der Seele befand. Indris trieb durch das Lapislazulimeer seines Geists. Es war ein Ort, der ganz aus Analogien und Metaphern bestand. Gedanken wurden Wolken aus Kristallfäden, bunte Splitter, die rotierten, während sie wuchsen, miteinander verschmolzen oder sich abstießen, um neue Formen zu bilden. Neue Ideen, die Voraussetzungen, Annahmen und Berechnungen in sich trugen. Axiome, Doppelsinniges und Paradoxa. Sie alle nahmen Gestalt an, verwandelten sich, prallten aufeinander und verzweigten sich, bis sie zu etwas wurden, das größer und tiefer war als ein Baum der Möglichkeiten.

Das *Psé* war unsterblich. Die Nomaden waren der Beweis dafür, denn ihre Körper waren tot, aber noch immer verfügten sie über Erinnerungen und waren imstande, im Verlauf ihres verlängerten Daseins Neues zu lernen.

Als Eingeweihter des *Psé* war Indris beigebracht worden, dass seine Psyche wie das Innere einer beinahe grenzenlosen Blase aus Möglichkeiten war. Nichts wurde jemals vergessen, wenn eine Person auch Erinnerungen verlegen oder verstecken konnte.

Indris öffnete seinen Geist noch etwas weiter und dehnte das Band, das *Nayu* und *Psé* miteinander verknüpfte.

Als er sich für den Moment von seinem Körper befreit hatte, wechselte er die Perspektive. Statt nach innen auf die nach unten gekrümmten Gewölbe seines Geists zu blicken, durchdrang er die geistigen Mauern und sah sich selbst auf der Außenseite seiner Seelensphäre stehen. Sein *Kaj* war nur ein einzelner Tropfen in einem grenzenlosen Ozean, der mit unendlich vielen Blasen gefüllt war. Diese Blasen wurden von Strömungen vorangetrieben, so alt wie der Beginn des Universums.

Indris kannte aus eigener Erfahrung das Reich, das der Nilvedic-Gelehrte Vedartha als das *Ahmtesh* bezeichnet hatte: Es war die fließende Unendlichkeit disentropischer Energie, die das Qua umgab. Hier streifte das dreifache Wesen der Existenz das Verlangen nach dem Körperlichen oder dem Vorübergehenden ab. Hier war der Ort, an dem Psyche und Seele wohnten. Die Erstgenannte trug den Willen, den Verstand und die Erinnerungen in sich, die Letztgenannte barg den Kontext des Seins einer Person, ihre Gefühle und ihre Suche nach Erleuchtung in einem komplexen und unermesslichen Universum.

Er trieb an einen Ort außerhalb von Raum und Zeit. Sein *Dhyna*, das innere Auge, wanderte über die Aussicht, die sich ihm hier, wo alle Dinge miteinander verbunden waren, bot. Er erhaschte einen Blick auf ferne Formationen, die von leuchtenden, welligen Streifen aus hellem Blau verschleiert wurden. Schwärme aus gestaltlosem Licht waren zu sehen, die herabschossen, Kreise zogen, sich vereinigten und wieder trennten. Er fragte sich, wie viele seiner bereits verstorbenen Freunde hier waren. Lebten sie hier in ewigem Frieden? Waren seine Ahnen hier, oder waren sie weitergetrieben, an die Oberfläche, um wiedergeboren zu werden und die Welt von Neuem zu erleben?

Der Gedanke an seine Ahnen erinnerte ihn an Ariskanders rätselhafte Worte. *Meine Schwester war ein Gefäß, das bereitwillig eine große Last auf sich genommen hat. Sedefke hat vorausgesehen, dass wir eines Tages die Gelehrtenkönige brauchen würden.*

Indris fühlte, wie ihm sein metaphorischer Halt langsam entglitt. Zweifellos ging Taqrit wieder an die Arbeit und versuchte, ihn aufzuwecken. Ein Sturm schien sich in dem fließenden Raum zusammenzubrauen, das warme Lapislazulimeer trübte sich.

Aber sein Versuch war nicht vergeblich gewesen. Hier im Amer-Mahjin war er sowohl von *Psé*- als auch von *Kaj*-Eingeweihten umgeben. Er konnte zwar die Disentropie nicht physisch nutzen, aber nichts konnte ihn davon abhalten, seine Essenz einzusetzen, um einen Hilferuf auszusenden. Er war in etwa wie ein Mann, der nicht schwimmen konnte, aber trotzdem imstande war, Steine in einen Fluss zu werfen. Und er hatte vor, einige sehr große Steine hineinzuwerfen.

Kniend setzte er die Metaphern seiner Fäuste ein, um an die Oberfläche seiner Seele zu trommeln. Er hatte keine Zeit, um sich groß darüber Sorgen zu machen, wen er damit aufschreckte. Es konnte kaum noch schlimmer kommen. Leichte Wellen breiteten sich aus. Wiederholte Schwingungen in den großen Strömungen des *Ahm*. Er hoffte nur, jemand würde ihn hören und ihn finden, bevor es zu spät war.

Kapitel 17

»Wir finden Gefallen an den Triumphen und tolerieren die Misserfolge innerhalb der Familie, denn Blut ist Blut. Letzten Endes sind es immer die Familienbande, die uns zu extremen Handlungen antreiben und besondere Gefühle hervorrufen.« Aus Die Unvergänglichkeit der Abstammung *von Tamari fa Saroush, Philosoph des Erwachten Imperiums*

357. Tag im 495. Jahr der Shrīanischen Föderation

Drei Tage und drei Nächte lang durchkämmte Mari Avānweh auf der Suche nach Indris. Sie schlief nur, wenn die Erschöpfung sie übermannte. Und das war mehr Schlaf, als Shar oder Omen hatten. Die Kriegssängerin der Seethe bewegte sich am Rande der Erschöpfung, während der unermüdliche Geisterritter die Nachtwachen bis zum blaugrünen Dunst unmittelbar vor der Morgendämmerung damit verbrachte, selbst den entferntesten Gerüchten nachzugehen.

Mari saß im Bett und lehnte sich mit dem Rücken gegen die kühle Mosaikwand in ihrem Zimmer im Adlerhorst, einem Gasthof für die Elite der Gesellschaft auf den Felsen des Caleph-Mahn. Das wenige an Schlaf, das ihr vergönnt gewesen war, war nicht erholsam gewesen. Ihr Traum war so lebendig gewesen, und sie hatte Indris gespürt, wie er neben ihr lag und sprach, doch es war kein Laut zu hören bis auf das gleichmäßige Schlagen seiner Herzen. Als wäre er irgendwo unter Wasser. Wenn sie die Augen schloss, konnte sie noch immer das schwache Klopfen hören. Jeden Tag, den er länger verschwunden blieb, ließ ihr Herz heftiger schmerzen, allein bei dem Gedanken, dass er nie wieder zurückkehren könnte.

Aber nun gab es eine Spur, die sie vielleicht weiterbrachte.

Die Sonne war noch nicht aufgegangen. Durch die geschlossenen Balkontüren war das sanfte Rauschen des Winds kaum zu hören, und der Himmel lag jenseits einer flachen, nichtssagenden grauen Weite. Mari faltete das Pergament in ihrer Hand auf. Das Knistern des Papiers erschien ihr unnatürlich laut. Sie brauchte das schwache Licht der flackernden Lampen nicht, um den Inhalt zu lesen. Sie kannte ihn auswendig.

Corajidin hatte zwei Tage gebraucht, um auf Maris Bitte um eine Audienz zu reagieren. In der Zeit, die er sich genommen hatte, hatte er eine zwiespältige Nachricht verfasst, die ohne Zweifel reiflich durchdacht war. Als die Seethe die Avān in ihren Torque-Spindeln gemacht hatten, hatten sie dafür Menschen genommen, diese mit den Eigenschaften von Raubkatzen, Wölfen und anderen Tieren kombiniert und noch einige Merkmale der Seethe hinzugefügt. Das Ergebnis war ein Wesen, das zwar fast menschlich aussah, jedoch völlig anders dachte und fühlte.

Die ersten Generationen der Avān waren wild und unkontrollierbar gewesen. Nach einigen Generationen, die im Krieg gelebt hatten, waren die ersten Regeln des *Sende* verfasst worden. Sie gaben den aggressiven, territorial denkenden Avān einen Überbau aus Etikette und sozialer Interaktion, der sie davor bewahrte, sich gegenseitig auszurotten. Im Laufe von Generationen war das *Sende* komplexer geworden: Es ermöglichte einem sehr leidenschaftlichen Volk, sich auf subtile und hintergründige Art auszudrücken und die Bedeutung ihres Verhaltens zu erklären. Wie die Tiere der Wildnis wussten die Avān nur zu gut, was es hieß, die territorialen Interessen zu verteidigen, sich so fortzupflanzen, dass die überlebensfähigsten Blutlinien Bestand hatten und die Schwächeren verteidigen konnten. Daher rührte auch das Kastensystem, das die strengen Verhaltensregeln festlegte. Das komplexe und verschachtelte Brettspiel Tanj war die Verkörperung des *Sende* und wurde oft genutzt, um Kinder zu lehren, wie sie sich zu benehmen hatten.

Corajidins Antwort enthielt viele Informationen für Mari. Die Wahl des Zeitpunkts sagte ihr, dass er sie noch immer als Familienmitglied betrachtete, wenn auch nicht mehr so eng wie einst. Das Pergament war von erlesener Qualität, was bedeutete, dass er sie noch immer schätzte, doch war die Tinte nicht mit Edelmetallen verfeinert, sie stand also nicht hoch in seiner Achtung. Er hatte es mit eigener Hand geschrieben, statt seinen Adjutanten die Arbeit tun zu lassen, was zeigte, dass er sich Zeit genommen hatte, um seine Nachricht abzufassen. Die schwarzen Seidenbänder mit ihren kleinen Streifen aus schwarzem und rotem Gold und das Wachssiegel mit seinen Rubinen und dem schwarzen Magneteisenerz signalisierte ihr, dass sie dem Hohen Haus Erebus noch immer teuer war und ihren Weg zurück nach Hause finden sollte. Die Worte waren präzise und sprachen weder von einer Verpflichtung, noch von Gefahr. Die Tatsache, dass er sie in ein öffentliches Gasthaus eingeladen hatte, verriet, dass er nichts zu verbergen hatte und dass sie das Treffen lebend wieder verlassen würde. Nach den Regeln des *Sende*. Niemand ermordete einen Gast, mit dem er Essen und Trinken geteilt hatte. Selbst die Wahl des Boten – es war Nima, ein respektierter Cousin und Leutnantsritter der Anlūki – war ein Zeichen, dass Corajidin sie ernst nahm und ihre militärische Tapferkeit anerkannte.

Das alles sagte: *Ich sehe dich, Mariam, wie du bist, und weiß, dass du respektiert, womöglich sogar gefürchtet werden solltest. Doch Blut ist Blut.*

Er hatte auch ein Geschenk gesandt, das Mari eine weitere Verpflichtung auferlegte, den Verhaltenskodex zu respektieren: Es war ihr altes *Amenesqa,* das sie in Amnon verloren hatte. Mari war wie vom Donner gerührt gewesen, als sie es wiedergesehen und festgestellt hatte, dass irgendjemand es makellos restauriert hatte. Es war scharf und erinnerte Mari an das Wesen der Wahrheit. Erinnerte sie daran, woher sie stammte. Sie legte das Schwert neben ihre Sûnklinge, und die Waffe war die dunkle Reflexion ihrer Schwester.

Roshana war mit Corajidins Antwort sehr zufrieden gewesen. Sie bestand darauf, dass Mari von einem Gefolge begleitet wurde. Ursprünglich hatte Roshana Bensaharēn und eine Truppe der Tau-se schicken wollen, doch man konnte nicht Shrīans führende Kriegsdichterin und das Löwenvolk gemeinsam irgendwohin schicken, ohne damit zugleich eine Botschaft zu senden. Außerdem hatte sich ihr Vater in der Gegenwart von Nicht-Avān noch nie wohl gefühlt, was bedeutete, dass sie auch Shar, Hayden oder Ekko nicht mitnehmen konnte, von Omen ganz zu schweigen. Siamak hatte angeboten, einige seiner Marschlandkrieger mitzuschicken. Zu guter Letzt hatte Mari zugestimmt, sich von jeweils zwei Soldaten aus dem Gefolge von Roshana, Nazarafine und Siamak begleiten zu lassen. Die Botschaft, die in einer derartigen Versammlung lag, konnte ihrem Vater nicht verborgen bleiben.

Mari badete rasch und kleidete sich an. Ihre Tunika, die hohen, weichen Stiefel und ihre Hose waren aus schwarzem Wildleder, der leichte Kettenpanzer aus roter, abgesteppter Seide, mit spiegelglänzenden silbernen Schuppen. Dies waren sowohl die Farben der Erebus als auch der Familie ihrer Mutter, der Dahrain. Sie trug ihr antikes *Amenesqa* über den Rücken geschlungen, während die Sûnklinge neben einem Langmesser an ihrem Waffengürtel befestigt war. Darüber trug sie die weiße Kapuzenrobe der Ashinahdi, womit sie klarstellte, dass sie außerhalb des Bereichs ihres Hohen Hauses handelte. Die Konsequenzen würde sie ganz allein tragen.

Die Sonne schien hell im Osten, als Mari die Villa der Näsaré erreichte. Als Wächter des Wandels hatte Ajo zugestimmt, als neutrale Partei bei dem Treffen dabei zu sein. Neva und Yago waren seine Zeugen; Letztgenannter trug ein Abspielgerät in einer geschnitzten Mahaganibox bei sich. Shar, Hayden, Ekko und Omen warteten ebenfalls dort. Als die anderen sechs eintrafen, erinnerte Ajo Indris' Freunde noch einmal daran, dass sie sich nicht einzumischen hatten. Ajo dehnte die Gastfreundschaft seines Hauses auf die Freunde aus, bis das Treffen vorüber war. Weder Shar noch Hayden schienen sonderlich glücklich zu sein, Ekko war so undurchsichtig, wie man das von einem Tau-se erwarten durfte, und Omen stand einfach herum, als wäre er eine riesige Porzellanpuppe.

Ajo führte sie zu der nächstgelegenen Gondelstation, wo sie in eine der kunstvoll gearbeiteten Kugeln stiegen. Während die Gondel hinunterfuhr und leicht im Wind schaukelte, war Mari dankbar dafür, dass die Leute so ruhig wirkten. Sie begutachtete das Gefolge, das die Rahns ihr in ihren Namen mitgegeben hatten, und vertraute darauf, dass die Rahns gut gewählt hatten, denn immerhin hing von der heutigen Unterredung das Leben vieler ab.

Die Krieger der Marschen waren nussbraun, ihr Haar trugen sie zu hohen Pferdeschwänzen gebunden, und die Füße waren in ausgefranste Sandalen aus Schilfgras gekleidet. Es handelte sich um einen Mann und eine Frau; beide waren hager und gelenkig, ihre Hände waren schmal und muskulös. Die Griffe ihrer Waffen sahen aus, als wären sie häufig in Gebrauch. Nazarafine hatte zwei ihrer Neffen mitgeschickt, sonnengebräunte junge Leute, die aussahen, als würden sie außer dem Salzgeschmack des Ozeans und dem Sommer auf ihrer Haut nur wenig kennen. Und doch waren ihre Bewegungen schnell und sicher. Sie trugen ihre Zwillingsschwerter und die dualen Messer nach Art der Saidani-sûk, der Schule der Vier Klingen auf den Sûninseln. Roshana hatte eine Frau und einen Mann geschickt, die beide so unverfänglich wirkten, dass es Mari das Nackenhaar sträubte. Ihr Gesichtsausdruck war so nichtssagend, dass er praktisch nicht existent war, und Kleidung und Waffen waren wenig bemerkenswert. Weder der Mann noch die Frau blickten ihr in die Augen.

Das öffentliche Gasthaus, das Corajidin für ihr Treffen gewählt hatte, hieß der ›Weg der Zwölf‹. Es war ein angesehenes Etablissement auf dem Caleph-Sayf, das in einem zwölfeckigen Gebäude aus lackiertem Holz und virdiangrünen Kacheln untergebracht war. Auf geschnitzten Pfeilern ragte das Haus über einem der Flüsse auf, die in den Aszendentenhof mündeten, einer breiten, tiefen Klamm zwischen der Sternenkrone und dem Weltenblut. Unten, zwischen flechten- und moosbewachsenen Steinen und natürlichen Teichen, befand sich die Gedenkstätte der Aszendenten: zwölf sorgfältig gearbeitete Bronzestatuen, von denen jede dreißig Meter hoch war, von den zwölf Vorfahren der Hohen Häuser der Avān. Feiner Nebel schmückte die altersgrünen Statuen wie flüssige Diamanten und überzog sie mit glitzerndem Weiß. Der Hof war auf unterschiedlichen Ebenen angelegt, und die Terrassen waren netzartig durch filigrane, überdachte Brücken und Treppen aus Alabaster und rotem Marmor miteinander verbunden. Ein konstantes Grollen war zu hören, als sich kleine Wasserfälle in den Hof ergossen und dann den Berg hinab weiterflossen zu den darunter liegenden Terrassen.

Mari atmete tief den üppigen Duft der Farne und Lotusblüten ein. Die Luft war kühl und klamm. Außer ihnen war niemand zu sehen. Wenige Augenblicke zuvor hatten die Uhren der Stadt die Stunde der Schlange, die siebte Stunde des Tages geschlagen.

»Es scheint mir nur angemessen, dass wir in Hörweite der Ahnen sprechen, oder?« Corajidins Stimme hallte durch den Hof. Er machte kein Geheimnis aus seiner Ankunft. Eskortiert wurde er von einer Truppe Anlūki, darunter Belamandris und ihr Cousin Nima. Corajidin in seiner roten Samtrobe mit den schwarzen Damastärmeln, die mit sich aufbäumenden Pferden bestickt waren, war eine eindrucksvolle Gestalt. Sein rotblondes Haar und der Bart waren von Weiß durchzogen, aber seine Gesichtsfarbe wirkte nicht mehr so gelblich wie in Amnon. Seine Haltung war aufrecht und stolz. Das Langmesser, mit dem er Vashne ermordet hatte, steckte in der Schärpe um seine Taille. Belamandris sah gesund aus, seine leuchtend blauen Augen hatte er mit Kohlestift geschminkt wie alle eleganten und wohlhabenden Avān. Als er Mari sah, wurde sein Gesichtsausdruck wehmütig, und sein Lächeln erstarb so schnell, wie es aufgeleuchtet war.

»Danke, dass du gekommen bist, Vater«, sagte Mari. Sie verneigte sich tiefer, als eine Tochter das vor einem Vater hätte tun müssen. Es war die Verneigung eines Untertanen vor seinem Asrahn.

»Gehen wir hinein?« Ajo wies auf die Doppeltüren, die in den Weg der Zwölf führten.

Belamandris und Nima gingen voran, gefolgt von Ajo, Neva und Yago, hinter denen wiederum Nazarafines Leute eintraten. Es gab keinerlei Anzeichen von Verrat. Mari war sich der Blicke ihres Vaters bewusst. Die Art, wie er die Signale ihrer Kleidung und der Wahl ihrer Waffen zu lesen versuchte. Aus dem Augenwinkel sah sie, wie er lächelte und den Saum seiner Robe hob, damit sie nicht über den feuchten Boden schleifte. Dann betrat er den Weg der Zwölf, und Mari folgte ihm. Die anderen gingen hinter ihr.

Das Essen war von der schlichten Art, wie sie in jedem avānischen Haushalt zu finden war. Haferbrei mit Zimt und Honig. Klein geschnittene Mandarinen, Orangen und Äpfel. Blaubeeren und Himbeeren. Ungesäuertes Brot, das frisch und heiß aus dem Ofen kam und mit schmelzender Ziegenmilchbutter bestrichen war. Silberne Gefäße mit Tee und Kaffee und Porzellankännchen für die Sahne. Ein Alabastergefäß war mit schwimmenden gelben Lotusblüten und Schleierkraut gefüllt, deren Duft dem Geruch nach Orchideen und Vanille erstaunlich ähnlich war.

Corajidin und Belamandris saßen Mari an dem zwölfeckigen Tisch gegenüber. Ajo und seine Kinder setzten sich daneben. Die Wachen blieben wachsam stehen.

»Wie ist es dir ergangen, Belam?«, fragte Mari, während sie ihr Essen bestellten. »Du siehst gut aus.«

»Den Umständen entsprechend geht es mir ganz gut.« Ein melancholischer Ausdruck lag auf Belams Miene. Er machte eine Geste in ihre Richtung, als wollte er ihre Hände ergreifen, starrte einen Moment lang auf seine Hand und zog sie dann langsam, unter dem scharfen Blick seines Vaters wieder zurück. Belamandris senkte den Blick und starrte in seinen Kaffee. »Ich habe gehört, dass du den Posten bei den Feyassin nicht übernehmen wirst. Was hast du vor?«

»Ich weiß es noch nicht. Vielleicht gehe ich ein wenig auf Reisen. Ich habe dich vermisst.«

»Und ich … sage nur, das Leben ist anders, wenn du nicht da bist.« Er warf einen hastigen Blick zu seinem Vater hinüber, der ganz darin vertieft zu sein schien, das Lokal zu begutachten, aber Mari ließ sich nicht täuschen. Belamandris öffnete den Mund, um noch etwas zu sagen, schloss ihn dann aber stirnrunzelnd wieder.

Yago öffnete das Abspielgerät. In der gewachsten Holzbox befanden sich blanke Metallzahnräder und Drähte. Er entfaltete einen breitrandigen Trichter, der einer großen Blume mit zarten silbernen Blütenblättern ähnelte. Innerhalb weniger Augenblicke hatte er eine Stimmrolle in das Abspielgerät eingesetzt. Sobald er fertig war, machte er ein Zeichen, dass sie beginnen konnten.

»Danke, dass du dieses Gespräch arrangiert hast, Mariam«, sagte Corajidin. Höflich neigte er den Kopf und berührte mit beiden Händen seine Brust, die Fingerspitzen über den Herzen. »Ich muss gestehen, ich war überrascht, dass du diejenige bist, die das Friedensangebot gemacht hat.«

»Irgendetwas musste ja geschehen.« Mari rührte Kakao und Sahne in ihren Kaffee und atmete den angenehmen Duft tief ein. Dann nippte sie langsam und nahm sich Zeit zum Nachdenken. Jedes Wort konnte ihre Ziele entweder segnen oder verfluchen. Sie setzte die Tasse mit einem hörbaren Klirren wieder ab. »Shrīan befindet sich am Abgrund. Unglücklicherweise sind die ausschlaggebenden Entscheidungen längst getroffen worden, und jetzt richten sich aller Blicke auf die Ereignisse hier. Amnon hat uns geschwächt. Wir können nicht noch mehr Auseinandersetzungen zwischen den Hohen Häusern oder den Hundert Familien brauchen.«

»Gut bemerkt«, nickte Ajo. Der Himmelslord legte die Hände leicht auf den Tisch. Seine Finger waren lang und mit Ringen aus Weißgold, Silber und Saphiren geschmückt, die langen Nägel weiß lackiert. Die Haut war erstaunlich faltenlos für jemanden seines Alters. »Ich möchte, dass der Führungswechsel ohne weitere Vorfälle über die Bühne geht.«

»Aber sicher entziehen sich Teile der gegenwärtigen Unruhen unserer Kontrolle, oder nicht?«, hielt Corajidin dagegen. »Das Eiserne Bündnis hat bereits erklärt, dass sie ihren Krieg gegen die Avān an allen Fronten fortzusetzen gedenken. Selbst Palatin Navaar von Oragon sagt, er befürchtet, Ygran würde zum Ziel des Eisernen Bündnisses und ihres Zorns werden.«

»Von Tanis ganz zu schweigen«, fügte Belam hinzu. »Es gab mal Zeiten, da hielten sich die Avān für eine Nation. Und jetzt? Um ehrlich zu sein, ich habe keine Ahnung mehr, was wir sind.«

»Nun, dann ist das ein guter Ort, wenn wir anfangen wollen, unser Verhältnis in Ordnung zu bringen.« Mari lehnte sich vor, die Handflächen nach oben. »Es geht darum, einen neuen Rahn zu finden, um Vahineh zu ersetzen und um die Entführung von Indris, Femensetri und …«

»Ich weiß nichts von einer Entführung.« Corajidin schüttelte den Kopf. »Die Geschichte kommt uns viel zu gelegen. Ich habe wenig Sympathie für Indris oder die Sturmbringerin, aber dir ist sehr wohl klar, welches Ausmaß an Macht nötig wäre, um die beiden zu überwältigen.«

»Gelegen? Wie soll das auch nur im Entferntesten …?« Mari hörte die Kälte in ihrer Stimme. Sie sah, wie Ajo den Kopf schüttelte, und holte tief Luft, um sich zu sammeln.

»Vielleicht können wir mit Vahinehs Ablösung beginnen und uns von dort aus weiter vorarbeiten?«, schlug Ajo vor. »Lasst uns hoffen, dass eine schnelle Übereinkunft uns im Verlauf dieses Morgens für andere Themen ebenfalls empfänglich macht.«

»Ich hätte mich damit zufrieden gegeben, mich nach der Aufstiegsordnung zu richten«, sagte Corajidin, »wenn diese intriganten Föderalisten nicht versucht hätten, den allgemein anerkannten Ablauf zu untergraben. Ich fordere eine Entschädigung für ihre ungeheuerliche Missachtung ihrer Standesgenossen.«

»Und wie sieht diese Entschädigung aus?«, fragte Mari und fürchtete sich vor der Antwort.

Belamandris zog ein Dokument hervor, das er ihr über den Tisch hinweg reichte. Mari brach das Wachssiegel mit ihrem Daumen und entfaltete dann das Pergament. Es war eine bearbeitete Kopie der Aufstiegsordnung. Die Namen Kashir, Aram und Nouri standen dort geschrieben; es waren bekannte Größen, die in der Liste nach vorn gerückt waren. Jhem war völlig neu dazugekommen. Er war noch nicht einmal der Überprüfung durch die Sēq unterzogen worden, um zu sehen, ob er Erwachen konnte.

»Diese Namen«, Corajidin deutete auf die Liste, »sollen als Erste Gelegenheit bekommen zu Erwachen. Die drei, die bereits auf der Liste verzeichnet waren, wurden von den Sēq schon gebilligt; es ist unwahrscheinlich, dass der Prozess des Erwachens sie tötet. Jhem soll noch heute von den Sēq auf seine Eignung hin geprüft werden.«

Bei den Namen auf der Liste handelte es sich durchweg um Imperialisten. Sollte einer von ihnen Rahn werden, würde es das Kräfteverhältnis im Oberhaus des Teshri ausgleichen. Von den dreien, die von den Sēq zugelassen worden waren, war Kashir die vernünftigste Wahl. Aram war ein langjähriger Unterstützer von Corajidin, und Nouri würde sich mit Begeisterung in einen Krieg stürzen, wenn das bedeutete, dass die Avān auf Īa zu neuem Ansehen gelangten.

»Ich kann die Liste noch heute Morgen zu Nazarafine, Roshana und Siamak bringen«, stimmte Mari zu. Sie reichte das Schriftstück an Ajo weiter, der es beklommen beäugte, als könnte es ihn beißen. »Sie werden zweifellos Vorlieben haben, was die Reihenfolge betrifft.«

»Das ist vertretbar«, sagte Corajidin. »Immer vorausgesetzt, es gibt einen dritten imperialistischen Rahn im Oberhaus des Teshri. Ich bin flexibel bei der Frage, wer es sein wird.«

»Wenn keiner der Kandidaten die Eignungsprüfung besteht, werden wir zu der ursprünglichen Reihenfolge der Aufstiegsordnung zurückkehren«, sagte Ajo. Die nächsten fünf Namen waren alle Föderalisten; einige der Familien warteten seit Jahrhunderten auf die Gelegenheit, in die königliche Kaste aufzusteigen. Roshana und die anderen würden ihnen erklären müssen, warum sie noch länger warten mussten.

»Abgemacht«, nickte Corajidin. Er warf sich eine Erdbeere in den Mund und kaute zufrieden.

»Vater!«, schrien sowohl Mari als auch Belam auf.

Die Soldaten im Raum griffen nach ihren Waffen, und anklagende Augenpaare starrten sie an. Belam wollte seinem Vater die Erdbeere wieder aus dem Mund angeln; sie beide wussten, dass sie Gift für ihn war.

»Mir geht's gut!« Corajidin schlug die Hand seines Sohns beiseite und kaute zufrieden. Er hielt nur inne, um seine Lippen mit einer Serviette abzutupfen. Dann griff er nach einer weiteren. »Was für eine unglaubliche Frucht! Es ist eine Schande, dass ich sie so lange nicht essen konnte!«

Maris Gedanken rasten. Die erneuerte Lebenskraft ihres Vaters, die offenbar nicht mehr vorhandenen Schmerzen. Wie er es geschafft hatte, das Verbundenheitsritual zu überleben. Die Tatsache, dass er eine Frucht essen konnte, die noch einen Monat zuvor reines Gift für ihn gewesen wäre … es war offensichtlich, dass ihr Vater ein äußerst wirkungsvolles Mittel gefunden haben musste, das seine Lebenskraft wiederhergestellt und das unvermeidliche Todesurteil zumindest hinausgeschoben hatte.

Ebenso offensichtlich war, dass Wolfram nicht über diese Fähigkeiten verfügte, sonst hätte der Angothische Hexer ihrem Vater schon früher geholfen. Nein, Corajidin hatte sich mit Mächten eingelassen, die er vor dem Rest der Welt noch verborgen hielt. Vielleicht waren in Anbetracht dieser neuen Verbündeten seine Unschuldsbeteuerungen bezüglich Indris' Verschwinden nicht mehr als leere Worte.

»Und nun zu Indris und Femensetri«, sagte Mari. Sie musterte ihren Vater mit neu erwachtem Argwohn, doch er schien Maris forschenden Blick gar nicht wahrzunehmen. Er warf sich weiter flink Erdbeeren in seinen Haferbrei und goss Honig über das Ganze. »Wir möchten, dass sie heute bei Sonnenuntergang freigelassen werden. Wenn du …«

»Ich habe dir bereits gesagt, dass ich sie nicht habe.« Corajidins Stimme war hart. Er deutete mit seinem essensverkrusteten Löffel auf Mari. »Und ich werde meine Meinung nicht ändern, was Vahineh betrifft. Sie muss der Obrigkeit überstellt werden.«

»Aufgrund welcher Verbrechen?«, fragte Ajo. »Ihr habt eine Anschuldigung vorgebracht, dass Vahineh in Yashamins Ermordung verwickelt war, sie aber mit keinerlei Beweisen untermauert.«

»Genauso, wie Ihr mich des Mordes an Vashne und Ariskander beschuldigt habt? Wenn mich die Erinnerung nicht trügt, wurde ich aufgrund dieser Anschuldigungen meiner Stellung als Asrahn-Erwählter und Herrscher von Amnon beraubt!«

»Willst du diese Karte wirklich ausspielen, Vater?«, fragte Mari.

Corajidin starrte sie nur an.

Ajo räusperte sich und sagte: »Wenn Ihr beweisen könnt, dass Vahineh …«

»Nein, Ajomandyan!« Corajidin stand auf. Seine Stimme klang brüchig, und Mari wusste nicht, ob es der Zorn, die ungeweinten Tränen oder die Trauer war. »Meine Frau wurde ermordet! In meinem eigenen Haus. Einem Ort, der sicher gewesen wäre, Mariam, wenn du nur da gewesen wärst. Ich will meine Rache!«

»Ihr könnt Gerechtigkeit haben«, konterte Ajo, »wenn Ihr dem Wächtertribunal Beweise vorlegt. Selbst ein Asrahn steht nicht über dem Gesetz, Rahn Corajidin.«

»Das würde Euch gefallen, nicht wahr, Himmelslord?« Corajidin wischte sich die Tränen mit zitternden Händen fort. »Wollt Ihr meine Entschlossenheit prüfen? Muss ich ein Jahirojin verkünden? Vahineh mag ein geistloses Mädchen sein, das von ihrem Erwachen in den Wahnsinn getrieben wurde, aber sie wird für ihre Tat bezahlen!«

Corajidin sank schwer atmend in seinen Stuhl zurück.

»Und Indris?«, fragte Mari mit wachsendem Ärger. »Femensetri? Welche Pläne hast du mit ihnen, Vater? Deine Vorstellung von einer Verhandlung scheint noch immer so eigennützig zu sein, wie ich sie in Erinnerung habe.«

»Mari!«, sagte Ajo scharf. »Das bringt niemanden weiter.«

»Nein.« Corajidin machte eine Geste, um den Himmelslord zum Schweigen zu bringen. »Stochere in der Wunde, Mari. Verströme dein Gift!«

»Du hast deine Standesgenossen im Teshri verraten.« Mari erhob sich. »Du hast den Kurs unserer Regierung mit deinen Bestechungsgeldern und deiner Unzufriedenheit pervertiert. Du hast sogar einen Asrahn und einen Rahn getötet und die ganze Zeit über geglaubt, das alles hätte keine Konsequenzen. Und jetzt wagst du es, den Sēq ins Gesicht zu schlagen?«

»Die Sēq sind in Shrīan erledigt, Mari.« Überraschenderweise war es ihr Bruder, der sprach. Belam erhob sich, die Finger zärtlich um den Griff seines Schwerts Schicksalsklinge gelegt. Seine Miene war streng, die Augen hart wie Splitter aus blauem Marmor. »Du wendest dich von deiner Familie ab, um einen Mann zu verteidigen, der sie zerstören wollte.«

»Indris hat sich und die Nation verteidigt, nachdem unsere Familie versucht hat, ihr ihren Willen aufzudrücken!«

»Dein Liebhaber hat versucht mich umzubringen, Mari!«, rief Belam mit wachsendem Zorn. »Er hat mich für tot gehalten und einfach in Amnon liegen lassen.«

»So war es nicht!« Mari sah den selbstzufriedenen Ausdruck im Gesicht ihres Vaters. Sie wandte sich ihm zu und wies mit zitterndem Finger auf ihn. »Du kannst Belam nicht einmal die …«

Aus dem Augenwinkel sah Mari das Aufflackern einer Bewegung. Ein Messer schoss durch die Luft. Belam schlug es mit der Hand beiseite, und es ritzte die Schläfe seines Vaters auf, statt dessen Auge zu durchbohren.

Roshanas Leute! Einer der beiden kam in einer geschmeidigen Bewegung nach vorn, die mehr an ein Gleiten als ein Rennen erinnerte. Ihre eigene Hand erstarrte auf dem Griff ihrer Sûnklinge. Sie erkannte die Bewegung.

Es war der Assassine vom Dach der Nanjidasé!

Der Meuchelmörder sprang hoch in die Luft, und das Langmesser schien eine Verlängerung seines Arms zu sein, als er auf Corajidin zuschoss. Belam zog seine Schicksalsklinge schneller, als Mari das für möglich gehalten hätte. Die rot gefärbte Klinge kam aus der Scheide, während Belam zur Seite glitt und zu einem lebenden Schild für seinen Vater wurde. Er stieß Corajidin von seinem Stuhl und lenkte den Schlag des Meuchelmörders ab.

Roshanas anderer Assassine kam heran. Nazarafines und Siamaks Krieger zogen ihre Waffen, ebenso wie die Anlūki.

Corajidin wandte sich grimmig Ajo zu. »Seht Ihr? Das habe ich von meinem Vertrauen in ein treuloses, herzloses Miststück, das nur auf der Welt ist, um mich zu quälen! Hast du mich gehört, Mariam? Hast …«

»Ich hatte nichts damit zu tun!«, schrie sie.

Roshanas Meuchelmörder gingen erneut zum Angriff über. Belam lächelte sein kleines Lächeln, das dem Maris so ähnelte und zugleich doch so kalt war.

»Hört sofort auf!«, rief Ajo. »Als Wächter des ...«

»Tötet sie alle!«, schrie Corajidin. Die Venen an seinen Schläfen und an der Kehle traten so stark hervor, als würden sie jeden Augenblick platzen. Blut lief seine Wange und den Kiefer hinab.

Mari zog ihre Waffe nicht, im Gegensatz zu den anderen. Nima und einer der Kriegsdichter der Sûn traten ihnen mit sirrenden Klingen entgegen. Die Anlūki überließen es Belam, Corajidin zu verteidigen, und ihr Vertrauen zu dem Witwenmacher war gerechtfertigt. Mari duckte sich unter einem Schwertstreich hindurch und wich mit einer Drehbewegung einem weiteren aus. Sie trat mit ihrem Stiefel zu und erwischte einen der Anlūki am Kinn. Sie wirbelte herum und schmetterte erst ihre Hand, dann den Ellbogen gegen die Schläfe des anderen. Beide Krieger gingen zu Boden und rührten sich nicht mehr.

Belam stellte sich den beiden Assassinen allein. Mari wollte ihm zu Hilfe kommen, aber zunächst musste sie für Ajos, Nevas und Yagos Sicherheit sorgen. Der Himmelslord hatte sich mit seinen Erben in Richtung Tür zurückgezogen, allerdings schien niemand daran interessiert zu sein, den Wächter des Wandels anzugreifen. Corajidin war weggekrabbelt und stand jetzt mit gezogenem Messer an der Tür zum Weg der Zwölf.

»Neva. Yago«, sagte Mari. »Bringt Ajo und meinen Vater in Sicherheit. Bitte.«

Die Himmelsritter nickten. Sie drängten Ajo in Richtung Tür, wo er sich kurz mit Corajidin besprach. Ihr Vater starrte sie kurz an, als er den Raum verließ.

Der Kampf war so wild, dass sie ihn nur verschwommen wahrnahm. Nima hatte seinen Angreifer getötet und bewegte sich nun auf den anderen Kriegsdichter der Sûn zu. Die Marschbewohner aus der Rōmarq kämpften wie Derwische. Ihre *Shamshire* und Handbeile waren ein Netz aus Stahl, das bei jeder Drehung seinen Blutzoll forderte.

Aber Mari konzentrierte sich auf Belam. Beide Meuchelmörder griffen ihn an. Erst abwechselnd, dann zusammen. Es spielte keine Rolle. Seine Schicksalsklinge schien überall gleichzeitig zu sein. Belam bewegte sich schneller, als Mari jemals zuvor gesehen hatte. Die Fußarbeit war präzise, die Abwehr perfekt. Seine Attacke schlicht fehlerlos. Sie hatte ihre Freude daran, einen derartigen Künstler bei der Arbeit zu sehen, verzagte jedoch bei dem steinernen Ausdruck auf seinem Gesicht. Der war neu. Von seiner wilden Freude war nichts mehr zu sehen, keine Spur mehr von seinem Humor oder seiner Persönlichkeit. Es war, als wäre er ein Automat. Irgendeine Art von Golem, der zu Fleisch und Blut geworden war.

Er duckte sich weg und holte mit seinem *Amenesqa* zu einem tiefen Schlag aus. Graue Eingeweide ergossen sich auf den Boden, durchmischt mit Blut. Einer der Meuchelmörder ging mit erschrockenem Ausdruck im Gesicht zu Boden. Der Witwenmacher ergriff das Handgelenk des anderen Assassinen. Das Knacken von Knochen war zu hören, ein Geräusch wie das Brechen trockener Zweige. Der Mann, der versucht hatte, Mari auf dem Dach der Nanjidasé zu töten, wollte den Witwenmacher mit der anderen Hand erstechen. Der Schlag prallte an Belams Rüstung ab, und der Witwenmacher griff mit der anderen Hand nach der Kehle des Meuchelmörders. Entsetzt sah Mari zu, wie ihr Bruder ohne eine Spur von Erbarmen die Luftröhre des Mannes zerquetschte. Dann warf er den Körper zu Boden, als wäre es Abfall.

Ihr Bruder wandte ihr seinen leidenschaftslosen Blick zu.

Er enthauptete die Assassinen und nahm ihre Köpfe bei den Haaren.

»Belamandris!«, schrie Corajidin von draußen. »Anlūki! Zu mir! Vielleicht liegen noch mehr Assassinen der verräterischen Näsarats auf der Lauer.«

Diejenigen, die noch standen, waren von zahllosen Wunden übersät. Keine der Verletzungen schien tödlich zu sein, aber manche bluteten heftig. Belam warf einen desinteressierten Blick durch den Raum, dann wischte er das Blut von seiner Klinge.

Ohne einen Laut verließ er den Weg der Zwölf, Nima und der letzte Anlūki, der noch bei Bewusstsein war, hinter ihm. Mari sah zu, wie er schweigend ging.

Alles, woran sie denken konnte, war die Härte im Blick ihres Bruders. Als wäre er ein völlig anderer Mann als der Bruder, den sie liebte. Und dann dachte sie daran, dass es Roshana gewesen war, die die Meuchelmörder auf sie angesetzt hatte.

Freunde schienen ein so kostbares Gut zu werden wie Vertrauen.

Kapitel 18

»Verrat ist das bitterste Instrument, das man einsetzen kann, um das Vertrauen zu töten.« Embarenten, Schwertmeister aus Hocharden, 369. Jahr der Shrīanischen Föderation

357. Tag im 495. Jahr der Shrīanischen Föderation

Corajidin eilte durch die schwach beleuchteten Straßen, so schnell seine Beine ihn trugen. Die Wunde an seiner Schläfe brannte, und das Blut auf der Haut begann bereits zu trocknen. Angstschweiß prickelte auf seiner Kopfhaut und hinterließ eine lange, kühle Spur an seinem Rückgrat und seine Brust hinab. Seine Herzen schlugen heftig gegen die Rippen.

Nima übernahm die Führung; seine Füße flogen über die Straße, die Hand lag auf dem Griff seines *Shamshirs*. Belamandris rannte stirnrunzelnd neben ihm her. Er hielt die beiden abgetrennten Köpfe an ihren langen Haaren, und Blut tropfte aus den Stümpfen. Der letzte der Anlūki eilte humpelnd hinter ihnen her und hinterließ eine rote Spur. Corajidin warf einen Blick auf den Mann, der mit jedem Moment weiter zurückfiel. Sollte er es zurück zum Qadir Erebus schaffen, dann hatte das Schicksal entschieden, dass er das Verhängnis dieses Morgens überlebte. Wenn nicht, so gab es andere, die seinen Platz einnehmen konnten.

Vor ihm hielt sein Neffe den Fahrer eines spulengetriebenen Wagens an. Blitze flackerten auf den kreiselnden, geschichteten Zahnrädern des Sturmrads hinter der Vorderachse. Es war ein luxuriöses Gefährt. Mit Messing verzierte Holzpaneele und tropfenförmige, glänzend polierte Türgriffe. Filigran gearbeiteter Sichtschutz vor gläsernen Fenstern. Sonnenkugeln in eisernen Fassungen flackerten in den Schatten. Nima hielt die Tür auf, bis Corajidin und Belamandris eingestiegen waren. Er warf dem Fahrer eine Goldkrone zu, was mehr war, als der Mann normalerweise in einem Monat verdiente, und gab Befehl, die Passagiere so schnell wie möglich zum Qadir Erebus zu bringen.

»Und was ist mit dir?«, fragte Belamandris.

»Ich werde auf Yotep warten«, murmelte Nima. Er zog ein Halstuch aus der Tasche seiner Robe und säuberte Gesicht und Hände vom Blut. »Wir lassen unsere Leute nicht zurück.«

Er klopfte an die Seite des Wagens, und der Fahrer fuhr an.

Corajidin kauerte sich in den vornehmen Sitzen zusammen, die Hände in den Ärmeln seiner Robe versteckt. Die Kabine roch nach Leder und Bienenwachs. Die sanfte, schaukelnde Bewegung und das leise Summen und Knistern der Sturmräder halfen ihm, seine zum Zerreißen gespannten Nerven zu beruhigen. Er starrte seinen Sohn unter gesenkten Brauen hervor an und nahm das Desinteresse in seiner Miene wahr. Eine Langeweile, die kein Charakterkennzeichen des alten Belamandris gewesen war. Der Sohn, der in dem Sarkophag gelegen hatte, war nicht der gleiche, der wieder herausgestiegen war. Es war, als würde ein Teil von ihm noch immer am Rande der Seelenquelle verweilen und dort hineinstarren.

»Es scheint, als hätte deine Schwester heute ihr wahres Gesicht gezeigt«, knurrte Corajidin.

»So scheint es, nicht wahr?« Sein Sohn starrte weiter aus dem Fenster, wo die Welt an ihnen vorüberzog.

»Ihre Ehre mit einem Näsarat zu besudeln war eine Sache.

Sich auf ihre Seite zu schlagen und gemeinsam mit ihnen einen Mordanschlag auf mich zu versuchen, etwas ganz anderes! Es zeigt, dass man ihr – ihnen – nicht vertrauen kann.«

»Nicht mehr als uns«, erwiderte Belamandris distanziert. Er wandte sich um und sah seinem Vater ins Gesicht. »Du warst es, der dafür gesorgt hat, dass die Dinge eskalieren, erinnerst du dich? Du hast Vashne auf offener Straße ermordet. Du hast Ariskander entführt, um aus ihm herauszupressen, was du für dich selbst gebraucht hast.«

»Ich musste überleben, und das Eiserne Bündnis hat uns in eine Lage gebracht, in der wir einen Krieger an der Spitze brauchen, keinen Mann des Friedens!«, sagte Corajidin barsch. Gereizt schlug er mit dem Fuß gegen Belamandris' Sitz. »Du klingst langsam wie deine Schwester.«

»Sie hat versucht, dich zu retten, Vater.« Belamandris' Stimme war monoton. »Vielleicht erfindest du zu viele Monster in den dunklen Orten, an denen dein Geist wandelt? Ihre Erinnerung an die Ereignisse in Amnon scheint von deiner abzuweichen.«

»Vielleicht sollten wir einfach aufhören zu reden, wenn du auf Streit aus bist.«

Belamandris zuckte mit den Achseln. Den Rest der Fahrt verbrachten sie schweigend, und Corajidin war froh, als der Spulenwagen den hohen Bogen des Qadir passierte. Das Tor wurde von zwei riesigen Pferden flankiert, die sich scheinbar aus dem Berg heraus aufbäumten. Einen Moment lang wurden sie in Schatten getaucht, als sie unter dem Gewicht des Sternenkronenbergs hindurchfuhren, dann waren sie wieder im Sonnenlicht, als sie den Palmen- und Olivenbaumgarten erreichten, der zum eigentlichen Qadir führte.

Anlūki in ihren blutroten und schwarzen Rüstungen nahmen Haltung an, als Corajidin und Belamandris aus dem

Wagen stiegen. Corajidin blickte die unregelmäßige Klamm hinauf, in die der Qadir hineingebaut war, und musterte die glatt geschliffenen Steinbalustraden, die bugähnlichen Balkone, die von Reliefs mit Pferdeköpfen gestützt wurden, und die allwissenden Augen der Schlüssellochfenster.

»Verriegelt die Außentore«, befahl er. »Verdoppelt die Wachen. Niemand betritt den Quadir ohne meine Erlaubnis.«

Corajidin schritt durch die Korridore, und der Saum seiner langen Robe fegte über den glänzenden Steinboden. *Ilhen*-Kristalle in geschwärzten eisernen Wandleuchtern verdrängten die Schatten. Topfpflanzen gaben dem unerbittlichen Fels, in den der Qadir gehauen war, einen weicheren Anstrich. Kein Hauch bewegte die stickige Luft, während er an Treppen vorüberschritt, an reich verzierten Türen, Gemälden und Statuen, die über die Jahrhunderte gesammelt worden waren.

Als er zur Herzenshalle kam, hielt er inne. Jedes Wohngebäude eines Avān, egal, wie bescheiden die Behausung war, verfügte über eine derartige Halle. Es war der Mittelpunkt einer Wohnstätte, der Ort, an dem die Leute zusammenkamen, um Trost bei der Familie zu finden und das Gefühl der Zugehörigkeit zu spüren. Die Herzenshalle der Erebus war eine Höhlenformation mit spiegelglatten Wänden. Stalaktiten und Stalagmiten waren in die Formen fein verästelter Bäume, Tiere und Statuen antiker Helden der Erebus geschnitzt worden. Eine weite Treppe führte in Spiralen auf- und abwärts, *Ilhen*-Licht spiegelte sich in den Quarzkristallen und den Silberadern im Stein, die die Schwärze in einen von Sternen übersäten Himmel in der Tiefe des Bergs verwandelten. Etliche Kohlenbecken mit Feuersteinen brannten. Sofas mit Kissen und dicken Wolldecken umstanden sechseckige Tische mit leuchtend bunten Mosaikoberflächen.

Noch nie zuvor war ihm aufgefallen, wie kalt und leer dieser Ort war; er war mit Gegenständen vollgestopft, statt mit Leben gefüllt zu sein.

»Eure Majestät. Ihr seid früh zurück«, erklang Wolframs düstere Stimme, während er die geschwungene Treppe herabgestiegen kam. Seine Augen brannten wölfisch und hungrig unter dem zerfransten Pony. Der alte Hexer kam auf seinen Beinschienen herangehumpelt, und der altersschwache Stab schien sich unter seinem Gewicht zu biegen. Kimiya, die nun immer in seiner Nähe war, starrte Corajidin mit dunklen und gequälten Augen an, als würde die junge Frau Dinge sehen, die sie nicht mehr vergessen konnte, sosehr sie es auch versuchte. Wolfram blickte Corajidin stirnrunzelnd an. »Ihr seid verletzt.«

Corajidin knurrte seinen Hexer an und durchquerte die Herzenshalle, um die weite Treppe hinaufzusteigen, die zu den Zimmerfluchten mit seinen Amtsstuben, den Audienzzimmern und einem kleinen, aber prachtvoll ausgestatteten Ankleideraum, Schlafzimmer und Bad führte. Hastig wusch er sich an einem Alabasterbecken. Dampf stieg kräuselnd von der Oberfläche einer großen Wanne auf, die in den nahen Felsen gehauen worden war und von den natürlichen heißen Quellen der Sternenkrone gespeist wurde. Der Gedanke war verführerisch, jetzt hineinzusteigen und sich einweichen zu lassen, während seine Diener ihn mit Mineralsalzen einrieben und Duftöle in seine Haut einmassierten, wie Yashamin das so oft für ihn getan hatte. Doch die Zeit drängte.

Als er frische Kleider angezogen hatte, machte sich Corajidin auf den Weg zu seiner Amtsstube, wo seine Söhne und einige seiner Ratgeber warteten. Kurz darauf trat die Botschafterin ein, gefolgt von einer kalt dreinblickenden Elonie und Ikedion, dem fettleibigen Seehexer mit den leicht vorstehenden Zähnen und den langen Koteletten, der Corajidin an ein Walross erinnerte. Nur mühsam unterdrückte er bei der Erinnerung an die Trugbilder ihrer Erscheinungen einen Schauder der Furcht.

Die anderen warteten, bis Corajidin Platz genommen und einen kurzen Blick auf den kleinen Berg aus Schriftrollen und dem Stoß von Berichten auf seinem Tisch geworfen hatte. Yashamins Totenmaske schien im *Ilhen*-Licht zu glühen, und die Augenlöcher wirkten dunkel und geheimnisvoll, wie ihre Augen im wirklichen Leben gewesen waren.

»Ich habe dir gesagt, dass Mari dich betrügen würde, mein Geliebter.« Ihre Stimme war so weich wie Rauch in seinen Ohren. Er schloss für einen Moment die Augen und stellte sich ihre Hände auf seinen Schultern vor. Im Nacken. Ihre Lippen, die sich an seine Ohren pressten. *»Du willst dieser verräterischen Schlampe die Hand reichen, statt darauf zu bestehen, dass man dir meinen Mörder vor die Füße wirft!«*

»Es tut mir leid.« Er streckte die Hand aus, um die bernsteinwarme Maske zu berühren. »Ich verspreche, dass das noch passieren wird.«

»Räche mich, Liebster.« Ihre Stimme kitzelte sein Ohrläppchen. *»Werde zu dem Mann des Kriegs, den dein Volk braucht, und nimm, was das Schicksal dir bestimmt hat!«*

»Das Schicksal, nicht das Verhängnis.«

»Welches Schicksal, Euer Majestät?«, fragte Wolfram. Corajidin sah auf. Ihm war nicht bewusst gewesen, dass er laut gesprochen hatte. Die Botschafterin starrte Corajidin an. Ihre Augen bohrten sich in seine, als würde sie versuchen, seine Gedanken zu lesen. In einem Anflug von Furcht wandte Corajidin den Kopf ab.

»Folgendes ist passiert«, wechselte Corajidin das Thema. Kurz erzählte er von Mariams Verrat, und schnell unterbrach er Belamandris, als dieser versuchte, seine Schwester zu verteidigen und ihre Handlungen in einem positiveren Licht zu sehen. Kasraman kaute auf seiner Unterlippe, während er zuhörte; sein Blick wanderte zwischen seinem Bruder und Corajidin hin und her.

»Und wo ist Vahineh nun, wenn die Föderalisten sie nicht haben?«, fragte Kasraman.

»Es ist eine List, um Zeit zu gewinnen. Nichts weiter«, sagte Nix, der mit geschmeidigen langen Fingern bunte Glasbälle auf seiner Handfläche rotieren ließ. Er wirbelte sie so schnell herum, dass sie beinahe zu einem Regenbogen verschwammen. Nix bewegte den Kopf ruckartig von einer Seite zur anderen. »Mit jedem Tag, der vergeht, unterminieren sie Rahn Corajidins Autorität. Ihre Gehässigkeiten sind schon viel zu lange unbeantwortet geblieben. Die Antwort muss einfach, aber lehrreich sein.«

Nix ließ die Kugeln aus seinen Händen gleiten, und sie zerbrachen zu leuchtenden Fragmenten, als sie auf den Boden schlugen.

»Da stimme ich zu«, sagte Corajidin und zeigte keinerlei Anzeichen von Missfallen bei den Freiheiten, die sich Nix herausnahm. Seine Augen starrten auf die regenbogenfarbene Zerstörung auf dem Boden. »Ich werde in drei Tagen zum Asrahn gekrönt. Also werde ich jetzt tun, was ich tun muss, und es später rechtskräftig machen. Es gab Zeiten, als die Avān für das, was sie wollten, in Blut bezahlt haben. Wir werden sie wieder daran erinnern.«

»Vater«, sagte Belamandris, »wir sind nicht im Krieg. Sei bitte auf der Hut. Du erinnerst dich an Amnon? Es hat uns beinahe vernichtet.«

»Hat dich deine Nahtoderfahrung deiner Männlichkeit beraubt, Witwenmacher?«, fragte Nadir.

Belamandris warf Nadir einen harten Blick zu, und seine Finger legten sich leicht, in einer glatten und oft geübten Bewegung, um den Griff seiner Schicksalsklinge.

»Nadir«, knurrte Corajidin, »muss ich dich daran erinnern, dass du mein Adjutant bist? Hüte deine Zunge, wenn du sie im Mund behalten willst.«

»Mein Rahn, ich entschuldige mich, falls ich beleidigend geworden bin.« Nadir errötete und verneigte sich tief. Der Mann hatte keine Ahnung, wie nahe er selbst gerade dem Tod gekommen war.

»Ich begreife deine Warnung, Belamandris«, sagte Corajidin. »Aber hier verhält es sich anders. Wir haben in Amnon viel riskiert, weil wir viel zu gewinnen hatten. Jetzt ist es an der Zeit, uns diesen Gewinn und noch mehr zu holen.«

Er setzte sich an seinen Schreibtisch und nahm ein Pergament zur Hand. Es dauerte nicht lange, bis er die richtigen Formulierungen gefunden hatte, da er dieser Sache in den vergangenen Tagen mehr als einen Gedanken gewidmet hatte. Er unterschrieb, dann stäubte er Sand aus einer goldenen Streudose darauf. Kasraman flüsterte etwas, und ein kleiner Feuergeist begann auf einer der Kerzen zu tanzen. Corajidin tropfte etwas Wachs auf das Schreiben und setzte die schwarzen und roten Bänder und ein Siegel aus rotem und schwarzem Gold darauf.

Dann gab er es Belamandris. »Nimm dieses Schreiben und zehn Truppen deiner besten Anlūki …«

»Du willst fünfzig von meinen Anlūki?«, fragte Belamandris geschockt.

»Nein. Ich will deine fünfzig *besten* Anlūki. Der Rest kann den Qadir bewachen. Nimm das Schreiben und geh zu Ajomandyan von den Näsiré. Informiere den Wächter des Wandels darüber, dass ich ein Ayo-*Kherife* beantrage. Wenn man bedenkt, dass es genug Zeugen für das Debakel von heute Morgen gibt, darunter er selbst und seine Erben, bezweifle ich, dass er meine Rechte infrage stellen wird.«

»Und dann?«, fragte Belamandris ruhig.

»Dann wirst du zum Qadir Näsarat gehen und Rahn Roshana fe Näsarat verhaften! Es waren Roshanas Assassinen in Maris Begleitung, und sie wird dafür zur Verantwortung gezogen werden. Kein Wächter würde mir die Gerechtigkeit versagen, wenn der Schuldige so offensichtlich ist.«

»Und wenn sie Widerstand leisten?« Nix trommelte seine Fingerspitzen in einem raschen Wirbel aneinander.

»Was sie auf jeden Fall tun werden«, fügte Jhem hinzu.

»Darauf zähle ich«, sagte Corajidin. Er wandte sich an Belamandris. »Töte, wen du willst, um damit eine Botschaft zu übermitteln, aber eines kann ich nicht genug betonen: Unter gar keinen Umständen darf Roshana zu den Toten zählen! Habe ich mich klar ausgedrückt? Ich kann es mir nicht leisten, dass sie jemand anders Erwachen lässt.«

»Vor allem nicht Indris«, sagte die Botschafterin.

»Er hat es einmal abgelehnt«, konterte Kasraman. »Warum sollte er jetzt annehmen, wenn es ihm wieder angeboten würde?«

»Weil er sehen kann, was in seinem Land vor sich geht«, sagte Wolfram grimmig. »Die wachsenden Unruhen, der schwelende Konflikt mit dem Eisernen Bündnis. Vielleicht weiß er mittlerweile, was am Mahsojhin passiert ist. Dieser Mann wurde von den Sēq dazu ausgebildet, Regierungen entweder zu stürzen oder sie zu retten. Und das ist nur das, was wir von seiner offenkundigen Arbeit wissen. Wer weiß, was er im Verborgenen getan hat?« Er strich müßig über Kimiyas Haar, und die Frau zuckte kaum merklich zusammen, bevor sie sich dem Kontakt hingab.

»Wenn Indris die Bedrohung durch eine Rückkehr der Hexen oder einen Krieg mit dem Eisernen Bündnis gegen die Möglichkeiten abwägen müsste, die er als Rahn hätte, um dergleichen zu verhindern«, nickte die Botschafterin, »dann würde er sich selbst erlauben zu Erwachen. Ich kenne

Indris besser als irgendjemand von euch. Ich weiß, wozu er imstande ist und warum die Sēq ihn nicht aus den Augen gelassen haben. Einen Erwachten Indris wollt Ihr nicht zum Feind haben, glaubt mir.«

»In Ordnung.« Belamandris verneigte sich vor seinem Vater. »Aber ich werde Indris töten, wenn ich ihn sehe, und Mari nach Hause bringen. Ich bin sicher, dass ich sie zur Vernunft bringen kann. Allerdings werde ich das *Sende* nicht verletzen. Ich werde weder Zivilisten noch andere Unschuldige töten.«

Die Botschafterin lachte und klatschte in die Hände. Dann erstarb ihr Lachen unvermittelt, und ihr Lächeln wurde kalt, als sie mit dem Finger auf Belamandris wies. »Wie süß du bist. Ein Mörder mit einem Gewissen. Und Manieren! Aber das Thema hatte ich bereits mit deinem Vater. Indris wird nichts geschehen. Wenn du es trotzdem versuchst, dann nimm eine Menge Leute mit. Vorzugsweise solche, an deren Verlust dir nicht so viel liegt.«

»Bei der Liebe der …«, sagte Corajidin mit einer Stimme, die düster war vor Frustration. Er warf Belamandris einen Blick zu, der klar besagte: *Töte Indris, wenn du die Gelegenheit dazu hast, und bring meine Tochter nach Hause, wo sie hingehört, weit weg von den verderblichen Einflüssen, die sie so fehlgeleitet haben.* Dann bezog Corajidin Nix und Jhem mit einem weiteren Blick mit ein, und ihre Augen wurden bei der Aussicht auf Gewalt hart. »Jhem und Nix, begleitet Belamandris. Wenn ihr mit den Näsarat fertig seid, zieht ihr weiter zu den Qadirs der Sûn und der Bey. Dreht so viele Steine um wie nötig und zertretet alles, was darunter hervorgekrochen kommt. Tut, was zu tun ist, um Roshana und den Mörder meiner Frau zu mir zu bringen.«

Nadir und Ravenet standen beisammen und redeten leise miteinander. Kimiya sah zu ihnen hinüber, und ihr Körper lehnte sich in ihre Richtung. Aber das Halsband um ihren gebräunten Hals und Wolframs schwere Hand auf ihrer Schulter hielten sie zurück. Corajidin fühlte sich wieder an Brede erinnert, Wolframs vorherigen Lehrling. Er fragte sich, ob auch sie so gewesen war, ehe sie mit Herz und Seele Wolframs Kreatur geworden war.

Corajidin machte Nadir und Ravenet ein Zeichen, näher zu kommen. Er brachte sie zur Tür und beugte sich dicht zu ihnen, als Ravenet sie öffnete.

»Ich will, dass ihr beide Mariam findet«, flüsterte er. »Bringt sie zurück. Tut, was getan werden muss, aber bringt sie lebend und unverletzt zu mir.«

Bruder und Schwester verneigten sich und schlüpften dann leise aus dem Raum.

»Was ist mit dem Rest von uns?«, fragte Kasraman. Mit besorgter Miene sah er zu, wie die Krieger den Raum verließen.

»Wir werden die Sēq daran erinnern, dass ein neues Zeitalter anbricht.«

Corajidin führte sein kleines Gefolge vom Qadir an Bord einer Windbarke. In der Begleitung von Kasraman, Wolfram, Elonie und Ikedion hatte Corajidin wenig zu befürchten. Oder wenigstens hoffte er das. Obwohl er die Sēq wegen ihrer arroganten und überlegenen Haltung nicht leiden konnte, konnte er nicht leugnen, dass sie ihren Ruf aus gutem Grund hatten. Die Straßen wurden zweifellos beobachtet, und eine Luftreise war die direkteste Verbindung zu den Höhen des Īajen-mar Gebirges und des lange verlassenen Eliom Dei, der auch als Qadir am Amaranjin bekannt und nach dem Mahj benannt war, der ihn errichtet hatte: Amaranjin. Sohn von Dionwe, des Näsarat, der die Zivilisation der Seethe im Marmormeer versenkt hatte, und erster Mahj des Erwachten Imperiums.

Kasraman saß behaglich am Ruder und lenkte die Windbarke mit sicheren Händen über den Caleph-Rahn hinaus zur Sternenkrone, über bewaldete Schluchten und kühle, klamme Hohlwege zu den scharfen Klippen und zerklüfteten Felsen des Weltenbluts. Vom Deck der Windbarke aus konnte Corajidin die hohen, leuchtend weißen Marmorsäulen des Tyr-Jahavān sehen, der in den Berg hineingebaut war. Treppen, Brücken, Pfade und kleine Ströme zogen sich über den Berg. Riesige Wasserräder arbeiteten lautlos auf diese Entfernung. Aquädukte bildeten leuchtende Linien aus weißem Stein, die mit plätscherndem, diamantenem Wasser gefüllt waren.

Das Eliom Dei war beinahe hundert Meter hoch in den Berg gebaut, zwischen dem darunter liegenden Amenankher und dem Shalef-mar Ayet – dem Tempelbergschrein. Kunstvolle Reliefs waren in die Bergwand gemeißelt, geglättet und gehärtet durch extreme Hitze, sodass sie glänzten wie marmorierte Spiegel. Es gab hängende Gärten, und Wasser floss von Quellen zu Wasserläufen, die sich in Gischt verwandelten, während sie sich aus den Rachen von Phönixen ergossen.

Eine lange Felsnase, die täuschend zerbrechlich wirkte, ragte hervor. Sie wurde von einem Ringwall überragt; Bögen, die mit Kristallpaneelen gefüllt waren. Kasraman drehte die Windbarke in die steife Brise und landete inmitten funkensprühender und knisternder Sturmräder und Disentropiespulen. Die Barke schaukelte, als sie auf ihrem krabbenartigen Landungsgestell auf dem Boden aufkam.

Der Wind heulte durch die Risse im Ringwall. Die Wolken wirkten wie Pinselstriche aus Grau und Weiß, langgestreckt und dünn. Gräser und blühendes Unkraut wuchsen in den Spalten im Fels. Ein langer, schmaler Pfad führte von der Landungsplattform durch einen üppigen, verwahrlosten

Garten und zu den hohen Schlüssellochtüren des Eliom Dei hinauf.

Corajidin ging voraus, während sie sich schweigend auf den Weg zu den großen Türen machten, die seit Jahrhunderten verschlossen waren. Statuen, die lange verstorbenen Größen gewidmet waren, ragten überlebensgroß zwischen Eichen, Pinien und Zedernbäumen auf, die Gesichter nicht mehr als Schemen gegen das leuchtende Himmelsgewölbe. Faulende Äpfel lagen im langen Gras. Wespen summten. Wolframs Beinschienen knarzten bei jedem seiner humpelnden Schritte, und sein Stab schlug scharf auf den Boden auf. Ein riesiger Berghirsch, zahlreiche Hirschkühe und ihre Kitze blieben stehen, um sie zu beobachten. Der Hirsch hob den Kopf mit dem rotbefellten Gesicht; das Ebenholzgeweih war so groß wie Corajidins ausgestreckte Arme.

Phönixe aus Marmor flankierten den Pfad; von der Zeit stumpf gewordene *Ilhen*-Kristalle saßen als rußgeschwärzte Splitter in ihren Augen und Mündern. Sandsteinplatten waren zwischen die einzelnen Phönixe gesetzt. Corajidin sah Hunderte von ihnen, während er vorüberging. Hier standen einst Tag und Nacht die loyalen Feyassin, um ihren Mahj zu beschützen. Seine Augen brannten vor ungeweinten Tränen, wenn er daran dachte, wie tief sein Volk seit den Tagen des Aufstands gesunken war. Einst hatte ein Rahn der Avān alle Nationen im südöstlichen Īa regiert. Corajidins Ahnen hatten einmal über die von der Sonne gesegneten und von der See geküssten Atreanischen Inseln geherrscht und über die himmelblauen Tiefen des Westlichen Grabens. Und nun war die Macht des Erwachten Imperiums wenig mehr als eine Legende.

Hohe Säulen, die von der zwölfblättrigen Lotusblüte des Alten Imperiums gekrönt waren, flankierten die runde Tür. Die Tür selbst war so geschnitzt, dass sie an die imperiale

Lotusblüte erinnerte, mit einem Blütenblatt für jedes der ursprünglichen Hohen Häuser. Corajidin legte eine Hand an die Tür, und sie öffnete sich glatt und lautlos. Innen warf das Kristalllicht seinen kalten Schein über staubbedeckte Wände, den Boden und eine Decke, die so hoch war, dass es jegliches Vorstellungsvermögen überstieg. Spinnweben flatterten in der plötzlichen Brise wie Vorhänge.

»Ich erinnere mich, dass ich einmal eine Geschichte über diesen Ort gelesen habe«, murmelte Corajidin. Irgendwie schien es falsch zu sein, dieses jahrhundertealte Schweigen zu brechen. Uralte Gesichter starrten von langen Glaspaneelen auf sie herab, und ihre Mienen waren unter einer Schmutzschicht verborgen. Läufer zerbröckelten unter ihren Füßen. Es war kalt.

»Vor dem Imperium war Avānweh noch nicht einmal eine Stadt. Es gab nichts, außer Amenankher, das von Sedefke, Kemenchromis, Femensetri und einigen wenigen anderen als Studienort errichtet worden war. Nachdem Dionwe das Marmormeer mithilfe der ersten Sēqmeister geschaffen hatte, baute er Avānweh und machte es zu seiner Hauptstadt. Das ist der Grund, warum wir noch immer in diese Stadt kommen und sie als unseren Regierungssitz anerkennen, obwohl es kein Imperium mehr gibt.«

»Es ist wunderschön«, sagte Kasraman. Er reckte den Hals und blickte zu dem wenigen hinauf, was von der Decke zu sehen war, die Überreste eines kunstvollen Flechtwerks aus ehemals kostbarem Emaille und Edelmetallen.

»Ja.« Corajidin wünschte sich, er könnte die Erinnerungen der Ahnen herbeirufen, die einst, in den Tagen des Ruhms, durch diese Hallen geschritten waren. Er versuchte es, erhielt zur Antwort jedoch nicht mehr als stechende Kopfschmerzen. Das Wasser des Lebens hatte seinen Körper verlassen und seine Kräfte wieder mit sich genommen.

Corajidin führte sie einen langen Korridor entlang, dessen Decke aus mattierten Bergkristallpaneelen bestand. Lange Spinnennetzschleier hingen zwischen den Säulen und Statuen. Radnetzspinnen mit Körpern, so durchscheinend wie Glas und größer als eine Männerhand, richteten sich warnend auf. Wolfram machte eine Geste mit seinem Stab, und das gesamte Netz stand in Flammen. Elonie und Ikedion flüsterten und machten mit ihren Händen komplizierte Zeichen in der Luft. Innerhalb weniger Augenblicke ertönte ein Ploppen, und Hunderte von Radnetzspinnen fielen von der Decke. Ratten quiekten auf und starben. Kakerlaken strampelten mit wild um sich schlagenden Beinen auf dem Rücken.

Elonie sah Corajidins überraschte Miene. »Kristallene Radnetzspinnen werden von Disentropie angezogen, obwohl es sie meist zu den Rissen hinzieht, die zwischen dem Hier und der Unter- aber auch der Oberwelten bestehen.«

»Die Dame sagt die Wahrheit, Rahn Corajidin«, kicherte Ikedion. An seiner prachtvollen blauen Seidenrobe waren Schweißflecken unter den Armen und den schwabbeligen Brüsten zu sehen. »Wir sollten vorsichtig sein. Dies ist ein Ort der Macht, ein Kreuzungspunkt zwischen vielen Welten.«

»Warum sind wir hier, Eure Majestät?«, fragte Wolfram. Der alte Hexer stützte sich auf seinen Stab und atmete schwer. Corajidin legte seine Hand in einer Geste des Mitgefühls auf die Schulter des Mannes. Der lange Fußmarsch musste für den verfallenden Körper des Hexers eine Tortur gewesen sein. Doch er antwortete nicht.

Stattdessen führte er sie schweigend Korridore entlang, dann Treppen hinauf. Über Brücken, die sich über tiefen, dunklen Schluchten wölbten, unter ihnen nichts als das Brausen das Wassers in der Tiefe. Durch natürliche Höhlen, die sich zu Messerschnitten aus Licht hoch oben erstreckten, oder abwärts zu kurvigen Fußwegen, die zu unbekannten und verlassenen Gewölben führten.

Nachdem sie eine lange Brücke überquert hatten, die aussah, als wäre sie aus *Serill* gesponnen – dem facettierten schwarzen Glas, das aus Drachenfeuer gebrannt war – führte Corajidin sie zu einer hohen Flügeltür aus Spiegelfragmenten. Er sah sich selbst, sein beschädigtes und gespaltenes Abbild. Die Türen enthüllten Teile von ihm, aber niemals ihn als Ganzes. Zwei große Porzellangriffe in Form der imperialen Lotusblüte waren an den Türen angebracht.

Über den Türen befand sich eine Inschrift in Hochavān: *Ishii qielyaha rem. Dijar bah yaha vahin. Achte, was du bist. Respektiere, was du willst.*

Seine Hand zauderte für einen Moment. Zitterte ein wenig. Die Verschmelzung von Furcht, Verlangen und Beklemmung. Er sah sein zerschmettertes Abbild in der Spiegeltür an, sah die Splitter seines Gesichts, oder das Auge, oder die Brust, die ihn als den gebrochenen Mann zeigten, der er war. Ein tiefer Riss verlief über einem seiner Augen. Ein weiterer über die Lippen, und ein langer Splitter durchtrennte sein Abbild über seinen Herzen. Jedes Mal, wenn er blinzelte, schien es ihm, als hätten sich die Spiegelstücke bewegt und würden ihm unterschiedliche Bilder zeigen. Er warf einen Blick zu den anderen hinüber und sah den gequälten Ausdruck in ihren Gesichtern.

Corajidin schloss die Augen, drehte an den Griffen und stieß die Türen auf.

Der Thronsaal war ein glockenförmiger Raum aus grob facettiertem Obsidian mit einer Kuppel, die aus Tausenden von Paneelen aus getöntem Glas gemacht war. Die Farben aller Jahreszeiten waren darin vereint. Seinerzeit war dieser Saal Obsidianherz genannt worden. Es war der Raum, in dem Entscheidungen getroffen wurden, die hart und dunkel sein konnten und die die Herzen und Seele des Mahj spalteten, der sie traf. Wie die kugelförmigen Sitze im Tyr-Jahavān war es eine Erinnerung an die Tatsache, dass Macht nichts war, worum man jemanden beneiden sollte. Schlüssellochalkoven säumten die Wände, in denen Feyassin und Sēqritter einst ihren Mahj bewacht hatten. Große, schwarz lackierte Stühle standen in einem Halbkreis. In der Mitte, in einem breiten Streifen honigfarbenen Lichts, stand ein riesiger Turmalinthron. Es sah aus, als hätte jemand einen gigantischen, facettierten Stuhl aus einem Stück Meer geformt. Der Kanonstein.

Daneben befand sich ein kleiner, kunstvoll gearbeiteter und schwarz lackierter Holzstuhl. Er war so alt, dass er faltig wirkte wie die Haut eines alten Mannes. Seine hohe Rückenlehne wurde von zwei faustgroßen Kugeln mit flackerndem Hexenfeuer überragt.

Und auf diesem Stuhl saß ein Mann in einer schwarzen Soutane, die so dunkel war, dass es wirkte, als würde sie ihrer Umgebung das Licht entziehen. Der Mann war klein und untersetzt. Er hatte ein rötliches Gesicht und Augen in der Farbe von frisch geschnittenem Gras, die in tiefen, von Kohlestift gerahmten Augenhöhlen lagen. Sein Seelenstein war ein Oval ohne Facetten oder irgendeinen sichtbaren Makel. Sein langes Haar und der Bart hatten die Farbe von Ton, durchzogen von Terrakotta. Seine rissigen, großen Hände mit den rauen Nägeln waren um den eisernen Gelehrtenstab geschlungen, dessen sensenförmige Spitze ein schmaler Streifen aus Hexenfeuer war. Macht knisterte in einem Flechtwerk aus Blitzen über seinem Kopf und den Händen. Seine Augen glänzten, als würde in ihnen ein Feuer lodern. Er erhob sich.

»Ich bin Sēqmeister Zahiz.« Die Worte kamen leise, doch der Stolz in seiner Stimme durchdrang den Raum mit einer

Macht, die beinahe jedes andere Geräusch ausschloss. Energiefraktale begannen in seinem Stab zu wirbeln und Muster aus leuchtenden Farben auf seine Stirn zu werfen. »Warum kommt Ihr zum Sitz des Mahj?« Corajidin unterdrückte den Impuls, sich zu verneigen. Als sein Blick kurz nach links und rechts wanderte, sah er die Abscheu in den Gesichtern von Elonie und Ikedion. Kasramans klägliche Furcht. Das Wölfische in Wolframs gelbzahnigem Knurren. Nima war auf die Knie gefallen.

»Ich bin Asrahn Erebus fa Basyrandin fa Corajidin«, brachte er schließlich hervor. Der Drang, sich zu verneigen, wurde stärker. Er fühlte, wie seine Knie zitterten. »Ich bin hergekommen, um die Bedingungen für eine Unterwerfung der Sēq unter meine Herrschaft beziehungsweise ihre Verbannung aus meinem Land zu klären. Wo ist Femensetri, der Gelehrtenmarschall? Ich will mit ihr darüber verhandeln.«

Links und rechts von ihm standen die Hexen und starrten Zahiz an. Corajidin fragte sich, ob der Sēqmeister zu denen gehört hatte, die sie im Mahsojhin versiegelt hatten? Zahiz starrte gelassen zurück, allerdings begann seine Haut zu flackern wie eine Papierlaterne. Das Weiße in seinen Augen leuchtete hell.

»Femensetri spricht nicht länger für die Sēq«, sagte Zahiz. »Und es ist noch kein Ersatz ernannt worden.«

Corajidin war verblüfft. Die Sturmbringerin war seit Jahrhunderten der Gelehrtenmarschall gewesen. Sie hatte ganze Generationen von Asrahns beraten. Davor war sie Teil des inneren Zirkels des Mahj gewesen. Was war geschehen? War es die Folge der Spaltung, von der die Botschafterin gesprochen hatte, oder ging es um etwas anderes?

»Ich habe den Gelehrtenmarschall schon vor Tagen darüber informiert, dass es in Shrīan zu Veränderungen kommen würde. Und zwar, was den Status der Sēq und meine

Ansprüche an sie betrifft, das Knie vor mir zu beugen und mir zu huldigen.«

»Und warum sollten wir das tun?«, kam die herablassende Antwort. »Wir beugen das Knie vor niemandem außer der Mahj. So war es schon immer.«

»Es war immer so, als die Mahj eine Gelehrte war, das Erwachte Imperium noch existierte und ihr in Pashrea wart.« Corajidin stand aufrecht da. »Shrīan ist nicht Pashrea. Hier gibt es keinen Mahj. Von jetzt an werdet ihr also eure Häupter neigen, oder gehen.«

Zahizs Augen verloren für einen Moment leicht den Fokus, als würde er Dinge sehen und Unterhaltungen hören, die in einem anderen Raum stattfanden. Es dauerte nur einige Sekunden, dann heftete sich sein scharfer Blick wieder auf Corajidin.

»Ich kann Euren Forderungen nicht zustimmen«, sagte Zahiz.

»Dann findet jemanden mit den nötigen Befugnissen, um über die Zukunft zu reden«, Corajidin wies auf die Hexen, »oder ihr sterbt vielleicht, bevor ihr sie gesehen habt.«

Kapitel 19

»Zwischen Freunden und Verbündeten besteht ein großer Unterschied. Ein Freund wird alles geben und nichts erwarten. Ein Verbündeter liefert vielleicht nichts, bevor du alles gegeben hast.«
Palatin Navaar von Oragon (495. Jahr der Shrīanischen Föderation)

Im 495. Jahr der Shrīanischen Föderation, Tag unbekannt

»Endlich!« Taqrits Stimme durchdrang die Hüllen um Indris' Geist. »Ich dachte schon, ich hätte dich verloren! Und das, alter Freund, kommt gar nicht infrage.«

Er lag auf etwas Kaltem und Hartem. Metall. Der saure Geruch seines eigenen Körpers war durch den Duft nach zerstoßener Minze und Teebaumöl ersetzt worden. Die feine wollene Soutane mit ihrem hohen Kragen fühlte sich kühl auf seiner Haut an. Seine Handgelenke und die Knöchel waren mit etwas gefesselt, das sich anfühlte wie eine Mischung aus Metall und Leder. Trotz dieser materiellen Annehmlichkeiten standen die Muskeln seiner Schultern, des Rückens und der Brust in Flammen. Er öffnete ein Auge und blinzelte im grellen Licht.

»Du bist unser Hauptgewinn.« Die löwenartige Stimme kam von einer verschwommenen Silhouette, die über Indris schwebte. Büschel aus weißblondem Haar bildeten einen Strahlenkranz um das Gesicht des Mannes. Zadjinn, der Jahrhunderte alte Erebusmeister, der den Angriff auf ihn und Femensetri durchgeführt hatte.

»Wie schön für mich.« Indris' Zunge fühlte sich in seinem ausgedörrten Mund dick und schwer an. »Wo sind Femensetri und Vahineh?«

»Femensetri wurde bestraft. Die Sturmbringerin hat die Geduld des Ordens einmal zu oft auf die Probe gestellt. Sie ist nicht länger Gelehrtenmarschall; zur rechten Zeit wird ein neuer ernannt werden. Vahineh, diese nutzlose Kindfrau, ist nicht mehr deine Angelegenheit.« Sein hübsches und stolzes Gesicht kam langsam in den Fokus. Seine Soutane war makellos, schwarzer Damast mit diamantenen Knöpfen und schwere Manschetten nach der letzten Mode. Sein Stab war groß und die Spitze so geschwungen, dass sie beinahe einen Kreis bildete. »Man erzählt sich, du wärst derjenige gewesen, der ihren Abbruch herbeigeführt und sie damit wertlos für Staat und Krone gemacht hätte. Das ist noch so etwas, wozu du gar nicht imstande sein solltest – sofern dich nicht irgendjemand heimlich zum Meister ausgebildet hat.«

»Ich würde sagen, es gibt eine ganze Menge Dinge, die ihr nicht über mich wisst.«

Taqrit schlug Indris mit seinem Daul über die Oberschenkel. Es fühlte sich an, als hätte jemand seine Beine mit einem Brandeisen geschlagen. Obwohl er wusste, dass es nur Einbildung war, konnte er doch den Geruch nach verbranntem Fleisch wahrnehmen. Konnte sich die Bläschen vorstellen, die sich in Blasen verwandeln und im Laufe der Zeit infizieren und eitern würden. Er verbannte den Gedanken, bevor er sich einnisten konnte, und zwang seinen Geist über die subtilen psychischen Widerhaken des Daul.

Indris fühlte, wie das Feuer hinter seinem Auge zu brennen begann und sein Gehirn durchdrang. Es strömte seine Wirbelsäule hinab. Der Inquisitor rollte hastig seinen Stuhl zurück. Schweißtropfen bildeten sich auf seiner Stirn, und einer der Tropfen rann langsam herab und blieb zitternd an seiner Nasenspitze hängen.

»Du bist ein toter Mann«, nickte Indris ihm zu und bohrte den Blick tief in Taqrits milchige Augen. »Irgendwann komme ich frei, und dann gibt es keinen Ort auf Īa, an dem ich dich nicht aufspüren und töten werde.«

»Ich denke, ein paar Fesseln aus salzgeschmiedetem Stahl werden dich schon gefügig halten«, sagte Zadjinn. Indris hätte ihm gern den blasierten Ausdruck aus dem Gesicht geprügelt. »Ich habe gehört, du hast schon Erfahrungen mit salzgeschmiedetem Stahl gemacht, also muss ich dir nicht erst erklären, was dich erwartet. Und bis dahin müssen die Marionettenfäden genügen.«

Indris zerrte an seinen Fesseln; die Erinnerung an seine Jahre in den Sklavenbergwerken von Soróchel war noch zu lebendig. *Harte Steinböden, der Staub ungestörter Zeitalter in seiner Kehle. Muskeln, die vom Schwingen der Picke und des Hammers schmerzten, Tag für Tag für Tag. Flüssiger Haferschleim und schmutziges Wasser. Der Gestank der Lebenden und der Toten in den klaustrophobischen Tunneln. Und das konstante Gefühl von Übelkeit-Verbrennungen-Schmerz-Schwindel-Erschöpfung durch die Fesseln aus salzgeschmiedetem Stahl, die er und die anderen Mystiker, die dort gefangen waren, tragen mussten, während sie nach den Schätzen einer verloren gegangenen Zivilisation suchten, die man besser in der Vergessenheit belassen hätte.* Ungebeten stiegen ihm Tränen der Frustration in die Augen. Er atmete tief ein, um sich wieder unter Kontrolle zu bekommen.

Zadjinn nahm einen kunstvoll gearbeiteten Zylinder zur Hand, aus dem Kristallstangen und Metallspulen herausragten wie Zacken aus einer Krone. Mehrere kleine Räder waren an ihm angebracht, die Zadjinn nun zu drehen begann. Indris setzte sich aufrecht hin. Sosehr er es auch versuchte, er war außerstande, die seltsamen, übertriebenen Bewegungen seines Körpers zu unterdrücken, während Zadjinn seine Fäden zog. Er drehte die Räder noch weiter, und Indris schwang die Beine über die Tischkante.

Im Stehen hatte Indris einen besseren Überblick über den Raum. Es war nicht die düstere Zelle, die ganz von den Folterwerkzeugen beherrscht gewesen war. Dieser Raum war luftig und hatte Schlitzfenster, die den Blick auf einen wolkenverhangenen grauen Himmel freigaben. Er war weder sonderlich groß noch prächtig ausgestattet; im Gegensatz zu den meisten Dingen im Amer-Mahjin war er von Hand gemacht. Indris' Büchertasche lag auf einem Tisch, ebenso sein Waffengürtel mit der Sturmpistole und dem Drachenzahnmesser, dazu ein langes, gebogenes Gebilde, das in schwarzen Damast gehüllt war. Gestaltwandlerin.

»Wohin bringt ihr mich?«, fragte Indris.

Taqrit holte aus, um Indris erneut mit seinem Daul zu schlagen, doch Zadjinn winkte ab. Der Inquisitor warf Indris einen düsteren Blick zu. Statt den Daul wegzupacken, behielt er ihn auf seinem Schoß und umklammerte besitzergreifend den Griff.

»Als Erstes werden wir das Selassin-Mädchen als Geschenk an unseren hochgeschätzten Asrahn überreichen. Man erzählt sich, dass ihm ziemlich viel daran liegt, sie festzunehmen. Und dann freuen sich meine Brüder des Dhar Gsenni schon darauf, sich mit dir zu unterhalten.«

Dhar Gsenni. Die Bezeichnung war eine Verfälschung des uralten hochavānischen Ausspruchs ›Zum Wohle aller‹. Die Dhar Gsenni waren eine Sekte, die bereits vor den Gelehrtenorden existiert und noch Jahrhunderte danach an den Schalthebeln der Macht gesessen hatte. Der Legende nach handelte es sich um mächtige Mystiker, die erst den Anweisungen der Hexenzirkel, dann denen der Orden getrotzt hatten und auf der Suche nach Erkenntnis ihre eigenen Pläne verfolgten.

Ihrer Ansicht nach, so erzählte man sich, war nie das Wissen an sich das Böse: Böses geschah immer nur in der Anwendung des Wissens oder mit der Macht, die aus ihr resultierte. Angeblich hatten sie damals den offenen Lehrplan in Khempûr unterstützt, der antiken Stadt in Tanis, die über die Jahrtausende von einer sterbenden Kultur zur nächsten weitergereicht worden war.

Indris wusste, dass es innerhalb der Sēq viele Geheimgesellschaften gab, von denen jede ihre stillen Kriege mit anderen führte. Aber von ihnen allen waren die Dhar Gsenni die heimtückischsten; es gab viele Geschichten darüber, wie sie seit Jahrtausenden an den Zügeln der Sēq zerrten. Ganz offensichtlich waren Zadjinn und seine Mitanhänger des Kults verzweifelt genug, um Indris zu entführen und zu versuchen, ihn im Amer-Mahjin zu verstecken. *Aber dahinter steckt noch mehr.*

»Warum?« Indris hatte schon oft festgestellt, dass die einfachsten Fragen im Allgemeinen die besten waren.

»Geh weiter«, sagte Zadjinn und ignorierte die Frage. Er hielt die Box mit ihren Spulen und Rädern hoch, »oder willst du uns weiter auf die Nerven fallen? Ich habe dich genau studiert, Indris. Es wäre unter deiner Würde, wenn du wie ein geistloser Golem da hineinmarschieren müsstest.«

»Wenn du mich studiert hast, dann weißt du auch, dass ich entkommen und wahrscheinlich eine ganze Reihe von euch auf dem Weg nach draußen töten werde.«

Zadjinn zuckte mit den Schultern und drehte an den Rädern, um Indris zur Tür marschieren zu lassen. Taqrit klingelte mit einer kleinen Glocke, woraufhin sich die Tür öffnete und weitere vier Sēq den Raum betraten. Sie trugen Übermäntel mit Kapuzen. Schlichte Soutanen aus schwarzer Wolle, auf denen keinerlei Rangabzeichen wie bei Zadjinn zu sehen waren; er trug seine Meisterinsignie in silbernen Fäden auf die Säume seiner schwarzen Ärmel gestickt. Oder Taqrit mit seinem aufgestickten Stab und dem Augensiegel. Diese anderen waren keine Sēq von Rang. Vermutlich handelte es sich um Novizen. Bibliothekare vielleicht, oder sogar unerfahrene Gelehrte. Studenten, die durch irgendwelche Verheißungen von Größe angelockt worden waren, die Zadjinn und seinesgleichen aus Opiaten und Träumen gesponnen hatten. Sie trugen Langmesser, die sie durch ihre Schärpen gesteckt hatten, doch die lederumwickelten Griffe wirkten noch ziemlich unbenutzt. Die Neuankömmlinge nahmen Indris' Habseligkeiten an sich und folgten Zadjinn, der die kleine Gruppe zur Tür hinausführte. Taqrit folgte ihnen mit quietschenden Rädern.

Es war mehr als sieben Jahre her, seit Indris den Amer-Mahjin betreten hatte, doch seine Erinnerung war noch immer klar und deutlich. Lange, unregelmäßige Korridore mit Obsidianwänden. Marmorsäulen in Schwarz, Weiß und Grau. Getönte Glasfenster, zum Teil höher als Bäume, sandten bunte Streifen aus Licht über die spiegelglatten Böden, die geschnitzten Holztische und die langen Reihen der Regale und Schränke. Türen, die von einem Wunder zum nächsten führten.

Gelegentlich sahen sie andere Sēq in schwarzen Soutanen: Novizen, Bibliothekare, Gelehrte, Ritter und die seltenen Meister. Jedes Mal führte Zadjinn sie dann in eine andere Richtung, um jeglichen Kontakt zu vermeiden. Ganz offensichtlich gab es noch immer Spannungen zwischen den einzelnen Fraktionen, wenn er so auf Abstand bedacht war.

Als Zadjinn wieder sprach, konnte Indris seine Überraschung kaum verbergen. Der Tonfall des Mannes war wehmütig, als wären sie alte Freunde, die sich auf einer Parkbank gegenseitig ihr Herz ausschütteten und ihre Tage damit verbrachten, Tanj zu spielen, Tee zu trinken und die Tauben zu füttern.

»Die Sēq sind heute so wenige«, sagte Zadjinn. »Seit der Zeit der Gelehrtenkriege haben wir in der Gesellschaft an Achtung verloren. Wir distanzieren uns meist von den Angelegenheiten des Volkes. Es ist eine Tragödie, wenn man bedenkt, wie viel wir mit unserem Wissen für das Wohlergehen der Welt tun könnten.«

»Bevor wir zu einem Teil des politischen Apparats wurden«, sann Indris, »pflegten die Sēq Neues zu entdecken. Dinge zu bauen. Zu beraten und Vorschläge zu machen. Wir haben unser gesamtes Wissen für das Gemeinwohl eingesetzt. Jetzt aber versteckt sich der Orden in den tiefen Schatten, er nistet in den Trümmern der Vergangenheit und ignoriert die Gegenwart, von der Zukunft ganz zu schweigen.«

»Dhar Gsenni«, stimmte Zadjinn zu. »Zum Wohle aller. Einige von uns sind über ganz Īa gewandert und haben die erlesensten, schönsten Schätze gerettet. Wissen, das als längst verloren galt. Sie wanderten über mondbeschienene Pfade, die selbst für die Mythen und Legenden verloren waren. Und sie haben Dinge gesehen, die jegliches Vorstellungsvermögen übersteigen. Es ist genug, um einen zum Weinen zu bringen. Und doch brechen einem vor allem diejenigen das Herz, die etwas verändern könnten, sich aber weigern zu handeln.«

»Was schlagen du und die deinen denn vor? Hat die Mahj dir die Erlaubnis gegeben, dich in die shrīanische Politik einzumischen?« Indris sah über die Schulter auf seinen Entführer. »Shrīan ist nicht Pashrea. Obwohl du dich weiter an das Hirngespinst deines Elitismus klammerst, werdet ihr einen informierten Asrahn nicht daran hindern können, die Sēq handlungsunfähig zu machen.«

»Und Corajidin wird genau das tun, wenn wir ihm keinen

Grund geben, es zu unterlassen.« Zadjinn wandte sich zu Indris um. »Ihm Vahineh auszuliefern ist ein guter Anfang, um Beziehungen mit dem Mann aufzubauen, der eine ganze Nation verändern wird.«

Ich werde mein Bestes tun, damit Vahineh nicht dein Verhandlungstrumpf wird. Dir ist doch sicher klar, dass Vahinehs Leben in dem Moment, in dem sie sich in Corajidins Gewahrsam befindet, verwirkt ist? Und das Gleichgewicht innerhalb der shrīanischen Politik wäre auf Jahrzehnte verändert.

Aber Indris sagte nur: »Was willst du von mir? Ich interessiere mich nicht für deine Pläne.«

»Aber du bist genau die Art von Person, die wir brauchen.« Zadjinn nickte, und seine katzenhaften Gesichtszüge verzogen sich zu einem Lächeln. »Du und die wenigen, die sind wie du. Du wusstest, wann du den Gehorsam verweigern solltest! Du wusstest, wann du aufstehen und dem Orden sagen musstest, dass er falsch gehandelt hatte! So viele der heutigen Sēq sind Schafe, die nur auswendig lernen. Die Gabe des Intellekts besteht aber *nicht* darin zu wissen, welche Fragen man stellen muss. Sie besteht darin, das zu hinterfragen, was einen gelehrt wird. Jeder Grundsatz muss angefochten werden, wenn er wachsen soll. Davon abgesehen sind viel zu viele Geheimnisse in deinem Kopf weggesperrt, um dich einfach so weitermachen zu lassen wie bisher. Deine Zeit auf den Graten. Dein Wissen über die Seelenhändler. Die Erinnerungen an Sorochel und die Wunder, die du gesehen haben musst, als du in den Ruinen der Inoqua gegraben hast. Du hast Relikte berührt, die aus einer Zeit stammen, bevor die Zeitmeister zu den Höhen ihrer Macht aufgestiegen sind! Und dann ist da natürlich noch die Information, an die jeder herankommen will: Warum Sedefke selbst, Jahrhunderte vor deiner Geburt, ausgerechnet dich losgeschickt hat, um den Traumschlüssel zu finden.«

Indris sah den Mann entsetzt an. Seine Jahre in Sorochel waren ein einziger Albtraum gewesen. Wären er und Shar nicht entkommen, dann hätte er nicht sagen können, wie lange er die Strafmaßnahmen noch überlebt hätte. Und doch sah dieser Mann nichts außer der Abstraktheit des Wissens, ohne über den Preis oder die Konsequenzen eines derartigen Lernens nachzudenken. Er war wie ein Kind, das im Hause eines anderen mit dem Feuer spielt und sich nicht darum schert, was um ihn herum niederbrennen konnte. Zadjinn war ein Idealist, aber ohne die erforderliche Nächstenliebe, die seine Moral oder den ethischen Kompass gemäßigt hätte.

Sie kamen zu einer Reihe von geprägten Silbertüren, und der löwenhafte Gelehrtenmeister nickte einem seiner Gefolgsleute zu. Die Frau ging zu einer der Türen und klopfte. Augenblicke später öffnete sich die Tür. Kurz darauf wurde eine hohläugige Vahineh herausgebracht, um sich der kleinen Gruppe anzuschließen.

Dem Anschein nach war sie gut behandelt worden. Man hatte sie gebadet und gefüttert, und ihre hohlen Wangen waren wieder etwas voller geworden. Ihr Haar war sauber und gebürstet; Büschel davon fehlten, doch sie war so hergerichtet, dass die schlimmsten kahlen Stellen verborgen blieben. Ihr Gesicht war noch immer fleckig, und Speichel sammelte sich in kleinen Blasen an ihren Mundwinkeln. Ihre Fingernägel waren lackiert und die eingerissenen Kanten glatt gefeilt. Jemand hatte ihr eine schlichte Kapuzenrobe aus feiner Wolle angezogen und die Schnüre an den Ärmeln und dem Mieder festgezogen. Die tiefe Kapuze hing ihr über die Schulter. Indris lächelte sie an. Sie sah ihn an mit dem vagen Verständnis von jemandem, der ein Lied hört und sich nicht sicher ist, wie es heißt oder wo er es schon einmal gehört hat.

Laute Stimmen ertönten in der Nähe. Als sie um eine Ecke bogen, trafen sie auf eine Gruppe Sēq, die sich unterhielten.

Es gab keine Türen in dem Korridor. *Ilhen*-Kristalle hingen in verschnörkelten Wandleuchtern an den Wänden und schmeichelten den Obsidianwänden eine Maserung aus Rotbraun, Orange und Braun ab. Einer der Sēq war ein Meister, ein großer Mann, der so aussah, als stamme er aus einem Land mit hoch aufragenden Pinien und schneebedeckten Bergen. Das sichelförmige Ende seines langen Gelehrtenstabs bestand aus einer leuchtenden jadefarbenen Kralle. Neben ihm stand ein Sēqritter und Leute, die Indris für weitere Bibliothekare hielt. Ihre Gesichter waren frisch, die Augen noch immer leuchtend, ungetrübt von den Schreckbildern der Welt.

Indris überlegte, ob er um Hilfe rufen sollte, aber er wusste nicht, welche Reaktion er damit bei den Fremden auslösen würde. Zadjinns und Taqrits Reaktion wäre weniger ungewiss: Sie wäre schnell, gewalttätig und unerfreulich.

»Ihr wartet hier.« Zadjinn reichte die Kontrollbox an Taqrit weiter, der sie mit einem bösartigen Glitzern in seinen zerstörten Perlenaugen an sich nahm. Zadjinn starrte Indris an. »Muss ich dich warnen, dass du ruhig bleibst? Nicht nur dein Leben hängt in der Schwebe; denk an die Frau.«

»Vahineh ist so ungefähr der einzige Grund, warum ich euch nicht gleich hier im Korridor töte.« Indris lächelte, doch sein Blick war hart. »Ich kann aber keine Versprechen für die unmittelbare Zukunft geben. Ich neige dazu, mich danebenzubenehmen, wenn dir die Warnung irgendwie weiterhilft.«

»Langsam bin ich mit meiner Geduld am Ende, Junge«, knurrte der löwenhafte Mann leise. Er stampfte davon und gesellte sich zu dem anderen Meister. Ihre Köpfe waren so höflich geneigt, wie das *Sende* es verlangte, aber ihre Mienen waren angespannt. Wenige Augenblicke später ging Zadjinn mit den anderen in einen weiter entfernten Raum. Die Tür schloss sich hinter ihnen.

Sobald Zadjinn außer Hörweite war, kam Taqrit quietschend

auf seinem klapprigen Stuhl nach vorn gerollt. Das Gesicht des Mannes war nachdenklich. Seine gefleckte Haut und die Schneeaugen leuchteten inmitten der Dunkelheit seiner Robe.

»Du könntest den Dhar Gsenni beitreten«, sagte er.

Indris warf einen Blick auf den Daul, den der verkrüppelte Mann in seinem Schoß umklammert hielt. Er unterdrückte einen Schauder bei dem Gedanken daran, wie vielen Leuten ein ähnliches Angebot gemacht worden war, und unter ähnlichem Zwang.

»Du musst nur Zadjinn und den anderen erzählen, was sie wissen wollen. Das ist alles.«

»Und dann werden sie das, was ich ihnen erzähle, zum Wohle aller benutzen«, sagte Indris, »oder zum Nutzen von wenigen? So ist es schon immer mit Geheimnissen gewesen, Taqrit.«

»Sagt der Mann mit den Geheimnissen. Zadjinn und die anderen sind große Gelehrte. Sie könnten die Situation unseres Volkes verändern.«

»Der Mann mit den Geheimnissen denkt, dass Zadjinn vielleicht ein großer Gelehrter ist, aber das macht ihn noch nicht zu einem großen Mann.« Indris sah den Korridor hinab, in die Richtung, in die Zadjinn mit den anderen Sēq verschwunden war. »Ich glaube, in seinem Fall würde es ihn zu einem großen Lügner machen.«

»Du wirst noch lernen, wo dein Platz ist!« Taqrits Stimme hatte unvermittelt einen grausamen Unterton bekommen. Er drehte die Räder der Kontrollbox und zwang Indris auf die Knie.

Taqrit schlug Indris' Schultern mit seinem Daul, und die Marionettenfäden machten es ihm unmöglich auszuweichen. Wieder und wieder schlug er zu. Der Folterer knurrte Verwünschungen, während sich Speichelblasen auf seinen Lippen bildeten.

Indris ertrug die Strafe stumm. Er hatte Sorge, was mit Vahineh geschehen würde, wenn er irgendeinen Alarm auslöste. Wieder und wieder ertönte der Knall des Daul, zeitgleich mit Taqrits Grunzen und dem Zischen seines sauren Atems.

Vahineh begann zu wimmern und die Hände zu ringen. Eine Träne löste sich aus ihren großen dunklen Augen. Irgendetwas lauerte da drin. Etwas, das eingesperrt war und freikommen wollte, aber nicht wusste, wie.

»Kann sie mal jemand zum Schweigen bringen?«, knurrte Taqrit die Umstehenden an.

Einer der Männer trat näher und hob die Faust gegen Vahineh. Die junge Frau schrie auf, ihre Stimme hallte durch den Korridor.

Taqrit verlor die Beherrschung. Er schlug mit dem Daul quer über Vahinehs Unterleib. Sie krümmte sich und kreischte. Indris stieg der Geruch nach Urin in die Nase. Er sah einen feuchten Fleck, der sich auf ihrer Robe ausbreitete, dann eine kleine Pfütze auf dem Boden. Taqrit schlug Vahineh ins Gesicht, den Daul in der geballten Faust. Die Frau wurde gegen die Wand zurückgeschleudert. Die aufgeplatzten Lippen bluteten, und das Blut vermischte sich mit Sabber, der ihr das Kinn hinunterrann. Sie brach auf dem Boden zusammen, und ihr Atem kam stoßweise.

Um sie herum begannen sich die Wände mit Frost zu überziehen. Ranken wuchsen wie Weinreben über den glänzenden Obsidian. Indris fühlte eine vertraute Kälte, die über seine Haut strich.

»Chaiya«, dachte Indris. Das warme Kribbeln an seinem Rückgrat verriet ihm deutlicher als alle Worte, wer seinen verzweifelten Ruf erhört hatte.

»Corajidin braucht dich nicht, Mädchen«, zischte der verkrüppelte Folterer, den Arm zum letzten Schlag erhoben.

Doch plötzlich bemerkte er mit verblüffter Miene den Frost. Die Temperatur fiel schlagartig, und sein Atem war als weiße Wolke sichtbar. Der Daul traf Vahineh an der Schulter statt an der Stirn.

»Du hast einen Fehler gemacht«, knirschte Indris zwischen zusammengebissenen Zähnen.

»Was hast du getan?«, keuchte Taqrit.

Die Lichter gingen aus.

Und da stand Chaiya, eine herrliche Skulptur aus Jadelicht, tiefen Schatten und flackernden Konturen. Taqrit kreischte. Sein Rollstuhl prallte gegen einen seiner Mitverschwörer, als er versuchte, rückwärts auszuweichen.

»Ich brauche dich!« Indris sandte ihr verzweifelt seine Gedanken. *»Bitte hilf mir! Ich schaffe es nicht allein.«*

Die Lichter flackerten, dann war Chaiya verschwunden. Stille folgte, die eine Ewigkeit anzudauern schien. Die anderen Sēq sahen sich nervös um, die Hände an den Waffen. Taqrit flüsterte leise, und das *Ahm* begann sich zu kräuseln.

Indris bemühte sich, seine Kräfte herbeizurufen. Ihm war klar, dass seine Bemühungen vielleicht erfolglos sein würden, aber er würde nicht zulassen, dass Vahineh weiter litt.

Dann war Chaiya bei ihm. Oder genauer, sie war nicht bei ihm.

Sie war *in* ihm.

Er verlor jedes Gefühl der Individualität. Ihre Erinnerungen, ihre Ziele. Ihre Geduld und ihr ständiges Staunen über eine Welt, deren Umdrehungen sie noch in Jahrhunderten würde sehen können, bis sie vergessen hatte, warum sie hier verweilte. Sie teilten alles, was sie jemals gewesen waren. Jede Erinnerung, jede Erfahrung. Liebe, Verlust, Triumph, Scheitern und Freude. Eins plus eins plus eins ergibt eins. Plus noch eins, und das Ganze wurde viel größer als die Summe aller Teile.

Zwei Seelen, die miteinander verschmolzen, bereit und eins im Namen eines höheren Ziels. Chaiya begriff, was Indris vorhatte, als hätte sie selbst die Idee gehabt. Indris verstand Chaiyas Verbindung mit all den anderen *Kaj*, Lichtkugeln, die schwebten, redeten, sich in einem endlosen Ozean aus der Energie vereinigten, die alles Leben erfüllte. Ein großes Informationsnetz. Jede Stimme, die jemals gelebt hatte. Alles, was jemals gewusst worden war, trieb frei auf Strömungen reiner Disentropie.

Chaiya umspannte seinen Geist. Sie schirmte jene Bereiche ab, die noch immer Furcht, Zweifel oder Schmerz kannten. Sie war der kühle Balsam um seine Nervenstränge, der es ihm ermöglichte zu handeln, während sie seine Gegenreaktion der Agonie unter Schichten aus besänftigenden Gedanken abmilderte.

Indris spürte, wie sein Zorn zu brennen begann. Er fühlte, wie seine Macht anwuchs und mit der ihren verschmolz. Sie sammelte sich in den tiefen Winkeln seines Inneren. Strömte kribbelnd über seine Seele. Das Drachenauge öffnete sich und färbte sein Sichtfeld mit grimmigen Farbnuancen. Als sich Indris erhob, zerfielen die Marionettenstricke zu Asche.

Er konzentrierte seinen Geist, und Gestaltwandlerin flog in seine Hände. Der schwarze Stoff, mit dem sie umhüllt war, verbrannte unter seiner Berührung. Gestaltwandlerin knurrte leise und bedrohlich. Die unerfahrenen Sēq um ihn erstarrten in Panik. Einige tasteten nach ihren Waffen, andere traten zurück. Nur Taqrit reagierte. Seine Haut flammte auf wie eine Lampe, als er den Ersten Gesang anstimmte.

Aber der Inquisitor war zu langsam, und er stammelte vor Angst.

Indris' Augen loderten, als die Macht seines *Jhi* freigesetzt wurde. Eine Feuerzunge schleuderte Taqrit den Korridor hinab, ein Durcheinander aus zerlumpten Gliedmaßen in seinem Stuhl, der sich in Kleinholz verwandelte. Indris' Disentropische Färbung breitete sich aus und wirbelte wie ein Derwisch, als sie seine Wächter in alle Windrichtungen zerstreute.

Training und Erfahrung übernahmen die Kontrolle. Er dachte nicht an sechs Gegner; es gab immer nur einen auf einmal. Er dachte überhaupt nicht mehr. Gestaltwandlerin blieb murmelnd in ihrer Scheide, während er sie wie einen Schlagstock wirbelte, von Fuß zu Fuß tänzelte in der Schrittfolge der Schwerttänze, die er von einem Dutzend Meister in ganz Südost-Īa und jenseits davon gelernt hatte. Er hatte sie auf einer scheinbar endlosen Reihe von Schlachtfeldern perfektioniert. Jeder Schritt war entworfen worden, um zu vernichten. Was für einen Sinn hätte das Ganze sonst? Das *Blatt im Wind* führte zum *Herabstürzenden Drachen*. Die *Wyrmzunge* verwandelte sich in die *Liebkosung des Scharfrichters*. Gestaltwandlerin summte, während sie die Luft durchschnitt, die schwarze Scheide aus *Kirion* nicht mehr als ein verschwommener Schemen, während sie zuschlug und schlug und schlug. Wo sie traf, wurde eine Person, die eigentlich ein geschützter Bruder oder eine Schwester des Ordens hätte sein sollen, ausgeschaltet.

Vielleicht würden sie ihre Lektion gelernt haben, wenn sie wieder aufwachten.

Chaiya löste sich langsam von seiner Seele. Ihre Präsenz blieb wie die nachklingende Erinnerung an einen Kuss in ihm zurück. Sie ließ ihm Zeit, damit er seine Gedanken ordnen und den Schmerz in einer Unmenge winziger Schachteln wegsperren konnte, um sich später darum zu kümmern. Er fühlte, wie ihre Seele zart über die seine strich, mit einer Art von Begreifen, wie lebenslange Liebende es manchmal fühlen. Sie erschien neben ihm, ein flackerndes Bild im ungewissen Licht.

Indris stand über dem keuchenden Taqrit, der in fötaler Haltung zusammengekauert war. Seine Finger waren gekrümmt, die Hände kaum mehr als nutzlose Keulen aus verkohltem Fleisch. Der spärliche Rest seiner Haare war versengt, die Augen aus dem Kopf gebrannt, sodass nur noch die verkohlten Augenhöhlen übrig waren. Mit einem Wort kühlte Indris die Soutane des schwelenden Mannes, obwohl er wusste, dass es Taqrit nicht helfen würde. Der Gestank nach geschmortem Fleisch und versengten Haaren war überwältigend.

»Töte … mich«, keuchte Taqrit.

»Das habe ich schon.« Indris sah auf den Mann hinab und versuchte, irgendwelche Gefühle aufzubringen, Hass, Genugtuung, irgendetwas. Selbst Reue oder Bedauern. Aber er fühlte nichts. Da war eine Stelle in ihm … keine Leere, eher ein Ort, der darauf wartete, mit besseren Dingen, besseren Wesen gefüllt zu werden. Da war kein Platz für Taqrit.

»Sie … werden … nie aufhören … nach dir zu suchen.«

»Davon gehe ich auch nicht aus.« Indris kniete sich neben ihn. *Hier hätte ich liegen können, wenn die Ahnen nicht auf meiner Seite gewesen wären.* War dies das Schicksal, dem er entgangen war, als er den Orden verlassen hatte? Hätte er ihn sonst auch völlig ausgewrungen und zu dieser bitteren, leeren Hülle gemacht, die sich von Geheimnissen und Leid ernährte? Er dachte an Femensetri. Ihre schroffe Art und die Eigenheiten, die sie über eine Reihe von Jahren entwickelt hatte, die sich Indris noch nicht einmal vorstellen konnte. War das auch sein Schicksal?

»Du … hättest uns helfen können.«

»Nein, hätte ich nicht. Und ich hätte es auch nicht gewollt, selbst wenn ich gewusst hätte, was die Dhar Gsenni eigentlich vorhaben. Ich habe mich schon vor langer Zeit entschieden, dass mich das Schicksal der Einzelnen interessiert.

Nicht die Macht oder Politik oder Reichtümer. Eure Kämpfe gehen mich nichts an.«

»Du kannst das nicht …« Keuchen. Rasseln. »Glauben. Amnon. Du bist zurückgekommen …«

Indris sah auf den Mann hinab und war überrascht, plötzlich ein leises Gefühl des Verlusts zu spüren, als er daran dachte, was dieser Mann einst gewesen war. »Von den Acht sind nur noch zwei übrig. Wie müssen unsere Lehrer weinen bei dem Gedanken, wie wenig wir ihren Träumen gerecht geworden sind.«

Taqrits Atem arbeitete sich rasselnd durch seine versengte Kehle. Der Daul war in seine Hand eingebrannt, die Finger nur noch verbranntes Fleisch und geschwärzte Knochen.

»Töte …«

»Du wirst den Tod sterben, den du verdienst«, murmelte Indris. Er sah zu Vahineh hinüber, die bewusstlos und blutend am Boden lag. Mit schwerem Herzen wandte er sich wieder dem Mann zu seinen Füßen zu. »Man hat uns vieles gelehrt. Viele schreckliche, von den Ahnen verfluchte Dinge. Dinge, von denen ich wünschte, ich könnte sie vergessen. Eines der Dinge, die man uns lehrte, war Entscheidungen zu treffen, von denen viele auf uns zurückfallen und uns verfolgen würden. Ich bemühe mich, moralisch und ethisch richtig zu handeln. Das ist der Grund, weshalb ich die Tau-se so liebe. Sie leben ihr Leben mit stiller Integrität und Ehre. Sie glauben an *Nemembe* – dass sie von der Welt dreifach wiederbekommen, was sie ihr gegeben haben, sowohl die Güte als auch das Leid. Mögen deine Ahnen dir vergeben, Taqrit. Aber ich kann es nicht. Ich werde es nicht.«

Mit diesen Worten wandte er sich von dem Sterbenden ab und nahm Vahineh in die Arme.

Zadjinn würde bald zurückkehren, und andere zweifellos auch. Er musste Vahineh in Sicherheit bringen, solange er noch konnte. Bevor die Sēq das Leben der Frau bei dem rachsüchtigen Corajidin eintauschten.

»Ich kann nicht für dich kämpfen.« Chaiyas traurige Stimme war wie Satin, der seine Seele umhüllte. *»Dass ich dir geholfen habe, ging gegen alles, woran ich glaube. Aber da es um das Leben eines Freundes ging, schien es ein fairer Preis zu sein. Ich werde meine Seele nicht mehr mit deiner verschmelzen, Indris. Aber ich kann dir die geheimen Wege zeigen, die aus dem Amer-Mahjin führen.«*

»Danke, Chaiya. Ich hätte allein nicht entkommen können, und ich habe Angst vor dem, was sie wissen wollen und woran ich mich nicht erinnere.«

»Nun, ich hoffe, du vergisst das hier nicht«, erwiderte sie, und Indris fühlte ihr Lächeln, ohne es sehen zu können. *»Die geheiligten Toten haben deine Frage beantwortet, mein Freund. Es gibt einen Lebenden, der dir mehr über die Mah-Psésahen erzählen kann.«*

»Dafür schulde ich dir schon wieder Dank.«

»Vielleicht … auch nicht.« Chaiyas unsichtbares Lächeln schwand. *»Wenn du die Gelegenheit dazu hast, dann such nach einem Mann namens Die-Gefahr-ruft – er reist mit den nomadischen Orjini, die durch die Tote Ebene ziehen. Er ist alt, Indris. Erschreckend alt. Aber er hat die Antworten, nach denen du suchst.«*

»Warum sollte ich dir dafür nicht danken? Du warst mir eine große Hilfe.«

»Weil Die-Gefahr-ruft nur einer seiner Namen ist; die Toten kennen ihn unter vielen Namen. Doch du wirst den Ort, von dem er stammt, am verstörendsten finden. Es tut mir leid, Indris. Ich wünschte, ich könnte dir etwas anderes sagen.«

Indris schloss die Augen und fühlte, wie die Leichtigkeit

seiner Hoffnung dunkel und schwer wurde wie eine Regenwolke. Es gab etliche Orte, vor denen sich Indris in Acht nahm; aber es gab nur wenige, vor denen er sich tatsächlich fürchtete.

»Isenandar.« Die Sandsäulen.

Kapitel 20

»Wer den leichteren Pfad wählt, zahlt dafür den Preis, dass er leicht ist.« Sprichwort der Zienni

356. Tag im 495. Jahr der Shrīanischen Föderation

»Ihr rücksichtsloses, selbstsüchtiges, leichtsinniges Weib!« Mari war es egal, wie harsch ihre Worte klangen. Roshana verdiente jedes davon und mehr. Der Wintergarten im Adlerhorst hallte wider von Maris Empörung. Sie schleuderte Roshana die Liste der bevorzugten neuen Rahns entgegen, und diese öffnete sie, als wäre Mari gar nicht da.

Nach dem Blutvergießen im Aszendentenhof war Mari die schmalen Bergwege entlanggerannt, bis sie den spärlichen Rest ihres Gefolges eingeholt hatte. Neva und Yago begleiteten Ajo zum Adlerhorst, während sie zum Qadir Bey weiterrannte, die beiden Bewohner der Marschen im Schlepptau. Dort angekommen, hatte Mari Siamak gebeten, Boten zu Roshana und Nazarafine zu schicken mit der Nachricht, dass sie sich heimlich im Adlerhorst treffen sollten. Neva war losgezogen, um Shar, Ekko und die anderen selbst zu holen. Der Adlerhorst war der einzige Ort, der Mari als geeigneter Treffpunkt einfiel. Er war sowohl etwas abgelegen als auch neutrales Territorium. Und ihr Vater oder Bruder würden dort bestimmt nicht nach ihr suchen. Außerdem lag er nahe genug beim Königlichen Himmelsdock, beim Hohen Himmelsdock und dem gewerblichen Himmelsdock, um notfalls entkommen zu können.

Es hatte beinahe zwei Stunden gedauert, ehe Roshana mit einem ausdruckslosen Mann in der Kleidung der Kriegerkaste eingetroffen war. Mari hielt ihn für einen weiteren Assassinen. Bensaharēn stand nachdenklich an ihrer Seite. Nazarafine wurde von ihrem Neffen Navid begleitet. Der Mann hatte den Gasthof leichtfüßig betreten und machte ganz den Eindruck, als würde er es bei der leisesten Provokation auf einen Kampf ankommen lassen. Nach allem, was sie von den Kriegsdichtern der Saidani-sûk gesehen hatte, war unbegründete Arroganz scheinbar eine der vier Klingen, mit denen sie umzugehen lernten. Die Ankunft von Ajo und Yago sowie Kembe von den Tau-se und seiner Leibwache Ibamu war eine Erlösung gewesen. Neva war etwas später dazugekommen, windzerzaust von ihrem Aufklärungsflug über Avānwehs Himmel auf dem Rücken ihres Greifs.

Mari hatte den Versammelten so nüchtern wie nur möglich erzählt, was vorgefallen war. Es war Roshanas Gleichgültigkeit gewesen, die Mari dazu gebracht hatte, ihre Beherrschung zu verlieren. Und nun saßen sie alle im unbehaglichen Nachhall der ausgesprochenen Wahrheit da.

»Bist du endlich fertig?«, fragte Roshana gelangweilt. Ihr Blick wanderte über die Namensliste, die Corajidin ergänzt hatte. Die Soldatin, die in einen Rahn verwandelt worden war, wedelte mit dem Pergament durch die Luft. »Und du hast zugestimmt, mir das zu überbringen? Pah! Ich werde nicht zulassen, dass wir wegen der Ernennung eines neuen Rahns erpresst werden. Wir hatten die Chance, die Tyrannei deines Vaters zu beenden, bevor er uns in einen Krieg stürzt. Die Nationen des Eisernen Bündnisses werden ihre Streitkräfte ausbauen, wenn wir nichts unternehmen, um ihre Ängste zu besänftigen. Es war ein kalkuliertes Risiko, und ich bin es eingegangen. Wir sind gescheitert. Jetzt müssen wir entscheiden, wie wir weitermachen.«

»Ihr liegt falsch.« Shars kehlige Stimme erklang in der Stille des Raums. »Ganz schrecklich falsch. Wenn Corajidin Indris gefangen hält, dann hättet Ihr genauso gut selbst die Klinge führen können, die ihn tötet.«

»Hört mir hier eigentlich keiner zu?« Roshana klang ungläubig. Sie deutete aus dem Fenster auf den Himmel, der von weißen und dunklen Wolken bedeckt war. »Das Eiserne Bündnis wird kommen. Die Gesandten haben es angedeutet. Wir haben schon jetzt den Verdacht, dass die Menschen uns angreifen. Die Morde in den Straßen, die Entführungen. Das alles ist eine Reaktion auf Corajidins Ernennung zum Asrahn. Wenn wir nichts unternehmen, befinden wir uns innerhalb von zwei, höchstens drei Jahren im Krieg. Shrīan kann sich gegen die vereinten Streitkräfte von Manté, Angoth, Atrea, Imre und Jiom nicht behaupten. Die neutralen Nationen werden sich ziemlich sicher nicht einmischen, und Pashrea wird zweifellos in Deckung bleiben, wie schon seit Jahrhunderten.«

»Was ist mit Kaasgard?«, fragte Ajo. Neva sah ihren Vater überrascht an. »Es ist Jahrhunderte her, seit wir mit ihnen zu tun hatten. Trotzdem waren sie Avān, bevor sie nach dem Aufstand auswanderten.«

»Kaasgard?« Bensaharēn schüttelte den Kopf. »Die meisten von denen, die dorthin geflohen sind, waren vom Stamm der Orjini. Das Eis und das Eismeer haben ihr Blut kalt werden lassen. Sie sind mit Riesen und anderen, ungesünderen Dingen ins Bett gegangen und haben eine Rasse hervorgebracht, die wir kaum noch wiedererkennen würden. Besser wäre es noch, mit dem Winter selbst zu verhandeln; beide werden sie nur das tun, was sie wollen, unabhängig von unseren Bedürfnissen.«

»Niemand wird kommen, um uns zu helfen«, sagte Roshana. »Wir müssen unser Haus selbst in Ordnung bringen.«

»Und da habt Ihr gedacht, die beste Art wäre, einen Bürgerkrieg anzuzetteln, so bald nach Amnon?«, fragte Ajo entgeistert. »Ihr habt versucht, Corajidin umzubringen! Er stand unter dem Schutz eines Friedenspakts, dem alle Parteien zugestimmt haben. Haben Euch die Leben, die Ihr dabei aufs Spiel gesetzt habt, oder die Folgen Eures Tuns überhaupt gekümmert?«

»Es war eine närrische Tat, Rahn Roshana«, setzte Bensaharēn missbilligend hinzu. »Und eine, die Euch und das Hohe Haus Näsarat entehrt hat.«

»Ich bezweifle, dass deine Motive so selbstlos waren, wie du sagst, Roshana.« Ziaire durchschritt den Raum, wobei sie mit ihrem flügelförmigen Stahlfächer gegen ihre Handfläche schlug, und kam mit dem Rücken zum Fenster zum Stehen, sodass nur der Umriss ihrer Gestalt im Licht des Nachmittags zu sehen war. »Du entscheidest unter dem Einfluss deines *Jahirojin,* das du mit der Macht unterzeichnet und versiegelt hast, die in deinem Blut fließt. Nicht mit dem gesunden Menschenverstand.«

»Er ist Erebus«, sagte Roshana ausdruckslos. »Ich bin Näsarat.«

Da war es. Sechs Worte, die über die Jahrhunderte Tränen und erschreckendes Blutvergießen bewirkt hatten. Mari unterdrückte ein frustriertes Aufstöhnen. Die Monarchen des Eisernen Bündnisses, die nicht mit der lebendigen Erinnerung des Erwachens lebten, ließen die Fehden ruhen. Was zwei Generationen zuvor geschehen war, galt als Geschichte. Zwei Jahrhunderte zuvor als Rarität. Ereignisse, die fünf Generationen zurücklagen, wurden zur Legende, und nach tausend Jahren verwandelten sie sich in Mythen. Der Hass der Menschen auf die Avān gründete sich weniger auf Erfahrungen; es waren eher anhaltende Reibereien zwischen zwei Völkern, die sich weigerten nachzugeben.

Für die Rahns war das nicht so einfach. Was vor einem Jahrtausend geschehen war, war so frisch in ihrer Erinnerung, als wäre es gestern geschehen. Schwärende Wunden blieben offen, und das Blut aus diesen Wunden strömte endlos von Jahr zu Jahr. Ein Erwachter Rahn, der seine Kräfte zu kontrollieren verstand, konnte das Wetter in seinem Land beeinflussen. Er konnte für eine gute Ernte sorgen und ein Beispiel setzen für Frieden, Liebe, Bescheidenheit, Moral und Ethik, das jeden der Einwohner beeinflusste. Die Kehrseite der Medaille war, dass eine derartige Macht auch dazu benutzt werden konnte, um Hass, Vorurteile, Verfolgungswahn und Aggressionen zu wecken, wenn ein Rahn einen schwachen Charakter oder einen Hang zur Zerstörung hatte.

Wohingegen andere sich schlicht treiben ließen und sich weigerten, zu den Auslösern des so dringenden Wandels zu werden. Nazarafine, der es so widerstrebt hatte, in Shrīan das Ruder zu übernehmen, schwieg. Sie rang die runzeligen, fleischigen Hände und verschlang sie ineinander, als wäre ihr kalt. Ein Tablett mit Süßigkeiten stand unberührt neben ihr. Der Dampf aus ihrer Teetasse kräuselte sich nicht mehr. Man sah ihr ihr Alter an; die Haut war schlaff, das Haar dünn und glanzlos.

»Das ist alles meine Schuld, oder nicht?«, fragte Nazarafine in die Runde. Sie sah auf, und ein gehetzter Blick lag in ihren Augen. »Wir haben Corajidin provoziert und einige schlechte Züge in einem Spiel getan, das er besser beherrscht als wir. Ich hatte angenommen, dass wir die Wahl gewinnen würden, und uns alle mit meiner Nachlässigkeit verdammt.«

»Indris eingeschlossen«, murmelte Shar. Die Augen der Seethe brannten in leuchtendem Orange in ihrem scharf geschnittenen Gesicht, und die dämmerungsfarbenen seidenen Haarfedern hingen ihr lose über die Schultern. Sie ließ den Blick zwischen den Rahns hin- und herwandern. »Er ist verschwunden, weil er versucht hat, Euch zu helfen.«

»Bleib friedlich, Kleine«, brummte Kembe. Der Patriarch der Tau-se lag täuschend ruhig auf seiner Couch, während sein Schwanz über den Boden fegte. »Mir scheint, viele Hände haben die Schaufel angefasst, die diesen Brunnen auf der Suche nach Wasser gegraben hat. Allerdings sind wir nur auf Staub und die Knochen derjenigen gestoßen, die hier zuvor schon gegraben hatten.«

»Schätze, Shar hat nicht ganz unrecht«, sagte Hayden. Er lehnte an der Wand neben dem Fenster und hielt sein Sturmgewehr an die Brust gedrückt. »Ich bin ja nicht gerade das Vorzeigemodell eines vornehmen Herrn, aber für mich ist Indris so etwas wie ein Blutsbruder, und man ist nicht anständig mit ihm umgesprungen.«

»Nichts als Verlust und leidvolle Last liegt in all dem Sterben und der nutzlosen Hast«, flötete Omen. »Wenn die Krone das Haupt eines harten Mannes schmückt und der Frieden in weite Ferne rückt.«

»Nun, es wird noch viel mehr Leid und Verlust geben, bevor hier irgendjemandes Haupt gekrönt wird«, sagte Ziaire. »Belamandris und seine Anlūki durchkämmen die Straßen auf der Suche nach Vahineh.«

»Und Indris«, fügte Bensaharēn hinzu. »Da gibt es irgendwelche Hintergründe, die ich nicht kenne. Belamandris ist von einem rücksichtslosen Hass besessen, der böse enden wird. Sowohl für ihn als auch für jeden, der darin verwickelt ist.«

Und inwiefern bin ich die Ursache dafür?, dachte Mari.

»Nach dieser kleinen Eskapade heute Morgen«, sagte Ajo, »hat Corajidin einen *Ayo-Kherife* aufgerufen. Er wird einen königlichen Haftbefehl für Roshana beantragen, was ein weiterer Versuch ist, die Föderalisten mit einem Makel zu behaften.«

»Es gab zu viele Zeugen bei dem Angriff, als dass sie unversehrt aus dieser Sache herauskommen könnte.« Neva lehnte an der Wand, die Arme vor der Brust verschränkt. Sie trug noch immer ihre Fliegerkleidung aus Leder und schien jederzeit einsatzbereit. Sie sah Mari an. »Ich werde tun, was auch immer du verlangst.«

»Wenn Rahn Roshana wegen versuchten Königsmordes und Verrat verurteilt wird«, fügte Ajo grimmig hinzu, »wird sie ihren Rang und ihren Platz im Teshri verlieren. Ziemlich sicher wird sie vor die Wahl gestellt werden, in die Verbannung oder in die Kerker von Maladûr zu gehen.«

Roshana saß reglos auf der Stuhlkante. Als die persönlichen Konsequenzen ihrer Handlungen laut ausgesprochen wurden, schien sie endlich zu begreifen. Ihre Lippen waren ein dünner Strich in ihrem kantigen Gesicht.

»Corajidin entkam seinem finsteren Geschick«, sagte Omen, »und nun hat er beim Schmieden seiner Ränke nur Rache im Blick. Keinen Ausweg scheint es zu geben für diese Rahn, gefangen im Netz ihres Schicksals, dem sie nicht entrinnen kann.«

»Was geschehen ist, ist geschehen, und es war richtig, dass ich es versucht habe«, sagte Roshana. »Die mutmaßlichen Assassinen sind tot. Es ist eine reine Vermutung, dass ich ihnen irgendetwas befohlen habe. Corajidin ist mit viel Schlimmerem davongekommen.«

»Es bringt uns auch nicht weiter, wenn wir dich verlieren.« Siamak erhob sich, seine hageren und tödlichen Marschländer hinter ihm. »Wenn das Wächtertribunal dich vor die Mienenleser aus Kaylish bringt, wird die Wahrheit ans Licht kommen. Dank den geheiligten Toten, dass Corajidin nicht die Sēq einsetzt. Ihre Inquisitoren würden dir jedes Geheimnis entreißen, egal, ob es bedeutsam ist oder nicht. Wir müssen unsere nächsten Schritte sorgfältig planen.«

»Dann macht Mariam für die Sache verantwortlich, und Schluss.« Roshana zuckte gleichgültig mit den Schultern. »Ihr solltet euch selbst fragen, als was ich euch mehr nütze: als die Rahn Näsarat und Mitglied des Teshri oder als Abtrünnige. Mariam ist der Liebling der Avān! Die Leute würden einfach nur eine eigensinnige Tochter in ihr sehen, die gegen ihren Vater aufbegehrt – was sie in der Vergangenheit bereits getan hat – und die Sache dann vergessen. Immerhin hat Corajidin überlebt.«

Sowohl Siamak als auch Bensaharēn sahen entsetzt aus über Roshanas nüchternen Vorschlag. Nazarafines Augen verengten sich vielsagend. Mari zwang sich zu einer ausdruckslosen Miene und achtete darauf, Roshana nicht direkt anzusehen, sonst hätte sie sich auf sie geworfen und ihr die Seele aus dem Leib geprügelt. *Mein Vater hat deine Meuchelmörder überlebt, ebenso wie ich, Roshana.* Mari fühlte, wie ihr Ärger bei der Erinnerung erneut aufflammte. *Glaub nicht, dass ich das vergessen habe, du kaltherziges Miststück.*

Eine bedeutungsschwere Stille folgte, ehe alle zugleich drauflosredeten.

Mari zog sich von der Unterhaltung zurück und suchte Trost in der handfesten Gegenwart von Shar und Neva. Und Hayden und Ekko – und zu einem geringeren Grad auch Omen, den sie nicht wirklich begriff. Die Anführer der Föderalisten lieferten sich ein Wortgefecht. Roshana saß in ihrer typisch militärischen Haltung da, mit distanziertem, wachsamem Blick. Ihre Wache, ein Mann, der ihnen nicht vorgestellt worden war, war von hoher Statur, stand jedoch vornübergebeugt, um das zu verbergen. Er hatte dunkle Haare und einen dunklen Bart und war sehr schlank, mit scharfen Augen. Bensaharēn saß ordentlich da wie eine gepflegte Katze, mit dem Schwert auf den Knien. Neben Roshana kauerte Nazarafine zusammengekrümmt auf ihrem

Stuhl, als würde sie sowohl von ihrem physischen als auch von einem emotionalen Gewicht niedergedrückt werden. Navid, ihr reizbarer und stolzer Neffe, wich ihr nicht von der Seite. Seine Hand schwebte auf eine Art über dem Schwertgriff, als würde er nur auf eine Entschuldigung warten, um es zu ziehen und sich als der Narr zu zeigen, für den Mari ihn hielt. Ziaire stand zwischen ihnen und beobachtete, hörte zu und bot weisen Rat, wenn es nötig war. Doch meist nahm sie nur alles um sich herum auf und schien die Ereignisse regelrecht einzuatmen.

Siamak und Kembe gaben sich ungezwungen. Siamak und seine Marschbewohner blieben stehen, selbstsicher, aber nicht bedrohlich. Selbst in Ruheposition wirkte ein Tause gefährlich; das war unvermeidlich, wenn man aus zwei Metern eisenharter Muskeln bestand, die mit seidenem Fell überzogen waren. Dennoch blieben Kembe und Ibamu ganz ruhig. Sie vermieden direkten Augenkontakt, und das einzige Anzeichen von Aufregung waren das gelegentliche Weiten der Augen und ein kurzes Zucken ihres Schwanzes.

Die Zeit verstrich und war nur an dem unaufhaltsamen Wandern eines Sonnenstrahls zu messen, der bleich durchs Fenster hereinschien. Während seiner Wanderung streifte er jeden von ihnen und hinterließ, während er vorüberzog, scherenschnittartige Schatten hinter den Leuten im Raum. Hayden stützte sich auf sein Gewehr, und sein Kopf nickte leicht, während er vor sich hin döste. Dann kam er ruckartig wieder nach oben und erwachte. Shar jonglierte geistesabwesend mit ihren *Serill*-Messern, und das schwarze facettierte Glas glitzerte im Licht. Ekko und Omen standen ganz still – Ersterer hätte genauso gut eine in Fell gehüllte Statue sein können.

Mari war erschöpft von der vorangegangenen Unterhaltung und wollte gerade vorschlagen, dass sie und die anderen die Rahns sich selbst überließen, als sie plötzlich etwas Blaues erblickte, das in der Nähe des Fensters flatterte. Sie hielt es zunächst für einen Vogel und wollte es schon ignorieren, doch es schlug immer weiter gegen das Glas und klang mehr wie eine Motte als wie ein Vogel. Abgelenkt wandte sie sich um, um nachzusehen.

Sie stieß ein scharfes, bellendes, beinahe hysterisches Lachen aus, gefolgt von einem erleichterten Schluchzen. Überraschte Stille senkte sich über den Raum.

Mari stieß das Fenster auf, und der kleine blaue Vogel flatterte in ihre Hand und blieb dort reglos liegen. Mit Tränen in den Augen entfaltete Mari vorsichtig den Papierphönix, um die Nachricht zu lesen, die Indris ihr gesandt hatte.

Ohne sich darum zu kümmern, wer sie sah, warf sich Mari in Indris' Arme, als sie ihn in dem schmalen Hohlweg oberhalb des Qadir Selassin traf. Sie umarmte ihn so fest, dass er aufstöhnte. Seine Arme umschlossen sie, und sie fühlte das sanfte Vibrieren seiner Stimme ebenso deutlich, wie sie sie hörte.

Sie trat einen Schritt zurück und sah ihn an. Er schien unverletzt zu sein, allerdings lag da eine Spannung in den Winkeln seiner Augen und seines Munds, die ihr nicht gefiel. Er sah ernst aus, in eine formelle Soutane aus feiner schwarzer Wolle mit Silberknöpfen gekleidet, die einen kalten Kontrast zu dem weichen Schwarz bildeten. Sein langes Haar war widerspenstig wie immer, ein Gewirr, das vom Wind noch weiter zerzaust wurde. Gestaltwandlerins Drachengriff ragte hinter seiner Schulter auf, und eines ihrer Saphiraugen schien Mari anzustarren. Als sie ihn so sah – er hatte keinerlei Ähnlichkeit mehr mit dem lässigen Vagabunden, den er sonst so verzweifelt spielte – verstand Mari, warum die Leute ihn fürchteten. Da lag eine unerbittliche Stärke in seiner Haltung und eine Wildheit in seinem Blick, die jedem zu denken gegeben hätte.

Diesen Mann im Schlaf zu beobachten, seine geschlossenen Lider, die von langen, dunklen Wimpern gesäumt waren …

Ihn atmen zu hören …

Die Art, wie er sein Knie umfasste, während er las und einer seiner langen Finger die Seite festhielt …

Ihn über sich selbst lachen zu hören, wenn er etwas Banales oder Ungeschicktes gesagt hatte …

Das war nicht der Mann, der jetzt vor ihr stand. Was sie hier zum ersten Mal sah, war der Mörder von Männern und Zerstörer von Nationen, und unwillkürlich hielt sie den Atem an.

Shar wischte sich eine glitzernde Träne von der Wange, bevor sie sich umdrehte und ihr Gesicht an Ekkos Brust vergrub. Als sie sich wieder umwandte, strahlte sie. Haydens breites Grinsen in seinem wettergegerbten Gesicht brachte seinen langen Schnurrbart dazu, sich zu sträuben, als wäre er ein lebendiges Wesen. Omen stand selbstsicher und ruhig da, und sein glasiertes Simulacrum glühte. Indris strahlte sie alle an, und der Eindruck des Killers wich aufrichtiger Zuneigung.

»Was ist mit dir passiert?«, fragte Mari.

»Wir müssen Vahineh aus Avānweh herausschaffen, bevor sie wieder gefangen genommen wird«, sagte er leise. »Corajidin hat einen Handel mit einer Fraktion innerhalb der Sēq abgeschlossen: seine fortgesetzte Toleranz im Austausch für Vahineh.«

»Weich der Frage nicht aus«, stupste Shar ihn an. »Wo warst du?«

»Amer-Mahjin. Die Sēq haben ihr …«

»Was?« Shar schrie kurz auf, als wäre sie gebissen worden. »Die *Sēq* hatten dich?«

»Ja, aber das erzähle ich euch später. In der Stadt wimmelt es von Soldaten der Erebus, außerdem haben sie etliche Straßenhunde für ein paar Kupfermünzen angeheuert. Ich musste mich mit ein paar von ihnen befassen, aber sie werden bald wieder zu Bewusstsein kommen, und dann werden sie melden, dass sie mich gesehen haben. Wo sind die anderen? Wir müssen sie warnen.«

Indris ging den Hohlweg ein Stück zurück. Sie hörte, wie er leise mit jemandem sprach, dann trat eine blutende und verletzte Vahineh heraus. Mari staunte darüber, wie sehr sich der Zustand der Frau gebessert hatte, obwohl Vahineh von der plötzlichen Aufmerksamkeit, die ihr zuteilwurde, offensichtlich überwältigt war. Schüchtern versteckte sie sich hinter Indris und umklammerte seine Hand wie ein Kind, während sie mit großen Augen Ekko anstarrte.

»Ist sie …?«, fragte Mari, unterbrach sich jedoch, weil sie das Wort »zurechnungsfähig« nicht aussprechen wollte. Indris zuckte mit den Achseln.

Mari führte sie Fußgängerwege entlang, durch Gärten und über schmale Brücken, dann abgeschiedene Treppenfluchten hinab. Obwohl Avānweh eine kosmopolitische Stadt war – ihre Bewohner waren an den Anblick von Seethe, Tau-se und Menschen gewöhnt –, bezweifelte Mari, dass sie eine so bunt zusammengewürfelte Gruppe wie die ihre oft sahen. Leute senkten respektvoll den Kopf, wenn sie Indris bemerkten. Einige, vor allem aus der älteren Generation, bei denen das *Sende* ein wesentlicher Bestandteil ihrer Erziehung gewesen war, gingen sogar so weit, dass sie zur Dritten Verbeugung ansetzten und auf die Knie fielen. Andere, Jüngere, die zwangloser erzogen worden waren, wahrten nur notdürftig die Form oder starrten ihn sogar mit kaum unterdrückter Furcht an. Indris sagte nichts. Er nahm ihre Gegenwart kaum wahr, so wie jeder Sēq es auch getan hätte. Sobald sie vorüber waren, murmelte er vor sich hin, dass dies genau der Grund war, warum er niemals die formelle Soutane des Ordens trug.

Am Fuße der langen Kiridintreppe hielten sie inne. Die Treppe war von beiden Seiten durch hohen Bambus und eine Mauer aus verwittertem Stein abgeschirmt. Ein bescheidener *Butkada* der Familie Masadhe befand sich hier, allerdings war er alt und baufällig. Tauben nisteten im zersplitterten Holz des Kuppeldachs, und Spinnen hatte ihre Netze zwischen den hervorstehenden Beinen und Fängen ihrer hölzernen Verwandtschaft gesponnen. Die zerbrochenen, einst kunstvoll geschnitzten Sichtblenden des *Butkada* und seine dicken Holzpfeiler, von denen sich der Lack schälte, als wäre er abgestorbene Haut, diente Mari und den anderen als Beobachtungsposten. Der Caleph-Mahn war ein bedeutender Handelsbezirk, dessen Hauptstraße von Juwelieren, Waffenschmieden, Schneidern, Schreibern, Gemischtwarenhändlern, Speiselokalen und kleinen Teehäusern gesäumt war, vor deren Türen Eisenkannen hingen, die klirrend im Wind schaukelten.

Hayden gab Indris sein Sturmgewehr, damit er es für ihn hielt, dann mischte er sich unauffällig unter die Passanten. Der schnurrbärtige Mann lächelte freundlich und tippte grüßend an seine Hutkrempe. Dann verschwand er, krummbeinig in seinem abgetragenen Hirschleder, in der Menge. Die Sonne schien hell auf sein grau meliertes Haar.

»Er ist ein großartiger Kundschafter.« Indris lehnte sich gegen eine hölzerne Säule, so weit von der Straße entfernt wie möglich. »Er könnte glatt als Avān durchgehen, und da er schon älter ist, würden nur wenig Leute erwarten, dass er Ärger macht.«

»Wird er sicher sein?«, fragte Mari.

»So sicher wie der Rest von uns.«

»Also nein.«

»Nein, nicht sonderlich. Entschuldige mich eine Minute.« Indris bat Shar und Ekko um etwas Geld. Er ließ Gestaltwandlerin zurück und nahm seinen Waffengürtel ab, den er auf einer schmalen Sitzgelegenheit zurückließ, die sich die gesamte Länge des *Butkada* entlangzog. Einen Moment lang blickte er auf seine Waffen, dann nahm er das Drachenzahnmesser wieder auf und steckte es durch die Schärpe um seine Taille. Er mischte sich unter die Menge – die dem Sēq in seiner erlesenen wollenen Soutane allerdings großzügig Platz machte – und schritt die Straße hinunter, um schließlich im Laden eines Tuchhändlers zu verschwinden.

»Man gewöhnt sich daran«, sagte Shar neben Mari.

»Pardon?«

Shar nickte die Straße hinunter, wo Indris verschwunden war. »Ich habe den Ausdruck in deinem Gesicht gesehen. Du wirst dich daran gewöhnen. An ihn und an das, was er ist. Die Mauern, die er manchmal errichtet … und dann vergisst er, sie wieder abzureißen, bis irgendetwas ihn daran erinnert, dass er wieder unter Freunden ist. Meistens ist er der Mann, den du kennengelernt hast. Fürsorglich, leidenschaftlich, zärtlich …« Mari runzelte ein wenig die Stirn angesichts von Shars wehmütigem Unterton. Ganz offensichtlich war da mehr als Freundschaft zwischen ihr und Indris gewesen. Shar schüttelte das Gefühl ab und sagte: »Aber dann gibt es da die Zeiten, in denen er einfach das tun muss, wofür er ausgebildet wurde. Und dann erlebst du, was für ein kalter, harter und widerspenstiger Mann er sein kann. Mir tun seine Feinde leid. Ich würde nicht wollen, dass Indris mir übel will, das kann ich dir sagen.«

Mari nickte erleichtert, aber nicht gerade außer sich vor Begeisterung. Nach allem, was geschehen war, begann sie sich zu fragen, ob er sich dazu entschlossen hatte, auf Abstand zu ihr zu gehen. Jedenfalls war er nicht so … ausdrucksvoll oder warmherzig wie sonst gewesen, als er sie gesehen hatte. Andererseits wusste sie nicht, was er in den Fängen seiner einstigen Lehrer und Brüder durchgemacht hatte.

Das war noch etwas, womit sie sich würden auseinandersetzen müssen: die Geheimnisse, die in ihrer beider Vergangenheit lauerten und jederzeit herauskommen konnten, um sie zu beißen. Mari machte es sich im Schatten bequem. Sie streckte die Beine aus und lehnte ihren Rücken gegen eine warme Holzsäule. Während sie tief zu atmen versuchte, stellte sie sich vor, wie ihre Ängste ihre Arme und Beine hinabströmten, dann zu ihren Fingern und Zehen und schließlich aus ihrem Körper hinaussickerten, bis sie ganz rein und angefüllt mit klaren Gedanken war.

Hayden war in den dreißig Minuten nicht zurückgekehrt, die Indris brauchte, um in der Kleidung der Kriegerkaste wieder aus dem Laden des Tuchhändlers aufzutauchen: schwarze Hose, die mit Messingschnallen gebunden war im Stil der südlichen Bergclans. Ein dunkelbrauner knielanger Mantel, dessen Ärmel und Brustteil mit Bronzenieten verstärkt waren. Weich aussehende schwarze Stiefel und eine Robe mit Kapuze im gleichen Dunkelbraun. Jetzt nahmen ihn die Leute kaum noch wahr, bis auf die paar Frauen, die ihm bewundernde Blicke hinterherwarfen, sobald er an ihnen vorüber war. Bei einer nahe gelegenen Essenshalle blieb er stehen und kam mit *Ekfi* zurück – weiches Fladenbrot, das mit gewürztem Reis, Bohnen, Petersilie, Minze und Lammhackfleisch gefüllt war. Das Brot wurde begeistert in Empfang genommen und herumgereicht. Die kleine Gruppe hatte sich gesetzt und wirkte wie Besucher, die im Schatten der geschäftigen Marktstraße eine Pause machten.

»Ich werde meine alten Stiefel vermissen«, sann Indris, während er auf seine neuen Schuhe hinabsah. Mari konnte sehen, wie sich das Leder bewegte, als er mit den Zehen wackelte. »Es hat Jahre gedauert, bis ich die verfluchten Dinger eingelaufen hatte.«

»Du solltest noch mal zu den Sēq gehen und sie fragen, ob sie sie dir nicht vielleicht zurückgeben«, sagte Shar mit einem frechen Grinsen.

Indris schenkte ihr ein übertriebenes Lächeln, bevor er sich wieder der Straße zuwandte. Bald darauf tauchte Hayden wieder auf und nahm sich Zeit, während er zu ihnen zurückschlenderte. Der Schütze blieb stehen, um das Schaufenster eines Schwertmachers zu begutachten, die Daumen in seinen Gürtel gehakt.

»Das ist das Zeichen«, sagte Indris. Er half Vahineh, ihre Kapuze überzuziehen, dann ging er die Straße entlang, begleitet von Shar und Omen. Ekko folgte, Mari hinter ihm. Sie trafen sich mit Hayden bei einer Reihe von Läden weiter unten in der Straße, und der Schütze berichtete, dass er niemanden gesehen hatte, der den Adlerhorst beobachtete. Indris überreichte dem alten Mann sein Sturmgewehr.

Mari übernahm die Führung und fühlte sich wieder etwas ruhiger. Auf dem Weg zum Adlerhorst passierten sie eines der vielen *Zaihin*-Tore; hohe Torbögen, die entlang der Straße als Wegpunkte gesetzt waren. Ihre Stützsäulen waren so dick wie Baumstämme. Dieser hier war in Form zweier dicker Schlangen gemeißelt, deren Schuppen schwarz, grau und weiß lackiert waren. Als sie hochsah, bemerkte sie eine zusammengerollte schwarze Schlange, die inmitten von Darstellungen gezackter Blätter und dorniger Rosen in den Deckstein gemeißelt war.

Die Schlangen erinnerten Mari an Nadir und dessen Vater und Schwestern. Eine Familie, deren Vorfahren angeblich ihre Weisheit, Raffinesse und die Kampftechniken von den großen Wyrms des Mar Ejir gelernt hatten. Der Mann, in den sie einst vernarrt gewesen war – sie pflegte sich immer schnell und leidenschaftlich in bestimmte Frauen und Männer zu verlieben –, hatte sich seit ihrer gemeinsamen Zeit sehr verändert. Er glich mittlerweile mehr der Schlange, wie sie seine Familie darstellte. Von der Sonne gewärmt oder durch den Kontakt mit anderen, aber nicht durch innere Wärme. Seine unbekümmerte Erwähnung der Möglichkeit, Shrīan in einen neuen Krieg zu stürzen, war Warnung genug für sie gewesen. Kinder traten oft in die Fußstapfen ihrer Eltern, wenn sie erwachsen waren. Mari hätte diese Erinnerung kaum gebraucht, dennoch war sie lehrreich gewesen. Sie hatte kein Interesse daran, ihrem Vater auf seinem Weg nachzufolgen.

Je mehr Zeit sie mit Leuten verbrachte, die den Geschmack wahrer Freiheit kannten, umso weniger wollte sie dem Pfad irgendeines anderen folgen. Sie musste ihren eigenen Weg gehen.

Als sie auf der anderen Seite des Torbogens herauskamen, wurde Mari für einen Moment von der Nachmittagssonne geblendet. Sie wandte sich um und betrachtete ihre Freunde. Indris, der über irgendeinen Witz von Shar lachte, während er Vahinehs Hand hielt. Omen, der mit seinem Storchengang vor sich hin schritt, während das Totenhemd um seine mechanischen Glieder wehte und die Smaragdaugen leuchteten. Ekko und Hayden gingen hinter ihm, wobei der Tause langsam ging, damit der kleinere Schütze mit ihm Schritt halten konnte. Hayden gestikulierte wild mit einer Hand, in der anderen hielt er sein Sturmgewehr. Ekkos Augen waren vor Wohlbehagen halb geschlossen.

In diesem Moment wurde ihr klar, was sie zu tun hatte. Sie lächelte vor Freude und fürchtete im selben Augenblick, was eine derartige Änderung in ihrem Leben bedeuten könnte.

Der Pfeil traf sie im Rücken und trieb ihr die Luft aus der Lunge. Sie fiel auf die Knie.

»Bei Erebus' geschrumpften Eiern!«, stöhnte Mari. Der Schmerz war unfassbar. Es fühlte sich an, als hätte ihr jemand mit einem Hammer zwischen die Schulterblätter geschlagen.

Als sie sich wieder erhob, fiel der Pfeil mit einem dumpfen Aufprall zu Boden und rollte an ihr vorbei. Ein Rundkopf, der mit einer Harzkugel versehen war und eher kampfunfähig machen sollte, statt zu töten.

Ein Geräusch wie ein Schwarm wütender Wespen ertönte. Pfeile durchschnitten die Luft. Mari sprang in den Schutz des Zaihin-Tors zurück. Der nächste Pfeil traf sie zwischen den Schultern, und die Wucht des Aufpralls schleuderte sie mit dem Gesicht voran in eine Gruppe hoher grüner Bambuspflanzen. Sie schnappte nach Luft, während sie versuchte, wieder aufzustehen und ihre Muskeln schmerzhaft protestierten.

Indris rannte los und kam an ihre Seite. Er benutzte Gestaltwandlerin, um die Pfeile aus der Luft zu schlagen. Omen war hinter ihm und hatte sich vor Vahineh aufgestellt, gleich einem lebendigen Schild. In seiner mechanischen Hand hielt er einen langen, antiken *Shamshir* mit einem filigran gearbeiteten Griff. Ekko hielt seinen Kurzbogen in der Hand und Hayden sein Sturmgewehr. Beide Männer feuerten, sobald sie ein Ziel erkennen konnten.

Überall um sie herum begannen Passanten zu schreien und in Deckung zu rennen. Eingewickelte Päckchen, Essenskörbe, Tuchballen und andere Waren fielen in der Eile zu Boden. Wagen wurden verlassen oder als Schutz benutzt, indem die Kunsthandwerker hinter ihnen in Deckung gingen.

»Kannst du dich bewegen?«, fragte Indris und streckte die Hand aus, um ihr auf die Füße zu helfen.

»Ich kann mich verflucht gut bewegen, um von hier wegzukommen!«, knurrte Mari. Sie nahm seine Hand und wurde auf die Füße gezogen. Noch mehr Pfeile gingen rund um sie zu Boden; ein Teil wurde von Indris beiseitegeschlagen, bis Mari zu seiner Unterstützung ihre Sûnklinge gezogen hatte. Gemeinsam spannen sie ein Netz aus wirbelndem Stahl.

Ein Schrei ertönte, und ein Körper stürzte von einem Balkon, die Kehle von einem Pfeil durchbohrt. Dann brach eine weitere Gestalt in einer Türöffnung zusammen, und Blut strömte aus dem vom Bolzen eines Gewehrs durchbohrten Auge. Mari beobachtete die Straße und sah nur noch Feinde, da alle Zivilisten geflohen waren. Es waren etwa zwanzig, und sie waren in schlecht sitzende, leichte Rüstungen gekleidet, mit knielangen Mänteln und weiten Hosen. Sie trugen Holzschwerter, die vom vielen Gebrauch eingekerbt und verbeult waren. Dem Anschein nach handelte es sich bei den Meuchelmördern um *Huqdi* – Straßenhunde –, verarmte Soldaten, die meist einfach nur Raufbolde waren. Deserteure, Verräter und Schläger ohne das Ehrgefühl, das nötig war, um als *Nahdi* zu überleben, einer Familie oder einem Hohen Haus zu dienen.

Der Pfeilhagel verebbte, als die *Huqdi* auf die Straße stürmten. Hayden blieb, wo er war, und das Knallen und Zischen seines Gewehrs war ihr Taktmesser, als sie sich in den Kampf stürzten. Wohin er auch zielte, starb ein *Huqdi*. Ekko legte seinen Bogen beiseite, zog sein *Khopesh* mit der sichelförmigen Klinge und warf sich in die Schlacht. Omen stand bewegungslos vor der stillen Vahineh, die das Geschehen mit großen Augen beobachtete. Pfeile prallten an seiner glasierten Gestalt ab. Die Finger des Mädchens umklammerten die Schulter des Geisterritters so fest, dass die Knöchel weiß hervortraten, während sie sich hinter ihm versteckte.

Als die *Huqdi* auf sie trafen, waren Mari, Indris, und Ekko mehr als bereit. Die Sûnklinge erwachte zu flackerndem

Leben, und die Klinge zischte, als sie die Schwerthand vom Handgelenk ihres ersten Gegners trennte. Ekko schlüpfte an ihre Seite, wirbelte herum und mit einem Rückhandhieb rammte er seinen *Khopesh* tief in den Bauch eines Mannes, direkt oberhalb der Hüften. Mit einer Drehung zog der Tause die Klinge wieder heraus und landete einen höheren Schlag, mit dem er den Kopf des Mannes abtrennte. Indris hatte Gestaltwandlerin nicht aus ihrer Hülle genommen, sondern setzte die Klinge als Keule ein, brach Knochen und schlug Zähne aus.

Mari konzentrierte sich auf ihre Feinde, ohne ihre Freunde aus den Augen zu verlieren. In ihren Jahren an der Gram in Narsis und der darauffolgenden Zeit des Kampfes und der Schlachten hatte Mari gelernt, dem Rhythmus ihres *Aipse* zu vertrauen – dem Zustand des Nichtdenkens. Ihre Augen und Ohren sahen und hörten, ihr Körper spürte die Bewegungen in der Luft und die Veränderungen im Boden. Ihr Training übernahm das Denken. Die Muskeln reagierten nur noch. Sie wurde das, wozu sie ausgebildet worden war: eine lebende Waffe, die Hände, Füße und ihre Sûnklinge zu einem Instrument der Verwüstung verschmolz.

Da sie nur leicht gepanzert war und ansonsten weiches Leder und abgesteppte Seide trug, fühlte Mari die Stiche und den Schmerz der Schnitte. Das war unvermeidlich, wenn wenige gegen viele in einem derart beengten Chaos kämpften. Doch noch immer bewegten sie, Indris und Ekko sich in einem tödlichen Tanz. Die drei schlugen zu, parierten und holten zum Gegenschlag aus, während sie zwischen ihre Feinde glitten.

Dann sah sie Gesichter, die sie wiedererkannte. Nadir und Ravenet, die sich am Rand des Kampfs hielten, erfüllt von verzweifeltem Verlangen.

Sie war abgelenkt, und so traf sie ein Schlag ins Gesicht

und riss ihre Lippe auf. Sie schlitzte dem Mann den Bauch auf. Ein anderer fügte ihr einen Schnitt oberhalb des Auges zu und beeinträchtigte so ihr Sehvermögen. Dann traf sie ein weiterer Schlag an den Rippen. Sie befühlte mit ihrer Zunge eine Stelle, die sich anfühlte, als hätte sich ein Zahn gelockert, nachdem sie einem Schlag teilweise ausgewichen war, der ihren Kiefer hatte treffen sollen.

Sie verlor Nadir aus dem Blick. Dann sah sie ihn wieder, als er direkt vor ihr auftauchte. Mari schlug ihm mit dem Griff ihrer Waffe ins Gesicht, und er taumelte in Indris' Richtung.

Ravenet stürzte sich in den Kampf. Statt eines Holzschwerts, das ebenso gut töten konnte wie eines aus Metall, benutzte sie Zwillingsdolche, die sie blitzschnell einzusetzen verstand. Mari musste ihre Klinge, Ellbogen, Unterarme und alle Geschmeidigkeit ihres Körpers einsetzen, um den schlangengleichen Schlägen der Waffen in Ravis Händen auszuweichen.

Mari stolperte über eine der Leichen, die auf der Straße verstreut lagen, und rutschte aus. Sie sah den Blick in Ravenets Augen und wusste, dass die Frau nicht vorhatte, sie zu verletzen. Sie wollte töten. Ihr Gesicht leuchtete in einer Art krankhafter, stolzer Verwunderung.

Mari rollte sich ab und wand sich unter Ravenets Klingen hindurch. Sie kam auf ein Knie auf und landete einen mächtigen, horizontalen Schlag, der Luft, Haut, Muskeln, dann wieder Luft durchschnitt. Ravenet taumelte rückwärts, und Blut strömte aus der Wunde in ihrem Unterleib. Sie sank hinab, und ihre Messer fielen klappernd zu Boden, während sie krampfhaft versuchte, ihre Eingeweide mit den Fingern zurückzuhalten.

Während sie wieder auf die Füße kam, sah Mari auf die Frau hinab, deren Blick langsam brach. Futter für die Krähen. In ihrer Nähe lag Nadir, das Gesicht blutverschmiert. Sie prüfte seinen Puls. Noch lebte er.

Sie hatte keine Gewissensbisse wegen Ravenet, die Mari nie eine Freundin gewesen war. Es tat ihr nur leid wegen des Sturms, der nun zweifellos losbrechen würde.

Kapitel 21

»Jede Entscheidung ist eine Tür, die geöffnet, aber nie wieder geschlossen werden kann.« Penoquin aus Kaylish, Gelehrter der Zienni und Philosoph (325. Jahr des Erwachten Imperiums)

356. Tag im 495. Jahr der Shrīanischen Föderation

»Sie müssten längst hier sein«, murmelte Wolfram. Der Angothische Hexer schlang seine grobknochigen Hände um seinen Stab. »Man kann den Sēq nicht trauen, Euer Majestät.«

»Davon gehe ich aus.« Corajidin hatte auf einem der schwarz lackierten Stühle gegenüber des Kanonsteins Platz genommen und fühlte, wie das Farbenspiel des Turmalins ihn in seinen Bann zog. Es waren Strömungen und Wolken, die sich ständig veränderten, wie die Farbe der Wellen in der Sonne. »Trotzdem wird diese Unterhaltung geführt werden müssen. So oder so.«

Zahiz hatte sie ein paar Stunden zuvor verlassen. Wolfram, Elonie und Ikedion waren wie Katzen auf einem heißen Blechdach herumgetappst. Kasraman hatte es sich auf einem der ungemütlichen Stühle so bequem wie möglich gemacht und las in einem kleinen Buch, das er aus seiner Robe hervorgeholt hatte. Nima war mehrmals im Raum auf- und abgeschritten, bevor er neben Corajidin zum Stehen kam. Dann zog der Anlūki von Neuem los, während er nervös vor sich hin murmelte.

Corajidin wollte gerade einnicken, als von draußen Schreie

ertönten. Die Hexen schwärmten mit wachsamem Blick rund um das Obsidianherz aus. Er streckte sich und gähnte, während er gleichzeitig Nima im Auge behielt, der sich leichtfüßig der Tür näherte. Der Soldat lugte hinaus, dann öffnete er die Tür weit genug, um Belamandris, Jhem und Nix hereinzulassen. Alle drei waren voll Blut, vor allem Nix. Corajidin hörte das Klirren von Rüstungen und das Scharren vieler Stiefel draußen. Zweifellos die Anlūki.

Belamandris' Gesichtsausdruck war gequält, die Augen gerötet. Jhems Finger waren verkrampft, als wollte er jemanden erwürgen. Nix, der vom Schmutz des Kampfs überzogen war, grinste breit.

»Was ist passiert?«, fragte Corajidin vorsichtig.

»Wir haben getan, was du verlangst hast«, sagte Belamandris heiser. Er sah auf das getrocknete Blut an seinen Händen hinab. »Es gab Gegenwehr, die wir mit Gewalt beantwortet haben. Wir haben Verluste ...«

»Was auch die Frage beantwortet, ob Pah Mariam gelogen hat«, sagte Nix, während er um den Kanonstein herumging. Er streckte die Hand aus, um ihn zu berühren, und zog sie dann hastig wieder zurück. Der Legende nach konnte nur ein Mahj auf dem Kanonstein sitzen – jeder andere würde sofort sterben. Nix sah mit einem schiefen Grinsen auf. »Sie hat.«

»Das kannst du nicht beweisen!«, protestierte Belamandris ärgerlich.

»Deine Schwester war mit dem Drachenauge und dem Selassinmädchen zusammen, als Ravenet sie aufgefordert hat, sich zu ergeben!«, sagte Jhem mit seinem Beinahe-Lispeln. Der Blick des Mannes war kalt und hart wie Eisen. »Wie soll sie nicht gelogen haben, als sie behauptet hat, sie wüsste nicht, wo sie sind? Meine Tochter ist ihretwegen gestorben!«

»Was ist passiert?«, fragte Corajidin erneut. Die Spannungen zwischen Belamandris und Jhem waren mit Händen greifbar.

»Nadir, Ravenet und einige Straßenhunde sind jagen gegangen.« Nix kauerte bei dem Kanonstein, die blutgetränkten Ärmel um die Knie geschlungen. Sogar sein Haar und die Mundwinkel waren voll Blut. »Ich fürchte, ihre Augen waren größer als ihre Zähne und Klauen. Sie werden noch vor Sonnenuntergang zu Asche werden; das ist der Lohn der Narrheit.«

Jhem schien über den Boden zu gleiten. Plötzlich tauchten Messer aus den Ärmeln seines zerrissenen Mantels auf. Nix sprang auf, ein irres Grinsen im Gesicht, während seine Augen wild leuchteten. Er hüpfte auf den Zehenballen, während er den Kopf erst nach links, dann nach rechts neigte, als wolle er seinen Nacken dehnen. Die Arme hingen ihm locker an der Seite. Dann begann er zu kichern.

»Genug!«, sagte Corajidin scharf, bevor die Männer sich nahe genug gekommen waren, um sich an die Kehlen zu gehen.

Jhem stand still. Nix vibrierte beinahe vor Energie, doch auch er blieb stehen. Seine Augen rollten wild, und die schmutzigen Haare schwangen bei jeder Bewegung hin und her.

»Ich werde das nicht dulden, verstanden? Belamandris?«

»Nadir ist zu uns gestoßen, nachdem wir uns ein Rückzugsgefecht mit einigen Sûnwachen von Nazarafine geliefert hatten«, sagte Belamandris bitter. »Warum sich Ravi mit Aasfressern wie den *Huqdi* eingelassen hat, begreife ich nicht. Aber falls man uns die Wahrheit gesagt hat – und ich sage falls, weil wir da nicht sicher sein können –, dann war es Indris, der Ravi den Bauch aufgeschlitzt hat. Mari und seine Freunde aus Amnon waren bei ihm.«

»Vahineh auch?«

»Anscheinend.«

»Wo ist Nadir?«, fragte Corajidin. »Ich möchte seine Version der Geschichte hören.«

»Er erholt sich von seinen Verletzungen. Er und Kimiya sind im Qadir.«

»Indris ist Krähenfutter, wenn ich ihn in die Finger kriege.« Jhem heftete den Blick seiner Schlangenaugen auf Corajidin. »Seine Lebensspanne misst sich nur noch nach der Zahl der Herzschläge, die ich brauche, um ihn zu finden.«

»Viel Glück dabei«, sagte Belamandris herablassend. »Wie das Sprichwort sagt, möge der bessere Mann und so weiter.«

»Und du bist …«

»Besser. Ja.« Belamandris tätschelte den Griff seiner Todesklinge. »Der Tag wird kommen, oder der Mann – aber alles zu seiner Zeit. Indris wird dich in Asche verwandeln, Schwarze Schlange, und dabei noch nicht einmal ins Schwitzen kommen.«

»Wer auch immer zum Zuge kommt, soll mit Indris anstellen, was er will«, sagte Corajidin, obwohl die Worte der Botschafterin, was ihren einstigen Ehemann betraf, noch leise durch Corajidins Kopf hallten; doch es kümmerte ihn nicht sonderlich. Wenn Belamandris, Jhem oder irgendwer sonst Indris abschlachtete, dann war das eine längst überfällige Tat. Er blickte Jhem finster an. »Aber meine Tochter darf nicht verletzt oder getötet werden. Wage es nicht, mich in der Hinsicht zu provozieren, Jhem. Wenn Mariam leidet, dann werden du und die deinen auch leiden.«

Jhem verneigte sich geschmeidig, und die Messer verschwanden wieder in seinen Ärmeln, während er zurückwich. Nix zitterte noch immer erwartungsvoll. Die beiden Männer behielten sich gegenseitig aufmerksam im Auge. Corajidin wusste, dass irgendwann einer den anderen umbringen würde, aber wer den Kampf gewann, hätte er nicht sagen können.

Belamandris sprach leise mit Kasraman; der Kummer stand ihm deutlich im Gesicht geschrieben. Wann würde Belamandris endlich etwas Abstand zu Mariam bekommen? War ihre Beteiligung an Ravenets Ermordung genug, damit sich Belamandris' Herzen verhärteten und er sich voll und ganz Corajidins Plänen fügte? Ravenets Tod kam unerwartet, doch Verluste waren unvermeidlich, wenn Corajidin eine Nation formen wollte. So, wie Belamandris und die anderen aussahen, war hart gekämpft worden. Und zweifellos würde es noch mehr Kämpfe geben, wenn die Sēq Corajidins Vorschlag ablehnten. Er rechnete sogar damit.

Kasraman und die anderen Hexen sahen auf.

»Vater«, sagte Kasraman, »sie kommen.«

Die Luft begann Blasen zu werfen, dann bildete sich ein Riss, und etwa ein halbes Dutzend Gestalten in schwarzen Roben und Rüstungen tauchte in dem Spalt auf. Sie wirkten düster und nachdenklich in ihren aufwendigen schwarzen Rüstungen. In ihren Schärpen steckten gebogene Schwerter. Sie trugen Gelehrtenstäbe, die sich alle untereinander ganz leicht unterschieden, und ihre Stirn war von Seelensteinen durchbohrt. Sie leuchteten wie dunkle, glitzernde Sterne. Zahiz war mitten unter ihnen.

Ein löwenhafter Mann mit langem bleichem Haar trat vor. Corajidin kannte sein Gesicht von alten Familienporträts. Zadjinn, der dem Sēqorden der Gelehrten kurz nach der Gründung der Shrīanischen Föderation beigetreten war. Er hatte in den Gelehrtenkriegen mitgekämpft. Der Mann durchmaß die halbe Entfernung bis zu der Stelle, wo Corajidin wartete, dann blieb er stehen.

Corajidin blieb, wo er war, und sah ruhig und mit neutraler Miene zu. Nach einer endlos scheinenden, unbehaglichen

Minute neigte Zadjinn den Kopf in der Ersten Verbeugung: der ehrerbietige Gruß unter Gleichgestellten. Die anderen taten es ihm nach; Corajidin allerdings nicht.

»Eurem Gesichtsausdruck entnehme ich, dass Ihr mich wiedererkennt, Rahn Corajidin«, sagte Zadjinn.

Corajidin ärgerte sich, als er die Anrede hörte, zwang sich aber zur Ruhe. Bis zu seiner Krönung war er noch immer nur Rahn; es war ärgerlich, aber wahr.

»Und wir haben gehört, dass Ihr mit den Sēq über ihre Position in Shrīan zu verhandeln wünscht. Meine Brüder und ich würden uns freuen zu hören, was Ihr uns zu sagen habt.«

»Könnt Ihr für die anderen sprechen?«, fragte Corajidin mit erhobenen Augenbrauen. »Kann ich das, was Ihr sagt, für bare Münze nehmen?«

»Das könnt Ihr«, erwiderte Zadjinn kalt. »Obwohl es wohl an mir wäre zu fragen, was Euch die Autorität verleiht, Forderungen an uns zu stellen?«

»Die Sēq sind in Shrīan, weil unsere Vorfahren das geduldet haben«, sagte Kasraman. Die anderen Hexen hatten sich um ihn geschart, mit wildem Blick und aufs Äußerste angespannt. Corajidin konnte ein Aufflackern von Sorge in den Augen des Gelehrten sehen. »Jetzt dulden wir sie nicht mehr. Mein Vater verlangt, dass Ihr niederkniet wie jeder andere Vasall, oder Ihr löst die Überreste des Ordens in Shrīan auf.«

»Wir werden den Dienst Einzelner akzeptieren, die zu bleiben wünschen«, Corajidin spreizte die Hände in einer gnädigen Geste, »aber die Existenz der Sēq an sich wird in der Föderation nicht mehr zugelassen werden.«

»Vergleichbar mit dem, was Asrahn Erebus fe Amerata den Hexenzirkeln nach den Gelehrtenkriegen angetan hat«, fügte Kasraman mit harter Stimme hinzu. »Es gibt Präzedenzfälle. Obwohl wir Euch nicht in ein Zeitlabyrinth sperren werden.«

»Wahrscheinlich nicht«, murmelte Wolfram, und Elonie und Ikedion nickten.

»Außerdem erwarten wir vollen Zugang zu Eurem Wissen, Euren Waffen und allem anderen, das uns hilft, Shrīan zu stärken.«

Ein kaum wahrnehmbares Flackern war in Zadjinns Augen zu sehen, als er erwiderte: »Natürlich. Wir existieren zum Wohle aller.«

Dann wandte er sich an seine Brüder in den schwarzen Soutanen. Corajidin beobachtete, wie ihre Augen den Fokus verloren und die Korona um ihre Seelensteine größer wurde und dunkler pulsierte. Nur etwa ein Dutzend Herzschläge später wandte sich Zadjinn wieder an Corajidin.

»Wir sechs stimmen im Prinzip überein«, sagte der Gelehrte, was Corajidin beim Anblick der Mienen von zweien der sechs bezweifelte. »Ich werde den anderen Euren Vorschlag unterbreiten.«

»Wir sollen noch länger warten?«, knurrte Wolfram. »Damit Ihr noch mehr Zeit habt, um Eure Intrigen zu spinnen?«

»Nein, Hexer. Wir werden sicherstellen, dass die anderen zustimmen. Um diejenigen, die anderer Meinung sind, werden wir uns kümmern.«

»Ich werde es merken, wenn Ihr mich anlügt«, murmelte Corajidin. Die Botschafterin hatte in ihrer Einschätzung der Sēq recht gehabt. Er ging davon aus, dass sie ihm würde sagen können, ob die Gelehrten sich fügten oder Widerstand leisten würden. »Ich bin von Euren guten Absichten nicht überzeugt, Zadjinn.«

»Dann erlaubt mir, Euch ein Geschenk zu überreichen, großer Rahn.« Zadjinn sah über die Schulter zu seinen Brüdern. Vier von ihnen nickten, während die anderen beiden die Vorgänge mit versteinerten Mienen beobachteten. »Eine Geste unseres guten Willens.«

»Tatsächlich?« Corajidins Interesse war geweckt, doch er blieb auf der Hut.

»Wir haben gehört, Ihr sucht nach Selassin fe Vahineh?«, lächelte der Gelehrte, ein selbstgefälliges Verziehen seiner Lippen in dem gebräunten Gesicht. »Die Frau, die Ihr für die Mörderin Eurer letzten Frau haltet?«

Corajidin erstarrte, ebenso wie die anderen in seinem Gefolge. Er blickte Zadjinn voll Argwohn unter gesenkten Brauen hervor an.

»Ihr werdet sie mir übergeben? Und wie wollt Ihr das anstellen?«, fragte Corajidin mit aufrichtigem Interesse. Immerhin war Vahineh das letzte Mal in Begleitung von Mariam, Indris und seinem bunt gemischten Gefolge gesehen worden. »Meine Söhne und alle unsere Leute waren nicht imstande, sie zu ergreifen.«

»Wir haben sie vor ein paar Tagen in Gewahrsam genommen; es hat sich zufällig im Verlauf einer anderen Angelegenheit ergeben.«

»Und jetzt ist sie bei Euch?«

»Natürlich.« Zadjinns Lächeln geriet keinen Moment ins Wanken. Das Gleiche konnte man nicht von denen behaupten, die bei ihm standen. »Wir bräuchten etwas Zeit, um sie für Euch herzurichten, aber wir werden sie Euch ausliefern.«

Corajidin wandte sich an Kasraman und Wolfram, die beide nickten. Sie flüsterten mit Belamandris, Elonie und Ikedion. Nima entschuldigte sich und verließ das Obsidianherz. Von draußen drang schwach seine Stimme herein, während er den Anlūki Befehle erteilte. Corajidin wandte sich wieder mit fragend erhobenen Augenbrauen zu den Gelehrten um.

»Das sind … gute Neuigkeiten«, sagte er. »Ihr schwört mir

also, dass Ihr Vahineh habt, und Ihr versprecht mir, dass Ihr mit Euren Brüdern sprechen werden? Der Orden wird mit der Stirn den Boden vor meinen Füßen berühren und mir und niemandem sonst dienen?«

»Das schwöre ich. Alles, was ich gesagt habe, entspricht der Wahrheit«, sagte Zadjinn und setzte zur Zweiten Verbeugung an: Er fiel auf ein Knie, senkte den Kopf und hielt die Hände mit den Handflächen nach oben dicht über dem Boden. Langsam taten es ihm die anderen Sēq nach.

»Tut, was Ihr tun müsst«, sagte Corajidin ruhig. »Ich erwarte, Euch und die anderen Anführer der Sēq gemeinsam mit Vahineh zu sehen. Heute Nacht, zur Stunde des Keilers im Tyr-Jahavān.«

»So möge es sein.«

Zadjinn und die anderen erhoben sich wieder und verschwanden dann, einer nach dem anderen, in schimmernden Spalten in der kühlen Luft.

Corajidin stand ganz still, bis sie verschwunden waren. In der Luft hing noch einige Sekunden der Geruch nach Gewitter, durchsetzt mit einem Hauch von Fäulnis.

»Was wirst du tun, Vater?«, fragte Belamandris, als er und Kasraman sich an seine Seite gesellten. Corajidin legte jedem seiner Söhne eine Hand auf die Schulter.

»Es ist offensichtlich, dass man ihnen nicht trauen kann. Sie machen Versprechungen, die sie nicht halten können. Heute Nacht wirst du diese Lügner töten, und fertig.«

Corajidin wurde von der starken Strömung durch die Tiefen getrieben. Die Welt um ihn herum war kalt. Schwerfällig. Die Blau- und Grüntöne waren so gedämpft, dass sie beinahe schwarz wirkten. Das Licht über ihm wurde von sternenförmigen Ablagerungen verdunkelt, die von den Bewegungen von Wesen tief unter ihm gelöst worden waren. Bassstimmen ertönten in der Tiefe und sand-

ten Vibrationen über seine Haut. Ein geschupptes, riesiges Wesen wand sich ganz in seiner Nähe. Die Bewegung ließ ihn taumeln, als wäre er noch ein Kind, das an den Ufern von Erebesq badete, und der Sog des hohen Wellengangs versuchte, ihn nach unten zu ziehen. Ein leises Singen war zu hören. Es klang feucht und atonal. Er kreischte, als etwas Kaltes und Graues von unten heraufstrich, um seine strampelnden Beine zu umschmeicheln.

Corajidin presste fest die Augen zusammen, doch die Blindheit stachelte seine Vorstellungskraft erst recht an, sodass er bei jedem Schlittern, Kreischen, Schnattern und Stöhnen zusammenfuhr. Er öffnete die Augen wieder und erblickte eine trübe Welt, in der sich unfassbar lange Streifen aus Ablagerungen wirbelnd und in scheinbar endlose Fernen erstreckten. Als sich seine Augen an die Umgebung angepasst hatten, sah er durch die Düsternis zu den Gestalten hinüber, die sich gegeneinander und umeinander wanden und wälzten. Aufgeschwemmte Körper. Fleischige, ekelhaft pulsierende Ranken. Tentakel, die sich übereinanderschlangen wie Tausende riesiger missgebildeter Kraken, die sich in einem morastigen Graben paarten.

Dann öffnete sie ihr enormes, riesiges Auge und heftete ihren faulig gelben Blick auf ihn. Sie rief seinen Namen.

Und er begann zu schreien.

Die Botschafterin hockte am Kopfende seines Betts. Ihre düstere Robe fiel um sie herum und verschmolz mit den Schatten des Raums. Unter der Robe raschelte etwas, und ein trockenes Zischen erklang.

»Ihr habt Sie, die in den Tiefen haust, gesehen«, flüsterte die Botschafterin ehrfürchtig. »Die Schwestermutter des Schwarzen Königs aus dem Wald und den Sturmreiter. Buhler des brennenden Herzens der Nacht. Sie sind …«

»Das war obszön!«, keuchte er und kroch zum Fußende seines Betts. Er wandte sich um und starrte die hagere, düstere Erscheinung der Botschafterin an, die ganz aus scharfen

Kontrasten zu bestehen schien. Ein Leuchten lag auf ihrer gefleckten Haut, und die seltsam gebrochenen Saphiraugen glühten in der Dämmerung des Raums. »Sind das die, denen du dienst?«

»Sie sind das, was die Natur aus ihnen gemacht hat. Sie sind naturgetreu und übersteigen das Begriffsvermögen von Wesen, die geboren werden, leben und sterben. Dient ihnen oder nicht, es ist egal. Sie sind. Sie handeln. Sie werden fortbestehen.«

Corajidins Fäuste verkrampften sich in den Seidenlaken. Er zitterte. Die Stimme der Botschafterin war so sanft gewesen. Sie erinnerte ihn an die Zeiten, als er mit seinen Kindern über ihre Ahnen und deren grenzenlose Liebe gesprochen hatte. Seine Lippen verzerrten sich vor Abscheu, und plötzlich hatte er ein Gefühl, als würden Schlangen in seinem Bauch gegeneinander kämpfen. Er schmeckte bittere Galle. Hastig sprang er aus dem Bett und schaffte es gerade noch bis zum Baderaum, wo er sich übergab. Mit zitternder Hand wischte er sich über den Mund, und als er sie zurückzog, war sie von blutigem Speichel überzogen.

»Wenn Ihr dann fertig seid«, sagte die Botschafterin von der offenen Tür her, »würden Eure Leute gern mit Euch in Eurer Amtsstube sprechen.«

»Du warst einst eine Sēq. Stört es dich nicht, dass ich sie vernichten werde?«

Ihr Ausdruck war eisig, weder Zustimmung noch Verneinung waren darin zu lesen. »Was spielt es für eine Rolle, was ich denke? Ihr sagt, Ihr dient dem Schicksal, und klammert Euch an die Vorstellung, dass Ihr zu dem bestimmt seid, was Ihr da tut. Wenn es wirklich so bestimmt ist, dann wird es geschehen. Oder eben nicht. Meine Meister wünschen, dass ich Euch helfe. Weder Verständnis noch meine Zustimmung ist dafür notwendig; ich gehorche einfach.«

»Mir?«

Die Botschafterin gestikulierte in Richtung seiner Kammer und wartete darauf, dass er ging. Sie schritt neben ihm her, und ihre Zehenstiefel machten kaum einen Laut, während der Saum ihrer Robe leise seufzend über den Boden strich.

Seine Söhne standen an Corajidins Schreibtisch und unterhielten sich leise. Wolfram und Sanojé, Elonie und Ikedion standen ganz in der Nähe und führten eine hitzige, wenn auch leise Debatte. Kimiya stand in Wolframs Schatten und lauschte konzentriert. Nur gelegentlich berührte sie das dicke Band um ihren Hals oder rieb an den Quetschungen an ihren Handgelenken. Nix kauerte mit dem Rücken zur Wand, und seine flinken Finger drehten an einer Rätselkugel, die aus geschwärzten, abgestoßenen Edelmetallen bestand. Er murmelte leise vor sich hin, während sein Kopf von Seite zu Seite wackelte.

»Du weißt, womit du da spielst?«, fragte Kasraman Nix.

»Du fragst, ob ich weiß, dass das eine Dilemmabox ist? Ja. Und ob ein Elementardämon drin eingesperrt ist? Nein. Die Seelenhändler hatten auch einige leere Boxen, Relikte aus der Zeit des Blütenimperiums. Ich habe sie zum Üben genommen. Diese Boxen öffnen sich alle unterschiedlich, und sie gehören nicht zu den Dingen, von denen man sich gern auf dem falschen Fuß erwischen lässt.«

»Das finde ich auch«, murmelte Sanojé nervös.

»Wenn ihr dann fertig geplaudert habt«, sagte Corajidin knapp, während er sich setzte, »wüsste ich gern, ob irgendjemand Jhem oder Nadir gesehen hat?«

»Wir haben sie nicht gesehen, seit Ihr Euch zum Ausruhen zurückgezogen habt, Eure Majestät«, sagte Wolfram. »Die beiden haben den Qadir vor ein paar Stunden verlassen.«

»Ich vermute, da steht Rache auf dem Plan.« Nix schlug die Kugel heftig auf den Boden. Frustriert hob er sie wieder auf, schüttelte sie und kaute dann auf ihr herum, bevor er sich wieder daranmachte, sie zu knacken. Er sah mit einem durchtriebenen Grinsen auf, während seine Finger noch immer an dem Puzzle arbeiteten. »Offenbar hat es nicht gereicht, dass eine Schlange gestorben ist. Sie haben sich dazu entschlossen, das Nest zu leeren. Abgesehen von Wolframs Bettwärmer natürlich – Verzeihung, ich meinte Lehrling.«

»Dein Mundwerk wird dich eines Tages noch umbringen«, murmelte Belamandris.

»Nein, Gift in seinem Essen.« Kimiya starrte den kleinen Mann an. »Oder eine Schlange im Bett.«

»Du würdest mit mir ins Bett klettern, mein Täubchen? Das ist süß. Und schmeichelhaft. Ich denke allerdings, Wolfram würde das gar nicht gefallen«, kicherte Nix. Wolfram warf ihm durch seine zotteligen Haare einen Blick zu, der ihn schlagartig verstummen ließ.

»Wie werden wir weiter vorgehen, Vater?«, fragte Kasraman in dem Versuch, das Thema zu wechseln.

Corajidin umriss seinen Plan. Zadjinn hatte mit seiner Bemerkung über Vahineh klargemacht, dass sie ihm nicht trauen konnten. Wenn ein Wort aus dem Mund dieses Mannes eine Lüge war, dann konnte auch das andere gelogen sein. So praktisch es auch gewesen wäre, die Sēq auf seiner Seite zu haben, es sollte wohl nicht sein. Er hätte sie gern als Gegenpart zu den Hexen gehabt, um sie in Schach halten zu können; doch er musste mit dem arbeiten, was das Schicksal ihm bot.

Amenankher war ein Diamant, er war zu hart, um ihn zu zerbrechen, und die Sēq hatten sich in ihren Ort der Macht verkrallt. Sein Plan sah vor, dass die Hexen für so viel Ablenkung sorgten, dass die Sēq ins Freie gezwungen wurden. Dort wären die Hexen ihnen vielleicht ebenbürtig, und sie konnten Rache nehmen und den Weg ebnen für einen mystischen Orden, der Corajidin gehorchte.

»Das ist das Ende von Shrīan, wie wir es kennen, Vater.« Belamandris stand mit geballten Fäusten da, die goldenen Augenbrauen zusammengezogen. »Sind wir denn sicher, dass wir das wirklich tun wollen? Bei allem Respekt meinem Bruder und unseren Hexenverbündeten gegenüber sollten wir nicht vergessen, dass die Gelehrtenkriege begannen, weil die Hexen versucht haben, die Macht zu ergreifen. Ist es wirklich in unserem Interesse, einen neuen Gelehrtenkrieg anzuzetteln?«

»Er hat recht.« Sanojé drehte die goldenen Ringe an ihrem Daumen. »Wenn unser Blut erst einmal in Wallung ist, werden wir bis zum Ende kämpfen. Es wird Chaos geben.«

»Und Shrīan wird mittendrin sein und brennen.« Belamandris fing den Blick seines Vaters ein und hielt ihn fest. »Das ist eine Situation, bei der du nichts gewinnen kannst, Vater. Niemand von uns. Wenn die Sēq siegen, dann hast du die Hexen verloren und wirst hingerichtet werden oder auf Lebenszeit verbannt. Das Hohe Haus Erebus wird für diese Taten berüchtigter werden als die Schattenherrscherin. Wenn die Hexen gewinnen, verlierst du die Sēq, die einzige Macht, die ihnen etwas entgegenzusetzen hätte. Du wirst eine mystische Plage entfesselt haben, ohne die Möglichkeit, sie zu stoppen.«

»Die Schattenherrscherin und die Sēq in Pashrea würden die Führung übernehmen.« Die Botschafterin schien den Geschmack der Worte auf der Zunge zu genießen. Wolfram und Sanojé sahen sie misstrauisch an. »Könnt Ihr Euch das vorstellen? Wahrhaft unsterbliche, mystische Meister, die all die Macht ausüben werden, die sie über die Jahrtausende angesammelt haben?«

»Vater«, sagte Belamandris flehend, »was ist, wenn der

Katechismus die Hexenzirkel dazu benutzt, die politische Macht in Shrīan zu ergreifen, und wir leben unsere letzten Tage auf dem Scheiterhaufen einer Nation, die du ursprünglich hast retten wollen? Ich bin nicht sicher, ob selbst du auf eine derartige Ironie des Schicksals vorbereitet bist.«

»Wir würden Dinge sehen, die seit sehr langer Zeit verborgen liegen«, sagte die Botschafterin wehmütig.

Kasraman sah die Botschafterin schief an, dann schenkte er seinem Bruder ein beruhigendes Lächeln. »Wir werden die Hexen kontrollieren. Die Sēq zu zerstören wird einfach nur das Rückgrat eines Monopols brechen und uns damit neue Möglichkeiten eröffnen. Andere Gruppen werden aufsteigen, um die Lücken zu füllen, und das wird uns nützen.«

»Ich werde dir folgen«, sagte Belamandris, »obwohl ich Zweifel habe. Aber, Vater, was ist mit unserem Gewissen, was mit den Folgen unseres Handelns? Wie lange können wir noch auf dem *Sende* herumtrampeln? Wir haben die alten Wege aus gutem Grund verlassen.«

Corajidin fröstelte, als ein kalter Lufthauch seine Wirbelsäule entlangfuhr, um sich in seinem Schädel einzunisten. Die Vision von Tentakeln, so groß, dass ein Dutzend Männer mit ausgestreckten Armen sie nicht hätten umfassen können; das wahnsinnige Flüstern aus der Tiefe und die bittere Kälte, die den Anblick sonnengewärmter Gräser, den tausendfältigen Duft des Frühlings oder die Freude an … allem, was er liebte, nicht zu kennen schien. Vielleicht war es richtig gewesen, dass er nicht zu viel von den Gaben getrunken hatte, die die Botschafterin ihm gegeben hatte. Das Schicksal hatte ihn für diese Aufgabe ausgewählt, aber war es auch sein Schicksal zu überleben? Und welchen Sinn hatte es, wenn Corajidin der Vater des Imperiums würde und dann nur noch die Grabrede halten könnte, während die gesamte Welt im Sterben lag, um Platz zu machen für eine neue, die er niemals mit eigenen Augen sehen würde?

Kasraman und Belamandris. Wolfram. Das waren Männer, denen er trauen konnte, die für ihn geblutet hatten und beinahe für ihn gestorben wären. Wolfram diente den Erebus seit drei Generationen und würde, wenn alles gut ging, da sein, um mit seiner Weisheit Kasraman zu dienen, sobald dieser Erwachte. Yashamin hätte hier sein sollen, um es gemeinsam mit ihm zu erleben. Für einen Moment schloss er die Augen in der Hoffnung, ihre Stimme zu hören. Als er sie wieder öffnete, starrte er hoffnungsvoll in die Ecken und Winkel, wo sich die Schatten sammelten, als wären sie Türen zu unbekannten Welten.

Doch da war nichts. *Ich tue das für dich, Liebste,* dachte er. *Dies war ebenso sehr dein Traum wie meiner. Und bald wird die Seele deines Mörders in die tiefsten Tiefen der Seelenquelle geschickt werden, wo sie sich deinem Zorn stellen muss, bis du dich entschließt, wiedergeboren zu werden, oder ich komme und mich zu dir geselle, um endlich die Zeit mit dir zu verbringen, die uns gestohlen wurde.*

Seine Gedanken wanderten an dunkle, verbotene Orte. So viele seiner Überzeugungen waren infrage gestellt worden. Man sagte, der Sieger bestimmte im Nachhinein, was Recht war und was Unrecht, und doch – ab welchem Punkt war man zu weit gegangen? Wo war die Grenze, an der er um seiner eigenen Bedürfnisse willen alles im Stich ließ, woran er glaubte?

Oder um der Liebe willen. Konnte Yashamin ihm zurückgegeben werden? Ihr Körper wiederhergestellt, um an seiner Seite zu regieren als die perfekte Metapher der Geburt einer neuen Welt? Die Botschafterin hatte gesagt, ihre Meister würden über eine Macht verfügen, die die kleinliche Vorstellungskraft der Sterblichen überstieg. Für sie war alles möglich – allerdings zu einem Preis, nach dem er kaum zu fragen wagte, und den er auch nicht freiwillig bezahlen wollte.

Alle Entscheidungen hatten einen Preis, jede getroffene Wahl öffnete eine Tür, die nie wieder geschlossen werden konnte. Noch lagen die Folgen unter einem Schleier verborgen und waren nicht klar zu erkennen. Hexen. Gelehrte. Die Schattenherrscherin. Das Schicksal seines Volkes. Die Kriegsmaschine des Eisernen Bündnisses, das in Shrīan einmarschieren würde, egal, ob Corajidin Asrahn wurde oder nicht. Manchmal war jede Wahl, die man treffen konnte, schlecht, und das Verhängnis wartete so oder so auf einen.

Er sah zu dem dunklen Kasraman und dem Wrack von Wolfram hinüber. Zu dem goldenen Belamandris. Als sie seinen Blick erwiderten, sah er Vertrauen in ihren Augen, und Corajidin lächelte.

»Gewissen und Folgen sind Wörter für Leute, die nicht davon überzeugt sind, dass sie das Richtige tun.« Corajidin erhob sich und stützte die Fäuste auf den Tisch. Er sah sie alle nacheinander an und ließ den Blick zuletzt auf Belamandris und Kasraman ruhen. *Meine Werkzeuge in dieser Sache. Die Männer, die die Welt regieren werden, wenn ich gegangen bin.* »Derartige Worte schüchtern die Furchtsamen ein und halten die Vorsichtigen ruhig. Belamandris, ruf deine Anlūki zusammen und beende, was du angefangen hast. Lass keinen Stein auf dem anderen, wenn es denn sein muss, aber bring mir Vahineh. Lebend.«

»Nix?« Der kleine Mann hörte auf zu spielen und sah Corajidin an. »Entfessle deine Elementardämonen. Ich will, dass die Leute von Avānweh sehen, welche Albträume in den dunklen Winkeln der Welt hausen.«

»Euer Wunsch ist mir willkommener Befehl«, sagte Nix mit einem bösartigen Grinsen.

»Und Mari?«, fragte Belamandris leise.

»Sie hat sich für ihre neuen Freunde und gegen die Familie entschieden.« Corajidin blickte zu Kasraman; sein Mund war zu einer harten Linie zusammengepresst. »Ruf alle Hexen zusammen, denen du vertraust. Wir werden sie mitnehmen auf unsere große Reise. Dann weck den Rest, das Krähenfutter, im Mahsojhin. Sollen sie ihren Krieg beenden, auch wenn es das Letzte ist, was sie tun. Ruf alle Geister, die du brauchst, vergieß so viel Blut, wie du willst, schließ jeden Handel, der dir notwendig erscheint. Aber hol die Sēq aus ihren Hallen, damit wir sie vernichten können. Geben wir unserem Volk die Krise, die es braucht – den durch nichts provozierten Angriff durch das Eiserne Bündnis –, damit wir sie retten können.«

Kapitel 22

»Wenn wir die Vergangenheit bereuen und die Zukunft fürchten, berauben wir uns der Gegenwart.« Aus Das Ternär *von Sedefke, Erfinder, Forscher und Philosoph (586. Jahr des Erwachten Imperiums)*

357. Tag im 495. Jahr der Shrīanischen Föderation

Die Gärten an den schmalen, kunstvoll angelegten Bergterrassen waren ein wüstes Durcheinander. Körper lagen auf niedergetrampelten Blumen und in Büscheln aus langen Gräsern. Der Wind, der in starken Böen über sie hinwegfegte, reichte nicht aus, um den metallischen Geruch nach Blut zu vertreiben. Kurz tauchte ein Schatten auf. Eine verschwommene Bewegung. Indris parierte die Klinge des Anlūki, dann schlug er ihm mit einem Rückhandschlag mit seinem umhüllten Schwert quer übers Gesicht. Die Waffe stöhnte leise auf, als die *Kirion*-Scheide gegen die Schläfe des Anlūki schmetterte und er zu Boden ging.

Indris warf einen Blick zu seinen Freunden hinüber. Ekko – umgeben von Toten und Sterbenden, das *Khopesh*, Rüstung und Fell befleckt von Blut – atmete schwer. An der rechten Wade war eine tiefe Schnittwunde zu sehen. Shar tanzte zwischen den Anlūki und den anderen Soldaten, die unter Corajidins Befehl kämpften. Ihre Stimme ertönte über dem Schlachtenlärm in einem Lied, das Indris Hoffnung machte, während der Mut seiner Gegner zu sinken schien.

Ihre Klinge aus *Serill* flackerte wie ein blau getöntes Netz, klirrte, wenn sie auf Metall traf, und klang dumpfer, wenn sie Fleisch durchbohrte. Ein langer, blutiger Streifen zog sich ihre Wange und den Kiefer hinunter, und ihren rechten Arm hielt sie an die Brust gepresst, die Finger zu einer Klaue verkrümmt. Sie zuckte bei jedem Schlag zusammen. Haydens Gesicht war grau, und er atmete schwer wie ein Blasebalg. Ein Auge war verletzt und völlig zugeschwollen. Eines seiner Ohren blutete heftig. Das Blut aus einer klaffenden Wunde am Kopf floss ihm in den Nacken und auf seine Wildlederkleidung hinab. Ein Schwert bohrte sich in den Oberschenkel des alten Mannes, aber Mari stürzte hinzu, die Klinge ein sirrender Lichtstreifen. Sie hackte dem Anlūki den Arm am Ellbogen ab. Blutüberströmt – obwohl Indris nicht hätte sagen können, wie viel davon ihr eigenes war und wie viel davon von denen stammte, die sie getötet hatte – stand sie über Hayden, während dieser mit zusammengebissenen Zähnen auf die Wunde an seinem Bein drückte.

Seit der Morgendämmerung hatte Welle um Welle aus Fleisch und Stahl Indris und seine Leute gejagt, und Hilfe war nicht in Sicht. Erst hatten sie gegen Nadir, Ravenet und deren *Huqdi* gekämpft. Während die Sonne dann ihre Bahn über den leicht bewölkten Himmel zog, waren Indris und seine Freunde von einem Kampf in den nächsten gestürzt worden, und jeder davon war noch ein Stück weiter vom Adlerhorst entfernt. Obwohl die *Huqdi* weggerannt waren, hatten die Straßenhunde bei ihrer Rückkehr mehr von ihrem Pack mitgebracht. Sie wurden besiegt und auseinandergejagt, nur um dann mit noch größeren Hunden zurückzukehren. Und noch größeren. Bis sie sich schließlich Wölfen in Stahl gegenübersahen: Belamandris' Anlūki, die schwere Infanterie der Kadarin und die Verherrlichten Namen und gedungenen Mörder unter Corajidins Befehl.

Die hohen Schatten der Berge senkten sich über Avānweh, als die letzte Gruppe Feinde aus einer Seitenstraße gestürzt kam. Indris und seine Freunde zogen sich kämpfend auf eine Treppe zurück, die in den Berg gehauen war. Vahineh stolperte mit schlaffem Gesicht vor ihnen her, und Omen diente ihr als beweglicher Schild; Pfeilschäfte ragten aus seinem Totenhemd wie Federn. Sie verschanzten sich in einem halb zerfallenen Erkerturm an einem Treppenabsatz.

Mit einem erschöpften Ächzen mähte Mari den letzten Krieger nieder, der ihnen noch gefolgt war. Dann fiel sie auf ein Knie und stützte sich auf ihre Sûnklinge, die von dem Blut rauchte, das gerade auf ihrer Klinge verbrannte. Mari berührte mit dem Daumen vorsichtig ihre aufgerissene Lippe, mit der Zunge erforschte sie das Innere ihres Mundes. Sie beugte sich vor, um Blut und ein kleines Stück Zahn auszuspucken.

Den ganzen Tag lang hatte Indris darauf gewartet, dass Hilfe kam, aber nichts war geschehen. Wenigstens Avānwehs *Kherife* hätten einschreiten sollen. Indris hatte einige der *Kherife* in ihren grünen Mänteln gesehen, doch die Ordnungshüter waren aus irgendwelchen, ihm unerfindlichen Gründen nicht eingeschritten. Selbst wenn sonst niemand zu Hilfe kam, hätte doch zumindest Roshana sich einschalten müssen, und sei es auch nur, um Vahineh zu retten. Davon abgesehen war es ja Roshanas dumme Aktion gewesen, die die Gewalttätigkeiten in einem Moment provoziert hatte, in dem die Nation lieber den inneren Frieden hätte wahren sollen.

Indris hielt Gestaltwandlerin in beiden Händen und ließ ihre Energie in sich hineinströmen. Wenige Augenblicke später war seine schlimmste Erschöpfung vorüber. Es war verführerisch, alles zu nehmen, was sie ihm geben konnte. Das Gefühl überwältigender Euphorie, der Glaube, dass er alles tun könnte und ihm keine Grenzen gesetzt wären. Und doch war es schwer, diese Euphorie wieder loszulassen. Das wusste er aus bitterer Erfahrung. Er liebte die Klinge beinahe ebenso sehr, wie er sie verabscheute; dabei war nichts, was sie für ihn tat, bösartig. Sie gab ihm einfach nur, was er wollte, damit er tun konnte, was nötig war.

Seine Freunde waren völlig erschöpft. Alle waren in irgendeiner Form verwundet und atmeten schwer. Selbst aus Omens einst glattem Keramikkörper waren große Stücke gerissen, zwei Finger fehlten, und eines seiner Smaragdaugen war zersplittert. Shars Haut flackerte in einer Mischung aus Zorn und Schmerz. Sie hielt ihren Arm, als wäre er gebrochen. Hayden verlor immer noch viel Blut aus seiner Wunde am Bein. Ekko setzte sich vorsichtig mit dem Rücken gegen den Stein und wischte sorgfältig das Blut von seinem eingekerbten *Khopesh*. Es war ganz still, bis auf Vahinehs lautes und panisches Atmen.

»Wir können so nicht weitermachen«, sagte Mari, als sie sich wieder auf die Füße erhob und ihre müden Glieder streckte. Sie warf einen Blick zu dem Berg hinüber, hinter dem die Sonne verschwunden war, um dort ungesehen ihre Reise vom Abend in die Nacht fortzusetzen. Der Himmel am westlichen Horizont leuchtete dunkelblau. »Sie werden so lange weitermachen, bis wir tot oder festgenommen sind.«

»Du hast recht.« Indris ging zu Hayden hinüber, dessen Gesicht unter einer Schicht aus Schweiß und getrocknetem Blut wächsern wirkte. Noch immer sickerte Blut aus der Wunde an seinem Bein, obwohl er die Finger daraufgepresst hielt. Indris schob Haydens Hände beiseite, legte seine eigene Hand auf die Wunde und ließ genug Energie hineinströmen, um den Schnitt zu versiegeln. Dann noch ein wenig mehr Energie, um wieder ein wenig Farbe in Haydens kreideweißes Gesicht zu bringen.

»Ist es jetzt eigentlich zu spät, um meine Meinung zu ändern und nach Hause zu gehen?«, keuchte der alte Mann.

»Du kannst bald heim.« Indris tätschelte Haydens Bein, dann sah er zu Ekko, der in Shars Richtung nickte, um ihr den Vortritt zu geben. Shar lächelte ihn dankbar an; es war ein zerbrechliches Lächeln, das viel zu schnell wieder von ihren Lippen verschwunden war. Indris inspizierte ihren Unterarm, und seine vorsichtigen Berührungen lösten eine ganze Reihe von gemurmelten Beschimpfungen aus. Der Unterarm war an zwei Stellen gebrochen und wies mehrere Schnittwunden auf. Er konnte die Schnittwunden behandeln, aber gebrochene Knochen konnte er hier und jetzt nicht heilen, nicht in der begrenzten Zeit, die sie hatten. Indris sagte es ihr.

»*Faruq ayo, hir ajet*«, flüsterte sie in ihrem atemlosen Seethe, das immer ein wenig klang, als würde sie rückwärts sprechen. »Und zwar ganz fürchterlich. Tu, was du kannst.«

»Ich weiß, dass es wehtut, Shar. Ich werde mich um die Schnittwunden kümmern und den Schmerz lindern. Dann finden wir irgendeinen Platz, wo du dich ausruhen kannst und ich den Knochen wieder für dich richte. Am liebsten auf dem Weg raus aus Avānweh.«

Er brauchte nur ein paar Minuten, um ihre Schnitte und Prellungen zu heilen. Hayden brach einen dünnen Ast von einem Baum. Er schnitt ihn entzwei und glättete ihn mit dem Messer. Dann schnitt er einen Streifen von seinem Hemd und überreichte das Bündel Indris, damit er Shars Arm schienen konnte. Sie biss sich auf die Lippe und starrte Indris die ganze Zeit über in die Augen, während sie Haydens Hand so fest umklammert hielt, dass ihre Knöchel weiß hervortraten. Schließlich, als es vorüber war, stieß sie ein zitterndes Schluchzen aus und legte sich auf den Stein zurück.

»Dein Kampftag ist vorüber«, sagte Indris. Er nahm ihre

Serill-Klinge auf und steckte sie für sie in die Scheide. Als er sah, dass Hayden ohne Munition war, gab ihm Indris die etwa zwölf Bolzen, die er noch für seine Sturmpistole übrig hatte. Das Gesicht des Schützen erhellte sich, als er sein Gewehr wieder lud.

»Indris?«, rief Mari. Sie war zum Rand des Turms gegangen und hatte die Stufen hinuntergeblickt.

Indris suchte sich einen Weg über die Körper der Toten und Bewusstlosen hinweg und gesellte sich zu ihr. Die Stufen waren mit Blut besudelt und von Leichen übersät. Gliedmaßen lagen überall verstreut, willkürliche Gebilde aus Leder, Metall und Fleisch. Am Fuße der Treppe warteten noch mehr *Huqdi*, eine schmutzige Ansammlung von Schlägern in schlecht sitzender Rüstung, während immer mehr imperalistische Soldaten eintrafen.

»Gehen diesen Leuten eigentlich nie die Soldaten aus?«, fragte Indris.

»Doch, schon.« Mari lächelte ihn über die Schulter hinweg an. Es war ein leicht groteskes Lächeln, mit ihrer geschwollenen, blutigen Lippe, den Kratzern in ihrem Gesicht und einer Schwellung, die im Begriff war, zu einem blauen Auge heroischen Ausmaßes anzuwachsen. »Es ist nur noch nicht so weit. Ich glaube nicht, dass sie unsere Ankündigung verstanden haben, dass wir sie zum …«

»Indris!« Der Schrei einer altvertrauten Stimme hallte von unten herauf.

»Süßer Erebus, nein!«, flüsterte Mari.

Indris erstarrte.

Belamandris tauchte an der Spitze einer Gruppe grimmig aussehender Anlūki auf. Die anderen Soldaten machten ihm Platz und bildeten eine Gasse. Er wirkte ausgeruht; das Licht der Laternen glänzte auf seinem goldenen Haar und der rubinroten Rüstung. Er setzte einen Stiefel auf den Fuß der Treppe, und seine Hand umklammerte die Scheide seiner Todesklinge.

»Indris, ich weiß, dass du da oben bist.«

Indris konnte das Gemurmel seiner Freunde hinter sich hören. Er machte ihnen ein Zeichen, ruhig zu bleiben, obwohl er selbst sich weit entfernt davon fühlte. Er sah die Stufen hinab, und sein Blick traf Belamandris' über die von Kadavern übersäte Entfernung hinweg. Belamandris lächelte; es war nicht mehr als ein leichtes Zucken der Mundwinkel. »Komm runter, Indris. Heute muss nur noch ein Einziger sterben.«

»Danke für die Einladung, aber uns geht es ganz gut hier oben.«

»Sag ihm, er soll sich verpissen«, flüsterte Mari.

»Sag du's ihm«, erwiderte Indris.

»Ich sage ihm, er soll sich verpissen«, erbot sich Shar, die sich zu ihnen gesellte. Die Seethe beugte sich vor und rief die Stufen hinab: »He, Goldjunge. Verpiss dich.« Dann blickte sie wieder lächelnd zu Indris und Mari. »Bitte sehr. Erledigt.«

Indris und Mari starrten Shar fassungslos an.

»Was denn?«, fragte sie, als die beiden ihr hinterherstarrten, während sie zurückging. »Mein Arm tut weh.«

»Das war … unerwartet.« Mari schnitt eine Grimasse. »Und ich bezweifle, dass es Belam gefallen hat.«

»Meinst du?«, fragte Indris sarkastisch.

»Ist das deine Antwort, Indris?«, ertönte Belamandris' Stimme von unten. »Es sind schon zu viele Leute unnötig gestorben. Warum das Unvermeidliche hinauszögern? Du schaffst es nie im Leben hier heraus, und je länger du Widerstand leistest, desto wahrscheinlicher ist es, dass deine Freunde sterben werden.«

»Du würdest mich töten, Belam?«, fragte Mari traurig.

»Dich? Niemals.« Er ballte die Faust. »Wenn die Sache hier vorüber ist, kannst du heimkommen und mir helfen, Vater wieder von diesem Wahnsinn abzubringen, der ihn verzehrt. Aber in der Zukunft gibt es keinen Platz für Indris. Komm runter, Indris, dann beenden wir, was wir in Amnon angefangen haben.«

»Wovon im Namen der Ahnen redet er?«, fragte Mari.

»Ich habe keine Ahnung«, murmelte Indris. »Ich habe dem *Jahirojin* widerstanden und bin gegangen. Ich habe deinen Vater und Bruder entkommen lassen. Thufan war es, der die beiden verraten hat, nicht ich.«

»Du bist nicht in der Verfassung, dich meinem Bruder zu stellen, Indris.«

Gestaltwandlerin murmelte an seiner Schulter. Es fühlte sich an wie ein lindernder Balsam auf seinen Nervenenden, während sie ihn mit frischer Energie versorgte. Seine Schmerzen verschwanden, die Schnitte und Quetschungen auf seinen Händen verblassten. Mari fluchte leise, als sie sah, wie Tage des Heilungsprozesses sich innerhalb weniger Herzschläge vollzogen. Indris öffnete und schloss seine Fäuste, wandte die Hände um und blickte stirnrunzelnd auf die beinahe verschwundenen Verletzungen.

»Wie es scheint, bin ich doch in der Verfassung, mich deinem Bruder zu stellen.«

»Hast du …?«

»Ich? Nein! Gestaltwandlerin tut manchmal Dinge aus Gründen, die nur sie selbst kennt.«

»Du kannst nicht mit ihm kämpfen, Indris.« Mari wies mit dem Kopf in Richtung ihrer Freunde.

Indris blickte hinüber und sah, wie abgerissen und müde sie waren.

»Und wir müssen sie irgendwohin in Sicherheit bringen.«

»Gibt es so einen Ort in Avānweh? Wenn ich bleibe,

erkaufe ich dir vielleicht die nötige Zeit, um unsere Freunde wegzubringen.«

»Wenn du bleibst, wirst du getötet«, sagte sie entschieden. »Deine Freunde würden niemals gehen. Und Belam ist ein besserer Schwertkämpfer als du, und er hat, sagen wir, ungefähr eine Million Freunde da unten, die ihm aushelfen werden.«

»Eine Million?« Indris sah nach unten und tat so, als würde er anfangen zu zählen.

Mari stieß ihm den Ellbogen in die Rippen und sah ihn streng an.

»Das ist keine Million da unten, Mari.«

»Nein. Aber mehr als genug, um dich fertigzumachen. Und das werde ich nicht zulassen.«

»Wenn wir wegrennen, werden sie uns folgen.« Indris zuckte mit den Schultern. »Es wird Blut fließen, wenn wir fliehen, und wenn nicht, dann auch.«

Belamandris war ein paar Stufen nach oben gekommen. Indris wollte ihm gerade antworten, indem er ihm entgegenging, als ein großer Schatten über sie hinwegstreifte. Es folgte ein weiterer, und noch mehr. Greifen! Dann ertönte das Geknister und Geknacke einer Windbarke, die sich in Richtung Berg bewegte. Indris spähte in die hereinbrechende Dämmerung des Abends und erblickte das Blau und Grau der Familie Näsiré am Heck.

Der führende Greif nahm eine Schräglage ein, derjenige direkt hinter ihm folgte seinem Manöver. Sie landeten bei Indris und Mari. Die anderen Greife kreisten über Belamandris' Soldaten. Selbst im schwachen Abendlicht konnte Indris sehen, dass die Greifenreiter ihre Bögen in der Hand hatten und die gut ausgebildeten Reittiere mit ihren Knien und Stimmen kontrollierten.

Neva schnallte sich von ihrem hohen Sattel los und glitt

zu Boden. Sie schob ihre Schutzbrille hoch und wickelte den *Taloub* von ihrer unteren Gesichtshälfte. Dann schlang sie ihren Langspeer über ihre gepanzerten Schultern, dessen Klinge die Form einer ein Meter langen, rasiermesserscharfen Feder hatte. Sie sah ärgerlich aus.

»Ein nettes Gemetzel habt ihr zwei hier angerichtet«, sagte sie zur Begrüßung zu Indris und Mari. »Habt ihr irgendeine Vorstellung, wie viele Leichen in der Stadt herumliegen und die Fliegen anziehen? Ich vermute, ich sollte dankbar sein, dass ihr zumindest das *Sende* befolgt und keine Zivilisten getötet habt.«

»Wir …«, setzte Indris an.

»Später«, unterbrach ihn Neva. Yago blieb im Sattel seines eigenen Greifen sitzen, doch er winkte ihnen frech zu. Indris und die anderen hoben die Hand zu einer müden Antwort und verzogen das Gesicht. Nur Vahineh winkte begeistert; ihr Gesicht leuchtete vor Staunen, während sie den Greifen anstarrte. Ekko hielt hastig ihre Hände fest und erlaubte ihr dann mit unbeweglicher Miene, dessen Mähne zu streicheln. Neva starrte sie alle nacheinander an, dann gab sie der Windbarke ein Zeichen, die vorsichtig die Treppe herabschwebte und dicht vor dem Turm zum Stehen kam. Eine Seitenwand öffnete sich, und eine lange Landungsbrücke mit Seilen an beiden Seiten überquerte die Distanz. Neva nickte in Richtung Barke. »Alle an Bord.«

»Halt!«, brüllte Belamandris. Er sprang die Treppe hinauf, wobei er mehrere Stufen auf einmal nahm, bis Neva die Hand hob, um ihn aufzuhalten. Belamandris wurde langsamer, blieb aber nicht stehen. Eine zweite Geste von Neva, und einer der Greifenreiter schoss einen Pfeil ab, der etwa einen Meter vor Belamandris' Füßen auf den Stein prallte. Der Kriegsdichter sah Neva zornig an. »Du hast kein Recht, dich in die Angelegenheiten von zwei Hohen Häusern zu mischen!«

»Erebus fa Corajidin fa Belamandris, auf Anweisung des Wächters des Wandels und des Sayf Avānweh befehle ich dir und deinen Soldaten, sofort in eure Unterkünfte zurückzukehren.«

»Das werden wir nicht.«

»Ach, tatsächlich?«, fragte Neva mit erhobenen Augenbrauen. »Wie vielen Pfeilen können du und deine Freunde denn zeitgleich ausweichen? Ich würde wetten … nicht annähernd genug.«

Noch mehr Bogenschützen tauchten an der Reling der Barke auf. Sie hielten kurze, aber mächtige Bogen in den Händen. Die beiden Kader der Greifenreiter behielten ihr träges Kreisen bei, und auch ihre Bogen waren klar und deutlich zu sehen.

»Jetzt geh, Belamandris, solange mein Großvater noch in der Stimmung ist, Gnade walten zu lassen.«

»Das wirst du bereuen! Mein Kampf ist rechtmäßig!«

»Zweifellos gibt es viele Dinge, die ich einmal bereuen werde«, erwiderte Neva. »Aber das hier gehört nicht dazu. Witwenmacher, in der Tat. Erzähl den unschuldigen Familien dieser Krieger, die du getötet oder verstümmelt hast, von dem Gesetz – oder dem Groll –, der dich treibt. Ich bezweifle, dass das Gesetz gemacht wurde, um ihnen Schaden zuzufügen. Vielleicht sollten wir mit unserer Reue da anfangen?«

Es dauerte nicht lange, bis die Barke sie in einem abgeschlossenen Garten einen Steinwurf vom Adlerhorst entfernt absetzte. Neva und Yago landeten mit ihren Greifen ganz in der Nähe. Neva war bleich vor Zorn. Sie sprang aus dem Sattel und marschierte steif zu der Stelle hinüber, wo ihr Vater, die Rahns und die anderen warteten.

Es wurden die unterschiedlichen Versionen der Geschichte erzählt, Entschuldigungen ausgesprochen, Gründe genannt, gehört und widerlegt, während Indris in einem verwitterten Steinbecken das Blut von seinen Händen wusch. Shars Arm war gerichtet und die Brüche mit zwei Splittern von Greifenknochen verschmolzen worden, die er von einem alten Ornament genommen hatte. Trotzdem verursachte ihr die Verletzung noch Schmerzen. Er hatte auch Maris und Ekkos Wunden versorgt, und jetzt fühlte er sich völlig ausgelaugt. Mit halb geschlossenen Augen blickte er nach unten. Rote Wolken durchzogen das Wasser, breiteten sich aus und wurden mit jedem Mal, wenn er seine blutgetränkten Instrumente eintauchte, dunkler. Obwohl Gestaltwandlerin Indris' Wunden geheilt hatte, blieb noch immer das Blut der anderen; es war bis tief in die Linien seiner Hände eingesickert, wie die Sünden, die er zu vergessen versuchte.

Es hatte Zeiten gegeben, in denen er gehofft hatte, dass seine Hände mehr erschaffen als zerstören würden. Er lächelte vor sich hin, unempfindlich gegen den Lärm der Stimmen um sich herum. Stattdessen suchte er Frieden in der Erinnerung daran, wie es sich anfühlte, einen Tuschpinsel zu halten. Das Gefühl des Pergaments unter seinen Händen, während er neue Apparate entwarf. Oder das kühle Gewicht eines Hammers, Hobels, Meißels, Schraubenschlüssels oder Schraubenziehers, die seine Entwürfe auf dem Papier Wirklichkeit werden ließen. Das waren die Werkzeuge gewesen, mit denen er am liebsten gearbeitet hatte, und doch waren seine Hände für dunklere Zwecke bestimmt gewesen, von denen er einst geglaubt hatte, er würde sie verstehen.

Er sah auf Gestaltwandlerin hinab, die an einer vom Mond- und Laternenschein erhellten Mauer lehnte. Sie summte leise, als sie seinen forschenden Blick und seine düstere Stimmung spürte. Es war nicht ihre Schuld. Sie war, ebenso wie er, für zerstörerische Zwecke erschaffen worden.

Seine Hand und keine andere hatte sie mit Blut getauft und ein Massaker angerichtet; es unterschied sich nicht groß von dem, was die Sēq mit ihm getan hatten.

Es war sinnlos, die Vergangenheit zu bereuen. Alles, was er getan hatte, hatte ihn zu dem gemacht, was er heute war. Was er tat und war, würde ihn auf den Pfad dessen führen, was er später werden würde. Er konnte nur den Gedanken an Mitgefühl, sein Gewissen und das Wissen um die Konsequenzen in sein Handeln mit einbeziehen, das war alles. Das Vertrauen in die Lebenden würde seine Füße in die Richtung in Bewegung setzen, die für ihn und diejenigen, die er liebte, am besten war.

Irgendwo im Adlerhorst wurde das bleierne Ticken einer Uhr von einem einzelnen tiefen Glockenschlag unterbrochen. Die Stunde des Phönix. Er sah aus dem Fenster auf die trügerisch ruhige, samtene Dunkelheit Avānwehs, die von leuchtenden Splittern, von den Mustern erhellter Straßen und erleuchteter Wasserfälle durchsetzt war. Irgendwo da draußen durchstreiften Krieger die Tiefen der Nacht, und auch sie glaubten, dass sie ihre eigenen bitteren Ziele begreifen würden.

Eine düstere Stimmung hing über der Stadt und wurde schwerer und schwerer. Er konnte es fühlen, wie Öl auf seiner Haut. Irgendwo da draußen, in der unendlichen Dunkelheit der Gassen, der Türöffnungen und Gebirgspässe, sammelte sich Disentropie, wie Wolken vor einem Orkan. Von den Straßen her trieb ein eigenartiger Gestank herüber, den er erst kürzlich auf dem *Ahmsah* entdeckt hatte. Er erinnerte ihn an den Geruch von Eiter, nachdem der Grind von einer infizierten Wunde entfernt worden war. Und Stimmen erklangen in seinem Kopf; das blecherne Flüstern von Unterhaltungen, die er nicht hören wollte, denen er aber nicht entkommen konnte. Sein Kopf dröhnte.

Er blickte in den Spiegel und sah die Reflexion der anderen im Raum. Hände, die wild gestikulierten. Angespannte Gesichter, gerötet vom gedämpften Schimmer der Lampen. Es waren ihre Stimmen, die an seinen Nerven zerrten. Lärmend und einander widersprechend, und das durcheinandergewirbelte Ganze der Worte ergab weniger Sinn als die Summe ihrer Teile. Er umklammerte den Rand des Beckens, bis seine Knöchel weiß hervortraten.

»Würdet ihr alle bitte einfach die Klappe halten?« Indris' leise Stimme durchschnitt den Raum. Er sah, wie Köpfe in seine Richtung zuckten, und der Ausdruck auf den Gesichtern schillerte zwischen Zerknirschung und Zorn. Er atmete tief und langsam, um seine Nerven zu beruhigen, den Blick auf einen seiner Fingernägel gerichtet, unter dem sich noch ein Halbmond aus Blut befand. »Ihr ändert nichts an dem, was passiert ist, indem ihr euch anschreit.«

»Sie haben versucht, meine Cousine umzubringen!« Martūm war wieder in die Rolle des pflichtbewussten Verwandten geschlüpft.

Bensaharēn warf ihm einen vernichtenden Blick zu, das jede weitere Wort von Martūm unterband. An seiner Seite war Generalsritter Maselane. Rosha hatte keine Zeit vergeudet, ihren Mitarbeiterstab zusammenzurufen. Mauntro und die besten seiner Elite-Tau-se warteten draußen im Korridor. Von Danyūn oder seinen Ishahayan war nichts zu sehen, doch Indris bezweifelte, dass sie weit weg waren.

»Wir müssen reagieren!«, schnappte Rosha.

»Ihr solltet Eure Zunge im Zaum halten und zur Abwechslung einfach mal zuhören«, stieß Mari hervor. »Ihr wart nicht dabei! Ihr habt keine Ahnung, was vorgefallen ist, also ist Eure Meinung darüber, was wir hätten tun sollen oder was wir nun tun sollten, nicht sonderlich viel wert.«

»Wie kannst du es wagen?«, schäumte Rosha.

»Mari hat recht«, sagte Siamak. »Wir wissen nicht, was man sonst hätte tun können, um die Sache zu verhindern.«

»Die Stadt ist ein Schlachtfeld!«, knurrte Nazarafine. »Zwar sieht es so aus, als würden Imperialisten und Föderalisten gegeneinander kämpfen, aber wir sollten uns nicht täuschen lassen. In Wahrheit ist es ein Konflikt zwischen den Näsarat und den Erebus.«

»Soll das heißen, ich bin schuld?« Roshas Stimme war hart wie Stahl.

»An manchem schon«, sagte Ajo gelassen. »Ihr wart diejenige, die es irgendwie geschafft hat, zur Anführerin der Föderalisten zu werden. Und Ihr wart diejenige, die die Regeln des *Sende* verletzt hat, indem Ihr versucht habt, Corajidin umbringen zu lassen.«

»Es ist egal, wer was zuerst getan hat«, sagte Neva und kratzte sich am Kopf. Ihr Haar war noch flachgedrückt von dem Helm, den sie getragen hatte. Ihre Wangen waren vom Wind gerötet, und rund um ihre Augen waren noch blasse Kreise an den Stellen zu sehen, wo ihre Schutzbrille gesessen hatte. Als sie sich bewegte, knirschte ihre gepanzerte Fluglederkleidung. »Glücklicherweise wurden keine Zivilisten getötet. Aber wenn das Blut der Leute noch weiter hochkocht, dann herrscht hier Anarchie. Ihr alle müsst Avānweh verlassen, und zwar noch heute Nacht, bevor Unschuldige verletzt werden.«

»Das werde ich nicht tun«, knurrte Rosha.

»Doch«, erwiderte Ajo, »das werdet Ihr. Als Wächter des Wandels und Sayf Avānweh verlange ich, dass Ihr meine Stadt so schnell wie möglich verlasst. Ihr alle. Eure Gegenwart ist eine Belastung.«

»Aber Ihr habt Belamandris und seine Soldaten von der Straße geholt«, protestierte Rosha.

»Sie waren nicht die Einzigen, die gekämpft haben!«, brüllte Ajo. Er deutete auf Indris. »Er und seine Freunde haben meine Straßen in ein Leichenhaus verwandelt! Ich werde keine weitere Bedrohung des Machtwechsels hinnehmen. Ihr habt hier nichts mehr verloren, ihr alle.«

»Mari ist eine Kriegsdichterin«, sagte Bensaharēn ruhig, »eine der besten, die ich jemals ausgebildet habe. Indris ist ein *Daimahjin* und einstiger General der Sēq. Ihre Freunde sind ähnlich ausgebildet. Was hätten sie denn tun sollen, Ajo? Sich einfach umbringen lassen, damit Corajidin sich Vahineh holen kann? Vielleicht sollten wir uns erst einmal beruhigen und mit klarem Verstand an die Sache herangehen.«

»Und doch können wir nur wenig ausrichten mit dem, was wir haben«, sagte Maselane und kratzte sich nachdenklich den Nasenrücken. »Der Großteil der Phönixarmee ist noch immer auf dem Marsch von Avānweh nach Narsis. Wir haben eine einzelne Kompanie der Löwengarde hier vor Ort, außerdem einige von Bensaharēns Studenten und die Gnostischen Assassinen, die mit Danyūn gekommen sind. Wir sollten uns irgendwohin zurückziehen, wo wir stärker sind.«

»Kannst du unsere Leute aus Avānweh herausbringen?«, fragte Bensaharēn.

Maselane schnaubte. »Mein Freund, ich habe unseren Leuten in dem Moment Befehl gegeben, sich zum Abmarsch bereitzuhalten, als die Gewalttätigkeiten begonnen haben.«

»Das habe ich nicht genehmigt.« Roshas Hände umklammerten die Lehnen ihres Stuhls.

»Nein, mein Rahn, das habt Ihr nicht«, erwiderte Maselane. »Aber es war meine Aufgabe, dafür zu sorgen, dass es geschieht. Und das habe ich. Wenn wir nicht aufgehalten werden, kann ich unsere Leute innerhalb von einer Stunde auf den Marsch nach Narsis bringen.«

»Ich vermute, ihr werdet Rahn Roshana auf anderen, unauffälligeren Wegen aus der Stadt bringen?«, fragte Bensaharēn.

Maselane nickte.

»Also gut«, sagte Rosha. »Maselane, sieh zu, dass unsere Leute sicher von hier wegkommen. Ich werde bei den anderen Rahns, Indris und seinen Freunden bleiben. Bensaharēn, du, Mauntro und Danyūn, ihr bleibt bei mir.«

Die Gruppe setzte sich gerade in Bewegung, als Neva noch einmal das Wort ergriff.

»Ich muss Indris etwas zeigen, bevor er geht.«

Mari beäugte sie, sagte aber nichts.

Stattdessen begann Nevas Großvater zu protestieren. »Du musst dir jemand anders suchen, Neva«, sagte Ajo bestimmt. »Diese Leute verlassen zusammen mit Corajidins Störenfrieden meine Stadt.«

Neva seufzte gereizt auf. »Irgendetwas geschieht in den Ruinen des Mahsojhin. Indris ist zufällig der einzige Gelehrte, der gerade hier herumsteht.«

»Davon abgesehen«, sagte Indris, »nehme ich keine Befehle von dir entgegen, Ajo. Als Sēq …«

»Du *warst* ein Sēq«, sagte der Himmelslord entschieden. »Jetzt bist du ein *Daimahjin* und hast keinen Anspruch mehr auf die sogenannten Rechte oder den Schutz der Sēq. Ich möchte, dass du die Stadt verlässt, bis die Sache zwischen den Näsarat und den Erebus geklärt ist – worum auch immer es sich handelt. Neva? Yago? Würdet Ihr bitte die Rahns aus Avānweh eskortieren? Ihr könnt das als Befehl oder Bitte auffassen, es ist mir wirklich egal. Seht nur zu, dass es geschieht.«

Der Gesichtsausdruck des Himmelslords war enttäuscht, während er den Raum verließ, wobei er sich schwer auf seinen Gehstock stützte.

Neva machte ein Geste in Richtung Tür, und die Botschaft war klar, obwohl ihr Blick besagte, dass sie anders entschieden hätte.

Sie waren auf dem Weg zum Himmelsdock, umgeben von bewaffneten Himmelsrittern in Rüstung und einer Handvoll *Kherife* in ihren grünen Mänteln, als Indris fühlte, wie eine Blase aus angestauter Energie platzte. Er stolperte, während sich heftiger Schmerz in seinem Kopf ausbreitete.

Kurz darauf hallte Femensetris Stimme durch seinen Geist.

»*Indris!*«, sagte sie scharf. Die Kanten ihrer Furcht schnitten scharf in seinen Kopf und brachten ihn zum Taumeln. »*Wir brauchen dich!*«

»Was ist los?«, fragte Mari, die sah, wie er schwankte. Shar runzelte mit fragendem Blick die Stirn. Indris hielt die Hand hoch und brachte seine Freunde zum Stehen.

»*Femensetri, ich bin hier. Was …?*«

»*Das verfluchte Mahsojhin!*«, knurrte sie. »*Dieser Schwachkopf von Corajidin hat zugelassen, dass seine Hexer es öffnen. Aber sie waren nicht allein. Ich spüre, dass die Ödnis ihre Finger mit im Spiel hat.*«

»*Ich habe etwas gerochen auf dem* Ahm. *Die Energie, die sie eingesetzt haben, war …*«

»*Verdorben. Ich brauche dich hier. Sofort. Ich weiß nicht, ob wir genug Sēq haben, um die Hexen zurückzudrängen und gleichzeitig die Stadt zu verteidigen. Beeil dich!*«

»*Ich kann nicht. Die föderalistischen Rahns brauchen meinen Schutz!*«

»*Wenn die Hexen befreit werden, wird ganz Shrīan verfluchten Schutz brauchen! Denk zur Abwechslung mal über den Moment hinaus!*«

»*Glaubst du, das tue ich nicht? Ich bleibe bei Mari, meinen Freunden und den Rahns. Du wirst es ohne mich schaffen müssen. Die Sēq haben …*«

»*Ich komme und hole dich.*«

»*Nein! Ich muss …*«

Mit einem heftigen Fluch war sie verschwunden.

Indris drückte seinen Nasenrücken mit Daumen und Zeigefinger zusammen, in dem vergeblichen Versuch, den immer stärker werdenden Schmerz einzudämmen. Plötzlich kam ihm wieder zu Bewusstsein, dass die anderen auf ihn warteten, und er machte Neva ein Zeichen weiterzugehen.

Indris nahm die Schlüssel für die *Wanderer* von der Kette, die um seinen Hals hing, und gab sie Shar. Bevor sie eine Frage stellen konnte, sagte er: »Es kann sein, dass mir etwas zustößt. Nimm sie. Sie ist schneller als jedes Boot, das Corajidin hat. Sorg dafür, dass die Rahns, und wer auch immer sonst noch Platz hat, mit dir kommt. Fahr nach Narsis. Ich treffe dich dort, oder auch früher, wenn das möglich ist.«

»Was hast du vor, Indris?« Nevas Frage klang mehr wie eine Anklage.

»Ich werde mit dir und deinen Leuten mitkommen.« Er sah zum Nachthimmel hinauf. Tief hängende Wolken verhüllten die Sterne, bis auf die gelegentlichen, launenhaften Nadelstiche aus Licht. Der Mond war eine blaugrüne Schliere, die die Ausläufer eines Sturms erhellte, der sich vor der Gebirgswand aufgetürmt hatte. Vielleicht machte Femensetri ernst mit ihrer Drohung und wägte das Allgemeinwohl gegen Indris' eigene Wünsche ab. Er musste für die Rahns tun, was er konnte. »Wir werden eine Windgaleere nehmen, und ich ziehe so viel Aufmerksamkeit auf uns, wie ich nur kann, um unsere Feinde abzulenken. Sie werden erwarten, dass ich die Rahns beschütze. In der Zwischenzeit wird Shar die *Wanderer* übernehmen und die Rahns in Sicherheit bringen. Neva, Yago und ich sorgen dafür, dass ihre Aufmerksamkeit auf uns gerichtet bleibt.«

»Und wie willst du das anstellen?«, fragte Mari, ganz offensichtlich wenig beeindruckt von seinem Plan.

»Ich habe da ein paar Ideen«, sagte Indris zuversichtlicher, als er sich fühlte. Er sah den Ausdruck auf ihrem Gesicht und schüttelte den Kopf. »Bevor du fragst: Nein, das ist nicht deine Art von Kampf. Und ich werde besser kämpfen, wenn ich weiß, dass du in Sicherheit bist.«

Aber Sicherheit war relativ, und bevor sie auch nur antworten konnte, fühlte er den Misston im *Ahm*, als eine große Energieblase wie eine Eiterbeule zerplatzte. Verdorbene, stinkende Energie sickerte in die Welt. Gestaltwandlerin knurrte, wenige Augenblicke, bevor Indris von einer Welle der Übelkeit und Schwindel erfasst wurde. Ein gleißender Blitz zuckte über den Himmel, gefolgt von grollendem Donner. Er blickte hastig den Berg hinauf, um dessen Gipfel eine blasse Aurora flackerte. Winzige Gestalten schwärmten durch die Luft; er sah sie in den kurzen Intervallen aus zersplitterter Helligkeit. Der Blitz flackerte auf, fokussierte sich und wurde zu einem gezackten Speer, der den Himmel durchbohrte, begleitet von den erschütternden Schlägen des Donners, der zu schnell war und zu laut, um natürlich zu sein. Schreie, Gekreische und durchdringende Heultöne drangen an sein Ohr, verzerrt vom Wind und der Entfernung.

»Erebus auf dem Drahtseil«, sagte Mari langsam. Vor Schreck stand ihr der Mund offen. Neva und Yago waren ebenso verblüfft, während sie auf den Aufruhr der Farben im Himmel starrten.

»Ihr müsst gehen.« Indris packte Mari und Shar an den Schultern und schubste sie in Richtung der Stufen, die zu den Untiefen hinunterführten. Mari sah ihn an, als würde sie nicht begreifen. Shar nickte, und Hayden und Ekko folgten ihr auf dem Fuße, als sie mit den Rahns und deren eigenen Leuten davonstürmte.

»Indris ... ich ... Was geschieht da?«, fragte Mari leise.

»Der Wille deines Vaters geschieht.« Indris warf ihr einen Blick zu und bemerkte ihr ärgerliches Stirnrunzeln und das

Zusammenpressen ihrer Lippen. Es gab Dinge, die er ihr in diesem Moment gern gesagt hätte. Wahrheiten, Halbwahrheiten, süße und freundliche Lügen … wie alles am nächsten Tag wieder in Ordnung kommen würde. Aber die Worte blieben ihm in der Kehle stecken, als sich ein Funkenschwarm rund um einen Turm, der in den Berg gehauen war, in die Höhe wand. Die Flamme nahm Gestalt an, und sie sahen muskulöse Arme, große gebogene Hörner und geschlitzte Augen, die brannten wie die Verderben bringende Sommersonne über der Wüste: harsch, weiß und erbarmungslos. Eine wirbelnde Krone aus Hitzedunst und Rauch bildete sich über der Stirn. Ein Dschinnfürst, herbeigerufen aus den entlegenen Gegenden des Geisterlands an den Grenzen des *Ahmtesh*. Mit einem irrsinnigen Lachen drehte der Dschinn die Spitze des Turms ab, und der Stein schmolz in seinen Händen zu Schlacke. Seine Stimme knarzte und ächzte wie ein Gebäude, das gerade auf die Grundfesten niederbrennt.

Indris schluckte eine sehr natürliche und gesunde Angst hinunter und nahm Mari in die Arme. Er fühlte das gierige Tasten altvertrauter mystischer Finger auf seiner Disentropischen Färbung. Es war keine Zeit mehr, sie mit Worten zu trösten, die sich nur zu bald schon als Lüge erweisen konnten.

»Wir sagen nicht Lebwohl. Noch nicht.« Er beugte sich vor, um sie zu küssen. Ihre Augen schlossen sich, ihre Lippen glitten auseinander …

Dann wurde sie von Flügelgeflatter und einem kleinen, aber heftigen Wirbelwind aus seiner Umarmung gerissen. Blitze umflammten ihn und versengten die Luft. Er schlug wild um sich, als er in die Höhe gezerrt wurde …

Dann wurden alle Winkel der Welt zu Wölbungen. Die Ecken verschwammen, während sich flache Ebenen scharf stellten und ausweiteten. Die Welt um ihn demontierte sich selbst. Er schrie, während er fortgezerrt und über den schmalen Graben von Raum und Zeit geschleudert wurde, und …

Im Herzen des Chaos landete.

»Bleib, wo du bist!«, befahl ihm die Sturmbringerin. »Wir werden dich rufen, wenn es so weit ist.«

Dann wob sie ein Fadenspiel aus Blitzen, das sich in die Nacht hinaus erstreckte. Es erhellte die Welt mit einem sauberen Aufflackern von bleichem Licht, während es Hexen vom Himmel fegte. Es erleuchtete die Gesichter der Gelehrten, die in der Nähe auf umgestürzten Säulen in einem von Unkraut übersäten Forum standen. Ihre Gesichter waren verzerrt, sie hatten die Waffen gezogen, und die Gelehrtenstäbe loderten in hellem Hexenfeuer. Es leckte über die Gesichter der Hexen, die sich auf sie stürzten. Die Haut der Sturmbringerin leuchtete, als würde sie von Laternen erhellt, gleißend gegen ihre schwarze Rüstung und das Flechtwerk aus Hexenfeuer, als sie sich ins Schlachtgewühl warf.

Gelehrte warfen die Erzeugnisse ihres Geists, mitreißende Farben und Formen aus Energie, in den Himmel. Die Sturmbringerin schleuderte Blitze und brachte die Luft um sich herum zum Kochen. Arkanes Feuer leckte über den Saum ihres kohlenschwarzen Mantels; es wirkte beinahe kraftlos, verglichen mit den weißglühenden Lichtern, zu denen die leise singenden, heulenden, schreienden Gelehrten geworden waren. Andere Sēq von unterschiedlichem Rang waren ähnlich beschäftigt, darunter auch der mächtig aussehende Scharfrichter der Sēq, der durch die Reihen der Feinde mähte wie ein Bauer, der Weizen erntete.

Rings um ihn befand sich eine Zenturie aus Sēqrittern. Sie wurden von einigen nervös wirkenden Bibliothekaren unterstützt. Ein Meister lungerte herum, beobachtete oder rettete oder befahl die Gelehrten in den Kampf.

Erleuchtet von einem blendenden Blitz, wandte sich eine

der Gelehrten in seiner Nähe zu ihm um. Ihr Gesicht wurde von innen durch eine unglaubliche Macht erhellt. Übernatürlich und wunderschön leuchtete sie, und die Augen glänzten unfassbar, wie das blendende Licht von weißen Sommerwolken, durch die langsam das Sonnenlicht drang. Ihr langes, sturmfarbenes Haar flatterte im Wind, und mit verwegenem Lächeln entfesselte sie ihre Macht gegen die Hexen. Er fühlte, wie sich in seinem Kopf alles zu drehen begann und seine Kehle sich zusammenschnürte, während er versuchte, eines der vielleicht schwierigsten Wörter auszusprechen, die er sich vorstellen konnte …

»Anj?«

Kapitel 23

»Der Wert eines Dings wird uns erst offenbar, wenn wir es verloren haben.« Karisa von den Ijalian, Troubadour und Dichter des Asrahn Selassin fa Vashne (493. Jahr der Shrīanischen Föderation)

358. Tag im 495. Jahr der Shrīanischen Föderation

Mari taumelte im Sturm, verlor den Halt und stürzte zu Boden, während Blätter, Schmutz und Kies um sie herumwirbelten. Die feinen Härchen auf ihren Armen und im Nacken hatten sich durch die elektrostatische Ladung in der Luft aufgerichtet. Kleine Blitze tanzten über ihre Haut und hinterließen nadelstichfeine Verbrennungen.

Die Himmelsritter, die bei ihr waren, waren von den Füßen gerissen worden. Kraftlos und stöhnend lagen sie in einem Gewirr aus Gliedmaßen, Waffen und Rüstungen.

In dem einen Moment war Indris noch da gewesen, so nahe, dass sie seinen Atem auf ihren Lippen hatte fühlen können. Im nächsten war er weggerissen worden in den Himmel, mitten in einen Mahlstrom aus knisterndem Licht und tosendem Wind.

Neva beugte sich herab und streckte eine Hand aus, um Mari auf die Füße zu helfen. Mari starrte die Hand ein klein wenig länger an, als die Höflichkeit es erlaubte, bevor sie sie ergriff. Beide Frauen drehten die Köpfe auf der Suche nach einer Spur von Indris. Nichts.

»Femensetri«, rief Mari laut und machte sich nicht die

Mühe, ihren Ärger zu verbergen. Sie sah die Stufen hinab zu Shar, die die Rahns und deren Beschützer Richtung *Wanderer* führte. Mari wusste, dass sie mit ihnen gehen sollte, bezweifelte jedoch, dass Roshana oder Nazarafine sie willkommen heißen würden. Aber das war es nicht, was zählte. Maris Freunde brauchten ihre Hilfe.

»Was wirst du tun?«, fragte Neva, als hätte sie ihre Gedanken gelesen.

»Ziemlich genau das, was du denkst«, sagte Mari resigniert. Yago gesellte sich zu ihnen, während die versammelten Himmelsritter nach oben sahen. Sie rissen sich ganz eindeutig nicht darum loszufliegen. »Was ist mit dir?«

»Nun ja, Indris' Plan scheint mir ja jetzt keinen Bestand mehr zu haben«, stellte Yago fest. »Ich würde sagen, du bist besser dran, wenn wir dich ebenfalls aus der Stadt eskortieren.«

»Wir haben einige Barken«, fügte Neva hinzu, »eine Galeere und zwei Kader mit Greifen. Das sollte reichen, um uns das meiste vom Leibe zu halten.«

»Mir machen die Dinge mehr Sorgen, die es uns nicht vom Leibe hält«, sagte Yago trocken.

Ein gigantischer Spalt erschien am Himmel, als die Luft hoch über ihnen zerrissen wurde. Eine Windhose aus wirbelnder Dunkelheit, dessen Gestalt aus einem Tornado und das Haupt aus einem von Blitzen umzuckten Adlerkopf bestand, tauchte ihre langen, skelettartigen Arme in die Welt unter sich. Ein durchdringender Schrei ertönte, der im Himmel widerhallte, als die Kreatur von wirbelnden Bogen und Prismen aus juwelenfarbenem Licht getroffen wurde. Der Geist kreischte erneut auf, dann griff er an.

»Werden wir wirklich in dem Ding da fliegen?«, fragte Mari nervös.

»Fliegen ja«, murmelte Neva. Sie wies mit dem Kinn in

Richtung Himmel. »Aber damit? Im Leben nicht. Wir nehmen den niedrigen, schnellen und sicheren Weg. Südwärts über die Himmelsseen, und dann, wenn ich das Gefühl habe, dass wir weit genug entfernt sind, halten wir uns westlich. Hoffen wir, dass niemand etwas von unserer Flucht mitbekommt.«

»Und dass wir als Lockvogel dienen, wie Indris vorgeschlagen hat?«

»Tja, das lassen wir wohl lieber«, murmelte Yago. »Großvater wäre sicher nicht einverstanden, wenn wir unser Leben einfach so wegwerfen. Nicht bei dem, was da gerade im Himmel oben so vor sich geht.«

»Ich verstehe«, sagte Mari. Indris hätte bestimmt nicht gewollt, dass irgendjemand sein Leben so unbesonnen aufs Spiel setzte. Außer ihm selbst natürlich. »Die *Wanderer* ist unten bei den Untiefen. Pack ein, was du brauchst; wir treffen uns dann dort unten.«

Neva und Yago sahen mit schmalen Augen zum Himmel hinauf und versuchten, die Gefahr abzuschätzen. Schließlich nickte Neva. »Gib uns etwa dreißig Minuten Zeit. Wenn wir dann nicht da sind, wartet nicht länger auf uns.«

Ein letzter Blick auf die wirbelnde Auseinandersetzung im Himmel, und Mari brauchte nicht weiter überredet zu werden. »Verlasst euch drauf.«

Die Straßen waren beinahe verlassen, als Mari in Richtung der Untiefen rannte. Türen wurden geschlossen, und nahezu alle Fenster waren verrammelt, bis auf die gelegentliche tapfere oder tollkühne Seele, deren Neugier die Vernunft besiegt hatte.

Von Zeit zu Zeit hörte sie Schlachtrufe und das Klirren von Metall, bevor sie um eine Ecke bog und Soldaten in den unterschiedlichen Farben der imperialistischen Häuser sah, die gegen die Föderalisten kämpften. Der Konflikt hatte sich zu deutlich mehr als einem Kampf zwischen den Näsarat und den Erebus ausgeweitet. Tote oder sterbende Körper wurden auf den Straßen zurückgelassen, während grimmig dreinblickende Krieger versuchten, die Zahl der Gefallenen auf beiden Seiten zu erhöhen. Von den Rahns oder Indris' Freunden war keine Spur zu sehen. Mari nahm an, sie hatten sicherere Pfade gefunden als sie.

Die ganze Zeit über tobte der Kampf im Himmel weiter, in einem furchteinflößenden Spiel aus Licht und Misstönen, deren Vibrationen auf ihre Haut trommelten. Die Luft war jedoch auch angefüllt von dem Lärm eines anderen Kampfs. Als sie die nächste Wegbiegung erreichte, kam sie schlitternd zum Stehen. Vorsichtig streckte sie den Kopf um die Ecke und erblickte mitten auf der Straße eine regelrechte Schlacht.

Sie hatten eine ganze verfluchte Stadt, in der sie sich prügeln konnten, aber nein, sie mussten es unbedingt hier austragen. Hin und wieder wäre es nett gewesen, wenn zur Abwechslung etwas ohne zusätzliche Schwierigkeiten abgelaufen wäre.

Soldaten in den Farben der imperialistischen Sayfs mit einer Handvoll Anlūki kämpften gegen Gefolgsleute im Blau und Gold der Näsarat. Ein paar von Siamaks Rittern aus den Marschen unterstützten sie; die hageren Derwische schienen unberührbar zu sein, wie sie so in ihrem Metall herumwirbelten und ihre abgewetzten Mäntel um ihre schlanken, gebräunten Glieder flatterten.

Eine verstohlene Bewegung ganz in der Nähe erregte ihre Aufmerksamkeit. Ein dünner, abstoßend aussehender Mann mit fettigem Haar und blassgelblicher Gesichtsfarbe schob sich vor. Seine Augen leuchteten in den tief verschatteten Augenhöhlen. Die langfingrigen Hände spielten an einer Metallpyramide herum; es sah aus wie die teure Rätselschachtel eines Kindes. Mari legte die Hand auf den Griff ihrer Sûnklinge und trat zu ihm.

»Nix von den Maladhi! Leg das, was du da hast, auf den Boden und tritt dann zurück.« Mari rollte sich auf die Fußballen, die Finger am Schwert.

»Ho! Das werde ich nicht tun, Süße«, kicherte Nix. Er stieß einen durchdringenden Pfiff aus, und zwei der Anlūki blickten in ihre Richtung. »Ich denke, ich werde stattdessen eine hübsche kleine Belohnung von deinem Vater bekommen, weil ich dich nach Hause gebracht habe. Du warst ein sehr, sehr böses Mädchen, aber jetzt ist es Zeit, mit den Kindereien aufzuhören. Komm einfach mit diesen netten Männern und mir mit, in Ordnung?«

Die Anlūki töteten die Gefolgsleute, gegen die sie gerade noch gekämpft hatten, und kamen dann auf sie zu. Nix johlte vor Begeisterung, bis ein unfassbar großer Ritter aus den Marschen zu ihnen trat. Er schien kaum mehr zu tun, als sie mit seinem zweihändigen *Shamshir* anzutippen, aber sie brachen beide in einer feinen Sprühwolke aus Blut auf dem Boden zusammen. Der Mann, der in Ruhestellung aussah, als wäre er aus Bambusrohren gemacht, schüttelte sich das lange Haar aus der Stirn.

Nix schien auf einmal weniger zufrieden mit sich zu sein.

»Jetzt …«, begann Mari gerade, als Nix hastig an der Pyramide zu drehen begann. Der Marschlandritter trat eilig vor, und Nix schleuderte ihm die Metallbox ins Gesicht. Er schwankte, und die kleine Pyramide hüpfte zwischen die Füße der Kämpfenden, wobei sie hohe, melodische Töne von sich gab, die lauter und lauter wurden, während Teile der Puzzlebox sich weiter von ganz allein bewegten.

Nix tanzte herum und duckte sich auf raschen Füßen durch das Handgemenge hindurch. Keine einzige der Klingen traf ihn. Die überlebenden Anlūki sahen, dass Nix verschwinden wollte, und wandten sich ebenfalls um, um ihm zu folgen und die übrigen Soldaten zurückzulassen.

Die Versuchung, Nix hinterherzujagen, war groß, aber irgendetwas war an dieser Box, das sie beunruhigte. Mit gezogenem Schwert arbeitete sie sich durch das Handgemenge und wehrte die Schläge von Freunden und Feinden mit einem Bruchteil ihrer Aufmerksamkeit ab, während sie versuchte, die Box wiederzufinden. Sie hatte sie beinahe erreicht, als sie wieder weggekickt wurde. Und dann wieder. Der Lärm war lauter geworden, sodass die Kämpfe um sie herum nachließen und die Krieger sich umwandten, um nach der Ursache zu sehen.

Die Musik verstummte.

Dann folgte mehrmals hintereinander ein lautes Klicken. Mari fand die Rätselbox, als sie sah, wie die Nächststehenden vor ihr zurückwichen. Die Vernunft besiegte ihre Neugier, und auch sie wich hastig zurück, in Richtung der Straße, die sie zu den Rahns und ihren Freunden führte.

Eine Glocke ertönte, viel zu laut für ein so kleines Spielzeug.

Dann schienen die Steine der Straße und die Ziegel der Häuser abzufallen. Es gab einen Wechsel der Perspektive, als würde sie am Rande eines tiefen Lochs stehen, das sich in nahezu alle Richtungen erstreckte. Diejenigen, die näher bei der Rätselbox standen, schienen für einen Moment mitten in der Luft zu schweben, bevor sich gewundene Schatten, dick wie Baumstämme, nach oben schlängelten. Sie verzweigten sich mehrfach und klammerten sich an Mauern und Dächern der umstehenden Gebäude fest. In der schweren Luft hing der durchdringende Gestank nach modriger Vegetation und Verfall.

Eine gigantische Gestalt schob sich in die Welt. Wie eine Kirchturmuhr ragte sie auf, und die großen, gebogenen

Hörner fegten über den Himmel, während sie den scharf geschnittenen Kopf drehte. Auf seine Art war das Gesicht schön, hart und kantig wie eine Statue, und doch seltsam durchbrochen und gemustert wie Baumrinde. Tiefliegende Augen waren in dieses Gesicht geschnitzt, die mit furchtbarem Verlangen auf die Welt blickten. Der Rumpf war der einer Frau mit nackter Brust, und die Haut war an manchen Stellen mit faulig aussehenden Blüten gesprenkelt. Aus den Brustwarzen sickerte ein ungesund wirkender Saft, der auf den Boden weit unter ihr tropfte und zitternde schwarze Lachen bildete. Seine – ihre – Beine waren die einer Ziege mit schwarzem Fell und gespaltenen Ebenholzhufen. Mari fühlte, wie ihr der kalte Schweiß ausbrach, und sie fing an zu zittern.

Düstere Blüten wuchsen an den Hufen. Die Ranken an den Wänden und auf dem Boden begannen zu sprießen und sich auszubreiten. Sie verankerten sich und verstreuten dann ihre kräftigen Sporen mit dem Wind, der durch die Straßen fegte.

Für den Bruchteil einer Sekunde blickte der riesige weibliche Satyr Mari direkt an. Mari konnte sich nicht erinnern, jemals im Leben solche Angst verspürt zu haben. Sie sah, wie das Wesen mit seinem gigantischen Huf aufstampfte und dabei eine Handvoll Soldaten zerquetschte. Der Boden erzitterte, und alles Glas, das der Straße zugewandt war, splitterte. Der Satyr warf den Kopf zurück und brüllte, ein tiefer Laut, der jeglichen Raum um ihn herum auszufüllen schien. Fenster zerbasten. Staubwolken stiegen von den Gebäuden auf. Ziegel gerieten ins Rutschen, fielen und zersprangen auf dem Boden. Mari hielt sich schaudernd die Ohren zu.

Aus den Lachen wuchsen bizarre Baumschößlinge, die zunächst wankten und dann fest auf einem Geflecht aus dicken Wurzeln standen. Elastische Zweige, eine Mischung aus Farnen und Tentakeln, wuchsen nach oben. In die Baumrinde waren Linien eingekerbt, die an Gesichter erinnerten. Die Ungeheuer – denn Mari hätte nicht gewusst, wie sie sie sonst hätte nennen sollen – schlugen wild mit ihren Zweigen um sich, als wären sie ein Wald im Sturm. Soldaten griffen sie an, doch sobald die Ungeheuer ihre farnartigen Wedel um einen Soldaten schlangen, begann das Opfer zu kreischen und um sich zu schlagen. Es war der vergebliche Versuch zu entkommen, während sein Fleisch abzusterben begann. Innerhalb von Sekunden wurden die Soldaten grau und trockneten aus, und die Haut bekam Risse, während die Monster sich von ihnen ernährten. Eines der Ungeheuer, größer als die anderen, warf einen ausgetrockneten Körper in die Luft. Er klatschte zu Boden wie ein lederner Sack.

Dann begann eine Handvoll der Monster, sich mit knarzenden Gliedmaßen und flüsternden Zweigen in Maris Richtung zu bewegen.

Maris Sûnklinge erwachte in ihren Händen zu flackerndem Leben. Das Licht und die Wärme der Klinge beruhigten sie. Ein Teil des Horrors, der sie lähmte, begann sich zu lösen. Die plötzliche Helligkeit brachte die Baummonster zum Stehen. Die vielen Münder auf ihren Stämmen öffneten sich und begannen zu zischen. Es war wie das Geräusch des Winds, der durch Pinien fährt, und der kalte Laut ließ Maris Blut gefrieren. Die Augenschlitze wurden größer und glühten unheilvoll auf.

Sie machte sich bereit und versuchte, den Zustand des *Aipse* zu erreichen, aber ihr Geist weigerte sich. Anstelle des Nichtdenkens fühlte sie sich von allen möglichen Wahrnehmungen abgelenkt, und die Angst nagte weiter an ihr. Das Zischen der Ungeheuer, die Art, wie sich erst das eine, dann das andere nach vorn schob, das beinahe hypnotische Schaukeln der Äste und der verschleierte Glanz in diesen seltsamen Augen …

Etwas Schwarzes fegte durch die Reihen der Ungeheuer und zerstreute einen Großteil von ihnen. Fluchend rollte sich Mari rückwärts ab und entging nur knapp dem fuhrwagengroßen Huf. Der Huf krachte in ein Gebäude, woraufhin ein ganzer Schauer aus zerstörten Ziegeln herabregnete. Ein schwaches Knacken ertönte, und heftiger Schmerz durchfuhr sie, als ein Teil der Trümmer in ihre Brust krachte. Die Luft wurde ihr aus der Lunge getrieben. Mari rollte über den Boden, hielt ihr Schwert aber immer noch fest umklammert.

Als sie wieder auf die Füße kam, hatte sie Mühe zu atmen. Sie zuckte zusammen und neigte sich nach links, um dem Schmerz zu entgehen. Jetzt hatte sie mehr Quetschungen, als Indris zuvor geheilt hatte, und das Blut floss träge über ihre Haut.

Dann erlosch das Licht in ihrem Schwert. Das größte der Monster trat vorsichtig nach vorn. Sekunden später folgten ihm die anderen.

Mari blickte auf das Schwert in ihrer Hand. Auf die schwankenden Reihen der Ungeheuer, die immer näher kamen. Behutsam drehte sie ihre Taille und spürte, wie sie von heftigen Schmerzen durchbohrt wurde. Das war eine gebrochene Rippe, mindestens.

Sei keine Idiotin, sagte sie sich. Langsam zunächst, dann schneller trat sie den Rückzug an.

Die Monster beschleunigten ihr Tempo.

Sie hatte das Schwert gezogen und war bereit draufloszurennen, als eine Säule aus silberweißem Licht aus den Wolken herabschoss. Es traf mit einem gigantischen Dröhnen am Boden auf. Die Ungeheuer, die das Licht traf, wurden in schwarze Fetzen gerissen, die sich in der Brise auflösten. Diejenigen, die in der Nähe waren, wurden seitwärts und gegen die Mauern geschleudert.

Leuchtende Gestalten kamen herab. Es waren die Sēq in ihren schwarzen Mänteln und den irisierenden *Kirion*-Rüstungen. In ihren Waffen flackerte das Hexenfeuer. Einer der Sēq spuckte auf den Boden. Sein Gesicht war bereits von Blut und Rauch verschmiert. Die alten Augen in seinem jungen Gesicht blickten erschöpft drein, und das Leuchten in seinem Körper war kaum mehr als ein bleicher Funke. Und doch fand er festen Stand und begann, leise in der kalten und dunklen Luft zu singen.

Einer der Gelehrtenritter sah Mari und nickte in Richtung der Straße hinter ihr.

»Wenn ich du wäre, würde ich jetzt rennen.« Dann wandte er seine Aufmerksamkeit der bösartigen Kreatur zu, die ein ohrenbetäubendes Brüllen ausstieß. Sie war so riesig, dass ihre Hörner die Wolken über ihr zu durchstoßen schienen.

Die Sēq, eingehüllt in wirbelndes Licht, schleuderten brennende Geometrien und wirbelnde fraktale Polygone auf den weiblichen Satyr, warfen sich selbst auf ihn und wirkten doch wie zu wenige Kerzen, die versuchten, eine riesige Eiche niederzubrennen.

Wenn ich du wäre, würde ich jetzt rennen.

Und das tat sie.

Mari schnappte nach Luft und presste die Hand an die Seite, als sie an Mauntro und seinem Kader Tau-se vorbei und dann die Einstiegsrampe der *Wanderer* hinaufrannte. Die Sturmräder und Disentropiespulen drehten sich bereits, knisterten und fauchten wie eine kleinere Version des pyrotechnischen Feuerwerks über ihnen. Sie fühlte die Vibrationen durch die Sohlen ihrer Stiefel.

»Was hat dich aufgehalten?«, fragte Shar und musterte

Mari, als diese an Bord kam. »Sieht aus, als hättest du einen beschwerlicheren Weg gehabt als wir.«

»Ach, weißt du. In meinem Leben jagt ein Abenteuer das nächste.« Mari zuckte heftig zusammen, während sie sich vorsichtig setzte. Sie versuchte, ihre Atmung unter Kontrolle zu bekommen, schaffte es jedoch nicht, den Schmerz zu ignorieren. Aus der Stadt drang der Klang von Explosionen herüber. Leuchtende Koronen umgaben die Gebäude. Ein ohrenbetäubendes Brüllen brachte Mari dazu, den Kopf einzuziehen. Sie hatte länger gebraucht als erwartet, doch Neva, Yago und deren Kameraden waren noch immer nicht da. »Wir sollten aufbrechen, glaube ich.«

»Weißt du irgendwas darüber?« Hayden wies mit dem Kinn in Richtung Stadt.

»Können wir einfach los?«

Shar rief nach Mauntro und seinen Tau-se. Sobald der Letzte von ihnen an Bord war, erhob sich das Schiff aus den Untiefen. Alle *Ilhen*-Lampen auf der *Wanderer* waren verhüllt worden, sodass sie im Dunkeln fuhr, als Shar ihren Bug südwärts wendete, weg von der Stadt.

Hayden und Ekko standen wachsam am Heck, der Viehtreiber mit seinem Sturmgewehr in der Armbeuge und Ekko mit seinem mächtigen Bogen in der riesigen, befellten Hand. Der gigantische Löwenmann blickte auf die Schlacht, die über dem Sternenkronenberg tobte, und seine haselnussbraunen Augen waren groß, die Pupillen rund wie Unterteller.

Die Rahns standen am Bug und unterhielten sich. Siamak hatte keinen seiner Leute bei sich, und bei Nazarafine stand nur Navid, ihr Neffe. Der Kriegsdichter der Saidani-sûk sah schlimm aus, er blutete im Gesicht, und auf seinem Arm war eine lange klaffende Wunde zu sehen. Bensaharēn stand neben Roshana und wischte seine Schwertklinge mit einem

Seidentuch ab. Sein Gesicht war so ruhig wie immer. Seine Rüstung und seine Haare waren mit Blut befleckt, doch Mari bezweifelte stark, dass es sich dabei um sein eigenes handelte.

»Wo ist Martūm?«, fragte Mari in die Runde.

»Wir wurden getrennt, als uns einige *Huqdi* in den Farben der Erebus angegriffen haben«, sagte eine ruhige Stimme. Danyūn schien aus den Schatten hervorzuwachsen. Die Umstehenden waren ebenso still, und ihre Schwertgriffe ragten wie Skorpionschwänze über ihren Schultern hervor.

»Hast du nicht versucht, ihn zu finden?«

Der blonde Mann zuckte desinteressiert mit den Schultern.

»Ich habe dringendere Aufgaben für Danyūn und seine Leute, als diesen verschwendungssüchtigen Kerl zu jagen.« Roshanas Stimme klang kompromisslos. »Davon abgesehen haben wir Vahineh, und sie ist die einzige noch lebende Selassin, die zählt. Sie ist in einer der Kabinen unten, mit dem Geisterritter.«

»Ist Indris mit Neva und den Himmelsrittern gegangen?«, fragte Siamak.

»Hm?« Mari stand unbeweglich da und blickte zurück in Richtung Avānweh, das langsam kleiner wurde. Blitze zuckten in lebhaften Farben durch die wirbelnden Wolken, und der Mond tauchte alles in ein bleiches Blaugrün. Da waren noch andere Silhouetten fliegender Schiffe zu sehen, die sich in die Lüfte erhoben hatten. Winzige Schemen, wie kleine Mücken, die einen Moment lang ausschwärmten und sich dann zu gestrichelten Linien formten, die sich östlich und westlich der Stadt bewegten. Die Schiffe dagegen, die lediglich einen formlosen Klecks bildeten, flogen vermutlich südwärts.

»Siamak hat dir eine Frage gestellt!«, rief Roshana scharf. Sie baute sich vor Mari auf. »Jetzt frage ich. Wird Indris für die Ablenkung sorgen, die wir zum Überleben brauchen?«

»Ihr seid ein ziemlich selbstsüchtiges Miststück, wisst Ihr«, sagte Mari im Plauderton. Roshana lief rot an und hob die Hand; Mari musterte sie mit gehobenen Augenbrauen. Danyūn trat vor, und Mari warf einen gelangweilten Blick in seine Richtung.

»Es wird nicht gut ausgehen«, warnte sie ihn. Angesichts ihrer gebrochenen Rippen war das vermutlich eine leere Drohung, aber sie hatte endgültig genug von Roshana. Bensaharēn kam Mari zu Hilfe und schüttelte den Kopf in Richtung Danyūn und seiner Gnostischen Assassinen. Mari betrachtete Roshana voll Abscheu. »Ihr kümmert Euch nur um Eure eigenen elenden Pläne«, sagte sie. »Indris ist Euch völlig egal, außer wenn es um die Frage geht, was er für Euch tun kann.«

»Ich bin Rahn des Hohen Hauses Näsarat, Mari.« Roshanas Stimme war eisig. »Und du hast nicht die leiseste Ahnung, worum ich mich kümmere, ganz zu schweigen davon, was ich für mein Hohes Haus tun oder nicht tun würde.«

»Wie beispielsweise zu versuchen, Indris mit Neva zu verheiraten?«

»Zum Beispiel«, sagte Roshana gleichmütig. Schneller, als Mari ihr das zugetraut hätte, schlug Roshana ihr ins Gesicht. »Jetzt tu, was dir gesagt wurde, und beantworte meine …«

Mari verpasste Roshana einen Handkantenschlag direkt an die Schläfe. Roshana brach lautlos zusammen, und Danyūn fing sie auf und ließ sie vorsichtig aufs Deck gleiten.

»Dafür wirst du sterben«, sagte er. Der Assassine sah sie unter gesenkten Brauen hervor an, das Gesicht noch immer trügerisch ruhig.

»Das glaube ich nicht, mein Freund«, sagte Hayden. Er und Ekko hatten ihre Waffen auf die Assassinen gerichtet. Bensaharēn blieb wo er war, doch ein schwaches Lächeln umspielte seine Lippen. Der alte Kriegsdichter zuckte nur die Achseln, als Danyūn ihn auffordernd ansah. Mauntro und die Löwengarde standen ganz still da, mit schmalen Augen und Schwänzen, die über das Deck fegten. Unter ihrem Fell traten die Muskeln hervor.

»Es tut mir wirklich leid, diesen Moment rührender Kameradschaft zu stören«, rief Shar über den pfeifenden Wind hinweg, »aber da ist etwas Seltsames vor uns.«

»Was ist es?«, fragte Mari und ging zu Shar hinüber.

»Roje faruqti cha!« Shar verdrehte die Augen. »Wenn ich es wüsste, hätte ich es gesagt.«

»Süßer Erebus, hast du ein Mundwerk.«

»Ich bräuchte es nicht, wenn die Leute nicht …«

»Fein.« Mari hob die Hände in einer Geste der Kapitulation. Sie blickte nach vorn, und Ekko und Mauntro gesellten sich zu ihr. »Ich kann verflucht noch mal gar nichts sehen.«

»Da drüben.« Ekko wies auf eine Stelle, wo ein Tumult über dem Wasser zu erkennen war.

»Das hilft mir auch nicht viel weiter, weißt du«, sagte Mari bissig.

»Ah, natürlich, Pah Mariam.« Ekko nickte entschuldigend. »Es sieht aus wie eine Wasserhose, die sich rasch auf uns zubewegt.«

»Bevor du fragst: Ich habe den Kurs zweimal geändert, und es versucht immer noch, uns abzufangen«, erklärte Shar mit honigsüßer Stimme.

»Und wir werden verfolgt«, fügte Mauntro hinzu. »Windgaleeren und etwas, das aussieht wie fliegende Gestalten. Ich dachte, Indris hätte gesagt, dieses Schiff wäre schneller als alles, was unsere Feinde hätten?«

»Ich glaube, das hat er gesagt, ja«, stimmte Ekko zu.

»Könnte es am Flugstil der Seethe liegen?«, fragte Mauntro höflich und warf Shar einen kritischen Blick zu. »Wenn sie weiterhin so langsam fliegt, werden wir noch kämpfen müssen.«

»Das ist schade«, sagte Ekko.

»Hm.« Mauntro nickte weise.

»Faruq yaha sodden«, erklärte Shar den Tau-se. »Die *Wanderer* ist schneller als alles, was dieser Bastard Corajidin haben sollte. Nichts für ungut, Mari.«

»Schon in Ordnung. Wenn es um Beleidigungen geht, habe ich einen guten Vorsprung vor dir«, erwiderte Mari. »Aber das erklärt trotzdem nicht, womit wir es, bei Erebus' verbrannten Knochen, hier zu tun haben.«

»Kleine, kranke Tröpfchen aus Mondlicht und Dunst«, sagte Omen von der Türöffnung zu den unteren Decks her. Der Geisterritter kam zu ihnen herüber. »Geschleudert von Geistern und Hexen, deren Herzen voll Hass, aber ohne jegliche Gunst …«

»Wir haben jetzt keine Zeit für deine unsinnigen Reime, Omen«, sagte Hayden angespannt. Es folgte eine lange Pause, während die anderen alle erst Omen anstarrten, dann Hayden, dann wieder Omen, bis Hayden schließlich aufseufzte. »Ich meinte, ich wollte, dass du es einfach nur sagst. Du weißt schon, wie ein ganz normaler Mensch.«

»Oh. Ach so. Wer auch immer uns folgt, setzt Disentropie ein. Und zwar eine ganze Menge. Ich kann es von hier aus fühlen, und ich sehe die Umrisse der Hexen und Windkorsaren, außerdem Dämonen, die leichtfüßig fliegen, beinahe so, als würden sie tanzen, und zwar auf …«

»Verflucht«, seufzte Mari.

»Sie kommen definitiv näher«, stellte Mauntro fest.

»Und Rahn Roshana ist eine ziemlich begabte Schwertkämpferin«, fügte Ekko hinzu. »Es wäre vermutlich ganz praktisch gewesen, wenn sie jetzt bei Bewusstsein wäre.«

Mari machte eine obszöne Geste in Richtung der Tau-se und bereute es sofort, als der Schmerz ihr durch die Rippen fuhr.

»Ich bin einmal durch ihre Absperrung gebrochen«, sagte Shar knapp, »aber sie werden mir jetzt keinen Bewegungsspielraum mehr lassen. Wir werden südwärts gedrängt, weiter weg von Avānweh.«

»Kannst du nicht wieder durchbrechen?«

Shar warf Mari einen Blick zu, woraufhin diese nur mit den Schultern zuckte und einen Schritt zurücktrat. Dann sah Mari nach vorn, wo sich die Schatten des Mar Ejir wie geschwärzte Schwertspitzen erhoben. Avānweh war an der Engstelle gebaut, wo sich nicht nur die Himmelsseen trafen, sondern auch die Bergketten des Mar Jihara und des Mar Ejir. Soweit Mari wusste, hatten die Bergstämme des Ejiri wenig mit den Hohen Häusern zu tun, obwohl einige von ihnen Sayfs im Teshri hatten, neutrale Stimmen, die ihre Unterstützung verkauften. Die Art von flexibler und kaufmännischer Loyalität, die ihr Vater so gern benutzte.

»Was werden wir tun?«, fragte Siamak, der sich zu ihnen gesellte.

»Wir fliehen in Richtung Dalour«, sagte Shar zweifelnd, »dann versuchen wir, uns nordwestlich zu halten und Qeme zu erreichen. Damit wären wir in der Näsarat-Präfektur.«

»Und wenn das nicht möglich ist?« Nazarafines Stimme klang panisch.

Mari schürzte die Lippen. Sie wusste, dass ihr Vater Vahineh wollte, aber die föderalistischen Rahns gleich noch mit zu fangen wäre eine zusätzliche Dreingabe. Hier draußen, wo es keine Zeugen gab, konnte alles geschehen und danach jede Geschichte erzählt werden, um den plötzlichen Verlust von drei Führern der Hohen Häuser zu rechtfertigen.

»Wenn ich nicht kann«, sagte Shar resolut, »dann kann ich nicht. Ich glaube, wir müssen uns den Tatsachen stellen. Wir werden kämpfen müssen.«

»Und wie willst du gegen Hexen kämpfen, was schlägst du vor?«, fragte Bensaharēn.

Mari warf ihrem einstigen Lehrer einen finsteren Blick zu, musste jedoch zugeben, dass er recht hatte. Wenn sie die Augen schloss, konnte sie noch immer den weiblichen Satyr und seine Brut sehen. Mörderische Bäume. Beschämt dachte sie daran, wie viel Angst sie gehabt hatte, und im selben Moment dachte sie an Indris, und dass er sich gerade derartigen Dingen oder sogar Schlimmerem stellte. Dummerweise gab es keine Möglichkeit, die Chancen etwas auszugleichen, oder …?

»Die Näq Yetesh«, flüsterte Mari. Dann, lauter: »Die Tote Ebene!«

»Ich weiß, was das ist«, sagte Shar, »aber dir ist hoffentlich klar, dass die *Wanderer* Disentropie braucht, um … ach, zum Beispiel, um in der Luft zu bleiben?«

»Ebenso wie die Hexen Disentropie benötigen, um ihr Arkanum einzusetzen oder ihre herbeigerufenen Geister an sich zu binden.«

Bensaharēn lächelte. »Eine Hexe ohne Zauberkraft ist einfach nur eine Person in einer Robe. Es würde die Chancen etwas ausgleichen.«

»Bist du sicher, Pah Mariam?«, fragte Ekko.

»Was den ersten Teil betrifft, ja. Was den zweiten anbelangt, nicht ganz, aber es ist einleuchtend. Indris hat mir gesagt, die Hexen würden etwas benutzen, das sich … wie hat er es genannt … war es der Exkretgrundsatz?«

»Extrinsischer Grundsatz«, korrigierte Shar lachend, dann wurde sie wieder ernst, während sie versuchte, die Windgaleere in dem plötzlich aufkommenden Seitenwind ruhig zu halten.

»Wie auch immer. Jedenfalls hat er gesagt, ihre Macht würde von außen kommen. Und wenn sie diese Macht nicht zur Verfügung haben …«

»Verstanden.« Shar zog diverse Hebel rund um ihren Pilotensitz, und das Schiff steuerte Richtung Süden. Mari konnte die flackernden Lichter von Dalour in der Ferne sehen, dann dahinter eine ausgedehnte Fläche von mondbeschienener Leere, so kompromisslos wie ein Fallhammer. Shar warf Mari einen Blick zu. »Du sagst den anderen besser, sie sollen sich an irgendwas festhalten. Ich werde versuchen, am Rand der Ebene zu landen, und ich hoffe, der große Tyen-to-wo des Lachenden Windes ist nicht geneigt, uns alle zum Narren zu machen.«

»Tu, was du kannst, Shar.«

»Und dann?«

»Wenn ich recht habe, wird unser Kampf ein klein wenig aussichtsreicher als unmöglich.«

»Und wenn du unrecht hast?«

»Lass uns einfach hoffen, dass ich richtigliege.«

Kapitel 24

»Nur wenn wir uns aus dem Dilemma der Mittelmäßigkeit befreien und uns durch die Linse der Wahrnehmung eines anderen betrachten, erfahren wir, was wahre Größe bedeutet.« Asrahn Erebus fa Basyrandin (473. Jahr der Shrīanischen Föderation)

358. Tag im 495. Jahr der Shrīanischen Föderation

Corajidin beobachtete mit einer Art krankhafter Faszination den brennenden Himmel.

Er stand am Bug seiner Windbarke und war nahe genug am Mahsojhin, um die einzelnen Stimmen der Mystiker zu hören, als diese die Natur aufforderten, ihren Befehlen zu gehorchen. Hexen in ihren unterschiedlichen äußeren Erscheinungsformen segelten durch die Luft oder standen auf den Ruinen ihrer einst so großen Universität, ihre Elementardämonen an ihrer Seite, während die Sēq in ihren Rüstungen und ihren krähenschwarzen Mänteln über den Himmel streiften oder zu Fuß in den Kampf zogen, um den Angriffen der Hexen Schlag um entsetzlichen, obskuren Schlag auszuweichen. Der Berghang brüllte, als Steinstücke aus ihm herausgerissen wurden. Blitze zuckten auf und schleuderten Hexen und Gelehrte durch die Luft. Hell leuchtende geometrische Figuren kreiselten, überschlugen sich und wirbelten, explodierten, durchtrennten und verbrannten alles, was sie berührten. Mit jedem Moment, der verging, schienen sich noch mehr Hexen und Gelehrte ins Schlachtgewühl zu mischen.

Irgendwie waren die Sēq vorbereitet gewesen, obwohl es ihnen dem Anschein nach nicht viel weiterhalf.

Ein Hexer in der Erscheinung eines riesigen Albinowyrms mit leuchtenden Federn an den Flügeln und dem Schwanz schlängelte sich über den Himmel. Er wickelte sich um den diamantenen Oktaeder, der einen Gelehrten abschirmte. Der Gelehrte stimmte seinen Gesang an, während der Wyrm kreischte und sich zusammenzog. Dann stürzten die beiden kämpfend Richtung Boden. Auf dem Berghang unterhalb hielt ein ungeheurer Affe, aus dessen Rücken lange, phosphoreszierende Federn sprossen, einen Gelehrten hoch über seinen Kopf und schmetterte ihn wieder und wieder auf die Felsen. Fantastische, furchterregende Gestalten flackerten, tauchten auf und verblassten wieder auf der verbleibenden Felsbank des Mahsojhin oder dem Luftraum darüber. Er musste die Augen schließen, so unvermittelt und grell waren die herbeigerufenen Energien, die gebündelt und mit verheerenden Auswirkungen geschleudert wurden. Selbst hinter geschlossenen Augenlidern sah er noch das irrsinnige Nachbild verschnörkelter Linien, die in seine Sicht eingebrannt schien. Er blinzelte ein paar Mal, um seine Sehkraft zurückzuerlangen.

Kasraman lehnte mit angespannter Miene an der Reling, und seine Augen leuchteten hell, obwohl seine Konturen flackerten und immer wieder die Umrisse einer entsetzlichen, dämonischen Figur zeigten, die aber nie feste Gestalt annahm. Wolfram stand aufrecht da, allerdings waren seine noch verbleibenden Schutzzauber ziegelrot verfärbt. Die anderen waren bereits in dem grimmigen Schlagabtausch zwischen den Hexen und den Sēq weggebrannt worden.

»Hat irgendwer die Botschafterin gesehen?«, fragte Corajidin. Sie hatte ganz offensichtlich ihren Teil der Aufgabe erfüllt, indem sie das Mahsojhin geöffnet hatte, aber seither war sie nicht mehr gesehen worden. Corajidin fragte sich, ob sie auf irgendeiner dunklen Mission für ihre noch dunkleren Meister unterwegs war.

»Nein. Aber ich habe Nachricht von Igreal, einem der Hexer, die ich mit Belamandris mitgeschickt habe«, sagte Kasraman. »Martūms Information war korrekt. Sie haben Vahineh mit an Bord der *Wanderer* genommen und versuchen zu fliehen. Belamandris ist zuversichtlich, dass sie sie bald eingeholt haben. Tahj Shahehs Windkorsaren sind viel schneller, als wir angenommen haben; vor allem, wenn sie Unterstützung durch die Hexen bekommen. Indris, Mari, Vahineh und jeder, der bei ihnen ist, sollte bald in unserem Gewahrsam sein.«

»Exzellent! Martūm mag ein selbstsüchtiges kleines Insekt sein«, nickte Corajidin, »aber er ist *mein* selbstsüchtiges kleines Insekt. Ich bezweifle, dass ich ihm über den Weg trauen kann, aber er hat sich als nützlich erwiesen.«

»Ihr werdet ihn zum Rahn Selassin machen, Eure Majestät?«, fragte Wolfram abgelenkt. Seine Hand lag auf Kimiyas Schulter, während er ihre Energie kanalisierte und in ihre Verteidigung leitete. Die junge Frau mit ihrem ledernen Halsband sah blass aus, ihre Kleidung war verrutscht und in Unordnung.

Corajidin taumelte zur Seite, als die Windbarke ins Schlingern geriet. Wolframs Abwehr klirrte wie Glas und färbte sich zu einem tiefen Rot. Kimiya wimmerte leise, als Wolfram ihr noch mehr Energie entzog, um den Schaden zu beheben.

»Was, in …«

Die Barke wurde wieder getroffen, und ein gewaltiger Donnerschlag rollte über sie hinweg. Corajidin sah ein verschwommenes Etwas aus Hexenfeuer und *Kirion*, um das sich Funken wanden, während es in Femensetris Hand zurückflog, die etwas entfernt unter ihnen stand. Es war ein großer Speer, hell leuchtend wie ein Blitz, der in Metall geschmiedet worden war. Ein gepanzerter Handschuh mit Saphirschuppen bedeckte ihren gesamten Arm, und der Rest ihres Körpers wurde von einer leuchtenden Rüstung antiker Machart geschützt. Die Sturmbringerin streckte ihre andere Hand aus, und ein Blitz schoss zu ihr herab. Sie griff nach dem flackernden Blitz und erhob sich mit ihm in die Lüfte.

»Es ist wohl das Beste, wir verschwinden von hier«, schlug Corajidin vor. »Jetzt gleich, wenn es dir nichts ausmacht.«

»Da werde ich nicht widersprechen«, keuchte Wolfram, als ihr Speer sie erneut traf und dann wieder in die Hand der Sturmbringerin zurückkehrte. Ihr Gesicht war von einem wilden Lächeln verzerrt. Gerade wollte sie den Speer erneut schleudern, als sich eine Handvoll Hexen in ihren albtraumhaften Erscheinungen auf sie stürzte. Nima wendete die Barke und brachte etwas Abstand zwischen Corajidin, Mahsojhin und die Sturmbringerin.

»Also haben die Sēq auch gelogen, was Femensetri betrifft«, sann Corajidin. »Mein Vorfahr Zadjinn hat sich als ziemliche Enttäuschung erwiesen. Ich kann hier nichts mehr ausrichten. Die Sēq und die Hexen scheinen einander beschäftigt zu halten, wie geplant. Nima, bring uns über die Stadt.«

Nima steuerte die Barke weg vom Kampf, über einen Bergsattel hinweg, dann ging er in einen vorsichtigen Sinkflug in die Schatten zwischen dem Himmelsspeer und dem Weltenblut über.

Corajidin beugte sich über die Reling, um den unter ihm tobenden Wahnsinn zu beobachten. In der Stadt waren zahlreiche Feuer ausgebrochen, aber er bezweifelte, dass sie für die Art von Demonstration sorgten, die er brauchte. Welchen Sinn hatte es, als helfende Hand einzugreifen, wenn das Leiden nicht groß genug war, um in den Leuten ein echtes Gefühl von Dankbarkeit zu wecken? Trotzdem hatten Nix' Elementardämonen – diejenigen, die die Sēq nicht verbannt, zerstört oder gefangen genommen hatten – ein Ausmaß an Zerstörung bewirkt, wie es sonst nur aus Geschichten und Legenden bekannt war. Der zweite Vorteil der mächtigen Geister bestand darin, dass für jeden, der aus einer Dilemmabox befreit wurde, eine ganze Handvoll von Sēq vom Mahsojhin abgezogen wurde, womit ihre Zahl weiter schrumpfte.

Ein lautes Kreischen ertönte, als sich eine weitere von Nix' Dilemmaboxen öffnete. Taumelnd erwachte eine Monstrosität zum Leben. Die Tentakel waren so dick wie Eichenstämme, die Flügel weit gespreizt, und der Schnabel, der in allen Regenbogenfarben leuchtete, ragte unter funkelnden kohlschwarzen Facettenaugen hervor. Innerhalb weniger Augenblicke tauchten kleinere Gestalten aus den Blasen geschmolzener Luft auf – noch mehr Sēq, die vom Kampf mit den Hexen abgezogen wurden, um die Stadt zu verteidigen. Corajidin lächelte vor sich hin.

»Gibt es irgendein Lebenszeichen von Jhem oder Nadir?«, fragte er.

»Nicht dass ich wüsste«, erwiderte Kasraman. Sein Blick verschwamm für einen Moment, und Corajidin sah noch einmal, wenn auch nur kurz, den Schatten der Erscheinung seines Sohns: ein muskulöses und dämonisches Ding mit breiten Schultern, langen Hörnern, einem scharf geschnittenen Gesicht mit Hautbildern aus Feuer rund um die tief liegenden, schrägen Augen mit den geschlitzten Pupillen. Die Flügel waren so groß wie ein Galeonensegel, mit Federn aus Indigo und rauchenden Schatten. Sie blitzten nur einen Moment lang auf, dann war alles verschwunden, und er sah wieder seinen Sohn vor sich. Nach allem, was er bei den anderen Hexen gesehen hatte, fragte er sich allerdings, was eigentlich das wahre Gesicht Kasramans war?

»Bitte entschuldige, Vater. Sanojé, Elonie, Ikedion und diejenigen, die sie ausgesucht haben, sind bereit, wenn du es bist.«

Corajidin warf noch einen Blick auf das Chaos, das er billigend in Kauf genommen hatte. Ja, viele würden sehen, was heute Nacht geschah, aber nur wenige Zivilisten würden sterben. Die Elementardämonen würden einige töten – das war der Lauf der Dinge. Andere würden in einem tragischen Kampf umgebracht werden, den sie hätten vermeiden können, wenn sie schlicht zu Hause geblieben wären. Und dabei hatte sogar eine gar nicht so geringe Anzahl an Hexen den Kampf mit den Sēq ganz vermieden und stattdessen lieber Teile der Stadt zerstört. Sie glaubten nämlich noch immer, sie würden im Gelehrtenkrieg und gegen Feinde kämpfen, die seit beinahe drei Jahrhunderten tot waren.

»Es ist Zeit«, sagte Corajidin zu seinem Sohn. »Nima, bring mich zum Tyr-Jahavān. Ich werde mich an den Teshri wenden. Dann werden wir den Leuten von Avānweh gemeinsam unsere Betroffenheit zeigen, unsere Empörung über ihre Notlage, und dann werden wir sie von der Geißel befreien, die sie bedrängt.«

»Aber wie sollen wir sie aufhalten?«, fragte Padishin, die Faust um seinen *Dionesqa* geklammert. Der Kanzleimarschall war rußverschmiert, und getrocknetes Blut hing an seiner Kleidung und in seinem Haar. Er hatte sich die Zeit genommen, um seinen ledernen, mit Nieten beschlagenen Kettenpanzer anzuziehen; im infernalischen Licht der Stadt unter ihnen schienen die Nieten zu glühen. »Es kümmert mich – für den Moment – weniger, woher diese Wesen kommen; in der Hauptsache will ich sie daran hindern, weiteren Schaden anzurichten.«

»Das stinkt nach den Machenschaften der Menschen«, sagte ein älterer Sayf ängstlich.

»Ja!« Ein weiterer erhob sich und schlug sich mit der Faust in die Handfläche. »Die Menschen! Sie haben schon unsere

Leute in den Straßen umgebracht und dunkle Mächte herbeigerufen …«

»Dann lasst uns handeln!« Rahn Narsehs Stimme hallte durch den beinahe leeren Tyr-Jahavān. »Die Sēq scheinen der Aufgabe nicht gewachsen zu sein. Wir sind es, die unser Volk verteidigen sollten!«

»Es gibt *keine* Beweise, dass es die Menschen sind«, sagte Ajomandyan, wurde jedoch niedergebrüllt und angezischt.

Der Himmelslord musterte seine Gegner finster. »Haltet einfach einen Moment den Mund, ihr alle! Kommt es nicht ein wenig zu gelegen, dass die Menschen uns ausgerechnet in dem Augenblick angreifen, in dem eine militante imperialistische Fraktion im Begriff ist, die Macht im Staat und die Krone zu übernehmen?«

Die Antwort bestand aus noch mehr Gezische und Zwischenrufen, sogar von einigen Föderalisten.

Corajidin verbarg sein Lächeln und sah sich mit großer Geste im Tyr-Jahavān um. Er musste seine Enttäuschung darüber, wie viele der Sayfs fehlten, gar nicht erst verbergen; sowohl die imperialistischen als auch die föderalistischen Reihen waren gelichtet. Besondere Aufmerksamkeit widmete er der Tatsache, dass Roshana, Nazarafine, Siamak und Vahineh fehlten, dann wanderte sein Blick zu dem Platz, den der Gelehrtenmarschall hätte einnehmen sollen.

Ajomandyan wurde von seinen Enkeln Neva und Yago flankiert. Beide trugen ihre Fluglederkleidung und Rüstung und sahen aus wie die jungen und dem Untergang geweihten Helden, von denen man in irgendwelchen Abenteuerromanen las. Beide waren voll Blut, und irgendwie wertete sie das eher auf, als dass es ihr Ansehen verringert hätte. Corajidin taxierte Neva ganz offen und brachte die Schönheit zum Erröten, aber sie sah nicht weg. Ja! Das war die Art von Frau, die Belamandris brauchte. Außerdem brachte eine Allianz zwischen den Erebus und den Näsaré definitiv einige Vorteile mit sich. Ajomandyan starrte Corajidin mit seinen wilden Adleraugen grimmig an. Der Himmelslord beugte sich auf seinem Stab mit dem Greifenkopf nach vorn und musterte ihn voll Verachtung. Corajidin ignorierte ihn und erhob sich, um sich an den Teshri zu wenden.

»Ich stimme mit Rahn Narseh überein, dass wir die Verteidigung der Stadt selbst in die Hände nehmen müssen«, sagte Corajidin. »Aber haben wir genug Leute? Ich habe meine eigenen Soldaten, ebenso wie Rahn Narseh und alle, die tapfer und mitfühlend genug sind, um heute hier zu sein. Aber gegen das, dem wir uns da stellen müssen … was auch immer es ist?«

»Darf ich sprechen?« Sanojé klang ebenso verloren und unschuldig wie sie mit ihren großen braunen Augen und dem Puppengesicht aussah. »Mein Name ist Pah Chepherundi op Sanojé. Ich bin eine der letzten Töchter des einstigen Hohen Hauses Chepherundi. Wir haben ähnliche Dinge in Tanis gesehen und in den Krisenstädten gegen sie gekämpft. Es handelt sich dabei um Elementardämonen, die viel stärker sind als die Kreatur, die die Menschen vor einigen Tagen in eurer wunderschönen Stadt freigesetzt haben. Sie sind schwer mit einem Bann zu belegen oder zu zerstören. Die Menschen setzen sie ebenso oft ein wie Nomaden, Ghule, Geister und Vampire.«

»Willst du damit sagen, du denkst, die Menschen haben diese Wesen herbeigerufen?«, fragte Corajidin.

»Ja, Rahn Corajidin«, erwiderte Sanojé ernst. »Die Hexen des Goldenen Königreichs von Manté sind in der Hinsicht sehr talentiert … wie Ihr hier erst kürzlich gesehen habt. Ich habe auch von den vielen brutalen Morden in Avānweh gehört, seit die Versammlung begonnen hat. Auch derlei ist in Manté und anderen Teilen des Eisernen Bündnisses wie Angoth und Jiom an der Tagesordnung. Sie glauben an Opfer, an Seelenbindung …«

»Wir wissen nicht, ob es die Menschen waren«, rief Ajomandyan über den Tumult hinweg. »Obwohl sie natürlich bemerkenswert nützliche Bösewichter abgeben, nicht wahr, Rahn Corajidin?«

»Ajo, bitte!«, sagte Padishin. »Jetzt ist nicht der richtige Zeitpunkt. Pah Sanojé, wie gehen wir mit derartigen Erscheinungen um?«

»In letzter Zeit scheint immer zu wenig Zeit zu sein, um sich die Ursache der Dinge anzusehen«, erwiderte der Himmelslord, bevor Sanojé antworten konnte. »Wie es scheint, verbringen wir unsere Zeit damit, die Brände zu löschen, ohne uns darum zu kümmern, wer sie wirklich gelegt hat.«

»Es wird noch genug Zeit sein, um nach den Schuldigen zu suchen, Sayf Ajomandyan.« Narseh brüllte mit ihrer Exerzierplatzstimme beinahe. »Aber der Zeitpunkt ist nicht jetzt, der Ort nicht hier.«

»Schuld?«, sann Corajidin im langsam verhallenden Echo von Narsehs Stimme nach. »Ich könnte Roshana Schuld zuweisen für ihren Versuch, mich während eines Zustands der Waffenruhe töten zu lassen. Aber das tue ich nicht. Ich könnte ihren Leuten Schuld geben für das Massaker, das sie verursacht haben, als sie mir die Möglichkeit versagten, Vahineh zu verhaften. Ravenet von den Delfineh wurde bei der Gelegenheit ermordet. Aber das tue ich nicht. Ich könnte Roshana, Nazarafine und Siamak auch Schuld zusprechen, weil sie sich nicht einmal die Mühe gemacht haben, um zu …«

»Und jetzt ist auch nicht der richtige Zeitpunkt für Eure Effekthascherei, Rahn Corajidin«, unterbrach ihn Padishin kopfschüttelnd. »Es sterben gerade Leute in Avānweh, und das zu einer Jahreszeit, in der gewöhnlich der Frieden gefeiert wird. Ich werde das nicht tolerieren, und das sollte keiner von euch. Wenn Ihr jetzt Pah Sanojé zu Wort kommen lassen würdet? Vielleicht können wir ja noch ein paar Leben retten.«

»Danke, Kanzleimarschall.« Sanojé verneigte sich, und ihre goldenen Ringe und Ketten mit Saphiren und Smaragden glitzerten auf ihrer dunklen Haut. »Unserer Erfahrung nach ist der Einsatz von Waffen bis zu einem gewissen Grad sinnvoll, aber tatsächlich braucht Ihr eine arkane Lösung für ein übernatürliches Problem. Sonst wird der Blutzoll sehr hoch sein.«

»Aber die Sēq«, setzte einer der Sayfs an, wurde jedoch sofort von Kasraman unterbrochen.

»Bei allem Respekt, die Sēq haben bisher wenig getan, um zu helfen.« Kasraman schritt in die Mitte der Arena und blickte von dort selbst den streitlustigsten Sayfs direkt in die Augen. »Seit der Zeit der Gelehrtenkriege haben sie überhaupt wenig getan, außer von vergangenen Ruhmestaten zu zehren, die in den heutigen modernen Zeiten nur wenig Bedeutung für uns haben.«

»Und du kannst es besser, vermute ich?«, fragte Ajo grimmig. In diesem Moment ertönte ein haarsträubendes Kreischen von draußen, gefolgt vom Schlagen großer, lederartiger Flügel. Eine dunkle Gestalt schoss über die Lücken zwischen den hohen Säulen des Tyr-Jahavān. Sie war bestialisch, riesig und in Flammen gehüllt. Beißender Rauch sickerte zwischen den Säulen hindurch. Es roch nach verbranntem Fett. Diejenigen Sayfs, die den Geruch wahrnahmen, wichen mit bleichen Gesichtern und zitternd zurück.

»Ich kann es jedenfalls bestimmt nicht schlechter machen«, sagte Kasraman in die betäubte Stille hinein.

Eine Reihe von Stimmen brach in eine panische Diskussion aus. Ajo versuchte, den Frieden zu wahren, während

Padishin schwer auf einer der kalten, unbequemen Kugeln saß. Der einstige Soldat rieb sich mit einer Hand über das Gesicht, während die andere das Schwert fest umklammert hielt.

Kasraman stellte sich neben Corajidin und Sanojé. Er beugte sich nahe heran, obwohl diese Vorsichtsmaßnahme bei dem Hintergrundlärm eigentlich überflüssig war.

»Vater, wir müssen sie dazu bringen, ihre Entscheidung bald zu treffen. Wenn Nix weiter seine verfluchten Dilemmaboxen öffnet, wartet ein Kampf auf uns, den wir vielleicht nicht gewinnen können.«

»Wie viele von den verdammten Dingern hat er denn?«, fragte Sanojé. »Und wenn ich noch eine Frage stellen darf: Wie ist er an so viele gekommen?«

»Die Maladhi haben einen Teil ihres Vermögens als Händler verdient«, sagte Corajidin, »und vielleicht noch mehr als Abenteurer, die Schätze alter Kulturen gestohlen haben, von denen wir noch nicht einmal gehört haben. Um also deine erste Frage zu beantworten: Ich habe keine Ahnung, wie viele er hat. Allerdings frage ich mich allmählich, was er sonst noch vor dem Rest von uns verborgen hat.«

»Nix mag jetzt dein toller Hund sein, Vater, aber über kurz oder lang muss er unschädlich gemacht werden.«

»Wohl wahr, und zwar rechtzeitig.« Corajidin warf einen Blick über die kreischende und schreiende Versammlung des erschütterten Hochadels. »Aber erst, wenn er seinen Zweck erfüllt hat.«

Dann trat er vor und hob die Hände, um sich Gehör zu verschaffen. In Wahrheit hatte er keine Ahnung, was die Sayfs gesagt hatten, aber ihrer roten Gesichtsfarbe nach hatten sie sich noch nicht einigen können.

»Wir sind nicht alle Freunde, so viel gebe ich zu.« Das rief ebenso viel Gekicher hervor wie Schnauben und Kopfschütteln. »Aber wir stimmen sicherlich alle darin überein, dass wir gemeinsam handeln müssen, um die Einwohner von Avānweh und das Volk von Shrīan zu retten. Niemand kann sagen, wo die Menschen und ihre Mystiker als Nächstes zuschlagen werden.«

Ajo wollte widersprechen, doch Padishin winkte gereizt ab. Der Kanzleimarschall erhob sich. »Was schlagt Ihr vor?«

»Die Avān sind ein stolzes Volk. Ein Kriegervolk, das die halbe Welt erobert hat, bevor die Menschen – die Sterngeborenen, wie sie sich seit Urzeiten nennen – uns verraten haben. Ich sage, wir sollten uns an unsere Stärke, unsere Wurzeln erinnern, bevor wir der Zeit, der Apathie, und – darf ich es aussprechen? – der Furcht gestatten, uns zu regieren.«

»Sprecht Ihr schon wieder von einem Imperium, Corajidin?«, fragte Kiraj, der Wächtermarschall, resigniert. »Glaubt Ihr nicht …«

»Ich spreche nicht von einem Imperium, Wächtermarschall«, unterbrach Corajidin leise, »sondern vielmehr von unseren ältesten Traditionen. Wir waren Eroberer, bevor wir zu Politikern wurden, und Krieger, ehe wir zu Eroberern wurden. Und bevor wir zu Gelehrten wurden, waren wir Hexer.«

»Ihr schlagt nicht ernsthaft vor, dass wir uns um Hilfe an die Hexen wenden, oder?« Ajo sah aus, als würde er gleich in Gelächter ausbrechen, aber der Ausdruck in Corajidins Augen ließ ihn innehalten. »Ihr tut es tatsächlich! Wie tief könnt Ihr eigentlich noch sinken?«

Corajidin sah, wie Kasraman und Sanojé zornig auffuhren, und machte ihnen ein Zeichen, ruhig zu bleiben. Ajo sah die Adligen im Teshri an, dann wieder zu Corajidin. »Es ist kein Geheimnis, dass Ihr Kasraman zum Hexer habt ausbilden lassen, Corajidin.«

Ein paar gemurmelte Ausbrüche folgten, und einer oder zwei Sayfs sprangen sogar überrascht auf die Füße.

Ajo hüstelte in geheuchelter Verlegenheit. »Nun, zumindest kein Geheimnis für alle hier. Ihr kennt das Gesetz, das es einem Hexer untersagt, Rahn zu werden …«

»Ein Gesetz der Sēq!«, rief Corajidin. »Ein Gesetz, das …«

»Ein Gesetz, das entworfen wurde nach den Erfahrungen eines wahnsinnigen Zeitalters, das unter dem Namen ›Gelehrtenkriege‹ in die Geschichte einging.« Ajo sah die beiden Erebus-Männer mit einem Anflug von Mitleid an. »Dem gleichen Krieg, der einer Eurer Ahnen das Leben kostete, Corajidin. Selbst sie hat versucht, es zu beenden! Aber Gesetz ist Gesetz, egal, wer es ins Leben gerufen hat, und dieses Gesetz existiert aus gutem Grund.«

»Und wenn Indris als Rahn Näsarat Erwacht wäre?«, hielt Kasraman dagegen. »Was wäre dann gewesen? Um die Wahrheit zu sagen, der Unterschied zwischen Hexen und Gelehrten ist nicht sonderlich groß. Nur dass ein Hexer für etwas verunglimpft wird, das sich vor Jahrhunderten ereignet hat, während die Leute bequemerweise vergessen haben, dass es ein Mahjirahn war – ein Gelehrter der Sēq – der die Seethe im Meer versenkte und damit das Blütenimperium beendete. Hier wird mit zweierlei Maß gemessen, findet Ihr nicht?«

»Was schlägst du vor?«, fragte Padishin erneut und betrachtete Kasraman mit neu erwachtem Interesse.

»Gebt meinem Sohn und seinen Hexen die Chance zu beweisen, dass sie das für euch tun können, was die Sēq nicht tun werden«, sagte Corajidin einfach. »Wenn er scheitert, sind wir auch nicht schlechter dran, bis auf mich, der ich dann meinen Erben verloren habe. Keiner von euch riskiert auch nur halb so viel wie ich.«

Für eine Weile senkte sich Stille über den Raum, dann redeten alle gleichzeitig. Gruppen kamen zusammen, Hände gestikulierten, und Stimmen hoben sich und wurden wieder leiser. Padishin und Ajo bewegten sich zwischen den Leuten, lauschten, sprachen, gingen weiter.

Nach beinahe zehn Minuten näherten sich Padishin und Ajo Corajidin mit entschlossenen, grimmigen Mienen.

»Wir werden Euch Eure Chance geben«, sagte Padishin. »Aber sollten wir herausfinden, dass Ihr irgendetwas getan habt, um uns in diese Situation zu manövrieren, Corajidin, werdet Ihr bereuen, jemals das Wort ergriffen zu haben.«

»Ihr werdet es nicht bereuen«, sagte Kasraman stolz.

Ajo fixierte Corajidin mit seinem Adlerblick. »Um der Zukunft Eures Hohen Hauses willen solltet Ihr das auch hoffen.«

Corajidin, Kasraman und Sanojé trafen Wolfram, Elonie und Ikedion auf den Stufen außerhalb des Tyr-Jahavān. Die Hexen blickten nachdenklich zum Himmel.

»Ich hoffe, Ihr habt gute Nachrichten, Eure Majestät«, sagte Wolfram. »Denn schon jetzt wird es schwierig werden, die Sache zu beenden, ohne dass wir uns selbst zu heftig verbrennen.«

»Dann werden wir uns eben die Finger verbrennen«, sagte Corajidin scharf. »Aber wie auch immer wir es anstellen, wir werden alles Notwendige tun, damit wir es schaffen. Habe ich mich klar ausgedrückt?«

Die Hexen nickten.

»Dann geht und findet Nix. Bringt ihn dazu, keine weiteren Dilemmaboxen zu öffnen«, sagte Corajidin. »Er hat weit mehr getan, als ich verlangt hatte.«

»Er ist ein verrückter kleiner Bastard.«

»Danke für deine scharfsinnige Beobachtung, Ikedion. Ich würde vorschlagen, du konzentrierst dich auf deine Brüder und siehst zu, dass du sie in Schach hältst. Wenn Hexen die Stadt verwüsten, dann zeig keine Gnade. Ich will keine Überlebenden. Keine Zeugen. Keine Geständnisse. Sorg dafür, dass du genug von deinen menschlichen Brüdern tötest, dass man uns das Drama auch abkauft. Und sorg außerdem dafür, dass es keine Verbindung zum Mahsojhin mehr gibt. Geh keine Risiken ein. Die Zukunft von uns allen hängt davon ab.«

Elonie und Ikedion nickten, dann stiegen sie in den Himmel auf, in den fauchenden Sturm. Bald waren sie außer Sicht, auf dem Weg ins Tal hinter dem Mahsojhin, wo ihre Armee aus den mächtigsten und vielversprechendsten befreiten Hexen saß und auf ihren Einsatz wartete.

»Sanojé, deine Leichname haben begriffen, was zu tun ist?« Corajidin zögerte, die Leichname einzusetzen, obwohl Sanojé ihm versichert hatte, dass sie die beste Verteidigung gegen die Elementardämonen waren.

»Sie wissen, was auf dem Spiel steht, und sie wissen, welche Zukunft Ihr ihnen bietet. Sie werden tun, was verlangt wird, Rahn Corajidin.«

»Dann geh. Aber denk daran, niemand darf jemals erfahren, dass wir Nomaden eingesetzt haben! Wenn es auch nur eine Andeutung gibt, dass sie beteiligt waren, sind wir erledigt. Sollte ein Leichnam getötet werden, muss es so aussehen, als würde er aus Manté stammen.«

Sanojé verneigte sich, und wie die Hexen zuvor erhob sie sich in die Lüfte.

Nur Wolfram und Kasraman blieben zurück. Corajidin blickte die beiden lange an, dann legte er seine Hand auf Kasramans Schulter.

»Dies ist ein weiterer Schritt auf unserer Reise, mein Sohn. Zeig diesen Schwächlingen im Tyr-Jahavān, was es heißt, ein Erebus und ein Hexer zu sein. Gib ihnen ein Beispiel, das sie nicht vergessen werden, bis die Zeit kommt, in der du sie alle regieren wirst.«

Kapitel 25

»Ein Herz, das die Freuden wahrer Liebe kennengelernt hat, wird niemals vergessen. Auch wenn eine Tragödie daraus erwächst.«
Aus den Maximen der Nilvedic

358. Tag im 495. Jahr der Shrīanischen Föderation

»Anj?«

Indris fühlte, wie sich seine Brust zusammenzog, und alles Blut schien aus seinem Gesicht zu weichen. Plötzlich war sein Mund trocken. Er wollte sprechen, aber in dem Chaos seines panischen, freudigen, verwirrten, verletzten und verblüfften Geists bildeten sich keine Worte.

»Ich bin es.« Sie streckte vorsichtig die Hand aus, um seine Wange zu berühren.

Er zuckte unwillkürlich zurück und bemerkte den verletzten Ausdruck in ihren Saphiraugen, in denen das Weiße nicht zu sehen war.

»Ich bin es wirklich, Indris.«

»Aber … wie ist das möglich?« Eine Hexe flog heulend über ihre Köpfe hinweg. Ein langer Kometenschweif zog sich hinter ihrer fratzenhaften Erscheinung her, dann landete sie mit dem Gesicht voran ganz in der Nähe und blieb reglos liegen.

»Das ist eine sehr lange Geschichte, und ich bezweifle, dass ich die Zeit habe, sie dir jetzt und hier zu erzählen. Aber ich habe dich vermisst, mein Held«, sagte Anj atemlos, und ihr

Blick wanderte zwischen seinen Augen und Gestaltwandlerin hin und her, als könnte das Schwert jeden Moment von selbst aus seiner Umhüllung fahren und sie schlagen.

Indris streckte die Hand aus, um den Schmutz auf Anjs Wange wegzuwischen. Dann bemerkte er, dass er stattdessen mit dem Daumen ihre Lippen, dann die Konturen ihres Kiefers entlangfuhr. Und doch war da etwas Seltsames, ein Gefühl von atmosphärischer Aufladung. Bildete er sich das nur ein, oder fühlte sich seine Haut leicht ölig an, wenn sie ihm so nahe war? Er starrte sie an, versuchte, hinter den leicht verschwommenen Umriss ihres Gesichts zu sehen, um ihre Disentropische Färbung zu ergründen. Gestaltwandlerin jammerte verunsichert und sandte Sorgenschauer durch Indris' Geist.

Die Zeit hatte sie verändert. Es war jetzt mehr als sieben Jahre her … Sie war schon immer schlank gewesen, doch nun war sie dünn wie ein Bambusrohr. Ihr Haar in all seiner Pracht erinnerte ihn noch immer an einen Sturm, doch es wirkte noch wilder als in seiner Erinnerung. Er bemerkte eine Narbe im Winkel eines ihrer glänzenden Saphiraugen, eine blasse Linie, die sich bis zu ihrem Haaransatz und ihr langes, spitz zulaufendes Ohr entlangzog. Sie trug eine Rüstung der Sēq, aber sein Blick blieb für einen Moment auf ihrem Schwert haften: Es war wie eine Waffe der Seethe geformt, schmal und gerade, in einer jadefarbenen *Serill*-Hülle. Sein Knauf war ungewöhnlich: ein Oktopus aus Onyx, dessen Tentakel sich um das obere Ende des Hefts wanden. Indris verspürte ein Frösteln, als er die Waffe ansah. Als dürfte er seinen Augen nicht trauen.

Sie blickte ihn erwartungsvoll an, dann runzelte sie besorgt die Stirn. Indris zwang sich zu einem Lächeln und nahm sie in die Arme, wo sie sich entspannte. Anj roch nach Leder und dem schwachen Holzkohleduft von kürzlich eingesetztem *Ahm*.

»Ich habe nach dir gesucht …«

»Und ich nach dir«, schnitt sie ihm das Wort ab, ließ ihn jedoch nicht los. Anj lehnte sich ein wenig zurück, um ihm in die Augen sehen zu können. »Aber das ist jetzt nicht wichtig. Wir sind hier, zusammen.«

Zusammen. Anj. *Mari.* Mari, deren Duft er noch immer riechen konnte, wenn er die Augen schloss. Aloe und Honig, nicht der Geruch nach verbrannter Disentropie. Die gleiche Mari, mit der er den ganzen Tag lang seine Freunde verteidigt und Vahineh beschützt hatte. Aber … das hier war Anj.

»Es wird Zeit!«, brüllte ein Sēqmeister. »Ritter nach vorn, flankiert eure Meister. Bibliothekare, bleibt hinten und konzentriert euch auf eure Schutzzauber! Erlaubt euch keine Fehler! Jetzt geht!«

Rund um sie stürzten sich die Sēq, die als Reserve gewartet hatten, in den Kampf.

»Anj …« *Ich glaube, ich habe mich in eine andere verliebt.*

Aber sie legte ihm den Finger auf die Lippen. »Wir werden später genug Zeit haben, um zu reden. Jetzt wartet Arbeit auf uns.«

Indris sah, wie Feuer hinter seiner lange vermissten Frau aufloderte. Ein Hexer in der Erscheinung eines brennenden Kadavers griff sie an. Das *Ahmsah* sagte ihm, dass die Erscheinung eine Illusion war, und zeigte ihm die Gestalt des beleibten Hexers, die sich darunter verbarg. Indris schleuderte einen schnellen Abwehrzauber in Richtung des Hexers und stürzte vor. Er packte den Mann an Handgelenk und Oberarm, wirbelte herum und schleuderte ihn mit dem Kopf voran in eine Steinmauer. Die Erscheinung erzitterte leicht, dann verschwand sie ganz, als der Hexer bewusstlos zu Boden sank.

»Danke, mein Mann«, grinste sie. Und damit wandte sie sich ab und warf sich wieder in die Schlacht. Das Knarzen und Klirren von Leder und Metall ertönte, als sich eine dunkle Gestalt mit lautem Donnerschlag vom Himmel zu ihm herabstürzte. Die gesamte Gestalt wurde von Blitzen umzuckt. Dann stand Indris der Sturmbringerin gegenüber, deren Miene schon Warnung genug war.

»Du kannst später Fragen stellen und dumm durch die Gegend starren, Junge!« Die Sturmbringerin umklammerte ihren von Blitzen erhellten Speer mit den Händen, die in Panzerhandschuhen steckten. Lichtblitze umflackerten den Speer und tanzten an ihrem schuppenbewehrten Handschuh hinauf. Ihre Rüstung war verbeult, und einige der Schuppen waren beinahe geschmolzen, andere rauchten im aufblitzenden Licht der Schlacht. Sie holte aus und warf ihren Schleuderblitz auf einen riesigen gehäuteten Wolf mit feuerspeienden Augen. Die Erscheinung schrie kurz und sehr unwölfisch auf, dann stürzte sie als alter Mann in roter Robe zu Boden. Eine Seite seines Kopfs war versengt und schwelte. Der Schleuderblitz flog zurück in die Hände der Sturmbringerin.

»Ich weiß nicht, wie oder warum, aber sie ist hier.« Die Sturmbringerin spuckte in den Staub, dann warf sie einen finsteren Blick zu Anj hinüber, die gemeinsam mit anderen Sēq gegen die Hexen kämpfte. Die Luft roch nach verbrannter Erde. Der Kampflärm war so gewaltig, dass er auf Indris' Haut vibrierte. »Es lässt sich nicht leugnen, dass wir ihre Hilfe gut brauchen können … und dass sie es war, die uns gewarnt hat, was hier passieren würde.«

»Woher hat sie es gewusst?«

»Das werden wir sie fragen – unter anderem. Aber sie hat recht: Wenn wir nicht überleben, ist das irrelevant. Und ich habe da noch ein paar *faruqe* Fragen, die ich diesem kleinen *Sherde* von Zadjinn stellen werde. Der hinterhältige Mistkerl ist hier plötzlich in aller verfluchter Seelenruhe mit deinem Frauchen im Schlepptau aufgetaucht.«

Zadjinn? Anj? Was, im Namen der Vorfahren, ging hier vor sich?

Die von den kämpfenden *Ilhennim* aufgewandten Energien zerrissen die Nacht. Indris setzte sein *Ahmsah* ein. Das Mahsojhin und seine Umgebung war von schwarzen Sternen gesprenkelt, Löcher im *Ahm*, die das Licht verschlangen. Es war bereits so viel Energie in der Umgebung verbraucht worden, dass nur noch wenig übrig war.

Ein Mechanismus, der sich an einem Portal befand, das sich wohl zur ehemaligen Herzenshalle öffnete, zog riesige Mengen an Energie ab. Mit seinem arkanen Blick konnte er erkennen, dass das Ding – was immer es war – wie die wirbelnden Zylinder eines komplexen Schließmechanismus wirkte, durchsetzt von rotierenden Zahnrädern und leuchtenden Bildzeichen. Sie alle kreisten um einen schattenhaften Strudel. Die Apparatur versorgte den Spalt mit Energie, aus dem die Hexen in die Welt strömten. Es zog aber auch Unmengen Energie an und befreite noch mehr Hexen, die sogar noch mehr Disentropie anzogen. Wenn es genug Energie abziehen konnte, würde das arkane Siegel, das die Sēq Jahrhunderte zuvor angebracht hatten, von selbst zerbröckeln. Das verbrauchte *Ahm* trieb bereits wie Vulkanasche durch die Luft und wirbelte um Geysire in einer abstoßend gelbgrünen Farbe, die nur teilweise zu sehen oder zu fühlen war. Gleichzeitig strömte mehr und mehr verdorbene Energie aus der Ödnis in die Welt. Er fühlte, wie die Strömungen des *Ahm* an ihm zerrten, um sich mit der Energie zu versorgen, die sein Körper produzierte. Mit irritiertem Stirnrunzeln verhärtete Indris seine Disentropische Färbung und verwandelte sie in einen unerbittlichen Felsen in der Strömung.

»Ihr setzt zu viel Energie ein!«, schrie Indris über den Lärm hinweg. »Ihr werdet genauso viel von Euren Leuten umbringen wie Gegner, wenn Ihr damit weitermacht.«

»Welche Wahl habe ich denn?«, brüllte die Sturmbringerin zurück. »Sollen wir sie ziehen lassen, um dann später gegen sie zu kämpfen, wenn sie noch stärker geworden sind? Hast du gewusst, dass sich in der Stadt irgendein Bastard herumtreibt, der Elementardämonen freisetzt? Wir mussten ein paar von ihnen töten. Es waren ekelhafte und schwachsinnige Dinger, die durch die lange Gefangenschaft in den Wahnsinn getrieben worden waren. Im Namen jedes bösartigen Ahnen, der jemals gestorben ist …«

Indris erinnerte sich an das Maladhi-sûk und die Überreste alter Rätselboxen. »Das war Nix von den Maladhi. Er hat gebrauchte Dilemmaboxen gesammelt, und jetzt weiß ich auch, warum. Er hat mit ihnen geübt.«

»Und du hast keinen Anlass gesehen, mir das zu sagen?« Blitze flammten entlang ihres Speers auf. Sie waren so grell, dass Indris die Augen zusammenkneifen musste. Gestaltwandlerin knurrte die andere Waffe an, die zur Antwort knisterte und dröhnte. Indris öffnete den Mund, um zu antworten, doch Sturmbringerin schüttelte nur langsam den Kopf. Er verstand die Warnung.

»Wo du nun schon hier bist …«, begann sie.

»Ihr habt mich hierhergezerrt, und …«

»… kannst du dich genauso gut nützlich machen, Junge.« Sie trat zur Seite und rief erneut Blitze herab, die sie in sprühendes Licht tauchten, bevor sie sie auf ihre Gegner schleuderte.

Indris warf einen kritischen Blick auf die Schlacht. Die Sēq waren zahlenmäßig unterlegen, aber nicht, was ihre Macht betraf. Die Hexen klammerten sich standhaft an ihre Individualität und kämpften nur selten in Gruppen; eigentlich überhaupt nur dann, wenn sie von den Verherrlichten Namen der Sēq überwältigt zu werden drohten.

Die Gelehrten kämpften mit all ihren Kräften. Indris

bemerkte auf einmal, dass er unwillkürlich ein paar Schritte nach vorn getreten war, die Hand um Gestaltwandlerins Griff geklammert. Hastig hielt er inne. Da waren Stimmen in seinem Kopf, glitschige Worte, die sich durch seinen Geist schlängelten und ihn drängten, seine Zurückhaltung aufzugeben. Es war ein Sirenengesang, der schmeichelte und verführte und die Freude der Vereinigung mit der Seele der Welt versprach. Das Gefühl von majestätischer Macht in seinen Gliedern. Sein Geist verwandelte sich in ein Leuchtfeuer, das heiß genug brannte, um mit der Sonne zu konkurrieren und Berge mit einem einzigen Gedanken zu Schlacke zu schmelzen. Er konzentrierte sich, um Inseln in den Ozeanen zu schaffen und Grenzen zum Meer zu errichten durch die Berührung seines …

Indris taumelte, und seine Hände fuhren zu seinem Kopf. Gestaltwandlerin ließ Energie in ihn strömen und entzündete die Potenziale in seinem Geist, so suchterzeugend wie schwarze Lotussamen. Er sammelte sich hinter seiner Inneren Feste und fühlte, wie sich der Schlag seiner Herzen verlangsamte und die Versuchung verblasste.

»Hör auf damit«, sagte er gereizt zu Gestaltwandlerin, die noch immer versuchte, ihn mit sauberer, warmer Energie zu füllen. Diese Energie konnte Feuer entfachen, die ganze Welten zu zerstören vermochte. In seinen Träumen hatte er es gesehen. Als er beinahe Erwacht war, hatte er es gefühlt, und nun fürchtete er es mehr denn je.

Wieder streiften Wortfragmente singend über die äußeren Schichten seines Geists und versuchten ihn zu überreden, seine Selbstkontrolle aufzugeben. Indris schüttelte den Kopf, um ihn wieder klar zu bekommen, dann verstärkte er seinen Geist mit zusätzlichen Barrieren und Scheinpfaden, um jeden zu verwirren, der einzudringen versuchte. Aber irgendetwas mit sehr düsteren Zielen drängte die Mystiker dazu, sich völlig zu verausgaben. Es geschah überall um ihn herum: Sowohl die Gelehrten als auch die Hexen setzten noch mehr von ihren Lebensenergien ein, um ihre tödlichen Gesänge anzustimmen. Ein Sēqritter neben ihm hielt plötzlich mitten im Gesang inne. Das Feuer unter der Haut des Ritters flackerte schwach und erlosch, als er bewusstlos in den Schmutz sank. Ein Hexer näherte sich Indris. Seine Gibbonerscheinung mit dem Geierkopf flackerte und erlosch dann, um einen jungen blonden Mann mit verwirrter Miene zu enthüllen. Er sah auf die Sense in seinen Händen hinab, als würde er sich fragen, was sie dort machte. Ein Sēqritter köpfte ihn, trat ein paar Schritte zurück und übergab sich dann. Eine Hexe in der Gestalt eines Skorpions stach mit Scheren und Schwanz auf einen Sēq ein. Indris zog seine Sturmpistole und erschoss die Hexe. Er musste die blutige Masse des Gelehrten nicht näher untersuchen, um zu wissen, dass auch er tot war.

Aber es hörte nicht auf, selbst als die Mystiker vom Himmel zu fallen begannen wie Funkenhagel. Einige taumelten, als wären sie betrunken. Andere Mystiker wirkten gealtert. Ein paar humpelten, andere starrten mit weißem, blindem Blick um sich. Die Bewusstlosen wurden von Krämpfen geschüttelt, während Geistesstürme sie erfassten.

Indris machte einigen in der Nähe stehenden Sēqrittern ein Zeichen, zu ihm zu kommen. Sie atmeten schwer und waren voller Schweiß und Blut, aber nicht ernsthaft verwundet. Er machte eine Geste mit den Armen, um die vielen unterschiedlichen Kämpfe zu erfassen, die in, um und über dem Mahsojhin stattfanden. »Seid vorsichtig! Irgendetwas will uns dazu bringen, zu viel Energie einzusetzen. Erinnert euch an euer körperliches Training und setzt das zuerst ein. Und jetzt kommt mit. Wir werden den Riss wieder schließen!«

Mit Gestaltwandlerin in einer Hand und der Sturmpistole in der anderen machten sich Indris und seine kleine Gruppe Ritter auf den Weg zu der gähnenden Türöffnung der Herzenshalle. Eine ganze Reihe von Hexen in ihren unterschiedlichen Erscheinungen bewachte den Riss und half ihren Brüdern, als diese ohne jede Orientierung heraustraten. Aber diejenigen Hexen, die versuchten, Indris und seine Sēq aufzuhalten, taumelten bereits, weil sie sich verausgabt hatten. Im Gegensatz zu Indris, der sein Bestes versuchte, um niemanden zu töten, hatten die Sēq in seiner Begleitung keine derartigen Bedenken. Einer der Sēqritter setzte das *Ahmsah* ein, um eine knisternde Wolke aus Fraktalen in Richtung der Hexen zu schicken. Dann tat er es erneut, und dann wieder, obwohl Indris ihm zubrüllte, er solle aufhören. Die Augen des Ritters leuchteten fiebrig, und seine Lippen waren zu einem idiotischen Grinsen verzerrt; offenbar hatte er einen *Ahm*-Schlag erlitten. Als der Ritter immer weiter versuchte, noch mehr von seiner vitalen Energie einzusetzen, schlüpfte Indris hinter ihn. Er nahm den Ritter in den Würgegriff. Dessen Widerstand war so schwach wie der eines Kindes. Als der Mann das Bewusstsein verlor, ließ Indris ihn vorsichtig zu Boden gleiten. Selbst hinter den Mauern seiner Inneren Feste war die Versuchung, all seine mystischen Energien freizusetzen, beinahe überwältigend.

Anj tauchte inmitten des Massakers auf und ergriff seinen Arm. »Nicht! Es sind zu viele, selbst für dich.«

»Aber nicht für uns.« Er zuckte zusammen, als er bemerkte, wie leicht ihm die Worte über die Lippen gekommen waren. Als wären sie nie getrennt gewesen. Alte Scherze und Zitate wurden dahin zurückgedrängt, wohin sie gehörten. In eine Welt, in der Anj kein Rätsel aus Fleisch und Blut war, umgeben von schmerzhaften Fragen und schrecklichen Vermutungen. Aber es wäre so leicht zu vergessen …

»Es ist zu gefährlich für uns alle, mein wunderschöner Ehemann.« Sie zog an seinem Arm, während Gestaltwandlerin gleichzeitig versuchte, ihn wieder in die Richtung zu zerren, in die er sich ursprünglich gewandt hatte. »Wir brauchen dich im Kampf.«

»Aber was ist, wenn ich hier etwas tun kann, das die Sache viel schneller und mit weniger Verlusten beendet?«

»Kämpf mit mir zusammen, so wie früher.«

»Es geht weniger um die Leben, die wir nehmen, sondern mehr um die, die wir retten.«

Anj lächelte traurig, als sie ihm einen Schlag auf die Wange verabreichte, der zu fest war, um spielerisch gemeint zu sein. Aus dem Augenwinkel sah es aus, als würden sich die Tentakel des Tintenfischs auf dem Knauf ihres Schwerts im Dämmerlicht unauffällig krümmen. »Mach, was du willst, ich jedenfalls habe noch anderes zu tun. Sieh zu, dass du mit heiler Haut hier herauskommst, mein Ehemann.«

Du auch, meine Frau, hätte er beinahe gesagt, doch die Worte wurden durch ein kurzes Kopfnicken ersetzt, dann wandte er sich unbeholfen ab. Seine Gedanken wanderten zu Mari, die mittlerweile weit weg sein sollte von Avānweh. Zu den Freunden, die bei ihr waren, wo auch er gern gewesen wäre.

Indris schüttelte diese Gedanken ab und bewegte sich vorwärts. Dann betraten er und seine Sēq die Herzenshalle. Druck baute sich in seinem Kopf auf, wurde zu einem zielgerichteten Schmerz auf einer Blase, die hinter seiner Stirn anschwoll. Worte sickerten in sein Gehirn, das Murmeln der Gedanken um ihn herum, das sich in den ohrenbetäubenden Lärm der Schlacht mischte. Es war, als könnte er all die Ängste und das Bedauern fühlen, Zorn und Hass und Leid derjenigen, die ihn umgaben. Gestaltwandlerin schnurrte beinahe, als könnte auch sie das Ansteigen der Macht in Indris fühlen, die er nicht zu kontrollieren imstande war. Und irgendwie war sie erfreut darüber.

Die Erscheinungen der Hexen waren so gut wie verschwunden. Verwirrt und erschöpft starrten sie Indris noch für einen Moment an, dann schienen sie durch etwas versteinert zu werden, das nur sie hören oder sehen konnten. Indris stürzte mitten durch sie hindurch, während die Ritter sie in einen Kampf verwickelten. Mit einem Seufzer der Erleichterung blieb er neben einer kunstvollen Apparatur stehen, einem Gestell in Form einer Stufenpyramide mit vielen Linsen, Rädern, die sich bewegten, und einem reglosen Pendel. Es war nicht so groß, wie er erwartet hätte – es reichte ihm bis zur Hüfte, und das auch nur wegen des Dreifußes, auf dem es stand. Aus der Entfernung hatte es größer gewirkt, da es von einer Korona aus Energie umgeben war. Hier, in unmittelbarer Nähe, fühlte Indris ein Ziehen an seiner Disentropischen Färbung, als würde der Mechanismus versuchen, seine Energie abzuschöpfen. Er untersuchte das Artefakt, um herauszufinden, wie er es deaktivieren könnte, fand jedoch nichts.

Eine Hexe in roter Robe schritt durch einen Falz in der Luft. Indris schlug ihr mit seiner Sturmpistole gegen die Schläfe, und sie fiel bewusstlos zu Boden.

Bedrängt von dem Gefühl, beobachtet zu werden, wandte sich Indris um und erblickte Anj, die nicht weit entfernt von ihm kämpfte. Sie schlug links und rechts Hexen zu Boden und trieb die anderen Sēq an. Ihr Blick ruhte auf ihm, dann auf der Apparatur. Warnend schüttelte sie den Kopf.

Da er keine bessere Idee hatte und unter Zeitdruck stand, wandte sich Indris um und kickte den Mechanismus um.

Der Lichtstrahl, der die Wolken über ihnen durchbohrt hatte, verschwand. Der flatternde Riss zwischen Hier, Jetzt und Dann verschwand. *Das war einfacher als erwartet.*

Er nahm den Mechanismus auf und bewegte sich auf den Ausgang zu. Außerhalb der Herzenshalle, auf der anderen Seite des Forums, sah er Femensetri und einige der Verherrlichten Namen. Sie hatten sich auf einem baufälligen Aussichtsturm postiert, der aussah, als wäre er ebenso sehr aus Humus und Rost wie aus Marmor und Eisen. Er sammelte seine Sēqritter auf dem Weg nach draußen wieder ein; zwei von ihnen mussten von ihren Freunden getragen werden.

Ohne zu überlegen, streckte Indris die Hand aus und hob den Sēq auf, den er bewusstlos gemacht hatte. Seine Kameraden sahen ihn mit verblüfftem, vom *Ahm* berauschten Blick an, sagten jedoch nichts.

Die übrigen Sēq waren rund um den alten Aussichtsturm versammelt, dessen Grünspankuppel stark beschädigt war. Der Stein war in sich zusammengebrochen, und die Eisenbeschläge, die als Stütze dienen sollten, waren verrostet. Der Boden um den Turm war mit umgestürzten Säulen übersät, mit herabgefallenen Steinen und Toten. Die Luft stank nach Blut, verbrannter Haut und versengten Haaren, vermischt mit dem Geruch nach verrottenden Blumen und Mulch. Einige der Verherrlichten Namen blieben. Andere waren losgezogen, um der Stadt zu helfen. Erbärmlich wenige Sēqmeister und Ritter blieben, und sie waren hohläugig und schweratmig wie altersschwache Blasebälge.

Die meisten waren zu erschöpft, um zu kämpfen. Der Himmel war leer, bis auf die besonders mächtigen Hexen und Gelehrten, und selbst diese schwebten langsam zu Boden. Die meisten Leute um Indris sahen aus, als wären sie kurz vor dem Zusammenbruch, weil sie sich vollständig verausgabt hatten. Das *Ahm* im Mahsojhin war beinahe verbraucht – nur ein unbeständiges Plätschern aus lauer Energie berührte seine Disentropische Färbung.

Indris setzte den Mechanismus vorsichtig zu Boden, doch

im selben Moment nahm er aus dem Augenwinkel hektische Bewegung wahr. Es war Anj, die kämpfte wie ein Derwisch. Ihr Schwert leuchtete grüner als Hexenfeuer, während es summte und schnitt. Als sie zuschlug, erloschen die Erscheinungen der Hexen wie Kerzenflammen.

Ein stark gebauter junger Mann in zerrissener roter Robe schlug Anj mit seiner schweren Keule auf die Schulter. Indris hörte das Knacken, als die Waffe auftraf. Er sah den Schmerz in Anjs Gesicht, zielte mit der Pistole und schoss.

Nichts. Er hatte keine Munition mehr.

Ohne nachzudenken, rannte er vorwärts, weg von dem Aussichtsturm und zu seiner Frau. Als Anj wieder auf die Füße kam, hob der Hexer die Keule erneut. Ihr Schwert war ein pfeifender, funkelnder Bogen in den Schatten. Eine zweite Hexe kam näher. Dann eine dritte, vierte, fünfte. Anj parierte auf einem Knie und schlug dann zu. Ihr linker Arm war fest gegen die kaputte Rüstung an ihrer Brust gepresst.

Indris schlitzte eine der Hexen von der Schulter bis zur Hüfte auf. Dann drehte er sich auf einem Fuß und schlug erneut zu, durchschnitt die Kehle einer anderen. Als er sich wieder umgewandt hatte, holte Anj gerade zum Schlag gegen den letzten Hexer aus, der zu Boden sackte.

Indris bot Anj seine Schulter an, damit sie sich darauf stützen konnte. Sie küsste ihn, berührte mit ihren Lippen federleicht die Stelle, wo sein Ohrläppchen auf den Kiefer traf.

»Du bist so gut zu mir«, murmelte sie. Ihre Stimme war benommen vor Schmerz, aber sie trug ihr eigenes Gewicht und stützte sich nur auf ihn, wenn es über Unebenheiten ging. Das *Amenesqa* mit dem beunruhigenden Oktopusknauf hielt sie mit einer Hand umklammert, mit der anderen hielt sie Indris'. Indris blickte hinab auf die Hand und sah auf die vertraute Geste, während widerstreitende Gefühle in seiner Brust kämpften.

Die erschöpften Hexen und die Sēq starrten sich über das Schlachtfeld hinweg an, unfähig weiterzukämpfen. Jede Fraktion hatte schwere Verluste erlitten, und die Überlebenden lehnten sich auf ihre Waffen oder stützten sich gegenseitig. Es kostete Indris viel zu wenig Zeit, die überlebenden Gelehrten zu zählen.

»Das war wie in der ersten Nacht der Gelehrtenkriege«, sagte Femensetri, als sie neben Indris trat. Ihre Stimme war sogar noch rauer als ihr gewohntes Krächzen. »Wir haben so lange gegeneinander gekämpft, bis wir kaum noch stehen konnten. Wir hatten fast keine Energie mehr übrig.«

»Und warum wurde es dann noch schlimmer?«, fragte Indris ruhig.

Femensetri kratzte ein wenig getrocknetes Blut von ihrem Schleuderblitz. Sie inspizierte ihren Finger aus unterschiedlichen Blickwinkeln, als könnten die rostfarbenen Flocken ihr irgendeinen Aufschluss über die Mysterien des Lebens geben. Mit einem Grunzen schnippte sie sie in die Brise.

»Warum wurde es dann noch schlimmer?«, sann sie abwesend. Als sie schließlich wieder sprach, schwang in ihrer Stimme etwas mit, das sich beinahe wie Scham anhörte. »Wir wollten beide an die Macht und die Krone in unseren gierigen Händen halten. Darum. Es ist erstaunlich, was alles passieren kann, wenn Macht der Lohn ist.«

»Dann hat sich offenbar nicht viel verändert.«

Indris hatte sich auf eine Couch gefläzt, und Gestaltwandlerin schnurrte beinahe in seinem Schoß. Die Kammern des Suretkonzils in Avānweh waren so ziemlich der letzte Ort, an dem er sein wollte, aber er hatte kaum eine Wahl gehabt. Die Verherrlichten Namen hatten die Apparatur, die sie den

Emphismechanismus nannten, an sich genommen und ihn und Anj hierhergebracht.

Hoch aufragende, natürliche Kalksteinsäulen umgaben den Raum, in die die ernsten Gesichter der Sēqmeister und Magnaten der Vergangenheit gemeißelt waren. Femensetris Ebenbild musste ebenfalls darunter sein; es war in der Zeit des Erwachten Imperiums gestaltet worden. *Ilhen*-Lampen erleuchteten die einzelnen Säulen, helle Strahlen aus Elfenbein, die sich in der zerklüfteten Dunkelheit der Höhlendecke verloren. Die Wände waren ein Wechselspiel aus rauem Stein und glatt polierten Flächen, ein Mosaik aus Natur gegenüber Kunsthandwerk. Der Raum war in ein jadefarbenes Licht getaucht, das sich auf den leuchtenden und unterschiedlich gestalteten Biegungen der Stäbe widerspiegelte, die die Meister in Händen hielten.

Anj stand in der Mitte an einem steinernen Tisch, der die Kammer beherrschte. Sie zuckte zusammen, als sie das Gewicht verlagerte; ihre Schulter war gerade verheilt, aber immer noch empfindlich. Die Meister saßen in ihren hochlehnigen Stühlen an der Wölbung des Tischs, der wie ein Gelehrtenstab geschwungen war. Die hochrangigen Sēqritter und Inquisitoren dagegen – diejenigen, die in der Lage waren teilzunehmen – saßen entlang der geraden Tischkante. Sie hatten einen Stuhl für Indris hinzugestellt, den er jedoch höflich abgelehnt hatte.

Zadjinn lächelte Indris förmlich an und nickte zum Gruß mit dem Kopf. Als sein Blick auf Anj fiel, lag keinerlei Überraschung oder Abscheu darin wie bei den anderen. Nein, Zadjinn hatte erwartet, Anj hier zu sehen.

»Ich habe den Orden nicht verlassen, *Sahai* Femensetri.«

»Ich bin nicht mehr deine Lehrerin, Mädchen!« Femensetri blickte Anj über ihre langen und schmutzigen, ineinander verschränkten Finger hinweg an. »Du wirst mich ebenso anreden wie jeden anderen der anwesenden Meister auch und nicht davon ausgehen, dass da irgendeine Art von Zuneigung ist, die ich gewiss nicht fühle.«

»Wie Ihr wünscht.« Höflich neigte Anj den Kopf. »Ich habe den Orden nicht verlassen, *Jhah* Femensetri. Ich wurde von einer Sekte innerhalb der Sēq mit einer Mission betraut; sie verstanden mein Verlangen, meinen Ehemann zurückzubringen, nachdem er vom Orden aufgegeben worden war.«

»Pass auf, was du sagst, Mädchen«, sagte Er-Der-Sieht. Seine Augen waren so klar wie erleuchtetes Glas. Die flinken Finger des Mannes spielten mit dem grau gewordenen Saum des *Taloubs,* den er um den Kopf geschlungen trug. »Und denk daran, dass du für die Konsequenzen sowohl deiner Worte als auch deiner Handlungen verantwortlich bist. Falschheit werden wir nicht tolerieren.«

Zwei der Inquisitoren legten ihre Hände mit kalten Mienen auf ihre *Dauls,* als wäre Anj nichts weiter als eine Rätselbox, die es zu öffnen galt.

»Dessen bin ich mir bewusst«, sagte Anj fest, »aber das ändert nichts an meiner Erklärung, warum ich getan habe, was ich tat. Ich wurde losgeschickt, um Indris' Pfad zu folgen. Zufällig stimmten diese Befehle sehr mit meinen eigenen Bedürfnissen überein. Auf keinen Fall hätte ich das abgelehnt, und diejenigen, die an mich herangetreten waren, wussten das sehr wohl.«

Indris beugte sich vor, beinahe zur selben Zeit wie Femensetri. Er konnte Femensetris Stimme in seinem Kopf so deutlich hören, als würde sie tatsächlich laut sprechen. Ihre innere Stimme entsprach ihrer Miene, und Indris hatte das Gefühl, er sollte seiner *Sahai* Abbitte leisten. *Du hast es nicht gewusst! All die Jahre hast du Anj gegrollt, und dabei war sie die ganze Zeit über treu geblieben.* Auch Zadjinn verriet sich. Er lehnte sich in seinem Stuhl zurück, und seine Miene war zu ruhig, um natürlich zu sein. Da war nicht die Spur von Überraschung. *Du dagegen hast es nur zu gut gewusst.*

»Klär uns bitte auf, Anj-el-din shel Näsarat«, sagte Aumh mit einer Stimme, die so zart war wie ihr Körper – ein krasser Widerspruch zu ihrem Geist und ihrer Stärke. Ein winziger blauer Schmetterling ruhte auf einer der Blumen, die im grünbraunen Haar der Y'arrow-Frau wuchsen. Indris verzog das Gesicht, als er Anjs vollen Namen hörte und wieder Schuldgefühle in sich aufsteigen spürte, weil er die Suche nach ihr aufgegeben hatte. Zwei Jahre lang hatte er nach seiner vermissten Frau gesucht, nachdem er mehr als fünf von zu Hause weg gewesen war. Jedermann hatte ihm versichert, dass sie tot oder so weit fortgegangen war, dass sie ziemlich sicher nicht zurückkehren würde. Selbst diejenigen, die die Wahrheit gekannt hatten und sie ihm hätten verraten können …

»Wer waren diese mysteriösen Gönner, die eine so elegante Methode gefunden haben, um zur rechten Zeit sowohl deinen Interessen als auch denen deines Mannes und des Gelehrtenordens der Sēq zu dienen?«

Anj schwieg für ein paar Sekunden, bevor sie laut und fest sagte: »Ich bin nicht in der Lage, Euch diese Frage zu beantworten, *Jhah*.«

»Du bist nicht in der Lage, oder du willst nicht?«

»Spielt das eine Rolle?«

»Ja, das tut es!«, brüllte Femensetri. Lichtblitze knisterten zwischen ihren Fingern, und ihr Seelenstein leuchtete in zornigem Schwarz. Indris fuhr leicht zusammen. »Das ist kein verfluchtes Spiel, Mädchen, und du solltest nicht so selbstzufrieden sein! Da ist etwas … Seltsames an dir. Irgendetwas stimmt nicht mit dir, mit der ganzen Sache. Ganz egal, wie deine Befehle lauteten, du hast eine Geschichte zu erzählen, und wir wollen sie hören. Dann werden wir sehen, was du wirklich nicht kannst und was du nicht willst.«

Anjs Gesicht verzerrte sich zu einem Zähnefletschen, das sie rasch wieder unterdrückte. Femensetri und der Wassertänzer sahen sie mit erhobenen Augenbrauen an, und Er-Der-Sieht klopfte sich mit dem Zeigefinger gegen das Kinn.

»Soso«, murmelte er, »Teile deiner Maske fallen ab, und was ich darunter sehe, ist dunkel und kalt. Es gehört zu etwas, das sich im tiefsten Winkel der Welt zusammengerollt hat und das wir mit einem Bann belegt haben. Der Zweck, mein Kind, heiligt nicht immer die Mittel.«

»Ich habe getan, was …«, setzte Anj an, wurde jedoch von Zadjinn unterbrochen. Dem Erebus.

»Es gibt keinen Grund zur Furcht, Anj-el-din«, erklärte Zadjinn höflich. »Wenn du getan hast, was man von dir verlangt hat.«

»Oh, das habe ich, *Jhah*.«

Indris versuchte, sich zu entspannen, und ließ die Blase, die in seinem Geist anschwoll, platzen. Stimmen schlugen an sein Bewusstsein wie träge kleine Wellen, durchsetzt mit dem Treibgut und Ballast von Gedanken. Er versuchte sie aufzusammeln, aber sie wirkten und klangen so ähnlich; es war unmöglich festzustellen, wo ihre Reise jeweils begonnen hatte.

Er ließ zu, dass die gesprochenen Worte im Raum davontrieben, konzentrierte sich auf seine Atmung und eliminierte nach und nach die Geräusche. Erst die Stimmen, dann den gleichförmigen Laut des Wassers, das an den Kalksteinsäulen heruntertröpfelte. Das Knarzen, wenn sich Leute in ihren Stühlen bewegten. Das schwache Knistern der Luft, wenn es mit dem Hexenfeuer auf den Gelehrtenstäben in Berührung kam. Gestaltwandlerins zufriedenes Schnurren.

Das Schlagen seiner eigenen Herzen und dann, schließlich, das Geräusch seines eigenen Atems, bis nur noch der Klang der Stimmen in seinem Kopf übrig war.

Indris öffnete die Augen wieder und blickte zu Femensetri. Eine der Stimmen in seinem Geist wurde klarer, ihre Gestalt, das Gewicht, Textur und Klangfarbe ausgeprägter. Femensetri starrte ihn an. Wenn er sich nicht täuschte, lag da ein zufriedener Ausdruck in ihren opalfarbenen Augen. *Weiß sie, dass ich das tun kann? Hat sie darauf gewartet?* Wenige Augenblicke später verblasste ihre Stimme in seinem Kopf zu Nichts. Er öffnete seinen Geist noch weiter, um die anderen am Tisch zu hören. Als er das tat, stürzten die Stimmen des gesamten Amer-Mahjin auf ihn ein. Er biss die Zähne zusammen, um ein Stöhnen zu unterdrücken. Es war, als würde man versuchen, gleichzeitig allen Sängern in einem gigantischen Chor zu lauschen, die alle unterschiedliche Lieder in unterschiedlichen Geschwindigkeiten und Tonarten sangen. Indris konzentrierte sich auf die Leute, die er sehen konnte, und engte seine Suche ein, bis er jede Stimme an ihrer einzigartigen Klangfärbung zu erkennen vermochte. Es war nicht leicht, aber schließlich stellte er fest, dass er jeder Stimme ein Gesicht zuordnen konnte …

Bis er zu Anj kam.

Ihr Geist war hinter einer komplexen Barriere verborgen, die Indris verwirrte. Es war ein Durcheinander aus ineinander verschlungenen, sich windenden Gedanken. Sie waren kühl und glatt und bewegten sich unentwegt, schlitterten, verwandelten sich. Aber da war etwas, ein Flackern in den Tiefen ihres Geists, das beinahe ebenso schnell wieder verschwunden war, wie es gekommen war.

Sie wurde geschickt, um mich zu suchen!

Als wüsste sie, dass man ihre Gedanken gehört hatte, enthüllte Anj in diesem Moment ihre Absichten.

»Ich wurde von den Dhar Gsenni geschickt, um Indris zu suchen. Sie hatten erfahren, dass Sedefke über die Jahrhunderte hinweg Anweisungen für Indris hinterlassen hat, zu den Graten zu reisen.« Sie sah Zadjinn an, der in seinem Stuhl saß und ein Gesicht machte, als wäre er verraten worden. Der Blick, den Anj ihm zuwarf, enthielt keinerlei Sympathie. »Und es waren auch die Dhar Gsenni, die mich gebeten haben, ihm zu folgen. Die Dhar Gsenni wollten außerdem, dass ich die Geheimnisse aufspüre, die Sedefke verborgen hatte, sie untersuche und ihnen heimlich übermittle. Und ebendiese Sekte weiß, dass Indris Spuren des Gründers gefunden hat.«

»Er hat *was*?« Femensetri starrte Indris an, der entsetzt zurückstarrte. Sie wandte ihre Aufmerksamkeit wieder Anj zu. »Woher konntest du das wissen?«

»Weil Indris es mir gesagt hat, als ich ihn auf den Graten gefunden habe. Warum, glaubt ihr, ist er überhaupt nach Sorochel gegangen? Er wollte die Suche fortsetzen. Es scheint, dass der Gründer letzten Endes doch noch am Leben ist.«

»Aber warum bist du nicht zu … uns zurückgekommen?« Zadjinns Stimme klang betrübt, doch seine Miene wirkte unnahbar. »Wir dachten, du hättest den Orden verraten. Wir haben Ritter ausgesandt, Inquisitoren, sogar einen Scharfrichter, um dich aufzuspüren.«

»Ich weiß. Sie waren nicht sonderlich gut.«

Indris fröstelte, als er hörte, wie sie so leichthin einige der fähigsten Jäger und Mörder abtat, die die Sēq hervorzubringen imstande waren. *Sie hat einen Scharfrichter der Sēq getötet? Süßer Näsarat!* Andererseits, sie war eine der Acht.

»Warum bist du dann zurückgekehrt, Kind?«, fragte Er-Der-Sieht mit scharfem Blick.

»Weil meine Aufgabe erledigt ist.« Anj wandte sich mit

einem warmen Lächeln Indris zu, und die Tränen verwandelten ihre großen Augen in leuchtende Saphire. »Mein Mann ist zurückgekehrt, und er trägt die Geheimnisse Sedefkes in seinem Kopf eingesperrt, die er so dringend vor euch allen verbergen wollte.«

Kapitel 26

»Wer will, dass eine Geschichte glücklich endet, sollte mit dem Lesen aufhören, wenn er lächeln oder vor Lachen weinen muss. Im echten Leben sind Freudentränen oder ein schmerzloses Ende eine süße und seltene Kostbarkeit. Wir haben Gefühle. Das ist uns vertraut, und deshalb schreibe ich.« Nasri von den Elay-At, Shrīanischer Dramatiker (495. Jahr der Shrīanischen Föderation)

358. Tag im 495. Jahr der Shrīanischen Föderation

Hinter der *Wanderer* waren die Umrisse ihrer Verfolger klar zu erkennen: Leuchtende Laternenpunkte umrissen die schlanken, raubtierhaften Formen der Korsarenschiffe. Die Hexen und ihre Geister waren so nahe, dass sie als Flecken in der Dunkelheit zu erkennen waren. Shar hatte ein paar Mal versucht, sie in nordwestliche Richtung zu steuern, doch sie wurde immer wieder nach Süden gedrängt.

Das Schiff überquerte den weißen Sand der Toten Ebene. Noch war kein Unterschied an der *Wanderer* erkennbar, aber Hayden hatte sie gewarnt, dass sich das bald ändern würde. Die Berge des Mar Ejir ragten als zerklüfteter Schatten im Osten auf und bildeten an der gesamten Grenze zur Erebus-Präfektur eine lange Mauer entlang der Toten Ebene – und die Erebus-Präfektur war so ziemlich der letzte Ort, wohin Mari gehen wollte.

Das erste der Korsarenschiffe überquerte die Grenzen der Ebene wenige Minuten nach ihnen, und das Schwesternschiff folgte dichtauf. Die Korsaren hatten einen fließenden Übergang, ganz im Gegensatz zu den Hexen, die neben ihnen flogen. Mari grinste voll grimmiger Zufriedenheit, als sie sah, wie die nur schwach wahrnehmbaren Umrisse der Hexen vom Himmel fielen. Blitze zuckten durch die Luft wie Diamantenstaub unter dem Lampenlicht; Mari hielt sie für die Freisetzung der gebundenen Geister. Offenbar war den Hexen weder eine weiche noch eine elegante Landung vergönnt. Es sah ziemlich schmerzhaft aus, wie sie auf dem Sand aufprallten. Das Korsarenschiff machte kehrt und landete dann im Sand, wo die Hexen heruntergefallen waren.

»Wie werden sie ihr Schiff herausbekommen?«, fragte Bensaharēn. Der Dichtermeister der Näsarat stand mühelos auf dem schwankenden Deck. »Und wo wir gerade davon sprechen: Wie bekommen wir *dieses* Schiff hier raus?«

Hayden blinzelte zu dem Schiff hinüber, das gelandet war, und zuckte die Achseln. »Leicht wird's jedenfalls nicht. Wenn sie schlau sind, wird einer von ihnen, der unternehmungslustig genug ist, den kleinsten Satz Disentropiespulen nehmen und machen, dass er aus der Ebene rauskommt. Dann kann er wieder Energie speichern und zurücklaufen.«

»Klingt nach einem Haufen Spaß.«

»Ha!« Der alte Viehtreiber lachte, musste dann jedoch husten. Mari runzelte die Stirn, als sie das Rasseln in Haydens Lunge hörte. Als er sich von seinem Hustenanfall erholt hatte, klopfte er aufs Deck und sagte: »Es wird schlimmer sein, wenn wir wegen unseres Mädchens hier losziehen müssen. Wir werden viel weiter in die Ebene vorgedrungen sein, also haben wir auch einen längeren Marsch vor uns.«

Die *Wanderer* erschauderte. Das Brummen und Funkensprühen der Sturmräder ließ nach, und Mari fühlte, wie ihr Magen einen Satz tat, als das Schiff etwa einen Meter nach unten sackte. Hayden tätschelte die Reling, als wollte er die *Wanderer* beschwichtigen.

Inmitten von spiralförmig angeordneten Säulen ragte der Umriss einer Stufenpyramide vor ihnen aus dem Sand. Mari wies mit dem Finger darauf, und Shar steuerte die *Wanderer* in die Richtung.

Die *Wanderer* sackte erneut nach unten, während gleichzeitig das Geräusch der sich verlangsamenden Sturmräder zu hören war.

»Ich schätze, das war's mit Fliegen«, stellte Hayden fest. »Bring unser Mädchen am besten so behutsam wie möglich runter.«

Es war kein Absturz, aber als Landung konnte man es auch nicht bezeichnen. Die *Wanderer* bewegte sich noch immer in einer angemessenen Geschwindigkeit, als ihre Aufsatzbeine auf den Boden auftrafen. Das Ächzen strapazierten Metalls ertönte. Das Schleifen und Splittern von Holz. Dann schwenkte das Schiff scharf ein und glitt herum, sodass sie dem verfolgenden Korsarenschiff beinahe frontal gegenüberstanden. Dieses landete ebenfalls nur etwa hundert Meter entfernt, allerdings deutlich eleganter als Shar.

»Warum bist du nicht so gelandet?«, fragte Mauntro.

Shar machte eine rüde Geste in seine Richtung.

»Wir könnten sehr bald in gewalttätige Handlungen verwickelt werden«, sagte Ekko, und Mari war sicher, dass sie unterdrückte Begeisterung heraushörte. Der Löwenmann wies auf das Korsarenschiff, wo gerade eine ganze Reihe von Gestalten von Bord ging. Mauntro und seine Handvoll Tau-se brachten Roshana an Deck. Die Rahn Näsarat warf Mari einen rachsüchtigen Blick zu, während sie eine Hand an die Schläfe gepresst hielt. Danyūn und seine Ishahayan waren nicht weit hinter ihr. Nazarafine und Navid standen dicht beisammen, und Siamak ragte über ihnen auf. Omen blieb sich selbst treu und stand, geisterhaft in seinem bleichen Totenhemd, hinter Vahineh mit ihrer üblichen kindlich-unschuldigen Miene. Sie hielt einen Zipfel von Omens Totenhemd in der Hand, als wäre es die Lieblingsdecke eines Säuglings.

»Da vorn sind Ruinen und ein paar Säulen.« Mari nickte in die Richtung, in der mehrere Säulen aus dem Sand ragten. »Da haben wir etwas Deckung.«

»In was für eine Katastrophe hast du uns da geführt, Mari?«, fragte Roshana beißend, während sie sich in der weiten, leicht gewellten Ausdehnung der Toten Ebene umsah, deren Oberfläche im Mondlicht rau wirkte. »Wir wären jetzt schon in Qeme, wenn du …«

»Wir hatten keine Wahl, mein Rahn«, mischte sich Bensaharēn ein.

»Danyūn«, sagte Roshana, »kannst du uns von hier wegbringen, ohne dass man uns bemerkt?«

Der Geheimdienstleiter inspizierte seine Umgebung gelassen, aber rasch. Er blickte zu seinen Ishahayan, dann nickte er und sah zu Nazarafine, Navid und Vahineh, dann wieder zu Roshana.

»Allerdings nicht uns alle, mein Rahn«, kam seine ruhige Antwort.

Roshana begriff, was er meinte, und blickte Nazarafine, Navid und Vahineh berechnend an. Es war, als würde man einem Bauern dabei zusehen, wie er sich entschied, welches seiner Tiere er aussondern und schlachten wollte, dachte Mari unbehaglich.

»Dürfte ich einen Vorschlag machen, mein Rahn? Die Löwengarde und die Ishahayan könnten sie jagen und die Verfolger aufhalten.« Mauntro inspizierte seinen mächtigen Bogen und zählte seine Pfeile. »Es wäre eine Möglichkeit, das Zahlenverhältnis etwas auszugleichen.«

»Tu es.« Roshana kaute auf ihrer Lippe, und ihre Hand war um den Griff ihres eigenen, häufig gebrauchten *Shamshir* geklammert. »Tötet, so viele ihr könnt, dann trefft uns wieder auf der Spitze der Stufenpyramide.«

Mauntro und Danyūn nickten, dann führten sie ihre Krieger leise von Bord. Vahineh blieb, wo sie war, und verkroch sich in den Falten von Omens Totenhemd. Der Geisterritter stand ganz reglos da und schien für die Ereignisse um sich herum unempfindlich zu sein.

Ich weiß nicht, ob ich ihm trauen kann, aber ich brauche ihn. Wir sind zu wenige gegen zu viele, und unsere Chancen sind bestenfalls gering.

»Vahineh scheint eine Vorliebe für dich gefasst zu haben, Omen.« Mari ging hinüber, um das Haar der jungen Frau zu berühren, aber Vahineh zuckte zurück und verbarg ihr Gesicht in den Falten von Omens Totenhemd. »Wir müssen auf sie aufpassen, egal, was passiert. Könntest du das übernehmen?«

Omen tat eine ganze Weile lang gar nichts. Er stand einfach nur da, mit schräg geneigtem Kopf, und starrte die Ruinen in der Wüste an. Mari wollte gerade noch einmal versuchen, eine Antwort von ihm zu bekommen, als Omen sich hinunterbeugte und Vahineh hochhob, als wäre sie ein Kind. Sie schlang die Arme um seine Schultern und die Beine um seine Hüften und verbarg das Gesicht in dem harten Winkel zwischen seinem Genick und der Schulter. Omen hielt sie fest und rannte storchengleich und in Höchstgeschwindigkeit in Richtung Stufenpyramide.

Mari, ihre Freunde und die Rahns stürzten hinter ihm her. Roshana ließ die anderen weit hinter sich zurück und überließ es Siamak, sich um die korpulente und keuchende Nazarafine zu kümmern. Im äußeren Ring ragten Hunderte von Steinen wie gebrochene Zähne auf; sie waren nicht viel höher als sie selbst, allerdings so breit, dass sie bezweifelte, sie könnte sie mit den Armen umspannen. Sie waren glatt gescheuert von Stürmen aus Wind, Regen und Sand. Der Wind pfiff auch jetzt über den Stein, er hob und senkte sich wie ein alter Mann, der um Atem rang. Mari erschauderte bei dem Geräusch und sah sich um, als könnten sie es jeden Moment mit Seelen stehlenden Nomaden zu tun bekommen. Es gab Legenden über Ghule, die durch die Tote Ebene streiften und Jagd auf Händlerkarawanen und Reisende machten, die zu weit vom Weg abgekommen waren. Oder, noch schlimmer, Vampire, die ihre Gestalt in Wüstenlichter verwandeln und die Unvorsichtigen in ihre verdorrende Umarmung locken konnten. Mari zog ihre Sûnklinge und bewegte sich vorsichtig weiter. Sie schämte sich, dass sie sich vor Gestalten fürchtete, die in Kindheitsgeschichten vorgekommen waren, aber ihr war auch bewusst, dass derartige Geschichten einen dunklen, schrecklichen und wahren Kern hatten.

Eilig rannten sie durch die Säulenreihen, die im Mondlicht und den dahintreibenden Sandwolken gespenstisch wirkten. An der Stelle, die sie für den Mittelpunkt des Platzes hielt, ragte die runde Stufenpyramide aus dem Sand. Sie sah aus, als wäre sie beinahe vierzig Meter im Durchmesser, und etwa zwanzig Stufen, von denen ihr jede bis zur Brust reichte, führten zur Spitze hinauf. Sie fragte sich, wie viel von der Stufenpyramide unter Jahrhunderten aus Sand begraben lag. Einige der antiken Schreine, die ihr Volk gebaut hatte, waren Hunderte Meter hoch gewesen. Allerdings verweilte sie nicht lange bei dem Gedanken, denn bald schon hatte Ekko eine schmale Treppe entdeckt, die die alte Ruine hinaufführte.

Die Spitze der Pyramide war beinahe zehn Meter im Durchmesser. Mehrere schwere Steinblöcke standen hier rings um ein dunkel gähnendes Loch. *Opferaltare,* dachte Mari mit leichter Abscheu. Sie wusste, dass ihr Volk eine barbarische Vergangenheit hatte, aber es war etwas anderes, wenn man es mit eigenen Augen sah. Mari sah weg und wünschte sich, sie könnten anderswo Schutz suchen; aber sie mussten sich wohl mit dem begnügen, was sich ihnen bot. Holzpfähle ragten schief in die Höhe, sie waren gebleicht wie alte Knochen unter jahrhundertelangen Sommern. Dunkle Granitstatuen waren kreisförmig um den Absatz aufgestellt, und ihre grausamen, hageren Gesichtszüge hatte die Zeit stumpf gemacht. Die Platten ihrer aus Stein gemeißelten Rüstungen waren abgeschliffen, ebenso die schwungvollen Falten ihrer Mäntel, die mit dem Stein des Podests verschmolzen. Sie riskierte einen Blick in das Loch, konnte jedoch nichts sehen, bis auf den Sand, der nach unten schwebte, bevor sie ihn in den Schatten aus den Augen verlor.

Ihre Kameraden warteten im Windschatten der Statuen. Die Rahns blieben dicht zusammen und flüsterten miteinander. Roshana kauerte mürrisch mit dem Rücken gegen eine Statue gelehnt, die Klinge ihres schweren *Shamshir* über den Knien. Siamak stützte sich auf eine Streitaxt mit langem Heft. Nazarafines einzige Waffe war ihr verwundeter Neffe, der still neben ihr saß. Hayden hielt sein Sturmgewehr bereit, und Ekko hatte einen daumendicken Pfeil auf die Sehne seines Bogens gelegt. Shar rieb sich den erst kürzlich verheilten Arm, hatte jedoch ihr Schwert gezogen, während Bensaharēn mit dem Gesicht in Richtung Stufen kniete, die Augen geschlossen, mit friedlicher Miene. Seine Hände ruhten auf den Oberschenkeln. Omen stand so reglos, dass er genauso gut als eine der Statuen hätte durchgehen können. Vahineh hatte sich zu seinen Füßen zusammengekauert, sich einen Streifen vom Totenhemd des Geisterritters über den Kopf gezogen und wiegte sich vor und zurück.

Ferne Schreie wurden vom Wind herangetragen, grimmiges Gebrüll und das Klirren von Metall auf Metall. Die Tau-se und die Ishahayan waren auf den Feind getroffen. Die eine Gruppe war grimmig, stolz und laut und verlieh ihrer Tapferkeit Ausdruck. Die andere war so still wie ein Mann, der allein und überrumpelt starb.

Nazarafine kam mit unruhig fuchtelnden Händen zu Mari herüber. »Mari? Könntest du dir mal Navid ansehen? Seine Wunde scheint schlimmer zu sein, als ich dachte.«

Navid saß mit zurückgelehntem Kopf und geschlossenen Augen da, die Hand um seinen verwundeten Arm geklammert. Blutflecken zeichneten sich zwischen seinen Fingern ab. Mari stieg über ihre Freunde hinweg und kauerte sich neben den Kriegsdichter der Saidani-sûk. In der Luft lag ein modriger Geruch, der aus der Grube aufstieg und sich mit dem metallischen Geruch von Navids Blut vermischte. Seine Haut war klamm, und er öffnete kaum die Augen, als sie ihn berührte. Sein Puls schlug langsam und schwach. Sie nahm ein Messer aus ihrem Stiefel und schnitt den Ärmel des Mannes auf. Bei dem Anblick, der sich ihr bot, hob sie die Hand vor den Mund. Die Wunde war lang und zerklüftet, ein großes Stück Fleisch fehlte, und der bloße Muskel und eine Andeutung des darunterliegenden Knochens waren zu sehen. Sie fluchte. Die Kampfgeräusche und Rufe wurden weiter vom Wind herübergetragen. *Sie kommen näher. Wir haben nicht mehr viel Zeit, und Navid wird uns keine Hilfe mehr sein.*

»Warum hast du niemandem gesagt, dass deine Verletzung so schlimm ist?«

»Du hast in Amnon Schlimmeres durchgemacht und immer noch fünfzig Iphyri mit einem zerbrochenen *Amenesqa* getötet.« Er regte sich kaum, als sie Wasser über die Wunde goss, um sie zu reinigen. *Er spürt keinen Schmerz mehr. Kein gutes Zeichen.* »Das erzählen sich alle.«

»Glaub nicht alles, was du hörst. Ich werde die Wunde so gut verbinden, wie ich kann, aber …«

»Hier draußen wird mich diese Wunde umbringen, und das wissen wir beide«, sagte Navid mit einem bitteren Lächeln. »Mein Schicksal war in dem Moment besiegelt, als wir in die Tote Ebene vorgedrungen sind. Wenigstens kann ich dafür sorgen, dass man sich an mein Ende erinnern wird. Das heißt, wenn irgendjemand entkommt.«

»Wenn irgendjemand entkommt.«

Mari verband die Wunde mit festen Streifen, die sie von ihrem Mantel gerissen hatte, aber sie begannen sich schnell wieder mit Blut vollzusaugen, nachdem sie sie verknotet hatte. Sie bemerkte, wie sich Ekko, Shar und Hayden versteiften, und griff nach ihrer Waffe. Dann entspannten sich ihre Freunde wieder, als sich Mauntro und Danyūn zu ihnen gesellten. Beide waren voll Blut und atmeten schwer.

»Bericht«, sagte Roshana grimmig.

»Baniq ist tot«, sagte Danyūn ruhig. »Zoer und Fyra werden unsere Feinde weiter behindern, so gut sie können. Soweit ich sehen konnte, befindet sich auf dem Schiff, das uns verfolgt hat, eine ganze Menge ausgebildeter Krieger. Der Windkorsar ist der *Himmelswolf*, Tahj Shahehs Flaggschiff. Die Marmormeerkorsaren an Bord sind ziemlich sicher ihre Elitebesatzung. Außerdem sind noch mindestens vier Kader Anlūki dabei.«

»Das bedeutet ein bisschen mehr als nur Ärger«, sagte Mari. Sie zögerte, die Frage zu stellen, die Danyūn aber auch so beantwortete.

»Ja. Belamandris der Witwenmacher führt sie an. Er war es, der Baniq erschlagen und seinen Kopf genommen hat.«

»Ich vermute, du kannst deinen Bruder nicht fragen, ob er uns gehen lässt, oder, Mädchen?«, fragte Hayden und rieb sich Sand aus den Augen. »Ich habe nämlich nicht die geringste Lust, gegen seinen Haufen zu kämpfen. Amnon war ja eine bewegte Sache, aber ich habe keine Eile, das Ganze zu wiederholen.«

»Anani, Furu und Kofo, Nsay und Samu sind ebenfalls tot«, brummte Mauntro. Er zog sich einen Pfeil aus dem Oberarm und zerbrach ihn, bevor er ihn wegwarf. »Unsere Feinde sind deutlich in der Überzahl, und sie sind direkt hinter uns. Vielleicht solltet Ihr, Rahn Roshana …«

»Mari!«, rief Belam.

Mari spähte über den Rand des Absatzes und sah ihren Bruder am Fuße der Stufen. Roshana warf Mari einen hasserfüllten Blick zu, und ihre Zähne schimmerten übernatürlich hell im Mondlicht. Doch Belams Stimme ertönte wieder, bevor sich Mari darüber Sorgen machen konnte.

»Bitte komm runter und sprich mit mir, bevor noch irgendjemand verletzt wird. Ihr seid uns zahlenmäßig völlig unterlegen, und es gibt wirklich keine andere sinnvolle Wahl, als sich zu ergeben.«

Ehe Mari auch nur Atem holen konnte, um die anderen zu warnen, dass sie leise sein sollten, schrie Roshana: »Pah Erebus fa Belamandris! Hier spricht Rahn Näsarat fe Roshana. Ich werde die Verhandlungen mit dir führen, wenn ich dein Wort habe, dass du uns fair behandeln wirst.«

Nach einer kurzen Pause rief Belam: »Wie Ihr wünscht. Aber Ihr werdet verstehen, dass mein Vertrauen zu Euch nicht sonderlich groß ist – nicht nach dem Hinterhalt, den Ihr meinem Vater beim Weg der Zwölf gelegt habt. Wenn ich auch nur den Verdacht habe, dass Ihr irgendeine Falle plant, werde ich Euch töten.«

»Einverstanden.« Roshana wechselte ein paar angespannte Worte mit Nazarafine und Siamak. Dann flüsterte sie Danyūn und Mauntro etwas zu, bevor sie mit hoch erhobenem Kopf die Stufen zu Belam hinunterschritt.

Mari sah zum Fuß der Stufenpyramide hinab und erblickte ihren schlanken blutbesudelten Bruder, der auf Roshana wartete. Seine Soldaten waren nirgendwo zu sehen.

Mari wandte sich ihren Gefährten zu und sprach leise mit ihnen. »Belam wird Leute aussenden, um uns seitlich zu umgehen, haltet also Ausschau. Wir haben einen Vorteil, nämlich einen erhöhten Standpunkt. Sie können uns immer nur in kleinen Gruppen angreifen. Wenn wir Ruhe bewahren, können wir überleben.«

Ekko fuhr mit dem Daumen über eine Schicksalsmünze in seiner Mähne, und sein Löwengesicht war so ruhig wie immer. »Verstanden, Mariam.«

Shar nahm eine Feder aus ihrem dämmerungsfarbenen Federkleid und flüsterte etwas, um alle Anzeichen des Unheils zu verbannen. Dann warf sie sie in die Luft. Sie flatterte für einen Moment, dann wurde sie vom Wind erfasst und rasch Richtung Westen davongetragen. Shar fluchte leise. Als Antwort auf Maris Blick grinste sie schwach und sagte: »*Makhar-hawana-yé.* Im Westen werden die Schatten und schlechten Omen geboren.«

Mari schnipste mit dem Daumennagel über ihre Sûnklinge. »Sie wird die Schatten jagen und vernichten, Shar. Wir sind alle in der besten Gesellschaft. Wir können lebend hier rauskommen.«

»Ich frage mich, wo Indris ist?«, sann Hayden, bevor er sich unter einem neuerlichen Hustenanfall zusammenkrümmte.

Shar war rasch an seiner Seite und stützte ihn. Der Anfall dauerte besorgniserregend lange. Als es endlich vorüber war, blickte er auf. Seine Augen waren glasig vor Schmerzen, und er hielt die Faust an die Brust gepresst. Dann jedoch sprach er, als wäre nichts geschehen. »Normalerweise kommt er wie ein Held aus den alten Sagen herbeigefegt, und Gestaltwandlerin steht in Flammen und summt vor sich hin und erschreckt unsere Gegner zu Tode. Ich schätze, es wird ihm leidtun, wenn er das hier verpasst.«

»Das kannst du ihm zweifellos noch selbst sagen«, murmelte Shar.

»Oh, daran habe ich nicht den geringsten Zweifel, Mädchen.«

Belam war noch immer allein, als Roshana zu ihm trat. Ihr Bruder machte die Zweite Verbeugung, so wie das *Sende* es vorschrieb, während Roshana gebieterisch und reglos stehen blieb. Kein Laut drang nach hier oben, doch Mari beobachtete die Gesten ihrer Hände, und ihr Blick schoss zu jeder Bewegung, die sie sich zwischen den Steinen einbildete. Belam und Roshana sprachen mehrere Minuten miteinander, bevor die beiden die Stufen heraufkamen.

»Es gibt keinen Grund, warum wir alle sterben sollten«, sagte Roshana, als sie oben ankam. Belamandris stand hinter ihr, und ein freundliches Lächeln erhellte sein schönes goldenes Gesicht. Roshana sah die Gefährten nacheinander an. »Keinerlei Grund. Ich bin sicher, darin stimmen wir alle überein.«

»Was schlägst du vor?«, fragte Nazarafine vorsichtig.

»Niemand von euch kennt mich wirklich, bis auf Mari.« Belam nickte seiner Schwester zu, und sein Lächeln wurde einen Moment lang traurig. Aber wie die Sonne, die hinter Wolken hervorkommt, erhellte sich seine Miene gleich wieder. »Und einige ihrer Freunde natürlich, von unserer kleinen Meinungsverschiedenheit in der Rōmarq. Aber ich bin ein Ehrenmann, und ich will keine weiteren Toten. Wir können uns sofort auf simple Bedingungen einigen und dann getrennter Wege gehen.«

»Wie lauten die Bedingungen?«, fragte Siamak.

Danyūn schlenderte zum Rand der Plattform und blickte

hinunter. Sein Stirnrunzeln erregte Maris Aufmerksamkeit. Der Sand war von Soldaten übersät, die aus dem umgebenden Steinkreis hervorgekommen waren. Nadir und Jhem waren unter ihnen. Die abgetrennten Köpfe der beiden Ishahayan und der fünf Tau-se lagen zu ihren Füßen. Mari sah ihren Bruder an, der nur gleichgültig mit den Schultern zuckte.

»Ich will Vahineh«, sagte Belam. Er brauchte eine Weile, bis er sie hinter Omen entdeckte. Omen blieb so still stehen wie die Statuen, die ihn umgaben, und Maris Herz machte einen Sprung, als Belam Omen nicht als das zu erkennen schien, was er war. Belam sah wieder Mari an. »Und Mari kommt mit mir zurück. Obwohl Vater auch den Rest von euch haben will, weiß ich, welchen Ärger das verursachen würde, selbst wenn er sich weigert, das zuzugeben. Also, wenn es nach mir geht, könnt ihr unverletzt eurer Wege ziehen.«

»Und wenn wir diese ganze Geschichte leid sind und uns weigern?« Bensaharēn hatte sich nicht von den Knien erhoben oder die Augen geöffnet.

Belam sah den alten Mann an.

»Dann wird es ein ziemlich böses Ende nehmen, Dichtermeister.«

»Aber für dich zuerst, glaube ich.« Endlich öffnete Bensaharēn die Augen und lächelte. Belam trat einen Schritt zurück und griff nach seiner Todesklinge.

»Ich akzeptiere deine Bedingungen«, sagte Roshana rasch. Sie sah Nazarafine an, die nickte, obwohl sie rot wurde vor Scham. Siamak trat mit steinernem Gesicht von den anderen Rahns weg. Roshana blickte den riesigen Mann flehend an, doch er weigerte sich, sie anzusehen. Die Rahn Näsarat sagte zu Belam: »Du versprichst uns freies Geleit?«

»Ich verspreche, dass Ihr diesen Steinhaufen lebend verlassen werdet. Wie weit ihr danach kommt, ist eine andere Frage. Lebt. Oder sterbt, mir ist es egal. Aber Ihr solltet wissen, Roshana, dass mein Vater eine Rache an Euch üben wird, die Euch wünschen lässt, ich hätte Euch gleich hier und jetzt getötet. Ich tue Euch keinen Gefallen, wenn ich Euch gehen lasse. Betrachtet es mehr als einen Vorsprung.«

Belam wandte sich zu Mari um. Zögernd trat er einen Schritt auf sie zu und hob schüchtern die Hand, die nicht zu wissen schien, was sie eigentlich wollte, bis sie wieder an Belams Seite sank. »Mari? Vater wird dir nicht wehtun. Er ist wütend, aber er wird sich wieder beruhigen. Du musst mit mir kommen. Das rettet das Leben deiner Freunde, und vielleicht hat deine Gegenwart einen beruhigenden Einfluss auf Vater. Er hat sich mit … Leuten zweifelhaften Charakters umgeben. Aber zunächst, wo ist Indris? Er und ich haben noch etwas zu klären.«

»Er ist nicht hier.« Mari trat einen Schritt von ihrem Bruder zurück, und er blickte verletzt drein. Sie krümmte sich leicht zusammen, doch es war mehr der Gedanke, zu ihrem Vater zurückzukehren, als die Kälte des Winds. »Und was …?«

»Wo, bei Erebus' Schatten, ist er dann?«, knurrte Belam und streckte die Hand nach ihr aus, hielt jedoch inne, als sie einen weiteren Schritt zurücktrat.

»Er hat Avānweh gar nicht verlassen. Soweit ich weiß, ist er bei den Sēq.«

Belam fluchte und ging zum Rand der Plattform, wo er wütend Sand hinunterkickte. Er machte seinen Soldaten ein Zeichen, und eine größere Gruppe machte sich auf den Weg die Stufen hinauf. Belam wandte sich ihr wieder mit gequältem Blick zu. »Es ist egal. Er wird kommen, weil er dich holen will, da bin ich sicher. Es zögert das Unvermeidliche nur hinaus.«

Roshana trat zu Siamak und begann, drängend auf ihn einzureden. Nazarafine gesellte sich zu ihnen. Sie sprachen lange, bis Siamak schließlich laut aufseufzte und dann nickte.

Die drei Rahns wandten sich den Stufen zu, ohne sich noch einmal umzudrehen. Danyūn und Mauntro hoben den stöhnenden, fiebernden Navid auf und trugen ihn mit sich fort. *Sieht so aus, als würde er doch nicht das ehrenhafte Ende bekommen, an das sich alle erinnern werden,* dachte Mari. Bensaharēn ging als Letzter.

»Ich bin stolz auf dich, Mari, als wärst du meine eigene Tochter«, sagte er und umarmte sie fest. »Erinnerst du dich an das, was ich dich gelehrt habe? Dass es eine Zeit für alles gibt? Jetzt ist die Zeit für Geduld.«

»Ich habe nicht eingewilligt, dass ich zu meinem Vater zurückkehre.« Mari versteifte sich in den Armen ihres alten Lehrers. »Ich weiß nicht … ich weiß noch nicht einmal mehr, wer mein Vater ist.«

»Aber was ist mit den Leben der anderen?«, fragte Bensaharēn sanft. »Ein Kriegsdichter kämpft, wir opfern uns, damit andere es nicht tun müssen. Du weißt, was du zu tun hast. Außerdem braucht dich das Mädchen, Vahineh. Hab Geduld, Mari. Die Welt enthüllt uns den Moment, wenn es an der Zeit ist zu handeln.«

»Ich verstehe.« Mari wollte den alten Mann nicht gehen lassen. Als er sie losließ, wurde seine Wärme zu schnell vom kalten Wind davongetragen.

Shar, Hayden und Ekko kamen zu Mari herüber. Die drei sagten nichts, sondern standen einfach nur bei ihr. Sie lächelte sie an. »Heute ist der Tag, an dem wir uns glücklich schätzen, dass wir überleben.«

»Indris macht immer Witze über solche Zeiten«, flüsterte Shar Mari ins Ohr, während sie ihre Hand hielt. »Er sagt, es geht weniger ums Gewinnen, sondern darum, dass man hinterher noch imstande ist, aufzustehen und wegzugehen.«

»Und ihr müsst weggehen und ihn für mich finden«, flüsterte Mari zurück. »Ich werde auf ihn warten. Aber nicht zu lange. Er wird es bereuen, wenn ich ihn erst suchen muss, weil er mich hat warten lassen.«

»Wir werden es ihm sagen, Mädchen«, sagte Hayden, und seine Lippen streiften ihre Stirn, als er sie zum Abschied küsste. »Ich schätze, wir kriegen die *Wanderer* wieder zurück in die Luft, wo sie hingehört. Dann holen wir Indris und kommen dich suchen. Das heißt, wenn es dir nichts ausmacht, ein Weilchen zu warten.«

»Nur ein Weilchen.« Sie schenkte der Gruppe, die ihre Freunde geworden waren, ein warmes Lächeln. »Ich werde eine Kerze anzünden.«

Und damit gingen sie zurück zur anderen Seite der Plattform, zu Omen und Vahineh.

Belam hielt Abstand zu ihnen. »Danke, dass du das Richtige tust, Mari. Ich kenne deine Herzen, liebe Schwester. So, wie ich meine eigenen kenne. Keiner von uns beiden würde diejenigen, die wir lieben, freiwillig in Gefahr bringen. Das ist der Grund, warum ich das Angebot überhaupt gemacht habe. Aber du hast dich jetzt von deinen Freunden verabschiedet, Mari. Es wird Zeit, dass wir gehen.«

Mehrere Anlūki erreichten in diesem Moment die Plattform, gemeinsam mit etwa ebenso vielen Korsaren aus dem Marmormeer in ihren wild zusammengewürfelten Rüstungen und all dem Schmuck. Eine attraktive, hochgewachsene Frau war bei ihnen, deren hungriger Blick sich auf Belam heftete, bevor sie Mari ansah. Nadelspitzgroße Metallstückchen glühten an ihren Fingern und den Ohrläppchen. Auf ihrer Stirn funkelte ein kleiner Diamantsplitter, und in ihr dunkles Haar waren Juwelen geflochten. Sie bewegte sich mit der beiläufigen Anmut eines Killers. Die Frau begann, Befehle auf Dayeshi zu bellen, der Mundart der *Nahdi* und Piraten. *Du bist also Tahj Shaheh, die große Plünderin, die jetzt meinem Vater dient. Ich werde mich an dich erinnern. Wenn mein*

Vater sich auf jemanden wie dich verlässt, sollte ich dich vermutlich in ein Aschehäufchen verwandeln.

Die Korsaren beäugten Shar und lachten, während sie Ekko beklommen musterten. Hayden sah elend aus, und seine Hände hielten das Sturmgewehr unruhig umklammert.

Vier der Anlūki gingen hinüber, um Vahineh zu holen, die sich noch immer hinter Omen verkrochen hatte …

Und das war der Moment, in dem alles aus dem Ruder zu laufen begann.

Mari war verblüfft über Omens plötzliche Reaktion.

»Omen!«, schrie sie. »Nein!«

Er hatte einen der Anlūki gegen die Steine geschleudert. Der Mann keuchte auf und taumelte zurück, die Hände auf den Bauch gepresst. Noch ein Schritt weiter, und er war verschwunden. Man hörte ihn schreien, während er in das Loch hinabstürzte.

Omen zog seine Klinge und schnitt einem anderen die Kehle durch. Als er die Waffe zurückschwang, hackte er einem weiteren Anlūki den Kiefer ab, und der Mann stürzte blutend zu Boden, während er noch verzweifelt versuchte, einen Teil seines Gesichts zu umklammern, der nicht mehr da war.

Hayden schoss dem letzten Anlūki in den Kopf.

»Tötet sie alle!«, schrie irgendjemand.

Vahineh kauerte sich hinter Omen, als sich weitere Soldaten näherten. Hayden reagierte wie ein Automat, er zielte und schoss, zielte und schoss, und jeder Schuss traf sein Ziel. Noch mehr Soldaten stürzten auf die Plattform.

»Seht zu, dass Mari und Vahineh am Leben bleiben!«, schrie Belamandris. Der Witwenmacher war flink wie eine Katze und benutzte die Statuen als Deckung vor Hayden, während er ihn umkreiste, um sich mit Omen zu befassen. Bolzen prallten von den Granitstatuen ab, während der Viehtreiber versuchte, den Witwenmacher zu stoppen. Ohne Erfolg.

Mari hatte vollkommenes Vertrauen zu ihren Freunden und begann, hinter ihrem Bruder herzujagen. Sie warf einen Blick zu Ekko und Shar hinüber, die ein tödliches Netz aus *Serill* und Stahl woben. Das Brüllen des gewaltigen Löwenmannes war ohrenbetäubend und brachte seine Gegner ins Wanken. Shar sang ihre Kriegsgesänge, und ihre Stimme schien Verzweiflung und Angst unter ihren Feinden zu säen. Der Tau-se und die Seethe mähten wie Bauern bei der Ernte.

Omen benutzte seinen Keramikarm sowohl als Schild als auch als Waffe. Die Glasur war zerkratzt, und Splitter flogen durch die Luft, während seine im Feuer gehärteten und von Onyx ummantelten Nägel durch die weiche Kehle eines Korsaren fuhren. Und die ganze Zeit über sah Vahineh zu, den Mund zu einem stummen Schrei geöffnet, während ihr der Speichel in den Mundwinkeln hing und ihre Nägel tiefe Furchen in ihre Wangen gruben.

Mari benutzte die Scheide ihrer Sûnklinge, um ihren Bruder ins Stolpern zu bringen. Belam wandelte den Sturz in eine Rolle ab, kam wieder hoch und schlug warnend in ihre Richtung. Mari wich aus, und die beiden beäugten sich.

»Stell mich nicht auf die Probe, Mari«, sagte Belam. »Deine Freunde hätten einfach gehen können und hätten uns nie wiedergesehen. Aber nein! Der verfluchte Geisterritter musste alles kaputtmachen. Es hat mir ein wenig leidgetan, als ich damals seinen Körper verbrannt habe. Diesmal werde ich diesem dreckigen Nomaden mit Freuden ein Ende machen.«

»Ich will nicht gegen dich kämpfen, großer Bruder.«

»Und ich will nicht gegen dich kämpfen.«

»Dann haben wir ein Patt.«

»Eigentlich nicht.«

Mari sah das warnende Flackern in Belams Augen und warf sich zur Seite. Ummantelte Schwerter schlugen durch die Luft, wo sie gerade noch gestanden hatte. Fluchend wandte sich Mari um und stellte sich der Handvoll Soldaten, die versucht hatten, sie zu überwältigen.

Mehr und mehr Soldaten griffen sie an, bis sie nur noch ausweichen, sich ducken und durch das komplexe Netz der stumpfen Waffen schlängeln konnte, die versuchten, sie zu treffen. Ihr Blickfeld war mit hektischer Aktivität angefüllt. Das Mondlicht reflektierte auf den Rüstungen. Augen und weit geöffnete Münder bildeten Abgründe, angefüllt mit Dunkelheit. Zähne, dunkel gefärbt vom Blut. Das Kampfgeschrei bildete einen ohrenbetäubenden Kontrapunkt zum pfeifenden Wind. Sie schmetterte die Faust ins Gesicht eines Mannes. Seine Lippe platzte auf, und ein Zahn hing schief. Ein Korsar versuchte einen Schlag von ihr mit dem Ellbogen abzuwehren, aber er brach ihm das ungeschützte Schlüsselbein. Einem anderen trat sie in die Leisten und rammte ihm dann das Knie ins Gesicht, womit sie ihn und zwei weitere, an denen er sich festklammerte, schreiend zum Grund der Grube hinabsandte.

Sie musste einiges einstecken, während sich der Kampf in die Länge zog. Ein Schnitt über ihrem Auge begann zu bluten, dann ein weiterer an ihrem Mundwinkel und quer über die Wange. Irgendjemand war ihr auf den Fuß gestampft, und sie hatte den Verdacht, dass mindestens einer ihrer Finger gebrochen war. Mari fühlte das altvertraute Brennen der Erschöpfung und wusste, dass die Zeit gegen sie arbeitete.

Aus dem Augenwinkel sah sie Ekko und Shar im Schlachtgewühl. Beide waren mit Blut befleckt, ihre Waffen glitschig. Haydens Gesicht war gerötet, seine schlaffen Lippen zitterten. Er keuchte und sah kaum stark genug aus, um sein Sturmgewehr hochzuheben.

Belam landete einen pfeifenden Schlag in Omens Richtung, der die Klinge mit der Hand stoppte und sie nach unten bog. Der kleine Finger an seiner Hand flog davon. Omen stach auf Belam ein, doch der beugte sich zur Seite, sodass der *Shamshir* des Geisterritters über die rubinroten Schuppen von Belams Rüstung schlitterte. Belam drehte sich, löste sich, und Omen folgte ihm.

Die beiden Männer bewegten sich vor und zurück; sie waren ebenbürtige Gegner, was ihre Form und ihren Kampfstil anging. Einige der Kämpfer hielten inne, um zuzusehen, fasziniert von ihrer Kunstfertigkeit. Belam kämpfte als Mann auf der Höhe seiner Jugend und Kraft. Als leidenschaftlicher Mann, dessen Haltung und Angriffe von Geist und Feinsinn zeugten. Seine Ausführung des Schwalbenflügels war so schön, dass Mari einen Stich in der Brust verspürte – obwohl sie gerade in die Brust eines Piraten krachte, der mit dem Knüppel auf sie losging.

Omen duellierte sich wie ein Lehrer, der zum ersten Mal auf die Welt außerhalb seiner Akademie traf. Er trieb die Theorie der Schwertkunst auf Höhen, die eine lebende Person aus Sorge um die eigene Haut nicht erreicht hätte. Der Geisterritter bekam Schnitte auf Gliedmaßen, Körper und Gesicht ab, die weder bluteten noch schmerzten.

Mari fühlte, wie sie etwas im Rücken traf, und sie taumelte nach vorn, während ihr die Luft aus der Lunge getrieben wurde. Erinnerungen an Avānweh brandeten in ihr auf, als sie den Rundkopfpfeil sah – eine Harzkugel auf einem Pfeil, der eingesetzt wurde, um jemanden außer Gefecht zu setzen, nicht, um zu töten –, er rollte an ihren Zehen vorbei.

Sie wandte sich um und erblickte Nadir, der einen weiteren Rundkopf an die Sehne legte. *Feiger Mistkerl!* Andere Bogenschützen traten an seine Seite, die ähnlich bewaffnet waren, und Tahj Shaheh lächelte wie eine Katze, während sie beobachtete, was geschah.

Belam drängte Omen von Vahineh weg, und die junge Frau wurde hysterisch. Jhem glitt wie ein Ölfilm aus dem Schatten einer Statue und nahm die sich windende Frau in die Arme. Sie kreischte um Hilfe, die Augen vor Entsetzen geweitet.

Wir müssen auf sie aufpassen, egal, was passiert. Könntest du das übernehmen?

Auf Vahinehs Schreie hin wandte Omen Belam den Rücken zu.

Der Geisterritter streckte die Hand aus, griff nach Jhems Kehle und drückte zu. Jhem ließ Vahineh los, doch Omen trat noch einen Schritt näher und ergriff Jhems Schwerthand. Als Omen Jhems Handgelenk brach, ertönte ein dumpfes Knacken.

Belam hackte in Omens Keramikkörper. Omen quetschte noch immer das Leben aus Jhem heraus. Er versuchte, Belam abzuwehren, und verlor dabei eine Gliedmaße. Sein Keramikarm und das Schwert fielen klirrend zu Boden. Omen schleuderte Jhem in Richtung des Lochs, und die Schwarze Schlange taumelte in dem Versuch, nicht hinunterzustürzen, am Rand entlang. Der Geisterritter wandte sich um und baute sich über Vahineh auf, wobei er den verbliebenen Arm benutzte, um sie zu verteidigen.

»Nein!«, krächzte Mari, als mehr und mehr Soldaten Omen umzingelten und auf seinen Körper einhackten, bis er von tiefen Schnitten durchzogen war.

Weitere Rundkopfpfeile trafen Mari. Einer traf ihren Oberschenkel, und sie fiel auf die Knie. Benommen blickte sie sich um und sah das Ende jener, die ihre Freunde geworden waren.

Indris' Freunde.

Ich habe euch alle umgebracht, dachte sie. Sie versuchte sich zu sammeln, um eine Totenklage für sie zu dichten, aber jedes Mal, wenn sich ein Satz in ihrem Kopf bildete, wurde er durch einen weiteren stumpfen Pfeil aus ihrem Geist getrieben. Krieger näherten sich ihr vorsichtig, die Keulen bereit, und umkreisten sie wie Schakale einen verwundeten Löwen.

Hayden hatte sein Gewehr beiseitegeschleudert und drosch wild mit seinem Breitschwert um sich. Sein Gesicht war aschfahl und seine Hirschlederkleidung voll Blut; Mari hatte den Eindruck, dass viel davon sein eigenes war. Hayden attackierte einen Anlūki, wobei sein Schwert stecken blieb. Ein anderer Anlūki trat hinzu und schlitzte Hayden von der Schulter bis zur Hüfte auf. Das Hirschleder des alten Viehtreibers öffnete sich wie eine gespaltene Frucht, hell und breiig. Er fiel mit dem Gesicht voran zu Boden und bewegte sich nicht mehr.

Shar schrie und streckte die Hände nach ihrem gefallenen Freund aus.

Ekko schlug den Anlūki nieder, der Hayden getroffen hatte, dann ergriff er Shar mit einem seiner riesigen Arme. Er sah Mari an und wog seine Chancen ab, sie ebenfalls zu retten. Aber sie schüttelte den Kopf und machte ihm ein Zeichen zu fliehen. Der unbezwingbare Tau-se stand einen Moment ganz reglos da, während seine Feinde sich formierten. Mit geweiteten Pupillen und wild peitschendem Schwanz, selbst als Shar noch kämpfte und schrie und die Hände nach Hayden ausstreckte, gab Ekko ein ohrenbetäubendes Brüllen von sich und sprang durch eine Lücke in den Reihen der Feinde, die Stufen hinab und außer Sicht.

Die ganze Zeit über schrie Shar, er solle sie gehen lassen, bis ihre Stimme immer schwächer wurde und schließlich im Lärm unterging.

Mari sah hinüber zu Hayden, der noch immer dort lag, wo er hingefallen war, mit großen Augen und Lippen, die sich langsam bewegten. Sie fühlte ein Kribbeln in der Nase und Hitze in ihren Augen, als die Tränen kamen – Tränen des Verlusts, der Enttäuschung und der Schuld.

Es tut mir so leid.

Mari sank auf ein Knie. Ein Pfeil traf sie an den Rippen, am Arm. Einer traf sie an der Wange, und sie fühlte, wie der Knochen brach. Schmerz flammte durch ihren Körper, dann fühlte sie gar nichts mehr. Sie taumelte zu Hayden hinüber, wurde jedoch von Belams triumphierendem Schrei abgelenkt.

Ihr Bruder griff in Omens Torso und riss das glühende Geistergefäß aus Jade und Gold heraus. Omens zerschmetterter Körper hörte auf, sich zu bewegen. Belam hielt Omens Geistergefäß dicht vors Gesicht und untersuchte es. Seine Miene wurde durch das Lichterspiel im Inneren erhellt.

Dann, mit einem Ausdruck der Abscheu, schleuderte er es zu Boden und zerschmetterte es. Ein leuchtender Blitz aus eisigem Licht war zu sehen, der so schnell verschwand, wie er aufgeflammt war. Die Soldaten johlten, dann warfen sie Omens zerstörte Gestalt in die Grube.

Taumelnd, entsetzt und vollkommen leer blieb Mari kaum noch Zeit, sich umzuwenden, als Nadir ihr mit Verachtung im Blick in die Brust schoss.

Sie schlug mit dem Kopf auf dem Stein auf, als sie rücklings umfiel.

Willkommene Dunkelheit schloss sie in die Arme und trug sie sanft fort.

Kapitel 27

»Man kann nur den Leuten vertrauen, denen man verpflichtet ist. Denn sie sind diejenigen, die das höchste Interesse daran haben, dass deine Unternehmungen erfolgreich sind.« Sayf Rayz von den Maladhi, Assassinenmeister von Erebus fa Basyrandin (471. Jahr der Shrīanischen Föderation)

358. Tag im 495. Jahr der Shrīanischen Föderation

Corajidin kehrte mit Nima und seinen Anlūki in den Qadir Erebus zurück, um dort für die Verteidigung der Stadt alle Streitkräfte antreten zu lassen. Während er die langen, düsteren Korridore des Qadir entlangschritt, fühlte er die ersten Regungen der Angst und eine seltsame Isolation. Belamandris mit seiner tröstlichen, goldenen, herrlichen Präsenz war weit weg, ebenso wie Wolfram. Der Hexer, der mit seinen Beinschienen so groß, hager und gebrechlich schien und doch so hart war wie eine alte Eiche, die wieder und wieder vom Blitz getroffen wurde, bis nur noch ihr dunkler Kern übrig war. Und auch Kasraman war fort.

Die beiden Hexer waren da draußen, in den Straßen Avānwehs, und kämpften für die Zukunft des Hohen Hauses Erebus als überragende Familie der Avān. Aber im Gegensatz zu seinen Ahnen würde Corajidin es sich nicht gestatten zu stürzen. Egal, um welchen Preis. Er war so weit gekommen, hatte so viel von dem geopfert, woran er glaubte, dass alles, was er jetzt tat, über die Reinheit eines Neuanfangs verfügte. Natürlich würde der Tag kommen, an dem Corajidin zu Asche wurde. Sein Körper würde in das Nichts verwandelt, das *Sende* forderte, sodass sein Geist nicht in Konflikt zwischen dieser Welt und der nächsten geriet. Dann würde Kasraman seine Stelle einnehmen.

Kasraman, der Sohn, den sein Vater Basyrandin als Corajidins Erben gewählt hatte. Kasraman, der das neue und stärkere Shrīan regieren würde. Nicht dass Kasramans Gegenwart ihm im Moment sonderlich viel Trost bot. Die Erinnerung an das, was er von Kasramans Erscheinung gesehen hatte, verkrampfte ihm die Eingeweide vor Angst. Die glücklichen Tage der Hexen waren mit den Gelehrtenkriegen zu Ende gegangen und zu einem großen Teil auch für die Sēq – wenn sie sich auch noch immer mit der Verzweiflung dessen, der weiß, dass sein Ende nahe ist, an ihre Existenz klammerten. Von den wirklich großen Mystikern gab es nur noch wenige. Diejenigen, die noch in den Glanzzeiten der Arkanen Wissenschaften gelernt hatten, nicht die neueren Generationen, die in wiedergefundenen Büchern herumgestöbert hatten und nur über geringe Einsicht und so viel weniger Feinsinn verfügten. Aber was war Kasraman? Die Hexen des Mahsojhin hatten keine Angst vor Corajidin, das war ihm klar. Und doch sahen sie etwas in Kasraman, das ihre Knie weich werden ließ. Was genau hatte er da gezeugt?

Als sein erstes Kind geboren worden war, hatte es die üblichen Scherze gegeben. War Corajidin überhaupt der Vater? Kasraman sah ihm überhaupt nicht ähnlich und kam beinahe vollständig nach der dunklen Linie seiner Mutter. Es gab Geschichten von wilden Stürmen und Nomaden, die aus dem eisigen südlichen Ozean gekommen waren, und von Hexen, die in der Nacht, als Kasraman geboren wurde, durch dahinjagende Wolken gesegelt waren. Einerseits hatte sich das grüblerische, höfliche Kind als Erwachsener nicht groß verändert. Er hatte geglaubt, dass dieses Gerede über Kasraman – von wegen, dass er das Behältnis von dunkleren Mächten wäre – nicht mehr war als ein Gerücht, das die Feinde des Hohen Hauses Erebus in die Welt gesetzt hatten.

Doch jetzt hatte Kasramans Erscheinung einige dieser Ängste bewahrheitet.

Corajidin hielt auf halbem Weg durch die Herzenshalle einen Moment lang inne. *Ilhen*-Lampen brannten hinter Pferdeköpfen aus rubinrotem Glas und tauchten die gemeißelten Kalksteinsäulen, Stalaktiten und Stalagmiten in ein zartes rosafarbenes Licht. Die Luft war sanft durchsetzt mit dem Geruch nach Vanille und Orchidee, zwei von Yashamins Lieblingsdüften. An den Wänden funkelten die Formen der vergoldeten Schädel, Generationen von Feinden, die man sich zur Erinnerung und zum Gespött aufgehoben hatte. Er sah zu Ariskanders vergoldetem Schädel, der auf ihn herabgrinste. *Du denkst, du hättest gewonnen, du Feind aller Feinde. Aber wenn ich auch deine Seele nicht gefangen habe, bist es doch du, der trotz seines ganzen noblen Bluts des Hohen Hauses der Phönix hier an meiner Wand hängt.*

»Mein Rahn?«, fragte Nima besorgt. »Onkel? Geht es Euch gut?«

»Pardon?« Corajidin erwachte aus seiner Tagträumerei. Sein Neffe stand wartend einige Schritte vor ihm. Corajidin lächelte. Nima war in jeder Hinsicht um so viel besser als Farouk. Ein Verwandter, dem man beinahe trauen konnte und der sich noch nicht als Enttäuschung erwiesen hatte. Bis zu einem gewissen Grad ähnelte er Belamandris, obwohl er eher aus Messing denn aus Gold war, ein Mann, der aus geringerem Material gefertigt war und hart arbeitete, um ebenso hell zu glänzen. »Es ist alles in Ordnung, Nima. Komm und hilf mir mit meiner Rüstung. Es ist lange her, seit ich ein Kriegsrahn war wie meine Vorfahren.«

Corajidin schritt zu seinen Kammern, Nima einen Schritt hinter ihm. Die beiden Männer betraten Corajidins private Rüstkammer, wo seine unterschiedlichen Rüstungen, die er seit der Kindheit und im Erwachsenenalter getragen hatte, auf Büsten aus Rot- und Gelbgold aufbewahrt wurden. Eine breite Auswahl an Waffen hing auf glitzernden, juwelenbesetzten Gestellen. Alles in dem Raum schimmerte im Glanz des *Ilhen*-Lichts, unerschütterlich und perfekt, ohne auch nur die Andeutung eines Schattens.

Denn ich habe genug Schatten in meinem Leben angesammelt, auch ohne dass sie auch noch an meinen tödlichen Werkzeugen hängen. Er strich mit dem Finger über die elegante Wölbung seines ersten *Amenesqa*. Er hatte wenig Begabung für diese Waffe gehabt, doch die Antiquität des Blütenimperiums aus dem Hohen Haus Bey wurde von anderen begehrt, daher bedeutete sie Corajidin etwas. Und sie war nicht allein; neben ihr lagen Dutzende anderer, die alle von vergleichbarem Wert waren, da sie irgendwann einmal für einen anderen wertvoll gewesen waren.

»Ich werde das dunkelrote Seidengambeson und die Hose anlegen«, sagte Corajidin und wies dabei auf die Stücke, »die schwarze Wildlederbrünne mit den goldenen Schnüren und die goldziselierte schwarze Schuppenbrünne.«

»Und Eure Waffe, mein Rahn?«

»Ah, für mich gibt es eigentlich nur eine richtige Wahl, Neffe.« Corajidin nahm einen *Shamshir* aus seinem Fach: Die üppig mit Gold und Rubinen besetzte Damaszenerklinge war eine schöne und tödliche Waffe. »Sie ist nicht so schwer zu handhaben wie ein *Amenesqa* und damit eine Waffe für gewöhnliche Leute; allerdings ist diese hier für einen Anführer gemacht.«

Nima badete Corajidin in heißem Wasser und massierte mit einem seidenen Lappen eine Mischung aus Myrrhe und

Aloe Vera in seine Haut. Dann half er Corajidin in seine Rüstung, die viel schwerer war, als Corajidin sie in Erinnerung hatte. Nima nahm sich Zeit, um sie richtig anzulegen, und richtete die Riemen, Bänder und Schnallen, während Corajidin prüfte, wie viel Bewegungsspielraum er hatte. In manchen Momenten schien das Licht direkt auf Nimas blondes Haar, und Corajidin fühlte sich an Belamandris erinnert, der ihm bei diesen Gelegenheiten so oft geholfen hatte. Corajidin lächelte und ließ die Hände auf Nimas Kopf ruhen, während er sich vorstellte, es wäre der Sohn, den er mehr als jeden anderen liebte, bis auf …

»Mich, mein Herz.« Yashamins Stimme kitzelte seine Nervenenden. Mit geschlossenen Augen fühlte er ihren Atem an seinem Ohr, was seine Brust erzittern ließ. Corajidin öffnete die Augen wieder, konnte sie jedoch nirgendwo sehen. Er atmete gequält ein.

»Ist es zu fest, mein Rahn?«, fragte Nima besorgt.

»Nein. Du hast es gut gemacht.«

»Du bist der große goldene Hengst, mein Mann.« Es klang, als würde Yashamin vor ihm knien. Er stellte sich vor, er würde ihre Hände auf seinen Oberschenkeln fühlen. *»Bald wirst du deine Feinde unter deinen Hufen zertrampeln. Bald wirst du alles in Händen halten. Vielleicht sogar mich.«*

Corajidin blieb der Atem in der Kehle stecken. Er blickte auf Nima hinab, der gerade den dicken Waffengürtel aus Leder an Corajidins Schärpe befestigte. »Es ist in Ordnung, Nima. Den Rest mache ich selbst. Ruf die Anlūki und vier Kader der Pferdewache zusammen und komm in dreißig Minuten in den Innenhof. Schick außerdem eine Nachricht zu Feyd von den Jiharim. Sag ihm, er soll mit so vielen Jihari wie möglich nach Avānweh kommen.«

Nima verneigte sich und eilte davon.

»Endlich! Wir sind allein«, seufzte Corajidin.

»Du bist nie allein, Jidi«, sagte sie an seiner Brust. Er konnte sie hören und fühlen, aber nicht sehen. *»Es ist das Licht, Liebster. Ich liebe das Licht, aber es liebt mich nicht.«*

Hastig verdeckte Corajidin die *Ilhen*-Lampen. Als sich der Raum verdunkelte und nur noch vom trüben Tageslicht erhellte wurde, materialisierte sich Yashamins hauchdünne Gestalt wie eine Skulptur aus Jade und schwarzem Rauch. Sie war nackt, ihr langes Haar dunkel wie die Nacht, und sie trug milchweiße Jadeperlen um ihre Kehle, die Handgelenke und Knöchel. So liebte er sie am meisten – so hatte sie sich selbst am meisten geliebt.

Er versuchte, sie zu umarmen, aber ihre Gestalt wirbelte um ihn herum wie Rauch. Tränen der Frustration und des Verlusts traten ihm in die Augen, die er hastig fortwischte.

»Wir stehen an der Schwelle zu einem neuen Zeitalter, Liebste«, sagte er zu ihr. »Alles, was wir geplant, wofür wir gekämpft und geblutet haben …«

»Wofür wir gestorben sind …«

»Ist im Begriff, Wirklichkeit zu werden. Ich werde zum Asrahn gekrönt und in die erhabenen Reihen meiner Vorfahren aufgenommen. Jetzt muss ich nicht länger fürchten, dass ich sie enttäusche.«

»Und ich werde bei dir sein, Jidi.« Sie hielt inne, dann trieb sie auf einer wirbelnden Wolke aus fragmentiertem Licht davon, wie Staub in einer leichten Brise. *»Aber es wird nicht so werden, wie es hätte sein sollen.«*

»Wenn ich dich zurückbringen könnte …«, würgte er hervor, und ihm wurde klar, dass er es ernst meinte. Bestürzt trat er zurück. Was sagte er da?

»Was sagst du da?« Es war, als könnte sie seine Gedanken lesen. *»Es sind unsere Seelen, die miteinander sprechen, Jidi. Du kannst die Toten nicht belügen.«*

Es hatte so viele Dinge gegeben, an die er über die Jahre

geglaubt hatte. Ein Konstrukt aus Moralprinzipien, das ihn seit seiner Kindheit angeleitet hatte. Im Laufe der Jahre hatte er notwendigerweise eine gewisse Anpassungsfähigkeit erlernen müssen und vielen seiner Grundsätze erlaubt, sich bis zum Zerreißpunkt zu dehnen; diese Flexibilität hatte er durch das größere persönliche Wohl und das Wohl seines Hauses gerechtfertigt. Aber seit seiner Krankheit und dem Tod bei lebendigem Leibe, den er erlitten hatte, waren Prinzipien zu einem Luxus geworden, den er sich weniger und weniger leisten konnte.

Bei der Botschafterin war er durch eine harte Schule gegangen, was die Zerbrechlichkeit von Prinzipien betraf. Er hatte mit Nomaden verhandelt. Er hatte seinen Sohn daran gehindert, seine heilige Reise zur Seelenquelle zu beenden. Er hatte gemordet, erpresst und gelogen. Und er hatte die Hexen aus dem Mahsojhin befreit. Die Liste seiner Verstöße war lang, und doch war er noch da, und in zwei Tagen würde er für sein unerbittliches Streben nach Macht sogar noch belohnt werden. Alles, was er getan hatte, hatte er für den Ruhm seines Hauses getan, und auch seine Vorfahren waren Hexen, Gelehrte, Rahns, Asrahns und sogar Mahjs gewesen! Und Verräter. Und Ketzer. Der Weg der Erebus war lang, mit ebenso vielen Hügeln und Gebirgen wie Tälern. Die Geschichte wurde immer von den Siegern geschrieben. Regeln und Gesetze wurden von denen gemacht, die sich der Ungewissheit eines Wandels stellten, mit scharfem Blick und unerschütterlicher Entschlossenheit. Derartige Leute nahmen sich, was sie wollten, und fragten weder nach Erlaubnis noch nach Vergebung.

Warum also sollte das Zurückholen seiner ermordeten Frau schlimmer sein als das, was er – oder andere wie er – bereits getan hatten? Wie sollte es schlimmer sein als das, wozu er jetzt ohnehin schon bereit war?

»Ist es nicht, Liebster.« Yasha verschmolz mit ihm und brachte seine Nervenenden zum Vibrieren, wie sie es früher schon immer getan hatte. Sein Körper zitterte vor Verlangen, während sie durch ihn hindurchzugleiten schien. Er wandte sich um, um sie anzusehen, hungrig nach ihrer Berührung. *»Du weißt, was du zu tun hast, Jidi.«*

»Ich weiß es.«

»Ja! Hundert Mal, tausend Mal ja! Alles wird gut werden, wenn wir erst wieder zusammen sind.«

»Das wird es, meine Yashamin.«

»Jetzt trink deine Medizin, Jidi. Heute Nacht musst du stärker sein als jemals zuvor.«

Corajidin und sein Militär veranstalteten ein großes Spektakel, während sie durch die Straßen von Avānweh ritten. Es wäre besser gewesen, Iphyri dabeizuhaben, da die mächtigen Pferdemänner immer Eindruck machten. Aber die Versammlung war eine Zeit des Friedens, und er konnte die tödliche Schlägertruppe schlecht als seine persönliche Leibwache ausgeben. Davon abgesehen waren auch die Anlūki eindrucksvoll genug, und die ganze Zweite Kompanie der Pferdewache der Erebus bestand aus bewährten Veteranen.

Er musterte seine Krieger, und seine Stimmung hob sich. Mittlerweile würden die Hexen und Leichname vor Ort sein und sich der schlimmsten Bedrohung stellen, die von den Elementardämonen ausging. Er hoffte, dass irgendjemand sich Nix geschnappt und den labilen kleinen Mann daran gehindert hatte, noch mehr freizusetzen.

Die kleine Armee marschierte in ein großes, leeres Forum ein, das von vier riesigen Statuen beherrscht wurde, die Rücken an Rücken standen, die Gelehrtenstäbe mit ihren scharfen Haken in Händen. Vogelkot befleckte die gemeißelten Falten im dunklen Stein, vermischt mit den Verfärbungen, die der Regen im Lauf von Jahrhunderten hinterlassen hatte. Hier warteten Kasraman, Wolfram, Kimi und Nix auf sie.

»Vater.« Kasraman verneigte sich förmlich. Als er wieder aufsah, erwärmte ein Lächeln das Eisblau seiner Augen.

»Neuigkeiten?«

»Meist gute. Wir haben alle bis auf eine der Hexen verloren, die wir mit der Himmelswolf geschickt haben. Igrael berichtet, dass Belamandris Vahineh und Mari in Gewahrsam hat.«

»Was ist mit den föderalistischen Rahns?«

»Sie sind in die Wüste entkommen, aber er hat ihnen Soldaten hinterhergeschickt.« Kasraman lachte in sich hinein. »Ich vermute, es war Maris Idee; sie sind in die Näq Yetesh geflohen, zweifellos, um die Hexen zu neutralisieren. Alle bis auf eine der Hexen, die wir mit Belam losgeschickt haben, wurden getötet, als sie die Tote Ebene durchqueren wollten und dabei abgestürzt sind. Ein schmerzhaftes Ende.«

»Das ist verflucht noch mal nicht witzig«, knurrte Wolfram. Seine sehnige Hand umklammerte Kimiyas Arm, und sie zuckte zusammen.

»Ein bisschen witzig ist es schon«, beharrte Kasraman, und sein Gesichtsausdruck war unlesbar, während er Kimiya ansah. Er wandte sich zu seinem Vater. »Belam hat den Tod des Geisterritters Sassomon-Omen und des menschlichen Gewehrschützen Hayden Goode bestätigt.«

»Und Indris?«

»Er war nicht dabei. Offenbar ist er bei den Sēq.«

Corajidins Kiefer mahlte vor Zorn. Dieser Mann war glitschiger als eine eingefettete Schlange! Was brauchte es eigentlich, um einen einzelnen Mann zu töten, bei Erebus' Liebe? Er umklammerte seine Zügel, bis er seine Wut wieder unter Kontrolle hatte.

»Und meine Schwester ist ziemlich mitgenommen, aber gesund«, fügte Kasraman hinzu. »Für den Fall, dass du …«

»Danke, Kasraman«, unterbrach ihn Corajidin. »Und wie läuft unser Kampf gegen die Invasoren?«

»Sanojé und ihre Leichname haben alles getan, was ihnen aufgetragen wurde«, erwiderte Wolfram, »ebenso Elonie, Ikedion und diejenigen, die sie sich zur Unterstützung gewählt haben. Sogar dort, wo die Sēq gekämpft haben, haben die Hexen ihre Unterstützung angeboten, bis die Elementardämonen gebannt waren.«

»Ich hätte sie gern wieder, wenn es Euch nichts ausmacht«, sagte Nix, während er an seinem Daumennagel kaute. »Die Vortäuschung einer menschlichen Invasion war mit beträchtlichem Aufwand meinerseits verbunden, Rahn Corajidin.«

»Wir werden zurückgeben, was möglich ist, Nix. Einiges von dem, was du da freigesetzt hast, hat mehr als nur ein bisschen Überredung gebraucht, um sich zu benehmen, und musste daher zerstört werden. Wenn unser Bedürfnis, die Auseinandersetzung zu überleben, dir irgendwelche Unannehmlichkeiten verursacht hat, dann tut es mir leid.« Kasramans Lächeln strafte seine Worte Lügen, und Nix' spöttische Verbeugung verbarg nicht das Aufflammen heimtückischen Zorns in seiner Miene. Er fuhr fort: »Ein oder zwei Mal haben die Sēq versucht, die Hexen anzugreifen, aber sie haben sich nur verteidigt, bis die Sēq schließlich das Feld geräumt haben. Alles in allem war es ein erfolgreicher erster Schritt, Vater.«

»Und nun?«, fragte Corajidin, und seine Herzen schlugen bei dem Gedanken an einen Kampf wild. Er hatte eine große Dosis vom Trank der Botschafterin genommen, und er erfüllte seinen Körper mit einer Kraft, wie er sie noch nicht einmal in seinen besten Jahren gehabt hatte. »Ich möchte, dass die Leute mich in Aktion erleben und sich daran erinnern.«

»Dann komm, Vater, und genieße den Sieg, den wir so lange vorbereitet haben.«

Die riesigen widerlichen Tentakel der Elementardämonen wanden sich um die kreischenden Krieger, hoben sie hoch und warfen sie dann zu Boden, wo einer von ihnen wie eine Wassermelone zerplatzte. Fleischklumpen landeten auf Corajidins Rüstung. Sein Pferd bäumte sich auf und wieherte mit Schaum vor dem Maul. Corajidin stürzte aus dem Sattel. Das Pferd bockte und schlug aus, dann donnerte es, wahnsinnig vor Angst, davon und wurde von einem riesigen Tentakel zerquetscht.

Corajidin wich auf den blutigen Steinen zurück, während die Tentakel vor ihm ein Dutzend oder mehr Männer von den Füßen fegten.

Der Elementardämon war eine aufgeblähte, krötenähnliche Kreatur von beinahe sieben Metern Höhe. Sie hatte einen breiten Einschnitt statt eines Munds, der mit zerklüfteten Zähnen gefüllt war. Ihr Atem roch wie eine Fischerei im Hochsommer. Wenn sie sprach – oder was man bei diesem Wesen als Sprechen bezeichnen konnte –, kam ein gurgelndes, feuchtes Geräusch hervor. Es war übelkeiterregend.

Corajidin kam wieder auf die Füße und gesellte sich zu Kasraman, Wolfram und den anderen Hexen; er ging davon aus, dass das der sicherste Ort war. Die Anlūki und die Pferdewache hatten sich als wenig nützlich herausgestellt – diejenigen, die nicht von den Elementardämonen gefressen worden waren, lagen wie zerrissene Puppen auf dem Boden verstreut.

Der Elementar taumelte zur Seite und brachte eine hohe Mauer zum Einsturz. Steine regneten herab und verwundeten einige der Krieger, töteten andere oder begruben sie unter sich.

»Tötet es!« Corajidins Stimme war schrill vor Angst. Er wollte den Arm seines Sohns umklammern, aber Kasraman war heißer als ein Brennofen. Obwohl er mehrere Zentimeter über dem Boden schwebte, hatte sich der Stein unter seinen Füßen in geschmolzene Schlacke verwandelt. Corajidin fühlte, wie die Haut in seinem Gesicht austrocknete und sich seine Rüstung aufheizte. »Kasraman! Du musst es töten, oder alles war umsonst!«

Die Erscheinung des dämonischen Prinzen wandte sich Corajidin zu, der entsetzt zurückwich. Es war Kasramans Gesicht, aber mit harten und scharfen Kanten und geometrischen Mustern, die auf seiner Haut leuchteten. Seine Augen brannten so weiß wie Gletscher unter der Sonne, und zwei riesige Hörner wölbten sich aus seiner Stirn.

»Dies ist deine Zukunft, Vater«, sagte die Erscheinung, die eine Stimme war und zugleich viele. »Das ist die Tür, die du geöffnet hast und die ich eines Tages wieder werde schließen müssen. Aber heute brauchen wir diese Hexen, wenn irgendjemand von uns überleben soll.«

Corajidin stürzte zu Boden. Kasraman, Wolfram und die anderen Hexen erfüllten die Luft mit ihren Gesängen. Kimiya kniete zu Wolframs Füßen. Ihre Augen waren verdreht, sodass nur das Weiße zu sehen war, und ihre Haut wirkte wächsern. »Nein. Nicht das. Wie habe ich das vergessen können …«, murmelte der Rahn.

Und die Vorhänge der Vergangenheit öffneten sich, und er war Asrahn Erebus fe Amerata, die Rote Königin, deren Welt um sie herum zusammenbrach. Die Hexen hatten sie betrogen! Sie hatte eingewilligt, ihnen Macht zu geben, und dafür sollten die Hexen ihr helfen, die letzten Bande zu durchtrennen, die Shrīan an den sinkenden Leichnam des Erwachten Imperiums fesselten – die Sēq. Und dann war sie verraten worden, nachdem sie ihnen die Idee gegeben und den Schlag geplant hatte, der ihre Leute in die Freiheit führen und die Vorherrschaft des Hohen Hauses Erebus als Asrahns hätte sichern sollen. Sie konnte nicht mehr atmen, die Luft war so heiß, dass sie glühte und Funken sprühte, und die Pflanzen verdorrten vor ihren Augen. Der Himmel war aufgeladen, die Blitze zuckten von Wolke zu Wolke. Flammen leckten an den Bergen. Die Stadt hallte wider von einer Symphonie der Furcht, während die Hexen ihre Macht entfesselten und gegen die Leute einsetzten, die sie schon immer geschmäht hatten. Hexen kreisten schreiend im Himmel, umgeben von den schimmernden Umrissen ihrer nur halb sichtbaren Geister, und ihre Erscheinungen flackerten. Sie weinte um ihren Verlust. Nicht den Verlust ihres Volkes. Einzelne Lebewesen waren unbeständig und leicht zu ersetzen. Nein, sie weinte um den Verlust ihres Traums …

Es fühlte sich an, als würden sich die Schichten in Corajidins Geist lösen. Wellen der Bosheit, die von dem Elementar ausgingen, brandeten über ihn hinweg, während der gähnende, kreiselnde, unmögliche Strudel aus den Stimmen seiner Ahnen, ihrer Bedürfnisse und ihrer Forderungen in seinem Kopf flatterten wie Tauben, die in einem Raum gefangen waren. Er konnte sehen, wie sich ihre Münder öffneten und schlossen, während sie versuchten, sich Gehör zu verschaffen, denn sie alle wollten die Chance, sein Leben zu leben, denn der Tod war nicht das …

Schluchzend krabbelte Corajidin rückwärts, und Kasraman durchbohrte ihn mit seinem Blick. Er hörte die Stimme seines Sohns in seinem Kopf, so klar wie eine Glocke.

»Ich sehe, was du siehst, Vater. Aber dein Geist ist dieser Aufgabe nicht gewachsen und wird es auch niemals sein. Lass die Albträume los, Vater. Vergiss, was du gesehen hast, und erinnere dich nur daran, dass du dein Volk gerettet hast. Vergiss jetzt …«

»Sag etwas, Vater«, drängte Kasraman.

Beim Lärm des Jubels fuhr Corajidin auf. Er stand im Tyr-Jahavān, und Kasraman klopfte ihm mit breitem Grinsen auf die Schulter. Corajidin fand die Beherrschung wieder und setzte hastig seine Maske auf. Das alte Lächeln, das seine Lippen dehnte, ohne dass er seine Fänge enthüllte. Kasraman half seinem Vater auf die Füße, dann klatschte er mit den anderen weiter.

Corajidin trug noch immer seine Rüstung, die verbeult und mit Blut beschmiert war. Er sah auf seine Hände hinab und bemerkte, dass sie in Leder und Stahl gehüllt und blutverkrustet waren.

Kasraman wirkte ebenfalls angeschlagen, seine Nase war blutig, und die langen Schnitte in seinem Nacken wirkten frisch. Wolfram stützte sich auf seinen Stab, der sich unter dem Gewicht krümmte, während Kimiya teilnahmslos neben ihm saß. Nimas rechter Arm steckte in einer Schlinge, und sein Gesicht war von Prellungen übersät.

Corajidin stand stumm da. Er hatte nur noch eine verschwommene Erinnerung an den Kampf. Wie war er zum Tyr-Jahavān gekommen? Kasraman lächelte seinen Vater erschöpft an, dann wandte er sich an die Versammelten.

»Ratsmitglieder des Teshri. Darf ich euch Rahn Erebus fa Basyrandin fa Corajidin präsentieren, den Mann, dessen Vision und Glaube an unsere alten Sitten heute Tausende in Avānweh gerettet haben. Meinen Vater. Euren nächsten Asrahn, eine Stellung, die er wohl verdient hat!«

Ihr Jubel war ohrenbetäubend. Imperialisten und Föderalisten zollten ihm gleichermaßen Respekt, und Corajidin errötete vor Stolz. Selbst der alte Himmelslord und seine Enkel erhoben sich respektvoll auf die Füße.

Kasraman war der Erste, der zur Ersten Verbeugung ansetzte. Allein oder zu zweit folgten die anderen seinem

Sohn, und dann ganze Gruppen, bis Corajidin als Einziger noch auf den Füßen stand. Er blickte über die versammelten Anführer Shrīans und begriff zum ersten Mal wirklich, was es für ein Gefühl sein würde, in den nächsten fünf Jahren Asrahn zu sein. Ihm war schwindlig. Er fühlte sich größer, stärker, ein Mann aus Stahl, der lediglich in eine Fassade aus Fleisch gehüllt war, aber einen ganz anderen Kern verbarg.

Eine Veränderung des Lichts erweckte seine Aufmerksamkeit, und Corajidin sah einen ersten Streifen der Sonne am Gipfel des Bergs, ein blendender Halbmond über dem harten Bergschatten. Der Schnee leuchtete unnatürlich hell. Die Morgensonne reflektierte in Kasramans Augen, die so blendend wirkten wie ein Gletscher, entzündet von dem Feuer in seiner Seele. *Lichtsignale inmitten der Muster, die in sein Gesicht geschrieben standen …*

Sein Körper verkrampfte sich, und Corajidin wandte den Blick ab. Einen Moment lang sahen ihn die Leute befremdet an, ebenso wie Kasraman, der einfach nur Kasraman war. Er maskierte sein Unbehagen und gab ein selbstironisches Lachen von sich, in das die anderen einstimmten.

Corajidin machte den Leuten ein Zeichen, sich zu setzen. Als der Lärm zu einem schwachen Murmeln abgeebbt war, blickte er sich in der Kammer um und nickte langsam.

»Ich sehe viele veränderte Gesichter«, sagte er. »Was nicht weiter überrascht, wenn man bedenkt, was wir gemeinsam durchlitten und überlebt haben. Ja, gemeinsam. Jeder, der in Avānweh geblieben ist, hatte Anteil an unserer Rettung, egal, ob er Rahn, Sayf oder Mystiker, Krieger oder Schriftsteller war. Die Beinahe-Auslöschung von Avānweh durch … noch unbekannte Angreifer war ein Ereignis, das wir alle gemeinsam überlebt haben.

Aber Ehre, wem Ehre gebührt. Mein Sohn und Erbe Kasraman und diese tapferen Hexen, wie Wolfram von Angoth und Kimiya von den Delfineh, Chepherundi op Sanojé, Elonie von Nienna und Ikedion von Corene und viele andere waren es, die getan haben, was die Sēq nicht tun wollten – nein, konnten: unser Volk zu verteidigen. Und mein zweiter Sohn, der goldene Belamandris, hat unter Einsatz seines Lebens gefährliche Verräter aus Avānweh gejagt. Narseh und ihren Kriegern, Ajomandyan und Neva und Yago und den Himmelsrittern, meinem Neffen Nima und den Kriegern, die er so gekonnt befehligt hat, gebührt mehr Lob als mir.«

Corajidin wartete, während die Jubelrufe durch die Kammer mit ihrer hohen Kuppel und bis nach draußen schallten. Sollte das gewöhnliche Volk ruhig ihre Jubelrufe hören.

»Lasst mich euch also fragen, meine Freunde und Mitüberlebenden, sind die Hexen jemand, den wir fürchten sollten, oder nicht vielmehr Freunde und Verbündete?«

Schreie der Aufmunterung und Dankesrufe hallten von den Wänden wider. Corajidin warf einen Blick zu Kasraman und Wolfram hinüber, deren Gesichter zu einem stolzen Lächeln verzogen waren.

»Wenn ihr also mit mir einer Meinung seid, dass diese Leute mehr verdient haben als euer Misstrauen, dann lasst sie uns umarmen und von heute an Nutzen aus ihrer Weisheit ziehen!« Corajidin ließ die Leute reden. Er fühlte die Strömungen von Missbehagen und Argwohn, doch sie ließen schon bald nach, als die Mehrheit sich seiner Meinung anschloss, bis beinahe alle Mitglieder des Teshri zugestimmt hatten.

»Danke«, sagte Corajidin. »Und nun: Wer möchte wieder einen Geschichtenmeister haben, der sein Hohes Haus oder die Familie unterstützt, so wie es nicht mehr geschehen ist, seit die Sēq euch vor langer Zeit den Rücken gekehrt haben?«

»Wie viele?«, fragte Corajidin später.

»Dreiundvierzig von den hundert Sayfs waren anwesend«, sagte Kasraman. »Neununddreißig von ihnen haben darum gebeten, dass ein Hexer ihrem Haushalt als Geschichtenmeister beitritt. Auch Narseh hat einen angefordert.«

Corajidin klatschte in die Hände und verschränkte dann die Finger, um ihr Zittern zu unterdrücken. »So viele und so schnell!«

»Es werden noch mehr werden«, fügte Wolfram hinzu.

»Wenn ihr beide nicht gewesen wärt … ihr und die euren haben überragende Arbeit geleistet, aber wir sind noch nicht fertig.«

»Deine Befehle, Vater?«

»Ich möchte, dass du und Wolfram die Hexen einzeln aussucht und überprüft. Kasraman, alle Hexen werden dir Bericht erstatten. Sie sollen allerdings begreifen, dass ihre Aufgabe sehr viel mehr umfasst als nur das Amt eines Geschichtenmeisters für schwachsinnige Sayfs, die beim ersten Anzeichen von Ärger in Panik geraten sind. Sorg dafür, dass sie dich mit Informationen darüber versorgen, was jeder Sayf – und auch Narseh – tut.«

»Wie du wünschst, Vater.«

Corajidin sah zu, wie Kasraman und Wolfram gingen, und das Gefühl der Euphorie machte ihn schwindlig. Er verschränkte die Hände auf dem Rücken, sowohl, um herrschaftlich auszusehen, als auch, um ihr Zittern zu unterdrücken. Die Sayfs und ihre Begleiter lächelten und lachten, tranken und aßen. Die gewölbte Kammer mit ihren hohen Kristallsäulen wirkte auf einmal wärmer, und die Farben des Kuppelmosaiks leuchteten heller.

Heute Nacht hatte er Mittel eingesetzt, die sein Volk unter einen Bannfluch gestellt hatten, um einen Kampf zu gewinnen, den es nicht wirklich gab. Und sein Volk liebte ihn dafür. Die Ahnen waren nicht kreischend aus der Seelenquelle hervorgekrochen, um ihn niederzuschlagen, und der Teshri hatte seine Methoden nicht infrage gestellt. Sie feierten ihr Glück, und vielleicht waren sie glücklicher, weil sie ahnungslos waren und nicht die heiklen Fragen stellten, die Roshana oder ihre Föderalisten möglicherweise aufgeworfen hätten. Nein, die Leute, die ihm gegenüber loyal waren, waren in der Überzahl, und sein erlesenstes Geschenk an sie war die Fiktion, die sie nun genossen. Beinahe alles war so, wie er es sich erhofft hatte, aber er würde wachsam bleiben müssen, bis sich alle seine Pläne verwirklicht hatten.

Er hatte Belamandris.

Er hatte seinen Thron.

Nun war es an der Zeit, mit der Botschafterin über sein drittes und letztes Bedürfnis zu sprechen und Yashamin aus den Schatten zurückzuholen.

Kapitel 28

»Unsere Erinnerung ist oft der süße Zuckerguss auf der bitteren Wahrheit.« Madesashti, Oberhaupt von Amajoram, dem Wolkenpalast des Perlenhauses in Avānweh (276. Jahr der Shrīanischen Föderation)

359. Tag im 495. Jahr der Shrīanischen Föderation

Indris lehnte sich mit geschlossenen Augen in seinem Stuhl zurück und versuchte erfolglos, sich zu entspannen und die Sonnenstrahlen auf seinem Gesicht zu genießen, die durch das hohe, schmale Fenster hereinströmten. Eine kleine Alabasterschale mit Räucherwerk brannte in einer Wandnische und erfüllte die Luft mit dem Geruch nach Sand und Meer. Auf dem Esstisch standen halb leere Schüsseln mit Obst, Soßen und Brot. Blaue und gelbe Lotusblüten schwammen in einer glasierten Porzellanschale, und die *Ilhen*-Lampen sandten schwache Strahlen an die Obsidiandecke. Gestaltwandlerin lag brütend und still auf einem kunstvollen Waffengestell. Auch sie schien sich zu langweilen.

Es kamen keine Besucher, bis auf den stummen Sēqmajor, der ihm Essen, Wasser und Wein brachte. Neuigkeiten gab es auch keine, abgesehen von dem wachsenden Druck auf Indris' Sinne, der ihm sagte, dass da draußen irgendetwas seinetwegen geschah.

Er war durch den Teil seines Bewusstseins alarmiert worden, den er dazu bestimmt hatte, die feinsinnigen Veränderungen im Muster des Arrestzaubers zu fühlen, der Indris' Körper und Seele seit gestern in dieser ausgedehnten Gästekammer gefangen hielt. Die Sēq, die ihm Essen und Trinken brachten, sprachen nicht mit ihm, und es machte ihn nervös, dass er keinerlei Informationen über die Ereignisse draußen in der Welt hatte. Als sich die Struktur des Arrestzaubers veränderte, nutzte Indris wieder die Gelegenheit, um die Leiter seines Bewusstseins hinaufzuklettern. Er wollte sich mithilfe seines *Psé* vergewissern, dass Mari, seine Freunde und die Rahns in Sicherheit waren. Und er wollte alles über Anj herausfinden, was er konnte, und sehen, was in Avānweh vor sich ging.

Indris fokussierte den Blick seiner physischen Augen auf das Licht, das von den Rändern eines Kristallprismas zurückstrahlte, und machte es zum Zentrum seines Universums. Dann wartete er in den oberen Bereichen seines Geists, als die Gelehrten begannen, die Kontrolle über ihren alten Arrestzauber zu lösen und einen neuen zu errichten. Mithilfe des *Ahmsah* beobachtete er, wie das neue Muster mit dem alten verschmolz. Es war, als würde man zwei bunte Teppiche mit unterschiedlichem Gewebe verschmelzen. Das neue Muster wurde von einem anderen Geist mit anderen Erfahrungen, Beobachtungen und einem veränderten Kontext gewoben. Indris' Geist schloss sich ihm an. Leicht wie eine Staubflocke folgte er den mystischen Lichtpunkten, die die Regeln der neuen Arrestzauber definierten.

Die erste Schicht bestand aus einem fließenden Bereich mit wirbelnden phosphoreszierenden Prismen, die die Wände, Boden und Decke entlangströmten und sie durchdrangen. Es war eine Konstruktion aus trügerisch glatten, sich überschneidenden Stäben, ein Gitter aus einem mystischen Code, der in bestimmten Zeitabständen Richtung und Geschwindigkeit änderte. Die physische Gefahr war nicht sonderlich groß, aber jeglicher Kontakt mit den sich ständig verändernden Fallen würde seinen Nervenenden einen Schlag versetzen und einen Alarm auslösen; so viel hatte er bereits feststellen müssen. Er tauchte seine *Ahm*-Sonde in den fließenden Bereich des Arrestzaubers. Mithilfe der Informationen, die er bei seinen vorhergehenden etwa zwanzig Versuchen gesammelt hatte, lokalisierte er rasch den Wirbel aus Fraktalen, der als Kippschalter innerhalb der Sperre diente. Wenn er die Sperre öffnen konnte, würde er in die zweite Schicht seines Arrestzaubers vordringen können.

Die nächste Ebene bestand aus leuchtenden, fließenden Bildzeichen, die Kreise, Bogen und träge Spiralen bildeten. Sie waren ständig in Bewegung, dehnten sich aus und zogen sich wieder zusammen. Wirbelnde Zeichen und Symbole durchdrangen sich gegenseitig, verschmolzen, verwandelten sich von einer unsinnigen Zeichenfolge in verständliche Textzeilen und wieder zurück. Da er sich noch lebhaft an seinen letzten Rückschlag bei der zweiten Schicht des Arrestzaubers erinnerte, hielt Indris einen Moment inne. Und das war gut so – er stellte fest, dass er irrtümlich der ersten Zeichenkette gefolgt war, dabei hätte er stattdessen den Schlüsselbegriffen folgen müssen, die im dahinter liegenden pashreanischen Dialekt verborgen lagen. *Da!* Ein Zitat von Marak-ban, einem Sēqritter der Sussain. *Wir haben nur diesen Augenblick, um etwas verändern zu können.*

Indris sprach die Worte in seinem Geist und wurde mit atemberaubender Geschwindigkeit in die dritte Ebene des Arrestzaubers katapultiert. Diese Schicht war ein Mahlstrom aus Abstraktion und Analogie, aus Bildern, die aus Fraktalen von der Größe eines winzigen Stecknadelkopfs entstanden, sich zusammenballten wie Sturmwolken und dann wieder fortgeweht wurden. Jedes Fraktal wechselte ständig Farbe und Form und sandte kleine Wellen über eine scheinbar unendliche geistige Landschaft aus. Da er aber in den Begrenzungen eines fest umrissenen Raums gefangen saß, wusste Indris, dass auch das eine Illusion war. Das letzte Mal, als er sich auf die sich rasch verändernden Bilder konzentriert hatte, war er zu nahe gewesen, um das Ganze zu sehen, und zum siebten Mal gescheitert. Diesmal überwand er die Faszination, die von den Details ausging, und ließ seine *Ahm*-Sonde aufsteigen. Zwischen der zweiten und der dritten Schicht des Arrestzaubers kam Indris nahe genug, um zu erkennen, dass die zweite Ebene aus schwindelerregend schnell rasenden, erleuchteten Unsinnwörtern bestand. Und doch fand er gerade hier die Antwort, nach der er suchte: Was wie Tausende kleiner Bilder wirkte, war das Gewebe eines großen Ganzen, ein Bild, das alle Gelehrtennovizen kannten: der Aufstieg des Phönix. Es zeigte Näsarat, den Vorfahren seines Hohen Hauses, wie er von Sedefke in Isenandar ausgebildet wurde. Erebus war auch zu sehen und Chepherundi, Bey, Selassin, Sûn und andere Mitglieder des Hochadels. Aber welcher Schlüsselbegriff steckte dahinter? Solange er nicht wusste, wer den Arrestzauber entworfen hatte, hatte er nicht die geringste Ahnung, was das Schloss öffnen würde. Eine gefühlte Ewigkeit lang sah er zu, wie sich das Bild auflöste, wieder neu bildete, nur Teile des Ganzen zeigte, zu einem kompletten Bild verschmolz, und dann fortgespült wurde wie Meeresschaum, nur um wieder von Neuem zu beginnen. Indris ging das Risiko ein und sagte ein einzelnes Wort.

»Näsé.« Der hochavānische Begriff für Phönix.

Mystische Schmerzerzeuger peitschten über die Bereiche seines Geists, die ihm normalerweise signalisierten, dass er Schmerz empfinden sollte. Und das tat er. Sehr sogar. Er hatte kaum die Zeit, irgendeine Verwünschung auszustoßen, als sich seine *Ahm*-Sonde auch schon auflöste und er in seinen gequälten Körper zurückkatapultiert wurde. Einige Augenblicke später öffnete sich die Tür, und ein ältlicher Meister in schwarzer Soutane bat ihn höflich, aber bestimmt, von weiteren Versuchen abzusehen. Indris lag mit zuckenden Gliedern auf dem Boden und erklärte dem Meister bis ins Detail, was er mit seiner Bitte tun könne.

Die Sonne war über den Himmel gewandert und stand bereits im Westen, als sich die Tür zu seiner Kammer erneut öffnete. Femensetri und Er-Der-Sieht traten ohne weitere Aufforderung ein und setzten sich. Femensetri stippte ihre Finger in die Soßen, nahm sich vom Brot, biss ab und tunkte es dann in die unterschiedlichen Schalen. Indris wies auf das Essen.

»Bedient Euch, *Sahai*. Ihr müsst selbst am besten wissen, womit Euer Mund vorher beschäftigt war.«

»Ich habe dem Teshri nicht den Hintern geküsst, falls du das meinst.«

»Entschuldige unser langes Schweigen, General Indris.« Er-Der-Sieht gehörte zu den Orjini, einem uralten Volksstamm, der im Mar Ejir und in den Tiefen der Näq Yetesh hauste. Seine Haut glänzte wie poliertes Mahagoni, und entlang seiner Schläfen zog sich ein buntes Muster aus orangen und gelben Punkten. Er hatte ungebändigte, dunkle Locken, die seine farblosen Augen noch eindrucksvoller machten. »Wir waren anderweitig beschäftigt und hatten vorher keine Zeit, mit dir zu sprechen.«

Indris testete den Arrestzauber und stellte fest, dass er noch immer vorhanden war. Beiläufig wies er auf das Zimmer. »Ich gehe davon aus, dass Ihr mich etwas fragen wollt, das von neugierigen Ohren und Augen nicht gehört oder gesehen werden soll?«

Er-Der-Sieht lachte. Es war ein tiefer, melodischer Laut. Er wandte sich zu Femensetri und zeigte lächelnd seine leuchtend weißen Zähne. »Ich verstehe schon, warum du den hier magst. An seinem Ruf könnte etwas dran sein; das wäre eine erfrischende Überraschung nach so vielen gescheiterten Helden. Ja, General …«

»Bei allem Respekt, *Jhah*, ich habe kein Anrecht auf diesen Titel. Ich stehe nicht im Dienste der Sēq, wie Ihr wisst.«

»Das wird sich vielleicht ändern müssen, Junge«, sagte Femensetri.

»Verflucht unwahrscheinlich«, konterte Indris. »Die Sēq haben mittlerweile allen guten Willen aufgebraucht, den ich vorher vielleicht noch gehabt hätte.«

»Indris«, sagte Er-Der-Sieht, »ich entschuldige mich für die vielleicht etwas raue Art, wie du behandelt wurdest. Aber wir waren verzweifelt. Wir sind es immer noch! Also, bitte, erinnerst du dich an irgendetwas aus deiner Zeit auf den Graten? Ich habe aus Zadjinn herausgepresst, was er mit dir tun wollte. Aber Anj-el-din hat einige … bemerkenswerte Behauptungen aufgestellt. Wir brauchen Antworten.«

»Was stört Euch mehr?«, fragte Indris ruhig. »Dass der Gründer Eurer arkanen Wissenschaft tatsächlich tot und verloren sein könnte oder dass er es womöglich nicht ist und einfach nur nicht mit Euch redet?«

»Hüte deine Zunge, Junge«, warnte ihn Femensetri mit harter Stimme. »Du wurdest auf eine Mission geschickt – von der ich nichts wusste – und bist nicht zurückgekehrt. Anj-el-din, die Frau, die du gegen unseren Willen geheiratet hast, ist dir gefolgt und kam ebenfalls nicht zurück. Du verstehst sicher, dass wir verflucht neugierig sind, was, bei der Asche der Ahnen, wirklich passiert ist.«

»Ich bin nicht zurückgekehrt, weil ich aus irgendeinem Grund in Manté gestrandet bin, in den Sklavenbergwerken von Sorochel, mit keinerlei Erinnerung an das Wie, Was,

Wann oder Warum. Und Ihr hättet mich dort verflucht noch mal verrotten lassen!«

»Es ist wichtig, dass wir die Wahrheit erfahren, Indris«, sagte Er-Der-Sieht ruhig. »Wir leben in gefährlichen Zeiten, und es regen sich Kräfte in der Welt, auf die wir nur schlecht vorbereitet sind. Ja, die Sēq in Shrīan sind selbstgefällig geworden ohne einen Mahj, dem sie dienen. Wir haben beobachtet und abgewartet und gegrübelt und doch nur wenig getan, um die Versprechen unserem Volk gegenüber zu halten. Wir wissen, dass da Mächte am Werk sind, die wir seit Jahrhunderten oder noch länger nicht mehr gesehen haben. Fenlinge, Maleganger, Dhole und Schlimmeres nehmen überhand, und zwar nicht mehr nur in der Rōmarq. Die Seelenhändler verhalten sich völlig dreist, sie kaufen, verkaufen und stehlen die Toten. Das Goldene Königreich von Manté gräbt in Dingen, die man lieber ruhen lassen sollte; die Krisenstädte sind im Begriff, an das Eiserne Bündnis zu fallen, und Tanis gleich mit ihnen. Wenn wir wüssten, ob der Gründer am Leben ist, und wir ihn womöglich sogar befragen und von ihm lernen könnten, wäre das von großem Wert für uns. Er hat so viel verfasst, was nach seinem Verschwinden verloren ging … die Sēq und der Rest der Welt sind nicht mehr das, was sie einmal waren.«

»Die Gelehrtenkriege haben die Sēq beinahe ebenso zerstört wie die Hexen des Mahsojhin«, erwiderte Indris. »Ihr habt so viele eurer Leute verloren, dass ihr nicht mehr wisst, wer oder was ihr seid.«

»Es war nicht gerade unser stolzester Moment, Indris.« Femensetri erhob sich und streckte sich ächzend. Indris hörte, wie ihre Gelenke leise knackten. Die alte Gelehrte schritt mit gerunzelter Stirn durch die Kammer. »Aber es liegen noch dunklere Zeiten vor uns, und wir müssen ein paar einschneidende Entscheidungen treffen, wenn die Traditionen der Gelehrten überleben sollen.«

Indris lehnte sich in seinem Stuhl zurück und betrachtete die beiden *Jhahs*. Beide hatten dem Orden länger gedient, als Indris sich auch nur vorstellen wollte, Femensetri sogar, seit der Orden beinahe zwei Jahrtausende zuvor gegründet worden war. Sie war eine der sehr wenigen *Avāndhin*, der Erstgeborenen, die noch immer am Leben waren. Sie waren auf einer Insel weit über dem Großen Salz von den Seethe und deren Torque-Spindeln gemacht worden. Er war ein nomadischer Stammesangehöriger, mindestens ein paar Jahrhunderte alt und irgendwie zu dieser erschreckenden Macht gekommen, obwohl er in einer Wüste geboren worden war, in der es keinerlei Disentropie gab. Beide hatten etwas getan, wozu Indris nicht imstande war: Sie hatten sich völlig dem Dienst von etwas verschrieben, das so groß war, dass es ihn erschreckte. Trotz der Enttäuschungen und Rückschläge, die sie im Laufe der Jahrhunderte hatten einstecken müssen, waren beide standhaft geblieben in ihrem Glauben an etwas, das größer war als sie selbst.

In den geistlosen Morgenstunden, wenn der Schlaf nicht kommen wollte und die Erinnerungen an die Sünden seiner Vergangenheit wieder in ihm aufstiegen, um ihn zu ersticken, hatte sich Indris oft gefragt, ob es eine Unzulänglichkeit in ihm selbst war, die ihm ein derartig blindes Vertrauen nicht gestattete. Hatte er jemals so geglaubt, wie die anderen das taten? Er konnte sich nicht daran erinnern. In seiner Kindheit hatte das keine Rolle gespielt, weil er seine Gleichgültigkeit nicht verstand. Im Laufe seiner Jugend und im frühen Erwachsenenalter bemerkte er nach und nach, dass die anderen sich über ihn wunderten, weil er sich so sicher fühlte mit seiner Unabhängigkeit und seinen Fähigkeiten.

Aber er hatte nie begriffen, wie jemand sich einfach auf die Arbeiten eines einzelnen rätselhaften Mannes verlassen konnte, der ohne ein Wort verschwunden war. So als würde alles, was er getan hatte und was er anderen bedeutete, doch nicht genug bedeuten, um sich Zeit für einen Abschied zu nehmen. Das war noch heute eine der Fragen, mit der sich die Gelehrten während ihres Noviziats auseinandersetzen mussten: *Wer war Sedefke, woher kam er, und wohin ist er gegangen?*

Die Sēq – Sedefkes bedeutendste Schüler, von denen viele sogar zu Füßen des Meisters gesessen hatten – betrachteten Sedefke noch immer als den größten Avān, der jemals gelebt hatte. Ein Hexer und Gelehrter. Philosoph und Erfinder. Lehrer, Dichter und Krieger. Sedefkes Arbeiten wurden über alle anderen gestellt, sie waren die Grundlage, auf der der Orden der Sēq errichtet worden war. Alte Schuhe, die ausgetretenen Pfaden folgten und sich wunderten, warum alles immer so vertraut schien.

Aber was auch immer Femensetri und Er-Der-Sieht sich erhofft hatten, Indris hatte keine Antworten für sie.

»Da ist nichts, tut mir leid«, sagte er ehrlich. Im gleichen Moment überkam ihn ein Gefühl, als würde er in den bergseetiefen Augen von Er-Der-Sieht ertrinken. Indris hatte den Eindruck, dass er direkt hindurchsah durch die klaren Augen bis zu dem dahinterliegenden weißglühenden Gehirn, aufgerollt wie eine Schlange, die ihren eigenen Schwanz frisst, Wissen verzehrte und dabei selbst verzehrt wurde. Das Fleisch des Mannes verbrannte zu Lichtpartikeln, und dann auch der Schädel, bis nur noch das brennende Gehirn übrig blieb, das Lichtstrahlen durch Indris sandte, ihn festnagelte und alle Gedanken und Geheimnisse durchleuchtete, die er …

Indris zwang sich, den Blick abzuwenden, wobei ihm der Schweiß ausbrach. Er-Der-Sieht sog überrascht die Luft ein. »Gut gemacht, junger Mann. Es gibt nur wenige, die sich der Macht meines *Jhi* widersetzen können. Da sind Tiefen in dir, die vielleicht sogar uns nicht bewusst sind, obwohl wir dich so genau beobachtet haben.«

»Er steckt voller Überraschungen«, sagte Femensetri trocken. »Andererseits ist es genau das, was er und seine Mitschüler sein sollten, erinnerst du dich?«

»Die große Arbeit?«, sann Er-Der-Sieht. »Ich denke, keiner von uns hat vergessen, dass es im Grunde das große Scheitern war. Er ist einer der Acht, das Resultat sorgfältig geförderter Generationen, aber du hast alle bis auf drei verloren. Und eine davon ist höchst fragwürdig.«

»Dann habt Ihr mit Anj gesprochen?« Indris verfluchte sich selbst, als er merkte, wie hastig er sprach. Es war kein großes Geheimnis, von wem Er-Der-Sieht sprach. Eine der Acht, und es waren nur noch drei übrig: Indris, Saroyyin – die Femensetri einmal erwähnt hatte, während Indris in Amnon genesen war, aber seither nicht mehr – und Anj. Er mochte den Geschmack ihres Namens in seinem Mund; er war wie ein Gewürz, das er lange nicht mehr probiert hatte. Dann tauchten Bilder von Mari in seinem Geist auf und erfüllten ihn mit Schuldgefühlen, und Indris schob die Gedanken an die beiden Frauen beiseite. »Ist es möglich, dass sie lügt?«

»Würdest du mich entschuldigen, Indris?«, sagte Er-Der-Sieht, der sich offensichtlich an der Diskussion nicht beteiligen wollte. Er warf Femensetri einen raschen Blick zu. »Ich muss noch ein paar dringende Angelegenheiten regeln. Ich werde dich mit deiner ehemaligen *Sahai* allein lassen. Es war mir ein Vergnügen, und danke für deine Hilfe beim Mahsojhin. Unter Zwang oder nicht, deine Unterstützung war entscheidend, und das werden wir nicht vergessen.«

Femensetri wartete, bis der andere Gelehrte gegangen war, ehe sie sich setzte und mit ernster Miene Indris zuwandte.

»Sag mir die Wahrheit, Junge. Hattest du Kontakt zu Anj, seit sie verschwunden ist?«

»Nein! Warum?« *Es ist besser, wenn Femensetri niemals erfährt, wie Anj mir geholfen hat zu entkommen. Vielleicht brauche ich Anjs Hilfe wieder, wenn das Ganze hier schiefläuft.*

»Der Rat hat Mühe, das zu glauben, aber ich habe sie davon überzeugt, dass du nichts mit ihr zu tun hattest. Irgendetwas stimmt nicht mit ihr«, murmelte Femensetri. »Da ist etwas Dunkles und Kaltes und Böses an ihr, das vorher nicht da war. Wir wissen, dass sie etwas verbirgt, aber wir wissen nicht, was. Er-Der-Sieht konnte keine Falschheit in ihr wahrnehmen, aber es gibt Mächte in der Welt, die älter sind und durchtriebener als …«

»Ihr glaubt, Anj ist eine Dienerin der Ödnis?« Indris hatte die Worte ausgesprochen, bevor er über sie nachgedacht hatte, und bereute sie sofort. Das war keine Frage, die man irgendjemandem einfach so stellte. Weil man sich vor der Antwort fürchtete, die man vielleicht bekam. »Aber könnt Ihr das beweisen?«

»Ja. Und nein.« Femensetri nahm ein Stück Blutorange zwischen Daumen und Zeigefinger und aß es, wobei sie sich Zähne und Lippen rot färbte. Sie spuckte einen Kern in eine Ecke des Raums, wo er ein paar Mal aufprallte und dann schließlich zur Ruhe kam. Seine einstige Lehrerin begann, sich Essen in den Mund zu schaufeln. Als er bemerkte, dass das die einzige Antwort war, die er auf diese Frage bekommen würde, stellte Indris die anderen Fragen, die ihm noch durch den Kopf gingen.

»Was ist mit den Rahns passiert? Und mit meinen Freunden?«

»Ich habe keine Ahnung«, sagte Femensetri mit vollem Mund. Sie schluckte geräuschvoll. »Ich weiß, dass Maselane eine große Streitmacht aus Avānweh hinausgeführt hat. Es gab Berichte, dass die *Wanderer* Richtung Süden unterwegs ist. Ich nehme an, das waren deine Freunde.«

»Mit den Rahns.«

»Was? Warum hast du mir das nicht gesagt?«

»Ich habe es doch versucht! Aber wie üblich hattet Ihr nur Eure eigenen Interessen im Kopf.«

»Du hättest mir schon früher erzählen sollen, was du vorhast. Wenn ihnen deshalb jetzt irgendetwas zustößt, gibt das eine verfluchte Katastrophe!«

»Wenn Ihr mich ihnen nicht weggeschnappt hättet, um mit den Hexen Tee zu trinken, und mich danach nicht einen Tag lang hier ohne jeglichen Kontakt weggesperrt hättet, dann hätte ich es Euch ja vielleicht erzählen können. Noch besser, Ihr hättet mich ganz in Ruhe gelassen. Dann hätte ich nämlich das tun können, was ich vorhatte: die Rahns in Sicherheit bringen. Süßer Näsarat, ich wünschte, irgendeiner von euch würde irgendwann einmal die Verantwortung für irgendetwas übernehmen, statt ständig eure Nöte und Fehler vor meiner Haustür …«

»Pass auf, was du sagst!«

»Stellt Euch den Tatsachen. Ihr habt mich weggesperrt. Zum zweiten Mal innerhalb von wenigen Tagen, erst Zadjinn, dann der Suret. Ich entnehme Eurem Zorn – den Ihr gegen Euch selbst richten solltet, nicht gegen mich –, dass Ihr noch kein Lebenszeichen von den föderalistischen Rahns habt?«

»Nein. Neva und Yago sind in der Stadt geblieben und haben geholfen, zusammen mit Corajidin, Narseh und den Sayfs die Bewohner zu verteidigen. Ich dachte, die Föderalisten hätten sich versteckt, was gar nicht schlecht gewesen wäre.«

»Ihr sagt, Corajidin hat die Einwohner verteidigt? Das sieht ihm gar nicht ähnlich.«

»Er hat den Angriff auf die Stadt dazu genutzt, seine Hexen einzusetzen. Sie haben sich um die Elementardämonen gekümmert. Natürlich hat er die Menschen für die Angriffe verantwortlich gemacht. Soweit ich gehört habe, hat dieses finstere kleine Miststück Sanojé vor dem Teshri wie Corajidins persönlicher dressierter Papagei gesprochen und erzählt, was sie über das Goldene Königreich von Manté, die Menschen und ihre Aktivitäten weiß. Während wir also versucht haben, den Wahnsinn beim Mahsojhin zu stoppen, war Corajidin da draußen und hat mit seinen neuen Hexenfreunden Kriegsrahn gespielt. Und er hat es gut gemacht«, sagte sie erbittert.

»Was ist passiert?« *Ist das eine weitere Frage, auf die ich eigentlich keine Antwort haben will?*

»Corajidin hat den Teshri nicht nur davon überzeugt, das Gesetz gegen die Hexen abzuschaffen, er hat auch einen Antrag eingereicht, dass die kastengebundenen Freiheiten der Sēq aufgehoben werden. Wir werden zu keiner höheren Kaste mehr gehören als der Asrahn, die Rahns oder Sayfs. Wir werden den engstirnigen Launen von schwachen, selbstsüchtigen Führern dienen oder Shrīan verlassen müssen. Corajidin wird keine Macht über sich dulden. Er ist bereits dabei, den Rahns und Sayfs Hexen als Fürsprecher und Berater anzubieten.«

Indris fühlte, wie sich ihm die Kehle zusammenschnürte. Die Wurzeln, der Stamm und die Zweige des Baums der Möglichkeiten entzündeten sich in seinem Geist. Hexen und Gelehrte ohne einen Sinn für Gemeinschaft, den Launen unterschiedlicher Anführer verpflichtet. Jeder Rahn oder Sayf würde seine neu gewonnene Macht für seine eigenen Zwecke gebrauchen – oder missbrauchen. Es würde vielleicht nicht so anfangen, aber im Laufe der Zeit wäre die Versuchung zu groß. Und sobald einer der Anführer die ihm zugebilligte Macht missbrauchte, würden die anderen seinem Beispiel folgen. Eine Nation, deren Anführer die Macht in Händen hielten, die Nation zu zerstören, beherrscht von einem Mann, der nur die Echos des Imperiums hörte. Außer … und ein weiterer Baum der Möglichkeiten blendete sich über dem anderen ein und zeigte eine noch viel beängstigendere und wahrscheinlichere Möglichkeit.

»Corajidin ist kein Narr«, sagte Indris. »Er wird sie alle kontrollieren, aber die Rahns und Sayfs ahnen nichts davon. Sie werden die Illusion von Freiheit haben, während in Wirklichkeit jeder Hexer eine Erweiterung seines Willens ist.«

»Ein stellvertretender Mahj«, nickte Femensetri. »Die Abstimmung ist noch nicht erfolgt, aber da Rosha, Nazarafine und Siamak aus dem Weg sind, gibt es am Ergebnis praktisch keinen Zweifel. Daher bereiten wir uns auf das Schlimmste vor.«

»Wir wissen, dass es nicht die Menschen waren, die die Elementardämonen in Avānweh freigesetzt haben«, sagte Indris. Femensetri sah ihn an, dann wurden ihre Augen groß. Indris nickte, als sie den Brotkrumen bis zur richtigen Antwort folgte.

»Nix von den Maladhi, dieser widerwärtige kleine Scheißhaufen.« Sie schürzte die Lippen, während sie mit ihren eingerissenen, schmutzigen Fingernägeln auf dem schwarzweißen Marmortisch herumtrommelte. »Das könnten wir nutzen, vorausgesetzt, wir finden Beweise. Es sollte die Sayfs zum Nachdenken bringen.«

»Ich würde einige Veteranen der Sēq zur Maladhi-sûk schicken«, schlug Indris vor. Er sah die Frage in Femensetris Augen. »Nein, nicht mich. Wenn es irgendwo Beweise gibt – etwas anderes als das, was ich mit eigenen Augen gesehen habe, was bei weitem nicht belastend genug ist –, dann dort. Aber Ihr müsst mich gehen lassen, damit ich herausfinden kann, was mit meinen Freunden passiert ist.«

»Wir werden herausfinden, was wir können, und es dich wissen lassen. Bis dahin bleibst du unser Gast.«

»Ihr meint Euer Gefangener. Und: Nein, das werde ich nicht.«

Femensetri sah überrascht aus über die Gewissheit in seiner Stimme. »Glaubst du wirklich, du kannst von hier fliehen? Der Suret fühlt sich ganz wohl mit der Tatsache, dass du wieder in Verwahrung bist.«

»All das nur, weil Ihr glaubt, ich hätte mit dem Gründer gesprochen? Anj könnte gelogen haben.«

»Unter anderem. Zweifellos hat sie uns viele Lügen aufgetischt, doch wir werden die Wahrheit mit der Zeit schon herausbekommen. Aber wenn sie die Wahrheit sagt, so bietet das Möglichkeiten, die es zu überprüfen gilt.« Femensetri spuckte auf den Boden und kratzte sich durch ihre Soutane hindurch den Bauch. »Seit beinahe sechshundert Jahren hat niemand mehr mit Sedefke gesprochen. Wir dachten – ich dachte –, er wäre während des Aufstands gestorben! Er war mein *Sahai,* Indris. Kemenchromis und ich … wir … süße Ahnen am Spieß, er war wie ein Vater für uns. Und in deinem Kopf sind vielleicht alle Antworten auf unsere Fragen eingeschlossen. Also: Nein, Indris, du wirst nirgendwohin gehen.«

»Glaubt Ihr wirklich, Ihr könntet mich festhalten?« Indris umfasste den Raum mit einer Geste.

»Ja.«

»Wollt Ihr wirklich so viel Blut an Euren Händen haben?« Indris' Stimme war leise und hart. Er fühlte die Härte in seiner Miene. Gestaltwandlerin knurrte, ein schlangenartiger Schatten, der selbst im Ruhezustand noch bedrohlich war. »Ich bin das, was Ihr aus mir gemacht habt, Femensetri. Und ich habe Euch hiermit gewarnt.«

»Wenn du uns herausforderst, wirst du es bereuen.«

»Mehr, als ich es ohnehin schon tue? Das ist schwer vorstellbar.« Er lachte düster. »Ihr braucht mich lebend, wenn Ihr Eure Antworten haben wollt. Wenn Ihr irgendjemanden verletzt, den ich kenne, oder ihn in Gefahr bringt, werdet Ihr nichts von mir bekommen. Nur die Gelegenheit, Euch zu fragen, welche Geheimnisse ich wohl gehütet habe. Und zwar so lange, bis die Berge nichts weiter sind als Sand am Ufer des Meeres.«

Femensetri war still, als sie zur Tür ging. Sie öffnete sie und stand dann da, während sie in den belebten Korridor hinaussah. Indris erhaschte einen Blick auf die vier bewaffneten Hauptmänner der Sēq, die seine Tür bewachten. Ohne sich umzuwenden, sagte sie: »Ich rate dir zur Vorsicht, Indris. Bei Einbruch der Dunkelheit wirst du in Amarqa-im-Schnee sein. Du bereitest dich besser darauf vor, dem Suret und der Inquisition die Antworten zu geben, die sie suchen.«

»Und was ist mit den Antworten, die ich suche?«

»Glaubst du denn, es gibt irgendeinen anderen Ort, an dem du sie bekommen wirst, Junge?«

Die beiden Inquisitoren, eine ganze Truppe hartgesottener Sēqritter und *Jhah-Aumh* waren bei Femensetri, als sie ihn holen kamen. Die zarte Y'arrow schien das Vorgehen in Verlegenheit zu bringen; die Schmetterlinge in ihren Haaren schlugen unruhig mit den Flügeln.

»Ihr seid also entschlossen, es zu tun?«, fragte Indris. Erbittert beobachtete er, wie die Ritter seine Büchertasche, die Sturmpistole und das Drachenzahnmesser in eine Kiste packten. Gestaltwandlerin knurrte, als sie behutsam, als wäre sie eine Otter, genommen und in einen kunstvoll gearbeiteten Kasten aus *Kirion* gepackt wurde. »Meine persönlichen Freiheiten, Euer Versprechen, mich aus dem Dienst der Sēq zu entlassen – Euer Ehrenwort! – bedeuten Euch nichts?«

»Alle Dinge verändern sich. Das ist eine Konstante in der Welt.« Femensetri legte eine Hand an die kühle Obsidianwand. Einen Moment lang wirkte sie gedämpft, traurig, dann war der Augenblick vorüber. »Corajidin hat sehr deutlich gemacht, dass wir ihm dienen oder gehen. Wir haben unser Volk mit unserem Leben verteidigt, wir haben die lange Zeitspanne unserer Existenz dem Studium der Vergangenheit gewidmet, dem Dienste an der Gegenwart und der Vorbereitung der Zukunft. Wir sind auf Pfaden gewandelt, die den Geist unserer Schutzbefohlenen in Stücke gerissen hätten. Und jetzt sollen wir ausrangiert werden, weil wir unbequem sind. Unsere Antwort war also deutlich und kompromisslos. Amer-Mahjin ist ein Ort. Es gibt andere Orte. Deine Freiheit, oder die Illusion davon, ist ebenso vorübergehend. Erinnere dich daran, was ich dir gesagt habe. Die Sēq lieben im Abstrakten, sie halten sich an das Absolute. Subjektive Bande haben keinen Bestand für uns, deshalb fallen wir auch nicht der Bindung an einen Ort oder an Dinge zum Opfer.«

»Oder Lebewesen.« Indris machte sich nicht die Mühe, die Bitterkeit in seiner Stimme zu unterdrücken.

»Meistens nein«, nickte Femensetri. »Aber wir werden nichts zurücklassen, das unsere Feinde gegen uns einsetzen könnten. Vielleicht müssen wir eines Tages hierher zurückkehren.«

»Müssen wir dich fesseln, General Indris, oder kommst du freiwillig mit?«, fragte Aumh freundlich. »Es gibt keinen Grund, warum die Angelegenheit noch unerfreulicher werden sollte, als sie ohnehin schon ist.«

»Das würden wir nicht wollen, nicht wahr?«

Aumh machte Indris ein Zeichen, ihr zu folgen, als sie mit Femensetri an ihrer Seite den Raum verließ. Die Ritter stellten sich auf, zwei vor Indris und zwei hinter ihm. Die Inquisitoren folgten mit der Hand auf ihren *Dauls*.

In den Korridoren des Amer-Mahjin wimmelte es von Gelehrten. Kisten, Koffer, Kästen und Taschen wurden fortgeschleppt. Indris sah, wie Kunstwerke von den Obsidianwänden genommen, Bücher katalogisiert und in Kisten verpackt und Zierrat und andere Schätze vorsichtig eingepackt wurden. Selbst *Ilhen*-Kristalle wurden aus ihren Aufhängungen genommen.

Indris fühlte das nadelspitzengroße Aufflackern, als Schichten unterschiedlicher Gewahrsamszauber an natürliche Strömungen der Disentropie geknüpft wurden, um sie für immer mit Energie zu versorgen. Er bemerkte, wie seine Haut elektrostatisch aufgeladen wurde. Seine eigene Disentropische Färbung war so komprimiert, dass sie nur noch ein gespannter Umriss aus Dunkelheit war, der seinen Körper umgab. Femensetri bemerkte seinen Gesichtsausdruck.

»Wir bringen schichtweise Schutzzauber an«, sagte sie. »Und zwar vom Herzen des Bergs nach außen gehend, bis wir sicher sein können, dass alles im Amer-Mahjin so lange unberührt bleibt, wie das Īajen-mar existiert. Nur jeweils ein paar von uns können kommen und gehen. Jeder Fremde, der es versucht, wird keine Gelegenheit mehr haben, es zu bereuen … sein Geist wäre in so vielen Illusionsschlaufen gefangen, dass er noch nicht einmal begreifen wird, dass er gescheitert ist.«

»Das *Elhas Shion* und das Wasser des Lebens?«

»Das Herz des Bergs wird hermetisch verschlossen. Was das Wasser des Lebens betrifft, so können wir Īa nicht daran hindern, dass es ist, was es ist. Und das würden wir auch nicht wollen«, sagte sie. »Aber wir können bewirken, dass niemand mehr das Wasser des Lebens probiert, bis wir es wieder zulassen.«

Da war noch eine andere Frage, die er ihr stellen wollte. Er war sicher, dass Femensetri es ihm ansah, als er bei der Tür innehielt, den Mund geöffnet, den Atem angehalten.

»Vergiss sie, Indris. Sie ist nicht mehr die Frau, die du einst geliebt hast, und sie ist nicht die Frau, die wir einst gekannt haben.«

»Was werdet Ihr mit ihr tun?«

»Was man mir gesagt hat.« Femensetri spuckte auf den Boden und wischte sich den Mund mit dem Ärmel ihrer Soutane ab. »Sie darf gehen. Zumindest für den Moment. Wir wissen nicht genau, warum sie zurückgekommen ist, und wir wollen diejenigen, die sie gesandt haben, nicht alarmieren – wer es auch war. Zweifellos werden sie den Verdacht haben, dass wir sie beobachten. Aber wenn sie in der Welt draußen unterwegs ist, können wir mehr darüber erfahren, mit wem sie zusammenarbeitet, und warum.«

Sie führten Indris weg von den Docks und tiefer in den Berg hinein. Er runzelte die Stirn, und seine Beklommenheit nahm zu. Sie gingen schwach erleuchtete, geschwungene Treppenfluchten hinab, die so tief in die natürlichen Gesteinsspalten im Fels eingelassen waren, dass Indris ihr Ende nicht sehen konnte. Er fühlte eine Vibration durch seine Stiefel und hörte das ferne Rauschen von Wasser. Die Luft wurde schwer vom Dunst. Andere Gelehrte gingen so zielstrebig wie Ameisen an ihnen vorüber und trugen Lasten unterschiedlicher Formen und Größen.

Als sie die gewölbte Kammer am Fuße der Treppen erreichten, wurde Indris durch einen zerklüfteten Höhleneingang eskortiert. Ein lautes, tiefes, schleifendes Geräusch machte jegliche Unterhaltung unmöglich. Ein Sprühnebel aus Wasser lag in der Luft. An den Steinwänden leuchteten gezackte Blüten aus *Ilhen*, und wo ihr Licht hinfiel, schimmerten kleine Regenbogen in der Luft. Am anderen Ende der riesigen Höhle, die bereits halb voll war mit Gelehrten und

Gepäck, befand sich ein gemeißelter Bogen, der zu einem kurzen Korridor führte und an einer feuchten, beweglichen Wand endete.

Die Drehsäule war ein massiver gewundener Turm, der in die Tiefen des Bergs auf einem Wasserbett eingelassen war. Hier befanden sich die wichtigsten Schätze der Sēq, die stündlich nur zu jeweils einem bestimmten Zeitpunkt zugänglich waren – nur dann, wenn die Türen der Drehsäule auf die Öffnungen zweier Gänge trafen, die mit dem Amer-Mahjin verbunden waren. Nur einige wenige im Suret kannten die Kombination, die die arkanen Schlösser deaktivierte und den Zutritt erlaubte. In der Mitte der Drehsäule befanden sich die großen Gewölbe und eine Reihe uralter Webtore.

Indris machte der Gedanke nervös, durch ein Webtor zu reisen. Der Webweg, den die Zeitmeister gemacht hatten, war schon tückisch, wenn man geschickt war und allein reiste. Aber in so großen Gruppen zu reisen, mit Gelehrten, die so mächtig waren wie einige der anwesenden Meister, würde mit Sicherheit die Aufmerksamkeit von einigen Kreaturen erregen, die in der Ödnis lauerten. Indris sah zu Femensetri, die nur mit den Schultern zuckte und sich abwandte.

Bald darauf wurde die Schiebewand am anderen Ende des Korridors zu einem offenen Raum. Indris wurde vorwärtsgedrängt, und die Sēq bildeten eine dichte Linie hinter ihm, während sie im Laufschritt durch den Vorhang aus kaltem Wasser und in die Drehsäule selbst eilten. Es dauerte einen Moment, bis man sich an die Geschwindigkeit des sich bewegenden Bodens angeglichen hatte, dann wurde Indris noch mehr Stufen hinunter und in einen zylindrischen Raum mit fünf Galerien geführt. In jeder der Galerien befanden sich Dutzende von Pavillons, deren Kuppeln von Grünspan und Rost verfärbt waren und die von Dioritsäulen mit ornamentalem Muster getragen wurden.

Auhm murmelte ein paar Worte, und die Säulen und Kuppeln des nächst gelegenen Pavillons wurden in ein sanft gekräuseltes grünes Licht getaucht. Die Textur des Raums änderte sich, die Ränder verschwammen, und die Linien wurden tiefer, während sich die ebenen Flächen ins Unendliche erstreckten. Aumn ging als Erste hindurch, wobei die Schmetterlinge aus ihren Haaren flohen, dann folgten die Inquisitoren.

Femensetri machte Indris ein Zeichen zu folgen.

»Und was ist mit den Antworten, die ich suche?«, hatte er gefragt. Er erinnerte sich an ihre Antwort. *»Glaubst du denn, es gibt irgendeinen anderen Ort, an dem du sie bekommen wirst, Junge?«*

Er ließ seinen Geist ganz ruhig werden und trat durch das Webtor.

Kapitel 29

»Manchmal gleicht die Freiheit einem Käfig und ähnelt der Gefangenschaft.« Aus Die Allgemeine Illusion, *Siebter Band der Zienni Doktrinen*

359. Tag im 495. Jahr der Shrīanischen Föderation

Mari wurde von einem Gitternetz aus Sonnenlicht geblendet.

Sie stöhnte unter Schmerzen, während sie versuchte, sich herumzurollen, unfähig, ihre Hände zu bewegen. Durch ihr zusammengekniffenes Auge – das andere konnte sie gar nicht öffnen – sah sie die Seile, die um ihre Handgelenke gebunden waren und sich irgendwo am Rand ihres Betts verloren. Ihre Haut fühlte sich sandig an, die Kehle geschwollen und der Mund trocken. Mari atmete den alten Geruch nach Lavendel und Salz ein, den die Laken verströmten, und ließ sich wieder durch das sanfte Schwingen des Betts und dem Knistern der Sturmräder in den Schlaf davontragen, weit weg von der Agonie.

Hände rüttelten sie wach und zwangen ihr Wasser die Kehle hinunter.

Mari sah auf und erblickte einen Mann, dessen Gesicht wettergegerbt war; die Augen lagen zwischen tiefen Falten, die durch zu langes Starren auf das in der Sonne schimmernde Meer entstanden waren. Sein Atem stank nach verfaulenden Zähnen und Tabak, die Haut nach Schweiß und Pökel.

Seine Hände wanderten über ihren Oberkörper, noch während er ihr Wasser in den Mund goss, ihre Kehle entlang, über die Brust. Sein Blick wurde starr. Die Zungenspitze verweilte für einen Moment auf einem braun gefärbten Zahn. Er blickte hastig zur Tür …

Mari schwang ihre Beine nach oben und schlang sie um seine Kehle. Mit einer scharfen Drehung ihrer Oberschenkel brach sie ihm das Genick.

Sie war gerade dabei, mit den Zähnen die Knoten an den Stricken um ihre Handgelenke zu lösen, als ein weiterer Korsar hereinkam und sie wieder bewusstlos schlug.

Der nächste Mann, der sie füttern kam und ihr Wasser brachte, schien netter zu sein. Es war ein junger Mann, der weder sprach noch anzüglich grinste oder versuchte, sie zu begrapschen. Aber sie erinnerte sich daran, dass er bei Omens Ermordung dabei gewesen war.

Als der junge Mann sich abwandte, schimmerte das Sonnenlicht auf der Perle in seinem Ohr und in den Glasperlen, die er ins strubbelige Haar geflochten trug. Das grelle Leuchten der erhellten Vierecke, die ihre Fenster bildeten, tauchte den Rest des Raums in Schatten. Er musste beinahe ebenso geblendet sein wie sie.

Mari spannte ihre Bauchmuskeln und zog die Beine an. Sie schaffte es auf die Knie und brachte ihre gefesselten Hände über seinen Kopf und um seinen Hals.

Er kämpfte … eine Zeit lang. Schließlich hörte er auf zu atmen, und das Zucken in seinen Muskeln ließ nach. Sie trat ihn zur Seite.

Als kurz darauf die Wachen hereinkamen und sie erneut schlugen, kämpfte Mari nicht, nur dass sie diesmal lediglich so tat, als würde sie bewusstlos werden, bis sie gegangen waren.

Jetzt hatte sie Stunden Zeit, bis sie wieder gestört werden würde, und so machte sie sich erneut daran, ihre Fesseln zu lockern.

Plötzlich drangen die Geräusche nur noch gedämpft zu ihr, und Mari wurde übel. Sie fühlte sich desorientiert. Scharfe Winkel verwandelten sich in sanfte Kurven, und die Wandflächen, Boden und Decke schienen sich in jede Richtung unendlich auszudehnen. Das Licht vom Fenster her flackerte blaugrün, als wäre sie unter Wasser, und ein fürchterlich kreischender Laut ertönte, der an ihren Nerven zerrte. Sie presste die Hände an die Ohren, aber der Laut war in ihrem Kopf, und es gab keine Möglichkeit, ihn zu verdrängen, egal, wie laut sie schrie. Vielleicht, wenn sie sich eine Nadel in die Ohren steckte, aber …

Die Welt sprang abrupt zurück in ihren Normalzustand, und sie schwankte. Kläglich rappelte sie sich vom Boden hoch und wischte sich den Auswurf von den wunden Lippen. Sie bemerkte, dass ihr Atem zu sehen war. Plötzlich war es kalt geworden. Der Einfallswinkel des Lichts vom Fenster war die Wand entlanggewandert, als ob der Windkorsar die Richtung geändert hätte. War sie bewusstlos gewesen? Hatte sie ihre Chance zur Flucht verpasst?

Sie schlang die Arme um sich und rieb ihren Oberkörper. Die dünne Tunika und die Hose, die sie trug, boten nur wenig Schutz gegen die Kälte. Mit klammen Fingern griff sie nach dem Laken und wickelte sich darin ein.

Mari untersuchte die Tür. Sie war verschlossen. Dann durchsuchte sie die Kabine nach einer Waffe. Alles Nützliche war aus der Kabine entfernt worden – selbst die Metallhalterungen für die Laternen waren verschwunden. Da Mari eine Waffe brauchte, riss sie einen Streifen vom Laken und drehte und knotete ihn zu einer behelfsmäßigen Peitsche und Garrotte.

Verborgen in den Schatten und mit der gleißenden Sonne als Verbündeter, schlang Mari das geknotete Laken um den Hals der Korsarin, die die Kabine betrat. Mari wandte sich um und stand Rücken an Rücken mit der Frau. Mit einem scharfen Ruck ihrer Arme und Schultern brach sie der Korsarin das Genick. Vorsichtig und leise schleifte sie die Frau zum Bett und legte sie darauf. Innerhalb weniger Augenblicke hatte sie der Toten die Kapuzenrobe und den *Taloub* abgenommen und sich um die untere Gesichtshälfte geschlungen. Als Mari keine Waffen bei der Korsarin fand, fluchte sie leise. Also montierte sie die Schnallen von den Stiefeln der Frau, von der Hose und der Robe und fädelte sie auf ihre improvisierte Waffe. Es war nicht perfekt, aber besser als nichts. Sie deckte die Tote mit dem Laken zu und schlang etwas Essen hinunter, bevor sie die Kabine verließ und hinter sich verschloss.

Unterhaltungen und Gelächter drangen durch den Korridor. Zu beiden Seiten befanden sich Türen, und Treppen führten sowohl hinauf als auch hinab. Der Wind drang ächzend durch die Risse in der Tür am oberen Treppenabsatz. Mari nahm zwei Stufen auf einmal, während sie hinaufrannte, und trat hinaus ins gleißende Licht eines wolkenlosen Himmels, der so bleich war, dass er beinahe weiß wirkte. Ein eiskalter Wind fegte über das Deck, und die wenigen Besatzungsmitglieder, die zu sehen waren, stampften mit den Füßen, um sich warm zu halten. So beiläufig, wie sie konnte, ging Mari zur Reling, um zu sehen, ob sie ihre Lage bestimmen konnte.

Sie sah den Ozean mit seinen weißen Schaumkronen, dessen Wasser dunkler war als Wein. Noch waren sie ein Stück vom Wasser entfernt, doch es kam näher und näher.

Die altersgrauen Rücken zerklüfteter Inseln ragten aus dem Meer, das sich in Richtung Süden erstreckte, wo weitere dunstumhüllte Inseln lagen. Mit einem Kloß in der Kehle erkannte sie die Inselgruppe: Kaasgard. Das Land der Wilden und Barbaren, Riesen und Monster, das nur in Büchern und Mythen existieren sollte.

Was bedeutete, dass die Inseln direkt unter ihnen etwas noch viel Schlimmeres waren, angefüllt mit Schrecken ganz anderer Art. Sie war nicht mehr hier gewesen, seit sie ein Kind gewesen war, aber die schrecklichen Erinnerungen an ihre grausame und tyrannische Großmutter waren in all den Jahren nicht verblasst. Sie dachte an die langen, dunklen Hallen, feucht und glitschig vom Raureif, und an die blutigen Familienfehden, deren Geschichte tief in jeden Stein, jede Kluft und Spalte von Tamerlan gedrungen war – hierher kamen die Kinder der Erebus, bis sie für ihr Hohes Haus von Nutzen sein konnten.

War sie schon seit Tagen eine Gefangene? Wie hatten sie es geschafft, so schnell den Großteil von Shrīan zu durchqueren? Mari merkte, dass sie zu schnell atmete. Es war besser, in die Kerker von Maladûr geschickt oder aus Shrīan verbannt zu werden, als auch nur eine Nacht in der von den Ahnen verlassenen Festung von Tamerlan zu verbringen, mit ihren schwarzen Steinmauern und den Türmen, die wie zersplitterte alte Zähne von den steilen Bergen aufragten. Mari brachte ihre Atmung wieder unter Kontrolle und zwang sich zum Nachdenken. Sie musste ihre Fluchtmöglichkeiten neu überdenken und sich klarmachen, wie weit sie reisen musste, bis sie auf Verbündete traf.

»Mari«, sagte Nadir hinter ihr. »Benimm dich, dann wirst du nicht verletzt werden. Zumindest nicht sehr.«

Sie wandte sich um und erblickte Nadir, Jhem und eine große, gewöhnliche Frau in einer übertrieben verzierten roten Robe sowie eine Handvoll ziemlich zerlumpter Korsaren. Jhems Kehle war übel gequetscht, ebenso wie Nadirs Gesicht. Mari wickelte den *Taloub* von ihrem Gesicht.

»Überrascht über unser Fahrtziel?«, fragte Nadir. Er wies auf die Frau in Rot. »Hexen. Sie sind ziemlich nützlich, wenn man sie erst einmal von der Leine lässt. Wir haben beinahe eine Woche Fahrt in wenigen Stunden zurückgelegt.«

»Wo ist Belam?«, fragte sie und war überrascht über die Gelassenheit in ihrer Stimme, die sie nicht empfand. »Ich muss mit ihm reden. Sofort.«

»Die Zeit, in der du noch Befehle geben konntest, sind vorüber, Mädchen«, zischte Jhem. »Der Witwenmacher ist mit deinem Vater in Avānweh und bereitet die Krönungszeremonie vor. Du bist weit weg und beinahe vergessen, meiner und Nadirs zartfühlender Obhut überlassen.«

Mari schwang ihre improvisierte Waffe in einem langsamen Kreis und erlaubte ihren Knöcheln, Knien, Oberschenkeln und Hüften, sich an das Schwanken des Windkorsaren anzupassen. Sie warf einen Blick über Deck und sah keinen einzigen der Anlūki, nur gewöhnliche Plünderer, die nicht schwierig zu überwältigen sein würden.

Nadir lachte. »Was? Du glaubst im Ernst, dass du entkommen kannst? Genieße die Gastfreundschaft deiner geliebten Großmutter Khurshad. Ich bin sicher, es wird ein rührendes Wiedersehen.«

Mari versuchte, nicht an das bösartige alte Weib zu denken, das in ihrem Nest aus Elend, Schmerz und Geheimnissen hockte. *Nein! Ich werde brav sein! Das Pfeifen der Rute, wenn sie ihr ins Fleisch schnitt. Die klaustrophobische Kiste von einem Zimmer mit dem jämmerlichen Bett und der winzigen, erbärmlichen Feuerstelle. Die viel zu kleine, viel zu dunkle und kalte Zelle, in die sie gesperrt worden war, weil sie nicht aufgegessen oder zu viel gegessen hatte oder weil sie etwas anderes sein wollte als das, was ihr Haus für sie vorgesehen hatte …* Khurshad kannte keine Hemmungen. Nachdem Maris Großmutter ihre Fußsohlen mit dem Rohrstock bearbeitet hatte, war sie zwei Tage lang außerstande gewesen zu gehen. Sie hatte ihre Verbeugung nicht schnell genug gemacht. Die Rahnwitwe war berüchtigt für ihre finsteren Vergnügungen. Mari hätte jeden in Tamerlan umgebracht, wenn sie damit Khurshads Vorstellung von Erziehung entkam.

»Viel Glück bei dem Versuch«, knurrte Mari und schwang ihre Waffe, bis sie in der kalten Luft zu summen begann. »Alles, was ich sehe, sind zwei gescheiterte Kriminelle aus der Oberschicht, ein Miststück in einer geschmacklosen roten Robe und eine Handvoll räudiger Aasfresser. Nicht gerade das, was ich schlechte Chancen nennen würde. Den Kampf könnte ich im Schlaf gewinnen. Ich bin von eurem Kahn runter und auf dem Weg nach Hause, bevor du auch nur alle deine Zähne vom Deck aufgesammelt hast.«

»Und was ist mit Vahineh? Wo du dir so viel Mühe gegeben hast, sie zu beschützen.« Nadir klatschte in die Hände.

Die Tür des Vorderdecks öffnete sich, und eine verwahrloste, wimmernde Vahineh wurde von einem hageren, abstoßenden Mann in scharlachroter Robe grob aufs Deck gestoßen. Seine skelettartige Hand grub sich wie die Kralle eines Geiers in Vahinehs Schulter. »Würdest du nach all deinen Mühen diese arme kleine Heimatlose wirklich im Stich lassen?«

»Vahineh!«, schrie Mari entsetzt. *Ich dachte, Vater würde der Sache ein Ende machen. Aber nein. Wenn Vater uns nach Tamerlan schickt, dann will er seine Bestrafung in die Länge ziehen.* »Wenn ihr sie verletzt …«

»Vahineh ist uns noch von Nutzen. So wie du«, flüsterte Jhem. Er sah Mari mit seinen Schlangenaugen an, und sie starrte zurück. Plötzlich fühlte sie, wie Fühler durch ihr

Gehirn krochen, und etwas flüsterte ihr zu, sie solle ihre Waffe niederlegen und sich ergeben, sich selbst vergessen und nur noch leben, um zu gefallen …

»Nein!« Mari schüttelte heftig den Kopf und stieß sich von der Reling ab. Sie schwang ihre mit Metallspangen verstärkte Waffe und schlug Jhem auf den Mund. Er fiel zu Boden und würgte vor Blut und Schmerzen. Mari war dem feinen Sprühnebel aus Blut und Zahnstückchen ausgewichen und näherte sich den Korsaren. Während sie dem nächststehenden glotzenden Kerl mit der Handkante ins Gesicht schlug, griff sie mit der anderen Hand nach dessen *Shamshir*. Als der Mann zu Boden stürzte, glitt die Waffe aus der Scheide. Sie wandte sich mit sirrender Klinge um und hörte im gleichen Moment eine Stimme über das Deck schallen.

»Stopp!« Nadir machte ein paar Schritte auf sie zu, die Hände weit weg von seinen Messern, die er durch die Schärpe an seiner Taille gesteckt hatte. Er griff nach dem Arm seines Vaters, dessen Atem nur mühsam kam. »Mari, hör einfach auf. Du kannst nirgendwohin. Warum glaubst du denn, dass wir dich hierhergebracht haben? Es gibt keinen Ausweg. Keine Rettung. Niemand außer deinem Vater und uns weiß überhaupt, dass du hier bist.«

Sie wies mit dem Kinn zur Reling. »Ich könnte springen und mich umbringen.«

»Ja«, lächelte Nadir, »aber das wirst du nicht. Du würdest eher tausend Leute töten, wenn du auch nur die geringste Chance siehst zu entkommen, als etwas so Endgültiges zu tun. Ich kenne dich, Mari.«

»Du kanntest mich, Nadir.«

»Lass die Waffe fallen, Mari. Oder wir werden Vahineh wehtun, nicht dir. Wie viel Schmerz wird sie ertragen können, was meinst du? Sie hat schon so viel durchgemacht …«

»Töte sie, und ein anderer wird Erwachen. Na los! Du

würdest ihr einen Gefallen tun.« Noch während sie sprach, erkannte Mari, dass sie es tatsächlich ernst meinte –Vahineh wäre besser dran, wenn sie tot und von ihrem Zustand des Erwachens befreit wäre, der sie beinahe getötet hätte. Aber war sie überhaupt noch Erwacht? Indris hatte ihr nie gesagt, ob sein Abbruch erfolgreich gewesen war. Konnte Jhem Vahineh immer noch dazu zwingen, jemanden Erwachen zu lassen, den ihr Vater ausgesucht hatte? Bei der Vorstellung wurde ihr übel.

»Lass die Waffen fallen, Mari.« Nadir kam näher. Die anderen Korsaren bewegten sich ebenfalls und umzingelten sie.

Da sie keine Wahl hatte, öffnete Mari ihre Faust und ließ das Schwert zu Boden fallen. Ihre improvisierte Waffe folgte.

»Eine gute Entscheidung. Fesselt sie!«

Die Korsaren zerrten ihr die Arme auf den Rücken und banden sie fest, verschnürten ihre Fußknöchel und fesselten sie so, dass sie sich selbst erdrosseln würde, wenn sie die Arme zu weit vorstreckte. Sie gingen kein Risiko mehr mit ihr ein.

Jhem und Nadir sahen ruhig zu. Als drei der Korsaren sie an ihnen vorbei eskortierten, beugte sich Nadir dicht zu ihr heran.

»Und glaub nicht, dass ich vergessen habe, dass du meine Schwester getötet hast«, zischte ihr Nadir ins Ohr. Er nahm ihren Arm und grub seinen Daumen tief in ihr ohnehin schon verletztes Fleisch. »Du hast mir das Herz gebrochen, deine Ehre mit einem Näsarat besudelt und mich dann zurückgewiesen. Wir haben noch viel zu bereden.«

Mari spuckte ihm ins Auge. Er schlug ihr mit der Faust auf den Mund, und sie sackte auf die Knie. Mari fühlte, wie ihr das Blut das Kinn hinabrann, aber sie sah zu Nadir auf und versuchte sich mit ihren blutigen und gesplitterten Zähnen an einem gespenstischen Lächeln. Nadir wischte sich den Speichel ab. Als er wieder sprach, war seine Stimme so kalt und leise wie der Wind.

»Gewöhn dich besser daran, Mari. Du hast vieles wiedergutzumachen, und ich bin sicher, Khurshad wird es niemandem erzählen, wenn ich ein bisschen mit dir herumspiele.«

»Du bist ein toter Mann«, versprach sie ihm.

Sie zerrten sie fort, doch statt in eine Kabine sperrten sie sie in einen engen Schrank, der viel zu klein, zu kalt, zu dunkel war. Aber andererseits war sie kein kleines Mädchen mehr.

Kapitel 30

»Ich bin, ich handle. Weder entschuldige ich mich, noch biete ich einen Kompromiss an, denn ich bin der Herrscher der bekannten Welt, und niemand steht über mir.« Vane-ro-men von der Menda Truppe, letzter Herrscher des Blütenimperiums (2235. Jahr des Blütenimperiums)

360. Tag im 495. Jahr der Shrīanischen Föderation

Corajidin betrachtete sich selbst im Spiegel. Bei Vashne hatten die Falten um die Augen intelligent und weise gewirkt; ihn ließen sie müde aussehen. Das Grau in seinen Haaren machte ihn alt, Ariskander dagegen hatte vornehm und erhaben gewirkt. Seine rubinrot und golden bestickten Kleiderschichten aus rotem und schwarzem Damast gaben ihm einen hochmütigen Anstrich, während sein Vater darin ausgesehen hatte wie der Herrscher der Welt.

Der Zeitpunkt war fast gekommen, um sich endlich zu nehmen, wofür er gekämpft, gelogen und gemordet hatte. Aber der Weg, den er gehen musste, um seine Nation zu ihrer Bestimmung zu führen, schien noch immer so lang und gefährlich zu sein. Er war noch gefährlicher als der Weg, der ihn bis hierher geführt hatte.

Er erinnerte sich an die Vision, die ihm in Wolframs Quartier gewährt worden war. Der uralte Geist, der in dem mystischen Teppich gefangen war, hatte gesagt: *Du wirst Macht haben, nicht aber deine Kinder …*

Corajidin warf einen verstohlenen Blick zu Kasraman, der mit Belamandris scherzte, während Wolfram heimlich in seinen zerzausten Bart lächelte. Trotz seines Erfolgs fühlte er sich von Zweifeln niedergedrückt. Beging er einen Fehler? War er dazu verdammt, zu scheitern und gestürzt zu werden, so wie er diejenigen zu Fall gebracht hatte, die vor ihm gekommen waren?

»Du bist besser als sie alle, Jidi«, summte Yashamins Stimme in seiner Seele.

»Ich tue das für uns, Liebste«, sagte Corajidin.

»Vater?«, fragte Belamandris verwirrt. Sein Sohn lehnte elegant an der Wand. Der dunklere Kasraman wirkte neben ihm irgendwie plumper, als würde das Licht den Jüngeren lieben und bei ihm verweilen, während es den älteren seiner Söhne kaum berührte.

»Das Licht bringt sie ebenso zum Leuchten wie deine Liebe«, flüsterte Yashamin von überall und nirgendwo. *»Ich habe es geliebt, wie sie mich zum Leuchten brachte.«*

»Wir haben nicht viel Zeit, Vater«, drängte Kasraman, »wenn wir die Botschafterin vor der Krönung am Maulbeerfeigenhain treffen wollen.«

»Ja … die Krönung«, sagte Corajidin gedehnt. Die vergangenen zwei Tage waren chaotisch gewesen, es hatte Gerüchte gegeben über geheime Treffen der politischen Intriganten. Ajomandyan hatte sich sehr ausweichend benommen; der Wächter des Wandels hatte sich nur nachlässig um die Vorbereitung des Tages gekümmert, der doch der glanzvollste Moment der letzten fünf Jahre werden sollte. »Hat dir die Botschafterin gesagt, wo sie gewesen ist, als wir sie am meisten gebraucht haben?«

»Sie war am Mahsojhin, Vater«, versicherte ihm Kasraman. »Einige der Details, die sie genannt hat, als ich sie befragt habe, waren zu genau. Sie muss dort gewesen sein.

Die Botschafterin war deiner Sache treu. Sie hat die Hexen befreit.«

»Nicht alle«, sagte Wolfram müde. Er war noch immer dabei, neue Kraft zu schöpfen, da er viel Energie beim Binden der Elementardämonen verbraucht hatte. Kimiya war es noch schlechter ergangen. Bis vor einer Stunde war sie kaum in der Lage gewesen, aus ihrem Bett aufzustehen. Sie lag zusammengerollt zu Wolframs Füßen, bleich und mit tiefen Ringen unter den Augen. »Es sind noch immer Hunderte gefangen, und nach dem Kampf mit den Sēq haben wir nicht die Kraft, einen weiteren Spalt zu öffnen. Und die Sēq haben den Emphismechanismus mitgenommen.«

»Dann werden wir mit dem arbeiten, was wir haben.« Kasraman legte Wolfram die Hand auf die Schulter, auf eine Art, wie er es bei seinem Vater nie getan hatte. Corajidin runzelte die Stirn, als er die Vertrautheit der Geste sah, vergaß dann aber die Kränkung, als er Belamandris ansah, froh darüber, dass sein goldener Sohn bei ihm war.

Doch dieser hatte ebenfalls die Stirn gerunzelt und überlegte sich seine nächsten Worte offensichtlich sehr genau.

»Vater, bist du sicher, dass du das … Richtige tust?« Belamandris klang zögernd, bange und besorgt. Kasraman und Wolfram blieben still und beobachteten sie. »Unser Volk hat die Schattenherrscherin geschmäht, weil sie die Ruhe der geheiligten Toten gestört hat, und du wirst dasselbe tun. Bitte, nimm dir die Zeit und denk noch einmal darüber nach! Die Wahrheit ist doch …«

»Wahrheit und Tatsache. Gerechtigkeit und Gesetz. Moral und Ethik. Das eine ist subjektiv und das andere objektiv. Unser Verhalten wird von der Gesellschaft, von Erziehung und Geschichte gelenkt. Aber was ist mit unserer Natur, die der Erziehung entgegengesetzt ist? Es wurden kürzlich viele Wahrheiten überprüft, mein Sohn. Vielleicht sollten noch andere infrage gestellt werden? Davon abgesehen bestimmt ein großer Führer die Richtung, in die sein Volk ihm folgen wird.«

»Aber deine Herrschaft als Asrahn gleich mit so etwas zu beginnen ...« Belamandris schüttelte den Kopf.

»Du würdest Vater das versagen?« Kasraman verschränkte die Arme vor der Brust und blickte auf seinen Halbbruder herab. Corajidin war überrascht und gerührt von Kasramans Unterstützung. »Belam, sie ist Vater vor der Zeit genommen worden. Und wenn man bedenkt, was wir kürzlich alles erlebt haben, die Bündnisse, die wir eingegangen sind und die Hilfe, die wir erhalten haben, sollten wir unsere Ansichten vielleicht noch einmal überdenken.«

»Es ist widernatürlich!« Belamandris' Stimme klang erstickt. »Unsere Toten sind eingebettet in die Liebe ihrer Ahnen, die vor ihnen gegangen sind. Sie sind glücklich an der Seelenquelle. So war es immer! Vater, bitte, lass sie gehen und werde nicht zu dem, was du immer verachtet hast.«

»Ich hätte sowieso nicht erwartet, dass du es verstehst«, sagte Kasraman. »Wie solltest du auch?«

»Ob ich es verstehe?« Belamandris starrte Kasraman an. Als er wieder sprach, war seine Stimme sehr leise. »Ich verstehe sehr wohl, wie es ist, wenn man aus dem Frieden des Todes gezerrt wird, Bruder. Es ist noch nicht lange her, dass ich selbst am Rande der Quelle war und, um die Wahrheit zu sagen, ich wäre zufrieden damit gewesen, einfach hineinzufallen. Aber ich wurde zurückgebracht, egal, ob ich wollte oder nicht. Ihr werdet sie von einem Ort wegreißen, an dem sie zweifellos glücklich und geborgen ist. Bitte. Lasst sie in Frieden.« Corajidin trat vor und umarmte seinen Sohn fest.

»Genug von diesem Gerede!«, sagte er sanft. »Wir sind eine Familie, und es war die Kraft unserer Liebe für dich, die dich ans Land der Lebenden gebunden hielt. Du musst es auch gewollt haben, sonst hätte ich dich verloren. Die Zeiten ändern sich. Wenn wir ein Beispiel geben wollen, müssen wir uns mit ihnen verändern.«

»Aber ist es das richtige Beispiel, das du gibst?«

Corajidin blickte seine beiden Söhne an. »Belamandris, ich tue es, weil ich glaube, dass es an der Zeit ist, einiges von dem infrage zu stellen, was auf schlichtem Glauben beruht. Nimm nur zum Beispiel unsere blinde Billigung der Überlegenheit der Sēq. Haben wir nicht bewiesen, dass es sich dabei um einen Mythos handelt? Und was ist mit den geehrten Toten? Mir scheint, sie sind nicht mehr und nicht weniger freundlich oder übelwollend als eine lebende Person. *Ist* es also das richtige Beispiel?« Corajidin lächelte, obwohl es sich für ihn nicht so anfühlte, als läge der Enthusiasmus oder der Glaube darin, den ein derartig bedeutsames Ereignis verdient hätte. »Ich glaube schon. Ich hoffe es.«

»Dann reichen deine Zweifel nicht aus?«, fragte Belamandris leise, mit forschendem Blick. »Vater, so viel ist unserer Nation zugestoßen. Unserem Volk. Vielleicht würde es uns ja nicht völlig vom Weg abbringen, wenn wir ein wenig mehr Vorsicht, ein wenig mehr Zurückhaltung walten ließen?«

»Lass ihn in Ruhe, Belam!« Kasramans Stimme war streng, aber nicht unfreundlich. »Wir haben weder die Verluste noch die Herausforderungen erlebt, denen Vater sich stellen musste. Gönn es ihm, vertrau ihm; er hat uns schon so weit gebracht.«

Corajidin umarmte seine beiden Söhne und hielt sie fest. Er küsste sie auf die Wangen, und zum ersten Mal war er von Stolz auf beide erfüllt.

»Vergesst eure Meinungsverschiedenheiten und denkt daran, dass ihr Brüder seid. Und nun begleitet mich zum Maulbeerfeigenhain des Mahsojin, damit die Botschafterin tun kann, was nötig ist.«

»Vater!« Belamandris griff nach Corajidins Arm und umklammerte ihn schmerzhaft fest. »Tu's nicht.« Ganz offensichtlich hatten ihn Corajidins Worte nicht überzeugt. »Du kannst dir das doch nicht für die Zukunft wünschen! Oder für sie.«

»Sag es ihm, Jidi!«, drängte Yashamin. *»Als die Botschafterin dich fragte, hast du gesagt, du willst alles. Ich war so stolz auf dich. Jetzt kannst du es haben. Die Welt gehört uns, mein Herz. Ich werde wieder fühlen können.«*

»Doch, das wünsche ich mir«, sagte Corajidin und hoffte, seine Stimme würde seine Besorgnis nicht verraten.

»Dann lasst uns anfangen«, sagte die Botschafterin mit ihrer knarzigen Stimme. Sie hatte die Kapuze zurückgeworfen und ihr bleiches und kaltes, einst so schönes Gesicht enthüllt, das nun von geschwärzten Adern durchzogen war. Ihr Seelenstein war trüb, ein moosfarbener Daumenabdruck auf ihrer Stirn. Auf ein Zeichen von ihr führten drei winzige Figuren eine größere Gestalt nach vorn. Ihr Körper wurde von einer leichten Robe aus burgunderroter feiner Gaze und funkelnden Blutsteinen nur notdürftig verhüllt.

Corajidin lehnte sich auf seinem verwitterten, behelfsmäßigen Thron zurück, und tiefe Beklommenheit ließ seine Glieder schwer werden. Sie waren auf einem Hügel, der das Mahsojhin überblickte. Die riesigen Maulbeerfeigenbäume knarzten und ächzten. Breite Sonnenstrahlen bildeten Säulen unter dem Blätterdach und tauchten Pollen und sanft zu Boden schwebende Blätter in ein intensives Licht, das ein ständig wechselndes Muster auf dem Boden bildete. Die feuchtwarme Luft trieb ihm den Schweiß auf die Stirn, und der Geruch nach Fäulnis war beinahe überwältigend.

Auf der abgebrochenen Klippe unter ihnen ragte das Mahsojhin auf und schien verlassener denn je. Einige der Gebäude, die die Jahrhunderte überdauert hatten, waren von den Sēq geschleift worden. Tote in roten Roben lagen wie gefallene Herbstblätter zwischen Büscheln aus gelb gewordenem Gras. Das ferne, schläfrige Summen von Fliegenschwärmen war zu hören. Dort, wo die drei alten Weiber vorübergingen, fielen die Fliegen zu Boden und blieben reglos liegen.

Das Knirschen von Beinschienen ertönte und wurde lauter, dann war das Brechen von Zweigen zu hören. Corajidin nahm den schwachen Duft nach Moschus, Eisen und Leder wahr und sah, wie Wolfram aus den Schatten auftauchte, wie es seine Gewohnheit war. Er neigte den Kopf.

»Hat nicht der imreanische Philosoph Atticus Sorigo geschrieben: Wenn du eine Lüge erzählst, so lass sie nur dreist genug sein, und die ganze Welt wird dir glauben?«, sann der Hexer. »Eure Lüge war tatsächlich dreist genug, Asrahn.«

»Und die ganze Welt hat mir geglaubt.« Ein Schauder der Erregung durchfuhr Corajidin bei der Bezeichnung. Asrahn. »Aber wie lange werden sie mir glauben, Wolfram? Wie lange wird es dauern, bis die Schakale beginnen, den Körper auseinanderzureißen, und feststellen, dass ihnen der Geschmack der Lügen nicht zusagt?«

Wolfram starrte ihn durch das verfilzte Haar mit seinen wilden gelbbraunen Augen an. Der Hexer lächelte. »Wenn Ihr erst die Krone auf dem Haupt tragt, was hat das Schlachtross dann noch von aasfressenden Hunden zu befürchten?«

»Wenn es nur so einfach wäre«, murmelte er. Er war wie versteinert, als die drei winzigen alten Weiber mit ihren zugenähten Augen vorbeischlurften und ihre krummen Fingernägel aneinanderklickten wie die Kauwerkzeuge von Insekten. Feiner gelber Staub bedeckte ihre Haut und wirbelte in der Luft um sie herum. Corajidin erkannte durch die durchscheinende Robe der Frau, dass sie schlicht ein Kunstwerk war, ein leuchtend polierter Schatz, und seine Herzen begannen wild zu schlagen.

Die Botschafterin baute sich vor Corajidin auf. »Ihr begreift die Konsequenzen dessen, was Ihr da gleich tun werdet?«

»Wer ist das?«, fragte er und starrte die Frau weiter an.

»Bis jetzt niemand, der zählt.« Sie schnippte mit den Fingern vor seinem Gesicht, um seine Aufmerksamkeit zurückzugewinnen. »Corajidin, Ihr müsst mir antworten. Begreift Ihr die Konsequenzen?« Corajidin schluckte und nickte.

»Nein! Sagt es laut, damit Īa und die Mächte, denen ich diene, Zeuge Eurer Worte werden.«

»Ja«, flüsterte er. Als sie verächtlich den Mund verzog, sagte er lauter: »Ja! Ich begreife die Konsequenzen dessen, was ich tun werde.«

»Ihr bittet uralte Mächte um Hilfe«, erinnerte ihn Wolfram. »Das habt Ihr schon zuvor getan. Aber sie werden jedes Mal … hungriger, fordernder. Diesmal müsst Ihr ein Opfer bringen.«

»Kann nicht irgendjemand anders …« Bei der Vorstellung, was er würde ertragen müssen, begann Corajidins Haut zu kribbeln.

Das Lachen der Botschafterin klang, als würde eine Handvoll rostiger Nägel in einem Glas geschüttelt werden. »Es sind die Netze Eures eigenen Lebens, die Ihr geändert haben wollt. Scataqra, die Weberin des Schicksals, verlangt etwas von Euch – und von keinem anderen. Wenn Ihr nicht wollt …«

»Erebus verfluche Euch!«, zischte Corajidin. Scataqra. Der Name ließ ihn frösteln … aber er war so nah dran. »Ich werde tun, was du willst.«

»Natürlich werdet Ihr das.« Ihre Stimme war tonlos. »So war es schon immer. Ihr musstet es nur zugeben.«

Die Botschafterin ging in den Schatten der Maulbeerfeigen, und Corajidin, seine Söhne und Wolfram folgten ihr. Mit jedem Schritt fiel es Corajidin schwerer zu atmen, als würden die uralten Baumstämme der Maulbeerfeigen ihm die Luft aus der Lunge stehlen. Er sah nach oben, geblendet vom Leuchten einer viel zu hellen Sonne in einem viel zu fernen Himmel, das stellenweise durch den leise schwankenden Schatten der Blätter drang.

Die Botschafterin führte sie zwischen den dunklen Stämmen hindurch. Feigen waren von den Bäumen gefallen und lagen nun faulend im schattigen Gras und im Blättermulch. Bald schon war der Sonnenschein jenseits der Bäume nur noch eine ferne Erinnerung, ersetzt durch etwas Älteres. Etwas Dunkleres, das keine Reue kannte.

Wortlos blieb die Botschafterin stehen. Vor ihnen ragte ein Baum auf, dessen Stamm wirkte, als hätte er Aussatz. Er war verfärbt von getrocknetem goldenem Pflanzensaft, der mittlerweile rostrot geworden war. Die niedrigeren Äste sahen brüchig aus und knarzten leise. Spinnweben hingen herab wie Gazevorhänge, die feinen Seidenfäden vertrocknet und mit den Überresten von Generationen von Bewohnern gesprenkelt.

Wolfram stocherte mit dem zerklüfteten Ende seines Stabs in der trockenen Erde herum. Der Staub stieg in armseligen Wölkchen auf und senkte sich dann langsam wieder zu Boden. Er grub weiter in der Erde herum, bis er eine Vertiefung im Dreck geschaffen hatte.

»Kniet Euch hierhin, Asrahn«, sagte Wolfram und wies auf den Boden vor dem Loch.

Corajidin wollte gerade protestieren, aber da war etwas im Tonfall des Hexers, das weder Widerspruch noch Ausreden duldete. Scharfe Zweige und Steinchen gruben sich in seine Knie, als er sich auf den Boden niederließ.

Ein Messer wurde vor ihm fallen lassen. Es hatte eine lange Silberklinge, die so stark gebogen war, dass sie beinahe sichelförmig war. In seinen Elfenbeingriff waren schwarz gefärbte Blätter und Blüten geschnitzt. Wolfram kniete sich neben ihn. Er zischte vor Schmerz, als er seine kaputten Beine in den Beinschienen zwang, sich zu beugen, aber er zögerte keine Sekunde. Der Hexer griff in seine verschlissene Robe und holte eine kleine Glasampulle mit dem Trank der Botschafterin hervor. Er öffnete die Ampulle und reichte sie Corajidin, der sie nahm, ohne zu zittern. Jetzt, da er sich für dieses Vorgehen entschieden hatte, würde Corajidin sich nicht gehen lassen.

Die alten Weiber signalisierten der unbekannten Frau, dass sie sich ebenfalls hinknien sollte. Sie schwankte mit verträumtem Gesichtsausdruck, und der Schleier über ihrem Gesicht bewegte sich sacht unter ihren Atemzügen.

»Worum Ihr bittet, ist nicht widernatürlich, wenn Euer Volk auch etwas anderes glaubt«, sagte die Botschafterin, die neben Corajidin im Schmutz kniete. Belamandris fluchte und kickte mit dem Fuß eine kleine Staubwolke in die Luft. Die Botschafterin sah zu dem Blätterdach auf, das ständig wechselnde Muster bildete. Sie hatte den Kopf zur Seite geneigt, als würde sie auf etwas horchen, das nur sie vernehmen konnte. »Das Netz, das gewoben wurde, verknüpft jede Seele, jeden Geist und jeden Traum. Alle Dinge sind untereinander verbunden, damals, jetzt und immerfort. Die Gefäße, die wir bewohnen, sind plump und leicht zu zerbrechen. Warum sollten sie nicht ebenso leicht ersetzt werden können? Wenn die Weberin und ihre Kinder nicht unterscheiden, was gibt dann den Sterblichen das Recht dazu?«

Corajidin nickte. Er hob die Ampulle an die Lippen. Sie roch nach Sommerregen und Sonnenschein auf einem Katzenfell, nicht mehr. Er trank das Gebräu in einem Zug und keuchte auf, als die Flüssigkeit ihn mit stürmischer Energie erfüllte.

»Los!«, donnerte die Botschafterin.

Bevor ihm auch nur bewusst wurde, was er da tat, hatte Corajidin das Messer zur Hand genommen und sich tiefe, quer über die Unterarme verlaufende Schnitte beigebracht. Blut lief seine Arme hinab, das im erstickten Licht der Maulbeerfeigen schwarz wirkte. Es tröpfelte von Corajidins Fingern und in die Vertiefung in der Erde vor ihm. Belamandris fluchte leise. Kasramans Miene blieb verschlossen, der Blick aufmerksam.

Der Schmerz der Wunden war entsetzlich. Schlimmer als jede Wunde aus einer Schlacht; die Schnitte versengten ihn, als würde er Säure bluten. Corajidin wollte schon die Arme zurückziehen, aber Wolfram hielt sie fest. Er kämpfte gegen den Griff des Hexers an.

Als Corajidin aufsah, lag ein wahnsinniges Leuchten in den Augen der Botschafterin. Ihr Seelenstein flackerte in einem smaragdfarbenen Licht.

»Noch nicht! Mehr – Ihr müsst mehr geben!«, flüsterte sie drängend.

Corajidin unterdrückte einen gequälten Aufschrei. Der Schmerz war zu viel! Er fühlte, wie das Blut seine Haut versengte, hörte, wie seine Herzen hämmerten. Schweiß trat ihm auf die Stirn und strömte dann sein Gesicht hinab. Er warf den Kopf zurück, und sein Atem kam zischend und stoßweise zwischen zusammengebissenen Zähnen.

Als er die Augen wieder öffnete, sah er Silhouetten an den hellen Stellen zwischen den Blättern und Ästen der Maulbeerfeigenbäume. Erst dachte er, sie wären imstande, durch die Luft zu wandeln. Als sich seine Augen an das Licht gewöhnt hatten, sah er, dass sie auf feinen Fäden dahinglitten. Sie bewegten sich mit träger Zielstrebigkeit, bedächtig und bestimmt. Ihre Körper waren mager und ausgehungert. Die Beine lang und stachelig. Von Zeit zu Zeit drang das Sonnenlicht durchs dichte Blätterdach und spiegelte sich in ihren Facettenaugen.

Ihr grotesker Marsch ging spiralförmig nach unten, den krummen Stamm des altersschwachen Maulbeerfeigenbaums hinunter und tiefer.

Immer tiefer.

Sie kamen noch tiefer, bis sie unten angekommen waren und über die Baumrinde und die herausragenden Wurzeln des alten Baums krabbelten und schließlich – leise, furchterregend – zu der Stelle krochen, wo Corajidin kniete.

»Tut nichts!«, warnte Wolfram die anderen. Die Spinnen krabbelten über ihn. Durch seine Haare und über seinen Bart. Über die geschwollenen Knöchel seiner Hände.

In Massen krabbelten sie zum Rande der blutgefüllten Vertiefung, um zu trinken. Mit schwankenden Beinen krochen sie übereinander, eine brodelnde, haarige Masse aus Giftzähnen und Körpern. Corajidin musste würgen. Aus dem Augenwinkel sah er Belamandris, der angespannt, mit der Hand am Schwertgriff dastand, während Kasraman ein Stück abseits stand und das Geschehen beobachtete.

Als ihr Durst gestillt war, machten sich die Weber mit aufgeblähten Bäuchen auf den Rückweg über den Maulbeerfeigenbaum. Sie hievten ihre runden Körper nach oben und verschwanden zwischen den sich leise bewegenden Blättern und zerrissenen Spinnennetzen.

Der Blutverlust hatte Corajidin geschwächt. Sein Sichtfeld verengte sich, und die Zeit schrumpfte zusammen. Er hatte den Eindruck, als würden Augenblicke einfach verschwinden oder gestohlen werden. Der Zeitablauf geriet ins Stocken, wurde scheinbar willkürlich und zerrissen. Die Augenblicke reihten sich nicht mehr in ihrer richtigen Reihenfolge aneinander.

Und dann blieb die Zeit stehen.

Eine einzelne Spinne, viel größer als die anderen, kam an einem Faden herab, so dick wie Corajidins kleiner Finger. Es war ein Ungeheuer von großer Schönheit und so bleich, dass es durchscheinend wirkte. Sein Herz schimmerte in einem wirbelnden, blauweißen Licht. Es erinnerte an ein Gesicht, das man durch einen Dunstschleier sah. Corajidin sah sich um, aber seine Begleiter schienen zwischen zwei Augenblicken erstarrt zu sein.

Das riesige Spinnentier landete auf der leicht bekleideten Frau, deren Gesicht in einem euphorischen Lächeln leuchtete. Zwischen den vollen, dunkel geschminkten Lippen erschienen ihre Zähne unwahrscheinlich weiß. Das Licht, das von der Spinne ausging, schimmerte auf ihrer glatten, glänzenden Haut und spiegelte sich in ihren Augen, die wie Sterne leuchteten. Die Beine des Spinnenwesens umspannten den Oberkörper der Frau, es bäumte sich auf … und schlug seine nadelspitzen Fänge in ihre Brust.

Corajidin wollte aufschreien, konnte aber nicht. Die Spinne pulsierte, das Flackern des Lichts wurde schwächer, und leuchtende Fäden durchdrangen die Frau, die reglos dastand.

Das Licht in ihren Augen erlosch, bis sie nicht mehr waren als trübe Perlen.

So blieben die Augen einen Moment lang, der vielleicht nur eine Sekunde dauerte, vielleicht aber auch eine Ewigkeit. Dann leuchteten sie wieder hell auf, als würden sie von Tausenden flackernder Kerzen erhellt.

Die Spinne fiel zu Boden und zersprang. Die Kristallfragmente ihres Körpers zerstäubten zu einer feinen Wolke aus Diamantenstaub, in der sich das Licht in allen Regenbogenfarben brach. Ein schallender Laut ertönte, als würde eine große Glocke geschlagen.

Und dann kam die Zeit wieder in Gang. Das Licht strömte in die Welt, zunächst langsam und zäh wie Melasse, dann immer schneller, bis sie Corajidins Welt wieder völlig ausgefüllt hatte. Und doch schien es jetzt dunkler zu sein. *Wie viel Zeit ist vergangen?*

Corajidin fiel zur Seite und schlug mit dem Kopf auf das tote Laub und die getrockneten Zweige. Dort lag er, keuchend, schwindlig, und hatte so wenig Gefühl in den Fingerspitzen, als wären seine Hände eingeschlafen.

Alles kam ruckelnd wieder in Bewegung. Belamandris und Kasraman hasteten an Corajidins Seite. Die Frau in ihrer roten Gaze fiel rücklings zurück ins Laub, als wäre sie niedergeschlagen worden. Die drei alten Weiber drängten sich um sie, und während sich ihre grauen, durchbohrten Zungen in ihren dunklen Mündern bewegten, stupsten die Hände mit den langen Krallen die kraftlose Gestalt an und untersuchten sie. Die Botschafterin stand da und sah mit gespannter Aufmerksamkeit zu, während ihre alten Weiber arbeiteten.

Der goldene Ausguss eines Weinschlauchs wurde an Corajidins Lippen gehalten. Honigsüßer Likör strömte über seine Zunge. Kasraman verband seine Wunden und stimmte Gesänge an. Der Schmerz verblasste rasch zu einem angenehmen Kribbeln. Ein paar Augenblicke lang saß er einfach nur da, dann wurde er langsam von einem Gefühl sanfter Mattigkeit durchdrungen.

Belamandris half seinem Vater auf die Füße. Corajidin taumelte, fand aber schnell wieder sicheren Halt. Sein Blick wurde magisch angezogen von der Frau in der roten Gaze, die sich nicht gerührt hatte, seit sie hingestürzt war.

Die Botschafterin ging zu den arbeitenden Weibern hinüber. Sie sprach in einer kehligen, phlegmatischen Sprache zu den Wesen, die in der gleichen Sprache antworteten. Ihre Stimmen waren schrill wie ein Zweig, der über Glas kratzt.

»Vater«, sagte Kasraman. »Wir müssen gehen. Jetzt gleich!«

»Deine Krönung …«, setzte Belamandris an.

»Kann warten!«, schnappte Corajidin. Er fühlte sich schwindlig. »Es tut mir leid, meine Söhne, aber das ist …«

»Es ist eine Sache, von der die Leute zu gegebener Zeit hören mögen«, sagte Kasraman scharf. »Aber Eure Krönung ist ein Ereignis, zu dem sich bereits Tausende versammelt haben, um ihm beizuwohnen.«

»Euer Junge hat recht«, sagte die Botschafterin über die Schulter. »Geht. Setzt Euch Euren goldenen Hut auf den Kopf. Wir werden erledigen, was es hier noch zu tun gibt.«

»Aber …«

»Geht einfach. Dies ist der Tag, für den Ihr all Eure Verschwörungen und Intrigen angezettelt habt.« Die Botschafterin tätschelte die Wange der leicht bekleideten Frau. »Genießt es, damit Ihr wenigstens ein bisschen für den Preis entschädigt werdet, den Ihr werdet zahlen müssen.«

Stunden der Feierlichkeiten, und das alles für einen einzelnen imperialistischen Rahn und eine Handvoll loyaler Sayfs. Kasramans Schätzung, dass Tausende anwesend sein würden, war etwas hoch gegriffen gewesen.

Wo sind sie alle?

Ajomandyan als Wächter des Wandels – er hätte den neuen Asrahn krönen sollen – war abwesend. Sie hatten lange gewartet, bis Corajidin schließlich Narseh aufgefordert hatte, die Zeremonie durchzuführen. Der alte Marschallsritter brüllte den Eid quer über den Tyr-Jahavān, der ebenso gut eine Geisterstadt hätte sein können.

Roshana, Nazarafine und Siamak fehlten. Keiner der föderalistischen Sayfs war aufgetaucht, und sogar einige der Imperialisten fehlten. Kiraj, der Wächtermarschall, und Padishin, der Kanzleimarschall, unterhielten sich die gesamte Zeremonie über leise miteinander. Ziaire und eine

Reihe ihrer Kurtisanen waren da, aber Corajidin war sich sicher, dass ihre Anwesenheit rein geschäftlich war.

Corajidin hatte erfahren, dass die Sēq fort waren und Amenankher versiegelt hatten. Die Hexen waren außerstande, die komplexen Zaubersprüche außer Kraft zu setzen, die die Bergfestung der Sēq sicherten. Die Botschafterin hatte nur gelacht, als Corajidin sie aufgefordert hatte, die Bannsprüche zu lösen. Alle Schätze der Sēq, ihre Waffen und die Quelle des Wassers des Lebens waren weggesperrt und seinem Zugriff entzogen.

Die Zeit floss träge dahin, während er krumm auf seiner kalten, unbequemen Kugel im Tyr-Jahavān saß. Er bekam einen Krampf im Oberschenkel, und sein Kopf begann zu schmerzen. Außerdem hatte er eine düstere Vorahnung, dass die Botschafterin an ihrer letzten Aufgabe gescheitert war. Rund um ihn unterhielten sich die Leute, sie tanzten und lachten. Und sie flüsterten und sahen ihn über den Rand ihrer Weinkelche hinweg an. Der Duft nach gegrilltem Fleisch, Gemüse, Soßen und Gewürzen bereitete ihm Übelkeit. Und überall warteten Leute, die als Ausgleich für ihre Unterstützung nach Gefälligkeiten fragten. *Ihr habt es mir versprochen.*

Versprochen.

Versprechen.

Versprecht es.

Es war schließlich Ziaire und nicht Corajidin, die den Abend für beendet erklärte, als sie sich enthusiastisch verabschiedete, und Corajidin bemerkte, dass in ihrem Abschied deutlich mehr Begeisterung mitschwang als in ihrer Begrüßung. Sobald die Kurtisanen gegangen waren, begannen auch die anderen nach und nach zu verschwinden, und der Raum verwandelte sich in einen aberwitzigen Ort der Leere und Stille, die nur von vereinzelten leisen Unterhaltungen unterbrochen wurde.

Er ging, sobald die Höflichkeit es auch nur halbwegs gestattete, und unterdrückte nur mühsam seinen Zorn, indem er die Krone fest mit seinen Händen umklammert hielt.

Corajidin warf sich in seinem großen Bett herum. Die Sterne, die er durchs Fenster sah, wanderten langsam über den schwarzen Nachthimmel, und die Straßen draußen waren totenstill. In regelmäßigen Abständen konnte er die Anlūki hören, das laute Klirren ihrer Rüstungen in der Stille der frühen Morgenstunden.

Ein Spiel aus Licht und Schatten an der Tür zu seiner Kammer erregte seine Aufmerksamkeit. Da standen Gestalten, die in das Leuchten von Ilhen-Lampen getaucht waren. Drei von ihnen waren klein und gebeugt, und sie hielten eine große, in rote Gaze gehüllte Gestalt an einer goldenen Kette. Die fünfte Gestalt ergriff das Wort.

»Wir haben getan, worum Ihr uns gebeten habt, Corajidin«, sagte die Botschafterin. »Eure Braut ist bereit, aber es gibt sie nicht umsonst.«

»Ich habe bereits bezahlt.«

»Wir brauchen mehr.« Sie hielt die Hand hoch, um seinem Protest zuvorzukommen. »Und Ihr werdet uns klaglos geben, was wir fordern, wenn die Zeit gekommen ist.«

»Oder was?«, fragte er höhnisch. Die hochmütige Haltung der Botschafterin machte ihn krank.

»Oder wir werden wieder nehmen, was Euch gegeben wurde.« Die alten Weiber zerrten an der Kette, sodass die Frau in der Gazerobe gezwungen war, sich zusammenzukrümmen. In ihren Augen stand Panik, aber ihr Mund blieb geschlossen. Eines der Weiber streckte die gelben Krallen aus und berührte den Hals der Frau. »Aber der Preis für geleistete Dienste wird so oder so bezahlt. Ihr habt geschworen, dass

Euch die Konsequenzen Eurer Handlungen bewusst sind. Die Mächte, mit denen Ihr Euch eingelassen habt, gewähren Euch keine zweite Chance, Corajidin. Also, werdet Ihr tun, was man Euch sagt, oder wollt Ihr dieses prachtvolle Exemplar hier gleich zerstören?«

Die Frau in Ketten hörte ganz offensichtlich, was gesprochen wurde, sagte jedoch selbst weiter kein Wort. Eine Mischung aus Trotz und Furcht lag in ihren Augen, ein Blick, den er zu erkennen glaubte. Wenn er sich doch nur sicher sein könnte! Aber die Botschafterin ließ ihm keine Wahl.

»Nun gut. Was wollt ihr?«

Die Botschafterin lächelte und rieb mit dem Daumen über den Tintenfisch, der in den Knauf ihres Schwerts eingraviert war. »Ich habe gehört, Ihr habt Eure Tochter nach Tamerlan geschickt, damit sie dort Peitsche, Stock und glühende Zangen von der Asrahnwitwe zu spüren bekommt. Ich will, dass Mari die ganze Zeit über abgeschirmt bleibt, sodass kein Mystiker sie jemals finden kann. Und ich will, dass sie dort bleibt, frierend und allein, bis ich andere Befehle gebe.«

»Aber sie ist meine Tochter!«

»Seid dankbar, dass ich nicht ihren Kopf gefordert habe. Noch nicht. Indris darf nicht abgelenkt werden, und Eure Tochter ist nichts weiter als eine Ablenkung für ihn. Ich muss meinen Mann zurückhaben.«

Bei dem Nachdruck, mit dem sie diese Worte äußerte, zuckte er zusammen. »Warum?«

Eines der alten Weiblein bohrte ihren Fingernagel in die Kehle der Frau. Die Botschafterin starrte Corajidin an. »Werdet Ihr es tun?«

»Ja! Bei den Ahnen, ja. Mir ist es sowieso lieber, wenn Mari nicht mehr mit dem Mann in Kontakt kommt, der sie vom rechten Weg abgebracht hat.«

»Ha!« Die Botschafterin lachte bellend. »Eure Tochter war

schon eine Streunerin, lange bevor sie meinen Mann getroffen hat.« Ehe er darauf antworten konnte, fügte sie hinzu: »Und da ist noch etwas, das wir haben wollen, nach allem, was wir für Euch getan haben.«

»Was?«, fragte er nervös.

»Die Sēq sind durchaus nicht besiegt, Corajidin. Und dann ist da noch die Sache mit der Schattenherrscherin, die … Euch im Wege steht. Meine Meister möchten, dass Ihr die Avān so bald wie möglich vereint, und es kann keine zwei Mahjs für ein Volk geben.«

»Ihr wollt, dass ich …«

»Zerstört Pashrea und das Machtfundament der Sēq, ja. Wie sonst, glaubt Ihr, könnt Ihr die Welt schaffen, die meine Meister brauchen?«

Sie klatschte in die Hände, und die Weiblein schubsten die leicht bekleidete Frau in Ketten in Corajidins Kammer. Sie taumelte, und er fing sie auf. Als er wieder aufsah, waren die Botschafterin und die drei alten Weiber verschwunden.

Corajidin nahm der in Gaze gehüllten Frau Halsband und Kette ab.

»Danke«, sagte die Frau mit einer Stimme, die wie Rauch auf Branntwein klang.

»Du kannst sprechen?«

»Aber ja«, schnurrte sie. Sie sah ihn offen und abschätzend an. Dann begann sie, im Zimmer umherzugehen und Gegenstände zu berühren; ganz offensichtlich war ihr nicht bewusst, dass sich ihre Robe beim Gehen leicht geöffnet hatte. Ihre Gesten waren so vertraut, dass es ihn ebenso sehr schmerzte wie erregte. Sie fuhr mit den Fingern über die Seidenlaken und schauderte leicht bei der Berührung. Dann nahm sie eine Phiole auf und tupfte sich vorsichtig Parfum hinter die Ohrläppchen, auf die Innenseite der Handgelenke und zwischen die Brüste – Letzteres mit einem schüchternen

Lächeln, das einem Kunstwerk gleichkam. *Yashamins Lieblingsduft.*

»Mein Name ist Corajidin.«

»Jidi.« Seine Herzen schlugen wild in seiner Brust. *Ist sie es wirklich?*

Sie ging um das Bett herum, wo eine ganze Reihe seiner Lieblingsgegenstände lagen. Mit ihren langen Fingern strich sie über seine Schätze, langsam, sinnlich, und in ihren Augen spiegelte sich der Glanz der Edelmetalle und Juwelen. Vor Yashamins Totenmaske blieb sie stehen. Sie nahm sie in die Hand.

»Wie heißt du?«, fragte er und fürchtete sich vor der Antwort. *Der Körper ist anders, das Gesicht auch, aber so, wie sie sich bewegt und redet, muss sie es doch sein. Oder?*

Ihm war schwindlig, und sein Verlangen drohte ihn zu überwältigen. Corajidin stolperte einen Schritt nach vorn. Dann noch einen und noch einen. Er befeuchtete seine Lippen mit der Zunge, als sie sich aufs Bett legte, gefügig und entblößt. Ihre Robe teilte sich und enthüllte ein neues Land, das er erobern durfte.

Sie legte sich Yashamins Maske über das Gesicht.

»Wie würdest du mich denn nennen?«

Kapitel 31

»Manche würden es als ironisch bezeichnen, wenn wir sagen, wir kämpfen im Namen des Friedens.« Aus Die Werte, *Zitate von Kemenchromis, Sēqmeister-Magnat und Erzgelehrter (Drittes Jahr des Erwachten Imperiums)*

5. Tag im 496. Jahr der Shrīanischen Föderation

Indris saß mit gekreuzten Beinen auf einem breiten Balkon in Amarqa-im-Schnee und blinzelte im gleißenden Licht, das vom Schnee auf dem Mar Silin reflektiert wurde. Die hoch aufragenden Gipfel des Mondgebirges bildeten eine weiße Linie, die sich gegen den Himmel abhob, der durch den Kontrast noch blauer schien. Das ferne Rauschen des Flusses Anqorat war zu hören, der hier schäumend seine Reise zu dem beinahe 1500 Kilometer weit entfernten Marmormeer antrat. In der frischen, kalten Luft lag der Duft nach Eukalyptus. Ein scharfer, knackender Laut hallte durch das Tal unter ihm, als ein weiterer Baum in der Kälte zersplitterte.

Seit seiner Ankunft war er jeden Tag hierhergekommen, um seine Psyche von der wenig freundlichen Behandlung durch den Suret und die Inquisition zu erholen. Taqrit war ein Amateur gewesen im Vergleich zu ihnen, doch zumindest zeigten Indris' derzeitige Befrager keinen Hang zu zusätzlicher Grausamkeit; bis jetzt war noch kein *Daul* aufgetaucht. Aber eine Fluchtmöglichkeit brauchte er, selbst wenn sie zeitlich begrenzt war, wie dieser Rückzugsort hier.

Es waren nur wenige Leute draußen. Einige Novizen der Sēq übten mit ihren Holzschwertern, Speeren und Messern, während andere sich einem rigorosen Training im unbewaffneten Nahkampf unterzogen. Aus der Entfernung wirkten sie wie ein Schwarm Krähen, die umherflatterten und mit den Schnäbeln nach Futter pickten. Eine Bibliothekarin saß an einem Fenster und hielt das Gesicht entspannt in die Sonne. Eine Windgaleere mit schwarzem Schiffsrumpf, die von Blitzen und dem Flackern der Sturmräder und der Disentropiespulen erleuchtet wurde, war auf dem Weg nach Hause. Alles schien friedlich, wenn man nicht unter die Oberfläche sah.

Ein ungeübtes Auge nahm nicht wahr, dass das *Ahmsah* mit weiß glühenden Energiemustern überzogen war, die sich durchdrangen und kreuzten. Zauber, Barrieren und mystische Filter schirmten das Tal mit einem Schild aus Macht und Illusion ab. Es stand unter strengster Überwachung; nicht einmal ein Hase hätte das Amarqatal betreten können, ohne dass die Sēq es gewusst hätten.

Indris kletterte in die oberen Bereiche seines Bewusstseins und beobachtete die Kreisläufe, die um seine Welt strömten. Die Sēq wussten sich zwar zu schützen, doch sie mussten auch sehen, was außerhalb ihrer Mauern vor sich ging – und jetzt mehr als zuvor, da sie die Kapitelsäle von Irabiyat und Avānweh verloren hatten. Indris hatte vier Tage gebraucht, bis er die Lücken im Muster isoliert hatte; sie waren nicht mehr als Quanten aus Nichts, Nadelstiche auf einem Tuch, das so groß war wie der Himmel. Die Lücken traten in der Nähe von Dichtezuständen des *Ahm* auf, in denen die unterschiedlichen Energien aufgrund ihres Volumens nicht gänzlich miteinander verschmelzen konnten. Mehrere Stunden später hatte sich Indris seinen Weg ausgearbeitet und war schließlich imstande, auf das *Ahmtesh* zuzugreifen, wo sich die Seelen der Toten bewegten, sprachen, tanzten und träumten und nur wenig um die Sorgen der Welt kümmerten, die sie verlassen hatten.

Beinahe sofort sah er von der leuchtenden Gewitterwolke, einer Versammlung von Seelen, zwei helle Sterne in seine Richtung schießen. Sie kreisten in Spiralen umeinander und leuchteten wie Glühwürmchen, während sie eine langsam verblassende Leuchtspur hinter sich herzogen. Indris verstärkte sein *Kaj*, für den Fall, dass die beiden ihn angreifen wollten; er war bereit, sofort wieder die Leiter seiner Bewusstseinszustände hinunterzugleiten und in seinem physischen Körper Schutz zu suchen.

»Indris!«, sagte Chaiya. Als sie näher kam, verwandelte sich der Stern und nahm die Gesichtszüge seiner Freundin an. Neben ihr befand sich eine weitere Gestalt, die hinter ihr kreiselte und schaukelte, als wäre sie ein Papierdrachen an einer Schnur. »Wir haben nach dir gesucht. Wo warst du?«

»Ich bin in Amarqa-im-Schnee, und ich habe nicht viel Zeit. Nicht, wenn ich meinen Seelenausflug geheim halten will. Es tut mir leid; ich will dich nicht drängen, aber kannst du mir erzählen, was mit meinen Freunden passiert ist? Mit Mari und Shar? Hayden, Omen und Ekko?«

»Oh Indris!«

Ihm sank der Mut, als er die Zerknirschung in ihrer Stimme hörte. Winzige Diamanten leuchteten in Erinnerung des Leids auf ihren Wangen auf.

»Sag es mir, bitte.«

»Wahrhaftig, der Tod ist nicht das Ende«, pulsierte die andere Seele, »weder Schreckliches noch Herzzerreißendes liegt in dieser Wende. Nachdem ich all dies hier sah, scheint meine Furcht mir reichlich sonderbar.«

»Omen?«, würgte Indris hervor.

Und die Gestalt verwandelte sich, erst langsam, dann schneller, und wurde zu einem großen, feingliedrigen Mann in erlesener Robe, langer Jacke, lockerer Hose und Schnabelstiefeln. Es war ein Gesicht mit hohen Wangenknochen, tiefliegenden Augen, einer langen, geraden Nase und dicken Augenbrauen. Das Gesicht verwandelte sich in eine kleine Wolke aus Jaderauch, bevor es wieder eine Form annahm und freundlich lächelte.

»Sei nicht traurig, mein furchtloser Freund. Wir können hin und wieder noch immer miteinander sprechen.«

»Was ist passiert?«

Omen erzählte von den Ereignissen in der Toten Ebene, von seinem und Haydens Tod, und dass Vahineh und Mari verschleppt worden waren. Er berichtete von der Vereinbarung, die Roshana mit Belamandris getroffen hatte und wie es Ekko gelungen war, zu flüchten und Shar mit sich zu nehmen, bevor sie ebenfalls getötet wurden. Indris hörte sich das alles mit wachsendem Kummer an, gemischt mit aufkeimendem Ärger.

»Es ist meinetwegen passiert«, sagte Indris. »Du und Hayden. Mari. Ich bin schuld.«

»Sei kein Narr, Indris.« Chaiya umhüllte ihn mit ihrer Seele und hielt ihn fest. »Du trägst schon zu viele Lasten und gibst dir die Schuld an Ereignissen, die nicht in deiner Verantwortung lagen. Füg nicht auch noch das zu deiner Bürde hinzu. Sie sind hier glücklich.«

»Sie?«

»Hayden«, lächelte Omen. »Zusammen mit seiner Frau und seinen Töchtern. Es scheint, wir kommen alle an denselben Ort, wenn wir sterben. Es ist derselbe Ort, von dem unsere Seelen stammen. Ich habe sogar einen alten Kater wiedergetroffen, einen, der beinahe zwanzig Jahre lang sein Leben mit mir geteilt hat. Er hat lange auf mich gewartet, und zwar so entspannt und stolz im Tod, wie er es im Leben auch immer war. Was aber Hayden betrifft: Er hat mir gesagt, ich soll dir ausrichten, dass er glücklich ist und dass er es endlich geschafft hat, nach Hause zu kommen.«

Indris fühlte, wie seine Seele in bittersüßer Melancholie leuchtete. Eine Bewegung aus dem Augenwinkel brachte ihn dazu, sich umzudrehen. Ein schimmernder Vorhang schwebte in ihre Richtung. Er bestand aus vertikalen Linien und Streifen aus Grau, die an nahenden Regen erinnerten. Die Sēq.

»Ich muss gehen.«

»Was wirst du wegen Mari unternehmen?«, fragte Omen.

»Ich werde sie finden und zurückbringen«, sagte Indris. »Aber im Moment ist sie fort, und da sind noch andere Freunde, bei denen ich einiges wiedergutzumachen habe. Und zuallererst muss ich hier noch etwas erledigen.«

»Und wenn du hier fertig bist?« Chaiyas Gesicht schwebte vor Indris'.

»Ich werde für das, was ich als Nächstes vorhabe, ein paar alte und neue Freunde zusammentrommeln.«

Der regengraue Vorhang kam immer näher. Indris verabschiedete sich von seinen Freunden und stürzte in seinen Körper zurück.

Er erhob sich und wischte sich den Schnee von der Robe. Seine Tränen des Kummers dagegen ließ er ungehindert fließen.

Er wandte sich um und ging in die unermessliche Weite von Amarqa. Die Zeit würde kommen, in der er seine Schulden voll und ganz zurückzahlen würde. Und es würde die Zeit kommen, in der er diejenigen, die ihm Unrecht getan und seine Freunde hatten leiden lassen, zur Rechenschaft ziehen würde.

Aber für den Moment musste er hierbleiben, wenn er jemals die Antworten auf Fragen finden wollte, die er gerade erst zu stellen lernte.

HANDELNDE FIGUREN

Indris Avān. Pahmahjin Näsarat fa Amonindris, ehemaliger Ritter des Gelehrtenordens der Sēq. Lebt jetzt als *Daimahjin*, als Söldner und Kriegsmagier. Befehligte einst die *Nahdi*-Kompanie der Unsterblichen Gefährten. Auch bekannt unter dem Namen Drachenauge, Geisterbändiger und Diamantenfürst. Trägt das Seelenschwert Gestaltwandlerin

Shar-fer-rayn Seethe. Kriegssängerin der Rayn-ma Truppe und scheinbar das letzte überlebende Mitglied ihrer Familie. Traf Indris in den Sklavenbergwerken Sorochels, aus denen sie gemeinsam flohen. Reist nun mit Indris

Hayden Goode Mensch. Ein Viehtreiber, der jetzt als Abenteurer lebt. Guter Schütze. Einst Scharmützler für die Unsterblichen Gefährten, nun ein Gefährte Indris'

Sassomon-Omen Nomade. Wurde beim Zusammenbruch des Erwachten Imperiums zum Geisterritter. Der ehemalige Künstler und Philosoph kämpfte als Infanterist bei den Unsterblichen Gefährten, reist jetzt jedoch mit Indris

Ekko Tau-se. Ehemaliger Oberstritter der Ersten Kompanie der Löwengarde. Befehligte die Expedition, die Far-raddin nach seiner Flucht aufspüren sollte. Danach entschied er sich für ein Leben als *Kombe* und reist jetzt mit Indris

Hohes Haus Näsarat

Roshana Avān. Föderalist. Rahn Näsarat von der Näsarat Präfektur und Präfekt von Narsis

Ariskander *Verstorben. Avān. Einstiger Rahn der Näsarat Präfektur und Präfekt von Narsis*

Nehrun Avān. Pah Näsarat, einst Ariskanders Rahn-Erwählter, jetzt jedoch im Schrein der Eitelkeiten inhaftiert

Tajaddin Avān. Pah Näsarat und Ariskanders drittes Kind

Bensaharēn Avān. Dichtermeister der Nasé-sûk, der Phönixschule in Narsis. Dichtermeister des Hohen Hauses Näsarat. Auch Sayf Nasarin, entfernter Cousin des Hohen Hauses Näsarat. Der Wassertänzer genannt. Trägt das *Amenesqa* Rain

Danyūn Mensch. Mitglied der Ishahayan und Geheimdienstleiter des Hohen Hauses Näsarat

Maselane Mensch. Sayf der Familie Ashour und Waffenmeister des Hohen Hauses Näsarat. Auch Generalsritter der Phönixarmeen der Näsarat

Mauntro Tau-se. Oberstritter der Löwengarde

Anani Tau-se. Löwengarde

Baniq Mensch. Gnostischer Assassine

Furu Tau-se. Löwengarde

Fyra Mensch. Gnostischer Assassine

Kofo Tau-se Löwengarde

Nsay Tau-se Löwengarde

Samu Tau-se Löwengarde

Zoer Avān. Gnostischer Assassine

Hohes Haus Näsarat (Pashrea)

Malde-ran Avān. Mahjirahn von Pashrea und Mahj des Schattenimperiums. Auch bekannt als Schattenherrscherin. Präfekt von Mediin

Kemenchromis Avān. Sēqmeister-Magnat und Erzgelehrter. Zwillingsbruder Femensetris. Geschichtenmeister und Rajir der Schattenherrscherin

Hohes Haus Erebus

Corajidin Avān. Imperialist. Rahn Erebus der Erebus-Präfektur und Präfekt von Erebesq

Yashamin *Verstorben. Avān. Corajidins dritte Frau und einstige Nemhoureh des Perlenhauses*

Kasraman Avān. Imperialist. Pah Erebus und Corajidins Rahn-Erwählter. Wurde von Wolfram zum Angothischen Hexer ausgebildet. Sohn von Corajidins erster Frau Laleh von den Ars-Izrel

Belamandris Avān. Imperialist. Pah Erebus, der Witwenmacher genannt und Führer der Anlūki. Corajidins zweiter Sohn. Wurde von Corajidins zweiter Frau, Farha von den Dahrain geboren. Trägt das *Amenesqa* Schicksalsklinge

Mariam Avān. Föderalist. Pah Erebus, die Königin der Schwerter. Einstiges Mitglied der Feyassin. Wurde von Corajidins zweiter Frau, Farha von den Dahrain, geboren

Nima Avān. Imperialist. Corajidins Neffe und Krieger der Anlūki

Basyrandin *Verstorben. Avān. Imperialist. Corajidins Vater und viermaliger Asrahn von Shrīan*

Khurshad Avān. Imperialist. Witwe von Basyrandin, Corajidins Stiefmutter und Asrahnwitwe. Khurshad ist die momentane Sayf Tamerlan

Qarnassus *Verstorben. Avān. Imperialist. Corajidins Großvater und fünfmaliger Asrahn von Shrīan*

Armal *Verstorben. Avān. Imperialist. Thufans Sohn*

Brede *Verstorben. Mensch. Einst eine Bibliothekarin der Sēq,* *die gefangen genommen und in eine Angothische Hexe verwandelt wurde. Dann diente sie als Wolframs Lehrling*

Farouk *Verstorben. Avān. Imperialist. Corajidins Neffe und Adjutant*

Feyd Verbannter. Avān. Imperialist. Führer der Jiharim. Corajidins Waffenmeister

Jhem Verbannter. Avān. Imperialist. Sayf Delfineh und Corajidins Assassinenmeister. Bekannt unter dem Namen »Die Schwarze Schlange«

Kimiya Verbannte. Avān. Imperialist. Jüngste Tochter von Jhem und Wolframs neuer Lehrling

Nadir Verbannter. Avān. Imperialist. Sohn und ältestes Kind von Jhem. Vor seiner Verbannung war Nadir Maris Liebhaber und Student an der Nasé-sûk

Nix Verbannter. Avān. Imperialist. Sayf Malahdi und Sohn von Rayz, dem Eisennetz

Ravenet Verbannte. Avān. Imperialist. Älteste Tochter von Jhem

Sanojé Verbannte. Avān. Imperialist. Pah Chepherundi. Eine Tanisische Hexe

Tahj Shaheh Verbannte. Avān. Imperialist. Korsarin aus dem Marmormeer und Tochter von Hatoub, des verstorbenen Sayf Näs Sayyin. Corajidins Himmelsmeister und Flottenmeister

Thufan *Verstorben. Avān. Imperialist. Sayf Charamin und Corajidins General der Kherife und Geheimdienstleiter. Präfekt von Jafke*

Wolfram Mensch. Angothischer Hexer, Corajidins Geschichtenmeister und Rajir. Trat ursprünglich in die Dienste von Corajidins Großvater, Rahn Erebus fa Qarnassus. Corajidins Freund und Ratgeber. Kasramans Lehrer in den Arkanen Künsten

Yotep Avān. Krieger der Anlūki

Hohes Haus Selassin

Vashne *Verstorben. Avān. Rahn Selassin und Asrahn von Shrīan. Präfekt von Qeme.*
Afareen *Verstorben. Avān. Rahn Selassin und Frau von Vashne.*
Daniush *Verstorben. Avān. Pah Selassin und Vashnes Rahn-Erwählter*
Hamejin *Verstorben. Avān. Pah Selassin und Vashnes zweiter Sohn*
Vahineh Avān. Rahn Selassin und Vashnes einzige Tochter. Drittes Kind von Vashne und Afareen
Martùm Avān. Pah Selassin und Vashnes Cousin
Sadra *Verstorben. Mensch. Vahinehs Waffenmeister*
Chelapa *Verstorben. Avān. Oberstritter der Feyassin*
Qamran Avān. Majorsritter der Feyassin
Mehran Avān. Leutnantsritter der Feyassin

Hohes Haus Sûn

Nazarafine Avān. Rahn Sûn von den Sûninseln und Volkssprecherin. Präfekt von Qom Riyadh
Navid Avān. Pah Sûn und Nazarafines Neffe. Kriegsdichter von der Saidani-sûk, der »Schule der Vier Klingen«. Navid ist Kommandant von Nazarafines Sûnwache
Jarrah Avān. Dichtermeister der Saidani-sûk, der Schule der Vier Klingen in Saidani. Dichtermeister am Hohen Haus Sûn

Hohes Haus Kadarin

Narseh Avān. Imperialist. Rahn Kadarin und Marschallsritter von Shrīan. Präfekt von Kadariat

Anankil Avān. Pah Kadarin und Narsehs Erbe. Generalsritter der Yourdin, der schweren Eliteinfanterie von Kadarin
Nirén Avān. Dichtermeister von der Habron-sûk, der Reiherschule in Avānweh. Dichtermeister am Hohen Haus Kadarin

Hohes Haus Bey

Siamak Avān. Föderalist. Rahn Bey von der Bey-Präfektur und Präfekt von Beyjan und Amnon
Vasanya Avān. Föderalist. Rahn Bey und Frau von Siamak. Ursprünglich aus Tanis
Umna Avān. Föderalist. Pah Bey, Siamaks älteste Tochter und Rahn-Erwählte
Harish Avān. Föderalist. Pah Bey und Siamaks ältester Sohn. Präfekt von Ifqe, Waffenmeister am Hohen Haus Bey und Anführer der Marmûn, der Elitekrieger aus der Rōmarq und der Bey-Präfektur
Indera Avān. Föderalist. Dichtermeister der Marmun-sûk und Dichtermeister am Hohen Haus Bey

(Ehemals) Hohes Haus Din-Ma (Die Seethe Din-Ma Truppe)

Far-ad-din Verbannter. Seethe. Rahn Din-ma, seines Amtes enthoben während der Schlacht am Bernsteinsee. Einstiger Präfekt von Amnon
Ran-jar-din *Verstorben. Seethe. Pah Din-ma. Far-ad-dins Rahn-Erwählter*
Anj-el-din Seethe. Pah Näsarat. Far-ad-dins Tochter und Indris' einst vermisste Frau, jetzt zurückgekehrt

Ajomandyan Avān. Föderalist. Sayf Näsiré und Präfekt von Avānweh. Auch der Himmelslord genannt

Bijan Avān. Föderalist. Ein einstiger Verbündeter von Vashne und Ariskander

Chanq Avān. Imperialist. Sayf Joroccan und tief verstrickt ins organisierte Verbrechen. Ein Anhänger Corajidins

Hadi Avān. Imperialist. Ein Anhänger Corajidins

Iraj Mensch. Föderalist. Ein einstiger Verbündeter von Vashne und Ariskander

Kiraj Mensch. Neutral, aber eher mit den Föderalisten verbunden. Sayf Masadhe und Präfekt von Masadhe. Wächtermarschall von Shrīan. Ein einstiger Verbündeter von Vashne und Ariskander

Maroc Avān. Imperialist. Sayf Jayan und Präfekt von Zam'Haja. Jüngerer Bruder von Delfyne, dem Dichtermeister der Wehklage

Neva Avān. Föderalist. Ajomandyans Enkelin und Erbin. Kommandiert die Himmelsritter von Avānweh und tritt im Fliegenden Zirkus von Näsiré auf

Rayz Verstorben? Verbannter. Imperialist. Einstiger Sayf Malahdi und ehemaliger Assassinenmeister am Hohen Haus Erebus

Teymoud Avān. Imperialist. Sayf Saidani und Magnat der Händlergilde. Ein Anhänger Corajidins

Yago Avān. Föderalist. Ajomandyans Enkel. Ein Dienstälterer der Himmelsritter von Avānweh. Tritt im Fliegenden Zirkus von Näsiré auf

Zendi Avān. Imperialist. Sayf Bajadeh. Betreibt Bordelle in Konkurrenz zum Perlenhaus. Ein Anhänger Corajidins

Ziaire Avān. Föderalist. Sayf Manshira und Oberhaupt des Amajoram in Avānweh. Eine der gefeiertsten Nemhoureh des Perlenhauses

Die Sēq

Ahwe Avān. Magnat der Sēq. Einer der Größten unter den Sēq, und einer der ersten Schüler Sedefkes. Half dabei, die Gelehrtenorden zu gründen

Aumh Y'arrow-ti-yi. Sēqmeister und Mitglied des Suret

Femensetri Avān. Sēqmeister und Gelehrtenmarschall von Shrīan. Einst Indris' Lehrerin. Auch bekannt als die Sturmbringerin. Mitglied des Suret. Half dabei, die Gelehrtenorden zu gründen

Er-Der-Sieht Avān. Sēqmeister und Mitglied des Suret. Ein Stammesangehöriger der Orjini

Kemenchromis Avān. Sēqmeister-Magnat und Erzgelehrter. Geschichtenmeister und Rajir der Schattenherrscherin. Oberhaupt des Suret. Half dabei, die Gelehrtenorden zu gründen

Madiset Avān. Sēqlehrer und einer von Indris' Lehrern in Amarqa-im-Schnee

Sedefke Avān. Gründer des Gelehrtenordens der Sēq, der den Prozess der Seelenverbindung mit dem Bewusstsein Īas entdeckte, auch als das Erwachen bekannt

Taqrit Avān. Sēqinquisitor und einer der Acht. Kindheitsfreund von Indris und Anj-el-din

Yattoweh Avān. Einst Sedefkes erster und größter Schüler. Half, die unterschiedlichen Gelehrtenorden zu gründen

Zadjinn Avān. Sēqmeister und Mitglied des Hohen Hauses Erebus. Mitglied des Suret

Andere

Delfyne Avān. Dichtermeister der Wehklage, auch bekannt als die Erebon-sûk oder die Hengstschule in Zam'Haja. Ältere Schwester von Maroc

Kembe Tau-se. Patriarch der Tau-se Stämme und Protektor von Taumarqan
Navaar Avān / Mensch. Palatin von Oragon
Tyen-to-wo Der Lachende Windgeist der Seethe

GLOSSAR

Ahm Auch als Disentropie bezeichnet; es handelt sich dabei um die Energie, die von allen lebenden Dingen erzeugt wird. Seine machtvollste Quelle ist das Qua, das gedachte Zentrum aller Schöpfung

Ahmsah Die Sammlung disentropischer Effekte, die die Gelehrten lernen. Dazu gehören die unterschiedlichen Arkanen Formeln sowie eine besondere Form der Wahrnehmung der Gelehrten, die sie einsetzen, um entropische und disentropische Effekte zu sehen

Ahmtesh Der fließende Raum des *Ahm*, der alle Dinge miteinander verbindet. Hier wohnt das körperlose *Kaj*. Dieser Ort ist nur für *Pséjhah* oder *Psé*-Meister zugänglich und ermöglicht eine rein geistige Kommunikation über weite Entfernungen

Ahnah-woh-te Buch der mystischen Lehren der Seethe

Ahoujai Medaillons, Amulette oder Schmuck aus salzgeschmiedetem Stahl und dem Sand ausgebrannter Mandalas. Wird als Schutz vor den Auswirkungen des *Ahmsah* eingesetzt

Aipsé Der Zustand des Nichtdenkens, der den Kriegsdichtern beigebracht wird

Ajamensût Krieg der Langen Messer

Amenesqa Ein Wort aus dem Hochavān, das »lange Welle« bedeutet. Von amen (lang) und esqa (Welle). Die traditionelle Waffe der Avān in den Zeiten des Blütenimperiums und des Erwachten Imperiums. Es ist ein langes gebogenes Schwert, das wie ein langgezogenes, abgeflachtes »s« vom Knauf bis zur Spitze der Klinge geformt ist. Die Waffe hat ein langes Heft und kann entweder einhändig oder beidhändig eingesetzt werden

Anlūki Persönliche Elitewache des Rahn Erebus. Trainiert und kommandiert von Pah Erebus fa Belamandris

Aszendenten Die Vorfahren der Hohen Häuser der Avān

Ashinahdi Ein Krieger aus der elitären oder königlichen Kaste, der die Bande zu seinem Hohen Haus oder seiner Familie durchtrennt hat, um einen Weg einzuschlagen, der ansonsten mit den Interessen des Familienverbands in Konflikt geraten könnte. Eine Person wird im Allgemeinen nur nach einer großen Beschämung oder Beleidigung der Familie zum Ashinahdi. Die Trennung von der Familie befreit den Familienverband von den Konsequenzen der Handlungen des Ashinahdi

Asrahn Der höchste Rahn in der Rangordnung Shrīans. Er wird bei der Antrittsabstimmung ernannt, die alle fünf Jahre in Avānweh stattfindet

Asrahn-Erwählter Zweithöchster Rahn in Shrīan. Er wird bei der Antrittsabstimmung ernannt, die alle fünf Jahre in Avānweh stattfindet

Assassinenmeister Der Befehlshaber der Assassinen eines Hohen Hauses oder einer Familie. Zu der Stellung gehören auch die Aufgaben des Geheimdienstleiters

Avāndhim Die Erstgeborenen der Avān, die ursprüngliche Generation, die in den Torque-Spindeln der Seethe auf einer Inselkette jenseits des Östlichen Grabens geschaffen wurde

Daikaje Reisende Kriegerasketen, Denker und Mönche der unterschiedlichen Philosophieorden im südöstlichen Īa

Daimahjin Ein Kriegsmagier, der nicht länger Mitglied des Ordens ist, der ihn ausgebildet hat. Diese Leute wurden aus dem Dienst entlassen und haben die Freiheit, ihre

Fähigkeiten geeigneten Auftraggebern zur Verfügung zu stellen. Allerdings ist es ihnen verboten, ihr erlerntes Wissen weiterzugeben. Die meisten sind äußerst gesuchte Nahdi

Daul Schmerzverstärker und Stoßwaffe, die von Inquisitoren der Sēq bevorzugt wird

Dhar Gsenni Von dem hochavānischen Ausdruck »Zum Wohle aller«. Die Dhar Gsenni sind eine uralte Sekte von Ilhennim, die innerhalb des Sēqordens arbeiten

Dichtermeister Der Leiter einer Akademie für Dichtermeister, der die uralten Künste der Kriegsdichterei unterrichtet

Dionesqa Wort aus dem Hochavān, das »große Welle« bedeutet. Von dion (groß) und esqa (Welle). Bezeichnet das gebogene zweihändige Schwert der Pashreaner und Shrīaner. Eine seltene Waffe, die normalerweise nur von ausgewählten Mitgliedern der schweren Infanterie benutzt wird.

Disentropie Die Macht der Schöpfung, die von den Gelehrten durch die Formeln des *Ahmsah* beeinflusst wird. Auch Hexer machen sich die Disentropie mit ihren eigenen arkanen Mitteln zunutze. Der Einsatz von Disentropie verursacht den schnellen Verfall der Materialien, mit denen sie in Kontakt kommt, lebende Körper eingeschlossen. Für die Konstruktion von Gerätschaften, die von Disentropie angetrieben werden, benutzt man im Allgemeinen Metalle mit langsamerer Verfallszeit

Disentropische Färbung Die Farbveränderung in der Aura eines Ilhennim als Folge seines Trainings

Ebrim Nomaden, die ein künstliches Scheinbild benutzen, um mit der Welt in Kontakt zu treten

Einheit Der Prozess, bei dem ein Erwachter Rahn durch seine Präfektur reist und sich mit dem Bewusstsein Īas verbindet. Eine erfolgreiche Einheit gibt dem Erwachten Rahn die Fähigkeit, auf die gewaltigen natürlichen Kräfte Īas zuzugreifen, sie sich nutzbar zu machen und wirksam einzusetzen

Ephael Die reinsten der Nomaden, die als reine Geister existieren.

Ephim Nomaden, die eine Symbiose mit einem Wirt eingehen

Erscheinung Illusionäre Gestalt, die eine Hexe annehmen kann

Erwachen Der Prozess, der einen Rahn mit dem Bewusstsein und Geist Īas verbindet. Außerdem bekommt dieser so die Möglichkeit, sich in die ungebrochene Linie der lebendigen Erinnerung seiner Ahnen einzureihen. Ein Erwachter Rahn ist in der Lage, in seiner Präfektur das Wetter zu beeinflussen, über weite Entfernungen zu hören und zu sehen, das Wachstum der Feldfrüchte zu beschleunigen und durch die Augen von Vögeln und anderen Tieren zu sehen. Der Prozess wird gefestigt und stabilisiert durch das Trinken des Wassers des Lebens beim Verbundenheitsritual und durch den Vorgang der Einheit.

Eshim Nomaden, die von anderen gegen deren Willen Besitz ergreifen

Esoterische Doktrinen Unterschiedliche Schulen, die sich damit auseinandersetzen, wie die Ilhennim natürliche Energie wahrnehmen und sie für übernatürliche Zwecke nutzen

Extrinsischer Grundsatz Eine Methode der Mystik innerhalb der Esoterischen Doktrinen, die äußere Kräfte als Leitung einsetzt. Die Methode lässt sich in der Anwendung nur schwer beschränken und kontrollieren und ist nicht so zuverlässig wie der Intrinsische Grundsatz

Fayaadahat Bücher der mystischen Lehren der Sēq

Flottenmeister Ranghöchster Seeoffizier eines Hohen Hauses oder einer Familie

Geschichtenmeister Ein Mystiker, der von einem Hohen Haus oder einer Familie als Ratgeber eines Mahj, Rahn oder Sayf ernannt wurde. Traditionellerweise waren Geschichtenmeister Mitglieder des Gelehrtenordens der Sēq, aber auch Gelehrte der Zienni oder Nilvedic bzw. Hexen können den Posten übernehmen

Gnostische Assassinen Eine Gruppe hochqualifizierter Assassinen aus dem Mar am'a Din. Sehr gesucht als Meuchelmörder. Die Lehre der Gnostischen Assassinen umfasst eine Reihe körperlicher, geistiger und anderer Disziplinen, die sie zu hervorragenden Spionen und Mördern machen. Auch bekannt als die Ishahayan

Gram, Die Auch die Nasé-sûk oder Phönixschule der Kriegsdichter genannt, von Narsis in der Näsarat-Präfektur. Momentan unter der Herrschaft von Meister Bensaharēn von den Nasarin

Habron-sûk Die Reiherschule der Kriegsdichter in Avānweh. Momentan unter der Herrschaft von Meister Niren

Hazhi'shi Die komplexe Sprache der Drachen

Hexe/Hexer Die erste Gruppe der Ilhennim, Mystiker, die in der Lage sind, sich ein breites Spektrum an natürlichen Kräften für übernatürliche Zwecke nutzbar zu machen. Diese Kräfte sind jedoch gefährlicher und weniger vorhersagbar als die der Gelehrten. Die ersten Gelehrtenorden wurden von Hexen und Hexern ins Leben gerufen

Hexenfeuer Ein natürliches Eisenerz, das über die mineralischen Eigenschaften verfügt, die Disentropie effektiver zu kanalisieren, ohne während dieses Prozesses zerstört zu werden. Wird oft mit *Kirion* vermengt, um seine Wirksamkeit zu erhöhen, oder auch mit anderen Metallen

Hoher Name Berühmte Leute, die sich einen Namen, ein Beiwort oder anderen Titel als Folge ihrer Handlungen erworben haben

Houreh Vielseitige und unterhaltsame Begleiter

Huqdi Von dem Begriff »Straßenhund« aus dem Hochavān. Die *Huqdi* sind grundsätzlich gemeine Meuchelmörder, Freibeuter und Glücksritter, manchmal Kriminelle, ohne das Berufsethos eines *Nahdi*

Ilhennim Die Erleuchteten. Ein allgemeiner Begriff, der die unterschiedlichen Arten von Mystikern beschreiben soll

Intrinsischer Grundsatz Innerhalb der Esoterischen Doktrinen ist dies die Art, wie Macht von innen kanalisiert, fokussiert und eingesetzt wird. Basiert auf den wiederholbaren, vorhersagbaren Effekten der Formeln

Ishahayan Gnostische Assassinen

Jhah Ausdruck aus dem Hochavān für »Meister«

Jhi Das Stigma, das die mächtigsten unter den Mystikern kennzeichnet. Es ist ein körperliches Phänomen, das erscheint, wenn ihre Macht in stärkerem Ausmaß eingesetzt wird

Jombe Krieger der Tau-se, der sich dafür entschieden hat, ohne die Protektion und die Richtlinien seines Stamms zu reisen. Gewöhnlich Ausgestoßene, die ein Ehrenverbrechen begangen haben, auf der Suche nach Wiedergutmachung

Jûresqa Wort aus dem Hochavān, das »kurze Welle« bedeutet. Von jûr (kurz) und esqa (Welle). Ein Begriff für das gebogene Kurzschwert der Pashreaner und Shrīaner

Kaj Hochavān für »Seele«

Kaj-Eingeweihter Ein Gelehrter, der eine Folge komplexer spiritueller Disziplinen gemeistert hat

Karia, Das Die militärische Eliteeinheit von Mediin, zu

der sowohl lebende als auch nomadische Kriegsdichter, Kriegsmagier und andere Soldaten gehören

Katechismus Der Rat der Hexen, repräsentiert durch die Höhergestellten Mütter und Väter der unterschiedlichen Hexenzirkel. Der Katechismus arbeitet eng mit der herrschenden Klasse des Goldenen Königreichs von Manté zusammen und soll bedeutenden Einfluss auf die Politik der Menschennationen des Eisernen Bündnisses haben.

Kherife Gesetzesvollstrecker

Khopesh Das lange Sichelschwert der Tau-se

Kirion Ein seltenes Metall, das aus Meteoren eingeschmolzen wird, auch Sternenstahl genannt. Normalerweise ist es schwarz, durchzogen von einer Regenbogenfärbung, wenn es dem Sonnenlicht ausgesetzt ist

Kriegsdichter Die vermutlich gefährlichsten Waffenmeister der Welt. Ein Kriegsdichter wird an unterschiedlichsten Waffen und in diversen Kampfstrategien ausgebildet. Auch der waffenlose Kampf und die Militärgeschichte und -philosophie sind Teil der Lehre. Er erlernt zusätzlich die schöpferische Kunst des Schreibens und der Dichtung, der Malerei und der Bildhauerei, um damit die Gewalttätigkeit seines Kernunterrichts auszugleichen und ein Verständnis für den Wert des Lebens zu entwickeln. Ein Kriegsdichter lebt nach dem Grundsatz: »Ein Einzelner kämpft, damit die vielen es nicht müssen.«

Krysesqa Hochavān für »schnelle Welle«. Von krys (schnell) und esqa (Welle). Bezeichnet das gebogene Langmesser der Pashreaner und Shrīaner

Leiter des Geheimdiensts Der Befehlshaber der Agenten eines Hohen Hauses oder einer Familie. Wird normalerweise eingesetzt, wenn ein Haus oder eine Familie Assassinen nicht dauerhaft beschäftigt

Löwengarde Die Elitekompanien der Tau-se im Dienste des Hohen Hauses Näsarat

Magistrat Dienstältere, die die Gesamtinteressen von Krone und Staat vertreten und von den unterschiedlichen Marschallsfunktionären geleitet werden. Der Magistrat ist ein neutrales Organ mit einer Reihe von Ressorts, die das Allgemeinwohl repräsentieren sollen. Jedes dieser Ämter wird von einem Dienstälteren verwaltet. Beispiele der unterschiedlichen Ressorts im Magistrat sind Erziehung, Recht, Militär, Finanzen, Handel etc.

Mahj Ein Erwachter Herrscher, für gewöhnlich ein voll ausgebildeter Gelehrter der Sēq. Die letzte Mahj war Mahj Näsarat fe Malde-ran, nun bekannt als Schattenherrscherin in Mediin

Mahjin Titel oder Ehrenname eines Ilhennim. Wird gewöhnlich nur von Gelehrten benutzt

Mahjirahn Ein Rahn, der auch ausgebildeter Mystiker ist. Während des Erwachten Imperiums gab es eine Reihe von Mahjirahn; auch der Mahj war ein ausgebildeter Gelehrter, gewöhnlich aus dem Orden der Sēq

Mah-Psésahen Eine nicht mehr existente Schule der Esoterischen Doktrinen, die versuchte, höhere geistige Funktionsweisen zu lehren, für die keine Disentropie eingesetzt werden musste

Mahsayf Ein in einem Hexenzirkel ausgebildeter Hexer, der Oberhaupt einer Familie ist

Majordomus eines Hohen Hauses Kümmert sich um alle finanziellen, kaufmännischen und anderen verwalterischen Pflichten, die nötig sind, um ein Hohes Haus oder eine Familie zu führen. Sehr oft beinhaltet dieser Posten auch die Funktion des Schriftführers eines Rahns oder Sayfs. Manchmal umfasst die Position auch die Pflichten eines Rajirs

Maladhoring Die geheime Sprache der Elementarmeister
Marmûn Die Elitekrieger aus der Rōmarq und der Bey-Präfektur. Die meisten von ihnen wurden an der Marmunsûk ausgebildet
Marmun-sûk Die Falkenschule der Kriegsdichter im Marschland, aus der Bey-Präfektur. Momentan unter der Führung von Meister Indera
Marschallsfunktionär Die dienstältesten Funktionäre im Magistrat. Einige sind Beauftragte von den Hundert Familien oder den Hohen Häusern, doch viele repräsentieren die Händlerkaste, die Kriegerkaste oder die Eigentumskaste, zu der Handwerker, Bauern und andere Berufe gehören
Näsé-sûk Auch unter dem Namen Gram bekannt
Nahdi Leitet sich von dem Ausdruck »Eiserner Hund« aus dem Hochavān her. Ein *Nahdi* bezeichnet einen Söldner oder unabhängigen Soldaten, der an kein Hohes Haus und keine Familie angeschlossen ist. *Nahdi* handeln normalerweise nach einem strengen professionellen Ehrenkodex
Nayu, Eingeweihter des Ein Gelehrter, der eine Reihe komplexer körperlicher Disziplinen gemeistert hat
Nemembe Der Glaube der Tau-se, dass eine Person das, was sie der Welt gegeben hat, dreifach zurückbekommt, sowohl was Güte als auch was Leid betrifft
Nemhoureh Goldgefährtin des Perlenhauses. Eine wertvolle Kurtisane und Unterhalterin, die sich nur von der Oberschicht und den wohlhabendsten Mitgliedern der Gesellschaft engagieren lässt
Nomade Der avānische Begriff für die Untoten
Ödnis, Die Die abgründigsten und bösartigsten Tiefen und Bereiche des *Ahmtesh*. Die Quelle dunkler Begierden und Träume und Wohnsitz uralter Lebewesen aus der Alten Welt. Ein Ort, an dem man alles Gute über sich selbst vergisst und nur noch die dunkle, bittere Melancholie

wahrnimmt, die sich in den verborgensten Tiefen der Seele sammelt

Pah Begriff aus dem Hochavān für das Kind eines Rahn

Pah Avān Die ranghöchsten Mitglieder der Avān in einem Land, in dem es keine Erwachten Rahns gibt

Präfekt Der ernannte Herrscher einer Stadt. Ein Präfekt ist immer ein Rahn oder Sayf, wenn der Titel vererbt wird. Wird ein Hohes Haus oder eine Familie verbannt oder auf andere Art von ihrem Posten abgezogen, wird ein neuer Präfekt von einem anderen Haus oder einer anderen Familie ernannt

Psé Hochavān für Geist bzw. Verstand

Psé, Eingeweihter des Ein Gelehrter, der eine Reihe komplexer mentaler Disziplinen gemeistert hat

Psédari Hochavān für »Seelenklinge«. Von Psé (Seele bzw. Geist) und dari (Klinge). Wird von einigen Sēqrittern und Sēqmeistern eingesetzt, die die Fähigkeiten und die Disziplin haben, eine derartige Waffe zu schmieden. Sie kann nur von der Person benutzt werden, die sie geschaffen hat

Pséja Die Verbindung der Seelen. Wird von Mystikern eingesetzt, um gemeinsam zu arbeiten und die Wirksamkeit zu maximieren

Qua Auch als »Die Quelle« bezeichnet

Quelle, Die Zentraler Punkt und Ausgangspunkt des fließenden *Ahm*. Gelehrte haben die Theorie aufgestellt, dass dies das Zentrum aller Welten und der Mittelpunkt von Ort und Zeit ist

Rahn Anführer eines der Hohen Häuser. Ein Mitglied der königlichen Kaste

Rajir Engster Ratgeber eines Rahn oder Sayf. Normalerweise ist er ein Geschichtenmeister, Waffenmeister, Führer des Geheimdienstes oder ein anderer Dienstälterer des Haushalts

Rōm Die Zeitmeister, eine vor langer Zeit versunkene Zivilisation, die den Elementarmeistern vorausging. Sie sind nur durch die wenigen Relikte und Ruinen bekannt, die auf Īa gefunden wurden

Sahai Hochavānischer Begriff für »Lehrer«

Saidani-sûk Die Kriegsdichterakademie der Vier Klingen der Sûn-Präfektur. Momentan unter der Herrschaft von Meister Jarrah

Sayf Oberhaupt einer der Hundert Familien. Ein Mitglied der Elitekaste

Sende Die Sammlung aus Grundsätzen, Codes, Maßregeln und Verhaltensweisen, die die Avān benutzen, um ihre sozialen Interaktionen zu regulieren

Sēq, Die Gelehrtenorden, der eine Kombination aus körperlichen, mentalen und spirituellen Disziplinen lehrt

Serill Das aus Drachenfeuer gebrannte Glas der Seethe. Serill ist leichter und härter als Stahl und kann in beinahe jede Form geschmiedet werden. Oft ist Serill farbig; bei den Seethe für das Herstellen von Rüstungen und Waffen sehr beliebt

Shamshir Die typische Waffe der Avān. Es handelt sich um eine lange, einschneidige, gebogene Waffe mit einem Griff, der lang genug ist, um ihn ein- oder beidhändig zu gebrauchen.

Shan Der inoffizielle Titel für die Oberhäupter einflussreicher Stämme oder Clans. Normalerweise wird er vom Bergvolk aus dem Mar Jihara, dem Mar Ejir, dem Mar Siliin, dem Mar am'a Din und dem Mar Shalon benutzt. Manchmal verwenden ihn auch wohlhabende Familien mit einer militärischen Tradition. Normalerweise Mitglieder der Kriegerkaste.

Sifr Hazhi Die gesammelten mystischen Lehren der Drachen

Sûk Eine Schule

Teshri Die Führer der Regierung, Repräsentanten der Krone und des Staats. Ein Mitglied des Teshri ist Sayf oder Rahn, allerdings können auch dienstältere Mitglieder einflussreicher Vereinigungen ernannt werden, wie die Oberhäupter des Perlenhauses, des Bankiershauses, der Händlergilde, der Alchemistengilde etc.
Vayen-sûk Die Lotusschule der Kriegsdichter aus Myr in der Selassin-Präfektur. Momentan unter der Herrschaft von Meister Tarshin
Verbundenheitsritual Das Ritual, bei dem ein Rahn, der die Eignungsprüfung der Sēq bestanden hat, das Ahnenherz unter dem Weltenblutberg betritt und das Wasser des Lebens trinkt
Volkssprecher Dritthöchster Rang in Shrīan. Wird als Stimme des Staats gewählt, im Gegensatz zu einem Repräsentanten der Krone. In manchen Fällen wird ein Rahn für diese Position gewählt, obwohl das Mandat darin besteht, dem Willen des Volkes zu dienen
Wächter Ein gesetzlich festgelegter Sachwalter. Arbeitet normalerweise mit den *Kherife* zusammen, den Gesetzesvollstreckern
Wächter des Wandels Ein Sayf oder Rahn, der vom Magistrat und dem Teshri ernannt wird, um in Zeiten politischer oder militärischer Veränderungen die Aufsicht zu führen. Während des Wandels ist diese Position nur dem Asrahn untergeordnet
Waffenmeister Der ranghöchste Militäroffizier und Stratege an einem Hohen Haus oder bei einer Familie
Wasser des Lebens Auch bekannt als das Weltenblut. Das Wasser des Lebens ist eine seltene und lebensnotwendige Wasserquelle, die sehr viel Disentropie enthält, da sie durch Regionen geflossen ist, wo die Grenze zwischen der physischen Welt von Īa und dem *Ahmtesh* sehr dünn ist

Wehklage, Die Auch bekannt als Erebon-sûk oder Hengstschule der Kriegsdichterei. Momentan unter der Herrschaft von Meister Delfyne von den Zam'Haja

Yourdin Die schwere Eliteinfanterie des Hohen Hauses Kadarin

KULTUREN

Avān Eine Rasse, die von den Seethe in Torque-Spindeln erschaffen wurde: eine Mischung aus Seethe, Menschen und Raubtieren. Die Avān wurden ursprünglich während des Blütenimperiums als Friedenshüter eingesetzt, erhoben sich jedoch gegen die Seethe. Die Avān befreiten die Menschheit daraufhin allerdings nicht aus ihrer Knechtschaft, sondern benutzten die Menschen im darauffolgenden Millennium erneut als Vasallen. Dann wurde das Erwachte Imperium durch eine Revolte der Menschen gestürzt

Drachen Eine der Natürlichen Meisterspezies, auch als Feuermeister bekannt. Sie selbst nennen sich die Hazhi. In der modernen Welt werden sie nur selten gesichtet, denn sie verschlummern einen Großteil der Zeit im Großen Traumzustand; nur ein geringer Anteil der Population befindet sich jeweils im Wachzustand

Fenlinge Eine Spezies, die von den Seethe in den Torque-Spindeln geschaffen wurde. Die Fenlinge sind eine Verschmelzung aus großen, Werkzeuge benutzenden Ratten und den Avān. Sie sind Aasfresser, die sich nur selten mit Nichtfenlingen einlassen, und sind außerdem für ihren Kannibalismus und das Übertragen ansteckender Krankheiten berüchtigt

Feyhe Eine der Natürlichen Meisterspezies, auch als Meeresmeister bekannt. Man weiß nur sehr wenig über sie. Sie sind imstande, eine Reihe simpler, aber auch komplexerer Formen anzunehmen

Herū Eine der Natürlichen Meisterspezies, auch als Erdmeister bekannt
Iku Eine uralte und rätselhafte Rasse vogelähnlicher Humanoider mit starken Bindungen zum Orden der Sēq. Man sieht sie nur selten außerhalb ihrer Rückzugsgebiete in den Bergen. Für gewöhnlich halten die Leute ihre Aufmachung für eine Verkleidung. Meist sind die Iku Daikajé, reisende Kriegsphilosophen und Lehrer. Manchmal werden sie mit schlechten Omen assoziiert
Menschen Auch die Sternengeborenen genannt. Bevölkerungsreichste Spezies auf Īa. Einst dienten sie im Blütenimperium der Seethe als Vasallen, später dann auch im Erwachten Imperium der Avān. Heute sind die Menschen unabhängig. Die größte Menschenfraktion im südöstlichen Īa ist das Eiserne Bündnis: Es besteht aus Atrea, Jiom, Imre, Manté, Ondea und Angoth. Die Menschen leben in beinahe jeder Nation
Nomaden Die Unsterblichen oder Untoten. Im Allgemeinen haben sie keine physische Form, sie müssen sich eine Hülle suchen, wenn sie mit der physischen Welt in Kontakt treten wollen. Die Avān, die ihre Ahnen verehren, betrachten die Nomaden als Ketzer
Rōm Auch Zeitmeister genannt. Die Rōm gingen den Natürlichen Meisterspezies voraus. Das Haiyt-Imperium der Zeitmeister ist nur wenig dokumentiert. Bekannt ist, dass es mit dem Verschwinden der Zeitmeister von Īa endete. Warum, weiß man nicht
Seethe Eine der Natürlichen Meisterspezies, auch Windmeister genannt. Gründer des Blütenimperiums. Eigentlich sind sie unsterblich, können jedoch an Krankheiten oder durch Gewalteinwirkung zugrunde gehen. Wenn die Seethe ausgewachsen sind, durchlaufen sie eine physiologische Verwandlung: Ihre Knochen werden dünner, und ihnen

wachsen Flügel. Die älteren unter den Seethe sind flugfähig. Sie leben und reisen in großen Familienverbänden, die sich Truppen nennen. Man trifft sie in vielen Städten im südöstlichen Īa an, obwohl die meisten in den schwebenden Himmelsreichen wohnen, die, von den Winden getrieben, um die Welt schweben

Tau-se Das Löwenvolk aus der Taumarq wurde ursprünglich in den Torque-Spindeln durch eine Mischung aus Menschen und Löwen geschaffen. Sie leben in einem als Stämme organisierten Patriarchat, allerdings sind es die Frauen, die die Geschäfte und Haushalte führen. Die Tau-se sind als Söldner sehr gefragt, doch sie dienen nur einem Auftraggeber, den sie respektieren.

Y'arrow-te-yi Eine zurückgezogene Spezies, die von den Erdelementaren abstammen soll.

Danksagung

Hinter den Kulissen des Romans verbergen sich viele Leute, die voll Enthusiasmus bei dem Projekt mitgeholfen haben.

Zunächst danke ich den üblichen Verdächtigen – meiner Familie und Freunden – für ihre Geduld, ihr Lachen, ihre Fürsorge.

Weiterer Dank geht an meinen Agenten John Jarrold, einer ständigen Quelle der Weisheit, des Rats und der Unterstützung. Ein Schriftsteller kann sich keinen besseren Agenten wünschen.

Ich danke auch David Pomerico und dem 47North Author Team für ihre Sorgfalt und ihren Rat. Ihnen war keine Frage zu mühselig, und jede Antwort wurde bereitwillig und bester Laune gegeben. Ihr habt eine Reise, die ansonsten ziemlich beschwerlich hätte werden können, überraschend reibungslos gemacht. Danke auch für die enormen Bemühungen in Sachen Promotion und Marketing für ›Echos der Vergangenheit‹.

Auch Stephan Martiniere danke ich für die wundervolle Illustration meiner Bände.

Und meiner Redakteurin Wenonah Hoye für ihre Aufmerksamkeit im Detail und die umsichtigen Vorschläge.

Danke euch allen. Am Erfolg meines Romans seid ihr maßgeblich beteiligt.

Über den Autor

Mark Barnes wurde im September 1966 in Sydney, Australien geboren, wo er auch seine Kindheit und Jugend verbrachte. Er war nicht nur Schwimm-Champion, sondern spielte auch Wasserball, Fußball, Cricket und Volleyball. Schon in jungen Jahren fühlte er sich von den schönen Künsten angezogen. Seine erste Kurzgeschichte schrieb er im Alter von sieben Jahren; außerdem versuchte er sich im Zeichnen, Malen und in der Musik.

Nach einem Karriereabstecher ins Finanzwesen arbeitete Mark Barnes in der Werbung und schließlich in der Informationstechnologie. Hier ist er noch immer als freiberuflicher Organisationsberater tätig. Erst im Januar 2005, als er am Clarion South Kurzgeschichten-Workshop teilnahm, beschloss er, dass aus dem Schreiben mehr als ein Hobby werden sollte. Seitdem hat Mark Barnes eine Reihe von Kurzgeschichten publiziert. Außerdem arbeitete er als Story Editor und war als kreativer Berater bei Fernsehserien tätig. [*Das schwarze Herz* ist der zweite Band der Reihe »Echos der Vergangenheit«].